KB196479

처단

PERSUADER

처단

PERSUADER
잭 리처 컬렉션

리 차일드 지음
다니엘 J. 옮김

오픈하우스

제인과 바닷새들을 위해

일러두기

1. 본문의 아래 첨자는 모두 역자 주이다.
2. 외국 인명·지명은 외래어표기법을 따르되 일부는 관용적인 표기를 따랐다.
3. 책·신문·잡지명은 『 』, 영화·연극·TV·라디오 프로그램명은 「 」, 시·곡명은 〈 〉,
   음반·오페라·뮤지컬명은 《 》로 묶어 표기했다.

1

그 경찰은 총에 맞기 정확히 4분 전에 차에서 내렸다. 마치 자신의 운명을 미리 알고 있었던 것처럼. 그는 경첩이 뻑뻑한 차 문을 밀어 열고 낡은 비닐 시트 위에서 천천히 몸을 돌려 두 발을 도로 위에 평평하게 내려놓았다. 그런 다음 양손으로 문틀을 잡고 몸을 일으켜 밖으로 나갔다. 그는 차갑고 맑은 공기 속에 잠시 서 있다가 몸을 돌려 차문을 닫고 조금 더 가만히 서 있었다. 그런 다음 한 걸음 앞으로 나아가 헤드라이트 근처 후드 측면에 몸을 기댔다.

차는 7년 된 쉐보레 카프리스였다. 검은색이었고 경찰 마크는 없었다. 하지만 세 개의 무선 안테나와 평범한 크롬 휠캡이 달려 있었다. 대부분의 경찰은 카프리스가 역대 최고의 경찰차라고 단언한다. 이 남자도 거기에 동의하는 것처럼 보였다. 그는 차고 내의 모든 차를 마음대로 쓸 수 있는 베테랑 사복형사처럼 보였지만 자신이 원해서 그 구형 쉐보레를 모는 것 같았다. 신형 포드에는 관심도 없는 듯했다. 그의 태도에서 고집스러운 구세대의 기질이 엿보였다. 두툼한 울 소재의 짙은 색 정장을 입은 그는 어깨가 벌어졌고 몸집이 컸다. 키가 컸지만 구부정했다. 나이가 많았다. 그는 고개를 돌려 도로를 따라 남쪽과 북쪽을 살펴보고는 두꺼운 목을 길게 빼서 어깨 너머로 대학의 정문을 힐끗 쳐다보았다. 그는 내게서 30미터 떨어져 있었다.

정문은 형식상 필요해서 존재하는 것처럼 보였다. 보도 뒤편의 넓고 잘 관리된 잔디밭 위로 두 개의 높은 벽돌 기둥이 솟아 있었다. 두 기둥을 연결하는 것은 철근을 구부리고 접고 꼬아서 화려한 모양으로 만든 높은 이중문이었다. 반짝거리는 검은색이었는데 최근에 다시 칠한 것처럼 보였다. 아마 매해 겨울이 지날 때마다 다시 칠할 것이다. 보안 장치는 전혀 없었다. 원한다면 누구나 잔디밭을 가로질러 차를 몰고 지나갈 수 있었다. 어차피 문은 개방되어 있었다. 정문 뒤로는 무릎 높이의 작은 철제 기둥 두 개가 3미터 너비로 양쪽에 세워진 차량 진입로가 있었다. 각 기둥에는 걸쇠가 달려 있었고 문이 한 짝씩 그 걸쇠에 걸려 있었다. 정문은 완전히 열려 있었다. 진입로는 100미터 떨어진 옅은 색 벽돌 건물들이 모여 있는 곳으로 이어졌다. 가파른 지붕에 이끼가 낀 건물들이 나무에 둘러싸여 있었다. 진입로에는 나무가 줄지어 서 있었다. 인도에도 마찬가지였다. 사방이 나무였다. 작고 둥글게 말린 밝은 초록색의 나뭇잎이 막 돋아나고 있었다. 6개월 뒤에는 크고 붉은 황금빛으로 물들 것이고 사진작가들이 대학 브로슈어에 넣을 사진을 찍으러 몰려들 것이다.

경찰과 그의 차로부터 20미터 떨어진 곳의 도로 건너편에 픽업트럭 한 대가 주차되어 있었다. 픽업은 연석에 바짝 붙어 있었다. 내게서 50미터 떨어진 지점이었고 내 쪽을 향해 서 있었다. 어딘가 위화감이 느껴지는 외관이었다. 바랜 빨간색에다가 전면에는 거대한 범퍼 가드가 부착되어 있었다. 무광 검은색의 범퍼 가드는 몇 번 찌그러졌다 펴졌다 한 것처럼 보였다. 차에는 남자 둘이 타고 있었다. 젊고, 키가 크고, 깔끔한 용모에 금발이었다. 그들은 특정한 무언가를 주시한다기보다는 그냥 가만히 앉아서 정면을 응시하고 있었다. 경찰을 보고 있지도 않았고 나를 보지도 않았다.

나는 남쪽에 자리를 잡고 있었다. 아무 표식이 없는 갈색 화물 밴을 대학 정문 근처에서 흔히 볼 수 있는 중고 음반 가게 앞에 주차해 놓았다. 가게 밖 인도에는 중고 CD가 진열되어 있었고, 창문에는 사람들이 들어본 적도 없는 밴드를 광고하는 포스터가 붙어 있었다. 밴의 뒷문은 열어둔 상태였다. 차 안에는 박스가 쌓여 있었다. 내 손에는 서류 뭉치가 들려 있었다. 4월이었지만 이날 아침은 쌀쌀해서 코트를 입었다. 박스가 뜯겨져 벌어진 곳에 스테이플러 심이 헐겁게 박혀 있어서 장갑도 꼈다. 자주 그랬듯이 총도 지니고 있었다. 총은 코트 안 허리춤에 끼워 두었다. 44구경 매그넘 탄환을 사용하는 크고 무거운 스테인리스스틸 리볼버, 콜트 아나콘다였다. 길이가 34센티미터에 무게는 거의 2킬로그램이다. 내가 선호하는 무기는 아니었다. 단단하고 무겁고 차가워서 계속 신경이 쓰였다.

나는 인도 한가운데에 잠시 멈춰 서서 서류를 보다가 고개를 들었다. 저 멀리서 픽업트럭의 엔진 시동 소리가 들렸다. 픽업은 움직이지 않고 그 자리에서 공회전만 하고 있었다. 뒷바퀴 주변으로 하얀 배기가스가 고였다. 공기는 차가웠고 이른 시간이라 길은 텅 비어 있었다. 나는 밴 뒤로 돌아가 음반 가게 옆에서 대학 건물들을 힐끗 쳐다보았다. 그중 한 건물 밖에서 검은색 링컨 타운카가 대기하고 있는 게 보였다. 차 옆에는 두 남자가 서 있었다. 나와 100미터 정도 떨어져 있었지만 두 사람 모두 리무진 운전사처럼 보이지는 않았다. 리무진 운전사는 짝을 이루어 다니지 않고, 젊고 육중해 보이지 않으며, 긴장하거나 경계하는 태도를 보이지 않는다. 그들은 정확히 경호원처럼 보였다.

링컨이 대기하고 있던 건물은 일종의 작은 기숙사처럼 보였다. 큰 나무

문 위에는 그리스 문자가 새겨져 있었다. 내가 지켜보는 동안 나무 문이 열렸고 어려 보이고 비쩍 마른 청년이 걸어 나왔다. 대학생인 것 같았다. 그는 길고 지저분한 머리에 노숙자처럼 옷을 입었지만 비싸 보이는 가죽 가방을 들고 있었다. 경호원 중 한 명이 경계를 서는 동안 다른 한 명이 차 문을 열었고 그 청년은 가방을 뒷좌석에 던져 넣고 미끄러지듯 차에 올라 탔다. 그런 뒤 직접 문을 닫았다. 100미터 떨어진 곳에서 쾅 하는 소리가 희미하게 들렸다. 경호원들은 잠깐 주위를 둘러보다가 함께 앞좌석에 올라탔고 잠시 후 차를 움직였다. 30미터 뒤에서 대학 보안 차량이 같은 방향으로 천천히 움직였다. 링컨을 호송하려는 게 아니라 그냥 우연히 그곳에 있었던 것 같았다. 차 안에는 두 명의 청원경찰이 타고 있었다. 축 처진 채 좌석에 앉아 있는 그들은 특별히 할 일이 없어 지루해 보였다.

나는 장갑을 벗어 밴 뒷좌석으로 던지고 시야 확보를 위해 도로로 나섰다. 링컨이 적당한 속도로 진입로를 올라오는 것이 보였다. 광택 나는 검은색에 관리가 잘된 차였다. 크롬 장식이 많이 달려 있었고 왁스칠도 잘되어 있었다. 대학 보안 차량은 한참 떨어진 뒤쪽에 있었다. 링컨은 정문 앞에서 잠시 멈췄다가 좌회전해서 남쪽의 검은색 카프리스 경찰차와 내 쪽을 향해 다가왔다.

그다음에 일어난 일은 8초 동안 벌어진 것이었지만 눈 깜짝할 사이처럼 느껴졌다.

20미터 뒤에 있던 색 바랜 빨간색 픽업트럭이 연석에서 튀어나와 급가속을 했다. 픽업은 링컨을 따라잡고 경찰의 카프리스도 지나쳤다. 후드 옆에 서 있던 경찰의 무릎에서 한 발짝 거리였다. 픽업은 다시 가속해서 링컨을 추월하더니 운전자가 핸들을 크게 꺾어 범퍼 가드의 모서리로 링컨의 앞 펜더를 정통으로 들이받았다. 픽업트럭 운전자는 핸들을 계속 꺾은 채 가속페달을 세게 밟아 링컨을 도로 옆 갓길로 밀어붙였다. 잔디가 뜯겨 나갔다. 링컨은 급격히 속도가 줄어들다 나무에 정면으로 충돌했다. 금속이 찌그러지고 찢겨나가고 헤드라이트 유리가 깨지는 굉음과 함께 커다란 증기 구름이 피어올랐다. 고요한 아침 공기 속에서 나무의 작은 녹색 잎이 요란하게 흔들리고 떨렸다.

픽업트럭에 타고 있던 두 남자가 차에서 내려 검은색 기관단총을 들고 링컨을 향해 총을 쏘기 시작했다. 귀가 먹먹할 정도로 큰 소리가 났고, 아스팔트 위로 탄피들이 쏟아져 내리는 것이 보였다. 두 남자는 링컨의 문을 열어젖혔다. 그중 한 명이 뒷좌석으로 몸을 기울여 청년을 끌어냈다. 다른 한 명은 여전히 앞쪽을 향해 총을 쏘고 있었다. 그러다가 왼손을 주머니에 넣어 수류탄 같은 것을 꺼냈다. 그걸 링컨 차 안에 던져 넣고 문을 세게 닫은 다음 동료와 청년의 어깨를 붙잡고 뒤로 돌려서 웅크린 자세로 끌어내렸다. 링컨 안에서 커다란 폭발음와 함께 섬광이 번쩍였다. 창문 여섯 개가 모두 박살 났다. 20미터 이상 떨어져 있었는데도 모든 충격이 고스란히 느껴졌다. 사방으로 날아간 유리 조각이 햇빛을 받아 무지개를 만들었다. 수류탄을 던진 남자가 몸을 일으켜 픽업트럭 조수석 쪽으로 달려갔고, 뒤이어 동료가 청년을 픽업 안에 집어넣고 자신도 운전석에 올라탔다. 문이 쾅 닫혔고 나는 가운데 좌석에 갇힌 청년을 보았다. 얼굴에 공포가 가득했다. 충격으로 얼굴이 하얗게 질렸고 더러운 유리창 너머로 소리 없는 비명을 지르는 것이 보였다. 운전자가 기어를 조작했다. 엔진 굉음과 타이어 마찰음을 내며 픽업이 내 쪽을 향해 정면으로 다가오고 있었다.

도요타였다. 범퍼 가드 뒤 그릴에 도요타 로고가 보였다. 서스펜션이 높이 올라가 있었고 앞쪽에 축구공만 한 크기의 커다란 검은색 디퍼렌셜 기어*가 보였다. 사륜구동. 크고 두툼한 타이어. 공장 출고 후 한 번도 세차한 적이 없는 듯 색이 바래고 찌그러진 차체. 그 픽업이 내 쪽으로 곧장 달려오고 있었다. *자동차의 엔진에 연결된 좌우 바퀴의 구동력을 나눠 분배하여 좌우의 회전을 다르게 해주는 장치.

결정할 시간이 1초도 안 남았다.

나는 코트 뒷자락을 젖혀 콜트를 꺼냈다. 아주 신중하게 조준해서 도요타의 그릴을 향해 한 발 쐈다. 거대한 총이 굉음을 울리자 내 손에도 반동이 크게 느껴졌다. 44구경의 대형 탄환이 라디에이터를 박살 냈다. 왼쪽 앞 타이어를 향해 한 발 더 쐈다. 검은 고무 파편이 장관을 이루며 폭발했다. 터진 타이어가 수 미터 이상 공중으로 날아갔다. 픽업이 방향을 잃고 미끄러지다가 운전석 쪽이 나를 향한 채 멈췄다. 10미터 거리. 나는 밴 뒤로 몸을 숨기고 뒷문을 세게 닫고 인도로 나와 왼쪽 뒷바퀴 타이어를 향해 다시 총을 쐈다. 결과는 마찬가지였다. 사방으로 고무가 튀었다. 픽업은 왼쪽 타이어 휠 위로 내려앉으며 가파르게 기울어졌다. 운전자가 문을 열고 아스팔트 위로 굴러 나와 한쪽 무릎을 꿇으며 몸을 일으켰다. 그는 왼손에 든 총을 좀 더 익숙한 오른손으로 바꿔 쥐었다. 그가 총을 옮겨 잡는 동안 나는 그가 나를 겨눌 것인지 확신이 들 때까지 기다렸다. 그런 다음 왼손으로 오른쪽 팔뚝을 지탱해 2킬로그램이나 되는 콜트의 무게를 받치고 오래전에 배운 대로 신중하게 중심부를 조준한 뒤 방아쇠를 당겼다. 남자의 가슴이 거대한 피 구름 속에서 폭발하는 것처럼 보였다. 청년은 픽업 안에서 몸이 굳어 있었다. 충격과 공포에 질린 채 쳐다보고만 있을 뿐이었다. 그때 조수석의 남자가 차에서 빠져나와 후드 앞쪽에서 나를 향해 기어오고 있었다. 그의 총이 나를 조준하고 있었다. 나는 몸을 왼쪽으로 돌리고 잠시 멈췄다가 다시 팔뚝을 받치고 남자의 가슴을 조준했다. 발사. 결과는 마찬가지. 남자는 붉은 구름을 일으키며 펜더 뒤로 쓰러졌다.

픽업 안에 있던 청년이 움직이기 시작했다. 나는 그에게 달려가 운전석 남자의 시체 위로 그를 끌어내리고 내 밴으로 데려왔다. 청년은 충격과 혼란으로 축 늘어져 있었다. 그를 조수석에 밀어 넣고 문을 닫은 다음 차를 돌아 운전석으로 향했다. 그때 곁눈으로 또 다른 남자가 나를 향해 곧장 다가오는 것이 보였다. 그는 재킷에 손을 집어넣고 있었다. 키가 크고 육중한 체격에 짙은 색 옷. 나는 다시 팔을 받치고 총을 쐈다. 남자의 가슴에 커다란 붉은 폭발이 일어나는 것을 본 바로 그 순간, 그가 카프리스에서 내린 나이 많은 경찰이라는 사실을 알아차렸다. 그는 주머니에서 총이 아니라 경찰 배지를 꺼내려던 참이었다. 낡은 가죽 케이스에 들어 있는 금색 방패 모양의 배지가 그의 손에서 튀어나와 공중에서 빙글빙글 돌다가 내 밴의 바로 앞 연석에 떨어져 부딪혔다.

시간이 멈춘 듯했다.

나는 경찰관을 바라보았다. 그는 배수로에 등을 대고 누워 있었다. 가슴 전체가 온통 붉은색으로 엉망이었다. 온몸이 피투성이였다. 피가 솟구치거나 뿜어져 나오지는 않았다. 심장 박동의 기색도 없었다. 셔츠에는 커다란 구멍이 나 있었다. 전혀 움직이지 않았다. 고개는 돌아가 있었고 뺨은 아스팔트 바닥에 짓눌려 있었다. 팔은 멋대로 뻗어져 있었고 손에는 창백한 혈관이 보였다. 도로의 검은색과 풀밭의 선명한 초록색, 하늘의 밝은 파란색이 내 눈에 들어왔다. 총성이 아직도 귓가에 울리는 가운데, 스치는 바람에 새로 돋아난 잎사귀가 떨리는 소리가 들렸다. 청년이 내 밴 앞유리를 통해 쓰러진 경찰관을 보고 다시 나를 쳐다보았다. 그때 대학 보안 차량이 정문에서 좌회전하며 나오는 게 보였다. 수십 발의 총성이 들렸는데도 속도를 내지 않았다. 아마 청원경찰들은 그들의 관할권이 어디에서 시작되고 어디에서 끝나는지 걱정하고 있을 것이다. 아니면 그저 겁이 났는지도 모른다. 앞 유리창 너머로 그들의 창백한 얼굴이 보였다. 보안 차량은 내 쪽으로 방향을 돌려서 시속 25킬로미터 정도로 기어오고 있었다. 나는 배수로에 있는 금색 배지에 시선을 던졌다. 평생 사용한 배지는 매끄럽게 닳아 있었다. 나는 내 밴을 쳐다보았다. 밴은 꼼짝도 하지 않고 서 있었다. 내가 오래전에 깨달은 한 가지는, 사람을 쏘는 것은 그다지 어렵지 않지만 쏜 사람을 되돌릴 방법은 전혀 없다는 것이다.

대학 보안 차량이 천천히 굴러왔다. 타이어가 아스팔트 위의 돌조각을 으깨는 소리가 들렸다. 그 외에는 사방이 조용했다. 그러다 시간이 다시 흐르면서 머릿속에서 '어서 가'라는 목소리가 들렸다. 나는 밴으로 달려가 가운데 좌석에 총을 던지고 시동을 켜고 바퀴 두 짝이 들릴 정도로 급하게 유턴을 했다. 비쩍 마른 청년의 몸이 이리저리 흔들렸다. 나는 핸들을 바로 잡고 가속페달을 세게 밟아 남쪽으로 출발했다. 백미러로 보이는 시야는 제한적이었지만 대학 보안 차량이 경광등에 불을 켜고 뒤쫓아 오는 것은 잘 보였다. 청년은 아무 소리도 내지 못했다. 그저 제자리에서 중심을 잡고 똑바로 앉아 있는 데에만 집중하고 있었다. 나는 가능한 한 빨리 가속하는 데만 집중했다. 다행히 교통량이 적었다. 뉴잉글랜드 마을의 아직 이른 아침이었다. 나는 시속 110킬로로 속도를 올리고 손가락 관절이 하얘질 때까지 핸들을 꽉 쥐고는 뒤에 뭐가 있는지 보고 싶지 않은 것처럼 앞만 보며 달렸다.

"뒤에 차가 얼마나 떨어져 있지?" 나는 그에게 물었다.

청년은 대답이 없었다. 그는 충격으로 내게서 최대한 멀리 떨어진 채 몸을 웅크리고 천장만 쳐다보고 있었다. 오른손은 문을 꽉 잡고 있었다. 창백한 피부, 긴 손가락.

"얼마나 떨어져 있어?" 나는 다시 물었다. 엔진이 시끄럽게 포효하고 있었다.

"아저씨가 경찰을 죽였어요." 그가 말했다. "그 사람, 경찰이었다고요. 알아요?"

"알아."

"아저씨가 쏴 버렸어요."

"사고였어. 뒤에 차는 얼마나 떨어져 있지?"

"경찰 배지를 보여주려고 한 건데."

"얼마나 떨어져 있냐고!"

그가 고개를 돌려 작은 후방 창문으로 밖을 내다보았다.

"30미터쯤이요……" 불명확하고 겁에 질린 목소리였다. "가까이에 있어요. 한 명이 총을 들고 창문 밖으로 몸을 내밀었어요."

바로 그때 엔진의 굉음과 타이어 구르는 소리 위로 총소리가 들렸다. 나는 콜트를 집어 들었다가 바로 내려놓았다. 총알이 없었다. 이미 여섯 발을 발사한 뒤였다. 라디에이터에 한 방, 타이어에 두 방, 픽업 남자 두 명, 그리고 경찰 한 명.

"글로브 박스 열어 봐." 내가 말했다.

"차 세워요." 그가 말했다. "저 사람들한테 설명해요. 아저씨는 나를 구해주고 있었던 거잖아요. 경찰을 쏜 건 단지 실수였다고 말해요."

그는 나를 보고 있지 않았다. 후방 창문만 열심히 쳐다보고 있었다.

"난 경찰을 쐈어." 나는 차분한 목소리로 말했다. "그게 그들이 아는 전부야. 그들이 알고 싶어하는 전부이기도 하고. 어떻게, 왜 그랬는지는 신경 쓰지 않을 거야."

그는 아무 말도 하지 않았다.

"글로브 박스 열어 봐." 나는 다시 말했다.

그는 몸을 돌려 더듬더듬 덮개를 열었다. 그 안에는 또 다른 콜트 아나콘다가 들어 있었다. 똑같이 크고 무거운 스테인리스스틸. 완전 장전 상태. 나는 청년에게서 총을 잡아채고 창문을 끝까지 내렸다. 차가운 공기가 돌풍처럼 밀려들었다. 그 바람결에 우리 바로 뒤에서 계속 빠르게 발사하는 총소리가 실려 들어왔다.

"젠장."

그는 아무 말도 하지 않았다. 총성은 계속해서 크고 둔탁하게 울려 퍼졌다. 더럽게 못 맞추네.

"바닥에 엎드려." 내가 말했다.

나는 왼쪽 어깨를 문틀에 단단히 고정하고 오른팔을 최대한 뒤로 돌려 새 아나콘다를 창문 밖으로 내밀고 뒤쪽을 향해 겨눴다. 한 발을 쏘자 그는 공포에 질려 나를 쳐다보더니 앞으로 미끄러져 내려가 앞좌석 가장자리와 대시보드 사이의 공간에 머리를 감싸 안고 웅크렸다. 방금 그의 머리가 있던 위치에서 3미터 뒤에 있는 후방 창문이 박살 난 것은 그로부터 1초 뒤였다.

"젠장." 나는 사격 각도를 확보하려고 도로 가장자리로 방향을 틀었다. 다시 뒤쪽으로 총을 쐈다.

"네가 좀 봐 줘야겠어." 내가 말했다. "몸은 최대한 낮추고."

그는 움직이지 않았다.

"일어나 봐. 지금은 네가 좀 봐 줘야 해."

청년은 몸을 약간 일으켜 뒤쪽이 살짝만 보일 정도로 고개를 들어 올렸다. 그가 깨진 뒷유리를 의식하는 것이 보였다. 자신의 머리가 뒷유리와 일직선상에 있었다는 사실을 깨달은 것 같았다.

"속도를 조금 줄일 거야." 내가 말했다. "저 차가 나를 추월할 수 있도록."

"그러지 마세요." 그가 말했다. "아직 상황을 바로잡을 수 있어요."

나는 그의 말을 무시했다. 속도를 시속 80킬로미터 정도로 늦추고 오른쪽으로 붙자 보안 차량이 본능적으로 왼쪽으로 빠져 내 측면으로 붙었다. 남은 세 발을 쏘자 앞유리가 박살 나면서 운전자가 맞았거나 타이어가 터졌을 때처럼 차가 비틀거리며 도로를 가로질렀다. 보안 차량은 반대편 갓길로 파고들더니 줄 맞춰 심은 관목을 뭉개버리고는 시야에서 사라졌다. 나는 빈 총을 옆 좌석에 내려놓고 창문을 올린 뒤 가속페달을 세게 밟았다. 청년은 아무 말도 하지 않았다. 그저 밴의 뒤쪽만 쳐다보고 있었다. 깨진 뒷유리로 공기가 빨려 나가면서 이상한 바람 소리가 났다.

"됐어." 나는 숨이 가빴다. "이제 좀 편히 가겠군."

그가 나를 향해 고개를 돌렸다.

"제정신이에요?" 그가 말했다.

"경찰을 쏘면 어떻게 되는지 알아?" 내가 반문했다.

그는 아무 대답도 하지 않았다. 우리는 침묵 속에서 30초 동안 1킬로미터 정도를 달리며 최면에 걸린 것처럼 눈을 깜박이며 정면만 응시했다. 밴 내부에 화약 냄새가 진동했다.

"사고였어." 내가 말했다. "그 경찰을 되살릴 수는 없어. 그러니 잊어버려."

"아저씨는 누구예요?" 그가 물었다.

"알 거 없어. 그런 넌 누구지?" 내가 되물었다.

그는 조용해졌다. 거칠게 숨을 쉬었다. 나는 백미러를 확인했다. 뒤쪽 도로는 완전히 비어 있었다. 앞쪽도 마찬가지였다. 우리는 외딴 시골 한가운데에 있었다. 고속도로 진출로에서 10분 정도 떨어져 있는 것 같았다.

"전 납치 표적자예요." 그가 말했다.

그는 이상한 조합의 단어를 썼다.

"그들은 절 납치하려고 했던 거예요."

"그렇게 생각해?"

그가 고개를 끄덕였다. "전에도 이런 일이 있었거든요."

"이유는?"

"돈 때문이죠. 다른 이유가 있겠어요?"

"너 부자야?"

"아빠가 부자예요."

"아빠가 누군데?"

"그냥 평범한 사람이에요."

"어쨌든 부자인 거네." 내가 말했다.

"러그를 수입해요."

"러그? 카펫 같은 거?"

"오리엔탈 러그요."

"오리엔탈 러그를 수입하는 걸로 부자가 될 수 있다고?"

"네, 엄청나게요." 그가 말했다.

"넌 이름이 뭐지?"

"리처드예요. 리처드 벡."

나는 다시 백미러를 확인했다. 뒤쪽 도로는 여전히 비어 있었다. 앞쪽도 마찬가지였다. 나는 보통 사람들처럼 속도를 조금 줄이고 중앙선을 잘 지키며 운전했다.

"그런데 저놈들은 누구지?" 내가 물었다.

리처드 벡은 고개를 저었다. "모르겠어요."

"그들은 네가 언제 어디로 갈지 알고 있었어."

"내일이 엄마 생일이어서 집에 가려고 했어요."

"그 사실을 누가 알고 있지?"

"우리 가족을 아는 사람이라면 누구나 다요. 러그 업계 사람이면 누구든. 우리 가족은 꽤 유명하거든요."

"러그 수입 쪽도 업계가 있나?" 내가 물었다.

"우린 모두 경쟁자예요. 같은 공급원, 같은 시장. 우린 서로를 다 알고 있어요."

나는 아무 말도 하지 않았다. 그냥 시속 90킬로미터로 계속 달렸다.

"이름 같은 거 있어요?" 리처드가 나에게 물었다.

"아니." 내가 답했다.

그는 이해한다는 듯 고개를 끄덕였다. 똑똑한 녀석이군.

"이제 어떻게 할 거예요?" 그가 물었다.

"고속도로 근처에서 내려줄게. 히치하이킹을 하거나 택시를 불러. 그리고 나에 대한 것들은 전부 다 잊고."

그는 아주 조용해졌다.

"경찰서로 데려다줄 수는 없어. 그건 절대 안 돼. 이해하지? 난 사람을 죽였어. 한 명, 어쩌면 세 명. 너도 봤잖아."

그는 계속 조용히 있었다. 결정의 시간. 고속도로까지는 앞으로 6분 남았다.

"평생 날 감옥에 처넣을 거야." 내가 말했다. "내가 실수했어. 사고였지만 경찰은 내 말을 듣지 않을 거야. 절대. 그러니까 누구한테도 가자고 하지 마. 목격자로든 뭐든. 난 그냥 사라질 거야. 없었던 사람처럼. 알아들었어?"

그는 아무 말도 하지 않았다.

"누구한테든 내 인상착의에 대해 말하지 마. 너무 충격이 심해서 기억나지 않는다고 말해. 안 그러면 내가 널 찾아내서 죽일 테니까."

그는 대답하지 않았다.

"어딘가에서 내려주마." 내가 말했다. "우린 만난 적도 없는 거야."

그는 옆으로 몸을 돌려 나를 똑바로 쳐다보았다.

"집까지 데려다주세요." 그가 말했다. "집 앞까지요. 돈을 드릴게요. 아저씨를 도와드릴 수도 있어요. 원한다면 숨겨드릴 수도 있고요. 우리 부모님이 고마워할 거예요. 물론 저도 감사드리고요. 정말이에요. 절 구해주셨잖아요. 경찰 일은 그냥 사고였을 뿐이에요. 운이 나빴던 거죠. 긴박한 상황이었으니까요. 이해할 수 있어요. 입 다물고 있을게요."

"네 도움은 필요 없어. 그냥 널 떼어내고 싶은 것뿐이지."

"하지만 전 집에 가야 해요. 서로에게 도움이 될 거예요."

고속도로까지는 앞으로 4분 남았다.

"집이 어딘데?" 내가 물었다.

"애봇이요."

"어디 애봇?"

"메인 주 애봇이요." 그가 말했다. "해안가에 있어요. 케네벙크포트와 포틀랜드 사이."

"반대 방향인데."

"고속도로에서 북쪽으로 틀면 돼요."

"최소 300킬로미터는 될 텐데."

"돈을 드릴게요. 그럴 만한 가치가 있을 만큼요."

"보스턴 근처에서 내려줄 수 있어. 포틀랜드로 가는 버스가 있을 거야."

그는 발작하듯 격렬하게 고개를 저었다.

"안 돼요. 버스는 탈 수 없어요. 혼자 있는 건 위험해요. 지금은요. 보호가 필요해요. 그놈들이 아직 어딘가에 있을지도 몰라요."

"그놈들은 죽었어. 빌어먹을 아까 그 경찰관처럼." 내가 말했다.

"공모 수행자가 있을지도 몰라요."

그는 또다시 이상한 조합의 단어를 썼다. 작고 마르고 겁에 질린 모습. 목 피부 위로 맥박이 뛰는 게 보였다. 그는 두 손으로 머리카락을 뒤로 젖혀 자신의 귀를 보여주었다. 왼쪽 귀가 없었다. 흉터 조직만 단단하게 뭉쳐 있었다. 마치 익히지 않은 토르텔리니* 파스타 조각처럼 보였다. *돼지고기와 치즈 등으로 속을 채운 뒤 반달 모양으로 접어 양끝을 이어 붙인 만두형의 파스타.

"처음에는 귀를 잘라서 그걸 우편으로 보냈어요."

"언제?"

"제가 열다섯 살 때요."

"네 아빠가 돈을 안 줬어?"

"충분히 빨리 주지 않았어요."

나는 아무 말도 하지 않았다. 리처드 백은 그저 앉아서 자신의 휴대를 보여주고는 충격과 두려움에 사로잡힌 채 기계처럼 숨을 쉬고 있었다.

"괜찮은 거야?"

"집까지 데려다주세요." 그가 애원하듯 말했다. "지금은 혼자 있으면 안 돼요."

고속도로까지 2분 남았다.

"제발요. 도와주세요."

"젠장." 나는 세 번째로 말했다.

"우린 서로 도울 수 있어요. 아저씨도 숨어 있어야 하잖아요."

"이 밴을 계속 타고 갈 수는 없어. 이 차에 대한 정보가 주 전역에 방송되고 있을 거야."

그가 희망에 가득 찬 눈빛으로 나를 바라보았다. 고속도로까지 1분 남았다.

"다른 차를 찾아야 해."

"어디서요?"

"어디서든. 차는 사방에 있으니까."

고속도로 인터체인지의 남서쪽에 대형 교외 쇼핑몰이 자리하고 있었다. 한참 멀리서부터 보일 정도였다. 창문이 없는 커다란 황갈색 건물에 밝은 네온사인이 달려 있었다. 광활한 주차장은 절반 정도 차 있었다. 나는 차를 몰고 쇼핑몰 전체를 한 바퀴 돌았다. 웬만한 마을 크기였다. 어디에나 사람들이 있었다. 그래서 신경이 쓰였다. 다시 한 바퀴를 돌고 줄지어 놓인 쓰레기 컨테이너를 지나 대형 백화점 뒤편으로 향했다.

"어디로 가는 거예요?" 리처드가 물었다.

"직원 주차장. 고객들은 온종일 들락날락해. 예측할 수가 없어. 하지만 직원들은 개점 시간 내내 안에 있어. 더 안전하지."

그는 이해되지 않는 표정으로 나를 쳐다보았다. 나는 여덟 대의 차량이 빈 벽을 향해 정면으로 줄지어 주차된 곳으로 다가갔다. 3년 정도 된 칙칙한 색깔의 닛산 맥시마 옆에 빈자리가 하나 있었다. 적당했다. 별로 눈에 띄지 않는 차량이었다. 주차장은 외진 곳에 있었고 조용하고 한적했다. 나는 비어 있는 주차 칸에 후진으로 들어가 주차했다. 밴의 뒷문을 벽에 바짝 붙였다.

"깨진 창문이 안 보이도록 숨겨야 하니까."

그는 아무 말도 하지 않았다. 나는 콜트 두 정을 코트 주머니에 넣고 차에서 내려 맥시마의 문을 열어보았다.

"철사 같은 거 좀 찾아봐. 굵은 전기 케이블이나 옷걸이 같은 거."

"이 차를 훔치려고요?"

나는 말없이 고개만 끄덕였다.

"이게 최선이에요?"

"실수로 경찰을 쏜 게 너라면 너도 이렇게 할걸."

그는 잠시 멍한 표정을 짓더니 정신을 차리고 주위를 둘러보았다. 나는 콜트 아나콘다를 비우고 탄피 열두 개는 쓰레기통에 버렸다. 그가 쓰레기 더미에서 1미터 길이의 전선을 가지고 돌아왔다. 나는 이빨로 절연피복을 벗겨내고 끄트머리를 작은 고리 모양으로 만들어서 맥시마 창틀의 고무실링 안으로 밀어 넣었다.

"망 좀 봐." 내가 말했다.

그가 한 발짝 물러나서 주차장을 훑어보는 동안 나는 전선을 문짝 안으로 밀어 넣어 이리저리 움직이며 문 손잡이를 당겼다. 딸깍 소리와 함께 문이 열렸다. 핸들 아래로 몸을 굽혀 플라스틱 덮개를 벗겨냈다. 그 안에서 필요한 전선 두 개를 찾아 서로 맞댔다. 시동 모터가 웅웅거리며 엔진이 돌아가기 시작했다. 그는 꽤 감명받은 표정이었다.

"한창 때 좀 놀았지." 내가 말했다.

"이게 최선이에요?" 그가 다시 물었다.

나는 고개를 끄덕였다. "우리가 할 수 있는 가장 현명한 선택이지. 오늘 저녁 6시 아니면 8시, 아무튼 쇼핑몰이 문을 닫을 때까지 이 차가 없어진 걸 아무도 알아채지 못할 거야. 그 전에 넌 집에 도착할 거고."

그는 조수석 문에 손을 대고 잠시 머뭇거리다 스스로를 다독이며 차 안으로 몸을 숙여 들어갔다. 나는 운전석 등받이를 뒤로 젖히고 사이드미러를 조정한 뒤 쇼핑몰 주차장을 천천히 빠져나갔다. 100미터 떨어진 곳에서 경찰차가 순찰 중이었다. 나는 잠시 차를 세우고 경찰차가 지나갈 때까지 시동을 켜고 앉아 있었다. 그런 다음 서둘러 출구로 향했고 인터체인지를 돌아서 2분 후에는 넓고 잘 빠지는 고속도로를 타고 시속 100킬로미터의 속도로 북쪽으로 가고 있었다. 차 안에는 향수 냄새가 진하게 났고 티슈 상자 두 개가 있었다. 뒷유리에는 투명한 흡착판이 달린 털북숭이 곰 인형이 붙어 있었다. 뒷좌석에는 리틀 야구 글러브가 있었고 트렁크에서는 알루미늄 배트가 덜그렁거리는 소리가 들렸다.

"엄마표 택시군." 내가 말했다.

그는 대답하지 않았다.

"걱정하지 마. 분명 보험에 가입되어 있을 테니까. 이 차 주인은 모범 시민이 틀림없어."

"죄책감 느끼지 않아요?" 그가 물었다. "그 경찰에 대해서요."

나는 그를 잠시 쳐다보았다. 마르고 창백한 얼굴로 나에게서 최대한 멀리 떨어져 웅크리고 있었다. 그의 손은 문에 기대어 있었다. 긴 손가락이 그를 마치 연주자처럼 보이게 했다. 그는 나를 좋게 생각하고 싶어하는 것 같았지만, 나는 그런 게 필요 없었다.

"어쩔 수 없는 때도 있는 거야. 너무 신경 쓸 필요 없어."

"무슨 대답이 그래요?"

"그냥 그런 일이 생길 수도 있다고. 경미한 부수적 피해였어. 우리에게 해가 되지 않는 한 아무 의미도 없어. 중요한 건, 결과를 바꿀 수 없으니 그냥 넘어가는 거야."

그는 아무 말도 하지 않았다.

"어쨌든 네 아빠 잘못이야."

"부자에다가 아들이 있어서요?"

"형편없는 경호원을 고용한 거."

그는 고개를 돌렸다. 아무 말도 하지 않았다.

"경호원들, 맞지?"

그는 고개를 끄덕였다. 아무 말도 하지 않았다.

"그래서 넌 죄책감을 느껴? 그 사람들 때문에?"

"조금은요. 그 사람들을 잘 알지는 못했어요."

"그들은 쓸모없었어."

"너무 순식간에 벌어진 일이잖아요."

"나쁜 놈들이 바로 거기서 기다리고 있었어. 그런 누더기 같은 낡은 픽업트럭이 깔끔한 대학가에 덩그러니 서 있는데 경호원이라는 놈들이 어떻게 그걸 못 알아채지? 위협 예측이라는 것도 모르나?"

"아저씨는 알아챘다고 말하는 거예요?"

나는 고개를 끄덕였다. "물론."

"트럭 운전사치고는 꽤 훌륭하네요."

"난 육군 출신이야. 헌병이었지. 그래서 경호 업무를 잘 알아. 부수적인 피해도 이해하고."

그는 미심쩍어하며 고개를 끄덕였다.

"이제 이름 있어요?" 그가 물었다.

"상황에 따라서는. 네 입장이 어떤지 먼저 파악해야 할 필요가 있거든. 난 온갖 종류의 문제에 휘말릴 수 있어. 적어도 경찰 한 명이 죽었고 지금은 차까지 훔쳤으니까."

그는 조용해졌다. 나도 거기에 맞춰 말없이 운전만 하면서 그에게 생각할 시간을 줬다. 매사추세츠를 거의 벗어나고 있었다.

"우리 가족은 충성심을 높이 평가해요." 그가 말했다. "아저씨는 저에게 큰 도움을 줬어요. 그리고 제 부모님에게도 도움을 줬고요. 몸값을 아껴준 셈이잖아요. 제 부모님이 감사의 뜻을 표할 거예요. 아저씨를 절대 경찰에 찌르지는 않을 거라 확신해요."

"집에 전화해야 해?"

그는 고개를 저었다. "절 기다리고 있어요. 제가 나타나기만 하면 되니까 굳이 전화할 필요는 없어요."

"경찰이 집으로 전화할 거야. 경찰은 네가 큰 곤경에 처했다고 생각할 테니까."

"경찰은 우리 집 전화번호 몰라요. 아무도 몰라요."

"학교에서 당연히 너희 집 주소를 알고 있을 텐데. 그럼 전화번호도 금방 알게 되겠지."

그는 다시 고개를 저었다. "학교에도 주소는 없어요. 아무도 몰라요. 우린 그런 걸 엄청 조심하거든요."

나는 어깨를 으쓱하고 조용히 1킬로미터를 더 운전했다.

"그럼 넌 어때?" 내가 말했다. "날 경찰에 찌를 거야?"

나는 그가 오른쪽 귀를 만지는 걸 보았다. 아직 남아 있는 귀였다. 무의식적인 행동인 게 분명했다.

"아저씨는 제 목숨을 구해주셨어요. 배신하지 않아요."

"좋아. 내 이름은 리처야."

버몬트 주의 작은 모퉁이를 넘어가느라 몇 분을 보낸 뒤 뉴햄프셔 주를 가로질러 북동쪽으로 달렸다. 길고 긴 운전을 위한 대비가 필요했다. 아드레날린이 다 빠져나가자 그는 쇼크 상태에서 벗어났고 우리 둘 다 약간 기운이 빠지면서 졸렸다. 나는 바깥 공기를 들이고 향수 냄새를 없애기 위해 창문을 조금 열었다. 차 안이 시끄러워졌지만 덕분에 졸음을 쫓을 수 있었다. 우리는 몇 마디 이야기를 나눴다. 리처드 벡은 스무 살이라고 했다. 대학 2학년이었다. 내게는 핑거 페인팅을 설명하는 것처럼 들리는 현대 미술 표현 같은 걸 전공한다고 했다. 그는 인간관계가 서툴렀다. 외동아들이었다. 가족에 대해서는 양가감정을 가지고 있었다. 그들 가족은 분명히 어떤 형태로든 똘똘 뭉쳐 있지만, 그의 절반은 가족에서 벗어나고 싶어했고 나머지 절반은 속해 있고 싶어했다. 그는 이전의 납치 사건으로 극심한 트라우마를 겪고 있었다. 귀를 잃은 것 말고도 그에게 무슨 일이 있었던 건 아닌지 의문이 들었다. 어쩌면 훨씬 더 나쁜 일이 있었는지도 모른다.

나는 그에게 군대 얘기를 해 주었다. 내 경호 실력에 대해 꽤 부풀려서 말했다. 적어도 지금만큼은 그가 능력 있는 사람의 손에 맡겨졌다고 느끼길 바랐다. 나는 빠르고 안정적으로 운전했다. 맥시마에는 기름이 가득 차 있어서 주유 때문에 멈출 필요는 없었다. 그는 점심도 먹고 싶어하지 않았다. 나는 화장실에 가려고 한 번 멈췄다. 다시 점화 전선을 만질 필요가 없도록 시동을 켜둔 채 내렸다. 차로 돌아왔을 때 그는 차 안에 힘없이 앉아 있었다. 다시 도로에 올라 뉴햄프셔의 콩코드를 지나 메인 주의 포틀랜드로 향했다. 집에 가까워질수록 그는 더 편안해졌다. 그러나 또한 더 조용해졌다. 양가감정.

우리는 주 경계선을 넘었고 포틀랜드까지 30킬로미터 정도 남았을 때 그가 몸을 돌려 신중하게 후방을 확인한 뒤 다음 출구로 나가라고 말했다. 우리는 대서양을 향해 동쪽으로 곧장 이어지는 좁은 길로 접어들었다. I-95 도로 아래를 지나 화강암 곶을 따라 바다까지 25킬로미터 이상을 달리는 길이었다. 여름이라면 멋졌을 풍경이었지만 지금은 춥고 황량했다. 짠 바닷바람에 자라지 못한 나무들과 강풍과 폭풍우 파도로 흙이 쓸려 내려가 노출된 바위 뿌리가 있었다. 길은 최대한 멀리 동쪽으로 가려고 싸우는 것처럼 구불구불하게 굽어 있었다. 저 멀리 바다가 보였다. 바다는 회색빛이었다. 우리는 좌우로 작은 만을 지나치며 계속 나아갔다. 거친 모래로 이루어진 작은 해변이 보였다. 길이 왼쪽으로 구부러졌다가 곧바로 오른쪽으로 꺾이면서 손바닥 모양의 곶으로 올라갔다. 손바닥은 급하게 좁아지면서 손가락 하나가 바다로 툭 돌출된 모양이 되었다. 너비가 100미터, 길이가 800미터 정도 되는 암석 반도였다. 차를 때리는 바람이 느껴졌다. 반도 위로 차를 몰고 나가자, 높은 화강암 장벽을 가리려고 애쓰고 있지만 키가 너무 작고 굵기는 가늘어 소기의 목표를 달성하지 못한, 굽고 왜소한 상록수가 줄지어 서 있는 것이 보였다. 장벽은 높이가 2.5미터 정도였다. 장벽 위쪽에는 철조망이 감겨 있었고 일정한 간격으로 보안용 조명이 설치되어 있었다. 장벽은 바다로 돌출된 손가락 모양 암석의 너비인 100미터에 걸쳐 옆으로 이어져 있었다. 양쪽 끝부분은 급하게 경사가 진 채로 바닷속까지 이어져 있었고, 거기서는 거대한 암석 덩어리들 위에 장벽의 기초가 세워져 있었다. 암석 덩어리에는 해초가 이끼처럼 끼어 있었다. 장벽의 정중앙에는 철제 게이트가 설치되어 있었다. 굳게 닫혀 있었다.

"여기가 제가 사는 곳이에요." 리처드 벡이 말했다.

길은 곧장 게이트로 이어졌다. 게이트 뒤로는 길고 곧은 진입로가 있었다. 그 진입로 끝에 회색 석조 주택이 있었다. 손가락 모양 암석의 끝부분에, 바다와 면해 있는 그 저택이 보였다. 게이트 바로 안쪽에는 단층짜리 게이트하우스*가 있었다. 저택과 같은 디자인에 같은 석재로 지어졌지만 훨씬 작고 낮았다. 장벽과 건물의 기초를 공유하고 있었다. 나는 속도를 늦추고 게이트 앞에 차를 세웠다. *대규모 저택 옆에 지은 작은 집으로 경비실이나 관리인실로 사용되는 구조물. 출입 통제 및 보안 기능을 담당한다.

"경적을 울려보세요." 리처드 벡이 말했다.

맥시마의 에어백 덮개에 작은 나팔 모양이 있었다. 한 손가락으로 나팔을 누르자 경적이 정중하게 울렸다. 게이트 기둥에 설치된 감시 카메라가 기울어지며 회전하는 것이 보였다. 마치 작은 유리 눈이 나를 지켜보는 것 같았다. 한참 뒤 게이트하우스의 문이 열리고 검은 정장을 입은 남자가 나왔다. 정장은 빅 사이즈 전문 매장에서 산 것 같았는데 아마 그 매장에서 파는 것 중에서도 가장 큰 사이즈였겠지만 그럼에도 불구하고 어깨는 꽉 끼었고 소매는 짧았다. 나보다 훨씬 덩치가 큰 남자였다. 확실히 기형의 범주에 속하는 거인이었다. 그는 문 옆에서 우리 쪽을 바라보았다. 나를 오래 쳐다보았고 리처드는 잠깐 보았다. 그러더니 잠금장치를 풀고 문을 젖혀 열었다.

"이 길 끝에 집이 있어요. 계속 가세요. 여기서 멈추지 말고요. 전 저 사람 별로 안 좋아해요." 리처드가 말했다.

나는 게이트를 통과했다. 멈추지 않았다. 대신 천천히 운전하며 주위를 둘러보았다. 어떤 장소에 들어갈 때 가장 먼저 해야 할 일은 출구를 찾는 것이다. 장벽은 양쪽 끝부분이 다 거친 바닷속으로 이어져 있었다. 벽은 뛰어넘기에는 너무 높았고, 위쪽 철조망 때문에 타고 올라갈 수도 없었다. 장벽 안으로 30미터 정도의 개활지가 있었다. 접근금지구역 같았다. 아니면 지뢰밭일 수도 있고. 조명이 모든 구역을 비추도록 설치되어 있었다. 게이트를 통과하는 것 말고는 나갈 길이 없었다. 거인이 우리 뒤에서 게이트를 닫고 있었다. 백미러로 그 모습이 보였다.

집까지 가는 데 한참 걸렸다. 삼면이 회색 바다로 둘러싸인 그의 집은 크고 오래된 건물이었다. 오래전 고래잡이로 막대한 재산을 모은 어떤 선장의 집이었을 것이다. 전체가 돌로 지어진 저택은 복잡한 구슬 세공과 몰딩 등으로 장식되어 있었다. 북쪽을 향한 모든 면은 회색 이끼로 덮여 있었고 나머지는 녹색 점으로 얼룩져 있었다. 3층짜리 집이었다. 열두 개의 굴뚝이 있었다. 지붕 라인은 복잡했다. 곳곳의 박공에는 짧은 홈통과 빗물을 배수하는 수십 개의 굵은 철제 파이프가 달려 있었다. 현관문은 참나무로 만들어졌는데, 철제 징 장식이 띠처럼 둘러져 있었다. 진입로는 마차가 돌 수 있을 만큼 원을 그리며 넓어졌다. 나는 이 원형 회전로를 따라 시계 반대 방향으로 돌아 현관문 바로 앞에 차를 세웠다. 문이 열리더니 검은 정장을 입은 또 다른 남자가 나왔다. 그는 나와 비슷한 체격으로 게이트하우스의 남자보다는 훨씬 작았다. 하지만 느낌은 더 좋지 않았다. 돌처럼 굳은 얼굴이었고 눈에는 감정이 없었다. 그는 기다렸다는 듯이 맥시마의 조수석 문을 열었다. 아까 그 거인이 미리 연락했을 거라고 추측했다.

"여기서 기다려 주실래요?" 리처드가 양해를 구했다.

그가 차에서 내려 저택 안쪽 어둠 속으로 걸어 들어가자 정장을 입은 남자가 밖에서 현관문을 닫고 바로 그 앞에 자리를 잡았다. 그가 나를 쳐다보지는 않지만 시야 어딘가에 나를 두고 있다는 게 느껴졌다. 나는 핸들 아래의 전선을 끊어 시동을 끄고 기다렸다.

40분에 가까운 꽤 긴 기다림이었다. 엔진이 작동하지 않자 차 안이 추워졌다. 집 주변을 휘감는 바닷바람에 차가 부드럽게 흔들렸다. 앞유리를 통해 정면을 응시했다. 나는 북동쪽을 향해 있었다. 공기는 깨끗했다. 왼쪽으로 굽이쳐 들어오는 해안선이 보였다. 30킬로미터 떨어진 곳에서 희미한 갈색 얼룩이 공중에 떠 있는 게 보였다. 아마도 포틀랜드에서 올라오는 오염 물질일 것이다. 도시 자체는 곶에 가려 보이지 않았다.

이윽고 현관문이 다시 열렸다. 정장 입은 남자가 잽싸게 옆으로 비켜서고 한 여자가 나왔다. 리처드 벡의 어머니였다. 의심의 여지가 없었다. 그녀도 리처드처럼 체격이 가냘팠고 얼굴은 창백했다. 손가락도 길었다. 청바지와 두꺼운 피셔맨 스웨터를 입고 있었다. 머리카락이 바람에 날렸는데, 쉰 살쯤 되어 보였다. 피곤하고 긴장한 모습이었다. 그녀는 차에서 2미터 정도 떨어진 위치에서 멈췄는데, 마치 내가 차에서 내리고 서로 중간쯤에서 만나 인사하는 것이 더 공손하다는 걸 깨닫게 해주려는 것처럼 보였다. 그래서 문을 열고 내렸다. 몸이 뻣뻣하고 쑤셨다. 앞으로 걸음을 떼자 그녀가 손을 내밀어서 우리는 악수를 나눴다. 얼음장처럼 차갑고 뼈와 힘줄만 만져지는 손이었다.

"무슨 일이 있었는지 아들에게 들었어요." 그녀가 말했다. 낮고 약간 허스키한 목소리였는데, 담배를 많이 피웠거나 많이 운 것 같았다. "아들을 구해주셔서 얼마나 감사한지 말로 다 표현할 수가 없네요."

"아드님은 괜찮습니까?" 내가 물었다.

그녀는 확신이 서지 않는 듯 얼굴을 찡그렸다. "지금은 누워 있어요."

나는 고개를 끄덕이며 그녀의 손을 놓았다. 어색한 침묵이 짧게 흘렀다.

"엘리자베스 벡이에요." 그녀가 자기소개를 했다.

"잭 리처입니다."

"제 아들이 당신의 곤란한 상황에 대해 설명해줬어요."

중립적인 단어의 조합. 멋진 표현이었다. 나는 아무 말도 하지 않았다.

"밤에 남편이 들어올 거예요. 그이가 어떻게 해야 할지 알 거예요."

나는 고개를 끄덕였다. 또다시 어색한 침묵이 흘렀다. 나는 기다렸다.

"들어오시겠어요?" 그녀가 물었다.

그녀는 돌아서서 복도로 걸어 들어갔다. 나도 그녀를 따라갔다. 문을 통과하자 삐 소리가 났다. 다시 보니 내부 문틀에 금속 탐지기가 설치되어 있었다.

"괜찮으시겠어요?" 엘리자베스 벡이 물었다. 그녀는 나를 향해 다소 겸연쩍고 미안해하는 몸짓을 하더니 정장을 입은 덩치 크고 못생긴 남자에게도 같은 몸짓을 취했다. 그가 다가와서 몸수색을 할 준비를 했다.

"총 두 자루." 내가 말했다. "빈 총입니다. 코트 주머니에."

그는 전에도 사람들을 많이 수색해본 듯한 능숙하고 익숙한 동작으로 총을 꺼냈다. 그는 옆 탁자 위에 총을 놓고 쪼그리고 앉아 내 다리를 훑은 다음 일어서서 팔, 허리, 가슴 등을 꼼꼼하게 더듬었다. 아주 철저했지만 그다지 정중하지는 않았다.

"죄송해요." 엘리자베스 벡이 말했다.

정장을 입은 남자가 뒤로 물러섰고 또다시 어색한 침묵이 흘렀다.

"뭐 필요한 거 있으세요?" 엘리자베스 벡이 물었다.

필요한 것이 많이 떠올랐다. 하지만 그저 고개만 저었다.

"좀 피곤합니다. 긴 하루였거든요. 낮잠을 좀 자야겠습니다."

그녀는 마치 사사로운 경찰 살해범이 어딘가에서 잠을 자고 있다는 사실이 그녀에게 가해지는 사회적 압박을 덜어주기라도 하는 듯 짧게 만족스러운 미소를 지었다.

"그러세요." 그녀가 말했다. "듀크가 방을 안내해드릴 거예요."

그녀는 나를 잠시 더 바라보았다. 긴장과 창백함 속에서도 그녀는 아름다웠다. 골격이 가늘었고 고운 피부를 지니고 있었다. 30년 전만 해도 따라다니는 남자를 막대기로 쫓느라 바빴을 것 같았다. 그녀는 돌아서서 저택 안 깊숙이 사라졌다. 나는 정장을 입은 남자를 바라보았다. 그가 듀크일 거라 짐작했다.

"총은 언제 돌려받을 수 있소?" 내가 물었다.

그는 대답 없이 계단을 가리켰고 나를 뒤따라 올라왔다. 우리는 함께 3층으로 올라갔다. 그가 문을 열어주었고 나는 안으로 들어갔다. 참나무 패널로 마감된 평범한 사각형 방이었다. 방 안에는 무겁고 낡은 가구들이 놓여 있었다. 침대, 옷장, 테이블, 의자. 바닥에는 오리엔탈 러그가 깔려 있었다. 얇고 해진 상태였다. 어쩌면 매우 값비싼 골동품일지도 몰랐다. 듀크는 나를 제치고 가로질러 건너가 욕실이 어디 있는지 알려줬다. 그는 호텔의 벨보이처럼 행동하고 있었다. 그가 다시 나를 제치고 문으로 갔다.

"저녁식사는 8시." 그가 말했다. 다른 말은 없었다.

그는 밖으로 나가 문을 닫았다. 소리는 나지 않았지만 확인해 보니 밖에서 잠겨 있었다. 안쪽에는 열쇠 구멍 자체가 없었다. 나는 창을 통해 밖을 내다보았다. 저택의 뒤편이었고 보이는 것은 오직 바다뿐이었다. 나와 유럽 대륙 사이에 아무것도 없는 정동향이었다. 아래를 내려다보았다. 15미터 아래의 암반 주위로 파도가 거품을 일으키고 있었다. 밀물이 들어오는 것 같았다.

다시 문으로 돌아가 귀를 대고 집중해서 들어보았다. 아무 소리도 들리지 않았다. 천장과 몰딩, 가구를 아주 신중하게 꼼꼼히 살펴보았다. 아무것도 없었다. 카메라도 없었다. 마이크는 신경 쓰지 않았다. 어차피 아무 소리도 내지 않을 작정이었다. 침대에 앉아 오른쪽 신발을 벗었다. 신발을 뒤집고 손톱으로 뒷굽에서 못을 뽑았다. 뒷굽 고무를 작은 문처럼 돌리고 신발을 바로 들어 흔들었다. 작은 검은색 직사각형 플라스틱이 침대 위로 떨어져 한 번 튀었다. 무선 이메일 기기였다. 특별한 기능은 없는 흔한 제품이었는데 한 주소로만 전송되도록 재프로그래밍 되어 있었다. 조금 큰 호출기 사이즈였다. 작고 빽빽한 키보드에 작은 키들이 달려 있었다. 전원을 켜고 짧은 메시지를 입력했다. 그런 다음 '전송' 키를 눌렀다.

메시지는 다음과 같았다.

침투 완료.

2

사실 나는, 비가 오락가락하며 내리는 보스턴 시내의 토요일 밤에 죽었던 남자가 인도를 걸어가 차에 타는 것을 본 이후로부터 11일 동안이나 그 집에 머물렀다. 내가 그를 본 건 환각이 아니었다. 놀랄 만큼 닮은 사람도 아니었다. 쌍둥이나 형제, 사촌 같은 것도 아니었다. 그는 확실히 10년 전에 죽은 남자였다. 그는 지나온 세월만큼 더 나이 들어 보였고 그를 죽게 만든 부상의 흉터를 지니고 있었다.

나는 소문으로만 듣던 바에 가기 위해 헌팅턴 애비뉴를 걸어가고 있었다. 1킬로미터쯤 남아 있었다. 늦은 시간이었다. 심포니 홀에서 사람들이 빠져나오고 있었다. 나는 길을 건너 인파를 피하려 하지 않고 그냥 인파를 헤치며 나아갔다. 잘 차려입고 향기로운 냄새를 풍기는 사람들로 가득했는데 대부분 나이가 많았다. 연석에는 자동차와 택시들이 이중 주차되어 있었다. 시동은 켜져 있었고 앞유리 와이퍼는 불규칙한 간격으로 좌우로 움직이고 있었다. 나는 왼쪽에 있는 로비 문에서 한 남자가 걸어 나오는 걸 보았다. 그는 두꺼운 캐시미어 코트를 입고 장갑과 스카프를 들고 있었다. 모자는 쓰지 않았다. 대략 쉰 살쯤 되어 보였다. 우리는 거의 부딪힐 뻔했다. 내가 멈추자 그도 멈췄다. 그가 나를 똑바로 쳐다보았다. 혼잡한 인도에 서 있던 우리는 둘 다 머뭇거리면서 동시에 움직였다가 또 동시에 멈추는 상황에 빠졌다. 처음에는 그가 나를 알아보지 못했다고 생각했다. 그러다 그의 얼굴에 그림자가 드리워졌다. 확실한 건 아니었다. 내가 물러서자 그는 내 앞을 지나쳐 연석에 대기하고 있던 검은색 캐딜락 드빌의 뒷좌석에 올라탔다. 나는 거기에 서서 운전자가 차들 사이로 조심스럽게 빠져나가 멀어져 가는 모습을 지켜보았다. 젖은 포장도로를 굴러가는 타이어 마찰음이 들렸다.

나는 차량 번호를 외워두었다. 당황하지 않았다. 아무 의심도 하지 않았다. 내 눈으로 본 증거를 믿을 자세가 되어 있었다. 10년의 역사가 한순간에 뒤집혔다. 그가 살아 있다니. 그건 나에게 엄청난 문제였다.

그게 첫째 날이었다. 술집에 가는 건 까맣게 잊었다. 나는 곧장 호텔로 돌아가 헌병 시절에 썼던, 어렴풋이 기억나는 번호들에 전화를 걸기 시작했다. 내가 잘 알고 신뢰할 수 있는 누군가가 필요했지만 이미 전역한 지 6년이나 지났고, 그날은 토요일 밤 늦은 시간이었기 때문에 누군가와 연결될 가능성은 낮았다. 결국 나는 나에 대해 들어본 적이 있다고 자처하는 사람으로 타협할 수밖에 없었는데, 이 선택이 최종 결과에 영향을 미쳤을 수도 있고 그렇지 않았을 수도 있다. 그는 파월이라는 이름의 준위였다.

"민간인 차량 번호 하나를 추적해 주십시오." 내가 말했다. "순전히 개인적인 부탁입니다."

그는 내가 누구인지 알고 있었기 때문에 해줄 수 없다고 불평하지 않았다. 나는 그에게 상세 정보를 알려주었다. 임대 차량이 아니라 개인 소유 차량이 거의 확실하다고 말했다. 그에게 내 호텔 번호를 알려줬고, 둘째 날이 될 다음 날 아침에 그는 나에게 전화하겠다고 약속했다.

그는 전화하지 않았다. 대신 나를 팔아넘겼다. 상황을 고려하면 누구라도 그랬을 거라고 생각한다. 둘째 날은 일요일이었고 나는 일찍 일어났다. 룸서비스로 아침식사를 해결한 뒤 그의 전화를 기다리고 있었다. 전화 대신 문을 두드리는 소리가 났다. 10시가 막 지난 시각이었다. 핍홀에 눈을 대자 렌즈에 잘 보이도록 두 사람이 가까이 서 있는 것이 보였다. 남자 한 명과 여자 한 명. 검은색 재킷을 입었고 코트는 안 입었다. 남자는 서류 가방을 들고 있었다. 둘 다 공식 신분증을 복도 조명에 잘 보이도록 기울여 높이 들고 있었다.

"연방 요원입니다!" 남자가 문 너머로 들리도록 큰 소리로 외쳤다.

그런 상황에서 없는 척하는 것은 통하지 않는다. 나도 복도에 많이 서 있어 본 사람이다. 한 명은 거기 그대로 있고 다른 한 명이 마스터 키를 가진 매니저를 데리러 내려가면 그만이다. 그래서 나는 그냥 문을 열고 그들이 들어올 수 있도록 뒤로 물러섰다.

그들은 잠시 경계하는 듯하다가 내가 무장하지 않았고 미치광이처럼 보이지 않자 바로 긴장을 풀었다. 그들은 신분증을 건네고 내가 신분증을 해독하는 동안 정중하게 서성거렸다. 신분증 상단에는 '미국 법무부', 하단에는 'DEA*'라고 쓰여 있었다. 중간에는 온갖 종류의 인장과 서명, 워터마크가 있었다. 사진과 타이핑된 이름도 있었다. 남자는 '스티븐 엘리엇'으로 기재되어 있었는데 시인 엘리엇T. S. Eliot처럼 'l'이 하나**였다. 4월은 가장 잔인한 달.*** 그건 정말 확실하다. 사진은 실제 얼굴과 꽤 닮은 모습이었다. 30대로 보이는 스티븐 엘리엇은 다부진 체격, 검은 피부에 약간 대머리였으며 사진 속의 친근해 보이는 미소는 실제로 보는 게 더 좋았다. 여자는 '수잔 더피'라고 기재되어 있었다. 수잔 더피는 스티븐 엘리엇보다 약간 어려 보였다. 키는 그보다 조금 더 컸다. 그녀는 피부가 하얗고 날씬했으며 매우 매력적이었는데 지금의 헤어 스타일은 사진과는 달랐다.

*Drug Enforcement Administration, 마약단속국. **보통 엘리엇*Elliot*이라는 이름에는 'l'을 두 번 쓴다.

***엘리엇의 시집 『황무지』에 실린 시 '죽은 자의 매장'에 나오는 시구.

"시작하시오." 내가 말했다. "얼마든지 뒤져보시라고. 당신들에게 숨길 만한 가치가 있는 걸 가져본 게 언제인지도 모르겠소."

내가 신분증을 돌려주자 그들은 그걸 안주머니에 넣으면서 내가 확실히 그들의 무기를 볼 수 있을 정도로 재킷을 들추었다. 그들은 깔끔한 어깨걸이 권총집에 권총을 차고 있었다. 나는 엘리엇의 겨드랑이 아래에 있는 글록 17의 홈이 파인 손잡이를 알아보았다. 더피는 조금 더 작은 모델인 19를 가지고 있었는데 그녀의 오른쪽 가슴에 꼭 맞게 붙어 있었다. 왼손잡이가 틀림없었다.

"방 수색은 안 할 거예요." 그녀가 말했다.

"차량 번호판에 대해 얘기하고 싶습니다." 엘리엇이 말했다.

"나는 차가 없소."

그때까지 우리는 문 바로 앞에 작은 삼각형 대형으로 흐트러짐 없이 서 있었다. 엘리엇은 여전히 서류 가방을 손에 들고 있었다. 나는 누가 상급자인지 파악하려고 애썼다. 둘 다 아닐 수도 있었다. 어쩌면 동등할지도 몰랐다. 그리고 꽤 고위직인 듯했다. 그들은 잘 차려입었지만 약간 피곤해 보였다. 아마도 밤새 일하고 어디에선가 날아온 것 같았다. 워싱턴 D.C.쯤에서.

"앉아도 될까요?" 더피가 물었다.

"물론이오." 하지만 싸구려 호텔 방이라 그게 쉽지 않았다. 하나뿐인 의자는 텔레비전이 놓인 캐비닛과 벽 사이에 꽉 끼어 있는 작은 책상 아래에 밀어 넣어져 있었다. 더피가 의자를 꺼내서 침대 쪽으로 돌렸다. 나는 베개 근처에 앉았다. 엘리엇은 침대 끝에 걸터앉아 서류 가방을 내려놓았다. 그는 여전히 친근한 미소를 짓고 있었고, 그 미소 속에는 어떤 거짓도 보이시 않았다. 의자에 앉은 더피는 멋져 보였다. 의자 높이가 그녀에게 딱 맞았다. 치마는 짧았고 짙은 나일론 스타킹은 무릎이 구부러지는 부분에서 살짝 색이 옅어졌다.

"당신이 리처 씨인가요?" 엘리엇이 물었다.

나는 더피의 다리에서 눈을 떼고 고개를 끄덕였다. 그 정도는 알고 있을 거라고 확신했다.

"이 방은 '칼훈'이라는 이름으로 예약되어 있던데요. 1박만, 현금 결제로." 엘리엇이 말했다.

"습관이오." 내가 말했다.

"오늘 퇴실할 건가요?"

"오늘의 상황에 따라 결정하려고 했소."

"칼훈은 누구죠?"

"존 퀸시 애덤스 대통령 때의 부통령이오. 이 장소에 딱 맞을 것 같아서. 대통령 이름은 이미 다 써먹었고 요즘은 부통령 이름을 쓰고 있소. 칼훈은 특이한 사람이었소. 상원의원에 출마하려고 사임했으니까."

"당선되었나요?"

"모르겠소."

"왜 가명을 쓰죠?"

"습관이오." 나는 다시 말했다.

수잔 더피는 나를 똑바로 쳐다보고 있었다. 나를 이상한 사람이라고 여기는 표정은 아니었다. 나에게 흥미를 느끼는 것 같았다. 그녀는 아마 그게 유용한 심문 기법이라고 생각했을 것이다. 내가 사람들을 심문할 때도 똑같이 했었다. 질문의 90퍼센트는 답변을 듣기 위한 것이다.

"파월이라는 헌병하고 대화를 좀 나눴어요." 그녀가 말했다. "번호판을 추적해 달라고 했다면서요?"

그녀의 목소리는 차분하고 따뜻했으며 약간 허스키했다. 나는 아무 말도 하지 않았다.

"우리 컴퓨터에는 그 번호판에 대한 경고가 깔려 있어요." 그녀가 말했다. "그 헌병이 검색하는 게 망에 뜨자마자 우리 모두 다 알게 되었죠. 그 사람한테 전화를 걸어서 왜 관심을 갖는 건지 물었어요. 그는 당신이 관심을 갖고 있다고 말했고요."

"어쩔 수가 없어서 당신들에게 털어놓은 거면 좋겠군."

그녀는 미소를 지었다. "그는 우리에게 가짜 전화번호를 알려줄 정도로 재빨리 둘러댔어요. 그러니 옛 부대의 충성심에 대해서는 걱정할 필요 없을 것 같네요."

"하지만 결국 당신들에게 진짜 번호를 알려줬잖소."

"우리가 협박을 했거든요."

"그렇다면 요즘 헌병대는 예전과 많이 달라진 모양이오."

"우리에게는 중요한 일이에요. 그도 그걸 알고 있고요." 엘리엇이 말했다.

"이제는 당신이 우리에게 중요한 사람이 됐어요." 더피가 말했다.

나는 시선을 돌렸다. 이런저런 세상일을 누구보다 많이 겪었지만 그녀가 그렇게 말할 때 나는 여전히 약간의 전율이 느껴졌다. 어쩌면 그녀가 상급자일지도 모른다는 생각이 들기 시작했다. 또한 그녀는 훌륭한 심문관이기도 했다.

이번에는 엘리엇이 말했다. "일반인이 번호판을 신고한다면 왜일까요? 그 번호판의 차량과 접촉사고가 났을 수도 있고, 뺑소니일 수도 있겠죠. 하지만 그렇다면 경찰서에 신고하지 않을까요? 게다가 당신은 차가 없다고 방금 말했고요."

"그렇다면 차 안의 누군가를 본 것일 수도 있겠죠." 더피가 말했다.

그녀는 나머지 말은 생략했다. 교묘한 딜레마였다. 차 안에 있던 사람이 내 우군이라면 아마 나는 그녀의 적일 것이다. 차 안의 사람이 내 적이라면 그녀는 내 우군이 될 준비가 되어 있을 것이다.

"두 분, 아침식사는 했소?" 내가 물었다.

"네." 그녀가 답했다.

"나도 먹었소."

"알고 있어요." 그녀가 말했다. "룸서비스. 달걀 반숙을 얹은 팬케이크, 그리고 커피는 포트 하나 가득 블랙으로. 7시 45분에 갖다 달라고 했는데 7시 44분에 배달. 현금 결제, 웨이터에게는 팁 3달러."

"내가 그걸 맛있게 먹었소?"

"다 먹긴 했더군요."

엘리엇이 서류 가방의 자물쇠를 풀고 가방을 열었다. 고무 밴드로 묶여 있는 종이 더미를 꺼냈다. 종이는 새것처럼 보였지만 그 위의 글씨는 흐릿했다. 간밤에 복사한 팩스 사본 같았다.

"당신의 복무 기록이에요." 그가 말했다.

서류 가방 안에는 사진이 몇 장 들어 있었다. 유광 흑백 8x10 사이즈. 뭔가를 감시하고 있는 사진들이었다.

"13년간 헌병으로 근무했더군요. 소위에서 소령까지 고속 승진, 표창장과 훈장. 군은 당신을 좋아했어요. 아주 유능했으니까."

"고맙소."

"사실 아주 유능했다는 말로는 부족하죠. 여러 번 중요한 순간에 특별 해결사 역할을 했으니까요."

"그랬던 것 같소."

"하지만 군은 당신을 버렸어요."

"나는 병감된 거요."

"병감?" 더피가 반문했다.

"병감, 병력의 감축. 군은 뭐든 약어로 만들기를 좋아하오. 냉전이 끝나고 군사비가 삭감되고 군대 규모가 줄어들었소. 그래서 특수부대 인원이 그다지 필요하지 않게 되었소."

엘리엇이 다시 물었다. "군은 여전히 건재해요. 모두를 자른 건 아니었고요."

"맞소."

"그런데 왜 당신 같은 사람을 자른 거죠?"

"이해하지 못할 거요."

그는 토를 달지 않았다.

"당신은 우릴 도와줄 수 있어요." 더피가 말했다. "차 안에서 누굴 봤죠?"

나는 대답하지 않았다.

"군대에도 마약이 있었나요?" 엘리엇이 물었다.

나는 미소를 지었다.

"군대는 약물을 아주 좋아하오." 내가 말했다. "항상 그래왔소. 모르핀, 벤제드린. 독일군은 엑스터시를 발명했고. 원래는 식욕 억제제였지만 말이오. CIA는 LSD를 발명해서 미 육군을 대상으로 테스트했소. 군대는 약발로 진군하는 거요."

"기분전환용이었나요?"

"신병의 평균 연령이 18세요. 어떤 생각이 드시오?"

"문제가 됐나요?"

"우리는 크게 문제 삼지 않았소. 어떤 땅개가 휴가 중에 여자친구 방에서 대마초 몇 대 피운다고 신경 쓰진 않았지. 맥주 몇 캔보다는 떨* 몇 대가 더 낫다고 생각했기 때문이오. 우리 통제를 벗어나 있을 때는 공격적이기보다는 유순한 편이 더 좋으니까." *'대마초'를 뜻하는 은어.

더피가 엘리엇을 힐끗 쳐다보자 엘리엇은 가방에서 사진을 꺼내 나에게 건네줬다. 모두 네 장이었다. 전부 초점이 맞지 않아 약간 흐릿했다. 사진 속에는 전날 밤에 보았던 캐딜락 드빌이 찍혀 있었다. 번호판으로 알아볼 수 있었다. 주차장 같은 곳에서 찍은 것이었다. 트렁크 옆에 두 남자가 서 있었다. 사진 두 장에서는 트렁크 뚜껑이 내려져 있었고 나머지 두 장에서는 올려져 있었다. 두 남자는 트렁크 안에 있는 무언가를 내려다보고 있었다. 그게 뭔지는 알 수 없었다. 한 명은 히스패닉 갱단원이었다. 다른 한 명은 정장을 입은 나이 든 남자였다. 나는 모르는 사람이었다.

더피가 내 얼굴을 주의 깊게 보고 있었던 모양이다.

"당신이 본 남자가 아닌가요?" 그녀가 물었다.

"난 누군가를 봤다고 말한 적이 없는데."

엘리엇이 말했다. "히스패닉계 남자는 주요 마약 딜러예요. 사실 그는 LA 카운티 대부분을 장악한 최대 딜러죠. 입증할 수는 없지만 우리는 그에 대해 모든 것을 알고 있어요. 수익은 일주일에 수백만 달러에 달할 거예요. 황제처럼 살고 있죠. 그런 그가 다른 사람을 만나기 위해 메인 주 포틀랜드까지 왔어요."

나는 사진 중 하나에 손을 댔다. "여기가 메인 주 포틀랜드요?"

더피가 고개를 끄덕였다. "시내에 있는 주차장이에요. 거의 9주 전에 내가 직접 찍은 사진이죠."

"그럼 다른 한 명은 누구요?"

"정확히는 몰라요. 우린 당연히 캐딜락의 번호판을 추적해 봤어요. 그 차는 '비자르 바자르Bizarre Bazaar'라는 회사 소유로 등록되어 있더군요. 본사는 메인 주 포틀랜드에 있고요. 우리가 알기로는 중동과 관련된 일종의 비공식 무역업으로 시작했다고 해요. 지금은 오리엔탈 러그 수입을 전문으로 하고요. 그 회사의 소유주는 '재커리 벡'이라는 사람이에요. 사진 속 인물이 그 사람일 거라고 추정하고 있어요."

"그래서 그가 거물이라는 거고요." 엘리엇이 말했다. "이 LA 갱이 그를 만나기 위해 동부까지 날아올 정도라면, 그는 사다리에서 확실히 몇 단계는 더 위라는 거죠. LA 갱보다 몇 단계 위면 완전 성층권이라는 뜻이에요. 재커리 벡은 꼭대기에서 우릴 가지고 놀고 있어요. 러그 수입업자이면서 마약 수입업자.* 이런 말장난 같은 농담으로 우릴 놀리는 거죠." *'러그rug'와 '마약drug'의 라임이 같은 걸 두고 하는 말이다.

"미안하지만," 내가 말했다. "난 이 남자를 본 적이 없소."

"미안해할 필요 없어요." 더피가 말했다. 그녀는 의자에서 몸을 앞으로 기울였다. "당신이 본 남자가 그가 아니라면 우리에겐 더 좋아요. 그에 대해서는 이미 알고 있으니까요. 당신이 본 사람이 그와 관련된 인물 중 하나라면 우리에겐 훨씬 더 좋은 거죠. 그쪽을 통해 그에게 접근할 수 있으니까요."

"정면으로 접근할 수는 없소?"

잠시 침묵이 흘렀다. 당황한 기색이 역력했다.

"문제가 좀 있어요." 엘리엇이 대꾸했다.

"LA 갱에 대해 충분한 근거를 확보한 것으로 보이는데. 이 벡이라는 사람과 나란히 있는 사진도 있잖소."

"사진이 오염됐어요. 이제는 증거로 쓸 수 없어요." 더피가 말했다. "내 실수예요."

침묵이 길어졌다.

"주차장이 사유지였어요." 그녀가 말했다. "사무용 건물 아래에 있었죠. 난 영장이 없었고요. 수정헌법 4조에 따라 사진은 증거 능력을 상실했어요."

"거짓말해도 되잖소? 주차장 밖에 있었다고."

"현장 구조상 그게 불가능해요. 변호인단은 그걸 금방 알아차릴 거고 재판은 망하겠죠."

"우린 당신이 본 사람이 누구인지 알아야 해요." 엘리엇이 말했다.

나는 대답하지 않았다.

"정말로요." 더피가 말했다. 그녀는 남자들이 고층 빌딩을 뛰어넘는 것도 기꺼이 하고 싶게 만드는 부드러운 목소리로 말했다. 하지만 거기에는 기교나 가식이 없었다. 그녀는 자신의 목소리가 얼마나 좋은지 모르는 것 같았다. 그녀가 그걸 알아야 하는데.

"왜?" 내가 물었다.

"난 이걸 바로잡아야 하니까요."

"실수는 누구나 하는 거요."

"우린 백을 추적하려고 요원을 보냈어요." 그녀가 말했다. "위장 잠입 요원이요. 여자였고요. 그런데 그녀가 사라졌어요."

침묵이 흘렀다.

"그게 언제였소?" 내가 물었다.

"7주 전이요."

"그녀를 찾아봤소?"

"어디를 찾아봐야 할지 모르겠어요. 백이 어디로 가는지도 모르고 어디에 사는지도 몰라요. 등록된 재산도 없어요. 저택은 유령 법인이 소유하고 있을 게 분명하고요. 건초더미에서 바늘 찾기예요."

"미행은 안 해봤소?"

"해봤죠. 근데 백의 경호원과 운전기사가 너무 일을 잘하더군요."

"DEA에서 하는 작전이오?"

"아뇨. 우리끼리 독자적으로 하고 있어요. 법무부는 내가 일을 망쳤을 때 수사를 종료해버렸어요."

"요원이 실종됐는데도?"

"요원이 실종된 사실을 몰라요. 수사가 종료된 후에 그녀를 투입했으니까요. 기록된 게 없어요."

나는 그녀를 뚫어지게 쳐다보았다.

"이 모든 게 비인가 작전이에요." 그녀가 말했다.

"그러면 어떻게 일을 하는 거요?"

"난 팀장이에요. 아무도 매일 내가 무슨 일을 하는지 관심 두지 않아요. 다른 일을 하는 척하면서 실은 이 일을 하고 있어요."

"그래서 이 여자 요원이 실종된 걸 아무도 모른다는 거요?"

"우리 팀만 알아요. 우리 팀 일곱 명만. 그리고 이제 당신도."

나는 아무 말도 하지 않았다.

"우린 곧장 여기로 왔어요." 그녀가 말했다. "돌파구가 필요해요. 그게 아니면 일요일에 왜 여기까지 날아왔겠어요?"

방 안이 조용해졌다. 나는 그녀와 엘리엇을 번갈아 쳐다보았다. 그들에겐 내가 필요했다. 나도 그들을 필요로 했다. 그리고 나는 그들이 마음에 들었다. 그것도 꽤 많이. 그들은 솔직하고 호감 가는 사람들이었다. 내가 예전에 함께 일했던 최고의 동료들과 비슷했다.

"거래합시다." 내가 말했다. "정보와 정보를 말이오. 우리가 서로 잘 협업할 수 있는지 봅시다. 그리고 거기서부터 시작하는 거요."

"뭐가 필요하죠?"

나는 그녀에게 캘리포니아의 유레카라는 곳에 있는 병원의 10년 전 기록이 필요하다고 말했다. 어떤 것을 찾아야 하는지 알려주고 연락이 올 때까지 보스턴에 머물겠다고 말했다. 아무것도 서류로 남기지 말라고 당부했다. 그리고 그들은 떠났고 그걸로 둘째 날은 끝이었다. 셋째 날에는 아무 일도 없었다. 넷째 날도 마찬가지. 나는 여기저기 돌아다녔다. 보스턴은 이틀 정도는 머물기 괜찮은 도시라고 생각한다. 내가 '48도시'라고 부르는 곳. 48시간이 넘으면 지루해지기 시작한다. 물론 대부분의 장소가 나에게는 그렇다. 나는 가만히 있지 못하는 성격이다. 그래서 닷새째가 되자 거의 미칠 지경이었다. 그들이 나를 완전히 잊어버렸을 거라고 생각했다. 나는 다 그만두고 다시 길을 떠날 준비가 되어 있었다. 마이애미를 생각하고 있었다. 거긴 훨씬 더 따뜻할 것이다. 하지만 아침 늦게 전화가 울렸다. 그녀의 목소리였다. 반가웠다.

"지금 가는 중이에요." 그녀가 말했다. "프리덤 트레일 중간쯤에 있는 말을 탄 사람 동상 옆에서 만나요. 3시 정각에요."

명확하게 장소를 지정한 것은 아니었지만 어딘지는 알 수 있었다. 노스 엔드에 있는 교회 근처였다. 봄이었지만 너무 추워서 목적 없이 그곳에 가고 싶지는 않았지만 어쨌든 일찍 도착했다. 나는 빵 부스러기를 뜯어 참새와 비둘기에게 모이로 주고 있는 할머니 옆 벤치에 앉았다. 그 할머니는 나를 쳐다보고는 다른 벤치로 자리를 옮겼다. 새들이 그녀의 발치로 몰려들어 모래를 쪼아댔다. 하늘에서는 비구름과 맞서 싸우는 듯한 흐릿한 태양이 빛나고 있었다. 말에 탄 사람은 폴 리비어*였다. *미국 독립전쟁 당시 메사추세츠 민병대 장교로 활동했다. 1775년 4월 18일 메사추세츠 영국군 총독인 게이지 장군이 콩코드의 탄약 창고를 야간 기습하기로 결정했는데, 이를 알게 된 폴 리비어가 밤새 말을 달려 민병대 지도자들에게 이 사실을 알렸고 덕분에 민병대는 렉싱턴 콩코드 전투에서 승리할 수 있었다.

더피와 엘리엇은 제시간에 나타났다. 둘 다 작은 고리와 버클, 벨트가 달린 검은색 레인코트를 입고 있었다. 워싱턴 D.C.에서 온 연방 요원이라는 팻말을 목에 걸고 있는 거나 다름없었다. 내 왼쪽에 더피, 오른쪽에 엘리엇이 앉았다. 나는 몸을 뒤로 기대앉았고 그들은 무릎에 팔꿈치를 대고 앞으로 몸을 숙였다.

"구급대원들이 태평양 파도 속에서 한 남자를 건져냈어요." 더피가 말했다. "10년 전, 캘리포니아 유레카 남쪽에서요. 백인 남성, 40세로 추정. 머리에 두 발, 가슴에 한 발 맞았고, 소구경, 아마도 22구경일 거예요. 그런 다음 절벽에서 바다로 던져진 것으로 보여요."

"건져냈을 때 그가 살아 있었소?" 이미 답을 알고 있었지만 나는 물었다.

"간신히요." 그녀가 대답했다. "심장 근처에 총알이 박혀 있었고 두개골이 골절됐어요. 게다가 추락으로 인해 한쪽 팔과 양쪽 다리, 골반도 부러졌어요. 그리고 반쯤 익사한 상태였죠. 열다섯 시간 동안 수술을 받았어요. 한 달 동안 중환자실에 있었고 회복하는 데 6개월이 걸렸어요."

"신원은?"

"몸에는 아무것도 없었어요. 기록에는 신원미상자로 남아 있고요."

"신원 확인 시도는 해봤소?"

"지문 조회를 했는데 일치하는 게 없었어요. 실종자 명단에도 없었고, 그를 찾으러 온 사람도 없었고요."

나는 고개를 끄덕였다. 지문 조회 프로그램에서는 정보가 등록되어 있을 때만 검색이 가능하니까.

"그런 다음에는?" 내가 물었다.

"6개월 뒤 그가 건강을 회복했을 때 병원에서는 어떻게 처리해야 할지 고민하고 있었어요. 그런데 그가 갑자기 퇴원해버렸어요. 그 후로 다시는 그를 본 사람이 없어요."

"자신이 누구인지에 대해 말한 게 있었소?"

"트라우마로 인한 기억상실증 진단을 받았어요. 그런 사고에는 거의 필연적으로 수반되는 거죠. 의료진은 그가 사고 당일과 하루나 이틀 전날에 대해서는 정말 아무것도 기억하지 못할 수도 있다고 판단했어요. 하지만 그 이전에 대해서는 기억할 수 있을 거라고 확신했고, 그가 기억나지 않는 척하고 있다는 인상을 강하게 받았어요. 꽤 방대한 사례 파일이 있어요. 정신과 의사의 진단도 포함해서요. 의사들은 그를 정기적으로 면담했지만 그는 자기 얘기는 한마디도 안 했어요."

"퇴원할 당시 그의 신체 상태는 어땠소?"

"꽤 괜찮았어요. 총상으로 인한 흉터가 눈에 띄는 것 말고는."

"알겠소." 나는 고개를 뒤로 젖히고 하늘을 올려다보았다.

"그는 누구였을까요?"

"당신들 생각은?" 내가 물었다.

"소구경으로 머리와 가슴을 쐈다?" 엘리엇이 말했다. "그러고 나서 바다에 버려졌다? 이건 분명 조직범죄예요. 암살당한 거죠. 히트맨*이 붙은 거라고요." *적대 조직의 보스나 조직원 또는 조직 내 배신자, 조직을 노리는 경찰 등을 암살하기 위해 고용한 살인청부업자나 암살자를 일컫는 은어.

나는 아무 말도 하지 않고 하늘만 올려다보았다.

"그는 누구였을까요?" 더피가 다시 물었다.

나는 계속 하늘을 올려다보며 10년 전으로 시간을 거슬러 올라가 전혀 다른 세상에 빠져들었다.

"탱크에 대해 아는 게 있소?" 내가 물었다.

"군용 탱크요? 무한궤도와 포가 달린 거요? 잘은 몰라요."

"별건 없소. 내 말은, 속도 빠르고, 고장 안 나고, 연비 좋으면 장땡이라는 거요. 하지만 내게 탱크가 있고 당신에게도 탱크가 있다면 내가 정말로 알고 싶은 게 뭐겠소?"

"글쎄요. 뭐죠?"

"당신이 나를 쏘기 전에 내가 먼저 당신을 쏠 수 있을까? 바로 이거요. 우리가 2킬로미터 떨어져 있다면 내 포가 당신에게 닿을 수 있을까? 아니면 당신 포가 내게 닿을 수 있을까?"

"그래서요?"

"물론 물리법칙은 물리법칙이기 때문에 답은 뻔하오. 내가 2킬로미터 거리에서 당신을 맞출 수 있다면 당신도 2킬로미터 거리에서 나를 맞출 수 있다는 거요. 그래서 결국 중요한 건 탄약이오. 내가 200미터 더 멀리 떨어져 있다면, 당신 포탄이 나를 관통하지 못하게 하면서도 내 포탄은 당신을 관통할 수 있는 탄약을 개발할 수 있을까? 그게 바로 탱크의 핵심이오. 바다에서 건져낸 그 남자는 무기 전문가를 협박하고 있던 육군 정보부 장교였소."

"그가 왜 바다에 있었던 거죠?"

"걸프전을 TV로 봤소?" 내가 물었다.

"그랬죠." 엘리엇이 대답했다.

"스마트 폭탄은 잊으시오. 그 쇼의 진짜 스타는 M1A1 에이브럼스 주력 전차였소. 이라크군이 보유한 최상급 무기를 상대로 400대 0이라는 미친 스코어를 기록했지. 하지만 전쟁이 TV에 중계되었다는 건 전 세계에 우리가 가진 패를 다 보여줬다는 뜻이니 다음을 위해 새로운 걸 구상해야 했소. 그리고 그 작업을 시작했고."

"그리고?" 더피가 물었다.

"포탄이 더 멀리 날아가고 더 강하게 타격하려면 추진제를 더 많이 넣으면 되오. 아니면 더 가볍게 만들거나. 아니면 둘 다. 물론 추진제를 더 많이 넣으려면 다른 부분에서 아주 혁신적인 방법을 사용해 포탄을 더 가볍게 만들어야 하오. 그래서 그렇게 했소. 화약을 제거한 거요. 이상하게 들리지 않소? 그런 걸 뭐하러 쏘는 거지? 쾅 소리를 내면서 튕겨 나가는 걸 보려고? 물론 아닐 거요. 그래서 모양을 바꿨소. 거대한 잔디 다트처럼 생긴 물건을 구상했지. 꼬리날개까지 똑같은 모양으로 말이오. 텅스텐과 열화우라늄으로 주조했는데, 이건 가장 밀도가 높은 금속이오. 엄청나게 빠르면서 멀리 날아가지. 그들은 이걸 '장봉 침투기long-rod penetrator'라고 불렀소."

그 명칭을 듣자 더피는 눈을 내리깔고 나를 힐끗 쳐다보더니 미소를 지으며 얼굴을 붉혔다. 나도 미소를 지었다.

"나중엔 명칭을 바꿨소. 현재의 이름은 APFSDS. '장갑 관통 핀 안정 분리식 탄두Armour Piercing Fin Stabilized Discarding Sabot'의 약어요. 아까 말했듯 군은 약어를 좋아하니까. APFSDS는 기본적으로 자체 로켓 엔진으로 추진되는데 엄청난 운동에너지로 적의 전차를 타격하오. 운동에너지는 물리 시간에 배운 것처럼 열에너지로 바뀌면서 순식간에 전차를 녹이고 전차 내부에 용융 금속을 분사해서 전차병을 죽이고 폭발물이나 가연성 물질을 폭파시키지. 아주 깔끔한 기술이오. 쏘기만 하면 어떻게든 득점을 올리니까. 적의 장갑이 너무 두껍거나 거리가 너무 멀어도 문제없소. 그게 다트처럼 꽂히기만 해도 장갑의 내부층을 파편화시켜서 전차 안에 뜨거운 금속 조각을 마치 수류탄처럼 뿌리게 되니까. 적군의 전차병들은 믹서기에 들어간 개구리처럼 산산조각이 날 거요. 정말 대단한 신무기였소."

"바다에서 건져낸 남자는 뭘 했죠?"

"그는 자신이 협박하던 남자에게서 설계도를 빼돌렸소. 오랜 기간에 걸쳐 한 장, 한 장. 우리는 그를 감시하고 있었소. 그가 무슨 짓을 하고 있는지 정확히 알고 있었으니까. 그는 이라크 정보기관에 설계도를 팔려고 했소. 이라크는 다음 라운드를 대비해 기울어진 운동장을 평평하게 만들고 싶어했으니까. 미 육군은 그런 일이 일어나는 걸 절대 허용할 수 없었고."

엘리엇이 나를 뚫어지게 쳐다보았다. "그래서 그 사람을 죽이려고 한 거라고요?"

나는 고개를 세게 저었다. "그를 체포하려고 헌병 두 명을 보냈소. 표준 작전 절차에 따라 합법적이고 적법하게. 이건 믿어도 좋소. 하지만 일이 틀어졌소. 그가 도망쳐서 사라지려고 한 거요. 미 육군은 그런 일이 일어나는 걸 정말로 허용할 수 없었고."

"그래서 그때 그를 죽이려고 한 건가요?"

나는 다시 하늘을 올려다보았다. 대답하지 않았다.

"표준 절차가 아니었군요. 그렇죠?" 엘리엇이 말했다.

나는 아무 말도 하지 않았다.

"비공식 작전이었군요. 그렇죠?"

나는 대답하지 않았다.

"하지만 그는 죽지 않았고요." 더피가 말했다. "그 사람 이름이 뭐죠?"

"퀸." 내가 말했다. "내가 만난 인간 중 가장 최악이었소."

"토요일에 벡의 차에서 본 게 그 사람이라고요?"

나는 고개를 끄덕였다. "심포니 홀에서 기사 딸린 차를 타고 가고 있었소."

나는 그들에게 내가 가진 모든 세부 정보를 제공했다. 하지만 이야기를 나누면서 우리 모두 그 정보가 쓸모없다는 것을 알았다. 퀸이 자신의 이전 신분을 사용하고 있을 리가 없었다. 그래서 내가 제공할 수 있는 정보는 이마에 22구경 총상 흉터 두 개가 있는 50세 정도의 평범한 백인 남성의 신체적 특징뿐이었다. 아무것도 없는 것보다야 낫겠지만 실제로는 별 도움이 되지 못했다.

"지문 조회가 왜 안 됐을까요?" 엘리엇이 물었다.

"그는 세상에서 지워진 거요." 내가 말했다. "존재하지 않았던 것처럼."

"어떻게 안 죽을 수 있었죠?"

"소음기를 장착한 22구경이었소. 우리가 쓰는 기밀 근접 작전용 표준 무기. 하지만 그리 강력한 무기는 아니오."

"아직도 위험인물인가요?"

"육군에게는 아닐 거요. 이 모든 게 10년 전의 일이니까. APFSDS는 곧 박물관에 전시될 거요. 에이브럼스 전차도 마찬가지고."

"그럼 왜 그를 추적하려고 하죠?"

"그가 정확히 무엇을 기억하느냐에 따라 그를 제거하러 간 사람에게 위험할 수도 있기 때문이오."

엘리엇이 고개를 끄덕였다. 아무 말도 하지 않았다.

"벡의 차를 탄 그가 중요한 인물로 보이던가요?" 더피가 물었다.

"그는 부유해 보였소. 비싼 캐시미어 외투, 가죽 장갑, 실크 스카프. 기사 딸린 차를 타는 데 익숙한 사람처럼 보였소. 마치 늘 그랬다는 듯이 바로 차에 올라탔소."

"그가 운전 기사에게 인사를 했나요?"

"그건 모르겠소."

"그의 지위를 파악해야 해요." 그녀가 말했다. "맥락을 읽어야 해요. 그가 어떻게 행동하던가요? 벡의 차를 이용하는 특권을 가진 것처럼 보였나요? 아니면 누군가 그에게 호의를 베푼 것처럼 보였나요?"

"권리가 있어 보였소. 일주일 내내 매일 사용하는 듯이."

"그럼 벡과 동급으로 보였나요?"

나는 어깨를 으쓱했다. "벡보다 윗선일 수도 있소."

"최대로 잡아도 파트너일 겁니다. 우리 LA 선수가 하급자나 만나려고 여행 오진 않을 테니까요."

"나는 퀸을 누군가의 파트너로 보지는 않소."

"그는 어떤 사람이었나요?"

"보통이었소. 정보부 장교로서 대부분의 면에서."

"스파이 짓은 빼고 말이죠." 엘리엇이 말했다.

"그렇소. 그건 빼고."

"그리고 비공식적으로 제거된 이유도요."

"그렇소. 그것도 빼고."

더피는 조용해졌다. 그녀는 골똘히 생각하고 있었다. 나는 그녀가 나를 이용할 방법을 생각하고 있다고 확신했다. 나는 전혀 개의치 않았다.

"보스턴에 계속 머무를 건가요?" 그녀가 물었다. "우리가 찾을 수 있는 곳에서?"

내가 그러겠다고 말하자 그들은 떠났고, 그렇게 5일째가 끝났다.

나는 스포츠 바에서 암표상을 찾아 6일째와 7일째 시간의 대부분을 펜웨이 파크 구장에서 레드삭스의 시즌 초반 홈경기를 관전하며 보냈다. 금요일 경기는 17회 연장전 끝에 아주 늦게 끝났다. 그래서 8일째 낮에는 대부분 잠을 자고 밤에 다시 심포니 홀에 관중들을 보러 갔다. 퀸이 콘서트 시리즈 시즌권을 가지고 있을지도 모른다는 생각에서였다. 하지만 그는 나타나지 않았다. 나는 그가 나를 힐끗 쳐다보던 눈빛을 머릿속으로 다시 떠올렸다. 그냥 혼잡한 인도 위의 사람들을 안쓰러워하는 눈빛이었을 수도 있다. 하지만 그 이상이었을 수도 있다.

일요일인 9일째 아침, 수잔 더피가 다시 전화를 걸어왔다. 목소리가 달라져 있었다. 생각을 많이 한 사람처럼 들렸다. 계획을 가지고 있는 사람처럼 들렸다.

"정오에 호텔 로비에서 만나요." 그녀가 말했다.

그녀는 혼자 차를 타고 나타났다. 차는 단순한 사양의 토러스였다. 내부는 지저분했다. 관용 차량이었다. 그녀는 색이 바랜 데님 청바지에 낡은 가죽 재킷을 입고 좋은 신발을 신고 있었다. 감은 머리는 이마에서 뒤로 빗어 넘겼다. 내가 조수석에 타자 그녀는 6차선 도로의 차들을 가로질러 매스 파이크 고속도로로 이어지는 터널 입구로 곧장 운전해 들어갔다.

"재커리 벡에게 아들이 하나 있어요." 그녀가 말했다.

지하도로의 커브를 빠르게 돌자 터널이 끝나고 우리는 펜웨이 구장 바로 뒤편, 4월 한낮의 약한 햇살 속으로 나왔다.

"대학 2학년이에요." 그녀가 말했다. "여기서 그리 멀지 않은, 보잘것없는 작은 대학이에요. 우린 그의 동급생 한 명과 이야기를 나눴어요. 대마초 문제를 덮어주는 대가로요. 벡의 아들 이름은 리처드 벡이에요. 사람들과 잘 못 어울리고 조금 이상한 면이 있대요. 5년 전에 일어났던 사건 때문에 트라우마가 심한 것 같아요."

"무슨 일이 있었소?"

"납치됐었대요."

나는 아무 말도 하지 않았다.

"요즘 일반인 납치 사건이 얼마나 자주 일어나는지 알아요?" 더피가 물었다.

"모르겠소."

"그런 일은 일어나지 않아요." 그녀가 말했다. "그런 건 멸종된 범죄라고요. 그러니 영역 다툼이 있었던 게 틀림없어요. 그의 아버지가 조직범죄자라는 증거예요."

"비약이 심한 것 같소."

"그럴지도 모르지만 꽤 설득력 있어요. 일단 납치 신고가 되지 않았어요. FBI에도 기록이 없고. 무슨 일이 있었든 개인적으로 처리한 거죠. 그리고 별로 잘 처리되지도 않았어요. 동급생 말로는 리처드 벡이 귀 한쪽을 잃었대요."

"그래서?"

그녀는 대답하지 않았다. 그냥 서쪽으로 운전만 했다. 나는 조수석에 몸을 쭉 뻗고 곁눈질로 그녀를 바라보았다. 그녀는 멋져 보였다. 키가 크고 날씬하고 예뻤으며 눈에는 생기가 넘쳤다. 화장은 하지 않았다. 화장할 필요가 전혀 없는 그런 여자 중 한 명이었다. 나는 그녀가 나와 드라이브하는 것이 아주 기뻤다. 하지만 그냥 드라이브하는 게 아니었다. 나를 어딘가로 데려가고 있었다. 분명했다. 그녀는 계획을 가지고 온 사람이었다.

"당신의 복무 기록을 샅샅이 살펴봤어요. 아주 자세하게요. 대단한 사람이더군요." 그녀가 말했다.

"뭐, 그 정도는 아니오."

"그리고 발도 크고요. 그것도 좋아요."

"무슨 말이오?"

"곧 알게 될 거예요."

"말해보시오."

"우리 둘은 아주 비슷해요." 그녀가 말했다. "당신과 나, 우린 공통점이 있어요. 나는 내 요원을 되찾기 위해 재커리 벡에게 접근해야 해요. 당신은 퀸을 찾아내기 위해 그에게 접근해야 하고."

"그 요원은 죽었소. 8주나 지났으니. 기적이 일어나야 할 거요. 현실을 받아들이시오."

그녀는 아무 말도 하지 않았다.

"그리고 난 퀸에 대해 신경 쓰지 않소."

그녀는 오른쪽을 힐끗 쳐다보고 고개를 저었다.

"신경 쓰고 있잖아요." 그녀가 말했다. "완전 신경 쓰고 있는데요. 여기서도 다 보여요. 그게 당신을 갉아먹고 있잖아요. 그는 미해결 사건이에요. 그리고 내가 보기에 당신은 미해결 사건을 싫어하는 사람이고요." 그녀는 잠시 말을 멈췄다 이어갔다. "그리고 난 당신이 반대되는 확실한 증거를 내밀지 않는 한, 내 요원이 아직 살아 있다는 가정하에 계속 진행할 거예요."

"지금 나더러 그 증거를 찾으라는 거요?"

"내 사람을 쓸 수는 없어요." 그녀가 말했다. "이해하죠? 법무부 입장에서는 이 모든 게 불법이에요. 그러니 내가 앞으로 무슨 일을 하든 기록이 남지 않아야 해요. 내 생각에는 당신은 비공식 작전을 잘 이해하고 거기에 익숙한 사람인 것 같아요. 심지어 그걸 더 선호할 수도 있고."

"그래서?"

"벡의 집 안으로 누군가를 들여보내야 해요. 그리고 난 그 누군가를 당신으로 결정했어요. 당신이 내 전용 '장봉 침투기'가 되는 거죠."

"어떻게?"

"리처드 벡이 당신을 집으로 데려갈 거예요."

그녀는 보스턴에서 65킬로미터쯤 떨어진 곳에서 고속도로를 빠져나와 북쪽으로 방향을 틀어 매사추세츠의 어느 시골로 향했다. 우리는 그림같이 아름다운 뉴잉글랜드의 마을들을 지났다. 소방서에서는 연석에 소방차를 대고 차를 닦고 있었다. 새들이 지저귀고 사람들은 잔디밭에 도구를 늘어놓고 관목의 가지를 치고 있었다. 공기 중에서 나무 타는 냄새가 났다.

우리는 외진 곳에 있는 모텔에 멈췄다. 차분한 벽돌 외벽과 눈부신 흰색 장식이 돋보이는 깔끔한 곳이었다. 주차장에는 다섯 대의 차가 주차되어 있었는데 이 차들이 끝에 있는 다섯 개의 방으로 가는 길목을 막고 있었다. 모두 관용 차량이었다. 스티븐 엘리엇이 다섯 명의 남자와 함께 가운데 방에서 기다리고 있었다. 그들은 각자의 방에서 의자를 가져와 반원 모양으로 가지런히 앉아 있었다. 더피가 나를 안으로 안내하며 엘리엇에게 고개를 끄덕였다. 나는 그녀가 고개를 끄덕이는 것을 이렇게 해석했다. 내가 말했어. 아직 거절하진 않았어. 그녀가 창가로 가더니 방 안을 향해 몸을 돌렸다. 그녀 뒤로 밝은 햇살이 비쳐 들어와 그녀가 잘 안 보였다. 그녀가 목을 가다듬자 방 안이 조용해졌다.

"잘 들으세요, 여러분." 그녀가 말했다. "다시 한번 말하지만, 이건 기록되지 않는 비인가 작전이며, 우리 스스로 시간과 위험을 감수해야 합니다. 빠지고 싶은 사람은 지금 나가세요."

아무도 움직이지 않았다. 아무도 나가지 않았다. 영리한 전술이었다. 그녀와 엘리엇을 따라 지옥까지도 갔다 올 사람이 적어도 다섯 명은 있다는 것을 보여주었다.

"이제 48시간도 채 남지 않았어요." 그녀가 말했다. "모레, 리처드 벡이 어머니의 생일을 맞아 집으로 돌아갑니다. 우리 정보원에 따르면 매년 그렇게 한다고 하네요. 수업도 빠지고 말이죠. 그의 아버지가 두 명의 프로 경호원을 딸려서 차를 보낼 겁니다. 리처드 벡이 납치가 반복될까 봐 두려워하기 때문입니다. 우리는 그 두려움을 이용할 겁니다. 경호원들을 제압하고 그를 납치할 거예요."

그녀가 잠시 말을 멈췄다. 아무도 말하지 않았다.

"재커리 벡의 집에 들어가는 것이 우리의 목표입니다. 납치범들이 그 집에서 환영받지 못할 거라는 건 당연하죠. 그래서 계획은 리처드 벡을 납치하자마자 리처 씨가 납치범들한테서 그를 즉시 구해내는 겁니다. 납치와 구출이 타이트하게 이어지는 거죠. 리처드 벡은 엄청나게 감사해할 거고 리처 씨는 그의 가족들에게 영웅으로 환대받을 겁니다."

요원들은 처음에는 조용히 앉아 있었다. 그러다 동요하기 시작했다. 그 계획은 구멍이 너무 많아서 스위스 치즈가 더 견고해 보일 정도였다. 나는 더피를 똑바로 쳐다보았다. 그러다 창밖을 바라보고 있는 나 자신을 발견했다. **구멍을 막을 방법이 있지.** 내 머리가 돌아가기 시작하는 게 느껴졌다. 더피가 이미 찾아낸 구멍은 몇 개인지 궁금했다. 답은 몇 개나 찾아냈는지 궁금했다. 그리고 내가 이런 일을 좋아한다는 걸 어떻게 알아냈는지도 궁금했다.

"우리의 관객은 딱 한 명입니다. 리처드 백이 어떻게 받아들이냐가 관건이죠. 처음부터 끝까지 이 모든 것이 가짜지만 그는 이게 완전히 진짜라고 철석같이 믿어야 합니다." 더피가 말했다.

엘리엇이 나를 쳐다보았다. "이 작전에서의 취약점은?"

"두 가지가 있소." 내가 말했다. "첫째, 백의 경호원들을 실제로 해치지 않고 어떻게 제압할 거요? 당신들이 그렇게까지 불법적으로 하지는 않을 것 같은데."

"속도, 충격, 기습." 그가 말했다. "납치팀은 공포탄이 가득 든 기관단총을 쓸 거예요. 거기에 섬광탄까지. 리처드가 차에서 내리자마자 섬광탄을 던질 거고 그럼 엄청난 소리와 섬광이 일어나겠죠. 그래도 경호원은 잠시 기절만 할 뿐입니다. 하지만 리처드는 그들이 햄버거 패티처럼 다진 고기가 되었다고 생각하겠죠."

"좋소." 내가 말했다. "하지만 둘째, 이 모든 게 일종의 메소드 연기 같은 거잖소. 나는 지나가던 행인인데 공교롭게도 그를 구할 수 있는 능력을 갖춘 사람이오. 즉 나는 똑똑하고 유능한 사람이라는 뜻이지. 그런데 왜 나는 그를 가까운 경찰서로 데려다주거나 경찰이 올 때까지 기다리지 않는 거요? 왜 경찰에 증언하고 목격자 진술을 하지 않을까? 왜 그 자리에서 바로 그를 집까지 태워다주려고 할까?"

엘리엇이 더피를 돌아보았다.

"그는 겁에 질릴 거예요. 그래서 당신에게 그렇게 해달라고 할 거고요." 그녀가 말했다.

"하지만 내가 왜 거기에 동의하겠소? 그가 뭘 원하는지는 중요하지 않소. 중요한 건 내가 취하는 행동이 논리적인가 하는 거요. 왜냐하면 우리에게는 한 명의 관객만 있는 게 아니기 때문이오. 관객은 리처드 벡과 재커리 벡, 두 명이오. 최초 현장에는 리처드 벡, 나중에는 재커리 벡. 재커리 벡은 상황을 되감아서 생각해볼 거요. 그의 아버지를 납득시키는 것도 매우 중요하다는 뜻이오."

"그가 경찰에 가지 말라고 부탁할 수도 있어요. 지난번처럼요."

"하지만 내가 왜 그의 말에 동의하겠느냐는 거요. 내가 평범한 시민이라면 경찰이 제일 먼저 떠오를 텐데. 모든 걸 법대로 엄격하게 처리하고 싶을 거고."

"그가 당신에게 항의하겠죠."

"그럼 난 그를 무시하겠지. 똑똑하고 유능한 어른이 왜 그런 정신 나간 말을 들어주겠소? 구멍이 너무 많소. 지나치게 협조적이고, 너무 의도적이고, 너무 가짜 티가 나고, 너무 직접적이고. 재커리 벡이라면 금방 눈치챌 거요."

"차에 태웠는데 추격당하고 있다면요?"

"그럼 경찰서로 곧장 달려가야 하지 않겠소?"

"젠장." 더피가 내뱉었다.

"이건 계획이오." 내가 말했다. "하지만 현실적으로 세워야 하오."

나는 다시 창밖을 내다보았다. 밖은 밝았다. 초록 풍경이 많이 보였다. 나무, 덤불, 멀리 새로 돋아난 잎으로 뒤덮인 숲이 우거진 언덕. 엘리엇과 더피가 방바닥만 내려다보고 있는 게 곁눈으로 보였다. 가만히 앉아만 있는 다섯 명의 남자들도 보였다. 그들은 유능해 보였다. 그중 두 명은 나보다 조금 어리고 키가 크고 금발의 준수한 외모였다. 두 명은 내 또래의 평범한 보통 사람이었다. 한 명은 나보다 훨씬 나이가 많고 허리가 구부정하고 머리가 희끗했다. 나는 오랫동안 골똘히 생각했다. 납치, 구출, 벡의 집. 벡의 집에 들어가야 한다. 꼭 그래야 한다. 퀸을 찾아야 하니까. 장기적인 안목으로 생각해야 한다. 난 모든 걸 리처드 벡의 관점에서 바라보았다. 그런 다음 그의 아버지 관점에서 다시 바라보았다.

"이건 계획이오." 내가 다시 말했다. "하지만 완벽하게 다듬어야 하오. 그러려면 나는 경찰에 가지 않을 유형의 사람이 되어야 하오." 그러고 나서 나는 잠시 말을 멈췄다. "아니, 그보다 더 좋은 건, 리처드 벡의 눈앞에서 경찰에 갈 수 없는 사람이 되는 거요."

"어떻게요?" 더피가 물었다.

나는 그녀를 똑바로 쳐다보았다. "누군가를 다치게 해야 할 것 같소. 혼란스러운 와중에 우연히. 다른 행인이나 어떤 무고한 사람을, 모호한 상황에서. 내가 어떤 사람을 들이받는 거요. 개를 산책시키는 할머니라든지. 심지어 그녀를 죽일 수도 있고. 그리고 패닉에 빠져 도망치는 거요."

"무대에 올리기에는 너무 어려운 설정이네요." 그녀가 말했다. "그리고 어쨌든 도주 이유로는 약해요. 내 말은, 원래 그런 상황에서는 사고가 날 수도 있으니까요."

나는 고개를 끄덕였다. 방은 여전히 조용했다. 눈을 감고 좀 더 생각을 해보니 머릿속에서 어렴풋한 장면이 구체화되기 시작했다.

"이건 어떻소? 경찰을 죽이는 거요. 실수로."

아무도 말이 없었다. 나는 눈을 떴다.

"이건 만루홈런이오. 완전 완벽하지. 내가 왜 일반적으로 행동하지 않고 경찰에 가지 않았는지에 대해 재커리 벡의 의심을 누그러뜨릴 수 있소. 아무리 사고였다고 해도 경찰관을 죽였다면 경찰에게 가지 않는 게 당연하니까. 그는 납득할 거요. 그리고 내가 그의 집에 계속 머무를 명분도 생기는 거고. 나는 그럴 수밖에 없는 상황이니까, 그는 내가 숨어 있다고 생각할 테니까. 자기 아들을 구출한 것에 대해 고마워할 것이고 어차피 본인도 범죄자니까 날 숨겨준다 한들 양심에 거리낄 게 없을 거요."

이의 제기는 없었다. 그저 침묵이 흘렀고 천천히 평가, 동의, 합의의 의미가 담긴 듯한 웅얼거림이 들렸다. 나는 처음부터 끝까지 꼼꼼히 살펴보았다. 장기적인 안목으로 생각해야 한다. 나는 미소를 지었다.

"그리고 더 큰 장점은," 내가 말했다. "그가 날 고용할 수도 있소. 실제로 그는 나를 고용하고 싶은 충동을 강하게 느낄 거요. 왜냐하면 우리는 그에게 그의 가족이 갑자기 공격을 받았고 자기 경호원 두 명이 쓰러졌다는 착각을 불러일으켰고, 그 경호원들은 실패했지만 나는 그렇지 않았기 때문에 어쨌든 내가 그들보다 더 유능하다고 생각할 것이기 때문이오. 나를 경찰 살해범이라고 생각하고 나를 숨겨주는 한, 그는 내가 자기 손아귀에 들어 있다고 생각할 테니 기꺼이 나를 고용할 거요."

더피도 미소를 지었다.

"그럼 시작해 볼까요?" 그녀가 말했다. "이제 48시간도 채 안 남았어요."

나보다 어린 두 남자가 납치팀으로 지명되었다. 그들에게는 DEA의 압수 차량 중 한 대인 도요타 픽업트럭을 운전하라고 했다. 그들은 압수한 우지 기관단총에 9밀리 공포탄을 장전해 사용할 것이다. DEA SWAT마약단 무기고에서 슬쩍한 섬광 수류탄도 가져갈 것이다. 그런 다음 우리는 구출자로서의 내 역할을 리허설하기 시작했다. 모든 솜씨 좋은 사기꾼들이 그렇듯 가능한 한 실제 모습에 가깝게 행동해야 한다고 판단했기 때문에, 나는 전직 군인 출신 떠돌이인데 마침 그 시간에 거기 있는 것으로 설정되었다. 매사추세츠에서는 엄밀히 말하면 불법이지만 나는 무기를 소지하고 있을 것이고, 이는 내 캐릭터와 잘 어울리는 그럴듯한 설정이었다.

"커다란 구식 리볼버가 필요하오." 내가 말했다. "일반 시민이 가지고 있을 법한 권총이어야 하니까. 그리고 이 모든 건 처음부터 끝까지 큰 드라마가 되어야 하오. 픽업트럭이 내게 달려들면 난 그걸 무력화시킬 거요. 총을 쏴서 세우겠다는 말이오. 그러려면 정확히 순서대로 실탄 세 발과 공포탄 세 발이 필요하오. 픽업에 쏘는 건 실탄 세 발, 사람들에게 쏘는 건 공포탄 세 발."

"어떤 총이든 그렇게 장전할 수 있어요." 엘리엇이 말했다.

"하지만 발사 직전에 꼭 약실을 봐야겠소. 내 눈으로 확인하지 않고 혼입된 총알을 발사할 수는 없소. 올바른 위치에서 시작하는 건지 알아야 하오. 그래서 리볼버가 필요하다는 거요. 작은 게 아니라 큰 권총이어야 명확하게 볼 수 있으니까."

그는 내 요점을 이해하고 메모를 했다. 그러고 나서 우리는 나이 든 요원을 지역 경찰로 선정했다. 더피는 그가 내 사격 범위에 그냥 우연히 들어오는 것을 제안했다.

"그건 안 되오." 내가 말했다. "나름 설득력 있는 실수여야 하오. 그냥 부주의하게 쏜 게 아니라. 그의 아버지는 나에게서 적절한 방식으로 감명을 받아야 하오. 나는 의도적으로, 하지만 무모하게 해야 하오. 미친놈인데, 총은 제대로 쏘는 미친놈인 것처럼."

더피는 동의했고 엘리엇은 사용 가능한 차량 목록을 머릿속으로 생각하더니 낡은 화물 밴을 제안했다. 배송기사로 위장할 수 있다고 했다. 거리를 돌아다녀야 할 정당한 이유도 생긴다고 했다. 우리는 종이와 머릿속에 각각 목록을 만들었다. 내 또래의 두 요원은 아직 할당된 임무가 없어서 불만스러운 표정으로 앉아 있었다.

"당신들은 백업 경찰을 맡으시오." 내가 말했다. "만약 리처드 벡이 내가 경찰을 쏘는 걸 못 본다고 가정해 봅시다. 그가 기절해버릴 수도 있으니까. 그럼 그땐 당신들이 차를 타고 우리를 추격해야 하고, 그가 보고 있다는 확신이 들 때 내가 당신들을 처리하겠소."

"백업 경찰을 둘 순 없어." 나이 든 요원이 말했다. "내 말은, 거기서 무슨 일이 벌어질지 어떻게 알고, 갑자기 별다른 이유도 없이 경찰이 몰려든다는 거지?"

"그럼 대학의 청원경찰로 하죠." 더피가 말했다. "대학이 자체 고용한 청원경찰들 말이에요. 마침 그들이 거기 있었던 거죠. 학교 말고 그 사람들이 어디에 가 있겠어요?"

"훌륭하오." 내가 말했다. "그들은 캠퍼스 내에서 바로 시작할 수 있소. 후방에서 무전으로 전체 상황을 통제할 수 있으니까."

"그들을 어떻게 제압할 건가요?" 엘리엇이 문제가 있는 것처럼 내게 물었다.

나는 고개를 끄덕였다. 문제를 깨달았다. 그때쯤이면 여섯 발을 모두 쏜 뒤일 것이다.

"재장전을 할 수 없겠군." 내가 말했다. "운전 중이기도 하고. 공포탄이어야 하니 그가 눈치챌 수도 있고."

"들이받는 건요? 도로 밖으로 밀어내면?"

"낡은 밴으로는 안 될 거요. 두 번째 리볼버가 반드시 있어야겠소. 미리 장전해서 밴 안에 준비해 두어야 하오. 글로브 박스 안에 넣어 두는 게 좋겠소."

"매사추세츠에서 6연발 리볼버 두 자루를 가지고 돌아다닌다는 말인가?" 나이 든 요원이 말했다. "그건 좀 의심스러워 보일 것 같은데."

나는 고개를 끄덕였다. "그건 취약점입니다만 우린 몇 가지 리스크는 감수해야 합니다."

"그럼 난 사복을 입겠네." 나이 든 요원이 말했다. "형사처럼. 제복 입은 경찰을 쏘는 건 무모함도 넘어서는 짓이니까. 그것도 취약점이 될 거야."

"알겠습니다." 내가 말했다. "동의합니다. 훌륭하군요. 당신은 형사고 배지를 꺼내려고 하는데 나는 그게 총을 꺼내는 거라고 착각하고는 당신을 쏴 버리는 겁니다."

"그런데 어떻게 죽으면 되는 건가?" 그가 물었다. "옛날 서부극처럼 배를 움켜쥐고 쓰러지나?"

"그렇게 해선 설득력이 없어요." 엘리엇이 말했다. "이 모든 게 그에게는 정확히 진짜처럼 보여야 해요."

"할리우드 스타일로 가야겠군요." 더피가 말했다. "방탄조끼와 무선 신호로 폭발하는 가짜 피가 가득 든 콘돔 같은 걸로."

"그걸 구할 수 있겠소?"

"뉴욕이나 보스턴에서는요."

"시간이 촉박하군."

"그러게요." 더피가 말했다.

그렇게 9일째 날이 끝났다. 더피는 내가 이 모텔로 옮기길 원했고, 누군가가 내 짐을 가지러 가자며 보스턴 호텔까지 태워다 주겠다고 했다. 내가 짐이 없다고 말하자 그녀는 의아한 표정으로 나를 쳐다보고는 아무 말도 하지 않았다. 나는 나이 든 요원 옆방에 묵기로 했다. 요원 하나가 차를 몰고 나가 피자를 사 왔다. 모두 바삐 움직이며 전화를 걸고 있었다. 그들은 나를 그냥 내버려 두었다. 나는 침대에 누워서 모든 과정을 나의 관점에서 처음부터 끝까지 다시 곱씹어 보았다. 우리가 고려하지 않았던 모든 것들을 머릿속으로 나열해 보았다. 긴 목록이었다. 그중에서 무엇보다 신경 쓰이는 항목이 하나 있었다. 목록에 포함되어 있던 것은 아니지만 맥락은 비슷했다. 나는 침대에서 일어나 더피를 찾으러 갔다. 그녀는 주차장에 나갔다가 차에서 황급히 자신의 방으로 돌아가던 중이었다.

"재커리 벡은 이 건의 주연이 아니오." 내가 말했다. "그럴 리가 없소. 퀸이 연루되어 있다면 퀸이 보스일 거요. 그자가 조연을 맡을 리가 없소. 벡이 퀸보다 더 나쁜 놈이라면 모를까. 그런데 그건 상상조차 하기 싫군."

"퀸이 변했을 수도 있죠." 그녀가 말했다. "머리에 총을 두 발이나 맞았잖아요. 아마 그게 그의 뇌를 바꿔놨을지도 몰라요. 그를 약하게 만들었을지도."

나는 아무 말도 하지 않았다. 그녀는 서둘러 자리를 떴다. 나는 내 방으로 돌아왔다.

10일째 날은 차량들이 도착하면서 시작되었다. 나이 든 요원에게는 경찰차 표식이 없는 7년 된 쉐보레 카프리스를 배정했다. GM이 단종시키기 직전 마지막 연도 모델로 콜벳 엔진이 장착된 차량이었다. 그에게 딱 어울리는 차였다. 픽업트럭은 바랜 빨간색의 대형 차량이었다. 앞쪽에는 범퍼 가드가 장착되어 있었다. 젊은 요원들이 그 차를 어떻게 사용할지 이야기하고 있었다. 내가 탈 차는 지극히 평범한 갈색 화물 밴이었다. 측면 창은 없고 작은 후방 창 두 개가 전부였다. 글로브 박스가 있는지 확인했다. 있었다.

"괜찮죠?" 엘리엇이 물었다.

나는 밴을 모는 사람들이 하는 것처럼 옆면을 탁탁 쳤다. 소리가 희미하게 울렸다.

"완벽하군." 내가 말했다. "리볼버는 44매그넘 대구경이 좋겠소. 무거운 소프트 탄두 총알 세 발과 공포탄 아홉 발이 필요하오. 공포탄은 소리를 최대한 크게 만들어주시오."

"알겠어요." 그가 말했다. "그런데 왜 소프트 탄두죠?"

"총알이 튈까 봐 걱정되기 때문이오. 실수로라도 누구든 다치게 하고 싶지 않소. 소프트 탄두는 변형되면서 맞은 곳에 달라붙을 거요. 나는 라디에이터에 한 발, 타이어에 두 발을 쏠 거요. 총에 맞으면 폭발하도록 타이어의 공기압을 최대한 높여주시오. 최대한 극적으로 터질 수 있게."

엘리엇은 서둘러 자리를 떴고 더피가 내게 다가왔다.

"이게 필요할 거예요." 그녀가 말했다. 그녀는 내게 코트와 장갑 한 켤레를 건넸다. "이걸 입으면 더 현실적으로 보일 거예요. 날씨가 추울 테니까요. 그리고 코트가 총을 가려 줄 거예요."

그녀에게서 건네받아 코트를 입어 보았다. 꽤 잘 맞았다. 사이즈에 대한 감이 탁월한 여자였다.

"심리전이 까다로울 거예요." 더피가 말했다. "유연하게 대처해야 해요. 리처드 벡이 고도의 긴장으로 무반응 상태를 보일 수도 있어요. 그럴 땐 뭔가 반응을 이끌어 내야 할 수도 있고요. 가장 이상적인 건 그가 깨어 있고 대화가 가능한 상태를 유지하는 거죠. 그런 경우 상황에 점점 더 깊이 관여하게 되는 것에 대해 당신이 주저하는 모습을 보여줄 필요가 있어요. 그가 당신을 설득해서 집까지 태워 달라고 말해야 해요. 하지만 동시에 당신이 주도권을 잡고 있어야 하고요. 그가 자신이 목격한 것에 대해 곰곰이 생각할 여유가 없도록 상황을 계속 진행시켜야 해요."

"알겠소." 내가 말했다. "그렇다면 탄약 주문서를 변경해야겠소. 두 번째 리볼버의 두 번째 총알을 실탄으로 해주시오. 그에게 바닥에 엎드리라고 말한 다음 후방 창을 날려버리겠소. 그는 대학 청원경찰이 우릴 쏜다고 생각할 거요. 그런 다음 그에게 다시 일어나라고 할 거요. 그러면 위험의 심각성을 깨닫고 내가 시키는 대로 고분고분해지겠지. 청원경찰이 당하는 걸 좀 더 편안하게 보게 될 거고. 난 그가 나를 막기 위해서 나와 싸우는 걸 원하지 않소. 그러다가 밴이 전복돼서 우리 둘 다 죽을 수도 있으니까."

"실제로는 그와 유대감을 형성해야 해요." 더피가 말했다. "나중에 그가 당신에 대해 좋게 말해야 하니까. 당신 말이 맞아요. 재커리 벡이 당신을 고용하면 완전 대박이죠. 접근 기회가 생기니까요. 그러니 그에게 깊은 인상을 심어주려고 노력해봐요. 하지만 아주 교묘하게 해야 해요. 당신을 좋아할 필요까지는 없어요. 그냥 자기가 하는 일에 대해 잘 알고 있는 터프가이 정도로 생각하게 만들면 돼요."

나는 엘리엇을 찾아가서 탄약 변경에 대해 말했다. 그 후 청원경찰 임무를 맡은 두 남자가 나를 찾아왔다. 우리는 그들이 먼저 나에게 공포탄을 쏘고, 내가 그들에게 공포탄 한 발을 쏜 다음 밴의 후방 창을 쏘고, 다시 공포탄 한 발을 쏘고, 마지막으로 내가 공포탄 세 발을 간격을 두고 쏘는 것으로 말을 맞췄다. 마지막 발사에 그들은 자신의 실탄으로 자동차 앞유리를 날려버리고, 타이어가 터졌거나 총탄에 맞은 것처럼 도로에서 미끄러져 벗어나기로 했다.

"어떤 게 어떤 탄환인지 헷갈리지 마세요." 그들 중 한 명이 말했다.

"당신들도 조심하시오."

우리는 점심으로 또 피자를 먹고 목표 지역을 둘러보러 나섰다. 목표 지점에서 1킬로미터 떨어진 곳에 차를 세우고 지도 몇 장을 살펴보았다. 그런 다음 두 대의 차로 각각 세 번이나 대학 정문을 통과하는 위험을 감수했다. 더 많은 시간을 들여 조사하고 싶었지만 눈에 띄는 것이 우려스러웠다. 우리는 조용히 모텔로 돌아와 엘리엇의 방에 다시 모였다.

"괜찮아 보이는군." 내가 말했다. "예상 경로는 어떻게 될 것 같소?"

"메인 주는 여기서 북쪽이에요. 포틀랜드 근처 어딘가가 집일 가능성이 높아요." 더피가 말했다.

나는 고개를 끄덕였다. "하지만 남쪽으로 갈 것 같소. 지도를 보시오. 그쪽이 고속도로에 더 빨리 도착할 수 있소. 표준 보안 규정은 가능한 한 빨리 넓고 차가 많은 도로로 진입하는 거요."

"그건 좀 도박 같은데요."

"그들은 남쪽으로 갈 거요." 나는 굽히지 않았다.

"다른 건요?" 엘리엇이 물었다.

"밴을 계속 모는 건 미친 짓이오." 내가 말했다. "재커리 벡은 그게 실제 상황이라면 내가 밴을 버리고 차를 훔칠 거라고 생각할 거요."

"어디서 훔치죠?" 더피가 물었다.

"지도를 보면 고속도로 옆에 쇼핑몰이 있소."

"알겠어요. 거기다 한 대 짱박아 둘게요."

"차 키는 범퍼 밑에 둘까요?" 엘리엇이 물었다.

더피는 고개를 저었다. "그건 너무 가짜 티가 날 것 같아요. 이 모든 게 완벽하게 설득력이 있어야 해요. 진짜로 차를 훔쳐야 할 거예요."

"어떻게 하는지 모르오." 내가 말했다. "나는 한 번도 차를 훔쳐본 적이 없소."

방 안이 조용해졌다.

"차에 대해 내가 아는 건 육군에서 배운 것뿐이오. 군용 차량은 절대 잠겨 있지 않소. 시동 키도 없고, 버튼으로 시동을 거니까."

"알겠어요." 엘리엇이 말했다. "해결할 수 없는 문제는 없어요. 잠그지 않은 채로 둘게요. 하지만 잠겨 있는 것처럼 행동해요. 문을 쑤셔서 따는 척해요. 근처에 철사와 옷걸이를 잔뜩 놓아둘게요. 그에게 그런 걸 찾아달라고 부탁해도 되고요. 그가 참여하게 만들어서 착각하는 데 도움을 주는 거예요. 그런 다음 당신이 약간 장난을 치면 문이 짠 하고 열리는 거죠. 핸들 밑 스티어링 칼럼의 덮개를 느슨하게 해둘게요. 그리고 시동 거는 데 필요한 전선들만 벗겨놓을게요. 당신이 그것들을 찾아서 갖다 대면 순식간에 어릴 때 좀 놀았던 나쁜 놈처럼 보일 거예요."

"훌륭하네요." 더피가 말했다.

엘리엇이 미소를 지었다. "최선을 다하는 중이에요."

"잠시 쉬었다가 저녁식사 후에 다시 시작합시다." 더피가 말했다.

저녁식사 후 마지막 퍼즐 조각들이 맞춰졌다. 두 사람이 마지막으로 필요한 장비들을 가지고 돌아왔다. 내 무기인 콜트 아나콘다 두 정이었다. 크고 무자비한 무기. 비싸 보였다. 어디서 구했는지는 묻지 않았다. 44구경 매그넘 실탄 한 상자와 44구경 공포탄 한 상자가 함께 왔다. 공포탄은 철물점에서 산 것이었다. 콘크리트에 못을 박아 넣는 중장비용 네일 건 용도로 설계된 것이었다. 나는 각 아나콘다의 실린더를 열고 손톱 가위 끝으로 약실 중 하나에 X자를 그었다. 콜트 리볼버의 실린더는 시계 방향으로 돌기 때문에 시계 반대 방향으로 회전하는 스미스 앤드 웨슨과는 다르다. X는 첫 번째 발사되는 약실의 표시이다. 나는 그것을 내가 볼 수 있는 10시 방향에 맞출 것이고, 첫 번째로 방아쇠를 당기면 실린더가 회전하면서 X 표시가 공이 아래로 들어오게 될 것이다.

더피가 신발 한 켤레를 가져왔다. 내 사이즈였다. 오른쪽 뒷굽에 홈이 파여 있었다. 그녀가 그 공간에 꼭 맞는 무선 이메일 기기를 건넸다.

"이래서 발이 큰 게 다행이라고 한 거예요." 그녀가 말했다. "맞춤 제작하기가 더 쉽거든요."

"이게 믿을 만하오?"

"그럼요. 새로 지급된 최신 정부 장비거든요. 모든 부서가 지금 이걸로 비밀통신을 하고 있어요."

"좋소." 내 경력을 통틀어 봤을 때 다른 어떤 원인들보다 기술 결함으로 인한 실패가 더 많았다.

"이게 우리가 할 수 있는 최선이에요." 그녀가 말했다. "다른 건 다 들킬 거예요. 분명 몸수색을 할 테니까요. 이론상 그들이 무선 전파를 포착하더라도 모뎀 소리만 짧게 들을 수 있을 거예요. 그들은 그걸 단순한 잡음이라고 생각할 거고요."

더피는 뉴욕의 어느 무대의상 디자이너로부터 세 개의 피 뿜는 장치를 구해왔다. 그것들은 크기와 부피가 컸다. 가로세로 각 30센티미터 크기의 케블라* 소재의 패드로, 희생자의 가슴에 각각 테이프로 붙이는 것이었다. 고무로 된 피 저장통과 무선 수신기, 무선 격발기, 배터리가 포함되어 있었다. *미국 듀퐁DuPont사가 1973년에 아라미드 섬유의 상용화에 성공해 개발한 내열성 합성섬유.

"헐렁한 셔츠를 입으세요, 여러분." 엘리엇이 말했다.

각각 분리되어 있는 무선 격발기의 버튼들은 내 오른쪽 팔뚝에 테이프로 붙여야 했다. 배터리는 안주머니에 넣어서 연결했다. 버튼들은 코트와 재킷, 셔츠를 통해서도 만져질 정도로 충분히 컸고, 왼손으로 오른손에 든 콜트의 무게를 받치는 것처럼 하면서 버튼을 누르면 그럴듯해 보일 것 같았다. 우리는 순서대로 리허설을 했다. 먼저 픽업트럭 운전사. 그 버튼은 내 손목에서 가장 가까이에 있었다. 검지로 버튼을 누른다. 두 번째, 픽업 동승자. 그 버튼은 가운데에 있다. 중지로 버튼을 누른다. 세 번째, 경찰 역을 맡은 나이 든 요원. 그 버튼은 팔꿈치 가장 가까이에 있다. 약지로 버튼을 누른다.

"끝나면 반드시 다 버려야 해요." 엘리엇이 말했다. "벡의 집에 가면 몸수색을 철저히 할 거예요. 화장실 같은 곳에 들러서 버려요."

우리는 모텔 주차장에서 끊임없이 연습했다. 축소판으로 도로도 만들어서 배치했다. 자정 무렵이 되자 모든 준비가 완벽하게 끝났다. 시작부터 끝까지 8초가 걸릴 거라고 판단했다.

"중요한 결정은 당신이 해야 해요." 더피가 말했다. "당신 판단으로요. 도요타가 다가올 때 뭔가 잘못된 게 있다면, 조금이라도 문제가 있다면, 즉시 중단하고 그냥 지나가게 놔둬요. 우리가 어떻게든 수습할 테니까요. 공공장소에서 실탄 세 발을 발사하게 될 텐데 지나가는 행인이나 자전거 타는 사람, 조깅하는 사람이 잘못 맞으면 안 돼요. 1초도 안 되는 시간에 결정을 내려야 할 거예요."

"알겠소." 이렇게 답은 했지만 이미 그 정도까지 진행된 상황이라면 쉽게 수습할 방법이 있을 것 같지 않았다. 그 후 엘리엇이 마지막으로 몇 차례 전화를 걸어 대학 보안 차량을 빌렸고 쇼핑몰의 주력 백화점 뒤에 그럴듯한 구형 닛산 맥시마를 주차해 두었다는 사실을 확인했다. 맥시마는 뉴욕 주의 소규모 마리화나 재배업자로부터 압수한 차량이었다. 그 주에서는 여전히 엄격한 마약법이 시행되고 있었다. 차에 가짜 매사추세츠 주 번호판을 붙이고 차 안에는 백화점 판매원이 가지고 다닐 법한 잡동사니를 가득 채워 놓았다.

"이제 잡시다!" 더피가 소리쳤다. "내일은 중요한 날이니까."

10일째 날이 그렇게 끝났다.

11일째 아침 일찍 더피가 도넛과 커피를 내 방으로 가져왔다. 그녀와 나, 단둘이었다. 우리는 마지막으로 한 번 더 계획 전반을 점검했다. 더피가 58일 전에 심어두었고 지금은 실종된 여자 요원의 사진을 보여주었다. '테레사 다니엘'이라는 이름으로 벡의 회사인 비자르 바자르에 점원으로 취직한 서른 살의 금발이었다. 자그마한 그녀는 수완이 좋아 보였다. 사진을 주의 깊게 보며 그녀의 특징을 외웠지만 내 머릿속에는 다른 여자의 얼굴이 떠올랐다.

"아직 살아 있을 거라고 생각해요." 더피가 말했다. "꼭 그래야만 하고요."

나는 아무 말도 하지 않았다.

"벡에게 고용되도록 노력해봐요." 그녀가 말했다. "벡이 시도할 법한 방식으로 당신의 최근 이력을 확인해 봤어요. 상당히 애매하게 나오더군요. 비어 있는 부분이 많아서 나로서는 걱정스럽지만, *그가 신경 쓰지는 않을 것 같아요.*"

나는 여자 요원의 사진을 돌려주었다.

"벡은 무조건 날 고용할 거요. 환상은 스스로 강화되는 법이오. 그는 인력 부족 상태에서 공격을 받고 있소. 동시다발적으로. 하지만 너무 열심히 하지는 않으려 하오. 사실은 조금 꺼려하는 듯할 거요. 그게 더 진짜처럼 보일 테니까."

"좋아요." 그녀가 말했다. "당신에게는 총 일곱 개의 목표가 있어요. 그중 첫 번째, 두 번째, 세 번째 모두 이거예요. 신중하게 행동하라. 이자들은 아주 위험한 자들이라고 가정해야 해요."

나는 고개를 끄덕였다. "가정을 넘어서 명확한 사실이오. 퀸이 연루되어 있다면 절대적으로."

"그러니 그에 걸맞게 행동해요. 처음부터 글러브 벗고 맨주먹으로."

"알겠소." 내가 말했다. 나는 팔을 X자로 가슴에 모으고 오른손으로 왼쪽 어깨를 마사지하기 시작했다. 그러다 깜짝 놀라서 멈췄다. 정신과 군의관이 그런 무의식적인 몸짓은 취약한 감정을 나타내는 것이라고 말한 적이 있다. 방어적인 행동. 자신을 숨기고자 하는 것이다. 바닥에 공 모양으로 몸을 웅크리기 전 단계이다. 더피도 같은 말을 들어본 게 틀림없었다. 그걸 눈치채고 나를 똑바로 쳐다보았기 때문이다.

"퀸을 두려워하고 있군요. 그렇죠?" 그녀가 물었다.

"난 아무도 두렵지 않소. 하지만 그자가 죽었을 때가 확실히 더 나았소."

"지금이라도 취소할 수 있어요." 그녀가 말했다.

나는 고개를 저었다. "그자를 찾을 수 있는 기회를 놓치고 싶지 않소."

"체포 과정에 무슨 문제가 있었나요?"

나는 다시 고개를 저었다.

"그 일에 대해서는 말하지 않겠소."

그녀는 잠시 멈췄다. 하지만 더 밀어붙이지는 않았다. 그냥 시선을 돌리고 멈췄다가 다시 나를 쳐다보고는 브리핑을 이어갔다. 차분한 목소리, 효율적인 말투로.

"네 번째는 내 요원을 찾는 거예요. 그리고 그녀를 내게 데려와요."

나는 고개를 끄덕였다.

"다섯 번째, 벡을 꼼짝 못 하게 할 수 있는 확실한 증거를 가져와요."

"알겠소."

그녀는 다시 멈칫했다. "여섯 번째, 퀸을 찾아서 당신 하고 싶은 대로 해요. 마지막 일곱 번째, 거기서 당장 빠져나와요."

나는 고개를 끄덕였다. 아무 말도 하지 않았다.

"당신을 미행하진 않을 거예요." 그녀가 말했다. "리처드 벡이 알아챌 수도 있으니까요. 그때쯤이면 그도 꽤 신경이 곤두서 있을 거예요. 그리고 닛산에 위치 추적기도 달지 않을 거예요. 나중에 들킬 가능성이 높으니까요. 벡의 집 위치를 알게 되면 바로 이메일로 알려줘야 해요."

"알겠소."

"취약점이 있다면?" 그녀가 물었다.

나는 퀸에 대한 생각을 억지로 떨쳐냈다.

"내게 보이는 건 세 개요. 두 개는 사소하지만 하나는 심각한 거요. 첫 번째 사소한 건, 내가 밴의 뒷유리를 날려버릴 건데, 리처드 벡이 10분 정도 지나면 깨진 유리가 엉뚱한 데 떨어져 있고 앞유리에 총구멍이 빠져나간 자국이 없다는 사실을 눈치챌 수 있다는 거요."

"그럼 하지 말아요."

"꼭 해야 할 것 같소. 공포감을 계속 유지하는 게 중요하니까."

"좋아요. 그럼 뒤에 상자를 잔뜩 쌓아 놓을게요. 어차피 배달기사라면 상자가 있어야 하니까. 그의 시야를 가려 줄 수도 있고요. 그러지 못하더라도 그가 10분 안에 상황을 눈치채지 않기를 바라는 수밖에요."

나는 고개를 끄덕였다. "두 번째 사소한 건, 재커리 벡이 여기 경찰에 신고할 가능성이 있다는 거요. 언젠가 어떤 식으로든. 어쩌면 신문사에도 연락할지 모르오. 신뢰할 만한 정보를 찾으려고 할 거요."

"우리가 경찰에게 대본을 줄 거예요. 그리고 경찰은 언론에 뭔가를 흘릴 거고. 우리가 필요로 하는 동안에는 협조할 거예요. 이제 심각한 한 가지는 뭐죠?"

"벡의 경호원들. 얼마나 오래 붙잡아 둘 수 있겠소? 그들을 전화기 근처에도 못 가게 해야 하오. 안 그러면 바로 벡에게 전화할 테니까. 공식적으로 체포할 수 없고 다른 집행 절차도 밟을 수 없소. 완전히 불법적으로 외부와 단절시켜야 하는 건데 얼마나 오래 버틸 수 있을 것 같소?"

그녀는 어깨를 으쓱했다. "최대 5일 정도요. 그 이상은 당신을 보호할 수 없어요. 그러니 정말 빨리 끝내야 해요."

"그럴 작정이오." 내가 말했다. "무선 이메일 기기의 배터리는 며칠이나 가는 거요?"

"5일 정도." 그녀가 말했다. "그러니 그때까지는 당신이 빠져나와야 해요. 충전기는 줄 수 없어요. 의심받을 테니까요. 하지만 휴대폰 충전기가 있다면 그걸 쓰면 돼요."

"알겠소."

그녀가 가만히 나를 바라보았다. 더 해야 할 말은 없었다. 그러다가 그녀가 가까이 다가와 내 뺨에 입을 맞췄다. 갑작스러웠다. 그녀의 입술은 부드러웠다. 그녀의 입술에 묻어 있던 도넛의 설탕이 내 뺨에 묻었다.

"행운을 빌어요." 그녀가 말했다. "우리가 놓친 건 없는 것 같아요."

하지만 우리는 많은 것을 놓쳤다. 우리의 구상에는 명백한 오류들이 있었고, 그것들은 빠짐없이 내게로 돌아와 나를 괴롭혔다.

3

저녁식사를 하기에는 너무 이른 저녁 7시 5분 전, 경호원 듀크가 다시 내 방으로 왔다. 밖에서 그의 발자국 소리와 함께 자물쇠가 조용히 찰칵 돌아가는 소리가 들렸다. 나는 침대에 앉아 있었다. 이메일 기기는 다시 신발 속에 넣어둔 상태였다.

"낮잠이라도 주무셨나, 이 개자식아?" 그가 물었다.

"왜 날 가둔 거지?" 내가 되물었다.

"넌 경찰 살해범이니까."

나는 고개를 돌렸다. 어쩌면 그는 개인 경호원이 되기 전에 경찰이었을 지도 모른다. 그랬을 수도 있다. 많은 전직 경찰이 보안업계에서 컨설턴트 나 사설탐정, 경호원 등으로 일하고 있다. 분명 그는 뭔가 풀어야 할 게 있 었고, 그게 나에게는 문제가 될 수 있었다. 하지만 한편으로는 그가 리처 드 벡의 이야기를 의심 없이 믿고 있다는 뜻이었으니 긍정적인 면이기도 했다. 그는 무표정한 얼굴로 나를 잠시 쳐다보았다. 그러고는 나를 방 밖 으로 데리고 나가 계단 두 층 아래인 지상층으로 내려가 어두운 통로를 통해 북쪽을 향하고 있는 저택의 측면으로 이끌었다. 소금기 가득한 공기 와 축축한 러그 냄새가 났다. 사방에 러그가 깔려 있었다. 어떤 곳은 바닥 에 두 겹으로 깔린 곳도 있었다. 은은한 색으로 빛나고 있었다. 그가 문 앞

81

에 멈춰 서더니 문을 열고 뒤로 물러서서 나를 방으로 들여보냈다. 방은 컸고 정사각형이었으며 짙은 색의 참나무 패널로 마감되어 있었다. 바닥에는 역시 러그가 깔려 있었다. 깊은 벽감 안으로 작은 창문이 있었다. 바깥은 어둠과 바위, 회색빛 바다가 전부였다. 참나무로 만든 테이블 위에는 내 콜트 아나콘다 두 자루가 빈 총 상태로 놓여 있었다. 약실이 열려 있었다. 테이블 상석에는 한 남자가 앉아 있었다. 그는 팔걸이와 등받이가 높은 참나무로 만든 의자에 앉아 있었다. 수잔 더피의 감시 사진에서 본 남자였다.

실물을 보니 별다른 특징이 없는 사람이었다. 크지도 작지도 않았다. 180센티미터에 90킬로그램 정도. 짧지도 길지도 않은 회색 머리카락에 마르지도 뚱뚱하지도 않았다. 쉰 살 정도 되어 보였다. 비싼 천으로 만들었지만 스타일이라고는 전혀 없는 회색 정장을 입고 있었다. 셔츠는 흰색이었고 넥타이는 휘발유처럼 색이 없었다. 그의 손과 얼굴은 마치 밤의 지하 주차장을 자연스러운 서식지로 삼아 캐딜락 트렁크에서 어떤 샘플을 꺼내 보여주는 사람처럼 창백했다.

"앉아요." 그가 말했다. 그의 목소리는 차분하고 긴장한 듯했다. 나는 그의 맞은편인 테이블 맨 끝에 앉았다.

"재커리 백입니다."

"잭 리처입니다."

듀크가 조용히 문을 닫고 안쪽에서 덩치 큰 몸을 문에 기대었다. 방이 조용해졌다. 파도 소리가 들려왔다. 해변에서 들을 수 있는 리드미컬한 소리는 아니었다. 암석에 계속 무작위로 부딪히고 빨려 들어가는 소리였다. 웅덩이에서 물이 빠지는 소리와 자갈이 덜그럭거리는 소리, 그리고 폭발처럼 밀려 들어오는 큰 파도 소리가 들렸다. 나는 그 횟수를 세어보려고 했다. 사람들은 일곱 번째 파도가 가장 크다고들 말한다.

"그러니까," 벡이 말했다. 그의 앞에는 마실 것이 놓여 있었다. 짧고 무거운 유리잔에 담긴 호박색 액체였다. 스카치나 버번처럼 기름진 느낌이었다. 그가 듀크에게 고개를 끄덕였다. 듀크가 두 번째 잔을 집어 들었다. 그것은 사이드 테이블에 나를 위해 준비되어 있던 잔이었다. 그 잔에도 똑같은 기름진 호박색 액체가 들어 있었다. 그는 어색하게 엄지와 검지만 써서 잔의 바닥 부분을 잡고 가져왔다. 방을 가로질러 와서 몸을 약간 굽혀 조심스럽게 내 앞에 그걸 내려놓았다. 나는 미소를 지었다. 그가 왜 그러는지 알고 있었다.

"그러니까," 벡이 다시 말했다.

나는 기다렸다.

"내 아들이 당신의 곤란한 상황에 대해 설명해줬는데." 그가 말했다. 그의 아내가 사용했던 것과 같은 문장이었다.

"의도하지 않은 결과의 법칙입니다." 내가 답했다.

"그게 나에게 어려움을 안겨주고 있어요. 난 그저 평범한 사업가로서 어디까지 내가 책임져야 하는지 고민하고 있고."

나는 기다렸다.

"물론 감사하게 생각해요." 그가 말했다. "오해는 하지 마시고."

"그런데요?"

"그런데 법적인 문제가 있는 거잖아요?" 그는 자신이 통제할 수 없는 복잡한 상황으로 인해 피해를 입고 있다는 듯 약간 짜증 섞인 목소리로 말했다.

"이건 로켓 과학처럼 복잡한 문제가 아닙니다." 내가 말했다. "잠시만 눈감아주시면 됩니다. 선의는 선의로 돌아오는 법이잖습니까. 당신의 양심이 그런 걸 감당할 수 있다면요."

방 안이 다시 조용해졌다. 나는 파도 소리에 귀를 기울였다. 밖에서는 다양한 소리가 들려왔다. 연약한 해초가 화강암에 끌리는 소리와 동쪽을 향해 뒤로 빨려 들어가는 썰물의 물살 소리도 들렸다. 재커리 벡의 시선은 여기저기로 옮겨 다니고 있었다. 테이블을 쳐다봤다가 바닥을 봤다가, 허공을 응시했다. 그의 얼굴은 폭이 좁았다. 턱이 별로 없었다. 두 눈은 꽤 가깝게 붙어 있었다. 집중하느라 이마에는 주름이 잡혀 있었다. 입술은 얇고 입은 꽉 다물어져 있었다. 그의 고개가 조금씩 움직이고 있었다. 전체적으로 보면 평범한 사업가가 중대한 문제로 고심하는 모습을 그럴듯하게 흉내 내고 있었다.

"실수였나요?" 그가 물었다.

"그 경찰 말입니까?" 내가 말했다. "돌이켜보면 분명 실수였습니다. 당시에는 그저 일을 끝내려고 했을 뿐입니다."

그는 조금 더 생각하더니 고개를 끄덕였다.

"그렇군요." 그가 말했다. "상황을 고려할 때, 우리가 당신을 도울 수 있을지도 모르겠네요. 가능하다면. 어쨌든 내 가족을 위해 큰일을 해주셨으니."

"돈이 필요합니다." 내가 말했다.

"돈?"

"어디로든 떠야 하지 않겠습니까?"

"언제?"

"지금 당장."

"그게 현명한 처사일까요?"

나는 고개를 저었다. "솔직히 별로 그렇진 않습니다. 며칠 동안 여기에 머무르면서 초기의 혼란이 가라앉을 때까지 기다리고 싶습니다. 하지만 당신에게 부담을 주고 싶지는 않습니다."

"돈은 얼마나 필요하죠?"

"5천 달러면 충분할 것 같습니다."

그는 거기에 대해 아무 말도 하지 않았다. 그냥 또다시 여기저기를 바라보기 시작했다. 이번에는 조금 더 집중하는 듯 보였다.

"몇 가지 질문이 있어요. 당신이 이곳을 떠나기 전에. 만약 당신이 떠나겠다면 말이죠. 두 가지 엄중한 사안에 대해서. 첫째, 그들은 누구였죠?"

"모르십니까?"

"나에게는 많은 경쟁자와 적이 있어요."

"그 사람들이 이렇게까지 한다는 말입니까?"

"나는 러그를 수입해요." 그가 말했다. "그럴 의도는 없었지만 일이 그렇게 풀려갔어요. 아마도 당신은 내가 백화점과 인테리어 업체하고만 거래한다고 생각하겠지만, 현실은 노예로 팔려온 아이들이 손가락에서 피가 날 때까지 하루 18시간씩 일해야 하는 여러 외국의 지옥 같은 곳에서 온갖 불미스러운 인물들과 거래하고 있어요. 그 아이들의 주인들은 모두 내가 그들을 속이고 문화를 약탈한다고 생각하죠. 사실 그럴지도 모르고. 하지만 그들이 더 심할 거예요. 그들은 재미있는 파트너가 아니에요. 여기서 성공하려면 어느 정도의 강인함이 필요하죠. 요점은, 내 경쟁자들도 마찬가지라는 거. 이건 전반적으로 험한 사업이니까. 내 공급업체와 경쟁업체

사이에서 나를 괴롭히기 위해 내 아들을 납치할 만한 인물이 여섯 명 정도 있어요. 그들 중 한 명이 5년 전에 그걸 실행에 옮겼고. 내 아들이 이미 당신에게 말했듯이."

나는 아무 말도 하지 않았다.

"그들이 누군지 알아야겠어요." 그는 진심인 것 같았다. 그래서 나는 짧게 쉬었다가 사건의 전말을 초 단위, 미터 단위, 킬로미터 단위로 자세히 설명했다. 도요타에 타고 있던 키 큰 금발의 DEA 요원 두 명을 정확하고 자세하게 묘사해주었다.

"그들은 나하고 아무 관련이 없는데." 그가 말했다.

나는 대꾸하지 않았다.

"도요타의 번호판을 봤나요?" 그가 물었다.

나는 기억을 더듬어 보고 그에게 사실대로 말해주었다.

"차의 앞면만 봤습니다. 그런데 번호판은 없었습니다."

"그렇군요." 그가 말했다. "그럼 앞 번호판이 필요 없는 주에서 왔겠네요. 그나마 범위가 조금 좁혀졌어요."

나는 아무 말도 하지 않았다. 잠시 후 그는 고개를 저었다.

"정보가 너무 부족하네요." 그가 말했다. "내 지인이 그 지역 경찰서에 연락해봤어요. 물론 우회적인 방법으로. 현지 경찰 한 명이 죽었고, 대학 청원경찰 한 명이 죽었고, 링컨 타운카를 탄 신원미상의 두 명이 죽었고, 도요타 픽업트럭을 탄 신원미상의 두 명이 죽었다더군요. 유일한 생존 목격자는 또 다른 대학 청원경찰인데, 8킬로미터 떨어진 곳에서 교통사고를 당한 뒤 아직 의식불명 상태라고 하네요. 현재로서는 아무도 무슨 일이 일어났는지 모르고 있어요. 왜 그런 일이 일어났는지도 모르고. 납치 미수와의 연관성도 찾지 못했고, 뚜렷한 이유 없이 그 동네가 피바다가 되었다고만 알고 있는 거죠. 갱단 간의 전쟁이라는 게 사람들의 추측이고."

"링컨의 번호판을 조회하면 어떻게 됩니까?" 내가 물었다.

그가 망설였다.

"법인 등록 차량이라," 그가 말했다. "직접적으로 이곳을 가리키진 않아요."

나는 고개를 끄덕였다. "알겠습니다. 하지만 다른 청원경찰이 깨어나기 전에 서부 해안으로 넘어가고 싶습니다. 그 사람이 날 똑똑히 봤으니까요."

"난 이 사건에서 누가 선을 넘었는지 알고 싶은데."

나는 테이블 위에 놓인 아나콘다를 힐끗 쳐다보았다. 깨끗이 닦아 가볍게 기름칠해둔 상태였다. 탄피를 버린 게 다행이라는 생각이 문득 들었다. 나는 잔을 집어 들었다. 엄지와 네 손가락으로 잔을 감싸고 내용물의 냄새를 맡았다. 그게 뭔지 전혀 알 수 없었다. 차라리 커피 한 잔이 더 좋았을 것이다. 나는 잔을 다시 테이블 위에 올려놓았다.

"리처드는 괜찮습니까?" 내가 물었다.

"괜찮을 거예요, 내 아들은. 난 누가 날 공격하는지 그걸 정확히 알아야겠어요."

"내가 본 건 다 말했습니다. 난 그들의 신분증을 보지 못했고 개인적으로 아는 사람도 아닙니다. 그냥 우연히 거기에 있었던 것뿐이죠. 두 번째 엄중한 사안은 뭡니까?"

긴 정적이 흘렀다. 창밖에서는 파도가 부서지며 요란한 소리를 냈다.

"난 신중한 사람이에요." 벡이 말했다. "그리고 당신의 기분을 상하게 하고 싶지 않고."

"그런데요?"

"그렇지만 당신이 정확히 어떤 사람인지 알아야겠어요."

"당신 아들의 남은 귀를 구해준 사람입니다."

벡이 듀크에게 눈짓을 하자, 듀크가 재빨리 앞으로 다가와 내 잔을 가져갔다. 그는 엄지와 검지로만 잔의 바닥 부분을 집는 어색한 집게 동작을 반복했다.

"이제 내 지문을 확보했군요. 깔끔하고 선명하게."

벡은 신중한 결정을 내리는 사람처럼 다시 고개를 끄덕였다. 그는 테이블 위에 놓여 있는 총을 가리켰다.

"멋진 무기죠." 그가 말했다.

나는 아무 말도 하지 않았다. 그는 손가락으로 총을 툭 건드렸다. 그러고는 테이블 위에서 나를 향해 밀어 보냈다. 무거운 강철이 참나무 테이블 위에서 미끄러지며 텅 빈 울림소리를 냈다.

"약실 중 하나에 긁힌 자국이 있던데, 이유가 있나요?"

나는 파도 소리에 귀를 기울였다.

"이유는 모릅니다. 그렇게 되어 있는 상태로 나한테 왔으니까요."

"중고로 산 거다?"

"애리조나에서요."

"총포상에서?"

"총기 박람회에서."

"왜?"

"난 신원 조회를 좋아하지 않습니다."

"긁힌 자국에 대해 물어보지도 않았고?"

"참고하기 위해 표시한 거라고 생각했습니다. 어떤 총기 덕후가 이걸 테스트해본 뒤 가장 정확한 약실에 표시를 한 걸로요. 아니면 가장 부정확한 약실에다가."

"그게 약실마다 다 다른가요?"

"모든 게 다릅니다. 그게 제조의 본질이니까요."

"무려 800달러짜리 리볼버도?"

"당신이 얼마나 차이를 두고 싶은지에 따라 다를 겁니다. 10만 분의 1 센티미터까지 측정할 필요를 느낀다면 세상 모든 게 다 달라지겠죠."

"그게 중요한가요?"

"나한테는 아닙니다. 누군가에게 총을 겨눌 때 어떤 적혈구를 조준할 것인지까지는 신경 고 않으니까요."

그는 잠시 조용히 앉아 있었다. 그러더니 주머니에서 총알을 꺼냈다. 반짝이는 황동 탄피에 끝이 무딘 납탄두였다. 그는 그것을 미니어처 포탄처럼 자기 앞에 똑바로 세웠다. 그런 다음 그것을 쓰러뜨려 손가락으로 테이블 위에서 굴렸다. 그러고는 조심스럽게 자리를 잡더니 손가락 끝으로 튕겨서 나에게 굴려 보냈다. 총알은 넓고 우아한 곡선을 그리며 굴러왔다. 나무 위를 천천히 구르는 소리가 났다. 나는 테이블 끝에서 총알이 떨어지기를 기다렸다가 손으로 잡아챘다. 탄두의 외피가 없는 44구경 레밍턴 매그넘이었다. 묵직했다. 무게가 20그램 정도 나갈 것 같았다. 무자비한 물건이었다. 아마 1달러 정도는 할 것이다. 그의 주머니에서 나온 것이어서 따뜻했다.

"러시안 룰렛, 해봤어요?" 그가 물었다.

"먼저 훔친 차를 처리해야겠습니다." 내가 말했다.

"그건 이미 처리했고." 그가 말했다.

"어디에요?"

"찾을 수 없는 곳에."

그는 조용해졌다. 나도 아무 말도 하지 않았다. '이게 평범한 사업가가 할 법한 일인가? 리무진을 유령 회사 명의로 등록한다고? 콜트 아나콘다의 가격을 알고 있다고? 위스키 잔으로 손님의 지문을 딴다고?' 마치 이런 생각을 하고 있다는 듯이 그냥 그를 바라보았다.

"러시안 룰렛을 해봤냐고 물었는데." 그가 말했다.

"한 번도 해본 적 없습니다."

"나는 공격받고 있어요." 그가 말했다. "그리고 방금 내 경호원 두 명을 잃었고. 이런 때에는 경호원을 잃는 게 아니라 늘려야 하는데 말이지-."

나는 잠시 기다렸다. 행간의 의미를 파악하려고 고민하는 척했다.

"나를 고용하고 싶다고 요청하시는 겁니까?" 내가 말했다. "난 여기 계속 머물 수 있을지 모르겠는데요."

"난 어떤 것도 요청하지 않는데-." 그가 말했다. "난 결정하는 사람이니까. 그리고 내 눈에 당신은 유능한 사람처럼 보이고. 그 5천 달러를 받고 여기에 남을 수도 있지 않을까? 떠나지 않고. 아마도."

나는 아무 말도 하지 않았다.

"내가 당신을 잡아둘 수도 있을 것 같은데." 그가 말했다. "당신은 매사추세츠에서 경찰을 죽였고, 난 당신 이름과 지문을 확보하고 있으니까."

"그런데요?"

"그런데 당신이 누군지 내가 모르고 있네?"

"익숙해질 겁니다." 내가 말했다. "누군가가 어떤 사람인지 어떻게 알 수 있겠습니까?"

"난 알아낼 수 있지. 사람들을 테스트해서. 내가 다른 경찰을 죽여 달라고 하면 어떻게 할 건가? 신뢰의 표시로?"

"거절할 겁니다. 죽은 경찰 일에 대해서는 정말 유감스러운 불운한 사고였다고 다시 한번 말씀드리죠. 그리고 당신이 과연 어떤 종류의 평범한 사업가인지 궁금해지기 시작할 것 같군요."

"내 사업에 대해서는 자네가 신경 쓸 것 없고."

나는 아무 말도 하지 않았다.

"나와 러시안 룰렛을 해보자고." 그가 말했다.

"그게 뭘 입증하는 겁니까?"

"연방 요원이라면 절대 하지 않을 테니까."

"왜 연방 요원을 들먹이는 겁니까?"

"그것도 자네가 신경 쓸 것 없고."

"나는 연방 요원이 아닙니다."

"그럼 증명해봐. 지금 나와 러시안 룰렛을 하는 걸로. 실제로 난 이미 자네와 러시안 룰렛을 하고 있는 셈이야. 자네가 어떤 사람인지도 모른 채 내 집에 들였으니까."

"난 당신 아들을 구했습니다."

"그 점에 대해서는 아주 고맙게 생각해. 감사의 표시로 내가 아직도 자네와 문명화된 방식으로 대화를 나누고 있는 거고. 너무 감사해서 자네한테 피신처와 일자리도 제안하고 있지. 나는 일을 제대로 매듭짓는 사람을 좋아하거든."

"난 일자리를 찾고 있는 게 아닙니다. 48시간 정도 숨어 있다가 떠날 생각입니다."

"우리가 자네를 돌봐주지. 아무도 찾지 못하도록. 여기라면 완전히 안전할 거야. 내 테스트만 통과한다면."

"러시안 룰렛이 테스트입니까?"

"절대적 무오류 테스트지." 그가 말했다. "내 경험상."

나는 아무 말도 하지 않았다. 방 안에 정적이 흘렀다. 그가 의자에서 몸을 앞으로 숙였다.

"자네는 나와 함께하거나 맞서거나 둘 중 하나를 선택해야 해. 어느 쪽이든 곧 증명하게 될 거고. 현명한 선택을 하기를 진심으로 바라네."

듀크가 문 쪽으로 몸을 움직였다. 그의 발밑에서 바닥이 삐걱거렸다. 나는 파도 소리를 들었다. 물보라가 위로 치솟고 바람에 휘날리며 무거운 거품 방울들이 공중을 가로질러 아치를 그리며 유리창을 두들겼다. 일곱 번째 파도가 다른 파도보다 더 세차게 밀려왔다. 나는 내 앞에 있는 아나콘다를 집어 들었다. 내가 러시안 룰렛 말고 딴생각을 품고 있을 경우를 대비해 듀크가 재킷 아래에서 총을 꺼내 나에게 겨눴다. 그는 크고 투박한 슈타이어 SPP를 들고 있었다. 슈타이어 TMP 기관단총을 권총 형태로 축소 개조한 오스트리아제 희귀품이었다. 나는 그 총을 무시하고 콜트에 집중했다. 총알을 무작위로 약실에 집어넣고 실린더를 닫은 다음 아무렇게나 돌렸다. 정적 속에서 톱니바퀴 돌아가는 소리만 울렸다.

"시작해." 벡이 말했다.

실린더를 다시 돌리고 리볼버를 들어 올려 총구를 관자놀이에 갖다 댔다. 강철은 차가웠다. 나는 벡의 눈을 똑바로 바라보며 숨을 참고 방아쇠를 천천히 당겼다. 실린더가 돌아가고 공이가 걸렸다. 비단이 비단 위를 스치듯 부드럽게 작동했다. 방아쇠를 끝까지 당겼다. 공이가 떨어졌다. 철 컥 소리가 크게 났다. 공이의 충격파가 강철을 통해 내 옆머리까지 전해지 는 게 느껴졌다. 하지만 그 외에는 아무것도 느껴지지 않았다. 나는 숨을 내쉬고 총을 쥔 손을 테이블 위에 내려놓았다. 그러고는 손을 뒤집어 방아 쇠울에서 손가락을 빼냈다.

"당신 차례입니다." 내가 말했다.

"난 단지 자네가 그걸 진짜 하는지 보고 싶었을 뿐이야." 그가 말했다.

방 안이 조용해졌다. 나는 미소를 지었다.

"또 해볼까요?" 내가 물었다.

벡은 아무 말도 하지 않았다. 나는 다시 총을 들고 실린더를 돌렸다가 천천히 멈추게 했다. 총구를 내 머리에 갖다 댔다. 총신이 너무 길어서 팔 꿈치를 위로 들어 올려야 했다. 나는 빠르고 단호하게 방아쇠를 당겼다. 정적 속에서 크게 철컥 소리가 났다. 800달러짜리 정밀 기계가 정확히 작 동하는 소리였다. 나는 총을 내리고 실린더를 세 번째로 돌렸다. 총을 들 어 올렸다. 방아쇠를 당겼다. 아무 일도 없었다. 네 번째, 빠르게. 아무 일 도 없었다. 다섯 번째, 더 빨리. 역시 아무 일도 없었다.

"이제 됐어." 벡이 말했다.

"오리엔탈 러그에 대해 말해보시죠." 내가 말했다.

"별로 말할 게 없는데." 그가 말했다. "바닥에 까는 거지. 그걸 사람들이 사는 거고. 가끔은 아주 비싼 값에."

나는 미소를 지었다. 다시 총을 들어 올렸다.

"확률은 6분의 1입니다." 내가 말했다. 여섯 번째로 실린더를 돌렸다.

방 안에는 완전한 정적이 흘렀다. 총을 머리에 갖다 댔다. 방아쇠를 당겼다. 빈 약실에 공이가 떨어지는 소리가 들렸다. 다른 건 없었다.

"그만하면 됐어." 벡이 말했다.

나는 콜트를 내려서 실린더를 열고 총알을 빼 테이블 위에 놓았다. 총알을 조심스럽게 정렬한 다음 다시 벡에게로 굴려 보냈다. 총알이 소리를 내며 테이블 위를 굴러갔다. 그가 손바닥으로 총알을 멈추고 이삼 분 동안 아무 말 없이 앉아 있었다. 그는 마치 내가 동물원에 있는 동물인 것처럼 바라보았다. 그와 나 사이에 철창이라도 있었으면 좋겠다는 듯이.

"리처드가 그러는데 헌병이었다고?"

"13년간."

"우수한 헌병이었나?"

"리처드를 데려오라고 당신이 보낸 그 얼간이들보다는."

"내 아들이 자네에 대해 좋게 말하더군."

"당연한 거 아닙니까? 자기를 구해줬으니까요. 나 스스로 상당한 대가를 치르면서."

"어디서든 자네를 그리워할 만한 사람이 있나?"

"없습니다."

"가족은?"

"없습니다."

"직장은?"

"이제는 돌아갈 수 없겠죠." 나는 말했다. "안 그렇습니까?"

그는 잠시 검지로 총알을 굴리며 가지고 놀았다. 그러고는 손바닥에 총알을 올려 담았다.

"누구에게 연락하면 되지?" 그가 물었다.

"무슨 일로요?"

그는 주사위를 흔드는 것처럼 손바닥에 있는 총알을 흔들었다.

"취업 추천서를 받고 싶은데. 직장 상사가 있었을 거 아닌가?"

나를 괴롭히러 돌아오는 오류들.

"자영업을 했습니다." 나는 둘러댔다.

그는 총알을 다시 테이블 위에 올려놓았다.

"면허는? 보험은 있나?" 그가 물었다.

나는 잠시 머뭇거렸다.

"있다고 할 수는 없겠군요."

"왜지?"

"이유가 있습니다."

"트럭 등록증은?"

"어딘가에 두고 온 것 같은데요."

그는 손가락으로 총알을 굴렸다. 나를 바라보았다. 그가 뭔가를 생각하는 게 보였다. 그는 머릿속으로 상황을 정리하고 정보를 처리하여 자신의 선입견에 맞추려고 애쓰고 있었다. 나는 그가 계속 그 방향으로 생각하기를 바랐다. 자기 소유가 아닌 낡은 화물 밴을 몰고 다니는 무장한 터프가이. 자동차 절도범. 경찰 살해범. 그가 미소를 지었다.

"중고 음반 가게. 그 가게를 본 적이 있어."

나는 아무 말도 하지 않고 그의 눈만 똑바로 쳐다보았다.

"내가 한번 맞춰볼까?" 그가 말했다. "자네는 훔친 CD를 밀매하고 있었던 거야."

자신과 같은 부류의 인간으로 생각하는군. 나는 고개를 저었다.

"해적판입니다. 난 도둑이 아닙니다. 전직 군인이고 먹고살려고 애쓰는 사람입니다. 그리고 나는 표현의 자유를 믿습니다."

"웃기는 소리. 돈 되는 걸 믿겠지."

자신과 같은 부류의 인간.

"그것도 맞습니다."

"사업은 잘됐나?"

"뭐 그럭저럭."

그는 총알을 다시 손바닥에 올려 담고는 듀크에게 던졌다. 듀크가 한 손으로 받아서 재킷 주머니에 넣었다.

"듀크는 내 보안 책임자야." 백이 말했다. "그의 밑에서 일해. 지금부터. 당장."

나는 듀크를 힐끗 쳐다보고 나서, 다시 백을 쳐다보았다.

"저자 밑에서 일하고 싶지 않다면요?"

"선택의 여지가 없을 텐데. 자네는 매사추세츠에서 경찰을 죽였고 우리는 자네 이름과 지문을 가지고 있어. 자네가 어떤 사람인지 우리가 정확히 파악할 때까지는 수습 직원 신분이야. 하지만 긍정적인 면을 봐. 5천 달러, 그 돈을 벌려면 해적판 CD를 얼마나 팔아야겠나?"

아들을 구해준 은인과 수습 직원의 차이점은 다른 고용인들과 함께 주방에서 저녁을 먹는다는 것이었다. 게이트의 거인은 나타나지 않았지만 듀크와 정비공으로 보이는 다른 사람이 한 명 있었다. 가정부와 요리사도 있었다. 우리 다섯 명은 평범한 송판 테이블에 둘러앉아 백이 가족 식당에서 먹는 것만큼이나 맛있는 식사를 했다. 요리사가 그 가족들의 음식에는 침을 뱉었을 수도 있지만, 우리 음식에는 절대 그러지 않았을 테니 어쩌면 더 좋았을 수도 있다. 나는 병兵들과 부사관들과 함께 충분히 많은 시간 동안 굴렀기 때문에 그들이 어떻게 일하는지 알고 있었다.

대화는 별로 없었다. 요리사는 60대로 보이는 신경질적인 여자였다. 가정부는 소심했다. 최근에 들어온 신입이라는 인상을 받았다. 그녀는 어떻게 행동해야 할지 아직 갈피를 잡지 못한 것 같았다. 젊고 수수한 외모였다. 면 원피스에 울 가디건을 입고 투박한 플랫슈즈를 신고 있었다. 정비공은 마른 체격에 회색 머리의 조용한 중년 남자였다. 듀크도 생각을 하고 있었기 때문에 말이 없었다. 벡이 그에게 문제를 안겨주었는데 어떻게 처리해야 할지 아직 답을 찾지 못하고 있었다. 그가 나를 이용하려 들까? 날 믿을 수 있을까? 그는 바보가 아니었다. 그건 분명했다. 그는 모든 각도에서 시간을 들여 점검할 준비가 되어 있었다. 그는 내 나이대였다. 아마도 조금 더 어리거나 조금 더 많을 것이다. 나이 가늠이 잘 안 되는 못생기고 촌스러운 얼굴이었다. 체격은 나와 비슷했다. 뼈대는 내가 더 굵고 몸집은 그가 더 컸다. 체중은 거의 비슷할 듯했다. 나는 그의 옆에 앉아 식사를 하며 보통 사람이 할 법한 질문을 적절한 타이밍에 하려고 했다.

"러그 사업에 대해 말해봐." 벡이 완전히 다른 일을 하고 있다고 내가 생각한다는 것을 그가 알아차릴 수 있도록 목소리에 충분히 불신의 뉘앙스를 담아 말했다.

"지금은 안 돼." 다른 고용인들 앞에서는 말하지 않겠다는 뜻인 것 같았다. 그러고는 여섯 번이나 연달아 자기 머리에 총을 쏠 정도로 미친놈과는 말을 섞고 싶지 않다는 뜻이 분명해 보이는 눈빛으로 나를 쳐다보았다.

"그 총알, 가짜였지?" 내가 말했다.

"뭐?"

"화약이 안 들어 있었을 거야. 아마 솜뭉치가 들어 있었겠지."

"왜 가짜를 쓰겠어?"

"내가 그를 쏠 수도 있으니까."

"그러고 싶었나?"

"나는 그러지 않겠지만, 그는 신중한 사람이니까 그런 위험을 감수하지 않을 것 같은데."

"내가 널 지켜보고 있었어."

"내가 널 먼저 쏠 수도 있었지. 그런 다음 네 총으로 그를 쏘면 되니까."

그는 표정이 약간 굳어졌지만 아무 말도 하지 않았다. 경쟁심. 나는 그가 별로 마음에 들지 않았다. 그가 머지않아 사망자 목록에 오를 거라고 생각했기 때문에 그게 차라리 나았다.

"이거 받아." 그가 말했다.

그가 주머니에서 총알을 꺼내 건네주었다.

"여기서 기다려."

그는 의자에서 일어나 주방을 나갔다. 나는 벡이 그랬던 것처럼 총알을 내 앞에 세워두었다. 식사를 마쳤다. 디저트는 없었다. 커피도 없었다. 듀크가 손가락에 내 아나콘다를 걸고 흔들며 돌아왔다. 그는 나를 지나쳐 뒷문으로 걸어가더니 따라오라고 고갯짓을 했다. 나는 총알을 손 안에 꽉 쥐었다. 그를 따라갔다. 뒷문을 통과할 때 삐 소리가 났다. 또 다른 금속 탐지기. 문틀에 깔끔하게 결합되어 있었다. 하지만 도난 경보기는 없었다. 보안은 바다와 장벽과 철조망에 의존하고 있었다.

뒷문 너머에는 춥고 습한 현관이 있었고, 손가락 모양 암석의 끝에 있는 마당으로 통하는 삐걱거리는 방풍문이 있었다. 우리 앞에는 폭이 100미터 정도 되는 반원이 펼쳐져 있었다. 어둠 속에서 집에서 비치는 불빛이 화강암의 회색빛을 더 돋보이게 했다. 바람이 불고 있었고 바다에는 하얀 파도의 발광이 보였다. 파도가 부서지고 소용돌이쳤다. 달이 떠 있었고 조각구름이 낮고 빠르게 움직이고 있었다. 검은 수평선이 광대하게 가로지르고 있었다. 공기는 차가웠다. 나는 뒤로 몸을 비틀어 위를 쳐다보고 한참 위에 있는 내 방 창문을 찾았다.

"총알 줘봐." 듀크가 말했다.

나는 뒤로 돌아서서 그에게 건네주었다.

"잘 봐."

그가 총알을 콜트에 장전했다. 재빠른 손놀림으로 실린더를 닫았다. 흐릿한 달빛에 의지해 눈을 가늘게 뜨고 장전된 약실이 10시 방향에 올 때까지 실린더를 돌렸다.

"잘 봐." 그가 다시 말했다.

그는 팔을 쭉 뻗어 총을 수평선 아래로 겨누고 바다와 맞닿은 평평한 화강암 바위를 조준했다. 방아쇠를 당겼다. 실린더가 돌아가고 공이가 떨어지면서 섬광이 번쩍이고 굉음이 포효하며 총이 반동으로 튀었다. 동시에 바위에 스파크가 튀면서 총알이 물수제비 떠지듯 바위에 튕기는 금속성 소리가 났다. 소리는 점점 잦아들어 이윽고 조용해졌다. 총알은 아마도 대서양으로 100미터쯤 날아갔을 것이다. 물고기 한 마리쯤은 죽었을지도 모른다.

"가짜 아니야. 그리고 난 충분히 빨라."

"그러네." 내가 말했다.

그는 실린더를 열고 빈 탄피를 흔들어 떨어뜨렸다. 발치에 있는 바위에 부딪혀 쨍그랑 소리가 났다.

"넌 개새끼야." 그가 말했다. "빌어먹을 경찰 살해범."

"경찰이었나?"

그는 고개를 끄덕였다. "한때는."

"듀크는 이름이야, 성이야?"

"성."

"왜 러그 수입업자에게 무장 경비가 필요하지?"

"그가 말했잖아. 이건 험한 사업이라고. 돈이 많이 걸려 있거든."

"너도 내가 여기 있길 바라나?"

그는 어깨를 으쓱했다. "그럴지도. 누군가 냄새를 맡고 다닌다면 총알받이가 필요할 수도 있으니까. 나보다는 네가 되는 게 낫겠지."

"난 이 집 아들을 구했어."

"그게 뭐? 우리 모두가 적어도 한 번씩은 그 아이를 구한 적이 있어. 아니면 벡 부인이나 사장님을."

"인원은 몇 명이나 있지?"

"충분치 않아." 그가 말했다. "공격을 받는다면 말이야."

"무슨 전쟁이라도 나는 건가?"

그는 대답하지 않았다. 그냥 나를 지나쳐 저택 쪽으로 걸어갔다. 나는 쉴 새 없이 요동치는 망망대해를 등지고 그를 따라갔다.

주방에는 그동안 별다른 일이 없었다. 정비공은 사라졌고 요리사와 가정부가 뒷정리를 하고 있었다. 그들은 식당에서나 사용할 만한 큰 식기세척기에 접시를 집어넣고 있었다. 가정부는 서툴러 보였다. 무엇을 어디에 넣어야 할지 모르는 것 같았다. 나는 커피를 찾아보았지만 여전히 없었다. 듀크는 송판 테이블에 다시 앉았다. 아무런 활동도 다급함도 없었다. 시간이 빠르게 흘러가는 것처럼 느껴졌다. 유예기간이 5일이라는 수잔 더피의 추정이 믿음직하지 않았다. 멀쩡한 남자 둘을 비공식적으로 감시하는 데 있어서 5일은 긴 시간이다. 그녀가 3일이라고 했다면 더 마음이 편했을 것이다. 그녀의 현실감각에 더 감명받았을 테니까.

"가서 잠이나 자." 듀크가 말했다. "아침 6시 30분부터 근무 시작이야."

"뭘 하는데?"

"내가 시키는 건 전부 다."

"문을 잠글 건가?"

"당연하지. 6시 15분에 열어줄 테니 30분까지 이리로 내려와."

나는 침대에 앉아 그가 내 뒤를 따라 올라와 문을 잠그는 소리가 들릴 때까지 기다렸다. 그리고 그가 돌아오지 않는다는 확신이 들 때까지 더 기다렸다. 그런 다음 신발을 벗어 메시지를 확인했다. 작은 기기의 전원이 켜지자 작은 녹색 화면이 경쾌한 알림으로 가득 찼다. 메일이 도착했습니다! 메일은 한 개뿐이었다. 수잔 더피가 보낸 것이었다. 한 단어로 된 질문이었다. 위치는? 나는 '답장'을 누르고 애봇, 메인, 해안, 포틀랜드 남쪽 30킬로, 손가락 모양의 긴 암석 위 외딴집을 입력했다. 이 정도면 충분하겠지. 우편 주소나 정확한 GPS 좌표는 없었다. 하지만 이 지역의 대축척 지도를 시간 들여 살펴보면 위치를 파악할 수 있을 것이다. '전송' 키를 눌렀다.

그러고는 화면을 뚫어지게 쳐다보았다. 이메일이 어떻게 작동하는지 완전히는 알지 못했다. 전화 통화처럼 즉각적으로 소통하는 건가? 아니면 내 답장이 그녀에게 도착하기까지 중간지대 어딘가에서 대기하는 걸까? 나는 그녀가 메일을 보고 있을 거라고 생각했다. 그녀와 엘리엇이 24시간 내내 교대로 이메일을 확인하고 있을 거라고 생각했다.

90초 뒤 화면에 알림이 다시 떴다. 메일이 도착했습니다! 나는 미소를 지었다. 이게 먹힐지도 모른다. 이번에는 메시지가 더 길었다. 단어가 많지는 않았지만 다 읽기 위해서는 작은 화면을 아래로 스크롤해야 했다. 이렇게 적혀 있었다. 지도 확인 예정, 감사. 조회 결과 우리가 구금 중인 경호원 둘은 전직 군인, 전원 통제 중. 당신은? 진행 상황은? '답장'을 누르고 채용될 예정을 입력했다. 그러다 잠시 생각해보니 퀸과 테레사 다니엘이 떠올라서 이외에는 아직 진전 없음을 덧붙였다. 그런 다음 좀 더 생각한 뒤 구금 중인 경호원 두 명에 대하여 헌병 파월에게 10-29, 10-30, 10-24, 10-36을 내 명의로 특별 요청 요망이라고 입력했다. 그리고 '전송'을 눌렀다. 메시지가 발송되었다는 기기의 알림을 확인한 뒤 창밖의 어둠을 바라보며 파월의 세대도 여전히 내 세대와 같은 언어를 사용하고 있길 바랐다. '10-29, 10-30, 10-24, 10-36'은 그 자체로는 큰 의미가 없는 네 가지 표준 헌병 무전 암호였다. '10-29'는 '감도 미약'을 의미한다. 장비 고장에 대한 절차적 문제를 제기하는 것이다. '10-30'은 '비긴급 지원 요청'을 의미한다. '10-24'는 '수상한 인물'을, '10-36'은 '내 메시지를 전달해 달라'는 의미이다. '10-30 비긴급 지원 요청'이 포함되어 있어서 이 일련의 암호는 누구의 관심도 끌지 않을 것이다. 어딘가에 기록되어 보관은 되겠지만 끝내는 무시될 것이다. 하지만 이 문자열을 다 합치면 일종의 은어가 된다. 적어도 내가 군복을 입고 있을 때는 그랬다. '감도 미약'은 이 내용을 '조용히, 레이더를 피해 다루어야 한다'는 뜻이었다. '비긴급 지원 요청'은 이를 뒷받침하는 의미였다. 즉 '중요 파일로 처리하지 말라'는 것이다. '수상한 인물'은 단어 그대로의 뜻이고 '내 메시지를 전달해 달라'는 '내게 정보를 공유해 달라'는 뜻이었다. 따라서 파월이 제대로 감을 잡았다면 '조용히 이 사람들을 확인해서 나에게 핵심 정보를 빨리 제공하라'는 의미로 이해할 것이다. 그리고 나는 그가 내게 빚을 졌기 때문에 감을 제대로 잡기를 바랐다. 그는 나에게 큰 빚을 졌다. 그는 나를 팔아넘겼다. 나는 그가 빚을 갚을 방법을 찾고 있을 거라고 생각했다.

작은 화면을 다시 살펴보았다. **메일이 도착했습니다!** 더피의 답신이었다. **오케이. 빠르게.** 나는 **노력 중**이라고 답한 뒤 전원을 **끄고** 신발 뒷굽에 기기를 다시 고정시켰다. 그러고 나서 창문을 확인했다.

일반적인 이중 슬라이딩 구조였다. 아래쪽 창문이 위쪽 창문 앞으로 미끄러져 올라가며 열리는 방식이었다. 방충망은 없었다. 안쪽에는 페인트칠이 연하고 깔끔하게 되어 있었는데 바깥쪽에는 기후 때문에 계속 덧칠한 탓에 두껍고 거칠었다. 황동 걸쇠가 하나 있었는데 아주 오래전 물건이었다. 현대식 보안장치는 없었다. 나는 걸쇠를 풀고 창문을 밀어 올렸다. 두꺼운 페인트칠 때문에 빽빽하게 올라갔다. 하지만 움직이긴 했다. 창문을 15센티미터쯤 열자 차가운 바닷바람이 훅 불어 들어왔다. 몸을 구부려 경보장치를 찾아보았다. 아무것도 없었다. 창문을 끝까지 들어 올려 창틀 전체를 살펴보았다. 보안 시스템의 흔적은 전혀 없었다. 이해가 갔다. 창문은 암석과 망망대해 위 15미터 높이에 있었으니까. 그리고 저택 자체는 높은 장벽과 바다 때문에 접근이 불가능했다.

나는 창밖으로 몸을 기울여 아래를 내려다보았다. 듀크가 총을 쐈을 때 내가 서 있었던 곳이 보였다. 팔꿈치로 창틀을 짚고 창문 밖으로 몸을 내밀어 소금기 가득한 공기 냄새를 맡으며 5분 정도 어두운 바다를 바라보면서 총알에 대해 생각했다. 나는 방아쇠를 여섯 번이나 당겼다. 엄청난 난장판이 벌어졌을 것이다. 내 머리는 산산조각 났을 것이다. 러그는 망가지고 참나무 패널도 깨졌을 것이다. 하품이 나왔다. 생각과 바닷바람 때문에 졸음이 밀려왔다. 나는 몸을 다시 안으로 집어넣고 창문을 닫고 잠자리에 들었다.

다음 날인 12일째 되는 날, 수요일, 엘리자베스 벡의 생일, 아침 6시 15분에 듀크가 문을 여는 소리를 들었을 때 나는 이미 일어나 샤워를 마치고 옷을 입고 있었다. 이메일은 벌써 확인했다. 아무 메시지도 없었다. 걱정하지 않았다. 나는 창가에서 조용히 10분을 보냈다. 바로 앞에서 새벽이 밝아오고 바다는 잔잔했다. 회색빛이 돌고 번들거리며 가라앉은 모습이었다. 썰물 때라 바위가 드러나 있고 여기저기 웅덩이가 생겨났다. 해변에 있는 새들이 보였다. 흰죽지바다비둘기였다. 봄이 오고 있어 깃털이 돋아나고 회색이 검은색으로 변하고 있었다. 발은 밝은 빨간색이었다. 멀리서 가마우지와 검은등갈매기가 날아다니는 게 보였다. 검은등갈매기는 아침 식사 사냥을 위해 낮게 급강하했다.

듀크의 발소리가 사라질 때까지 기다린 뒤 아래층으로 내려가 주방으로 들어갔다가 게이트의 거인과 딱 마주쳤다. 그는 싱크대 앞에 서서 유리잔으로 물을 마시고 있었다. 방금 스테로이드 알약을 삼켰을 것이다. 정말이지 덩치가 어마어마하게 컸다. 키가 195센티미터인 내가 폭 75센티짜리 표준 사이즈 문을 통과하려면 꽤 주의를 기울여야 한다. 이자는 나보다 최소 15센티 이상 키가 컸고 어깨는 25센티 정도 더 넓은 것 같았다. 몸무게도 나보다 70킬로는 더 나갈 것 같았다. 어쩌면 그보다 더 나갈 수도 있었다. 내가 작다고 느껴지게 만드는 사람 옆에 있을 때 생기는 본능적인 전율이 일었다. 세상이 조금 기우는 것 같은 느낌이었다.

"듀크는 체육관에 있는데." 남자가 말했다.

"체육관이 있나?" 내가 물었다.

"아래층에." 그의 목소리는 새된 고음이었다. 오랫동안 스테로이드를 사탕 먹듯 복용해온 게 분명했다. 눈빛은 흐리멍덩했고 피부는 나빴다. 30대 중반쯤, 기름진 금발에 민소매 티셔츠와 운동복 바지를 입고 있었다. 팔이 내 다리보다 굵었다. 만화 캐릭터처럼 보였다.

"우린 아침식사 전에 운동해." 그가 말했다.

"그렇군." 내가 말했다. "그럼 얼른 가서 해."

"당신도 해."

"난 운동은 안 해."

"듀크가 기다리고 있어. 여기서 일하려면 운동해야 해."

나는 시계를 힐끗 보았다. 아침 6시 25분. 시간이 째깍째깍 흘러가고 있었다.

"넌 이름이 뭐지?" 내가 물었다.

그는 대답하지 않았다. 마치 내가 함정이라도 파놓은 것처럼 나를 쳐다보기만 했다. 스테로이드의 또 다른 문제점이다. 너무 많이 복용하면 머리가 꼬여버릴 수 있다. 게다가 이자의 머리는 처음부터 아주 긍정적인 곳에서 시작된 것처럼 보이지는 않았다. 비열하고 멍청해 보였다. 더 이상 다

105

르게 표현할 방법이 없다. 결코 좋은 조합은 아니었다. 얼굴에는 뭔가가 있었다. 영 마음에 들지 않았다. 새 동료들에 대한 호감도가 점점 떨어지고 있었다.

"어려운 질문 아니잖아." 내가 말했다.

"폴리." 그가 말했다.

나는 고개를 끄덕였다. "만나서 반갑다, 폴리. 난 리처다."

"알아." 그가 말했다. "군대에 있었다지?"

"뭐 문제 있나?"

"난 장교들을 좋아하지 않아."

나는 고개를 끄덕였다. 그들이 내 뒷조사를 했군. 내 계급이 무엇이었는지 알고 있다. 그들은 어떤 식으로든 내 기록에 접근이 가능하다.

"왜?" 내가 물었다. "장교후보생 시험에 떨어지기라도 했나?"

그는 대답하지 않았다.

"듀크나 찾으러 가자고." 내가 말했다.

그는 물잔을 내려놓고 나를 뒤쪽 복도로 데려가더니 문을 지나 나무로 된 지하실 계단으로 이끌었다. 집 아래 전체가 지하실이었다. 단단한 암반을 폭파해서 만든 것 같았다. 암석이 그대로 드러난 벽은 군데군데 콘크리트로 매끈하게 마감되어 있었다. 공기는 약간 눅눅하고 퀴퀴한 냄새가 났다. 철망 속의 알전구들이 천장에 바짝 가까이 매달려 있었다. 방이 여러 개 있었다. 그중 하나는 꽤 넓은 공간으로, 전체가 흰색 페인트로 칠해져 있었다. 바닥은 흰색 리놀륨으로 덮여 있었다. 오래 묵은 땀 냄새가 났다. 실내사이클과 러닝머신, 웨이트 머신이 있었다. 천장 들보에는 샌드백이 매달려 있었고 그 옆에는 스피드 백이, 선반 위에는 권투 글러브가 놓여 있었다. 벽 선반에는 덤벨이 정돈되어 있었고 벤치 옆 바닥에는 역기용 원판이 대충 쌓여 있었다. 듀크는 바로 그 옆에 서 있었다. 검은색 정장을 입고 있었다. 밤새 깨어 있었던 건지 매우 피곤해 보였다. 샤워도 하지 않은 상태였다. 머리는 헝클어져 있었고 양복은 구겨지고 주름이 져 있었는데 특히 코트 뒤 아래쪽이 심했다.

폴리는 곧바로 복잡한 스트레칭 루틴에 들어갔다. 근육이 너무 발달해서 다리와 팔 관절의 가동 범위가 제한적이었다. 손가락이 어깨에도 닿지 않았다. 이두박근이 너무 컸다. 나는 웨이트 머신을 보았다. 온갖 종류의 손잡이와 바, 그립이 달려 있었다. 강력한 검정 케이블이 도르래를 통해 높이 쌓인 납판으로 연결되어 있었다. 그걸 다 한꺼번에 움직이려면 230킬로 정도는 들어올려야 할 것 같았다.

"운동 중인가?" 내가 듀크에게 물었다.

"상관 마." 그가 대답했다.

"그러지 뭐." 내가 말했다.

폴리가 엄청나게 굵은 목을 돌려 나를 힐끗 보았다. 그러고는 벤치에 등을 대고 누워 어깨가 스탠드 위에 놓인 바 아래에 오도록 몸을 뒤척였다. 바의 양쪽 끝에는 여러 개의 중량 원판이 달려 있었다. 그는 약간 끙끙거리며 바를 양손으로 감싸고 큰 힘을 쓰려고 준비하는 것처럼 혀를 날름거렸다. 그런 다음 바를 위로 밀어 올려 스탠드에서 들어 올렸다. 바가 휘어지며 출렁거렸다. 너무 많은 중량이 걸려 있어서 끝이 아래로 심하게 휘어졌는데, 마치 올림픽에 출전한 러시아 역도 선수들을 찍은 오래된 필름에서나 볼 법한 모습이었다. 그는 다시 끙 소리를 내며 바를 들어 올리고 팔을 똑바로 폈다. 잠시 그렇게 바를 들고 버티다가 다시 스탠드에 쿵 떨어뜨렸다. 그는 마치 내가 감탄이라도 해야 한다는 듯 고개를 돌려 나를 똑바로 쳐다보았다. 그러기도 했고 아니기도 했다. 엄청난 중량이었고 근육도 엄청나게 많았다. 하지만 스테로이드 근육은 명청한 근육이다. 겉보기에는 멋있어 보이고 중량을 들어 올리는 데에는 잘 작동하지만 느리고 무겁고 달고 다니기만 해도 지친다.

"벤치프레스, 180킬로 가능?" 그가 물었다. 숨을 조금 가쁘게 쉬고 있었다.

"해본 적 없는데."

"지금 해보면 되겠네."

"됐어."

"당신 같은 약골도 운동하면 몸 만들 수 있어."

"난 장교 계급이라 몸 만들 필요가 없어. 180킬로짜리 벤치프레스를 해야 하면, 그냥 덩치 크고 명청한 원숭이 한 마리를 찾아서 시키면 되거든."

그가 나를 노려보았다. 나는 무시하고 샌드백을 바라보았다. 표준적인 체육관 장비였다. 새것은 아니었다. 손바닥으로 밀어 보니 체인에 걸려 있는 샌드백이 부드럽게 흔들렸다. 듀크가 나를 지켜보고 있었다. 그러다 폴리를 힐끗 쳐다보았다. 그는 내가 감지하지 못한 어떤 분위기를 눈치챈 것 같았다. 나는 다시 샌드백을 밀었다. 군 시절에 샌드백을 이용한 근접 전투 훈련을 엄청나게 했었다. 길거리 상황에 익숙해지기 위해 평상 군복 대신 정복을 입고 샌드백으로 발차기 기술을 익혔다. 몇 년 전에는 샌드백을 발뒤꿈치 날로 찢어버린 적이 있었다. 모래가 바닥에 그대로 쏟아졌다. 그걸 보여주면 폴리가 감탄할 거라고 생각했다. 하지만 시도하지는 않았다. 이메일 기기가 신발 뒷굽에 숨겨져 있으니 손상될 수도 있었다. 그걸 왼쪽 신발에 넣었어야 했다고 더피에게 보낼 뜬금없는 메모를 마음속으로 생각했다. 하지만 더피는 왼손잡이였다. 어쩌면 그녀는 애초부터 그게 제대로라고 생각했을지도 모른다.

"맘에 안 들어!" 폴리가 소리쳤다. 그가 나를 똑바로 쳐다보고 있었기 때문에 나한테 하는 말이라고 생각했다. 그는 눈이 작았다. 피부는 번들거렸다. 걸어다니는 화학적 불균형체였다. 땀구멍에서 정체불명의 화합물이 새어 나오고 있었다.

"팔씨름이나 한판 해." 그가 말했다.

"뭘 하자고?"

"팔씨름." 그가 다시 말했다. 그는 가볍고 조용한 발걸음으로 내 옆으로 다가왔다. 그는 내 위로 우뚝 솟아 있었다. 천장 조명을 거의 가릴 정도였다. 코를 찌르는 쉰내를 풍겼다.

"하고 싶지 않은데." 내가 말했다. 듀크가 지켜보고 있는 게 보였다. 나는 폴리의 손을 보았다. 주먹을 꽉 쥐고 있었는데 손이 크지는 않았다. 스테로이드를 먹어도 따로 운동하지 않는 이상 손에는 아무 효과가 없는데, 대부분의 사람은 그렇게 생각하지 않는다.

"겁쟁이." 그가 놀렸다.

나는 대꾸하지 않았다.

"겁쟁이." 그가 다시 놀렸다.

"이긴 사람은 뭘 얻게 되지?" 내가 물었다.

"만족감." 그가 답했다.

"좋아."

"좋다고?"

"하겠다고." 내가 말했다.

그는 놀란 듯했지만 곧바로 웨이트 벤치로 돌아갔다. 나는 재킷을 벗어 실내사이클 위에 걸쳐 놓았다. 오른쪽 소매 단추를 풀고 소매를 어깨까지 걷어 올렸다. 그의 팔과 비교하니 내 팔이 매우 가늘어 보였다. 하지만 손은 내가 조금 더 컸다. 손가락도 더 길었다. 그리고 그의 것에 비하면 보잘 것없는 내 근육은 약통에서 나온 게 아니라 순수하게 유전적으로 나온 것이다.

우리는 벤치를 사이에 두고 서로 마주 보며 무릎을 꿇고 팔꿈치를 고정시켰다. 그의 팔뚝이 나보다 조금 더 길어서 그의 손목이 꺾일 것이고 그게 나에게 도움이 될 것 같았다. 우리는 손바닥을 맞대고 꽉 잡았다. 그의 손은 차갑고 축축했다. 듀크가 심판처럼 벤치 머리 쪽에 자리를 잡았다.

"시작." 듀크가 말했다.

나는 처음부터 속임수를 썼다. 팔씨름의 목표는 팔과 어깨의 힘을 사용해 상대의 손을 아래로 회전시켜 바닥에 닿게 하는 것이다. 하지만 난 그렇게 할 수 없었다. 이자를 상대로는 전혀 가능성이 없었다. 내 손을 제자리에 유지하는 것만도 벅찰 것이었다. 그래서 이기려고는 아예 시도조차 하지 않았다. 그냥 꽉 쥐기만 했다. 백만 년의 진화를 통해 엄지손가락은 다른 네 손가락과 반대로 움직이게 되었고, 따라서 인간의 손가락은 집게처럼 작동할 수 있다. 그의 손가락 관절을 제대로 맞춰 잡고 무자비하게 꽉 쥐었다. 나는 악력이 아주 강하다. 팔은 곧게 유지하는 데 집중했다. 그의 눈을 똑바로 쳐다보며 손가락 관절이 으스러지는 느낌이 들 때까지 손을 움켜쥐었다. 점점 더 세게. 더욱 세게. 그는 포기하지 않았다. 엄청나게 강했다. 나는 계속해서 압박을 유지했다. 지지 않으려고 땀을 흘리고 숨을 몰아쉬며 버텼다. 우리는 힘을 주느라 부들부들 떨며 팽팽한 가운데 1분 동안 말없이 버텼다. 나는 더 세게 그의 손을 움켜쥐었다. 그의 손에 고통이 쌓이도록 했다. 그의 얼굴에 고통이 드러나는 것을 지켜보았다. 이건 잘 먹히는 방법이다. 이미 최악의 고통이라고 생각했는데 고통이 점점 더 심해진다. 한쪽 방향으로만 회전하는 톱니바퀴처럼. 마치 무한한 고통의 우주가 자신 앞에 펼쳐져 있는 것처럼. 멈추지 않고 계속해서 기계처럼 가차없이. 이제 상대는 자신에게 가해지는 고통에 집중한다. 그러다가 결심이 흔들리기 시작하는 것이 눈에서 보인다. 내가 속임수를 쓰고 있다는 것을 알지만 어찌할 도리가 없다는 것을 깨닫는다. 무력하게 쳐다보며 '날 아프게 하고 있잖아! 공평하지 않아!'라고 말할 수는 없는 노릇이다. 그러면 겁쟁이가 되는 건 내가 아니라 바로 자신이기 때문이다. 그리고 그걸 받아들일 수는 없다. 그래서 고통을 삼켜 버린다. 삼키고 나서 더 나빠질까 봐 걱정한다. 맞다. 분명 더 나빠질 것이다. 앞으로 더 많은 게 있을 것이다. 항상 더 많은 것이 있다. 나는 폴리의 눈을 응시하며 더욱 세게 움켜쥐었다. 그의 피부가 땀으로 미끈거려서 내 손이 그의 손에 더 꽉 밀착되었다. 마찰에 의한 화상도 없었다. 고통은 오로지 그의 손가락 관절에만 집중되었다.

"그만!" 듀크가 소리쳤다. "무승부야."

나는 손을 풀지 않았다. 폴리도 압박을 줄이지 않았다. 그의 팔은 나무처럼 단단했다.

"그만하라고 했잖아!" 듀크가 소리쳤다. "이 멍청이들아, 우린 할 일이 있다고!"

나는 폴리가 마지막 순간에 기습적으로 힘을 쓰지 못하도록 팔꿈치를 높이 들어 올렸다. 그는 시선을 돌리고 팔을 벤치에서 천천히 뺐다. 서로의 손을 놓아주었다. 그의 손에는 빨갛고 하얀 자국이 선명하게 남겨져 있었다. 내 엄지손가락의 뿌리 부위가 불에 타는 듯이 아팠다. 그는 무릎을 짚고 일어나 곧장 거기서 나갔다. 나무 계단을 밟는 그의 무거운 발소리가 들렸다.

"정말 멍청한 짓이었어." 듀크가 말했다. "방금 적을 하나 더 만들었잖아."

나는 숨이 턱까지 찼다. "뭐라고? 그럼 내가 졌어야 했나?"

"그게 더 나았을 거야."

"난 그런 식으로 살지 않아."

"그러니까 멍청하다는 거야." 그가 말했다.

"보안 책임자는 너야. 저놈한테 나이에 맞게 행동하라고 말해."

"그게 그렇게 간단하지가 않아."

"그럼 저놈을 잘라."

"그게 쉽지가 않아."

나는 천천히 일어섰다. 소매를 내리고 단추를 채웠다. 시계를 봤다. 아침 7시가 다 된 시각. 시간이 째깍째깍 흘러가고 있었다.

"오늘은 뭘 해야 하지?" 내가 물었다.

"트럭 운전." 듀크가 말했다. "트럭 운전할 줄 알지?"

못한다고 할 수 없어서 고개를 끄덕였다. 리처드 벡을 구출했을 때 트럭을 운전하고 있었기 때문이다.

"샤워를 다시 해야 해. 그리고 깨끗한 옷도 필요하고."

"가정부한테 말해." 피곤한 표정으로 그가 말했다. "내가 네 따까리냐?"

그는 짧게 나를 쳐다보고는 지하실에 나를 혼자 남겨두고 계단으로 향했다. 나는 서서 스트레칭을 하고 숨을 몰아쉬며 당기는 손목을 풀기 위해 손을 느슨하게 흔들었다. 그런 다음 재킷을 챙겨서 테레사 다니엘을 찾아 나섰다. 일반적인 관점에서 그녀는 지하실 어딘가에 갇혀 있을 수 있었다. 하지만 나는 그녀를 찾지 못했다. 지하실은 암반을 깎아내고 폭파해 만든 공간들이 복잡하게 얽혀 있었다. 그중 대부분은 용도가 명확한 공간이었다. 시끄럽게 돌아가는 보일러와 수많은 파이프로 가득 찬 보일러실, 대형 세탁기가 나무 테이블 위에 설치되어 있고 무릎 높이의 파이프로 벽을 통과해 중력에 의해 배수되도록 만든 세탁실, 창고. 그리고 잠겨 있는 방 두 개가 있었다. 문은 견고했다. 열심히 귀를 기울여 보았지만 안에서는 아무 소리도 들리지 않았다. 부드럽게 노크해 보았지만 응답이 없었다.

나는 다시 위층으로 올라갔다. 1층 복도에서 리처드 벡과 그의 어머니를 만났다. 리처드는 감은 머리를 오른쪽에서 낮게 가르마를 타고 왼쪽으로 쓸어 넘겨 늘어트린 머리카락으로 잘린 귀를 가리고 있었다. 대머리가 되어 가는 나이 든 사람들이 그 사실을 감추기 위해 하는 모양과 같았다. 그의 얼굴에는 여전히 양가감정이 엿보였다. 집 안의 어두운 안전함 속에서 편안해 보였지만, 약간 갇혀 있는 듯한 느낌도 들었다. 나를 보고는 기뻐하는 것 같았다. 단지 내가 그를 구해줬기 때문이 아니라 내가 바깥 세계를 대표하는 하나의 존재이기 때문일 것이다.

"생일 축하합니다, 벡 부인." 내가 말했다.

그녀는 내가 기억해준 것이 기분 좋은지 나를 향해 미소를 지었다. 전날보다 더 좋아 보였다. 나보다 열 살은 족히 많았지만, 만약 우리가 술집이나 클럽, 장거리 기차 여행에서 우연히 만났다면 그녀에게 관심을 기울였을지도 모른다.

"한동안 우리와 함께 지낼 거라면서요." 그녀가 말했다. 그러다가 내가 왜 한동안 그들과 함께 지내야 하는지 깨달은 것 같았다. 내가 경찰을 죽였기 때문에 거기 숨어 있는 것이다. 그녀는 혼란스러운 표정을 지으며 시선을 돌리고 복도를 지나갔다. 리처드는 함께 가다가 어깨 너머로 나를 한 번 뒤돌아보았다. 나는 다시 주방으로 갔다. 폴리는 거기 없었다. 대신 재커리 벡이 나를 기다리고 있었다.

"어떤 무기를 가지고 있었지?" 그가 물었다. "도요타에 탄 놈들 말이야."

"우지." 내가 답했다. 모든 솜씨 좋은 사기꾼들이 그렇듯 가능한 한 실제 모습에 가깝게 행동해야 한다. "그리고 수류탄도요."

"어떤 우지?"

"마이크로, 작은 걸로요."

"탄창은?"

"짧은 거요. 스무 발짜리."

"확실해?"

나는 고개를 끄덕였다.

"총기에 대해 잘 알고 있나?"

"이스라엘 육군 중위가 설계한 겁니다. 이름은 우지엘 갈." 내가 말했다. "손재주가 좋은 사람이었습니다. 구형 체코 모델 23과 25를 온갖 방식으로 개조해서 완전히 새로운 것으로 만들었죠. 그게 1949년이었습니다. 오리지널 우지는 1953년에 생산에 들어갔고, 벨기에와 독일에도 라이센스를 줬습니다. 여기저기서 몇 번 봤었습니다."

"그리고 그게 짧은 탄창이 달린 마이크로 버전인 게 확실하다는 거고?"

"확실합니다."

"그렇군." 그가 말했다. 마치 그 사실이 자신에게 중요한 의미가 있는 것처럼 들렸다. 그러고는 주방을 나가 사라졌다. 나는 그 자리에 서서 그의 질문에서 느껴진 긴박함과 듀크의 구겨진 양복에 잡힌 주름에 대해 생각했다. 그 조합이 내게는 걱정스러웠다.

가정부를 찾아서 옷이 필요하다고 말했다. 그녀는 긴 쇼핑 목록을 보여주며 식료품점에 가려는 참이라고 했다. 나는 옷을 사달라고 부탁하는 게 아니라고 말했다. 그냥 다른 사람에게서 빌려달라고 했다. 얼굴이 빨개진 그녀는 고개를 끄덕이고는 아무 말도 하지 않았다. 그때 요리사가 어디선가 돌아와서 나를 불쌍히 여기고 계란과 베이컨을 구워주었다. 그리고 커피도 내려주었는데 그 덕에 하루가 좀 더 희망차 보였다. 먹고 마시고 나서 계단 두 층을 올라가 내 방으로 갔다. 복도에 가정부가 깔끔하게 개어놓은 옷 몇 벌이 놓여 있었다. 검은색 데님 바지와 검은색 데님 셔츠가 있었다. 검은색 양말과 흰색 속옷도. 모든 품목이 세탁 후 깔끔하게 다림질되어 있었다. 듀크의 옷이라고 짐작했다. 재커리나 리처드의 옷은 너무 작을 테고 폴리의 옷은 텐트를 입은 것처럼 보일 게 뻔했기 때문이다. 옷을 챙겨 들고 안으로 들어갔다. 욕실 문을 잠근 뒤 신발을 벗고 이메일을 확인했다. 메시지가 하나 있었다. 수잔 더피가 보낸 것이었다. 지도 통해 위치 특정 완료. 남서쪽으로 40킬로 떨어진 I-95 도로 근처 모텔로 이동 예정. 파월의 응답, '귀하만 열람 가능, 5 이후 둘 다 DD, 10-2, 10-28'. 진행 상황은?

나는 미소를 지었다. 파월은 내 세대 때와 같은 언어를 쓰고 있었다. '5

이후 둘 다 DD'는 '두 사람 모두 5년 복무 후 불명예 전역했다'는 뜻이다. 전역 사유가 단순한 무능함이나 훈련 실수 때문이라고 하기에는 5년은 너무 긴 시간이다. 그런 문제라면 훨씬 일찍 드러났을 것이다. 5년이 지난 후에 쫓겨나는 유일한 사유는 나쁜 놈이 되었다는 것뿐이다. 그리고 '10-2, 10-28'이 그 점을 확실히 해주었다. '10-28'은 '소리가 크고 명확하게'라는 의미의 표준 무전 응답이었다. '10-2'는 '구급차 긴급 요청'이라는 표준 무전 호출이었다. 그런데 헌병들의 은어로 '구급차 긴급 요청, 소리가 크고 명확하게'를 붙여 읽으면 '이놈들은 죽여야 한다, 실수 없도록'이라는 뜻이 된다. 파월이 이자들의 근무 기록을 살펴봤는데 영 마음에 들지 않았던 게 분명하다.

'답장' 아이콘을 찾아 아직 진전 상황 없고 계속 주시 중이라고 입력했다. 그런 다음 '전송'을 누르고 기기를 신발 속에 다시 넣었다. 샤워는 오래 하지 않았다. 체육관에서 흘린 땀만 씻어내고 빌린 옷을 입었다. 신발과 재킷, 그리고 수잔 더피가 준 코트는 그대로 신고 입었다. 아래층으로 내려가니 재커리 벡과 듀크가 복도에 함께 서 있었다. 둘 다 코트를 입고 있었다. 듀크의 손에는 차 키가 들려 있었다. 그는 여전히 샤워도 하지 않았고 피곤해 보였고 얼굴을 찌푸리고 있었다. 아마 내가 자기 옷을 입은 게 마음에 들지 않는 것 같았다. 열려 있는 현관문 사이로 가정부가 먼지투성이인 낡은 사브 승용차를 몰고 장을 보러 가는 것이 보였다. 생일 케이크를 사러 가는 것 같았다.

"가자." 벡이 할 일은 많은데 시간이 별로 없다는 듯이 말했다. 그들은 나를 이끌고 현관문을 나섰다. 금속 탐지기가 두 사람에게 각각 한 번씩 총 두 번 울렸지만 나에게는 울리지 않았다. 바깥 공기는 차갑고 신선했다. 하늘은 밝았다. 벡의 검은색 캐딜락이 원형 회전로에 대기하고 있었다. 듀크가 뒷문을 잡아주었고 벡이 뒷좌석에 앉았다. 듀크가 운전석에 앉았다. 나는 조수석에 앉았다. 적절해 보였다. 대화는 없었다.

듀크가 시동을 걸고 기어를 넣고 진입로를 따라 속도를 높였다. 멀리서 폴리가 가정부가 탄 사브를 위해 게이트를 여는 모습이 보였다. 그는 다시 정장을 입고 있었다. 문 옆에 서서 우리를 기다리고 있었고 우리는 그를 지나 서쪽으로, 바다에서 멀어졌다. 나는 몸을 돌려 그가 다시 게이트를 닫는 것을 보았다.

내륙으로 25킬로미터를 달려 고속도로에서 북쪽으로 방향을 틀고 포틀랜드로 향했다. 나를 정확히 어디로 데려가는지 궁금해하며 앞유리를 통해 전방을 주시했다. 그리고 그곳에 도착하면 나를 어떻게 할 것인지도 궁금했다.

그들은 나를 도시 외곽의 항구 시설 끝자락으로 데려갔다. 물 위에 선박의 상부 구조물이 보였고 곳곳에 크레인이 있었다. 잡초가 무성한 부지에는 버려진 컨테이너들이 쌓여 있었다. 길고 낮은 사무용 건물이 있었고, 들어오고 나가는 트럭들이 있었다. 사방에 갈매기가 날아다녔다. 정문을 통과해 금이 간 콘크리트와 땜질한 아스팔트가 깔린 작은 부지로 들어갔다. 중앙에 홀로 서 있는 화물 밴을 제외하고는 아무것도 없었다. 픽업트럭 프레임에 커다란 박스형 몸체를 얹은 중형 차량이었다. 운전석보다 더 폭이 큰 몸체가 얹혀 있었다. 렌터카 회사에서 볼 수 있는 그런 종류의 차였다. 가장 작은 것도, 가장 큰 것도 아니었다. 차체에는 아무런 글씨가 없었다. 전체에 파란색 페인트가 칠해져 있었는데, 곳곳에 녹 자국이 나 있었다. 소금기 가득한 공기 속에서 평생을 살아온 것 같은 오래된 차였다.

"차 키는 도어 포켓에." 듀크가 말했다.

벡이 뒷좌석에서 몸을 앞으로 기울여 나에게 종이 한 장을 건네주었다. 종이에는 코네티컷 주 뉴런던의 어느 곳으로 가는 길 안내가 적혀 있었다.

"트럭을 정확히 이 주소로 몰고 가." 벡이 말했다. "여기와 거의 똑같은 주차장에 이것과 거의 똑같은 트럭이 있을 거야. 차 키는 도어 포켓에 있고. 이 트럭을 거기에 두고 그 트럭을 여기로 가져와."

"트럭 내부는 들여다보지 말고." 듀크가 말했다.

"천천히 운전해." 벡이 말했다. "법규를 지켜가며 주의를 끌지 않도록."

"왜죠?" 내가 물었다. "트럭 안에 뭐가 실려 있습니까?"

"러그." 벡이 내 뒤에서 말했다. "그냥 자네 생각해서 그러는 거야. 수배자니까 눈에 띄지 않는 게 좋겠지. 그러니 천천히 가. 커피도 마셔가면서. 평소처럼 행동하고."

그들은 더 이상 아무 말도 하지 않았다. 나는 캐딜락에서 내렸다. 바다, 기름, 디젤 배기가스, 생선 비린내가 공기에 섞여 있었다. 바람이 불었다. 여기저기서 불분명한 산업 현장의 소음과 갈매기의 비명과 울음소리가 들렸다. 나는 파란 트럭으로 걸어갔다. 트럭 뒤쪽을 지나갈 때 뒷문 손잡이가 납으로 작게 봉인되어 있는 것을 보았다. 나는 계속 걸어가서 운전석 문을 열었다. 도어 포켓에서 차 키를 찾고 차에 타서 시동을 걸었다. 안전벨트를 매고 편안하게 자리 잡은 뒤 기어를 바꾸고 주차장을 빠져나갔다. 캐딜락에 탄 채 벡과 듀크가 내가 가는 모습을 지켜보고 있었지만 얼굴에서는 아무런 표정이 보이지 않았다. 나는 첫 번째 교차로에서 잠시 멈춘 뒤 좌회전하여 남쪽을 향해 힘차게 출발했다.

4

시간이 째깍째깍 흘러가고 있었다. 나는 그걸 의식하고 있었다. 이 임무는 일종의 테스트나 검증이었고, 완료하려면 적어도 열 시간은 걸릴 것 같았다. 하지만 나는 시간이 없었다. 게다가 그 트럭은 운전하기가 정말 힘들었다. 노후되고 불안정했으며 엔진에서는 계속 핑음이 나고 변속기에서는 날카로운 비명소리가 났다. 서스펜션은 약하고 닳아서 차체 전체가 떠다니는 듯 흔들렸다. 하지만 문에 볼트로 고정된 직사각형 사이드 미러는 크고 깨끗해서 10미터 뒤에 있는 것들도 잘 보였다. 나는 I-95 도로를 타고 남쪽으로 향하고 있었고 주변에는 특별한 게 없었다. 미행하는 사람은 아무도 없다고 확신했다. 거의 확신했지만 완전히 확신하는 건 아니었다.

최대한 속도를 줄이며 몸을 비틀어 왼발을 가속페달에 올려놓고, 몸을 숙여 오른쪽 신발을 벗어 무릎 위에 올려놓고 한 손으로 이메일 기기를 꺼냈다. 운전대와 기기를 같이 붙잡고 운전과 타이핑을 동시에 했다. 긴급. 지금 즉시 케네벙크 남쪽 출구에서 남행 I-95 첫 번째 휴게소에서 만남 요망. 라디오 섁*이나 철물점에서 납땜 인두와 땜납 가져올 것. '전송'을 누르고 기기를 옆 좌석에 던져두었다. 오른발을 다시 신발 안에 밀어 넣고 가속페달에 발을 올린 후 자세를 가다듬고 앉았다. 다시 사이드 미러를 확인했다. 아무것도 없었다. 그래서 계산을 좀 해봤다. 케네벙크에서 뉴런던까지는 320

킬로 정도, 어쩌면 조금 더 멀지도 몰랐다. 시속 80킬로로 네 시간, 시속 110킬로로는 두 시간 50분. 110킬로는 그 트럭으로 낼 수 있는 최고 속도였다. 따라서 나에게 필요한 일을 할 수 있는 최대 여유 시간은 한 시간 10분 정도였다. *미국의 전자 기기 소매 체인점.

나는 계속 운전했다. 오른쪽 차선에서 시속 80킬로를 유지했다. 모두가 나를 추월했다. 아무도 내 뒤에서 가려고 하지 않았다. 미행은 없었다. 그게 좋은 건지 나쁜 건지 확신할 수 없었다. 더 나쁠 수 있는 다른 가능성도 있었다. 29분 만에 케네벙크 출구를 통과했다. 1킬로쯤 지나니 휴게소 안내 표지판이 보였다. 11킬로 앞에 음식과 주유소, 화장실이 있다고 표시되어 있었다. 11킬로를 가는 데는 8분 30초가 걸렸다. 오른쪽으로 꺾어 들어가자 나무 덤불 사이로 올라가는 경사로가 나왔다. 시야가 좋지 않았다. 새로 돋아난 나뭇잎은 작았지만 너무 빽빽하게 나 있어서 앞이 잘 보이지 않았다. 휴게소 자체가 보이지 않았다. 가속페달을 더 밟지 않고 트럭이 자체의 관성으로 주행하게 해 언덕을 넘어 완벽하게 표준적인 고속도로 시설로 내려갔다. 넓은 도로 양쪽에 대각선으로 주차 공간이 있고 오른쪽에 낮은 벽돌 건물이 옹기종기 모여 있는 곳이었다. 건물 너머에는 주유소가 있었다. 화장실 근처에 10여 대의 차가 주차되어 있었다. 그중 한 대는 수잔 더피의 토러스였다. 그녀는 왼쪽 줄 맨 끝에 서 있었다. 그녀 옆에는 엘리엇이 서 있었다.

나는 천천히 차를 몰고 그녀를 지나치면서 손으로 기다리라는 신호를 보내고 그녀를 네 칸 지나쳐 주차했다. 엔진을 끄고 난 뒤 찾아온 고요함에 잠시 감사한 마음으로 앉아 있었다. 이메일 기기를 다시 뒷굽에 넣고 신발 끈을 묶었다. 그런 다음 애써 평범한 사람처럼 보이려고 행동했다.

문을 열고 밖으로 나와 두 팔을 쭉 뻗고 저린 다리를 풀며 신선한 숲속 공기를 만끽하는 사람처럼 잠시 주위를 서성거렸다. 나는 그곳을 두 바퀴 돌며 휴게소 구역 전체를 살핀 다음 가만히 서서 경사로를 주시했다. 아무도 올라오지 않았다. 세게 달리고 있는 차들의 교통 소음이 고속도로에서 들려왔다. 가까워서 꽤 시끄러웠지만 나무 뒤에 가려져 있어서 은밀하게 격리된 느낌이 들었다. 90초를 세었다. 시속 80킬로로 달린다고 할 때 2킬로를 갈 수 있는 시간이었다. 경사로로 올라오는 차는 한 대도 없었다. 그리고 2킬로 이상 거리를 두고 따라오는 사람도 없었다. 그래서 더피와 엘리엇이 기다리고 있는 곳으로 곧장 달려갔다. 엘리엇은 평상복을 입고 있었는데 옷이 약간 불편해 보였다. 더피는 전에 봤던 것과 똑같은 낡은 청바지에 가죽 재킷을 입고 있었다. 여전히 멋졌다. 두 사람 모두 내 안부를 묻는 데 시간을 낭비하지 않았다. 나는 그 점이 좋았다.

"어디로 가는 중이죠?" 엘리엇이 물었다.

"코네티컷 주 뉴런던."

"트럭에는 뭐가 실렸나요?"

"모르겠소."

"미행은 없네요." 더피가 질문이 아니라 상황을 설명하듯 말했다.

"차에 전자 장비를 심어 놨을 수도 있소." 내가 말했다.

"그게 어디에 있을까요?"

"뒤 칸에 있을 거요. 그들이 조금이라도 센스가 있다면. 납땜 인두는 가져왔소?"

"아직이요." 그녀가 말했다. "오는 중이에요. 근데 그게 왜 필요해요?"

"납 봉인이 있소. 그걸 나중에 다시 만들어 붙여야 하오."

그녀는 불안한 표정으로 경사로를 힐끗 쳐다보았다. "급하게 구하긴 힘든 물건이에요."

"기다리는 동안 우리가 확인해볼 수 있는 부분부터 살펴보죠." 엘리엇이 말했다.

우리는 파란 트럭으로 뛰어갔다. 나는 바닥에 엎드려 하부를 살펴보았다. 온통 오래된 회색 진흙으로 덮여 있었고 기름과 액체가 새어 나와 여기저기 얼룩져 있었다.

"아마 여기엔 없을 거요. 대부분 금속으로 되어 있어서 작업하려면 연장이 필요했을 테니."

엘리엇이 15초 만에 트럭 내부에서 그걸 찾아냈다. 조수석 아래 쿠션에 작은 원형 벨크로로 부착되어 있었다. 25센트짜리 동전보다 약간 크고 두께가 1센티 정도 되는 작은 금속 원통형 추적기였다. 뒤에는 송신 안테나로 추정되는 20센티 길이의 가느다란 전선이 달려 있었다. 엘리엇이 그걸 다 모아서 한 주먹에 꽉 쥐고 트럭에서 재빨리 나가 경사로 입구를 주시했다.

"왜 그래요?" 더피가 물었다.

"이거 좀 이상한데요." 그가 말했다. "이런 데는 보청기용 초소형 배터리밖에 안 들어가요. 저전력이라 단거리용이죠. 3킬로 이상 넘어가면 신호가 잡히지 않아요. 그럼 이걸 추적하는 사람은 어디에 있는 걸까요?"

경사로 입구는 비어 있었다. 내가 마지막으로 올라온 사람이었다. 우리는 눈물이 나올 정도로 차가운 바람을 맞으며 아무것도 보이지 않는 그곳에 서 있었다. 나무 너머에서는 차들이 지나가는 소리가 들렸지만 경사로 위로 올라오는 차는 없었다.

"여기 도착한 지 얼마나 됐죠?" 엘리엇이 물었다.

"4분이나 5분?"

"말이 안 돼요." 그가 말했다. "그럼 그 사람은 당신이랑 최대 8킬로 떨어진 곳에 있다는 건데. 그 정도 거리에서는 이걸 감지할 수 없어요."

"쫓아오는 사람이 없을 수도 있소. 어쩌면 나를 믿는 건지도 모르지."

"그럼 왜 이걸 저기에 심어 놨겠어요?"

"어쩌면 그들이 한 게 아닐 수도 있소. 어쩌면 몇 년 동안 저 안에 있었을 수도 있고. 어쩌면 그들조차 다 잊어버린."

"'어쩌면'이 너무 많은데요."

더피가 오른쪽으로 몸을 돌려 나무를 바라보았다.

"고속도로 갓길에 서 있을 수도 있어요." 그녀가 말했다. "지금 우리 위치와 정확히 일직선상에."

엘리엇과 나도 오른쪽으로 몸을 돌려 그쪽을 쳐다보았다. 일리가 있었다. 휴게소에 들어와서 목표물 바로 옆에 주차하는 건 영리한 감시 기법은 아니니까.

"한번 살펴봅시다." 내가 말했다.

좁고 깔끔하게 정리된 잔디밭이 있었고, 고속도로 관리인들이 관목을 심고 나무껍질 조각을 뿌려 숲 가장자리를 정돈해 놓은 똑같이 좁은 구역이 있었다. 그다음에는 나무들만 있었다. 고속도로에서는 동쪽으로 나무를 베어내고 휴게소에서는 서쪽으로 땅을 평평하게 깎아냈지만 그 사이에는 태초부터 그곳에서 자라고 있었을 법한 12미터 폭의 덤불이 있었다. 그곳을 통과하는 것은 힘든 일이었다. 덩굴과 뾰족한 가시덤불, 낮게 드리운 나뭇가지가 길을 막았다. 하지만 4월이었다. 7월이나 8월이었다면 통과하는 것이 아예 불가능했을 수도 있다.

우리는 나무들이 작아지는 지점 직전에 멈춰 섰다. 그 너머는 평평한 풀밭으로 된 고속도로 갓길이었다. 우리는 조심스럽게 최대한 앞으로 나아가 좌우로 몸을 내밀고 살폈다. 서 있는 차는 없었다. 갓길은 양쪽 방향 모두 시야가 닿는 한도까지 텅 비어 있었다. 교통량도 매우 적었다. 5초에 한 대 정도 지나갔다. 엘리엇은 이해가 안 된다는 듯이 어깨를 으쓱했고 우리는 힘들게 되돌아갔다.

"말이 안 돼요." 그가 다시 말했다.

"인력이 부족한 거요." 내가 말했다.

"아뇨. 1번 도로에 있는 거예요." 더피가 말했다. "틀림없어요. 1번 도로는 해안을 따라 내려가는 내내 I-95 도로와 평행하게 이어져 있거든요. 포틀랜드에서 남쪽으로 쭉. 대부분 3킬로미터가 안 되는 거리일 거예요."

나무 사이를 뚫고 저 멀리 평행한 도로 갓길에서 공회전하는 자동차를 발견할 수 있을 것처럼 우리는 다시 동쪽으로 몸을 돌렸다.

"나라면 그렇게 할 거예요." 더피가 말했다.

나는 고개를 끄덕였다. 매우 그럴듯한 시나리오였다. 기술적인 약점은 있을 것이다. 최대 3킬로미터의 측면 거리는 교통량으로 인해 앞뒤로 약간의 차이가 생기면 신호가 범위를 벗어날 수 있다. 하지만 그들은 나의 대략적인 이동 방향만 알면 된다.

"가능한 얘기군." 내가 말했다.

"그렇네요. 그럴 확률이 높아요." 엘리엇이 말했다. "아주 상식적인 판단이에요. 백미러에 보이지 않게 가능한 한 멀리 떨어지려 할 테니까요."

나는 다시 고개를 끄덕였다. "어느 쪽이든, 우리는 그들이 거기에 있다고 가정해야 하오. 1번 국도는 I-95 도로와 얼마나 멀리까지 가까이 유지

되오?"

"끝까지요." 더피가 말했다. "코네티컷 주 뉴런던보다 훨씬 더 멀리요. 보스턴에서 갈라졌다가 다시 합쳐져요."

"알겠소." 시계를 확인했다. "여기 온 지 9분 정도 됐소. 화장실에 가고 커피 한 잔 마시기에는 충분한 시간이오. 이제 추적기를 다시 도로에 올려놔야겠소."

나는 엘리엇에게 추적기를 주머니에 넣고 더피의 토러스를 몰고 남쪽으로 시속 80킬로미터로 정속주행하라고 했다. 뉴런던 도착 전 어딘가에서 따라잡겠다고 했다. 추적기를 어떻게 제자리에 돌려놓을지는 나중에 걱정하기로 했다. 엘리엇이 떠나고 더피와 단둘이 남았다. 우리는 토러스가 남쪽으로 사라지는 것을 지켜보다가 북쪽으로 몸을 돌려 경사로를 지켜보았다. 여유 시간은 한 시간 1분 남았고 내게는 납땜 인두가 필요했다.

시간이 째깍째깍 흘러가고 있었다.

"거기 상황은 어때요?" 더피가 물었다.

"악몽이오." 내가 말했다. 2.5미터 화강암 장벽과 날카로운 철조망, 게이트와 문에 달린 금속 탐지기, 안쪽으로는 열쇠 구멍이 없는 방에 대해 말해주었다. 폴리에 대해서도.

"우리 요원의 흔적은 없나요?" 그녀가 물었다.

"나도 이제 막 그 집에 들어간 터라."

"그녀는 그 집 안에 있어요. 나로선 그렇게 믿을 수밖에 없어요."

나는 아무 말도 하지 않았다.

"뭐라도 진전이 있어야 해요. 거기 있는 시간이 길어질수록 더 큰 위험에 노출될 거예요. 우리 요원도요."

"알고 있소."

"백은 어떤 사람인가요?" 그녀가 물었다.

"비뚤어진 인간이오." 유리잔으로 지문을 딴 것과 맥시마가 사라진 것, 그리고 러시안 룰렛에 대해 말해주었다.

"그걸 했다고요?"

"여섯 번." 나는 대답하고는 다시 경사로를 쳐다보았다.

그녀가 나를 빤히 보았다. "당신 미쳤군요. 6분의 1이면 당연히 죽는 거 아니에요?"

나는 미소를 지었다. "해본 적 있소?"

"난 그런 거 안 해요. 그런 확률 게임 싫어해요."

"당신도 대부분의 사람과 비슷하군. 백도 마찬가지였소. 그는 확률이 6분의 1이라고 생각했소. 하지만 실제로는 600분의 1에 가까울 거요. 아니면 6,000분의 1이거나. 무거운 총알 하나를 정교하게 만들어지고 잘 정비된 총, 예를 들어 그 아나콘다 같은 총에 넣고 돌리면, 총알이 위쪽에 있을 때 실린더가 멈춘다는 건 거의 기적에 가까운 일이오. 회전 운동량이 항상 총알을 아래쪽으로 보내니까. 정밀한 메커니즘, 적당한 기름과 중력이 도와주는 거요. 난 바보가 아니오. 러시안 룰렛은 사람들이 생각하는 것보다 훨씬 안전한 게임이오. 그리고 고용되기 위해서 그 정도 위험은 감수할 가치가 있었고."

그녀는 한동안 말이 없었다.

"그에 대해 감이 잡혀요?" 그녀가 물었다.

"러그 수입업자처럼 보이긴 하오. 온 사방에 러그가 깔려 있소."

"그런데요?"

"그런데 실제론 아니오. 내 연금을 다 걸 수도 있소. 러그에 대해 물어 봤지만 길게 말을 하지 않았소. 별로 관심 없다는 듯이. 대부분의 사람은 자기 사업에 대해 말하는 걸 좋아하오. 보통은 입을 다물게 하기가 더 어렵지."

"당신, 연금을 받나요?"

"아니."

바로 그때 더피의 차와 똑같고 색깔만 다른 회색 토러스 차량이 경사로 꼭대기에 불쑥 나타났다. 잠시 속도를 줄이고 운전자가 주위를 살피더니 이내 급가속해서 우리를 향해 돌진해 왔다. 운전대를 잡은 사람은 내가 대학 정문 근처 배수로에 버려두고 온 그 나이 든 요원이었다. 그는 내 파란색 트럭 옆에 급정거하더니 문을 열고 이전에 빌린 경찰 카프리스에서 내렸을 때와 똑같은 동작으로 힘겹게 몸을 일으켜 내렸다. 손에는 검은색과 빨간색이 섞인 커다란 라디오 섹 쇼핑백을 들고 있었다. 상자들로 불룩했다. 그는 쇼핑백을 들어 보이며 웃었고 앞으로 다가와 악수를 청했다. 새 셔츠를 입고 있었지만 양복은 그대로였다. 가짜 피를 닦아내려고 애쓴 것 같은 얼룩이 보였다. 그가 모텔 방 세면대에 서서 수건으로 핏자국을 열심히 닦아내는 모습이 그려졌다. 하지만 별로 성공적이지는 못했다. 마치 저녁식사 때 실수로 케첩을 흘린 것처럼 보였다.

"벌써 자네한테 심부름을 시킨 건가?" 그가 물었다.

"뭘 시킨 건지는 모르겠습니다." 내가 말했다. "납 봉인을 뜯어봐야 알 수 있습니다."

그가 고개를 끄덕였다. "그거일 줄 알았네. 그런 쇼핑 목록이라면 달리 어떤 용도가 있겠나?"

"해본 적 있습니까?"

"난 아날로그 세대야." 그가 말했다. "한때는 하루에 열 건씩도 했지. 옛날 얘기지만. 곳곳의 트럭 휴게소에서 운전자가 수프를 주문하기도 전에 끝냈었어."

그는 쪼그리고 앉아 아스팔트 위에 라디오 섁 쇼핑백을 쏟아부었다. 납땜 인두와 납땜용 실납이 나왔다. 그리고 인두를 달구기 위해 자동차의 시가 잭에 꽂을 인버터도 있었다. 그건 엔진을 계속 켜둬야 한다는 뜻이었기 때문에 시동을 걸고 전선이 닿을 수 있도록 조금 후진했다.

봉인은 기본적으로 양쪽 끝에 주조된 큰 태그가 달린 납선으로 되어 있었다. 태그는 가열 장치로 압착되어 커다란 양각 덩어리로 융합되어 있었다. 그는 융합된 끝부분은 전혀 건드리지 않았다. 전에도 이런 작업을 해본 적이 있는 게 분명했다. 그는 인두를 꽂고 가열했다. 인두 끝에 침을 뱉어 온도를 확인했다. 적절히 뜨거워지자 인두 끝을 코트 소매에 가볍게 닦은 다음 납선의 가는 부분에 인두를 댔다. 선이 녹으면서 벌어졌다. 그는 작은 수갑을 열 듯 간격을 넓혀서 홈에서 뺐냈다. 그리고 그걸 자기 차의 대시보드에 올려놓았다. 나는 문 손잡이를 잡고 돌렸다.

"됐네요." 더피가 말했다. "안에 뭐가 있는 거죠?"

러그가 있었다. 문이 덜거덕거리며 위로 올라가고 햇빛이 적재 공간에 쏟아지자 200개 정도의 러그가 깔끔하게 말려서 끈으로 묶여 똑바로 세워져 있는 것이 보였다. 크기가 모두 달랐는데, 안쪽에는 키가 높은 묶음이 있고 문 쪽에는 짧은 묶음이 있었다. 마치 주상절리처럼 우리 쪽으로 계단식으로 내려오고 있었다. 묶음은 뒤집어 말려 있었기 때문에 거칠고 칙칙한 뒷면만 보였다. 둘러 묶은 끈은 오래되어 누렇게 변한 거친 사이잘

삼이었다. 생양모 냄새가 강하게 났고 식물성 염료 냄새도 희미하게 났다.

"일일이 확인해봐야겠는데요." 더피가 말했다. 그녀의 목소리에는 실망감이 묻어났다.

"시간이 얼마나 있나?" 나이 든 요원이 물었다.

나는 시계를 확인했다.

"40분 정도." 내가 말했다.

"그냥 샘플로 몇 개만 확인해야겠군." 그가 말했다.

앞줄에서 두 개를 끌어냈다. 단단하게 말려 있었다. 골판지 심은 없었다. 그냥 말려서 끈으로 꽉 묶여 있었다. 그중 하나에는 술이 달려 있었다. 오래되고 퀴퀴한 냄새가 났다. 끈의 매듭이 오래되어서 납작해져 있었다. 손톱으로 뜯어봤지만 매듭을 풀 수 없었다.

"끈을 잘라야 하는데, 그러면 안 될 것 같네요." 더피가 말했다.

"그렇게는 할 수 없지." 그가 말했다.

끈은 거칠었고 외국산으로 보였다. 오랜만에 보는 종류였다. 천연 섬유의 일종으로 만들어진 것이었다. 황마나 대마 같았다.

"그럼 어떻게 해야 되지?" 나이 든 요원이 물었다.

나는 다른 러그를 끄집어냈다. 손으로 들어보니 일반적인 러그의 무게처럼 느껴졌다. 꽉 눌러보았다. 살짝 눌렸다. 러그를 길바닥에 세워놓고 중간 부분을 주먹으로 쳤다. 단단하게 말린 러그가 그렇듯 약간 움푹하게 들어갔다.

"그냥 러그일 뿐입니다." 내가 말했다.

"저 밑에 뭐가 없을까요?" 더피가 물었다. "어쩌면 저 뒤에 있는 키 큰 러그들이 사실 키가 크지 않을 수도 있어요. 다른 무언가 위에 얹혀 있을

지도요."

우리는 러그를 하나씩 꺼내서 다시 넣을 순서대로 도로에 펼쳐놓고 짐 칸에 임의로 지그재그 형태의 통로를 만들었다. 키가 큰 러그는 겉으로 보이는 그대로, 단단히 말아서 끈으로 묶고 똑바로 세워둔 키 큰 러그가 맞았다. 숨겨져 있는 것은 아무것도 없었다. 우리는 트럭에서 내려 추운 날씨에 엉망으로 놓인 러그 더미에 둘러싸인 채 서로를 바라보았다.

"미끼 화물이군요." 더피가 말했다. "백은 당신이 어떻게든 내부를 들여다볼 거라고 생각했나 봐요."

"그럴지도."

"아니면 그냥 당신을 떼어놓으려고 한 걸지도 모르죠."

"뭘 하려고?"

"당신을 확인하려고. 확실하게 하기 위해서."

나는 시계를 보았다. "다시 실어야겠소. 이미 미친 듯이 운전해야 할 판이오."

"나도 같이 갈게요." 그녀가 말했다. "내 말은, 엘리엇을 따라잡을 때까지만요."

나는 고개를 끄덕였다. "바라던 바요. 할 얘기도 있고."

러그를 발로 차고 밀면서 원래 자리에 깔끔하게 되돌려 놓았다. 내가 롤러 도어를 아래로 내리자 나이 든 요원이 납땜 작업을 시작했다. 그는 끊어진 봉인을 홈으로 다시 밀어 넣고 떨어진 끝을 서로 가까이 맞췄다. 인두를 달구어 그 끝을 틈새에 놓고 실납의 풀어진 끝을 인두 끝에 댔다. 틈새가 커다란 은색 덩어리로 채워졌다. 색이 달랐고 크기도 너무 컸다. 전선이 마치 토끼를 삼킨 뱀을 그린 그림처럼 보였다.

"걱정할 것 없어." 그가 말했다.

그는 인두 끝을 작은 붓처럼 사용하여 덩어리를 점점 더 얇게 폈다. 가끔 인두 끝을 툭툭 쳐서 붙은 납을 제거했다. 아주 섬세했다. 3분이라는 긴 시간이 걸렸지만 원래 모습과 거의 비슷하게 만들어냈다. 그는 그걸 잠깐 식히더니 입바람을 세게 불었다. 새 은빛 색깔이 순식간에 회색으로 변했다. 내가 본 것 중 가장 원상에 가까운 수리였다. 내가 직접 하는 것보다는 분명 훨씬 나았다.

"좋습니다." 내가 말했다. "아주 훌륭하군요. 그런데 한 번 더 해야 할 겁니다. 다른 트럭을 가져와야 하니까요. 그것도 살펴보는 게 좋겠습니다. 뉴햄프셔 포츠머스를 지나 북쪽으로 향하는 첫 번째 휴게소에서 다시 만납시다."

"언제?"

"지금으로부터 다섯 시간 후에."

더피와 나는 그를 거기 세워두고 낡은 트럭이 움직일 수 있는 최대한 빠른 속도로 남쪽으로 향했다. 하지만 속도는 110킬로 이상 내지 못했다. 벽돌처럼 생긴 트럭 형태에서 발생하는 바람의 저항이 더 빨리 가려는 모든 시도를 무산시켰다. 하지만 110킬로만 유지해도 괜찮았다. 몇 분쯤 여유가 있었다.

"그 사람 사무실은 봤어요?" 그녀가 물었다.

"아직." 내가 말했다. "체크해봐야 하오. 그가 항구에서 벌이는 일 전체를 조사해야 하고."

"작업 중이에요." 그녀는 큰 소리로 말해야 했다. 엔진 소음과 기어박스가 윙윙거리는 소리는 시속 80일 때보다 110일 때 두 배는 더 심했다.

"다행히 포틀랜드는 그렇게 정신없는 곳은 아니에요. 물동량이 미국에서 마흔네 번째인 항구인데 연간 수입량은 1,400만 톤 정도 돼요. 일주일에 25만 톤. 백은 그중 약 10톤, 컨테이너 두세 개를 받는 것 같아요."

"세관에서 그의 물품을 검사하는 거요?"

"다른 사람들 것과 마찬가지로 하죠. 현재 검사 비율은 2퍼센트 정도예요. 연간 150개의 컨테이너를 받는다면 그중 세 개 정도만 검사하겠죠."

"그럼 어떻게 적발되지 않는 거요?"

"예를 들어, 열 개의 컨테이너 중 한 개에만 부정 화물을 선적하는 식으로 확률을 가지고 놀 수 있겠죠. 그러면 유효 검사율이 0.2퍼센트로 떨어질 테니까. 그렇게 하면 몇 년은 버틸 수 있을 거예요."

"이미 몇 년을 버텨왔소. 누군가에게 뇌물을 먹이고 있는 게 분명하오."

그녀가 내 옆에서 고개를 끄덕였다. 말은 없었다.

"추가 정밀조사를 요청할 수 있겠소?" 내가 물었다.

"확실한 근거 없이는 안 되죠." 그녀가 말했다. "잊지 말아요. 우리는 비공식적으로 움직이고 있다는 거. 확실한 증거가 필요해요. 게다가 뇌물수수 가능성 때문에 온통 지뢰밭이에요. 엉뚱한 공무원을 건드릴 수도 있다고요."

우리는 계속 달렸다. 엔진은 굉음을 내고 서스펜션은 흔들렸다. 보이는 차들은 모두 추월하며 달렸다. 이제 나는 나를 미행하는 사람이 아니라 경찰이 있는지 확인하려고 백미러를 보고 있었다. 더피의 DEA 신분이 법규 위반 문제야 해결해줄 거라고 생각했지만, 그걸 해결하느라 대화를 나눠야 하는 시간을 허비하고 싶지 않았다.

"벡의 반응은 어땠나요?" 그녀가 물었다. "첫인상은요?"

"당황스러워했고 약간 분노하는 것 같았소. 첫인상이 그랬소. 당신은 리처드 벡이 학교 내에서는 경호받지 않는다는 걸 눈치채고 있었소?"

"안전한 환경이니까요."

"사실은 그렇지 않소. 대학에서 그를 데리고 나오는 건 정말 쉬운 일이오. 경호원이 없다는 건 위험하지 않다는 뜻이니까. 집으로 돌아갈 때 경호원을 배치한 것은 그저 그가 편집증이 있는 것에 대한 일종의 위안책이었다고 생각하오. 순전히 응석을 받아준 거지. 벡은 경호가 필요하다고 생각하지 않았을 거요. 그게 아니었다면 학교에서 경호를 제공하게 하거나 아예 학교에 보내지 않았을 테니까."

"그래서요?"

"그래서 난 과거 어느 시점에 일종의 거래가 있었던 것 같소. 첫 납치 사건의 결과일 수도 있고. 안전을 보장하는 어떤 합의가 있었을 거요. 그래서 기숙사에 경호원이 없는 거고. 벡의 분노는 누군가 갑자기 그 합의를 깨뜨린 것 같다고 생각하기 때문인 것 같소."

"그렇게 생각해요?"

나는 핸들을 잡은 채 고개를 끄덕였다. "그는 놀랐고, 어리둥절해하고, 짜증을 냈소. 그가 가장 궁금해한 것은 이 일을 벌인 게 '누구'인지에 대한 거였소."

"당연한 의문이죠."

"하지만 그건 '감히 누가?'라는 뉘앙스의 질문이었소. 그런 태도가 담겨 있었거든. 마치 누군가 선을 넘었다는 듯이. 그냥 궁금해하는 게 아니라 누군가를 향한 짜증의 표현이었소."

"당신은 뭐라고 말해줬나요?"

"트럭에 대해 묘사해줬소. 당신 부하들에 대해서도."

그녀는 미소를 지었다. "안전하게 넘겼네요."

나는 고개를 저었다. "거기에 듀크라는 남자가 있소. 이름은 모르고 성이 듀크. 전직 경찰이자 벡의 보안 책임사. 오늘 아침에 만났을 때 그는 밤새 안 잔 것 같았소. 엄청나게 피곤해 보였고 샤워도 안 한 상태였고. 정장 코트는 뒤쪽 아랫부분이 온통 구겨져 있었소."

"그래서요?"

"밤새 운전했다는 뜻이오. 도요타를 보러 갔던 것 같소. 뒤 번호판을 확인하려고. 차는 어디다 숨겼소?"

"주 경찰이 가져가도록 내버려뒀어요. 그럴듯하게 보여야 하니까. DEA 차고로 다시 가져갈 수는 없었어요. 어딘가의 차량보관소에 있을 거예요."

"번호판은 어디로 연결되오?"

"코네티컷 주 하트퍼드요. 거기서 잔챙이 엑스터시 조직을 적발했거든요."

"언제?"

"지난주에요."

나는 계속 차를 몰았다. 고속도로는 점점 더 혼잡해지고 있었다.

"우리의 첫 번째 실수요." 내가 말했다. "벡이 확인할 거요. 그러고는 코네티컷의 잔챙이 엑스터시 딜러들이 왜 자기 아들을 납치하려 했는지 궁금해할 거요. 그리고 그들 모두가 감방에 끌려간 지 일주일 뒤에 어떻게 자기 아들을 납치하려 했는지도."

"젠장."

134

"더 나쁜 건, 듀크가 링컨도 살펴본 것 같소. 앞이 찌그러지고 유리도 다 박살 났지만 내부에 총알 자국은 하나도 없었을 거요. 수류탄이 진짜로 터진 것 같지도 않을 거고. 링컨은 이 모든 게 다 엉터리 허튼소리였다는 결정적 증거요."

"괜찮아요." 그녀가 말했다. "링컨은 잘 숨겨 놨어요. 도요타와 따로 뒀거든요."

"확실하오? 오늘 아침 벡이 나한테 가장 먼저 물어본 게 우지에 대한 크고 작은 사항들이었소. 마치 내 입으로 나를 옭아매려는 듯이. 우지 마이크로 두 정, 스무 발짜리 탄창으로 마흔 발이 발사됐는데 차에 흠집 하나 없다면?"

"그럼 안 되죠." 그녀가 다시 말했다. "절대로. 링컨은 잘 숨겨 뒀어요."

"어디에?"

"보스턴에요. 우리 차고에 있지만 서류상으로는 카운티 시체보관소에 있는 걸로 되어 있어요. 범죄 현장으로 처리된 거죠. 수류탄이 폭발했으니 차 내부 전체에 경호원들의 몸이 터져서 튀어 있어야 하니까. 그럴듯하게 처리했어요. 철저하게 생각해서 처리했다고요."

"도요타의 번호판만 빼고."

그녀는 풀이 죽은 기색이었다. "아무튼 링컨은 괜찮아요. 도요타에서 160킬로미터나 떨어져 있잖아요. 듀크라는 놈이 밤새 운전해야만 갈 수 있는 거리예요."

"그는 밤새 운전한 것 같았소. 그런데 벡은 왜 우지에 대해 그렇게 신경을 썼을까?"

그녀는 조용해졌다.

"작전을 중단해야겠어요." 그녀가 말했다. "도요타 때문에요. 링컨 때문이 아니라. 링컨은 정말 괜찮아요."

나는 시계를 보고 전방을 확인했다. 밴은 굉음을 내며 달리고 있었다. 엘리엇과 만나기로 한 지점에 곧 도착 예정이었다.

"작전 중단이에요." 그녀가 다시 말했다.

"당신 요원은 어떻게 하고?"

"당신이 죽는다고 그녀를 구할 수 있는 건 아니니까요."

나는 퀸에 대해 생각했다.

"나중에 얘기하고, 지금은 계속 밀고 나가는 걸로."

8분 뒤에 나는 엘리엇을 추월했다. 토러스는 안쪽 차선에서 80킬로로 정속주행하고 있었다. 내가 추월하여 속도를 맞추자 엘리엇이 내 뒤로 붙었다. 우리는 보스턴을 완전히 우회해서 도시 남쪽에 있는 첫 번째 휴게소로 들어갔다. 그곳 세상은 훨씬 더 바쁘게 돌아가고 있었다. 더피와 함께 가만히 앉아 경사로를 주시하는 90초 동안 넉 대의 차가 뒤이어 들어오는 것이 보였다. 그 운전자 중 누구도 우리에게 주의를 기울이지 않았다. 몇 대에는 동승자가 있었다. 모두 문을 열고 서서 하품을 하거나 주변을 둘러보고 화장실이나 패스트푸드점으로 향하는 등 휴게소에서 흔히 볼 수 있는 행동들을 했다.

"다음 트럭은 어디에 있나요?" 더피가 물었다.

"뉴런던의 주차장에."

"차 키는요?"

"그 차 안에."

"그럼 거기에도 사람이 있겠네요. 열쇠를 차 안에 둔 채 차를 그냥 두고 가는 사람은 없으니까. 누군가 당신을 기다리고 있을 거예요. 그들이 무슨 지시를 받았는지 몰라요. 작전 중지를 고민해야만 해요."

"덫에 걸려들진 않소. 그건 내 스타일이 아니오. 그리고 다음 트럭에는 더 좋은 게 있을지도 모르오."

"좋아요." 그녀가 말했다. "뉴햄프셔에서 확인해보죠. 당신이 거기까지 갈 수 있다면요."

"글록 좀 빌려줄 수 있겠소?"

그녀가 팔을 뻗어 겨드랑이 아래의 총을 만졌다. "얼마나요?"

"필요한 만큼."

"콜트는 어떻게 하고요?"

"그들이 가져갔소."

"안 돼요." 그녀가 말했다. "근무용 개인 화기를 내줄 수는 없어요."

"어차피 이미 비공식이잖소."

그녀가 잠시 망설였다.

"젠장." 그녀가 권총집에서 글록을 꺼내 건네주었다. 그녀의 체온으로 따뜻했다. 총을 손바닥에 쥐고 그 느낌을 음미했다. 그녀는 가방을 뒤지더니 예비 탄창 두 개를 꺼내주었다. 탄창은 한쪽 주머니에, 총은 다른 주머니에 넣었다.

"고맙소."

"뉴햄프셔에서 봐요. 트럭을 확인하고 나서 결정하죠."

"그립시다." 나는 대답했다. 하지만 이미 결정을 내린 상태였다. 엘리엇이 다가와 주머니에서 추적기를 꺼냈다. 더피가 비켜서자 엘리엇은 추적기를 다시 그녀가 앉았던 좌석 밑에 집어넣었다. 그리고 관용 차량인 토러스로 함께 돌아갔다. 나는 시간을 적당히 맞추기 위해 기다렸다가 다시 도로에 올랐다.

뉴런던을 찾아가는 데 별 어려움은 없었다. 지저분하고 오래된 곳이었다. 한 번도 가본 적이 없었다. 갈 이유도 없었다. 거긴 해군 도시다. 잠수함을 만드는 것 같았다. 아니면 근처 어딘가에서. 아마 그로튼에서. 벡의 길 안내는 고속도로를 일찍 빠져나와 낙후된 산업 구역으로 이끌었다. 습기와 연기 속에 쇠락해가는 오래된 벽돌 건물이 많았다. 주차장이 있을 거라 짐작되는 곳에서 1킬로 정도 떨어진 길가에 차를 잠시 멈췄다. 그런 다음 우회전하고 좌회전해서 주변을 둘러보았다. 고장 난 무인주차료 징수기에 차를 세우고 더피의 총을 점검했다. 1년 정도 된 글록 19였다. 탄창은 가득 채워져 있었다. 예비 탄창도 가득 차 있었다. 트럭에서 내렸다. 저 멀리 사운드 만灣에서 요란한 포그혼* 소리가 들렸다. 페리가 들어오고 있었다. 바람이 거리의 쓰레기를 날리고 있었다. 창녀 한 명이 문간으로 나와서 나에게 미소를 지었다. 여긴 해군의 동네였다. 그녀는 육군 헌병의 냄새는 다른 지역의 자매님들만큼은 잘 맡지 못했다. *항해 중인 배에게 안개를 조심하라는 뜻에서 부는 고동.

모퉁이를 돌자 내가 가려는 주차장의 일부가 꽤 잘 보였다. 부지는 바다를 향해 경사져 있었고 내 위치와 어느 정도 고도 차가 있었다. 트럭이 세워져 있는 게 보였다. 내가 타고 있는 트럭과 쌍둥이였다. 같은 연식, 같은 차종. 색깔까지 같았다. 깨진 벽돌과 잡초로 뒤덮인 텅 빈 공터인 부지 정중앙에 홀로 서 있었다. 낡은 건물 한 채가 20년 전에 불도저로 밀린 뒤,

다른 건물은 아직 지어지지 않은 상태였다.

기다리고 있는 사람은 보이지 않았지만 수많은 더러운 창문이 시야 내에 있었고, 이론적으로는 그 모든 창문에 감시자가 있을 수 있었다. 하지만 내게는 아무런 느낌이 없었다. 느낌은 실제로 아는 것보다 훨씬 더 나쁘지만 때로는 그게 전부일 때도 있다. 나는 몸이 추워질 때까지 가만히 서서 지켜보다 다시 트럭으로 가서 그걸 몰고 블록을 한 바퀴 돌아 주차장으로 들어갔다. 쌍둥이 같은 트럭에 코를 맞대고 주차했다. 키를 뽑아 도어 포켓에 떨어뜨렸다. 마지막으로 주위를 한 번 더 둘러보고 내렸다. 주머니에 손을 넣어 더피의 총을 움켜쥐었다. 찬찬히 귀를 기울였다. 흙먼지 날리는 소리와 쇠락해가는 도시가 하루를 힘겹게 넘기는 소리만 멀리서 들려왔다. 누군가 장거리 소총 사격으로 나를 쓰러뜨릴 계획만 아니라면 문제없어 보였다. 주머니에 글록 19를 쥐고 있다고 해서 그걸 막을 수는 없는 노릇이니까.

갈아탈 트럭은 차갑게 식어 있었다. 문은 잠겨 있지 않았고 차 키는 역시 도어 포켓에 들어 있었다. 나는 시트와 백미러를 조정했다. 실수로 차 키를 바닥에 떨어뜨린 척하고 좌석 밑을 확인했다. 추적기는 없었다. 껌 포장지 몇 장과 먼지 뭉치뿐이었다. 시동을 걸었다. 방금 내린 트럭에서 후진하여 주차장을 돌아 다시 고속도로를 향해 방향을 잡았다. 아무도 보이지 않았다. 아무도 쫓아오지 않았다.

이번 트럭은 이전 것보다는 조금 더 잘 나갔다. 소음은 덜했고, 속도는 더 빨랐다. 아마도 주행거리계가 두 바퀴밖에 돌지 않은 것 같았다. 거리계가 돌아가면서 트럭이 나를 북쪽으로 데려가고 있었다. 앞유리를 통해 전방을 바라보면서 손가락 모양 암석 위에 있는 외로운 저택이 매 순간 점점 더 커지는 걸 느꼈다. 그 집은 나를 끌어당기면서 동시에 같은 힘으로 나를 밀어내고 있었다. 나는 한 손으로 핸들을 잡고 눈꺼풀에 힘을 주어 눈을 크게 뜨고 그저 가만히 앉아 있었다. 로드 아일랜드는 조용했다. 아무도 나를 쫓아오지 않았다. 매사추세츠는 대체로 보스턴을 크게 우회하여 북동부를 질주하는 코스였다. 왼쪽으로는 로웰 같은 침체된 도시가 보였고, 오른쪽 멀리로는 뉴베리포트와 케이프 앤, 글로스터 같은 아기자기한 도시들이 있었다. 쫓아오는 차는 없었다. 그런 다음 뉴햄프셔 주가 나왔다. I-95로는 뉴햄프셔를 30킬로 정도 지나며 마지막 도시로 포츠머스를 거친다. 나는 포츠머스를 지나면서 휴게소 표지판이 있는지 주의 깊게 살폈고 메인 주 경계선 바로 안쪽에서 한 개를 찾았다. 더피와 엘리엇, 그리고 얼룩진 양복을 입은 나이 든 요원이 12킬로미터 앞에서 나를 기다리고 있을 거라는 뜻이었다.

더피와 엘리엇, 그리고 그 요원만이 아니었다. DEA 탐지견 팀도 함께 있었다. 나는 정부 기관 사람들에게 시간을 충분히 주면 예상치 못한 아이디어를 내놓는다는 것을 깨달았다. 케네벙크 근처 휴게소와 거의 똑같이 생긴 휴게소로 들어가니, 지붕에 환기 팬이 달린 평범한 밴 옆에 두 대의 토러스가 그 줄 끝에 주차되어 있는 것이 보였다. 나는 그들로부터 네 칸 떨어진 곳에 주차한 뒤 기다리는 동안 주위를 신중하게 살피는 아까의 루틴대로 했는데, 아무도 뒤따라 들어오지 않았다. 고속도로 갓길은 걱정하지 않았다. 사방이 나무여서 고속도로에서는 이쪽을 볼 수 없었다. 메인 주에는 정말 나무가 많았다.

내가 트럭에서 내리자 나이 든 요원이 차를 가까이 대고 납땜 인두를 들고 바로 작업에 들어갔다. 더피가 내 팔꿈치를 잡아당겨 옆으로 비키게 했다.

"전화 몇 통 돌렸어요." 그녀가 말했다. 그녀는 나에게 입증이라도 하려는 듯 노키아 폰을 들어 보였다. "좋은 소식과 나쁜 소식이 있어요."

"좋은 소식부터 먼저. 기운 좀 내봅시다."

"도요타 건도 괜찮을 것 같아요."

"괜찮을 것 같다?"

"좀 복잡해요. 우리 세관에서 벡의 선적 일정을 입수했어요. 그의 물건은 전부 오데사에서 나와요. 흑해에 있는 우크라이나의 도시."

"그게 어딘지는 알고 있소."

"러그의 출발지로 그럴듯한 곳이죠. 다양한 지역에서 생산된 러그가 터키를 거쳐 북쪽으로 들어와요. 하지만 우리 관점에서 오데사는 헤로인 항구예요. 콜롬비아에서 직접 오는 마약을 제외하고는 모두 아프가니스탄과 투르크메니스탄을 거쳐 카스피해와 코카서스 산맥을 가로질러 들어와요. 그러니까 벡이 오데사를 이용한다는 것은 그가 헤로인을 취급한다는 뜻이고, 그가 헤로인을 취급한다는 것은 엑스터시 딜러들과는 접점이 없다는 뜻이에요. 코네티컷뿐만 아니라 전국 어디든 연결고리가 없다는 거죠. 둘은 완전히 판이 다르거든요. 그러니까 벡이 뭔가를 알아내려면 완전히 처음부터 시작해야 할 거예요. 도요타 번호판으로 이름과 주소는 알아낼 수 있겠지만 그 정보는 벡에게 별 의미가 없어요. 그들이 누군지 알아내고 행적을 쫓으려면 며칠은 걸릴 거고요."

"그게 좋은 소식이라는 거요?"

"충분히. 믿어봐요. 그 둘은 별개의 세상에 있으니까. 어차피 당신에게 는 며칠밖에 시간이 없어요. 우리도 백의 경호원들을 언제까지나 붙잡고 있을 수는 없고요."

"나쁜 소식은 뭡니까?"

그녀는 잠시 머뭇거렸다. "사실 누군가가 링컨을 슬쩍 봤을 가능성이 없지는 않아요."

"무슨 일이 있었소?"

"특별한 건 없어요. 단지 차고의 보안이 생각만큼 좋지 않았을 수도 있 다는 말이에요."

"그게 무슨 뜻이오?"

"나쁜 일이 일어나지 않았다고 확실하게 말할 수는 없다는 뜻이에요."

그 순간 트럭의 롤러 도어가 덜거덕거리며 올라가는 소리가 들렸다. 도어 가 정지장치에 쿵 부딪혔고 잠시 후 엘리엇이 다급하게 부르는 소리가 들 렸다. 우리는 뭔가 좋은 것을 발견했을 거라 기대하며 그쪽으로 걸음을 옮 겼다. 대신 또 다른 추적기가 있었다. 아까와 똑같은 20센티 필라멘트 안 테나가 달린 작은 금속 원통 모양이었다. 적재함 도어 근처의 철판 안쪽, 머리 높이쯤 되는 곳에 붙어 있었다.

"대단하네요." 더피가 말했다.

적재 공간은 이전에 보았던 것과 똑같이 러그로 가득 차 있었다. 마치 같은 차인 것처럼 보일 정도였다. 러그는 단단히 말아서 거친 끈으로 묶은 다음 안쪽 끝에서부터 높이가 낮아지는 순서대로 세워져 있었다.

"검사해볼까?" 나이 든 요원이 물었다.

"시간이 없습니다." 내가 말했다. "저 추적기 반대편에 누군가 있다면 내가 여기서 머무는 시간은 기껏해야 10분 정도라고 생각할 겁니다. 그 이상은 안 됩니다."

"탐지견 투입해." 더피가 말했다.

그러자 처음 보는 남자가 DEA 밴의 뒷문을 열고 목줄을 맨 비글 한 마리를 데리고 나왔다. 작업견용 하네스를 착용한 약간 뚱뚱한 녀석이었다. 긴 귀에 아주 적극적인 표정이었다. 나는 개를 좋아한다. 때때로 개를 키워볼까 생각할 때도 있다. 같이 시간을 보낼 수 있을 테니까. 그 녀석은 나를 완전히 무시했다. 그저 핸들러가 인도하는 대로 파란색 트럭으로 따라가서 지시를 기다렸다. 핸들러는 개를 적재 공간으로 들어 올려 러그로 이루어진 계단 위에 내려놓았다. 그러고는 손가락을 튕기며 뭔가 명령을 내리고 목줄을 풀어줬다. 개는 위아래, 좌우로 펄쩍펄쩍 뛰었다. 다리가 짧아서 층간을 오르내리는 데 어려움이 있었다. 그래도 구석구석을 다 훑고 나서 다시 처음 시작한 곳으로 돌아와 반짝거리는 눈으로 꼬리를 흔들면서 침이 가득한 입을 벌리고 미소 지으며 '그래, 또 뭐 할까?'라고 묻는 것처럼 서 있었다.

"이상 무!" 핸들러가 말했다.

"문제없는 화물이네요." 엘리엇이 말했다.

더피는 고개를 끄덕였다. "그런데 왜 북쪽으로 이걸 싣고 다시 돌아오는 거죠? 누구도 러그를 오데사로 다시 수출하지는 않잖아요. 왜 그럴까요?"

"테스트였소. 나에 대한." 내가 말했다. "내가 내부를 살펴볼지 안 볼지 확인하려는."

"봉인을 수리해요." 더피가 말했다.

핸들러가 비글을 끌어내고 엘리엇이 몸을 쭉 뻗어 도어를 내렸다. 나이든 요원이 납땜 인두를 집어 들자 더피가 다시 나를 옆으로 끌어당겼다.

"이제 결정해야죠?" 그녀가 물었다.

"당신은 어떻게 할 거요?"

"중단해야죠. 링컨이 변수예요. 당신을 죽일 수도 있어요."

나는 그녀의 어깨 너머로 그 요원이 작업하는 모습을 지켜보았다. 그는 이미 납땜 접합부를 얇게 만들고 있었다.

"그들은 전체 스토리를 믿었소." 내가 말했다. "믿을 수밖에 없었을 거요. 정말 잘 만든 이야기니까."

"링컨을 살펴봤을지도 몰라요."

"그들이 그걸 보고 싶어했을지 모르겠군."

요원은 마무리 작업을 하고 있었다. 허리를 굽히고 연결 부위를 불어서 납선을 칙칙한 회색으로 만들 준비를 하고 있었다. 더피가 내 팔에 손을 얹었다.

"벡이 왜 우지를 언급했을까요?" 그녀가 물었다.

"모르겠소."

"끝났어!" 요원이 소리쳤다.

"결정은요?" 더피가 물었다.

퀸을 떠올렸다. 그의 시선이 내 얼굴을 빠르지도 느리지도 않게 가로질러 지나가던 것을 떠올렸다. 그의 이마 왼쪽에 있는, 눈이 두 개 더 있는 것처럼 생긴 22구경탄의 흉터도 떠올렸다.

"돌아가겠소. 충분히 안전할 것 같소. 뭔가 의심이 들었다면 오늘 아침에 나를 노렸을 거요."

더피는 아무 말도 하지 않았다. 토를 달지 않았다. 그저 내 팔에서 손을 떼고 나를 보내주었다.

5

그녀는 나를 보내주면서 자신의 총을 돌려달라는 말은 하지 않았다. 의식하지 못했을 수도 있다. 아니면 내가 총을 가지고 가길 바랐을 수도 있다. 나는 총을 허리 뒤춤에 꽂았다. 큰 콜트보다는 확실히 더 편했다. 예비 탄창은 양말 속에 숨겼다. 그런 뒤 도로에 올라탔고, 출발한 지 정확히 열 시간 만에 포틀랜드 부두 근처 주차장으로 돌아왔다. 나를 기다리는 사람은 아무도 없었다. 검은색 캐딜락도 없었다. 곧장 차를 몰고 들어가 주차했다. 열쇠를 도어 포켓에 넣고 차에서 빠져나왔다. 고속도로를 800킬로미터나 달린 후라 피곤했고 귀도 약간 먹먹했다.

저녁 6시였고 해는 내 왼쪽의 도시 너머로 한참 내려가 있었다. 공기는 차가웠고 바다에서는 습한 바람이 불어오고 있었다. 누군가 나를 지켜보고 있을지 몰라서 코트 단추를 잠그고 1분 정도 가만히 서 있었다. 그런 다음 북쪽을 향해 천천히 걸었다. 아무 목적이 없는 듯 보이려고 애쓰면서 앞쪽 건물들을 유심히 살폈다.

주차장 부지는 낮은 사무용 건물로 둘러싸여 있었다. 건물은 바퀴가 없는 트레일러처럼 보였다. 싸구려로 지어진 데다 관리 상태도 엉망이었다. 각 사무실마다 작고 지저분한 주차장이 있었다. 주차장은 중저가의 차량들로 가득 차 있었다. 그곳 전체가 분주하게 돌아가고 있는 것처럼 보였다. 실제 상업 활동이 이루어지고 있는 게 분명했다. 호화로운 본사도, 대리석도, 조각 장식도 없이 그저 망가진 블라인드가 쳐진 더러운 창문 뒤에서 돈을 벌기 위해 열심히 일하는 평범한 사람들이 모여 있는 곳이었다.

일부 사무실은 작은 창고의 측면을 돌출시켜 증축한 건물이었다. 창고는 현대적인 조립식 금속 구조물이었다. 콘크리트로 만들어진 적재 플랫폼이 허리 높이로 설치되어 있었다. 두꺼운 콘크리트 기둥으로 구분된 좁은 주차장이 창고마다 있었다. 기둥에는 온갖 자동차 페인트가 긁힌 자국이 남아 있었다.

나는 5분 뒤에 벡의 검은색 캐딜락을 발견했다. 창고 측면의 사무실 문 가까이에 있는 갈라진 아스팔트 위에 비스듬히 주차되어 있었다. 사무실 문은 교외 주택에나 어울릴 법한 것이었다. 단단한 목재로 만든 식민지 시대풍의 디자인이었다. 한 번도 페인트칠을 하지 않은 문은 염분이 많은 바람에 시달려 표면이 회색으로 변했고 거칠어져 있었다. 문에는 색 바랜 간판이 나사로 고정되어 있었다. **비자르 바자르.** 60년대 헤이트-애쉬버리*에서나 볼 법한 손글씨로 쓴 간판이었다. 마치 필모어 웨스트**에서 열리는 콘서트를 홍보하는 것 같이, 비자르 바자르가 제퍼슨 에어플레인이나 그레이트풀 데드의 콘서트 오프닝을 맡았던 원 히트 원더 밴드인 것 같았다.

*미국 샌프란시스코의 헤이트 거리와 애쉬버리 거리의 교차점에서 이름을 딴 지역으로 1960년대 히피문화의 중심지. **미국 샌프란시스코에 위치했던 음악 공연장으로, 1960년대와 1970년대 초반 사이키델릭 록과 반문화 운동의 중심지 중 하나.

차가 다가오는 소리가 들려 옆 건물 뒤로 물러나 기다렸다. 큰 차가 천천히 다가오고 있었다. 두툼하고 부드러운 타이어가 물이 고인 아스팔트의 패인 자리를 지나는 소리가 들렸다. 링컨 타운카, 유광 검은색, 대학 정문 밖에서 부숴버린 것과 똑같은 차종이었다. 마치 한 생산 라인에서 두 대가 줄지어 나온 것 같았다. 벡의 캐딜락을 천천히 지나쳐 모퉁이를 돌아 창고 뒤편에 주차했다. 한 번도 본 적 없는 남자가 운전석에서 내렸다. 그도 막 고속도로를 800킬로미터쯤 달려온 사람처럼 기지개를 펴고 하품을 했다. 중간 키에 체중이 좀 나가고 짧게 친 검은 머리를 하고 있었다. 얼굴은 갸름하고 피부는 거칠었다. 뭔가에 좌절이라도 한 듯 얼굴을 찡그리고 있었다. 위험해 보였다. 하지만 왠지 하급자처럼 보였다. 권력 사다리에서 낮은 위치에 있는 것 같았다. 그래서 더 위험할 수도 있다는 느낌을 받았다. 그는 다시 차 안으로 몸을 숙이더니 휴대용 전파 탐지기를 들고 나왔다. 탐지기에는 긴 크롬 안테나와 그물망이 덮인 스피커가 달려 있었는데, 적절한 송신기가 3킬로 내에 있으면 삑삑거리는 소리를 낼 것이었다.

그는 모퉁이를 돌아 변색된 문을 밀고 들어갔다. 나는 그 자리에 그대로 있었다. 머릿속으로 지난 열 시간 동안의 일을 모두 되짚어보았다. 전파 감시에 관한 한 나는 세 번을 멈췄다. 각 정차는 의심 살 일이 없을 만큼 짧았다. 육안 감시는 완전히 다른 문제였다. 하지만 어느 지점에서도 내 시야에 검은 링컨이 들어온 적은 한 번도 없다는 걸 확신했다. 나는 더피의 말에 동의하는 쪽이었다. 남자와 그의 탐지기는 1번 도상에 있었을 것이다.

나는 1분 정도 가만히 서 있었다. 그런 다음 모습을 드러내고 문으로 걸어갔다. 문을 밀었다. 들어서자마자 곧바로 왼쪽 직각으로 꺾이는 길이 있었다. 이 길은 책상과 파일 캐비닛이 가득 찬 비좁은 열린 공간으로 이어졌다. 아무도 없었다. 사람이 앉아 있는 책상은 하나도 없었다. 하지만 바로 직전까지만 해도 있었다. 그건 분명했다. 실제로 운영 중인 사무실의 일부였다. 세 개의 책상 위에 사람들이 하루를 마무리하고 나가며 남겨둔 것들이 잔뜩 있었다. 반쯤 작성된 서류, 행군 커피잔, 스스로에게 남긴 메모, 연필이 가득 든 기념품 머그잔, 휴지 팩. 벽에 전기 히터가 있어서 공기는 아주 따뜻했고 희미하게 향수 냄새가 풍겼다.

열린 공간 뒤쪽으로 닫힌 문이 있었고 그 너머에서 낮은 목소리가 들려왔다. 벡과 듀크의 목소리였다. 둘은 추적 장비를 가진 사람으로 추정되는 세 번째 남자와 이야기를 나누고 있었다. 무슨 말을 하는지는 알아들을 수 없었다. 분위기도 파악할 수 없었다. 뭔가 다급한 기운이 느껴졌다. 논쟁이 조금 있었다. 언성은 높이지 않았지만 회사 야유회에 대해 논의하고 있는 것은 분명 아니었다.

책상 위와 벽에 붙어 있는 것들을 살펴보았다. 지도 두 개가 보드에 붙어 있었다. 하나는 세계지도였다. 흑해가 거의 정중앙에 있었다. 오데사는 크림반도 왼쪽에 자리 잡고 있었다. 종이에는 아무것도 표시되어 있지 않았지만 보스포러스 해협을 지나 에게해와 지중해를 거쳐 지브롤터를 지나 대서양을 건너 메인 주 포틀랜드까지 가는 작은 상선의 항로를 추적할 수 있었다. 아마 2주 정도는 항해해야 할 것이다. 3주일 수도 있다. 대부분의 선박은 상당히 느리다.

다른 지도에는 미국이 표시되어 있었다. 포틀랜드 자체는 오래된 기름기 얼룩으로 지워져 있었다. 사람들이 손을 펴서 시간과 거리를 계산하기 위해 그 위에 손가락 끝을 올렸기 때문인 것 같았다. 손이 작은 사람이 완전히 펼치면 하루의 주행 거리를 나타낼 수도 있을 것이다. 그렇다면 포틀랜드는 물류 센터로 최적의 위치는 아니다. 다른 모든 지역에서 멀리 떨어져 있으니까.

책상 위에 놓인 서류는 내가 이해할 수 없는 내용이었다. 기껏해야 날짜와 화물에 대한 세부 정보라는 것만 해석할 수 있었다. 가격 목록 몇 개를 보았다. 어떤 것은 비쌌고 어떤 것은 저렴했다. 가격 옆에는 무언가를 나타내는 코드가 있었다. 러그를 위한 것일 수도 있었고 다른 무언가를 위한 것일 수도 있었다. 어쨌든 겉으로 보기엔 전혀 수상한 구석이 없는 선적 사무실처럼 보였다. 테레사 다니엘이 이곳에서 일했을지 궁금해졌다.

나는 세 사람의 목소리에 좀 더 귀를 기울였다. 이제 분노와 걱정이 함께 들렸다. 복도로 물러나 허리춤에서 글록을 꺼내 주머니에 넣고 손가락을 방아쇠울 안에 넣었다. 글록에는 안전장치가 없다. 방아쇠에 일종의 방아쇠가 또 있다. 당기면 뒤에서 걸리는 작은 막대이다. 살짝 압력을 가했다. 반응이 느껴졌다. 준비해두고 싶었다. 듀크를 먼저 쏴야겠다고 생각했다. 그다음은 탐지기를 든 남자. 그다음이 벡. 벡이 아마도 가장 느릴 것이고 나는 가장 느린 사람을 항상 마지막으로 남겨둔다.

다른 손도 주머니에 넣었다. 한 손을 주머니에 넣은 남자는 무장한 것 같아 위험해 보인다. 양손을 주머니에 넣은 남자는 느긋하고 게을러 보인다. 위협적이지 않다. 심호흡을 하고 시끄럽게 소리 내며 방으로 걸어 들어갔다.

"계십니까?" 내가 소리쳤다.

뒤쪽의 사무실 문이 바로 열렸다. 세 사람이 함께 모여서 밖을 내다보았다. 벡, 듀크, 새로 온 남자. 총은 없었다.

"여긴 어떻게 들어왔지?" 듀크가 물었다. 피곤해 보였다.

"문이 열려 있던데." 내가 말했다.

"어떤 문인지는 어떻게 알았나?" 벡이 물었다.

손은 주머니에 그대로 넣고 있었다. 그의 회사 이름을 알려준 사람은 더피였지 그가 아니었기 때문에 간판을 보고 알았다고 말할 수는 없었다.

"사장님 차가 밖에 주차되어 있던데요." 내가 말했다.

그는 고개를 끄덕였다.

"그랬군."

벡은 내 하루에 대해 묻지 않았다. 탐지기를 든 새 부하가 이미 다 설명했을 테니까. 새로 온 남자는 그냥 서서 나를 똑바로 쳐다보고 있었다. 남자는 우리 셋보다 어렸다. 서른다섯 살 정도일 것이다. 그는 여전히 위험해 보였다. 광대뼈가 평평하고 눈이 흐리멍덩했다. 내가 군대에서 잡았던 수많은 나쁜 놈들과 비슷한 느낌이었다.

"드라이브는 즐거웠나?" 내가 물었다.

그는 대답하지 않았다.

"탐지기를 가지고 들어오는 걸 봤어." 내가 말했다. "첫 번째 추적기는 찾아냈어. 좌석 아래에 있더군."

"그런 걸 왜 찾아봤을까나?" 그가 물었다.

"습관." 내가 말했다. "두 번째는 어디에 심었지?"

"뒤쪽에." 그가 말했다. "근데 점심 먹으러 서지도 않고-."

"돈이 없어서." 내가 말했다. "아직 아무도 돈을 안 줬거든."

그는 웃지 않았다.

"메인 주에 오신 것을 환영합니다-." 그가 말했다. "여기선 아무도 돈을 주지 않아. 스스로 벌어야지."

"그런가."

"난 에인절 돌Angel Doll." 그는 자신의 이름이 내게 깊은 인상을 줄 것이라고 기대하는 듯 말했다. 하지만 별로 그렇지 않았다.

"잭 리처다."

"그 경찰 살해범." 그가 목소리에 뭔가를 담아 말했다.

그는 한참 동안 나를 쳐다보다가 시선을 돌렸다. 그의 서열상 위치가 어디쯤인지 알 수 없었다. 벡은 보스였고 듀크는 보안 책임자였는데 이 어린 놈은 두 사람과 거리낌 없이 편안하게 대화하는 것 같아 보였다.

"우린 회의 중이니 차 옆에서 기다려." 벡이 말했다.

그가 다른 두 사람을 방 안으로 들이면서 문을 닫았다. 그것만으로도 비서실 구역에는 특별히 찾아볼 만한 것이 없다는 것을 알 수 있었다. 그래서 나는 밖으로 나가면서 보안 시스템을 꼼꼼히 살펴보았다. 비교적 기본적인 것이었지만 효과적이었다. 문과 모든 창문에 접촉 패드가 부착되어 있었다. 작은 직사각형 형태였다. 스파게티 면발과 굵기와 색깔이 비슷한 전선이 바닥 몰딩을 따라 연결되어 있었다. 전선들은 복잡한 게시판 옆 벽에 설치된 금속함에 모여 있었다. 게시판에는 누렇게 변색된 종이가 잔뜩 붙어 있었다. 직원 보험, 소화기, 대피 장소 등 온갖 종류의 내용이 적혀 있었다. 경보함에는 키패드와 작은 불빛 두 개가 있었다. 빨간색에는 '무장', 녹색에는 '비무장'이라고 표시되어 있었다. 별도로 나누어 놓은 구역은 없었다. 동작 센서도 없었다. 단순한 외곽 방어용일 뿐이었다.

나는 차 옆에서 기다리고 있지 않았다. 그곳에 대한 감을 잡을 때까지 조금 더 걸어다녔다. 전체 지역이 비슷한 사업장으로 북적대는 미로 같았다. 구불구불한 트럭 진입로가 있었다. 일방통행 시스템으로 운영되는 것 같았다. 컨테이너는 북쪽의 부두에서 내려와 창고에 하역될 것이다. 그런 다음 배송 트럭이 차례로 컨테이너를 싣고 남쪽으로 출발할 것이다. 벡의 창고는 그다지 은밀한 곳에 있지 않았다. 다섯 개의 창고 중 한가운데에 있었다. 그리고 외부 하역 도크가 없었다. 허리 높이의 플랫폼도 없었다. 대신 롤러 도어가 있었다. 에인절 돌이 몰고 온 링컨에 의해 일시적으로 막혀 있었지만 트럭이 통과할 수 있을 만큼 충분히 큰 문이었다. 비밀스러운 작업이 가능할 것 같았다.

단지 전체의 외부 보안은 없었다. 해군 조선소 같은 곳은 아니었다. 철조망도 없고, 게이트도 없고, 차단기도 없고, 초소의 경비원도 없었다. 아무렇게나 들어선 건물과 웅덩이, 어두운 구석으로 가득 찬 그저 넓고 지저분한 40만 제곱미터의 부지였을 뿐이었다. 24시간 내내 어떤 종류의 활동이든 벌어지고 있을 것이다. 얼마나 많은지는 알 수 없었다. 하지만 은밀한 출입을 감추기에는 충분할 것 같았다.

캐딜락 펜더에 기대어 서 있으니 세 사람이 나왔다. 벡과 듀크가 먼저 나왔고 돌은 문간에 남아 있었다. 나는 여전히 주머니에 손을 넣고 있었다. 여전히 듀크를 먼저 노릴 준비가 되어 있었다. 그러나 아무도 뚜렷하게 공격적인 움직임을 보이지 않았다. 경계하는 기색도 없었다. 벡과 듀크는 무심히 차 쪽으로 걸어왔다. 피곤하고 뭔가에 몰두한 듯 보였다. 돌은 마치 자신이 그곳의 주인인 것처럼 문간에 그대로 서 있었다.

"가자." 벡이 말했다.

"잠시만요!" 돌이 외쳤다. "저 사람과 얘기할 게 좀 있어요."

벡이 걸음을 멈췄다. 뒤돌아보지는 않았다.

"5분이면 돼요." 돌이 말했다. "그리고 나서 문을 잠글게요."

벡은 아무 말도 하지 않았다. 듀크도 마찬가지였다. 짜증이 난 듯했지만, 이의를 제기하지는 않았다. 나는 주머니에 손을 넣은 채 다시 돌아갔다. 돌이 몸을 돌려 비서실 구역 파티션을 지나 내부 사무실로 이끌었다. 거기서 다른 문을 지나 창고 안쪽에 유리벽이 쳐진 칸막이 방으로 들어갔다. 창고 바닥에 지게차와 러그가 가득 쌓인 철제 선반이 보였다. 선반의 높이는 6미터 정도였고 러그는 모두 단단히 말려 끈으로 묶여 있었다. 칸막이 방에는 외부로 통하는 직원 전용 출입문이 달려 있었고, 컴퓨터가 놓인 금속 책상이 있었다. 책상 의자는 낡아서 헤져 있었다. 솔기마다 더러운 노란 스펀지가 드러나 보였다. 돌은 그 위에 앉아 나를 올려다보며 미소 비슷하게 입을 움직였다. 나는 책상 끝에 뻬딱하게 서서 그를 내려다보았다.

"뭐지?" 내가 물었다.

"이 컴퓨터 보이시나?" 그가 말했다. "이걸로 미국 내 모든 차량등록사업소에 접속할 수가 있는데–."

"그런데?"

"번호판을 확인할 수 있다는 말이지."

나는 대꾸하지 않았다. 그가 주머니에서 권총을 꺼냈다. 빠르고 유려한, 깔끔한 동작이었다. 게다가 좋은 권총이었다. 소련 시절의 PSM으로, 옷에 걸리지 않도록 최대한 매끄럽고 슬림하게 제작된 소형 자동 권총이었다. 이 총은 구하기 어려운 특이한 러시아산 탄약을 사용한다. 슬라이드 뒤쪽에 안전장치가 있는데, 돌의 총은 앞으로 당겨져 있었다. 그게 '안전'과 '발사' 중 뭘 의미하는지 알 수 없었다.

"원하는 게 뭔데?" 내가 물었다.

"확인하고 싶은 게 있어서." 그가 말했다. "이걸 까발리고 내 지위를 한

두 단계 더 올리기 전에."

침묵이 흘렀다.

"어떻게 하겠다는 건데?" 내가 물었다.

"저들이 아직 모르는 작은 사실을 알려주면 그렇게 되겠지." 그가 말했다. "어쩌면 보너스를 두둑이 챙길 수 있을지도 모르고. 이를테면 당신이 받을 예정인 5천 달러 같은."

주머니에 있는 글록의 방아쇠 잠금장치를 눌렀다. 왼쪽을 힐끗 보았다. 벡과 듀크가 캐딜락 옆에 서 있는 것이 사무실 창으로 훤히 보였다. 둘은 나를 등지고 12미터 정도 떨어져 있었다. 너무 가까웠다.

"당신이 타고 온 맥시마를 내가 버렸거든." 돌이 말했다.

"어디에다?"

"그런 건 중요하지 않고." 그가 말했다. 그러고는 다시 미소를 지었다.

"그럼 뭐?"

"그거 훔친 거지? 쇼핑몰에서 아무거나 걸리는 대로."

"그런데?"

"그 차에 붙어 있던 매사추세츠 주 번호판. 그거 가짜던데. 그런 번호는 발급된 적이 없더라고."

나를 괴롭히러 돌아오는 오류들. 나는 아무 말도 하지 않았다.

"그래서 차대번호를 조회해봤지." 그가 말했다. "모든 차에 다 있어. 대시보드 상단의 작은 금속판에."

"나도 알아."

"맥시마로 나왔어." 그가 말했다. "여기까지는 오케이. 하지만 뉴욕에 등록된 차량이었어. 5주 전에 정부 기관에 체포된 나쁜 놈 이름으로."

155

나는 아무 말도 하지 않았다.

"설명 좀 해보시지?"

나는 대꾸하지 않았다.

"나더러 직접 당신을 처리하라고 할지도 몰라. 그거 꽤 재미있을지도?"

"그럴 것 같나?"

"전에도 몇 번 해본 거라." 뭔가 입증이라도 해야 할 게 있는 것처럼 그가 말했다.

"몇 명이나?" 내가 말했다.

"꽤 많이."

나는 사무실 창문을 힐끗 쳐다보고는 글록을 놓고 주머니에서 빈손을 꺼냈다.

"뉴욕 차량등록사업소에 목록 업데이트가 안 되었을 게 뻔해." 내가 말했다. "그 차 엄청 오래된 거였어. 1년 전에 다른 주로 팔렸을 수도 있지. 인증 코드는 확인해봤나?"

"그건 어디서 확인하는 건데?"

"화면 상단 오른쪽. 업데이트된 걸 조회하려면 올바른 인증 코드가 필요해. 난 헌병이었어. 뉴욕 차량등록사업소 시스템에는 너보다 더 많이 들어가봤지."

"난 헌병이 싫어."

나는 그의 총을 주시했다.

"네가 누구를 싫어하든 상관없어. 난 단지 그 시스템이 어떻게 돌아가는지 알고 있다고 말하는 것뿐이니까. 그리고 나도 같은 실수를 한 적이 있어. 한두 번 정도."

그는 잠시 말이 없어졌다.

"헛소리하지 마." 그가 말했다.

이제는 내가 미소를 지었다.

"그럼 계속해보든지." 내가 말했다. "망신당해도 내 알 바 아니니까."

그는 한참을 가만히 앉아 있었다. 그러더니 오른손에서 왼손으로 총을 바꿔 쥐고 마우스를 바쁘게 움직이기 시작했다. 마우스를 클릭하고 스크롤하는 동안 한쪽 눈으로는 나를 감시하느라 애쓰고 있었다. 나는 화면에 관심 있는 척하며 조금 움직였다. 뉴욕 차량등록사업소 검색 페이지가 떠 있었다. 나는 조금 더 움직여 그의 어깨 뒤로 다가갔다. 그가 기억을 더듬어 맥시마의 번호판 숫자와 문자를 입력하고 검색 버튼을 눌렀다. 새로운 화면이 떴다. 나는 그가 틀렸다는 것을 입증하려는 것처럼 다시 움직였다.

"어디서 봐야 한다고?" 그가 물었다.

"바로 저기." 나는 모니터를 가리켰다. 양손의 열 손가락 모두로 가리키고 있었지만 손은 화면에 닿지 않았다. 오른손은 그의 목에서 멈췄다. 왼손으로는 그의 왼손에 있던 총을 빼냈다. 총이 바닥에 떨어졌고 리놀륨으로 덮인 합판에 쇠붙이가 부딪히는 소리가 났다. 나는 사무실 창문에서 눈을 떼지 않았다. 벅과 듀크는 여전히 나를 등지고 있었다. 양손으로 돌의 목을 감싸 쥐고 꽉 조였다. 그는 필사적으로 몸부림치며 반격해왔다. 나는 손아귀를 고쳐 잡았다. 의자가 그의 밑으로 자빠졌다. 더 세게 조였다. 창문을 바라보았다. 벅과 듀크는 거기 그대로 나를 등지고 서 있었다. 둘의 입김이 그들 앞으로 안개처럼 풍겨 나오고 있었다. 돌이 내 손목을 할퀴기 시작했다. 더 세게 조였다. 그의 혀가 입 밖으로 나왔다. 그러자 그는 영리하게도 내 손목을 포기하더니 뒤로 손을 뻗어 내 눈을 노렸다. 나는 그의 머리를 뒤로 젖히고 한 손을 턱 밑에 걸고 다른 한 손은 머리 옆에 평평하게 댔다. 그런 다음 그의 턱을 오른쪽으로 세게 비틀고 머리를 왼쪽으로 내리쳐서 그의 목을 부러뜨렸다.

의자를 다시 똑바로 세우고 책상 뒤로 잘 밀어 넣었다. 나는 돌의 총을 집어 들어 탄창을 뺐다. 탄창은 꽉 차 있었다. 5.45밀리 소련제 권총 탄환 여덟 발이 들어 있었다. 22구경 권총탄과 거의 같은 크기로, 속도는 느리지만 꽤 강력한 타격을 주는 탄환이었다. 소련 보안군이 충분히 만족할 만한 성능이었다. 약실을 점검했다. 총탄 한 발이 들어 있었다. 장전 상태를 확인했다. '발사'에 놓여 있었다. 다시 조립해서 장전해두고 잠근 뒤 왼쪽 주머니에 넣었다.

그런 다음 돌의 옷을 뒤졌다. 평범한 물건들뿐이었다. 지갑, 휴대폰, 약간의 돈이 들어 있는 머니 클립, 열쇠가 많이 달린 열쇠 꾸러미 등. 모두 다 그대로 두었다. 뒤쪽 직원용 출입문을 열고 바깥을 확인했다. 벡과 듀크는 이제 건물 모퉁이에 가려져 있었다. 나도 그들을 볼 수 없었고 그들도 나를 볼 수 없었다. 주변에 다른 사람은 없었다. 돌의 링컨으로 걸어가 운전석 문을 열었다. '트렁크 열림' 버튼을 찾았다. 잠김 걸쇠가 조용히 풀리고 뚜껑이 3센티미터쯤 올라갔다. 다시 안으로 들어가서 돌의 옷을 잡고 시체를 밖으로 끌어냈다. 트렁크를 완전히 열고 그 안에 시체를 던져 넣었다. 트렁크를 조심스럽게 닫고 운전석 문도 닫았다. 시계를 보니 5분이 다 되어가고 있었다. 쓰레기 처리는 나중으로 미루어야 했다. 다시 유리 칸막이 방을 지나 사무실, 비서실 구역 파티션을 지나 정문을 통해 밖으로 걸어나갔다. 벡과 듀크가 내 소리를 듣고 뒤로 돌아섰다. 추위에 떨던 벡은 시간을 끈 것에 대해 짜증이 난 표정이었다. 이런 생각이 들었다. **그럼 왜 가만히 서서 기다리기만 한 거지?** 듀크는 약간 떨고 있었고 눈에는 눈물이 그렁그렁한 채 하품을 하고 있었다. 36시간 동안 잠을 자지 못한 사람의 모습이 분명했다. 나는 생각했다. **이걸로 세 가지 이점이 생겼군.**

"내가 운전하지. 네가 원한다면." 나는 듀크에게 말했다.

그는 망설였다. 아무 말도 하지 않았다.

"내가 운전할 수 있는 거 알잖아? 방금까지 하루 종일 하고 왔으니까. 난 네가 시키는 대로 했어. 돌이 다 말해줬을 텐데."

듀크는 아무 말도 하지 않았다.

"그거 테스트였나?" 내가 물었다.

"추적기를 잘도 찾아냈네." 그가 말했다.

"내가 못 찾을 줄 알았나?"

"그걸 못 찾았으면 네가 다르게 행동했을지도 모르지."

"내가 왜? 난 그저 빨리 안전하게 돌아오고 싶었을 뿐이야. 열 시간 내내 노출되어 있었다고. 나한테는 전혀 재미없는 일이었지. 네가 뭘 하든 간에 난 너보다 잃을 게 더 많아."

그는 아무 말도 하지 않았다.

"마음대로 해." 나는 마치 신경 쓰지 않는 것처럼 말했다.

그는 조금 더 망설이더니 한숨을 내쉬며 열쇠를 꾸러미째 건네주었다. 그게 첫 번째 이점이었다. 열쇠 꾸러미를 건네는 것에는 상징적인 의미가 있다. 그것은 신뢰와 포용에 관한 것이다. 덕분에 나는 그들이 만든 원의 중심에 더 가까이 다가갈 수 있었다. 그것은 나를 덜 아웃사이더로 만들었다. 그리고 열쇠 꾸러미는 컸다. 차 키는 물론 집 열쇠, 사무실 열쇠도 있었다. 모두 합쳐서 열두 개 남짓한 열쇠가 달려 있었다. 열쇠가 많다는 것은 커다란 상징이다. 벡은 이 모든 거래를 지켜보면서 아무 말도 하지 않았다. 그냥 돌아서서 차 뒷좌석에 자리를 잡았다. 듀크는 조수석에 털썩 앉았다. 나는 운전석에 올라 시동을 걸었다. 주머니에 있는 두 자루의 총이 모두 무릎 위에 놓이도록 코트를 정돈했다. 휴대전화가 울리면 바로 꺼내서 쏠 준비를 마쳤다. 그들이 다음번에 받을 전화는 누군가 돌의 시체를 발견했기 때문일 가능성이 2분의 1이었다. 따라서 그들이 받을 다음 전화는 그들의 마지막 전화가 될 수도 있었다. 600분의 1이나 6,000분의 1의 확률이라면 괜찮았겠지만 2분의 1은 매우 위험한 확률이었다.

하지만 저택으로 가는 내내 전화는 울리지 않았다. 나는 올바른 길을 잘 찾아서 천천히 부드럽게 운전했다. 대서양을 향해 동쪽으로 방향을 틀었다. 이미 완전히 어두운 밤이었다. 손바닥 모양의 곶에 올라 손가락 모양의 암석 위로 차를 몰고 집을 향해 곧장 나아갔다. 장벽 꼭대기를 따라 조명이 환하게 켜져서 철조망이 반짝이고 있었다. 폴리가 게이트를 열려고 기다리고 있었다. 내가 차를 몰고 지나가자 나를 노려보았다. 나는 무시하고 진입로를 서둘러 올라가 문 바로 옆의 원형 회전로에 차를 세웠다. 벡은 곧바로 내렸다. 듀크가 잠을 쫓으려 몸을 흔들며 그를 따랐다.

"차는 어디에 두면 되지?" 내가 물었다.

"차고에 둬, 멍청아." 그가 말했다. "옆으로 돌아가."

그게 두 번째 이점이었다. 나는 5분간 혼자 있을 수 있게 되었다.

나는 다시 원형 회전로를 한 바퀴 돌아 저택의 남쪽 측면을 향해 내려갔다. 차고 건물은 담으로 둘러싸인 작은 마당 안에 따로 서 있었다. 집이 지어졌을 때는 아마도 마구간이었을 것이다. 앞에는 화강암 자갈이 깔려 있었고 지붕에는 냄새 배출용 통풍구가 있는 작은 탑이 있었다. 마구간은 차고 네 개로 개조되었다. 건초 창고는 주거공간으로 개조되었다. 말수 없는 정비공이 거기서 사는 것 같았다.

왼쪽 끝의 차고 문이 열린 채 비어 있었다. 나는 캐딜락을 몰고 들어가 엔진을 껐다. 차고 안은 어두컴컴했다. 차고에 쌓여 있을 법한 온갖 잡동사니로 가득 찬 선반이 있었다. 기름통과 양동이, 오래된 왁스 광택제 병이 있었다. 타이어 컴프레서와 사용한 헝겊 더미도 있었다. 열쇠를 주머니에 넣고 좌석에서 미끄러져 나왔다. 집 안에서 전화 소리가 나는지 귀를 기울였다. 아무 소리도 없었다. 어슬렁거리며 걸어가 헝겊 더미를 살펴보았다. 그중 손수건만 한 것을 집어 들었다. 때와 먼지, 기름이 시커멓게 묻어 있었다. 그걸로 캐딜락의 앞 펜더에 얼룩이 있는 양 닦는 척했다. 주위를 둘러보았다. 아무도 없었다. 나는 돌의 PSM과 더피의 글록, 예비 탄창두 개를 헝겊으로 쌌다. 그리고 그 뭉치를 코트 아래에 넣었다. 총을 집 안으로 가져갈 수 있었을지도 모른다. 아마 할 수 있었을 것이다. 뒷문으로들어가서 금속 탐지기가 울리게 하고 순간 당황한 표정을 짓다가 커다란열쇠 꾸러미를 꺼내 상황을 설명하는 것처럼 열쇠를 들어 보일 수도 있었다. 고전적인 속임수. 효과가 있었을지도 모른다. 아마 통했을 것이다. 그들이 나를 어느 정도로 의심하느냐에 달렸겠지만. 그러나 어쨌든 총을 다시 집 밖으로 갖고 나가는 건 매우 어려울 것이다. 조만간 긴급 전화가 오지 않는다고 가정하면 벡이나 듀크 또는 둘 다와 함께 정상적으로 집에서나가게 될 가능성이 높았고 그 경우 내가 다시 열쇠를 가질 수 있으리라는보장이 없었다. 나는 선택의 기로에 섰다. 위험을 감수할 것인가, 아니면안전하게 갈 것인가? 내 결정은 안전하게 가기로 하고 화력은 밖에 두는 것이었다.

　차고 마당을 나와 기웃거리면서 집 뒤쪽을 향해 어슬렁거리며 걸어갔
다. 나는 마당 담 모퉁이에서 멈춘 뒤 잠시 가만히 서 있다가 90도로 몸을
돌려 마치 바다가 보고 싶어서 가는 것처럼 담을 따라 바위를 향해 걸어
나갔다. 바다는 고요하고 잔잔했다. 남동쪽에서 반짝이는 긴 너울이 밀려
오고 있었다. 바닷물은 검고 한없이 깊어 보였다. 잠시 바다를 바라보다가
몸을 숙이고 헝겊에 싼 총과 탄창을 벽에 바짝 붙어 있는 작은 틈새 속에
집어넣었다. 앙상한 잡초가 자라고 있는 곳이었다. 누구든 발에 걸려 넘어
지기라도 해야만 발견할 수 있을 것이다.

　코트 속에 몸을 웅크린 채 사색에 잠겨 잠시 평온을 누리려는 사람처럼
보이려고 노력하며 다시 뒤쪽으로 천천히 걸어갔다. 주변은 조용했다. 바
닷가의 새들도 모두 떠나버리고 없었다. 새들에게도 너무 어두웠을 것이
다. 지금쯤은 안전하게 둥지에 있을 것이다. 나는 돌아서서 뒷문으로 향했
다. 현관을 통해 주방으로 들어갔다. 금속 탐지기가 삐 소리를 냈다. 듀크
와 정비공, 요리사가 모두 고개를 돌려 나를 쳐다보았다. 나는 잠시 멈추
었다가 열쇠 꾸러미를 꺼내 그걸 들어 올렸다. 다들 고개를 돌렸다. 안으
로 들어가서 듀크 앞 테이블 위에 열쇠를 내려놓았다. 그는 열쇠를 건드리
지 않았다.

　듀크의 피로로 인한 세 번째 이점은 저녁식사 시간 동안 서서히 드러났
다. 그는 간신히 깨어 있었다. 한마디도 하지 않았다. 주방은 따뜻하고 김
이 모락모락 피어올랐고 누구든 잠들게 할 만한 음식이 차려져 있었다. 우
리는 진한 수프와 스테이크, 감자를 먹었다. 양이 엄청나게 많았다. 접시마

다 음식이 한가득 쌓여 있었다. 요리사는 그곳이 대형 레스토랑의 주방인 것처럼 일하고 있었다. 조리대 위에는 모든 음식을 다 담은 여분의 접시가 놓여 있었다. 누군가 식사를 두 번 하는 습관이 있는 듯했다.

나는 서둘러 식사를 마치고 전화벨 소리가 나는지 귀를 쫑긋 세우고 있었다. 만약 전화가 울리면 첫 번째 벨이 끝나기 전에 차 키를 들고 밖으로 나갈 수 있을 것이다. 두 번째 벨이 울릴 때는 캐딜락 안에, 세 번째 벨에는 진입로를 반쯤 내려가 있을 것이다. 게이트를 부수고 나갈 것이다. 폴리는 차로 치고 지나갈 수도 있다. 하지만 전화벨은 울리지 않았다. 집 안에서는 사람들이 음식을 씹는 소리 외에는 어떤 소리도 나지 않았다. 커피가 없었다. 짜증이 나려고 했다. 나는 커피를 좋아하기 때문이다. 대신 물을 마셨다. 싱크대 위 수도꼭지에서 나오는 물에서는 염소 맛이 났다. 두 번째 잔을 다 마시기 전에 가정부가 가족 식당 쪽에서 들어왔다. 그녀는 유행에 뒤떨어진 신발을 신고 어색하게 걸으며 내 자리까지 왔다. 수줍어하는 것 같았다. 그녀는 코네마라*에서 보스턴까지 먼 길을 왔는데 일자리를 찾지 못한 아일랜드 사람처럼 보였다. *아일랜드 서부 해안 지역.

"백 사장님이 찾아요."

그녀의 말소리를 들은 건 그때가 두 번째였다. 약간 아일랜드 억양이 섞여 있긴 했다. 그녀는 몸을 꼭 감싸고 있는 카디건을 입고 있었다.

"지금 말입니까?" 내가 물었다.

"그런 것 같아요." 그녀가 말했다.

그는 러시안 룰렛을 했던 참나무 테이블이 있는 정사각형 방에서 나를 기다리고 있었다.

"그 도요타는 코네티컷 주 하트퍼드에서 온 차였어. 돌이 오늘 아침에 번호판을 조회해봤지."

"코네티컷에서는 앞 번호판을 안 달죠." 나는 무슨 말이든 해야 해서 그렇게 말했다.

"그 차 소유주를 알고 있어."

정적이 흘렀다. 나는 그를 똑바로 쳐다보았다. 그의 말을 이해하는 데는 아주 짧은 순간이지만 시간이 걸렸다.

"어떻게 아십니까?" 내가 물었다.

"비즈니스 관계가 좀 있어서."

"러그 거래 관계로 말입니까?"

"관계의 성격은 자네가 신경 쓸 필요 없고."

"그자들은 누굽니까?"

"그것도 신경 쓸 필요 없고."

나는 아무 말도 하지 않았다.

"그런데 문제가 있어." 그가 말했다. "자네가 묘사한 사람들은 트럭의 소유주가 아니라는 거야."

"확실합니까?"

그가 고개를 끄덕였다. "자네가 묘사한 건 키 큰 금발이었는데 트럭 주인들은 스페인계였어. 작고 까무잡잡한."

"그럼 내가 본 자들은 누구죠?" 나는 뭐라도 물어봐야 해서 그렇게 물었다.

"두 가지 가능성이 있지. 첫째, 누군가 트럭을 훔쳐 갔을 수 있고."

"아니면?"

"둘째, 인력을 확충했을 수도 있고."

"둘 다 가능하겠군요." 내가 말했다.

그는 고개를 저었다. "첫 번째는 아니야. 그들에게 전화했는데 받질 않더군. 그래서 주변에 물어봤지. 그들은 사라졌어. 누군가 트럭을 훔쳐 갔다고 해서 사라져야 할 이유는 없지 않나?"

"그럼 선수 명단을 늘린 거군요."

그는 고개를 끄덕였다. "그러고 나서 먹이를 주는 손을 물어버린 거고."

나는 아무 말도 하지 않았다.

"그들이 우지를 쓴 게 확실한가?" 그가 물었다.

"그렇습니다."

"MP5K가 아니라?"

"아닙니다." 내가 말했다. 나는 고개를 돌렸다. 비교 자체가 안 된다. 비슷하지도 않다. MP5K는 1970년대 초에 설계된 헤클러 운트 코흐H&K사의 소형 기관단총이다. 값비싼 플라스틱으로 성형된 두 개의 크고 굵은 손잡이가 있다. 아주 미래지향적인 모습이다. 영화 소품처럼. 그 옆에 우지를 놓고 보면, 우지는 지하실에서 장님이 망치로 두드려 만든 것처럼 보인다.

"의심의 여지가 없습니다."

"납치가 무작위로 이루어졌을 가능성은?" 그가 물었다.

"없습니다. 그럴 확률은 100만 분의 1 정도일 겁니다."

그는 다시 고개를 끄덕였다.

"그러니까 그들이 선전포고를 한 거로군. 그런 다음 잠적했고. 아마 어딘가에 숨어 있겠지."

"왜 그랬을까요?"

"전혀 모르겠어."

정적이 흘렀다. 바다에서는 아무 소리도 들려오지 않았다. 파도가 소리 없이 밀려왔다 사라졌다.

"그들을 찾아내실 겁니까?" 내가 물었다.

"물론."

듀크가 주방에서 나를 기다리고 있었다. 그는 화가 나 있었고 조급해 보였다. 빨리 나를 위층으로 데려가서 밤새 가두는 것이 그가 원하는 것이었다. 나는 항의하지 않았다. 바깥에서 잠근 문은 아주 훌륭한 알리바이가 되니까.

"내일, 6시 30분, 근무 복귀." 그가 말했다.

나는 귀를 기울여 자물쇠가 딸깍 하는 소리를 들었고 그의 발소리가 멀어지기를 기다렸다. 그러고는 급히 신발을 벗었다. 메시지가 기다리고 있었다. 더피에게서 온 것이었다. 무사 귀환? 나는 '답장'을 누르고 타이핑을 했다. 집에서 1킬로 지점에 차 준비 요망. 차 키는 좌석에. 라이트 켜지 말고 조용히 접근할 것.

'전송'을 눌렀다. 잠시 지연이 있었다. 그녀가 노트북을 사용하고 있다고 생각했다. 모텔 방에서 노트북에 전원을 연결하고 켠 채로 기다리고 있을 것이다. 그러면 이런 알림이 울릴 것이다. 띵! 메일이 도착했습니다!

그녀가 돌아왔다. 왜? 언제?

내가 보냈다. 묻지 말고 자정에.

오랜 지연이 있었다. 그리고 답이 왔다. 오케이.

발신: 오전 6시, 은밀하게 회수할 것.

답신: 오케이.

발신: 벡이 도요타 소유주를 알고 있음.

90초 동안 고통스러운 침묵이 흐른 뒤 회신이 왔다. 어떻게?

발신: 비즈니스 관계라고 함.

답신: 구체적으로?

발신: 설명 없었음.

그녀가 간단히 한 단어로 답했다. 젠장.

나는 기다렸다. 그녀에게서는 더 이상 아무것도 오지 않았다. 아마 엘리엇과 상의하고 있을 것이다. 서로를 쳐다보지 않고 빠르게 이야기하며 어떻게 할지 결정하려고 애쓰는 모습이 눈에 선했다. 내가 질문을 보냈다. 하트퍼드에서 체포 인원은 몇 명? 그녀가 회신했다. 모두, 즉 세 명. 내가 물었다. 그들이 불고 있는 중? 그녀가 답했다. 전혀 불지 않음. 내가 물었다. 변호사들은? 그녀가 답했다. 변호사 없음.

대화를 하기에는 너무 느린 방식이었다. 하지만 생각할 시간이 충분히 주어지고 있었다. 그들에게 변호사가 있었다면 치명적이었을 것이다. 벡은 그들의 변호사에게 쉽게 접근할 수 있을 것이고, 조만간 자신의 친구들이 체포되었는지 확인해야겠다는 생각이 들었을 것이다.

발신: 체포자들, 외부 격리 가능?

답신: 이삼 일 정도 가능.

발신: 격리 요망.

꽤 긴 공백이 있었다. 그러고는 다시 메일이 왔다. 벡의 생각은?

발신: 그들이 선전포고 후 잠적했다고 생각.

그녀가 물었다. 이제 뭘 할 예정?

발신: 아직 모르겠음.

답신: 이따 차를 타고 거기서 빠져나오는 게 좋겠음.

발신: 봐서.

또 한 번 긴 공백이 있었다. 그런 다음 그녀의 답이 왔다. 기기 끄고, 배터리 절약할 것. 나는 미소를 지었다. 더피는 매우 실용적인 여자였다.

옷을 다 입은 채 침대에 누워 전화가 오는지 세 시간 동안 기다렸다. 아무 소리도 들리지 않았다. 자정 직전에 일어나서 오리엔탈 러그를 걷어내고 바닥에 엎드려 참나무 바닥에 머리를 대고 소리를 들었다. 이것은 건물 내부의 작은 소리를 들을 수 있는 가장 좋은 방법이다. 난방 시스템이 돌아가는 소리가 들렸다. 저택 주위를 감싸고 부는 바람 소리도 들렸다. 부드럽게 신음하고 있었다. 바다 자체는 조용했다. 집은 고요했다. 견고한 석조 구조물이었다. 삐걱거리는 소리도, 갈라지는 소리도 없었다. 사람의 활동도 없었다. 말소리도, 움직임도 없었다. 듀크는 죽은 듯이 깊은 잠을 자고 있는 것 같았다. 그것이 듀크의 피로로 인한 세 번째 이점이었다. 그는 내가 신경 써야 할 유일한 인물이었다. 유일한 프로였으니까.

나는 신발 끈을 단단히 묶고 재킷을 벗었다. 아직 가정부가 갖다 준 검은색 데님을 입고 있었다. 창문을 끝까지 밀어 올리고 밖을 등지고 창틀에 앉아 방 내부를 바라보았다. 문을 응시하다가 몸을 비틀어 창 바깥을 보았다. 구름에 가려 달이 가느다랗게 보였다. 별빛이 약하게 빛났다. 바람이 조금 불었다. 은빛 조각구름이 떠 있었다. 차가운 공기에서는 짠맛이 났다. 바다는 서서히 꾸준하게 움직이고 있었다.

다리를 창문 밖으로 내밀고 몸을 옆으로 주춤주춤 옮겼다. 그런 다음 배를 깔고 엎드려서 발끝으로 더듬어 건물 외벽에 새겨진 장식을 찾았다.

거기에 발을 고정시키고 양손으로 창턱을 잡은 채 몸을 바깥쪽으로 기울였다. 한 손으로 창문을 거의 다 닫힌 상태로 만들고 옆으로 몸을 조심스럽게 옮겨 지붕 홈통에서 내려오는 배수관을 찾았다. 1미터 정도 떨어진 곳에 하나가 있었다. 지름이 15센티미터 정도 되는 두꺼운 주철 파이프였다. 오른쪽 손바닥을 펴서 그 위에 대보았다. 튼튼했다. 하지만 거리가 좀 멀게 느껴졌다. 나는 민첩한 사람은 아니다. 올림픽에 출전한다면 레슬링이나 복싱, 역도 선수로 나갈 것이다. 체조 선수는 아니다.

오른손으로 다시 창턱을 잡고 발끝을 옆으로 움직여 최대한 오른쪽으로 이동했다. 왼손으로 창틀 모서리를 꽉 잡고 오른손을 쭉 뻗어 파이프의 먼 쪽을 잡았다. 페인트가 칠해진 파이프는 밤이슬이 맺혀 차갑고 미끄러웠다. 엄지손가락을 앞에 두고 나머지 손가락을 뒤에 댄 채 그립감을 확인해 보았다. 나는 몸을 조금 더 뻗었다. 벽에 사지를 벌리고 매달린 모양새였다. 양손에 힘을 똑같이 주고 안쪽으로 당겼다. 발로 벽을 차올리며 옆으로 옮겨 가 파이프 양옆에 한 발씩 붙였다. 다시 안쪽으로 당긴 다음 창틀에서 손을 떼어 왼손을 오른손 쪽으로 가져왔다. 이제 파이프를 두 손으로 쥐게 되었다. 그립은 안정적이었다. 발은 벽에 평평하게 붙어 있었다. 지면에서 15미터 위 상공에 엉덩이만 튀어나와 있었다. 바람이 머리카락을 헝클어뜨렸다. 추웠다.

체조 선수가 아니라 복서. 나는 밤새도록 그곳에 매달려 있을 수 있었다. 그건 문제가 되지 않았다. 하지만 어떻게 내려가야 할지 확신이 서지 않았다. 팔에 힘을 주고 벽 쪽으로 몸을 끌어당겼다. 그러면서 손을 15센티 정도 아래로 미끄러뜨렸다. 발도 같은 길이만큼 아래로 미끄러뜨렸다. 체중을 뒤로 실었다. 그게 먹히는 것 같았다. 다시 시도했다. 한 번에 15센티씩 아래로 튕겨 내려갔다. 이슬에 젖은 손바닥을 번갈아 닦았다. 추운 날씨에도 땀이 났다. 오른손은 폴리와의 팔씨름 여파로 계속 아픈 상태였다. 나는 아직도 지상에서 13미터 위에 있었다. 조금씩 아래로 내려갔다. 2층 높이에 도달했다. 느린 진행이었지만 안전했다. 몇 초마다 110킬로그램의 충격을 낡은 쇠파이프에 가하고 있다는 것만 빼면. 파이프는 아마 100년은 된 것 같았다. 그리고 철은 녹슬고 부식된다.

파이프가 조금 움직였다. 흔들리고 떨리는 것이 느껴졌다. 그런 데다가 미끄러웠다. 그립이 유지되도록 파이프 뒤의 손가락을 꽉 쥐어야 했다. 손가락 마디가 돌에 긁혔다. 한 번에 15센티씩 튕겨 내려가는 데에 리듬이 생겼다. 먼저 팔을 바짝 당겼다가 뒤로 떨어지면서 손을 아래로 미끄러뜨리고 팔을 곧게 펴서 충격을 완화하려고 했다. 어깨로 충격을 받아 냈다. 그런 다음 이전보다 더 좁은 각도로 허리가 접힌 상태에서 발을 15센티 아래로 옮기고 다시 시작했다. 그렇게 해서 1층 창문까지 내려갔다. 거기에서는 파이프가 더 견고하게 느껴졌다. 콘크리트 기초에 고정되어 있는 것 같았다. 나는 더 빨리 내려갔다. 바닥까지 내려갔다. 발밑으로 단단한 바위를 느끼고 안도의 한숨을 내쉬며 벽에서 한 발짝 물러났다. 바지에 손을 닦고 가만히 서서 귀를 기울였다. 집 밖으로 나오니 기분이 좋았다. 공기는 벨벳처럼 부드러웠다. 차가운 공기가 기운을 북돋워 주었다. 아무 소리도 들리지 않았다. 불 켜진 창문은 없었다. 이가 시렸다. 그제야 내가 웃고 있다는 사실을 깨달았다. 나는 노란 보름달을 올려다보았다. 몸을 가다듬고 총을 되찾기 위해 조용히 걸어갔다.

총은 잡초 줄기 뒤의 움푹 들어간 곳에 헝겊으로 그대로 싸여 있었다. 돌의 PSM은 그대로 두었다. 나는 글록을 더 선호했다. 헝겊을 벗기고 습관적으로 신중하게 점검했다. 총에 열일곱 발, 예비 탄창 각각에 열일곱 발이 들어 있었다. 9밀리 파라벨룸 총 쉰한 발. 한 발을 쏘게 되면 아마 나머지 모두를 쏴야 할 것이다. 그때쯤이면 누군가는 이기고 누군가는 졌겠지. 나는 탄창을 주머니에 넣고 총은 허리춤에 찔러넣고, 원거리 사전정찰로 차고의 반대쪽을 완전히 돌면서 장벽을 살펴보았다. 여전히 조명이 켜져 있었다. 불빛은 경기장처럼 거칠고 파랗고 성난 듯이 아래를 비추고 있었다. 게이트하우스는 쏟아지는 조명에 훤히 드러나 있었다. 철조망이 반짝거렸다. 대낮처럼 밝은 불빛이 단단한 막대 모양으로 30미터 폭을 비추고 있었고, 그 너머는 칠흑 같은 어둠이었다. 게이트는 굳게 닫힌 채 쇠사슬로 묶여 있었다. 전체적인 모습은 19세기 감옥의 외곽 경계처럼 보였다. 아니면 정신병원이나.

거기를 통과할 방법이 떠오를 때까지 바라본 뒤 자갈이 깔린 안뜰로 돌아 들어갔다. 차고 위의 숙소는 어둡고 조용했다. 차고 문은 모두 닫혀 있었지만 자물쇠는 하나도 없었다. 커다란 구식 나무 문이었다. '자동차를 훔친다'는 개념이 생기기 훨씬 전에 설치된 것이었다. 네 짝의 문, 네 개의 차고. 왼쪽 차고에 캐딜락이 들어 있었다. 거기는 이미 들어가본 적이 있었다. 그래서 다른 차고들을 천천히 그리고 조용히 확인했다. 두 번째 차고에는 돌과 경호원들이 탔던 것과 같은 검은색 링컨 타운카가 또 한 대 있었다. 왁스칠을 해서 광택이 났고 문은 잠겨 있었다.

세 번째 차고는 완전히 비어 있었다. 안에는 아무것도 없었다. 깨끗하게 청소되어 있었다. 바닥의 먼지 묻은 기름 흔적에 빗질 자국이 나 있었다. 여기저기 러그의 올이 몇 개 있었다. 청소한 사람이 놓친 것 같았다. 올은 짧고 뻣뻣했다. 어둠 속이라 색을 분간할 수는 없었다. 회색으로 보였다.

러그의 삼베 안감에서 빠져나온 것처럼 보였다. 내게는 별 의미가 없었다. 그래서 다음으로 넘어갔다. 네 번째 차고에서 내가 원하는 것을 찾았다. 문을 활짝 열어 달빛이 충분히 들어오도록 했다. 가정부가 장 보러 갈 때 썼던 먼지투성이 낡은 사브가 작업대 바로 옆에 머리를 들이대고 주차되어 있었다. 작업대 뒤에는 더러운 창문이 있었다. 밖의 바다에는 회색 달빛이 비치고 있었다. 작업대에는 바이스가 나사로 고정되어 있었고 공구들이 잔뜩 놓여 있었다. 낡은 연장들이었다. 나무 손잡이는 세월과 기름때로 검게 변해 있었다. 나는 짧은 송곳을 발견했다. 무딘 강철 못이 손잡이에 박혀 있는 단순한 것이었다. 참나무 재질의 알뿌리 모양 손잡이가 달려 있었다. 못의 길이는 5센티 정도였다. 나는 그것을 6밀리 정도 깊이로 바이스에 물리고 단단히 조였다. 손잡이를 당겨서 못을 깔끔하게 직각으로 구부렸다. 바이스를 풀고 작업 결과를 확인한 뒤 셔츠 주머니에 넣었다.

다음으로 끌을 찾았다. 목공용 도구였다. 1.3센티 정도의 날에 멋진 물푸레나무 손잡이가 달려 있었다. 아마 70년은 된 물건 같았다. 주위를 찾아보다 탄화규소 숫돌과 녹슨 연마제 캔을 발견했다. 숫돌에 연마액을 살짝 묻히고 끌의 날 끝부분에 펴발랐다. 강철이 반짝일 때까지 갈았다. 내가 다녔던 여러 고등학교 중 하나였던 괌의 구식 학교에서는 연장 갈기 같은 허드렛일을 얼마나 잘하느냐에 따라 점수를 높이 매겼다. 학생 모두 다높은 점수를 받았었다. 우리는 그런 종류의 성취감에 관심이 많았다. 그수업에는 내가 본 것 중 최고의 칼들이 있었다. 끌을 뒤집어서 다른 면도 갈았다. 날을 직각으로 반듯하게 다듬었다. 고급 피츠버그 강철처럼 보였다. 날을 바지에 닦았다. 엄지손가락으로 날을 테스트하지는 않았다. 굳이 피를 볼 필요는 없으니까. 눈으로 보기만 해도 그게 면도날처럼 날카롭다는 것은 잘 알 수 있었다.

안뜰로 나와서 담의 모서리에 쪼그리고 앉아 주머니에 물건을 채워 넣었다. 조용히 처리해야 할 경우에는 끌을, 시끄러워도 괜찮다면 글록을 쓰기로 했다. 그런 다음 우선순위를 정했다. 먼저 집부터 살펴보기로 결정했다. 다시는 살펴볼 수 없을 가능성이 매우 컸기 때문이다.

주방 현관의 바깥쪽 문은 잠겨 있었지만 잠금장치가 엉성했다. 세 개의 레버로 구성된 간단한 방식이었다. 나는 구부러진 짧은 송곳의 끝을 열쇠처럼 집어넣고 회전톱니를 더듬어 보았다. 회전톱니가 커서 안으로 들어가는 데 1분도 걸리지 않았다. 다시 걸음을 멈추고 무슨 소리가 나는지 귀를 기울여 보았다. 요리사와 마주치는 상황은 피하고 싶었다. 늦게까지 특별한 파이를 굽고 있을지도 모를 일이었다. 아니면 아일랜드 여자가 거기서 뭔가를 하고 있을 수도 있었다. 그러나 오직 정적뿐이었다. 현관을 가로질러 안쪽 문 앞에 무릎을 꿇었다. 똑같이 엉성한 자물쇠. 똑같이 짧은 시간. 한 발짝 물러서서 문을 열었다. 부엌 냄새가 풍겼다. 다시 귀를 기울였다. 실내는 썰렁하고 적막했다. 짧은 송곳을 내 앞 바닥에 내려놓았다. 그 옆에 끌을 놓았다. 글록과 예비 탄창도 같이 놓았다. 금속 탐지기를 작동시키고 싶지 않았다. 밤의 정적 속에서는 사이렌 소리처럼 들릴 테니까. 송곳을 바닥에 바짝 붙인 채 바닥을 따라 밀었다. 문간을 통과해 주방으로 똑바로 밀려 들어갔다. 끌도 똑같이 했다. 바닥에 바짝 붙인 다음 안쪽까지 굴려 넣었다. 거의 모든 상업용 금속 탐지기는 바닥 바로 위에 사각지대가 있다. 남성용 정장 구두의 밑창에 유연성과 강도를 높이기 위해 들어있는 강철 심 때문이다. 금속 탐지기는 구두는 무시하도록 설계되어 있다.

이것은 괜찮은 구두를 신은 남자가 지나갈 때마다 삐 소리가 나는 것을 방지하기 위한 합리적인 설계이다.

글록을 사각지대를 통해 밀어 넣고 탄창도 한 번에 하나씩 따라 넣었다. 손이 미치는 한 최대한 멀리 안으로 밀어 넣었다. 그런 다음 일어나서 문을 통과했다. 조용히 문을 닫았다. 장비를 모두 집어 들어 주머니에 다시 넣었다. 신발을 벗을지 고민했다. 양말을 신은 채 돌아다니는 것이 더 조용하기 때문이다. 하지만 문제 상황이 발생하면 신발은 훌륭한 무기가 된다. 신발을 신고 누군가를 걷어차면 동작불능으로 만들 수 있다. 신발을 벗고 누군가를 걷어차면 발가락이 부러진다. 그리고 다시 신는 데 시간이 걸린다. 빨리 빠져나가야 할 상황이 온다면, 맨발로 바위 위를 뛰어다니고 싶지 않았다. 장벽을 오르는 것도 마찬가지이다. 나는 신발을 신되 조심스럽게 움직이기로 결정했다. 견고하게 지어진 집이었다. 위험을 감수할 만했다. 작업을 시작했다.

먼저 주방에서 손전등을 찾아보았다. 찾지 못했다. 긴 송전선로 끝에 위치한 대부분의 집은 때때로 정전을 겪기 때문에 그런 곳에 사는 사람들은 대부분 무언가를 준비해두곤 한다. 하지만 벡의 가족은 그렇지 않은 것 같았다. 내가 찾은 최선은 주방용 딱성냥 한 통이었다. 성냥 세 개비는 주머니에 넣고 한 개비를 켰다. 그리고 깜빡이는 불빛에 의지해 테이블 위에 놓아둔 열쇠 꾸러미를 찾아보았다. 그 열쇠들이 있다면 많은 도움이 될 텐데 어디에도 없었다. 테이블 위에도, 문 근처 고리에도, 아무 데도 없었다. 그다지 아쉽지는 않았다. 열쇠를 찾았다면 너무 일이 잘 풀려서 현실성이 없었을 것이다.

성냥을 불어서 끄고 어둠 속에서 지하실 계단까지 길을 찾았다. 계단

끝까지 내려가 바닥에 다다랐을 때 엄지손톱으로 성냥을 하나 또 켰다. 천장에 얽힌 전선을 따라 다시 차단기 박스로 돌아갔다. 바로 옆 선반에 손전등이 있었다. 손전등을 보관하기에는 전형적으로 바보 같은 장소이다. 차단기가 내려가면 차단기 박스는 목적지이지 출발점이 아니기 때문이다.

손전등은 경광봉 길이의 커다란 검은색 맥라이트였다. D형 배터리 여섯 개가 들어가는 모델이다. 군대에서 사용했던 것이었다. 제조사는 부서지지 않는다고 보장했지만 무엇을 얼마나 세게 치느냐에 따라 달라질 수 있다는 것을 나는 알고 있었다. 손전등을 켜고 성냥을 불어 껐다. 타버린 성냥개비에 침을 묻혀서 주머니에 넣었다. 손전등을 비춰 차단기 박스를 살펴보았다. 회색 금속 뚜껑 안에 스무 개의 차단기가 있었다. 그중 어느 것도 '게이트하우스'라고 표시되어 있지 않았다. 별도로 전력 공급을 받는 것이 확실하다는 것이 합리적 추론이었다. 벡의 집까지 전력을 끌어오고 나서 그중 일부를 거기까지 다시 되돌려 보낼 필요는 없으니까. 들어오는 전력선에서 게이트하우스에 직접 전력을 공급하는 것이 더 나을 것이다. 당황스럽지는 않았지만 조금은 실망스러웠다. 장벽의 조명을 끌 수 있다면 좋을 텐데. 나는 어깨를 으쓱하고 박스를 닫은 뒤, 돌아서서 그날 아침에 발견한 잠긴 문 두 개를 살펴보러 갔다.

이제는 잠겨 있지 않았다. 자물쇠와 씨름하기 전에 항상 가장 먼저 해야 할 일은 자물쇠가 이미 열려 있지 않은지 확인하는 것이다. 잠겨 있지 않은 자물쇠를 따는 것만큼 멍청한 짓은 없으니까. 이 문들은 그렇지 않다. 두 개의 문 모두 손잡이를 돌리기만 했는데도 쉽게 열렸다.

첫 번째 방은 완전히 비어 있었다. 한 변이 2.5미터 정도 되는 거의 완벽한 정육면체였다. 나는 손전등 불빛을 방 여기저기 비춰보았다. 바위벽과 시멘트 바닥으로 되어 있었다. 창문은 없었다. 창고처럼 보였다. 티끌 하나 없이 깨끗했고 안에는 아무것도 없었다. 정말 아무것도 없었다. 러그 섬유의 올 하나도 없었다. 쓰레기나 먼지도 없었다. 아마 그날 일찍 빗질을 하고 진공청소기로 청소한 것 같았다. 약간 습하고 눅눅했다. 석조 지하실에서 느껴질 법한 딱 그런 느낌이었다. 진공청소기 먼지봉투 특유의 냄새가 났다. 공기 중에는 다른 냄새도 섞여 있었다. 거의 감지되지 않을 정도로 희미하고 애매한 냄새. 어딘가 익숙한 냄새였다. 기름지고 종이 냄새 같은. 내가 알아야만 하는 그런 냄새였다. 나는 바로 방 안으로 들어가서 손전등을 껐다. 눈을 감고 완전한 어둠 속에 서서 집중했다. 그런데 그 냄새가 사라졌다. 마치 내 움직임이 공기 분자를 흐트러뜨려서 내가 관심을 가졌던 10억 분의 1 부분이 지하 화강암의 축축한 배경 속으로 스며들어버린 것 같았다. 아무리 애를 써도 그 냄새를 다시 맡을 수는 없었다. 결국 포기했다. 그것은 마치 기억과도 같았다. 쫓으려 하면 더 멀어진다. 그리고 내겐 허비할 시간이 없었다.

손전등을 다시 켜고 지하 복도로 나와 조용히 문을 닫았다. 가만히 서서 귀를 기울였다. 보일러 소리가 들렸다. 다른 소리는 안 났다. 옆방으로 갔다. 역시 비어 있었다. 그러나 그 방이 비어 있다는 것은 지금 현재 그 사람이 방 안에 없다는 의미일 뿐이다. 방 안에는 물건들이 있었다. 침실이었다.

창고보다 조금 더 넓었다. 4x3미터 정도 되었다. 손전등 불빛에 암벽과 시멘트 바닥, 창문이 없는 것이 드러났다. 바닥에는 얇은 매트리스가 깔려 있었다. 구겨진 시트와 낡은 담요가 아무렇게나 널려 있었다. 베개는 없었다. 방은 추웠다. 묵은 음식, 묵은 향수, 잠, 땀, 그리고 두려움의 냄새가 배어 있었다.

방 전체를 꼼꼼히 살폈다. 더러웠다. 매트리스를 옆으로 치우고 나서야 의미 있는 것을 발견했다. 매트리스 밑 시멘트 바닥에 'JUSTICE저스티스'라는 한 단어가 긁혀져 있었다. 모두 대문자로 아무렇게나 갈겨 쓴 모양이었다. 글씨는 고르지 않았고 가루가 묻어나올 것 같았다. 하지만 분명했다. 그리고 단호했다. 그 아래에는 숫자가 적혀 있었다. 두 개씩 세 그룹으로 이루어진 여섯 개의 숫자였다. 년, 월, 일. 바로 어제 날짜였다. 글자와 숫자는 핀이나 못, 가위 끝으로 긁은 자국보다는 더 깊고 굵게 긁혀 있었다. 포크의 갈퀴로 긁은 자국인 것 같았다. 매트리스를 다시 제자리에 돌려놓고 문을 살펴보았다. 견고한 참나무였다. 두껍고 무거웠다. 안쪽에는 열쇠 구멍이 없었다. 이 방은 침실이 아니었다. 감방이었다.

밖으로 나가 문을 닫고 다시 가만히 서서 열심히 귀를 기울였다. 아무 소리도 들리지 않았다. 지하실의 나머지 공간을 15분 동안 살펴봤지만 기대와는 달리 아무것도 발견하지 못했다. 애초에 뭔가가 있었다면 그들이 아침에 내가 이곳을 마음대로 돌아다니게 내버려 두지 않았을 것이다. 그래서 손전등을 끄고 어둠 속에서 계단을 다시 살금살금 올라갔다. 주방으로 돌아가 여기저기 뒤져서 커다란 검은색 쓰레기 봉투를 찾아냈다. 그런 다음 수건을 찾았다. 설거지한 접시를 닦는 용도로 제작된 낡은 사각형 리넨 타월을 가까스로 찾을 수 있었다. 나는 그걸 두 개만 깔끔하게 접어서 주머니에 쑤셔 넣었다. 그러고는 다시 복도로 나가서 아직 보지 못한 저택의 다른 부분을 살펴보기 위해 움직였다.

선택지는 많았다. 집 전체가 미로 같았다. 전날 내가 처음 들어왔던 앞쪽부터 시작했다. 커다란 현관문은 굳게 닫혀 있었다. 금속 탐지기가 얼마나 민감할지 몰랐기 때문에 그 문과는 넉넉히 거리를 두었다. 어떤 탐지기는 30센티미터 떨어진 거리에서도 경고음을 울린다. 견고한 참나무 널판 바닥은 러그로 덮여 있었다. 조심스럽게 발걸음을 옮기면서 소음은 크게 걱정하지 않았다. 러그와 커튼, 벽의 목재가 소리를 흡수할 것이었다.

1층 전체를 샅샅이 정찰했다. 단 한 곳만이 내 눈길을 끌었다. 내가 백과 함께 시간을 보냈던 방 옆 북쪽에 잠겨 있는 문이 하나 더 있었다. 가족 식당 맞은편, 넓은 내부 복도 건너편에 있었다. 1층에서 유일하게 문이 잠긴 곳이었다. 그 때문에 유일하게 내 관심을 끈 방이다. 커다란 황동 자물쇠는 자부심과 긍지를 가지고 물건을 제작하던 시절의 것이었다. 나무에 나사로 고정된 가장자리에는 온갖 종류의 화려한 장식이 세공되어 있었다. 나사 대가리 자체는 150년 동안 닦이며 닳아서 반질거렸다. 아마 집이 처음 지어질 때부터 있었던 것 같았다. 19세기 포틀랜드의 어떤 장인이 선박 용품을 만들다가 틈틈이 수작업으로 만들었을 것이다. 여는 데는 2초가 채 걸리지 않았다.

그 방은 작은 거실이었다. 사무실도 아니고 서재도 아니고 가족실도 아니었다. 손전등 불빛을 구석구석 꼼꼼하게 비추어 보았다. 텔레비전은 없었다. 책상도, 컴퓨터도 없었다. 그저 구식 스타일의 간단한 가구를 갖춘 방이었다. 창문에는 두꺼운 벨벳 커튼이 쳐져 있었다. 단추가 달린 빨간 가죽으로 패딩 처리된 커다란 안락의자와 전면이 유리로 된 수집가용 장식장이 있었다. 그리고 러그가 바닥에 세 겹으로 깔려 있었다. 시계를 확인했다. 1시가 다 되어 가고 있었다. 자유롭게 돌아다닌 지 거의 한 시간이 지났다. 나는 그 방으로 들어가 조용히 문을 닫았다.

수집가용 장식장은 높이가 거의 2미터에 달했다. 하단에는 2단 서랍이 있었고 그 위쪽으로는 잠금장치가 달린 유리문이 있었다. 유리문 안에는 톰슨 기관단총 다섯 정이 있었다. 1920년대 알 카포네의 부하들이 찍힌 오래된 흑백 사진에서 볼 수 있는 고전적인 원형 탄창 방식의 갱단 무기였다. 총들은 맞춤 거치대 위에 놓여 정확히 수평을 유지한 채, 왼쪽과 오른쪽을 번갈아 가며 진열되어 있었다. 모두 같은 제품이었다. 그리고 모두 새것처럼 보였다. 한 번도 발사된 적이 없는 것 같았다. 심지어 손을 댄 적도 한 번도 없는 것처럼 보였다. 안락의자는 장식장을 바라보는 방향으로 놓여 있었다. 방 안에 다른 특별한 것은 없었다. 나는 그 의자에 앉아서, 누군가가 왜 그리스 칠을 한 다섯 정의 오래된 총을 바라보며 시간을 보내고 싶어하는지 머리를 굴려보았다.

그때 발소리가 들렸다. 가벼운 걸음걸이. 내 머리 바로 위, 위층에서 나는 소리였다. 세 걸음, 네 걸음, 다섯 걸음. 빠르고 조용한 발소리. 단순히 밤 시간이어서 배려하는 게 아니었다. 은폐를 위한 시도였다. 나는 의자에서 일어났다. 가만히 서 있었다. 손전등을 끄고 왼손에 들었다. 오른손에는 끌을 쥐었다. 부드럽게 문 닫히는 소리가 들렸다. 잠시 정적이 흘렀다. 나는 열심히 귀를 기울였다. 작은 소리 하나하나까지 집중했다. 난방 시스템이 돌아가는 배경 소음이 귓가에 울려 퍼져 굉음처럼 들렸다. 내 숨소리조차 귀를 먹먹하게 만들었다. 위층에서는 아무 소리도 들리지 않았다. 그러다 다시 발소리가 시작되었다.

발소리는 계단으로 향하고 있었다. 나는 문 뒤에 무릎을 꿇고 걸쇠의 회전톱니를 하나둘 돌리며 계단이 삐걱거리는 소리에 귀를 기울였다. 리처드가 내려오는 게 아니었다. 스무 살짜리의 발걸음이 아니었다. 발걸음에 의도적인 신중함이 묻어났다. 일종의 경직성. 아래층 바닥에 가까워질

수록 점점 더 느리게 소리를 죽여 내려오고 있었다. 복도에서 소리가 완전히 사라졌다. 커튼과 나무 벽에 둘러싸인 두꺼운 러그 위에 서서 주위를 둘러보며 열심히 귀를 기울이는 누군가의 모습을 그려 보았다. 어쩌면 내쪽으로 향하고 있을지도 몰랐다. 손전등과 끌을 다시 집어 들었다. 글록은 허리춤에 차고 있었다. 누구와 맞서도 내가 이 집을 빠져나갈 수 있다는 데는 의심의 여지가 없었다. 하지만 수백 미터에 달하는 탁 트인 공간을 가로질러 경기장 수준의 조명을 뚫고 경계 태세를 갖춘 폴리에게 접근하는 것은 쉽지 않을 것이다. 그리고 지금 총격전이 벌어지면 임무는 영원히 묻혀버린다. 퀸은 또다시 사라져버릴 테니까.

복도에서는 아무런 소리도 들리지 않았다. 단지 짓누르는 듯한 정적만 있었다. 그러다 현관문이 열리는 소리가 들렸다. 체인이 덜컹거리는 소리와 자물쇠가 풀리는 소리, 걸쇠가 딸깍거리는 소리, 구리 장식이 문 가장자리를 잡고 있다가 놓아주는 소리가 들렸다. 잠시 후 문이 다시 닫혔다. 무거운 참나무가 문틀에 부딪히자 집 구조에 미세한 떨림이 느껴졌다. 금속 탐지기의 경고음이 울리지 않았다. 그 문을 통과한 사람에게는 무기가 없다. 자동차 열쇠도 없다.

나는 기다렸다. 듀크는 분명히 깊이 잠들었을 것이다. 그리고 그는 타인을 믿는 타입이 아니었다. 총 없이는 밤에 돌아다니지 않을 것이다. 백도 마찬가지이다. 그리고 둘 중 누구라도 복도에 서서 문을 여닫는 것만으로 그들이 나갔다고 내가 착각하게 만들 수 있을 만큼 영리했다. 물론 실제로는 나가지 않은 채로. 실제 그들은 바로 거기에 그대로 서서 총을 꺼내 들고 어둠 속을 응시하면서 내가 나타나기를 기다리며 서 있을 것이다.

나는 빨간 가죽 의자에 옆으로 돌아앉았다. 바지에서 글록을 꺼내 왼손으로 문을 조준했다. 문이 9밀리미터보다 더 넓게 열린다면 바로 발사할 것이다. 그때까지는 기다릴 것이다. 나는 기다리는 것에 능숙한 사람이다. 만약 저들이 내가 나올 때까지 기다릴 작정이라면 사람 잘못 고른 것이다.

하지만 한 시간이 지난 후에도 복도에는 여전히 완전한 정적뿐이었다. 어떤 소리도 들리지 않았다. 진동도 없었다. 아무도 없었다. 듀크는 확실히 아니었다. 그 시간쯤이면 잠이 들어 바닥에 쓰러졌을 것이다. 벡도 아니었다. 그는 아마추어였다. 한 시간 동안 꼼짝하지 않고 완전한 침묵을 지키려면 엄청난 기술이 필요하다. 따라서 문의 움직임은 속임수가 아니었다. 누군가 비무장 상태로 밤의 어둠 속으로 나간 것이다.

나는 무릎을 꿇고 송곳으로 자물쇠를 다시 열었다. 그런 뒤 바닥에 완전히 누워서 손을 뻗어 문을 열었다. 예방 조치였다. 누군가 문이 열리기를 기다리고 있다면 머리 높이에 눈을 맞추고 있을 것이다. 그러면 그들이 나를 보기 전에 내가 먼저 그들을 볼 수 있다. 하지만 기다리고 있는 사람은 아무도 없었다. 복도는 텅 비어 있었다. 일어나서 문을 잠갔다. 조용히 지하실 계단을 내려가 손전등을 다시 제자리에 돌려놓았다. 다시 위층으로 더듬거리며 올라왔다. 주방으로 살금살금 들어가서 모든 연장을 바닥에 내려놓고 문밖 현관으로 밀어냈다. 문을 잠그고 쭈그려 앉아 모든 물건을 집어 들고 뒤쪽 시야를 확인했다. 달빛이 비치는 바위와 망망대해만 존재하는 텅 빈 잿빛 세계 외에는 아무것도 보이지 않았다.

나는 현관문을 잠그고 집 옆으로 바짝 붙어 섰다. 짙고 어두운 그림자에 몸을 숨겨서 안뜰 담으로 돌아왔다. 바위의 움푹한 곳을 찾아 끌과 송곳을 헝겊에 싸서 거기에 두었다. 가져갈 수는 없었다. 쓰레기 봉투가 찢어질 테니까. 마당 담장을 따라 바다를 향해 계속 걸었다. 차고 바로 뒤에 있는 남쪽 바위로 내려가, 집의 시야에서 완전히 벗어나는 것이 목표였다.

절반쯤 도달했다. 그리고 나는 얼어붙었다.

엘리자베스 벡이 바위 위에 앉아 있었다. 하얀 나이트가운 위에 하얀 목욕 가운을 입고 있었다. 유령이나 천사처럼 보였다. 팔꿈치를 무릎에 올리고 동쪽의 어둠을 조각상처럼 응시하고 있었다.

나는 손가락 하나 까딱하지 않았다. 그녀와는 10미터 정도 떨어져 있었다. 나는 전체적으로 검은색 옷을 입고 있었지만 그녀가 왼쪽을 잠깐만 쳐다봐도 내 모습이 드러날 상황이었다. 갑자기 움직이면 더 눈에 띌 것 같아 그 자리에 그대로 서 있었다. 바다는 조용하고 느긋하게 출렁이고 있었다. 평화로운 소리였다. 최면에 걸릴 듯한 움직임이었다. 그녀는 바닷물을 쳐다보고 있었다. 분명 추웠을 것이다. 바람이 살살 불었고 그녀의 머리카락이 바람의 움직임을 보여주고 있었다.

바위에 녹아들려는 것처럼 나는 몸을 조금씩 아래로 내렸다. 무릎을 굽히고 손가락을 벌려 웅크린 자세를 취했다. 그때 그녀가 움직였다. 갑자기 무언가가 일어난 것처럼 고개를 살짝 갸우뚱했다. 그녀가 나를 똑바로 쳐다보았다. 놀란 기색은 없었다. 몇 분을 계속해서 나를 똑바로 쳐다보았다. 긴 손가락을 서로 깍지 끼고 있었다. 창백한 얼굴에는 잔잔한 물결에 반사된 달빛이 비쳤다. 눈은 뜨고 있었지만 아무것도 보지 않고 있었다. 아니면 내가 납작 엎드려 있어서 나를 바위나 그림자라고 생각했을 수도 있다.

그녀는 내 쪽을 바라보며 계속 그렇게 앉아 있었다. 그러다 10분 정도 지나자 추위에 떨기 시작했다. 그러더니 단호하게 고개를 움직이며 내 쪽에서 시선을 돌려 오른쪽 바다를 바라보았다. 손가락 깍지를 풀고 손으로 머리를 뒤로 쓸어넘겼다. 얼굴을 하늘로 향했다. 그녀가 천천히 일어섰다. 맨발이었다. 추위나 슬픔에 떠는 것처럼 몸을 떨었다. 줄타기 곡예사처럼 양팔을 옆으로 벌리고 내 쪽으로 걸어왔다. 거친 땅에 발이 아픈 게 분명했다. 팔로 몸의 균형을 잡고 걸음마다 조심스럽게 내디뎠다. 내게 1미터 이내로 다가왔다. 그런데 그대로 나를 지나쳐 집으로 향했다. 나는 그녀가 가는 걸 지켜보았다. 바람에 그녀의 목욕 가운이 휘날렸다. 나이트가운은 몸에 달라붙었다. 그녀는 마당 담장 뒤로 사라졌다. 잠시 후 현관문이 열리는 소리가 들렸다. 잠시 멈칫하더니 부드럽게 철컥 닫히는 소리가 났다. 나는 바닥에 엎드린 채 몸을 굴려 등을 대고 누워 별을 올려다보았다.

그 자세로 최대한 오래 누워 있다가 일어나서 바닷가까지 마지막 15미터를 서둘러 이동했다. 쓰레기 봉투를 꺼내 흔들어 펼치고 옷을 벗어서 깔끔하게 봉투에 넣었다. 글록은 예비 탄창과 함께 셔츠 안에 감쌌다. 양말은 신발 속에 쑤셔 넣어 그 위에 올리고 작은 리넨 타월을 넣었다. 그런 다음 봉투를 단단히 묶고 목 부분을 잡았다. 봉투를 뒤로 끌며 물속으로 미끄러져 들어갔다.

바다는 차가웠다. 그러리라 예상은 했었다. 4월의 메인 주 해안이었으니까. 하지만 이건 너무 차가웠다. 얼음 같았다. 머리가 핑 돌고 마비되는 느낌이었다. 숨이 멎을 것만 같았다. 순식간에 뼛속까지 시렸다. 겨우 5미터 나아갔는데 이가 딱딱 부딪히고 소금기가 눈을 찔렀다.

계속 발을 차며 10미터 밖으로 나아가니 장벽이 보였다. 조명이 강렬한 빛을 내뿜고 있었다. 그걸 통과할 수는 없었다. 넘어갈 수도 없었다. 그러니 돌아서 가야 했다. 선택의 여지가 없었다. 스스로에게 논리적으로 설득했다. 400미터를 헤엄쳐야 한다. 나는 힘은 세지만 빠르지는 않고 봉투를 끌고 가야 하기 때문에 10분 정도는 걸릴 것이다. 길어야 15분. 그게 전부였다. 15분 안에 저체온증으로 죽는 사람은 없다. 아무도. 적어도 나는 아니다. 오늘 밤만큼은.

추위와 파도와 싸우며 옆으로 수영하는 리듬을 만들었다. 왼손으로 봉투를 끌며 열 번 발차기를 했다. 그런 다음 오른손으로 바꾸고 발차기를 했다. 약간의 해류가 있었다. 바닷물이 들어오고 있었다. 그게 나를 도왔다. 하지만 동시에 얼어붙게도 했다. 해류는 그랜드 뱅크스에서 들어오고 있었다. 북극의 해류였다. 감각이 없어지면서 피부가 수축되었다. 숨이 가빠왔다. 심장이 쿵쾅거렸다. 저체온 쇼크가 걱정되기 시작했다. 타이타닉호에 대해 읽었던 책들이 떠올랐다. 구명보트에 타지 못한 사람들은 모두 한 시간 이내에 사망했다.

하지만 한 시간 동안 물속에 있을 것은 아니었다. 주변에 실물 빙산도 없었다. 그리고 내 리듬은 잘 작동하고 있었다. 장벽과 거의 평행에 다다랐다. 조명이 비추는 범위가 내 바로 앞에서 멈췄다. 나는 발가벗은 상태였고 겨울이라 창백하기도 해서 투명인간처럼 느껴졌다. 장벽을 지나쳤다. 이제 절반쯤 왔다. 계속 발차기를 이어갔다. 손목을 물 위로 들어 올려 시간을 확인했다. 수영을 시작한 지 6분이 지나 있었다.

6분 더 헤엄쳤다. 물을 차고 숨을 헐떡이며 봉투를 앞에 띄우고 뒤를 돌아보았다. 장벽에서 멀리 떨어져 있었다. 방향을 바꾸어 해안으로 향했다. 미끄러운 이끼가 낀 바위를 지나 거친 해변으로 올라왔다. 봉투를 앞으로 던져두고 무릎으로 기어 물 밖으로 나왔다. 1분 동안 네 발로 엎드린 채 헐떡이며 떨었다. 이가 심하게 딱딱거렸다. 봉투를 풀었다. 리넨 타월을 꺼내 세차게 몸을 문질렀다. 팔이 파랗게 변해 있었다. 옷이 피부에 달라붙었다. 신발을 신고 글록을 집어넣었다. 봉투와 타월을 접어서 젖은 채로 주머니에 넣었다. 그런 다음 몸을 덥히려고 달렸다.

차를 찾기까지 거의 10분을 달렸다. 나이 든 요원의 토러스 차량이 달빛에 회색으로 보였다. 차는 저택과 반대 방향을 향해 주차되어 있었고, 지체 없이 출발할 수 있도록 준비된 상태였다. 더피는 매우 실용적인 여자였다. 나는 다시 미소를 지었다. 차 키는 좌석에 놓여 있었다. 시동을 걸고 천천히 출발했다. 라이트를 켜지 않고 손바닥 모양의 곶을 벗어나 내륙 도로의 첫 번째 커브를 돌 때까지 브레이크도 밟지 않았다. 그런 다음 헤드라이트를 켜고 히터를 올리고 가속페달을 세게 밟았다.

15분 뒤 나는 포틀랜드 부두 외곽에 있었다. 벡의 창고에서 1킬로미터 정도 떨어진 한적한 거리에 토러스를 주차했다. 나머지 거리는 걸었다. 진실 확인의 순간이었다. 만약 돌의 시체가 발견되었다면 그곳은 난리가 났을 것이고 나는 녹은 듯 사라져 다시는 모습을 드러내지 않을 것이었다. 만약 발견되지 않았다면 나는 앞으로의 싸움을 계속할 수 있을 것이다.

거의 20분이 걸렸다. 아무도 보이지 않았다. 경찰도, 구급차도, 경찰 테이프도, 현장감식반도 없었다. 링컨 타운카에 탄 정체불명의 남자들도 없었다. 나는 벡의 창고 주변을 크게 돌았다. 틈새와 골목 사이로 창고를 엿보았다. 사무실 창문에는 불이 전부 켜져 있었다. 내가 떠나올 때의 그대로였다. 돌의 차는 여전히 롤러 도어 옆에 있었다. 내가 두고 온 바로 그 자리에 그대로.

건물에서 멀어졌다가 창문이 없는 사각지대에서 새로운 각도로 건물 쪽으로 다시 다가갔다. 나는 글록을 꺼내 다리 옆으로 낮게 숨겨서 들었다. 돌의 차가 나를 마주하고 있었다. 그 차 너머 왼쪽에 창고 칸막이 방으로 통하는 직원 출입문이 있었고 그 너머에 내부 사무실이 있었다. 자동차와 문을 지나 바닥에 엎드려 창문 아래로 기어갔다. 고개를 들어 안을 들여다보았다. 아무도 없었다. 비서실 구역도 비어 있었다. 모든 것이 조용했다. 숨을 크게 내쉬고 총을 집어넣었다. 다시 돌의 차로 발걸음을 옮겼다. 운전석 문을 열고 트렁크를 열었다. 돌은 여전히 그 안에 있었다. 아무 데도 가지 않았다. 그의 주머니에서 열쇠를 꺼냈다. 트렁크를 닫고 열쇠를 들고 직원용 문을 통해 들어갔다. 맞는 열쇠를 찾아 문을 잠갔다.

15분간 위험에 노출되는 것을 기꺼이 감수했다. 창고 구역에서 5분, 내부 사무실에서 5분, 비서실 구역에서 5분을 보냈다. 지문을 남기지 않으려고 내가 만진 모든 것을 리넨 타월로 닦았다. 테레사 다니엘의 자취는 발견되지 않았다. 퀸의 흔적도. 어디에도 이름이나 명칭이 적힌 곳은 없었다. 사람이나 상품 같아 보이는 것은 모두 코드화되어 있었다. 나는 단 하나의 확실한 사실만 가지고 그곳을 빠져나왔다. 비자르 바자르에서는 매년 수백 명의 개별 고객에게 수만 개의 개별 품목을 판매하며, 총 거래액은 수천만 달러에 달한다는 것. 품목이 무엇인지, 고객이 누구인지는 명확하지 않았다. 가격대는 3단계로 구분되어 있었다. 저가, 중가, 고가. 50달러대, 천 달러대, 천 달러 이상의 아주 비싼 가격대. 배송 기록은 전혀 없었다. 페덱스도, UPS도, 우체국도 없었다. 분명 배송은 자체적으로 처리되고 있을 것이다. 그런데 내가 찾은 보험 파일에 따르면 이 회사는 배송 트럭을 겨우 두 대만 보유하고 있었다.

창고의 칸막이 방으로 돌아가 컴퓨터를 종료했다. 입구 복도를 따라 다시 걸어가면서 모든 불을 끄고 모든 것을 깔끔하게 정리했다. 돌의 열쇠를 앞문에 맞춰보고 맞는 열쇠를 찾아서 손에 꽉 쥐었다. 다시 경보함 박스로 돌아섰다.

문 잠그는 것을 돌에게 맡길 만큼 신뢰하고 있다는 것은 돌이 경보 설정 방법을 알고 있다는 뜻이었다. 듀크도 종종 직접 잠갔을 것이 분명했다. 벡이야 말할 것도 없고.

아마 직원 중 한두 명도 잠갔을 것이다. 많은 사람이 해봤을 것이다. 그중 누군가는 기억력이 형편없을 것이다. 나는 박스 옆의 게시판을 확인했다. 핀으로 꽂아둔 세 겹의 메모를 뒤적여 보았다. 시청에서 새로운 주차 규정에 관해 보낸 2년 전 메모 아래에 네 자리 숫자가 적혀 있는 것을 발견했다. 그 숫자를 키패드에 입력했다. 빨간 불이 깜빡이기 시작하고 박스에서 경고음이 울리기 시작했다. 나는 미소를 지었다. 절대 실패하는 법이 없다. 컴퓨터 비밀번호, 비공개 전화번호, 경보기 암호 등 누군가는 항상 그것들을 적어둔다.

앞문으로 나가서 문을 닫았다. 삐 소리가 멈췄다. 문을 잠그고 모퉁이를 돌아 돌의 링컨에 올라탔다. 시동을 걸고 차를 몰고 떠났다. 시내 주차장에 차를 세워두었다. 수잔 더피가 사진을 찍었던 바로 그 주차장이었을지도 모른다. 내 손이 닿았을 만한 데를 모두 닦아내고 차를 잠근 뒤 열쇠를 주머니에 넣었다. 불을 지를까도 생각했다. 연료탱크가 가득 차 있었고 주방에서 가져온 마른 성냥 두 개비가 아직 남아 있었다. 자동차를 불태우는 건 꽤 재미있다. 그리고 벡에게 더 큰 압박을 줄 것이다. 하지만 결국 그냥 걸어나왔다. 그게 옳은 결정이었을 것이다. 그 차가 거기 주차되어 있다는 사실을 누군가 알아차리는 데 꼬박 하루가 걸릴 것이다. 뭔가 조치를 취하기로 결정하는 데 또 하루가 걸릴 것이다. 그리고 경찰이 대응하는 데 또 하루. 경찰이 번호판을 조회하면 벡의 유령 회사 중 하나와 연결되고 그러면 경찰은 추가 조사를 위해 차를 견인해 갈 것이다. 경찰은 테러범의 폭탄 위험이나 냄새 때문에라도 분명히 트렁크를 열어보겠지만 그때쯤이면 다른 여러 기한이 많이 지났을 테고 나는 이미 사라진 후일 것이다.

다시 토러스로 돌아가 저택에서 1킬로미터 이내까지 차를 몰고 갔다. 더피의 배려에 보답하기 위해 유턴을 해서 더피가 가야 하는 방향으로 차를 세워두었다. 그런 다음 아까 했던 순서를 반대로 반복했다. 거친 해변에서 옷을 벗고 쓰레기 봉투로 싼 뒤 바다로 걸어 들어갔다. 하기 싫었다. 여전히 차가웠다. 하지만 조류가 바뀌었다. 내가 가는 방향으로 흐르고 있었다. 바다조차 협조적이었다. 똑같이 12분 동안 헤엄쳤다. 장벽의 끝을 돌아 차고 구역 뒤에 있는 해변으로 올라갔다. 추위에 몸이 떨렸고 또다시 이가 딱딱 부딪혔다. 하지만 기분은 좋았다. 축축한 리넨 타월로 몸을 최대한 닦아내고 얼어 죽기 전에 재빨리 옷을 입었다. 글록과 예비 탄창, 돌의 열쇠 세트를 PSM과 끈, 송곳과 함께 숨겨뒀다. 봉투와 리넨 타월을 접어서 1미터 정도 떨어진 바위 밑에 끼워 넣었다. 그리고 배수관으로 향했다. 몸이 여전히 떨리고 있었다.

올라가는 것은 내려오는 것보다 더 쉬웠다. 배수관을 손으로 잡고 발로 벽을 디디고 올라갔다. 창문 높이에 올랐을 때 왼손으로 창턱을 잡았다. 발을 돌 난간으로 차 올렸다. 오른손으로 창문을 밀어 올렸다. 가능한 한 조용히 안으로 들어갔다.

방은 추웠다. 창문이 몇 시간 동안 열려 있었던 탓이다. 창문을 꼭 닫고 다시 옷을 벗었다. 축축했다. 라디에이터 위에 옷을 널어놓고 욕실로 향했다. 오랫동안 뜨거운 물로 샤워를 했다. 그러고는 신발을 욕실로 들고 들어간 뒤 문을 잠갔다. 정확히 아침 6시였다. 토러스를 회수하러 올 것이다. 아마도 엘리엇과 나이 든 요원이 올 것이다. 더피는 본부에 남아 있을 테고. 나는 이메일 기기를 꺼내서 메시지를 보냈다. 더피? 90초 뒤에 그녀의 회신이 왔다. 네, 괜찮아요?

발신: 괜찮음. 다음 이름을 헌병 파월을 포함해 가능한 모든 곳에 확인 요망. 에인절 돌. 폴리의 동료일 가능성 있음. 양쪽 모두 군 출신 가능성 있음.

답신: 오케이.

그런 다음 지난 다섯 시간 반 동안 내내 마음속에 품고 있던 질문을 보냈다. 테레사 다니엘의 본명은?

늘 그렇듯 90초가 지나서 답신이 왔다. 테레사 저스티스.

6

잠자리에 드는 게 의미가 없을 것 같아서 그냥 창가에 서서 새벽을 지켜보았다. 이내 날이 밝아왔다. 바다 너머에서 해가 떠올랐다. 공기는 신선하고 맑았다. 80킬로미터 앞까지 보였다. 북쪽에서 북극제비갈매기가 날아오는 걸 지켜보았다. 갈매기는 해안 가까이로 최대한 낮게 날았다. 바위를 스치듯 지나갔다. 둥지를 틀 자리를 찾고 있는 것 같았다. 뒤에 낮게 떠있는 해가 갈매기의 그림자를 독수리만큼이나 크게 만들어 드리웠다. 그러자 갈매기는 은신처 찾는 것을 포기하고 물 위를 빙글빙글 돌다 바다에수직으로 급강하했다. 시간이 잠시 흐른 뒤 차가운 은빛 물방울을 흩뿌리며 새는 다시 하늘로 날아올랐다. 부리에는 아무것도 없었다. 하지만 새는충분히 행복한 듯 계속 날았다. 나보다 적응력이 더 뛰어난 것 같았다.

그 이후로는 별다른 볼거리가 없었다. 저 멀리 재갈매기 몇 마리가 보였을 뿐이다. 눈부신 햇살에 눈을 가늘게 뜨고 고래나 돌고래의 자취를 찾아보았지만 아무것도 보이지 않았다. 해초 더미가 원형 순환해류를 타고둥둥 떠다니는 것을 지켜보았다. 6시 15분에 복도에서 듀크의 발자국 소리와 자물쇠가 딸깍거리는 소리가 들렸다. 그는 들어오지는 않았다. 그저쿵쿵거리며 다시 멀어져 갔다. 나는 돌아서서 문을 마주하고 깊이 숨을 들이쉬었다. 13일째, 목요일. 13일의 금요일보다는 나은 건가? 잘 모르겠다.

어쨌든, 부딪쳐 보자. 다시 한번 크게 숨을 들이쉬고 문을 열고 나가 계단을 내려갔다.

전날 아침과는 모든 것이 달랐다. 듀크는 생생했고 나는 피곤했다. 폴리는 보이지 않았다. 지하 체육관에 내려갔지만 아무도 없었다. 듀크는 아침을 먹지 않았다. 어디론가 사라졌다. 리처드 벡이 밥을 먹으러 주방으로 들어왔다. 테이블에는 그와 나 둘만 있었다. 정비공도 없었다. 요리사는 불 앞에서 계속 바빴다. 아일랜드 여자가 식당을 들락거렸다. 그녀는 분주하게 움직이고 있었다. 긴장감이 감도는 분위기였다. 무슨 일인가가 일어나고 있었다.

"큰 물량이 들어오고 있어요." 리처드 벡이 말했다. "늘 이래요. 모두 앞으로 만질 돈 때문에 흥분하는 거죠."

"학교로 돌아가나?" 내가 물었다.

"일요일에요." 그는 걱정하지 않는 것 같았다. 하지만 나는 걱정스러웠다. 일요일은 사흘 뒤였다. 이곳에서의 꽉 채운 다섯 번째 날. 최종 데드라인. 무슨 일이 일어나든 그때쯤이면 이미 벌어졌을 것이다. 그러면 이 청년은 내내 총격전 한가운데에 휘말려 있을 것이다.

"괜찮겠어?" 내가 물었다.

"돌아가는 거요?"

나는 고개를 끄덕였다. "그런 일이 있었는데."

"누가 그랬는지 지금은 알아요. 코네티컷에서 온 얼간이들이죠. 다시는 그런 일 없을 거예요."

"그렇게까지 확신해?"

그는 내가 얼빠진 사람이라도 되는 듯 쳐다보았다. "아빠는 이런 일을 항상 잘 처리해요. 만약 일요일까지 해결 안 되면 될 때까지 여기 있으면 되고요."

"네 아빠는 이 모든 걸 혼자 다 하시니? 아니면 파트너가 있나?"

"혼자서 다 하시죠." 그가 말했다. 그동안 보여줬던 양가감정은 이제 사라졌다. 그는 집에 있어서 행복해 보였고, 안전하고 편안해하며, 아버지를 자랑스러워했다. 그의 세계는 출렁이는 바다와 철조망이 쳐진 높은 장벽으로 둘러싸인 황량한 2천 제곱미터의 고립된 화강암으로 축소되었다.

"아저씨가 그 경찰을 정말로 죽인 것 같지는 않아요." 그가 말했다.

주방이 조용해졌다. 나는 그를 똑바로 쳐다보았다.

"그냥 부상만 입힌 것 같아요." 그가 말했다. "아니, 그러길 바라고 있어요. 지금 회복 중일 수도 있어요. 어느 병원에서요. 저는 그렇게 생각하고 있어요. 아저씨도 그렇게 생각해봐요. 긍정적으로 생각하라고들 하잖아요. 상황이 아무리 나빠도 희망은 있는 법이고요."

"글쎄." 내가 말했다.

"그럼 그냥 그런 척해요. 긍정적인 사고의 힘을 이용해요. 나는 좋은 일을 했고 나쁜 부작용은 없었다고 스스로에게 말해요."

"네 아빠가 경찰서에 전화해봤어. 죽은 게 확실한 것 같아."

"그러니까 그냥 그런 척하라는 거예요. 나는 그렇게 해요. 나쁜 일을 떠올리려고 하지 않는 한 나쁜 일은 일어나지 않은 거니까요."

그가 식사를 멈추더니 왼손을 머리 왼쪽에 갖다 댔다. 밝게 웃고 있었지만 그의 잠재의식은 바로 그 순간 나쁜 일들을 떠올리고 있었다. 분명했다. 아주 생생하게 떠올리고 있었다.

"그래. 그냥 찰과상이었어."

"들어갔다 나간 거예요. 획 하고 깨끗하게."

나는 아무 말도 하지 않았다.

"중요 부위는 모두 아슬아슬하게 빗나갔어요. 기적이었죠." 그가 말했다.

나는 고개를 끄덕였다. 진짜 그렇다면 그건 기적이 확실하다. 부드러운 탄두의 44구경 매그넘으로 사람의 가슴을 쏘면 로드아일랜드 주만 한 구멍이 뚫린다. 일반적으로 즉사한다. 심장이 즉시 멈추는데 그 이유는 대부분 심장이 원래 있던 자리에 더 이상 존재하지 않기 때문이다. 나는 그가 총에 맞은 사람을 본 적이 없을 거라고 생각했다. 그러다 문득, 본 적이 있을지도 모른다는 생각이 들었다. 그리고 그걸 별로 좋아하지 않았을 거라고 생각했다.

"긍정적인 사고, 그게 관건이죠. 그 사람이 어딘가에서 따뜻하고 편안하게 지내며 완전히 회복하고 있다고 그냥 가정하는 거예요."

"뭐가 들어오는 거지?" 내가 물었다.

"아마 파키스탄에서 오는 모조품일 거예요. 거기서 200년 된 페르시아 산을 만들어서 들여와요. 사람들 속여먹기 정말 쉽죠."

"그걸 속나?"

그가 나를 바라보며 고개를 끄덕였다. "자기들이 보고 싶은 것만 보니까요."

"그래?"

"항상 그래요."

나는 시선을 돌렸다. 커피가 없었다. 시간이 지나면 카페인 금단증상이 나타난다는 걸 깨닫는다. 짜증이 났고 피곤했다.

"오늘은 뭐 하세요?" 그가 물었다.

"모르겠는데."

"전 그냥 책이나 읽으려고요." 그가 말했다. "산책도 좀 하고요. 바닷가를 걸으며 밤에 뭐가 떠밀려 왔는지도 보고."

"뭐가 떠밀려 오기도 하나?"

"가끔은요. 배에서 떨어지는 것들이 있거든요."

나는 그를 바라보았다. 내게 뭔가를 말하고 있는 걸까? 밀수업자들이 외진 곳에서 마리화나 더미를 해변으로 띄워 보낸다는 얘기를 들은 적이 있다. 헤로인에도 같은 수법이 통할 것 같았다. 그가 나에게 뭔가 말해주고 있는 걸까? 아니면 내게 경고하는 걸까? 내가 숨겨둔 연장들에 대해 알고 있는 건가? 그리고 총에 맞은 경찰 얘기는 다 뭐지? 심리학을 빙자한 개소리? 아니면 그냥 날 가지고 노는 건가?

"하지만 그런 건 주로 여름에나 있는 일이에요." 그가 말했다. "지금은 배를 타기에는 너무 추운 때라서. 그래서 집 안에 있을 것 같아요. 그림이나 그리든지."

"그림을 그리나?"

"미술 전공이라고 말씀드렸었는데."

나는 고개를 끄덕였다. 마치 텔레파시로 커피를 만들게끔 유도할 수 있을 것처럼 요리사의 뒷모습을 쳐다보았다. 그때 듀크가 들어왔다. 그는 내가 앉아 있는 곳으로 걸어왔다. 한 손은 내 의자 등받이에, 다른 손은 손바닥을 펴서 테이블을 짚었다. 마치 비밀스러운 대화라도 해야 하는 것처럼 몸을 낮게 숙였다.

"운 좋은 날인 줄 알아, 이 쪼다야." 그가 말했다.

나는 대꾸하지 않았다.

"벡 부인을 차로 모셔." 그가 말했다. "쇼핑 가신다니까."

"어디로?"

"어디든."

"하루 종일?"

"그럴걸."

나는 고개를 끄덕였다. 물건이 들어오는 당일에는 외부인을 믿지 마라.

"캐딜락을 가져가." 그가 말했다. 그는 테이블 위에 열쇠 꾸러미를 던졌다. "부인이 서둘러 돌아오지는 않게 해."

또는, 물건이 들어오는 당일에는 벡 부인도 믿지 마라.

"그러지."

"아주 재미있을 거야. 특히 첫 시작 부분이. 어쨌든 매번 정말 짜릿짜릿하거든."

무슨 뜻인지 전혀 알 수 없었고, 추측하느라 시간을 낭비하지도 않았다. 그냥 빈 커피포트만 쳐다보고 있었는데 듀크가 자리를 떴고 잠시 후 현관문이 열리고 닫히는 소리가 들렸다. 금속 탐지기가 두 번 울렸다. 듀크와 벡, 총과 열쇠. 리처드는 테이블에서 일어나 밖으로 나갔고 나와 요리사 단둘이 남았다.

"커피 있습니까?" 내가 물었다.

"없어요." 그녀가 말했다.

나는 계속 앉아 있다가 성실한 운전기사라면 준비를 갖추고 대기하고 있을 거라는 데 생각이 미쳐 뒷문으로 나갔다. 금속 탐지기가 열쇠 꾸러미에게 정중하게 경고음을 울렸다. 바닷물은 완전히 들어와 있었고 공기는 차갑고 신선했다. 소금과 해초 냄새가 났다. 너울이 사라지고 파도 부서지는 소리가 들렸다. 차고 구역으로 걸어가 캐딜락에 시동을 걸고 후진했다. 원형 회전로에 캐딜락을 대놓고 히터를 가동하기 위해 공회전을 시키며 기다렸다. 북동쪽을 바라보자 수평선 위로 포틀랜드를 드나드는 작은 배들이 보였다. 하늘과 물이 맞닿는 경계선 바로 너머로 배들이 반쯤 가려진 채 한없이 느리게 기어가고 있었다. 그중 하나가 벡의 배인지, 아니면 이미 정박해 하역 준비를 하고 있을지 궁금했다. 세관원이 주머니에 빳빳한 새 지폐 뭉치를 넣고 이미 그 앞을 지나 줄지어 선 다음 배로 향하고 있는지 궁금했다.

10분 뒤 엘리자베스 벡이 집에서 나왔다. 그녀는 무릎 길이의 체크무늬 스커트와 얇은 흰색 스웨터 위에 울 코트를 입고 있었다. 그녀는 맨다리였다. 팬티스타킹은 신지 않았다. 머리는 고무줄로 묶었다. 추워 보였다. 그리고 도전적이면서도 뭔가 체념한 듯 불안해 보였다. 단두대로 걸어가는 귀부인처럼. 그녀는 듀크가 운전하는 것에 익숙해서 경찰 살해범이 모는 차를 타는 것에 대해 약간 갈등하는 것 같았다. 나는 차에서 내려서 뒷문을 열 자세를 취했다. 그녀는 나를 그냥 지나쳤다.

"앞에 앉을게요." 그녀가 말했다.

그녀는 조수석에 자리를 잡았고 나는 다시 올라타 그녀 옆에 앉았다.

"어디로 모실까요?" 나는 정중하게 물었다.

그녀는 창밖을 바라보았다.

"그건 게이트를 통과한 뒤에 얘기하죠."

게이트는 닫혀 있었는데 폴리가 그 앞에 서 있었다. 지난번보다 더 커 보였다. 어깨와 팔은 양복 안에 농구공을 넣어둔 것처럼 보였다. 얼굴은 추위로 붉게 변해 있었다. 우리를 기다리고 있었던 것이다. 나는 2미터 앞에 차를 세웠다. 그는 게이트 쪽으로 가려 하지 않았다. 나는 그를 똑바로 노려보았다. 그는 나를 무시한 채 엘리자베스 벡 쪽의 창문으로 다가왔다. 그녀를 향해 미소를 지으며 손가락 등 부분으로 유리를 두드리고 창문을 내리라는 동작을 취했다. 그녀는 앞유리를 통해 정면만 바라보았다. 그를 애써 무시하려고 했다. 그가 다시 창을 두드렸다. 그녀가 고개를 돌려 그를 보았다. 그가 눈썹을 치켜세우고 창문을 내리라는 동작을 다시 취했다. 그녀가 몸서리를 쳤다. 차의 스프링이 흔들릴 만큼 확실한 신체 경련이었다. 그녀는 자신의 손톱 하나를 빤히 쳐다보다가 창문 내리는 버튼을 눌렀다. 유리가 윙윙거리며 내려갔다. 폴리가 문틀에 오른쪽 팔뚝을 얹고 쪼그려 앉았다.

"안녕하신가?"

그가 몸을 숙이더니 검지손가락 등 부분을 그녀의 뺨에 갖다 댔다. 그녀는 꼼짝하지 않았다. 그냥 정면만 응시했다. 그가 그녀의 귀 뒤로 머리카락 한 가닥을 넘겼다.

"어젯밤 방문은 즐거웠어-." 그가 말했다.

그녀가 다시 몸을 떨었다. 죽을 만큼 추운 것처럼. 그가 손을 움직여 그녀의 가슴을 꽉 감싸 쥐었다. 그녀는 가만히 앉아 있었다. 나는 내 옆에 창문 올리는 버튼을 눌렀다. 그녀 쪽 창문이 윙윙거리며 올라가다가 폴리의 거대한 팔에 막혀 멈췄다. 안전 모드가 작동하면서 다시 창문이 내려갔다. 나는 문을 열고 미끄러지듯 밖으로 나와 후드를 돌아갔다. 폴리는 여전히 쪼그리고 앉아 있었다. 여전히 차 안에 손을 넣고 있었다. 손은 조금 더 아래로 내려가 있었다.

"꺼져." 그가 그녀를 쳐다보면서 나에게 말했다.

도끼도 전기톱도 없이 거대한 삼나무를 마주한 벌목꾼이 된 기분이었다. **어디서부터 시작할까?** 나는 그의 아랫배를 발로 세게 찼다. 경기장을 넘겨 주차장으로 축구공을 날려버릴 정도의 발차기였다. 전봇대라도 부러뜨렸을 정도였다. 대부분의 사람은 그 길로 병원에 실려갔을 것이다. 몇몇은 죽었을 것이다. 하지만 폴리에게는 정중하게 어깨를 두드린 정도의 데미지밖에는 없었다. 그는 아무 소리도 내지 않았다. 그저 두 손을 문틀에 대고 천천히 몸을 일으켰다.

그러고는 나를 향해 고개를 돌렸다.

"워- 진정해, 소령." 그가 말했다. "그냥 부인에게 하는 내 나름의 아침 인사니까."

그러고는 차에서 떨어져 내 옆을 돌아가 게이트를 열었다. 나는 그를 지켜보았다. 매우 침착했다. 반응의 흔적도 없었다. 마치 내가 전혀 건드리지 않은 것 같았다. 나는 가만히 서서 아드레날린이 다 가라앉도록 기다렸다. 그런 다음 차를 보았다. 트렁크를 보고 후드를 보았다. 트렁크 쪽으로 돌아간다는 건 겁먹었다는 뜻이다. 그래서 후드 쪽으로 돌았다. 하지만 그의 손이 닿지 않도록 충분히 거리를 뒀다. 외과의사에게 6개월 동안 내 얼굴 뼈를 재건하는 일을 맡기고 싶지 않았다. 그에게 가장 가까이 다가간 거리는 1미터 정도였다. 그는 나에게 아무런 움직임도 보이지 않았다. 그냥 게이트만 활짝 열어놓고 다시 닫으려고 참을성 있게 서 있었다.

"그 발차기에 대해서는 따로 얘기하자고. 알겠나?" 그가 소리쳤다.

나는 대꾸하지 않았다.

"그리고 오해하지 마, 소령. 부인도 그걸 좋아해."

나는 다시 차에 올라탔다. 엘리자베스 벡은 이미 창문을 닫은 상태였다. 창백한 그녀는 침묵 속에 굴욕적인 표정으로 정면을 응시하고 있었다. 우리는 게이트를 빠져나가 서쪽으로 향했다. 거울에 비친 폴리를 바라보았다. 그는 게이트를 닫고 다시 게이트하우스 안으로 들어가 시야에서 사라졌다.

"이런 모습을 보여드려서 죄송해요." 엘리자베스가 조용히 말했다.

나는 아무 말도 하지 않았다.

"그리고 개입해 주셔서 감사드려요." 그녀가 말했다. "하지만 소용없는 일이 될 거예요. 그리고 그것 때문에 당신에게 많은 문제가 생길까 봐 걱정돼요. 그는 진작부터 당신을 싫어하고 있어요. 아시죠? 게다가 그리 이성적이지도 않고요."

나는 아무 말도 하지 않았다.

"이건 통제의 문제예요. 당연하게도." 마치 나에게 말하는 것이 아니라 자신에게 설명하는 것 같았다. "권력을 과시하는 거죠. 그게 전부예요. 실제로 섹스를 하진 않아요. 그는 할 수 없어요. 스테로이드를 너무 많이 복용하기 때문인 것 같아요. 그냥 나를 터치만 할 뿐이에요."

나는 아무 말도 하지 않았다.

"나에게 옷을 벗으라고 해요. 그리고 워킹을 시켜요. 그런 다음 터치하죠. 섹스는 없고. 그는 발기 부전이거든요."

나는 아무 말도 하지 않았다. 해안선을 따라 구불구불한 길을 그저 안정적으로 천천히 운전하며 차가 최대한 흔들리지 않도록 했다.

"보통 한 시간 정도 그래요." 그녀가 말했다.

"남편분에게 말씀하셨습니까?" 내가 물었다.

"그 사람이 뭘 할 수 있겠어요?"

"그놈을 잘라야죠."

"불가능해요." 그녀가 말했다.

"왜죠?"

"폴리는 남편 밑에서 일하는 게 아니니까요."

나는 그녀를 힐끗 쳐다보았다. 듀크와 나눈 대화가 떠올랐다. 그럼 저놈을 잘라. 듀크는 이렇게 대답했었다. 그게 쉽지가 않아.

"그럼 누구 밑에서 일하는 겁니까?" 내가 물었다.

"다른 어떤 사람."

"그게 누굽니까?"

그녀는 고개를 저었다. 이름을 입에 올리면 안 되는 것 같았다.

"이건 통제의 문제예요." 그녀가 다시 말했다. "그들이 남편에게 하는 일에 남편이 이의를 제기할 수 없는 것처럼 나도 그들이 나한테 하는 일에 이의를 제기할 수 없어요. 아무도 이의를 제기할 수 없어요. 그 어떤 것도요. 그게 요점이에요. 당신도 어떤 것에 대해서든 이의 제기가 용인되지 않을 거예요. 물론 듀크는 이의 제기할 생각도 안 할 거고요. 그는 짐승이니까."

나는 아무 말도 하지 않았다.

"리처드가 딸이 아니라 아들이라서 그나마 다행이에요."

나는 아무 말도 하지 않았다.

"어젯밤은 최악이었어요." 그녀가 말했다. "난 더 이상 그가 나를 건드리지 않길 바랐어요. 나도 이젠 나이가 들었으니까요."

나는 다시 그녀를 쳐다보았다. 할 말이 떠오르지 않았다.

"어제는 내 생일이었는데," 그녀가 말했다. "그게 폴리가 내게 준 선물이었어요."

나는 아무 말도 하지 않았다.

"난 이제 오십이에요." 그녀가 말했다. "쉰 살 먹은 여자가 벌거벗고 당신 주위를 워킹하는 모습을 당신 같으면 생각하고 싶지도 않겠죠."

나는 무슨 말을 해야 할지 몰랐다.

"하지만 난 몸매를 유지하고는 있어요." 그녀가 말했다. "다른 사람들이 없을 때 체육관을 이용해요."

나는 아무 말도 하지 않았다.

"그가 나를 호출해요. 그래서 항상 호출기를 갖고 다녀야 해요. 어젯밤에는 한밤중에 호출기가 울렸어요. 바로 가야 했죠. 기다리게 하면 훨씬 더 나빠지니까."

나는 아무 말도 하지 않았다.

"당신이 나를 본 그때, 나는 돌아가는 길이었어요. 저기 바위 위에서."

나는 길가에 차를 세웠다. 브레이크를 부드럽게 밟아 차를 멈췄다. 기어를 P에 놓았다.

"당신, 정부에서 일하는 사람 같아요." 그녀가 말했다.

나는 고개를 저었다.

"아뇨. 그냥 일반인입니다."

"그렇다면 실망이네요."

"네, 그냥 일반인입니다." 내가 다시 말했다.

그녀는 아무 말도 하지 않았다.

"그런 말씀을 하시면 안 됩니다." 내가 말했다. "난 이미 깊은 곤경에 빠져 있으니까요."

"그렇죠." 그녀가 말했다. "그들이 당신을 죽일 거예요."

"글쎄, 시도는 하겠죠." 나는 잠시 망설이다 물었다. "그 생각을 누군가에게 말씀하셨습니까?"

"아뇨."

"다행이군요. 아무튼 난 그런 사람 아닙니다."

그녀는 아무 말도 하지 않았다.

"전투가 벌어질 겁니다." 내가 말했다. "저들이 나를 잡으러 온다면, 나도 조용히 가지는 않을 겁니다. 사람들이 다칠 수도 있습니다. 리처드가 다칠 수도 있고."

그녀가 나를 쳐다보았다. "지금 나랑 협상하자는 건가요?"

나는 다시 고개를 저었다.

"경고하는 겁니다." 내가 말했다. "나는 살아남은 사람입니다."

그녀는 쓸쓸한 미소를 지었다.

"당신은 전혀 모르고 있군요." 그녀가 말했다. "당신이 누구든, 지금 감당이 안 되는 위험에 처해 있어요. 지금 당장 떠나야 해요."

"난 그냥 일반인일 뿐입니다. 저들에게 숨길 게 아무것도 없는."

바람이 차를 흔들었다. 보이는 거라고는 화강암과 나무들뿐이었다. 우리에게서 가장 가까이 있는 사람도 몇 킬로미터 떨어진 곳에 있을 것이다.

"내 남편은 범죄자예요." 그녀가 말했다.

"짐작은 하고 있었습니다."

"거친 사람이에요. 폭력적이기도 하고. 늘 무자비하죠."

"하지만 그가 최종 보스는 아니잖습니까." 내가 말했다.

"맞아요." 그녀가 말했다. "거친 사람이지만 자기 보스 앞에서는 덜덜 떨죠."

나는 아무 말도 하지 않았다.

"사람들이 이렇게 묻곤 하죠. 왜 좋은 사람들에게만 나쁜 일이 일어나는 거냐고. 하지만 내 남편의 경우에는 나쁜 사람에게 나쁜 일이 일어나고 있는 거예요. 웃기지 않나요? 어쨌든 진짜 나쁜 일이에요."

"듀크의 진짜 보스는 누굽니까?"

"내 남편요. 그런데 듀크도 폴리만큼이나 나쁜 사람이에요. 사실 둘 다 거기서 거기죠. 듀크는 부패 경찰이었고 부패한 연방 요원이자 살인자였어요. 감옥에도 갔다 왔고요."

"듀크 한 명뿐입니까?"

"남편이 월급 주는 사람요? 음, 경호원 두 명이 있었어요. 남편의 경호원이었죠. 아니면 남편을 위해 제공된 사람들이었거나. 하지만 아시다시피 죽었어요. 그날 학교 밖에서요. 코네티컷에서 온 자들한테. 이제는 듀크 혼자만 남았어요. 아, 정비공은 빼고요. 그는 그냥 기술자니까."

"다른 쪽은 몇 명이나 되는 것 같습니까?"

"잘 모르겠어요. 왔다 갔다 하는 것 같아요."

"정확히 뭘 수입하는 겁니까?"

그녀는 시선을 돌렸다. "정부 사람이 아니라면 관심 가질 일이 아니지 않나요?"

나는 그녀를 따라 시선을 멀리 있는 나무들을 향해 옮겼다. **생각해, 리처. 이건 날 색출하기 위해 고안된 정교한 사기극일 수도 있다. 모두 한통**

203

속일지도 모른다. 게이트 경비가 아내의 가슴을 만지는 것은, 중요한 정보를 얻기 위해 벡이 지불하는 작은 대가일 수도 있다. 그리고 나는 정교한 사기극을 믿었다. 그래야만 했다. 나 자신도 한판 벌이고 있는 중이니까.

"아무튼 난 정부 사람이 아닙니다."

"그렇다면 실망이네요." 그녀는 또다시 같은 말을 했다.

나는 브레이크에 발을 올리고 기어를 D로 옮겼다.

"어디로 모실까요?" 내가 물었다.

"어디든 아무 상관없어요."

"커피 한잔하시겠습니까?"

"커피요?" 그녀가 말했다. "그러죠. 남쪽으로 가요. 오늘은 포틀랜드에서 멀리 떨어져 있기로 해요."

나는 남쪽으로 차를 돌려 I-95 도로에서 1킬로미터 정도 떨어진 1번 국도에 올라탔다. 예전의 도로들처럼 아늑한 오래된 도로였다. 우리는 올드 오차드 비치라는 곳을 지났다. 정돈된 벽돌 보도와 빅토리아풍 가로등이 있었다. 왼쪽으로 해변을 가리키는 표지판이 있었다. 빛바랜 프랑스 국기도 있었다. 플로리다와 카리브해로 가는 항공료가 저렴해져서 휴가지 취향이 바뀌기 전 퀘벡의 캐나다인들이 그곳에서 휴가를 보냈을 거라고 생각했다.

"어젯밤에는 왜 밖에 나왔어요?" 엘리자베스 벡이 물었다.

나는 아무 말도 하지 않았다.

"아니라곤 못 하겠죠." 그녀가 말했다. "내가 당신을 못 본 줄 알았어요?"

"아무 반응이 없으시길래." 내가 말했다.

"폴리를 대할 때의 모드로 있었어요. 반응하지 않도록 스스로를 훈련시 켰죠."

나는 아무 말도 하지 않았다.

"당신 방은 잠겨 있었어요." 그녀가 말했다.

"창문을 넘어서 내려갔습니다. 갇혀 있는 게 싫어서."

"나와서는 뭘 했나요?"

"산책을 했습니다. 부인이 내가 그랬을 거라고 생각한 것처럼."

"그러고 나서 다시 올라간 건가요?"

나는 고개만 끄덕였다. 아무 말도 하지 않았다.

"장벽이 가장 큰 문제예요." 그녀가 말했다. "조명과 철조망도. 게다가 땅속에도 센서가 있어요. 폴리는 30미터 떨어진 곳에서도 당신의 인기척 을 들을 수 있을 거예요."

"난 그저 바람 좀 쐬러 나간 겁니다."

"진입로 밑에는 센서가 없어요." 그녀가 말했다. "아스팔트 밑에서는 작동이 안 되거든요. 하지만 게이트하우스에는 카메라가 있어요. 그리고 게이트 자체에 동작 감지 경보기가 달려 있고요. NSV가 뭔지 알아요?"

"소련제 전차 포탑 기관총 말입니까?"

"폴리가 그걸 가지고 있어요. 문 옆에다 두고 있죠. 동작 감지 경보기가 울리면 그걸 쓰라고 지시받았어요."

그녀는 숨을 깊이 들이마셨다가 내쉬었다. NSV는 길이가 1.5미터가 넘 고 무게는 25킬로그램이 넘는다. 길이 11.4센티, 굵기 1.3센티의 탄약을 사용한다. 1초에 열두 발을 발사할 수 있다. 안전장치는 없다. 폴리와 NSV

의 조합은 그 누구에게도 재미없는 조합일 것이다.

"그런데 당신, 수영을 한 것 같군요." 그녀가 말했다. "셔츠에서 바다 냄새가 나요. 아주 희미하게요. 돌아와서 제대로 말리지 않았나 봐요."

우리는 '사코'라는 마을의 표지판을 지나쳤다. 나는 갓길로 차를 몰고 들어가서 다시 멈췄다. 승용차와 트럭들이 우리를 빠르게 지나쳐 갔다.

"당신은 정말 운이 좋았던 거예요." 그녀가 말했다. "그 지점 근처에는 위험한 이안류가 있어요. 강력한 해저 해류요. 차고 뒤로 해서 들어간 것 같은데 그러면 3미터 정도 차이로 피한 거예요."

"난 정부 사람이 아닙니다."

"아니라고요?"

"부인 스스로 지금 엄청난 위험을 감수하고 있다는 생각이 들지 않습니까?" 내가 말했다. "만약 내가 지금의 겉모습이 아닌 사람이라고 가정해 봅시다. 논의를 위해 가정하는 겁니다. 예를 들어 내가 라이벌 조직에서 왔다고 가정해 봅시다. 지금 너무 위험한 것 같지 않습니까? 살아서 집으로 돌아갈 수 있을 거라고 생각하십니까? 나한테 그런 말들을 하면서?"

그녀는 외면했다.

"그럼 이게 테스트가 되겠군요." 그녀가 말했다. "당신이 정부 사람이라면 날 죽이지 않겠죠. 그렇지 않다면 죽일 거고."

"난 그냥 일반인일 뿐입니다." 내가 말했다. "부인은 날 곤경에 빠뜨릴 수 있습니다."

"커피나 마시러 가죠." 그녀가 말했다. "사코는 멋진 동네예요. 예전에는 큰 공장 소유주들이 모두 거기 살았었어요."

우리는 사코 강 한가운데 있는 섬에 도착했다. 섬에는 과거에 엄청난 규모의 공장이었던 거대한 벽돌 건물이 있었다. 지금은 수백 개의 사무실과 상점으로 개조되고 있었다. 우리는 '카페 카페café café'라는 유리와 크롬으로 장식된 커피숍을 찾았다. 좋은 이름은 아니었다. 프랑스어로 말장난을 한 것 같았다.* 하지만 그 향기만으로도 들러볼 만한 가치가 있었다. 나는 라떼나 거품 많은 음료들은 무시하고 보통 커피를 핫, 블랙, 라지로 주문했다. 그런 다음 엘리자베스 벡을 돌아보았다. 그녀는 고개를 저었다. *프랑스어 '카페'에는 '커피'라는 뜻도 있어서 카페 이름이 '커피 카페'인 것을 두고 하는 말.

"당신은 여기 있어요." 그녀가 말했다. "난 쇼핑하러 갈 거예요. 혼자. 네 시간 뒤에 여기서 다시 만나요."

나는 아무 말도 하지 않았다.

"당신 허락은 필요 없어요." 그녀가 말했다. "당신은 그냥 내 기사일 뿐이니까요."

"난 돈이 없습니다." 내가 말했다.

그녀가 지갑에서 20달러를 꺼내 나에게 주었다. 나는 커피값을 내고 테이블로 가져갔다. 그녀도 함께 와서 내가 앉는 것을 지켜보았다.

"네 시간이에요." 그녀가 말했다. "조금 더 걸릴 수도 있지만 덜 걸리지는 않을 거예요. 당신이 그새 뭔가 해야 할 일이 있을지도 모르니까."

"해야 할 일 같은 거 없습니다. 난 그냥 기사일 뿐이니까요."

그녀가 나를 바라보았다. 그러고는 지갑을 핸드백에 넣고 지퍼를 잠갔다. 내 테이블 주변 공간은 비좁았다. 그녀는 핸드백의 어깨끈을 제대로 걸치기 위해 몸을 약간 비틀었다. 나는 커피를 흘리지 않으려고 테이블을 피하려 몸을 약간 굽혔다. 그때 딸까닥하고 플라스틱 같은 것이 떨어져 바닥에 부딪히는 소리가 났다. 나는 아래를 내려다보았다. 그녀의 스커트 속에서 무언가가 떨어졌다. 그걸 처다보는 그녀의 얼굴이 서서히 짙은 붉은색으로 변했다. 그녀는 허리를 굽혀 그걸 집어 손에 꽉 쥐었다. 그러고는 힘이 다 빠져나간 것처럼 내 맞은편 의자에 주춤주춤 앉았다. 굴욕감을 심하게 느낀 것 같았다. 그녀가 들고 있는 것은 호출기였다. 내 이메일 기기보다 조금 작은 검은색 직사각형 플라스틱이었다. 그녀는 그것을 빤히 처다보았다. 그녀의 목이 스웨터 안까지 새빨갛게 달아올랐다. 낮은 목소리로 침울하게 중얼거렸다.

"폴리가 이걸 속옷 안에 넣어 다니라고 했어요. 자기가 호출할 때마다 진동이 울려서 적절한 효과를 줄 거라고. 내가 게이트를 통과할 때마다 이게 거기 있는지 확인해요. 보통은 게이트를 통과한 뒤에 이걸 꺼내서 가방에 넣지만 이번에는 당신이 보고 있어서 그렇게 하고 싶지 않았어요."

나는 아무 말도 하지 않았다. 그녀가 일어섰다. 나는 눈을 두 번 깜빡이고 숨을 들이마시고 침을 삼켰다.

"네 시간이에요. 그새 당신이 해야 할 일이 있을지도 모르니까."

그런 뒤 그녀는 걸어나갔다. 나는 그녀가 가는 걸 지켜보았다. 그녀는 문밖으로 나가서 왼쪽으로 돌아 사라졌다. 정교한 사기극일까? 거짓 연기로 나를 함정에 빠뜨리려고 했을 수도 있다. 그걸 뒷받침하려고 속옷에 호출기를 넣고 나왔을 수도 있다. 적절한 순간에 호출기를 일부러 떨어뜨렸을 수도 있고. 모두 가능하다. 하지만 그녀가 그 순간에 딱 맞춰 얼굴에 진한 홍조를 띠는 건 전혀 가능하지 않은 것이다. 누구도 그렇게는 할 수 없다. 전성기를 누리고 있는 세계 최고의 여배우라 할지라도 할 수 없는 일이다. 그렇다면 엘리자베스 벡은 진짜다.

나는 분별 있는 예방 조치를 완전히 포기하지는 않았다. 그러기엔 경계심이 너무 깊이 몸에 박혀 있었다. 나는 세상의 모든 시간을 다 가진 여유로운 사람처럼 커피를 마셨다. 그런 다음 쇼핑몰 내부 통로로 나가서 미행하는 사람이 없다는 확신이 들 때까지 무작위로 왼쪽과 오른쪽으로 돌았다. 그러고는 다시 커피숍으로 돌아가서 커피를 한 잔 더 주문하고 열쇠를 빌려서 화장실로 들어가 문을 잠갔다. 변기 뚜껑에 앉아 신발을 벗었다. 더피에게서 메시지가 와 있었다. 테레사 다니엘의 본명은 왜? 나는 무시하고 이렇게 보냈다. 어디 모텔? 90초 뒤에 그녀가 대답했다. 보스턴 도착 첫날 아침 메뉴는? 나는 웃었다. 더피는 실용적인 여자였다. 그녀는 내 이메일 기기가 노출됐을까 봐 걱정하고 있었다. 그래서 보안 질문을 던진 것이었다. 나는 답했다. 달걀 올린 팬케이크, 커피, 팁 3달러, 다 먹음. 다른 대답을 했다면 그녀는 바로 차를 향해 달려갔을 것이다. 90초 뒤에 그녀가 돌아왔다. 1번 국도 서쪽, 케네벙크 강 남쪽 100미터. 15킬로미터 정도 떨어진 곳 같았다. 답을 보냈다. 10분 뒤 만남 요망.

차로 돌아와 사코를 통과하는 데 1번 국도의 병목 현상과 씨름하느라 15분 정도가 걸렸다. 가는 내내 한쪽 눈은 백미러에 고정하고 있었지만 걱정할 만한 것은 보이지 않았다. 강을 건너자 오른쪽에 모텔이 보였다. 뉴잉글랜드의 전통적인 솔트박스 하우스*를 흉내 낸 산뜻하고 밝은 회색의 모텔이었다. 4월이라 그다지 붐비지는 않았다. 보스턴에서 내가 동승자로 탔던 토러스가 끝 방 옆에 주차되어 있는 것이 보였다. 평범한 세단은 그 차 한 대만 보였다. 나는 큰 프로판 탱크를 가리고 있는 30미터 떨어진 나무 창고 뒤에 캐딜락을 주차했다. 1번 국도를 지나는 모든 사람에게 다 보이게 차를 둘 수는 없으니까. *일반적으로 앞면이 2층이고 뒷면이 1층인 박공지붕의 주거용 구조물로, 한때 소금을 보관했던 뚜껑이 있는 나무 상자를 닮았다고 해서 붙여진 이름.

　걸어가서 문에 노크를 한 번 했다. 수잔 더피가 재빨리 문을 열었고, 문을 열자마자 나를 껴안았다. 아무런 주저함 없이 바로 그렇게 했다. 나는 깜짝 놀랐다. 그녀도 깜짝 놀랐을 것이다. 미리 생각하고 있었다면 아마 그렇게 못했을 것이다. 하지만 그녀는 불안했고 나는 스트레스를 받고 있었기 때문에 자연스럽게 그렇게 된 것 같았다. 그리고 그 느낌은 정말 좋았다. 그녀는 키는 컸지만 가는 체구였다. 내 손으로 그녀의 등을 거의 다 덮을 수 있었고 갈비뼈가 살짝 느껴졌다. 상쾌하고 깨끗한 냄새가 났다. 향수 냄새는 아니었다. 샤워한 지 얼마 안 된 살결의 냄새만 났다.

　"테레사에 대해 뭐 좀 알아냈어요?" 그녀가 물었다.

　"혼자 있소?" 내가 물었다.

　그녀는 고개를 끄덕였다. "다른 사람들은 포틀랜드에 있어요. 세관에서 벡의 배가 오늘 들어온다고 하네요."

　우리는 서로를 놓아주고 같이 객실로 들어갔다.

　"다른 사람들은 거기서 뭘 할 거요?" 내가 물었다.

　"감시만 할 거예요." 그녀가 말했다. "걱정하지 말아요. 워낙 능숙하니까. 아무도 그들을 보지 못할 거예요."

　아주 평범한 모텔 방이었다. 퀸사이즈 침대 하나, 의자 하나, 책상 하나, TV 하나, 창문 하나, 벽 매립형 에어컨 하나. 다른 수십만 개의 모텔 객실과 구별되는 유일한 요소는 파란색과 회색의 색상 조합과 벽에 걸린 항해 관련 인쇄물뿐이었다. 그 요소들이 뉴잉글랜드 해안의 분위기를 확실히 더해 주었다.

"테레사에 대해 뭐 좀 알아냈어요?" 그녀가 다시 물었다.

나는 지하 감방 바닥에 새겨진 이름에 대해 말해주었다. 그리고 날짜도. 더피가 나를 쳐다보았다. 그러고는 눈을 감았다.

"아직 살아 있는 거네요. 고마워요."

"어제까지는."

그녀가 눈을 떴다. "오늘도 살아 있을까요?"

나는 고개를 끄덕였다. "확률이 꽤 높다고 생각하오. 그들은 그녀에게 뭔가 바라는 게 있을 거요. 9주 동안이나 살려두었다가 왜 이제 와서 죽이겠소?"

더피는 아무 말도 하지 않았다.

"그냥 다른 곳으로 옮긴 것 같소. 그게 내 최선의 추측이오. 아침에는 문이 잠겨 있었고 저녁에는 그녀가 사라졌소."

"괜찮은 대우를 받고 있을까요?"

폴리가 엘리자베스 벡에게 뭘 하는지는 그녀에게 말하지 않았다. 그녀에게는 이미 걱정할 일들이 많았다.

"자기 이름을 감방 바닥에 포크로 긁은 것 같았소. 그리고 어젯밤에는 요리사에게 미리 말하는 것을 잊고 서둘러 그녀를 데리고 나간 건지, 스테이크와 감자가 담긴 접시가 하나 더 남아 있었소. 그걸 보면 그녀에게 음식을 주고 있었던 것 같소. 복잡하게 생각할 것 없이, 그녀는 포로로 잡혀 있소."

"어디로 데려갔을까요?"

"퀸이 데려갔을 거요."

"왜요?"

"왜냐하면 우리가 지금 보고 있는 건 하나의 조직이 다른 조직 위에 덧씌워진 것이기 때문이오. 벡은 분명 나쁜 놈이지만, 그를 더 나쁜 놈이 장악하고 있소."

"기업들이 그러듯이?"

"정확하오. 적대적 인수합병 같은 거요. 퀸이 자기 부하들을 벡의 사업에 심었소. 그러고는 기생충처럼 그걸 좌지우지하고 있소."

"그런데 테레사는 왜 다른 데로 옮긴 걸까요?"

"예방 조치."

"당신 때문에? 그들이 많이 걱정하고 있나요?"

"조금." 내가 말했다. "그들이 물건을 옮기고 그걸 나한테 숨기고 있는 것 같소."

"하지만 아직 당신 정체가 드러나지 않았잖아요."

나는 고개를 끄덕였다. "나에 대해 확신하지는 못하고 있소."

"그런데 왜 당신을 곁에 두는 위험을 감수하는 거죠?"

"내가 자기 아들을 구했으니까."

그녀가 고개를 끄덕였다. 조용해졌다. 약간 피곤해 보였다. 내가 자정에 차를 갖다 달라고 한 이후로 한숨도 못 잔 것 같았다. 그녀는 청바지와 남성용 옥스포드 셔츠를 입고 있었다. 셔츠는 하얀색이었고 깔끔하게 바지 속에 집어넣은 채였다. 윗단추 두 개는 풀려 있었다. 맨발에 보트 슈즈를 신고 있었다. 난방 온도가 높게 설정되어 있었다. 책상 위, 객실 전화기 옆에는 노트북 컴퓨터가 놓여 있었다. 전화기는 단축 다이얼 버튼이 가득한 콘솔형이었다. 나는 번호를 확인하고 외워두었다. 노트북은 복잡한 어댑터를 통해 전화기 바닥에 내장된 데이터 포트에 연결되어 있었다. 노트북 화면에는 화면 보호기가 작동 중이었다. 법무부의 방패 로고가 떠다니고 있었다. 방패가 화면 가장자리에 닿을 때마다 마치 옛날 비디오 테니스 게임처럼 무작위로 새로운 방향으로 튕겨 나가곤 했다. 소리는 나지 않았다.

"퀸은 봤어요?" 그녀가 물었다.

나는 고개를 저었다.

"그가 어디에서 활동하는지 알아냈나요?"

나는 다시 고개를 저었다. "사실상 별로 본 게 없소. 장부가 코드화되어 있고 그들이 유통시키는 양에 비해 배송 인력이 충분치 않다는 정도만 확인했소. 아마도 고객들이 직접 가져가는 걸지도 모르오."

"그건 말도 안 돼요." 그녀가 말했다. "고객에게 본거지를 보여주지는 않을 거예요. 그들이 그렇게 하지 않는다는 건 사실 이미 알고 있잖아요. 벡이 LA 딜러를 주차장에서 만났던 것, 기억해요?"

"그렇다면 중립적인 장소에서 접선할지도 모르겠소. 실제 거래를 위해. 이 근처 북동부 어딘가에서."

그녀가 고개를 끄덕였다. "장부는 어떻게 봤어요?"

"어젯밤에 놈들의 사무실에 들어갔었소. 그래서 그 차가 필요했던 거요."

그녀가 책상으로 가서 앉더니 노트북의 터치 패드를 톡톡 쳤다. 화면 보호기가 사라졌다. 그 아래에 내 마지막 이메일이 떴다. 10분 뒤 만남 요망. 그녀는 삭제된 항목 디렉터리로 들어가 나를 팔아넘긴 헌병 파월이 보낸 메시지를 클릭했다.

"당신이 요청한 그 이름을 추적해 봤어요. 에인절 돌은 성폭행으로 리브워스 교도소에서 8년을 살았더군요. 강간과 살인죄로 종신형을 받았어야 했는데 검찰이 실수했죠. 그는 통신 기술자였어요. 여군 중령을 강간하고 내부 출혈로 죽도록 방치했어요. 좋은 사람은 아니었죠."

"그는 이미 죽었소." 내가 말했다.

그녀는 그저 나를 바라보기만 했다.

"놈이 맥시마의 번호판을 확인했다고 했소. 그걸로 나에게 맞섰고. 큰 실수한 거지. 첫 번째 희생자요."

"당신이 죽였다고요?"

나는 고개를 끄덕였다. "목을 부러뜨렸소."

그녀는 아무 말도 하지 않았다.

"놈의 선택이었소." 내가 말했다. "임무를 위태롭게 만들 뻔했으니까."

그녀는 창백해진 모습이었다.

"괜찮소?" 내가 물었다.

그녀는 고개를 돌렸다. "사상자가 발생할 줄은 몰랐어요."

"더 나올 수도 있소. 익숙해져야 할 거요."

그녀가 나를 다시 바라보았다. 숨을 크게 쉬고는 고개를 끄덕였다.

"알겠어요." 그러고는 잠시 멈췄다. "번호판 건은 미안해요. 실수였어요."

"폴리에 대해서는 뭐 좀 나온 게 있소?"

그녀는 화면을 아래로 스크롤했다. "돌에게는 리븐워스 시절에 보디빌더인 폴 마세렐라라는 친구가 있었는데, 그는 장교 폭행죄로 8년을 살았어요. 그의 변호인은 스테로이드로 인한 분노를 이유로 감경을 주장했죠. 군대가 그의 복용량을 제대로 관리하지 않았다고 꼬투리를 잡았어요."

"폴리의 복용량은 지금 완전 통제불능이오."

"그가 폴리라고 생각해요?"

"틀림없이. 그는 내게 장교를 좋아하지 않는다고 말했소. 아까 내가 폴리의 아랫배를 발로 엄청나게 세게 걷어찼소. 당신이나 엘리엇이라면 죽었을 거요. 그런데 그는 눈 하나 깜짝 안 하더군."

"폴리가 그 부분에 대해 어떻게 할 것 같아요?"

"생각하기 싫소."

"돌아가도 괜찮겠어요?"

"벡 부인은 내가 가짜라는 걸 알고 있소."

그녀는 나를 빤히 쳐다보았다. "어떻게요?"

나는 어깨를 으쓱했다. "어쩌면 모를 수도 있소. 어쩌면 그저 내가 그렇기를 바라는 것일 수도 있고. 스스로를 설득시키려는 걸지도 모르고."

"그녀가 그걸 떠벌리고 있나요?"

"아니, 아직은. 어젯밤에 집 밖에서 나를 봤소."

"당신, 돌아가면 안 될 것 같아요."

"나는 포기하는 사람이 아니오."

"바보도 아니잖아요. 지금은 통제불능 상황이에요."

나는 고개를 끄덕였다. "하지만 그건 내가 결정하는 거요."

그녀는 고개를 저었다. "우리가 공동으로 결정하는 거예요. 우리의 지원에 의존하고 있잖아요."

"테레사를 거기서 꺼내야 하오. 그녀는 지옥 같은 상황에 처해 있소."

"SWAT팀을 보낼 수 있어요. 그녀가 살아 있다는 걸 확인했으니까요."

"지금 우리는 그녀가 어디에 있는지 모르오."

"그녀는 내 책임이에요."

"퀸은 내 책임이고."

그녀는 아무 말도 하지 않았다.

"SWAT팀을 보내는 건 안 되오. 당신은 지금 비공식으로 움직이는 거잖소. SWAT팀을 요청하는 건 해고를 요청하는 것과 같소."

"그 상황이 오면, 해고당할 각오가 되어 있어요."

"당신만 잘리는 게 아니잖소. 나머지 여섯 명도 당신과 함께 해고될 거요."

그녀는 아무 말도 하지 않았다.

"어쨌든 난 돌아갈 거요." 내가 말했다. "난 퀸을 잡고 싶으니까. 당신과 함께하든 아니든. 그러니 날 써먹는 게 나을 거요."

"퀸이 당신에게 무슨 짓을 한 거죠?"

나는 아무 말도 하지 않았다. 그녀도 한참 동안 침묵했다.

"백 부인이 우리와 얘기가 통할까요?" 그녀가 물었다.

"물어보고 싶지 않소. 그녀에게 묻는 건 그녀의 의심을 사실로 확인해주는 거나 마찬가지요. 그게 어디로 이어질지 정확히 알 수도 없고."

"다시 돌아가면 뭘 할 건데요?"

"승진." 내가 말했다. "그게 핵심이오. 듀크와 같은 직책으로 올라가야 하오. 백 쪽의 최고가 되는 거요. 그러면 퀸 일당과 공식적인 연락을 취할 수 있겠지. 그게 내게 필요한 거요. 그게 없으니까 어둠 속에서 일하고 있잖소."

"우리에겐 진척이 필요해요." 그녀가 말했다. "증거가 필요하다고요."

"알고 있소."

"어떻게 승진할 건가요?"

"다른 사람들이 승진하는 방식으로."

그녀는 그 말에는 대꾸하지 않았다. 그냥 이메일 프로그램을 '받은 편지함'으로 전환한 뒤 자리에서 일어나 창문으로 가서 바깥 풍경만 바라보았다. 나는 그녀를 바라보았다. 그녀의 뒤로 빛이 곧장 셔츠를 통과해 들어오고 있었다. 머리는 뒤로 쓸어 넘겼고 몇 센티미터 정도는 옷깃에 걸려 있었다. 내 눈에는 500달러짜리 스타일링처럼 보였지만 DEA 연봉을 감안하면 아마 직접 그렇게 했을 것이다. 아니면 친구가 대신 해줬거나. 누군가의 주방에서 목에 낡은 수건을 두른 채 바닥 한가운데 놓인 의자에 앉아 있는, 자신의 외모에 신경을 쓰지만 시내 미용실에서 큰돈을 쓸 만큼은 아닌 그녀가 상상되었다.

청바지를 입은 그녀의 엉덩이는 정말 환상적이었다. 뒷면에 라벨이 보였다. 허리 24인치, 기장 32인치. 기장은 내 것보다 5인치 정도 짧았는데 그건 충분히 이해되었다. 하지만 나보다 11인치나 가는 허리는 말도 안 되는 일이었다. 나는 체지방이 거의 없다. 내 몸 안에는 필수 장기들만 빽빽하게 들어차 있다. 그녀의 장기는 미니어처 버전인 게 분명하다. 나는 그런 허리를 보면 양손으로 감싸 안고 감탄하고 싶을 뿐이다. 어쩌면 조금 더 위쪽 어딘가에 얼굴을 파묻고 싶을지도 모른다. 그녀가 돌아서기 전까지는 그게 어떤 느낌일지 알 수 없었다. 하지만 정말로 기분이 너무 좋을 것 같다는 생각은 들었다.

"지금 위험 정도는요?" 그녀가 물었다. "현실적으로 평가해서."

"모르겠소." 내가 말했다. "변수가 너무 많소. 백 부인은 직감을 따르고 있는 거요. 소망이 이루어졌으면 하는 마음도 약간 있는 것 같소. 그녀에게는 확실한 증거가 없소. 그런 측면에서 보면 난 아직 괜찮은 상태인 것 같소. 따라서 백 부인이 누군가에게 말하더라도 그 모든 것은 그들이 여자의 직감을 진지하게 받아들일지 말지에 달려 있을 거요."

"그녀가 집 밖에서 당신을 봤어요. 그게 확실한 증거예요."

"그게 뭐에 대한 증거가 될 수 있겠소? 내가 안절부절못한다는 건가?"

"돌이 당신이 갇혀 있지 않은 동안 살해당했어요."

"그들은 내가 장벽을 통과할 수 없다고 생각할 거요. 그리고 돌은 그렇게 빨리는 찾지 못할 거고나는."

"테레사는 왜 다른 데로 옮겼을까요?"

"예방 조치."

"통제불능 상황이에요." 그녀가 다시 말했다.

그녀가 내 제스처를 볼 수는 없었지만 나는 어깨를 으쓱했다. "이런 일은 항상 통제불능이오. 예상하고 있었잖소. 예측한 대로 되는 일은 절대 없소. 첫 발을 발사하는 순간, 모든 계획이 산산조각 나지."

그녀는 조용해졌다. 내 쪽으로 돌아섰다.

"이제 어떻게 할 건가요?" 그녀가 물었다.

나는 잠시 뜸을 들였다. 여전히 그녀 뒤로 빛이 비치고 있었다. 정말로 너무 멋졌다.

"잠깐 눈 좀 붙이려고 하는데."

"시간 여유가 얼마나 있죠?"

나는 시계를 확인했다. "세 시간 정도."

"피곤해요?"

나는 고개를 끄덕였다. "밤새 깨어 있었소. 대부분의 시간 동안 수영을 하느라."

"헤엄쳐서 장벽을 넘었다고요?" 그녀가 말했다. "당신이 바보일지도 모른다는 생각이 드네요."

"당신도 피곤하지 않소?" 내가 물었다.

"너무나요. 몇 주 동안 정말 일만 했으니까요."

"그럼 나랑 같이 낮잠이나 잡시다."

"그럴 순 없죠. 테레사가 어딘가에서 위험에 처해 있는데."

"어차피 난 백 부인이 돌아오기 전에는 갈 수 없소."

그녀가 잠시 멈칫했다. "침대도 하나뿐이에요."

"큰 문제가 아니오." 내가 말했다. "당신은 날씬하잖소. 자리를 많이 차지하지 않을 거요."

"그럴 수 없어요."

"시트 안으로 들어갈 것까지도 없소. 그냥 위에 누워 있기만 합시다."

"바로 옆에 붙어서요?"

"옷도 다 입고. 신발도 벗지 말고."

그녀는 아무 말도 하지 않았다.

"법을 어기는 게 아니잖소."

"그럴지도 모르지만." 그녀가 말했다. "어떤 주에는 오래된 이상한 법률이 있잖아요. 메인 주가 그중 하나일 수도 있어요."

"내가 걱정해야 할 메인 주의 법은 따로 있소."

"지금 당장은 아니잖아요."

나는 미소를 지었다. 그런 다음 하품을 했다. 침대에 걸터앉은 다음 등을 대고 누웠다. 중간에서 멀어지게 옆으로 몸을 돌리고 팔을 올려 머리를 받치고 누웠다. 눈을 감았다. 몇 분 동안 그녀가 거기에 서 있는 게 느껴졌다. 그러다 그녀가 내 옆에 눕는 것이 느껴졌다. 그녀가 조금 뒤척였다. 그러고는 가만히 있었다. 하지만 긴장하고 있었다. 느낌이 왔다. 매트리스 스프링을 통해 미세한 고주파의 걱정스러운 떨림이 느껴졌다.

"걱정할 것 없소." 내가 말했다. "지금 난 정말로 너무 피곤하니까."

사실은 그렇지 않았다. 문제가 시작된 것은 그녀가 약간 움직여서 그녀의 엉덩이가 내 엉덩이에 닿았을 때였다. 아주 가벼운 접촉이었지만 마치 그녀가 나를 전기 콘센트에 꽂은 것 같았다. 나는 눈을 뜨고 벽을 쳐다보며 그녀가 자다가 무의식적으로 움직인 건지 아니면 일부러 그런 건지 알아내려고 애썼다. 몇 분 동안 생각을 곱씹었다. 그런데 생사가 걸린 위험 상황이 최음제 역할이라도 하는지 낙관론 쪽으로 기울고 있는 나 자신을 발견했다. 하지만 그녀가 원하는 반응이 무엇인지 확신이 서지 않았다. 어떻게 하는 게 적절한 에티켓일까? 나는 일부러 몇 센티미터 움직여 좀 더 확실하게 접촉을 해보는 것으로 결론지었다. 그렇게 하면 공을 그녀 쪽으로 다시 넘길 수 있다는 판단이었다. 이제 그녀가 해석에 어려움을 겪을 수도 있는 상황이 되었다.

아무 일도 일어나지 않은 채 1분이 흘렀다. 실망하려던 찰나에 그녀가 다시 움직였다. 우리의 몸이 좀 더 밀착되었다. 내 몸무게가 110킬로그램이 아니었다면 그녀가 반들거리는 침대 커버를 도구 삼아 나를 바닥에 미끄러지게 만들었을지도 모른다. 그녀 바지의 뒷주머니에 박힌 리벳까지 내게 느껴지는 것 같았다. 다시 내 차례였다. 나는 일부러 잠에 취한 듯한 소리를 내며 몸을 돌려서 우리의 몸이 쌓여 있는 숟가락처럼 옆으로 포개지게 하고 우연인 척 내 팔을 그녀의 어깨에 올렸다. 그녀의 머리카락이 내 얼굴에 닿았다. 부드러웠고 여름 향기가 났다. 셔츠는 면 소재여서 촉감이 바삭바삭했다. 바삭한 면이 허리까지 이어졌고 청바지의 데님 소재가 허리 위로 올라가 엉덩이를 감싸고 있었다. 나는 눈을 가늘게 뜨고 아래를 내려다보았다. 그녀는 신발을 벗고 있었다. 그녀의 발바닥이 보였다. 작은 발가락 열 개가 일렬로 늘어서 있었다.

그녀도 잠에 취한 듯한 소리를 냈다. 나는 그게 가짜라고 확신했다. 그녀가 몸을 뒤로 젖혀 머리부터 발끝까지 우리의 몸이 딱 붙게 만들었다. 내 손은 옆으로 누운 그녀의 위쪽 팔에 얹혀 있었다. 그러다 내 팔꿈치가 그녀의 허리에 가닿도록 옮겼다. 내 새끼손가락 끝이 그녀의 청바지 허리밴드 안쪽으로 들어갔다. 그녀가 또 한 번 소리를 냈다. 거의 확실히 가짜였다. 나는 숨이 멎을 지경이었다. 그녀의 엉덩이가 내 사타구니에 딱 붙었다. 심장이 쿵쾅거렸다. 머리가 빙빙 돌았다. 도저히 저항할 수가 없었다. 전혀 방법이 없었다. 호르몬이 미친 듯이 솟구치는 순간이었다. 8년 동안 리븐워스 교도소에 수감될 위험을 기꺼이 감수할 수 있을 것 같았다. 나는 손을 위로 올리고 앞으로 뻗어 그녀의 가슴을 감싸 쥐었다. 그 후의 상황은 모두 완전히 통제불능이었다.

그녀는 옷을 입은 것보다 벗은 것이 훨씬 더 매력적인 그런 여자 중 한 명이었다. 모든 여자가 그런 건 아니지만 그녀는 그랬다. 치명적으로 아름다운 몸매였다. 그을린 피부는 아니지만 창백하지도 않았다. 실크처럼 부드러웠지만 투명하지는 않았다. 말랐지만 뼈가 드러나지는 않았다. 길쭉한 몸에 날씬한 체형이었다. 옆구리가 길게 파인 수영복이 어울리는 몸매였다. 작지만 탄탄한 가슴은 완벽한 형태를 이루고 있었다. 목은 길고 가늘었다. 귀와 발목, 무릎과 어깨도 훌륭했다. 목 아래쪽에 조금 오목하게 들어간 부분이 있었다. 거기가 아주 약간 촉촉했다.

그녀도 격렬했다. 내가 60킬로 정도는 몸무게가 더 나갈 텐데 그녀는 나를 지치게 했다. 녹초가 된 나를 보고 그녀는 미소를 지었다. 멋진 미소였다.

"보스턴의 내 호텔 방 기억하오?" 내가 물었다. "당신이 의자에 앉아 있는 모습을 봤을 때, 그때 당신과 하고 싶었소."

"난 그냥 의자에 앉아 있었을 뿐이에요. 특별한 건 없었다고요."

"자신을 과소평가하는군."

"프리덤 트레일 기억해요?" 그녀가 물었다. "당신이 '장봉 침투기'에 대해 말해줬잖아요. 그때 당신과 하고 싶었어요."

나는 미소를 지었다.

"10억 달러짜리 방위 계약의 일부였는데, 특정 시민이 그걸로 뭔가를 얻었다니 다행이오."

"엘리엇이 함께 있지 않았다면 공원에서 바로 했을 거예요."

"새들한테 모이를 주는 여자가 있었는데?"

"덤불 뒤로 가면 되니까요."

"폴 리비어가 우리를 봤을 거요."

"그는 밤새도록 말을 탔잖아요." 그녀가 말했다.

"난 폴 리비어처럼 밤새 타진 못하오." 내가 말했다.

그녀가 다시 미소 지었다. 미소가 내 어깨에 닿는 것이 느껴졌다.

"벌써 끝난 거예요, 올드 맨?" 그녀가 물었다.

"끝났다는 뜻은 아니었소."

"위험이 최음제 역할을 하는 것 같아요. 안 그래요?" 그녀가 말했다.

"그런 것 같소."

"그럼 당신도 상황이 위험하다는 걸 인정하는 건가요?"

"심장마비에 걸릴 정도의 위험이지."

"당신, 정말로 돌아가면 안 돼요." 그녀가 말했다.

"돌아갈 수 없을지도 모른다는 위험에 처하긴 했소."

그녀는 침대 위에 똑바로 앉았다. 중력은 그녀의 완벽함에 아무런 영향을 미치지 못했다.

"진지하게 말하는 거예요, 리처."

나는 그녀에게 미소를 지었다. "괜찮을 거요. 이틀이나 사흘만 더 버티면 될 것 같소. 테레사를 찾고 퀸을 찾아서 나갈 거요."

"내가 허락한다면요."

나는 고개를 끄덕였다.

"그 두 명의 경호원." 내가 말했다.

이번에는 그녀가 고개를 끄덕였다. "그들 때문에 당신은 내 작전이 필요한 거예요. 영웅이 되겠다는 생각 따윈 하지 말아요. 당신이 죽든 말든 내버려둘 순 없어요. 그놈들이 풀려나면 당신은 어차피 전화 한 통에 죽은 목숨이에요."

"그들은 지금 어디 있소?"

"매사추세츠의 맨 처음 갔던 모텔. 우리가 계획을 짰던 곳이죠. 도요타와 대학 경비 차량을 몰았던 요원들이 지키고 있어요."

"철저하게 하겠지."

"너무나도."

"여기서 몇 시간 거리군." 내가 말했다.

그녀는 고개를 저었다.

"차로는요." 그녀가 말했다. "전화로는 아니죠."

"테레사가 돌아오길 원하오?"

"그럼요." 그녀가 말했다. "하지만 책임자는 나예요."

"당신은 통제광이군."

"난 그저 당신에게 나쁜 일이 일어나지 않기를 바라는 마음뿐이에요."

"나쁜 일은 나에게 전혀 일어나지 않소."

그녀가 몸을 숙여 내 몸의 흉터를 손끝으로 더듬었다. 가슴, 배, 팔, 어깨, 이마. "나쁜 일이 전혀 일어나지 않는 사람치고는 꽤 많이 다쳤네요."

"내가 좀 덤벙거리는 편이라. 자주 넘어져서 그런 거요."

그녀가 일어나서 욕실로 걸어갔다. 벌거벗은 채로 우아하게, 아무것도 의식하지 않고.

"빨리 돌아와요!" 내가 소리쳤다.

하지만 그녀는 빨리 돌아오지 않았다. 욕실에 한참 있다가 가운을 입고 나왔다. 표정이 바뀌어 있었다. 조금 어색해 보였다. 약간 후회하는 표정이기도 했다.

"우린 이러면 안 되는 거였어요." 그녀가 말했다.

"왜 안 된다는 거요?"

"프로답지 못했어요." 그녀는 나를 똑바로 쳐다보았다. 나는 고개를 끄덕였다. 조금은 프로답지 못했던 것 같았다.

"하지만 좋았소." 내가 말했다.

"그러지 말았어야 했는데."

"우린 성인이오. 자유 국가에 살고 있고."

"단지 위로를 받으려는 거였어요. 우리 둘 다 스트레스가 심하고 긴장하고 있으니까."

"그것 자체가 무슨 큰 잘못은 아니오."

"상황을 복잡하게 만들 거예요." 그녀가 말했다.

나는 고개를 저었다.

"우리가 하기 나름이오." 내가 말했다. "결혼을 해야 한다는 뜻도 아니고 이것 때문에 서로에게 빚진 것도 아니오."

"그러지 않았으면 좋았을 텐데."

"난 한 게 더 좋소. 어떤 일이 옳다고 느껴지면 해야 한다고 생각하오."

"그게 당신의 철학인가요?"

나는 시선을 돌렸다.

"경험에서 나온 말이오. 예전에 '예스'라고 말하고 싶은데 '노'라고 한 적이 있었고, 그걸 내내 후회하며 살고 있소."

그녀는 가운을 꼭 감싸 안았다.

"좋긴 했어요." 그녀가 말했다.

"나도 그랬소."

"하지만 이젠 잊어야 해요. 그건 그 자체로 의미가 있었던 거고, 그 이상은 아니었어요. 알았죠?"

"알겠소."

"그리고 다시 돌아가는 것에 대해 진지하게 생각해봐요."

"알겠소." 나는 다시 말했다.

나는 침대에 누워 정말로 '예스'라고 말하고 싶었을 때 '노'라고 말했던 기분이 어땠었는지 생각해 보았다. 전반적으로 '예스'라고 말하는 편이 더 나았고, 후회하지 않았다. 더피는 조용했다. 우리는 마치 무슨 일이 일어나기를 기다리고 있는 것 같았다. 나는 뜨거운 물로 오랫동안 샤워를 하고 욕실 안에서 옷을 입었다. 그때쯤에는 대화도 끝이 났다. 더 이상 할 말이 남아 있지 않았다. 우리 둘 다 내가 돌아갈 거라는 걸 알고 있었다. 그녀가 나를 억지로 막으려 하지 않는다는 사실이 마음에 들었다. 우리 둘 다 집중력 있고 실용적인 사람이라는 사실이 마음에 들었다. 신발 끈을 묶고 있는데 이메일이 왔다. 노트북에서 띵! 하는 소리가 났다. 음식이 다 데워졌을 때 전자레인지에서 나는 소리처럼. '메일이 왔습니다'와 같은 인공 음성은 없었다. 욕실에서 나오자, 그녀가 컴퓨터 앞에 앉아 버튼을 클릭하고 있었다.

"사무실에서 온 메시지예요. 기록에 따르면 듀크라는 이름의 의심스러운 전직 경찰이 열한 명 있어요. 어제 조회 요청을 넣었거든요. 그자가 몇 살이죠?"

"마흔쯤."

그녀가 명단을 스크롤했다.

"남부 사람?" 그녀가 물었다. "북부?"

"남부는 아니오."

"그럼 셋 중 하나네요."

"백 부인은 그가 연방 요원이기도 했다고 말했소."

그녀가 조금 더 스크롤했다.

"존 채프먼 듀크. 유일하게 나중에 연방으로 넘어간 사람이에요. 미니애폴리스에서 순경으로 시작해서 형사가 됐군요. 내사과에서 세 차례나 조사를 받았고, 결론은 내지 못했어요. 그 후에 우리 쪽에 합류했네요."

"DEA에?" 내가 물었다.

"아뇨. 연방 정부를 말한 거고, 그는 재무부로 갔어요."

"거기서 뭘 했소?"

"그건 나와 있지 않아요. 하지만 3년을 못 채우고 기소됐어요. 일종의 부패 혐의로. 게다가 살인 혐의도 여러 건 있었는데 확실한 증거는 없었어요. 하지만 교도소에 갔고 어쨌든 4년을 살았어요."

"인상착의는?"

"백인, 당신과 비슷한 체격. 사진상으로는 못생겨 보이네요."

"그자가 맞소." 내가 말했다.

그녀는 좀 더 스크롤했다. 보고서의 나머지 부분을 읽었다.

"조심해요." 그녀가 말했다. "상당히 골치 아픈 인간 같아요."

"걱정할 것 없소." 내가 말했다. 문 앞에서 작별 키스를 할까도 생각했지만 그러지 않았다. 그녀가 원하지 않을 것 같았다. 나는 그냥 캐딜락으로 달려갔다.

커피숍으로 돌아와 두 잔째를 거의 다 마셨을 때 엘리자베스 벡이 나타났다. 쇼핑을 한 흔적은 전혀 없었다. 구입한 물건도, 요란한 쇼핑백도 없었다. 실은 어떤 매장에도 들어가지 않았을 거라고 추측했다. 정부 사람이 필요한 일을 할 수 있도록 네 시간 동안이나 주변을 서성거리고 있었던 것이다. 나는 손을 들었다. 그녀는 무시하고 곧장 카운터로 향했다. 톨 사이즈 라떼를 사서 내 테이블로 가져왔다. 나는 그녀에게 무슨 말을 할지 이미 정해 놓고 있었다.

"나는 정부에서 일하지 않습니다."

"그렇다면 실망이네요." 그녀가 세 번째로 말했다.

"어떻게 내가 그럴 수 있겠습니까? 난 경찰을 죽였습니다. 기억하십니까?"

"네."

"정부 사람들은 그런 일을 하지 않습니다."

"할 수도 있죠. 실수로."

"하지만 그러고 나서 도망치지 않을 겁니다. 끝까지 남아서 결과를 책임지겠죠."

그녀는 조용해졌고 오랫동안 말이 없었다. 천천히 커피만 홀짝였다.

"거기 아마 열 번은 가본 것 같아요." 그녀가 말했다. "대학이 있는 동네 말이에요. 가끔 학생 가족을 위한 행사 같은 걸 진행하거든요. 매번 학기 초와 학기 말에는 꼭 참석하려고 노력해요. 어느 여름에는 작은 유홀* 트럭을 빌려서 집으로 짐 옮기는 걸 도운 적도 있어요." *미국의 트럭 렌트 회사.

"그렇군요."

"작은 학교예요. 그렇지만 학기 첫날에는 정말 붐비죠. 학부모들, 학생들, SUV, 승용차, 밴, 사방이 교통체증이에요. 가족 행사 때는 훨씬 더 심하죠. 그런데 그거 알아요?"

"뭐 말입니까?"

"거기서 지역 경찰을 본 적은 없어요. 단 한 번도요. 사복 차림의 형사는 더더욱 못 봤고요."

나는 창밖으로 쇼핑몰 내부 통로를 바라보았다.

"그냥 우연의 일치겠죠." 그녀가 말했다. "4월의 어느 화요일 아침, 이른 시간, 별다른 일이 없던 날, 별다른 이유도 없이 정문 바로 옆에 형사가 기다리고 있었다는 게."

"무슨 말을 하고 싶은 겁니까?" 내가 물었다.

"당신이 지독하게 운이 나빴다는 거예요." 그녀가 말했다. "그럴 확률이 얼마나 되겠어요?"

"나는 정부에서 일하지 않습니다."

"샤워를 했네요." 그녀가 말했다. "머리도 감았고."

"내가요?"

"그렇게 보이기도 하고 냄새도 나요. 싸구려 비누, 싸구려 샴푸 냄새."

"사우나에 갔다 왔습니다."

"돈이 없었을 텐데요. 내가 준 게 20달러인데 적어도 커피 두 잔을 마셨잖아요. 그러면 14달러가 남아요."

"싸구려 사우나였습니다."

"분명 그랬겠네요."

"난 그냥 일반인일 뿐입니다."

"그래서 실망스러워요."

"남편께서 체포되기를 바라는 것처럼 들리는군요."

"맞아요."

"감옥에 갈 겁니다."

"그는 이미 감옥에서 살고 있어요. 그래야 마땅하고요. 그런데 진짜 감옥에 가는 게 지금보다 더 자유로울 거예요. 그리고 영원히 거기에 있지는 않을 거고요."

"어딘가에 신고할 수도 있잖습니까. 누군가 올 때까지 기다릴 게 아니라."

그녀는 고개를 저었다. "그건 자살행위예요. 나와 리처드에게는요."

"다른 사람 앞에서 나에 대해 이런 식으로 이야기하는 것도 마찬가지입니다. 기억하세요. 난 조용히 넘어가지 않을 겁니다. 사람들이 다치게 될 겁니다. 그게 부인과 리처드일 수도 있고."

그녀는 미소를 지었다. "또 나랑 협상하는 건가요?"

"또 경고하는 겁니다." 내가 말했다. "난 이제 할 말 다 했습니다."

그녀는 고개를 끄덕였다.

"나는 입을 다물고 있는 법을 알아요." 그녀는 이렇게 말한 뒤, 더 이상 말을 하지 않음으로써 그 말을 증명했다. 우리는 침묵 속에서 커피를 다 마시고 차로 돌아갔다. 아무 말도 하지 않았다. 나는 시한폭탄을 안고 가는 건지, 아니면 내가 받을 수 있는 유일한 내부의 도움을 외면하는 건지 전혀 감을 잡지 못한 채 그녀를 태우고 북동쪽의 저택으로 달렸다.

폴리가 게이트 뒤에서 기다리고 있었다. 창문 너머로 지켜보다가 멀리서 차가 보이자마자 자리를 잡은 것이 분명했다. 내가 속도를 늦추고 차를 멈추자 그는 나를 뚫어지게 쳐다보았다. 그러더니 엘리자베스 벡을 쳐다보았다.

"호출기를 나한테 주십시오." 내가 말했다.

"안 돼요." 그녀가 말했다.

"그냥 주십시오." 내가 말했다.

폴리가 사슬을 풀고 게이트를 열었다. 엘리자베스가 핸드백 지퍼를 열고 호출기를 건네주었다. 나는 차가 관성으로 앞으로 굴러가도록 내버려두고 내 쪽 창문을 내렸다. 폴리가 게이트를 다시 닫으려고 기다리고 있는 자리에서 잠시 멈췄다.

"어이, 이것 좀 봐!" 내가 소리쳤다.

나는 팔을 높이 들어서 차 앞으로 호출기를 던졌다. 왼손으로 던졌다. 힘도 약하고 어설픈 동작이었다. 하지만 목적은 달성했다. 작은 검은색 플라스틱 직육면체가 공중에서 한 바퀴 돌더니 차에서 6미터 앞 진입로 정중앙에 떨어졌다. 폴리가 그 궤적을 지켜보다가 그게 뭔지 알아차린 순간 얼어붙었다.

"무슨 짓이야!"

그가 호출기를 쫓아갔다. 나도 그를 쫓아갔다. 가속페달을 밟자 타이어가 울부짖으며 차가 앞으로 튀어나갔다. 앞 범퍼의 오른쪽 모서리로 그의 왼쪽 무릎 옆을 겨냥했다. 거의 성공할 뻔했다. 하지만 그는 놀라울 만큼 빨랐다. 그는 아스팔트에서 호출기를 집어 들고 뒤로 뛰어 물러났고 나는 한 발짝 차이로 그를 놓치고 말았다. 차는 그를 그대로 지나쳤다. 속도를 줄이지 않았다. 그냥 가속페달을 밟고 백미러로 내 뒤에 서서 나를 노려보고 있는 그의 주위로 파란 타이어 연기가 떠도는 모습을 보았다. 엄청나게 실망스러웠다. 나보다 체중이 70킬로그램 더 나가는 놈과 싸워야 한다면 미리 놈을 불구가 되게 만드는 게 훨씬 더 마음이 놓일 것이다. 아니면 적어도 놈이 그렇게까지 빠르진 않거나.

원형 회전로에 차를 세우고 엘리자베스 백을 정문 앞에 내려주었다. 차를 집어넣고 주방으로 향하고 있는데 재커리 벡과 존 채프먼 듀크가 나를 찾아 나왔다. 그들은 초조해하며 빠르게 걸어왔다. 긴장한 채 불안한 기색이었다. 나는 그들이 폴리 건으로 나를 성가시게 하려는 줄 알았다. 하지만 그게 아니었다.

"돌이 사라졌어." 벡이 말했다.

나는 아무 말도 하지 않고 서 있었다. 바다에서 바람이 불어오고 있었다. 잔잔한 파도는 사라지고 첫날 저녁처럼 파도가 크고 시끄러웠다. 공중에 물보라가 날렸다.

"마지막으로 돌과 얘기한 사람이 자네야." 벡이 말했다. "그리고 나서 문을 잠그고 떠났을 텐데 그 후로 본 사람이 없군."

"돌과 뭘 했지?" 듀크가 물었다.

"뭐 한 거 없는데." 내가 말했다.

"한 게 없다고? 5분이나 거기에 있었잖아."

나는 고개를 끄덕였다. "날 창고 사무실로 데려가더라고."

"그리고?"

"아무것도. 뭔가 말하려던 차에 휴대폰이 울렸어."

"누구였는데?"

나는 어깨를 으쓱했다. "나야 모르지. 급한 일이었나 봐. 5분 내내 통화를 하더라고. 나뿐만 아니라 여러 사람 시간을 낭비하는 것 같아서 기다리다 포기하고 그냥 나왔어."

"전화로 뭐에 대한 얘길 했지?"

"듣지 않았어. 매너가 아닌 것 같아서."

"이름 같은 것도 못 들었나?" 벡이 물었다.

나는 그쪽으로 몸을 돌렸다. 고개를 저었다.

"이름은 못 들었습니다. 하지만 둘이 서로 아는 사이인 건 확실합니다. 돌은 주로 듣고 있었습니다. 뭔가 지시를 받고 있는 것 같기도 했고요."

"뭐에 대해서?"

"그건 모르겠습니다."

"급한 것 같던가?"

"아마도요. 나에 대해 완전히 잊어버린 것 같았으니까요. 내가 나갈 때 전혀 막으려 하지 않았습니다."

"그게 전부인가?"

"어떤 계획을 이야기하는 거라고 짐작했습니다. 다음 날에 대한 지침일지도 모르겠다고 생각했죠."

"다음 날이면, 오늘?"

나는 다시 어깨를 으쓱했다. "그냥 추측일 뿐입니다. 대화가 너무 일방적이었어요."

"훌륭해." 듀크가 말했다. "아주 큰 도움이 되는구만."

벡은 멀리 바다를 바라보았다. "그러니까 돌이 휴대폰으로 급한 전화를 받고는 문을 잠그고 떠났다, 이게 자네가 말할 수 있는 전부라는 건가?"

"문을 잠그는 건 못 봤습니다. 그리고 떠나는 것도 못 봤고요. 내가 나올 때도 여전히 통화 중이었으니까요."

"분명히 문을 잠갔어." 벡이 말했다. "그리고 분명히 떠났어. 오늘 아침에 모든 것이 완벽하게 정상이었으니까."

나는 아무 말도 하지 않았다. 벡이 90도로 몸을 돌려 동쪽을 바라보았다. 바다에서 불어오는 바람이 그의 상의를 몸에 달라붙게 했다. 바짓단이

깃발처럼 펄럭였다. 그는 마치 몸을 녹이려는 듯 발을 움직이며 신발 밑창을 자갈밭에 문질렀다.

"지금 이런 일이 있으면 안 되는데." 그가 말했다. "정말 안 되는데. 곧 중요한 주말이 다가오는데."

나는 아무 말도 하지 않았다. 그들은 함께 몸을 돌려 집으로 돌아갔고 나만 그 자리에 혼자 남겨졌다.

피곤했지만 쉴 수는 없었다. 공기 중에 분주한 분위기가 감돌았고, 지난 이틀 밤 동안 보았던 일상은 모두 엉망으로 변했다. 주방에는 음식이 없었다. 저녁식사도 없었다. 요리사도 없었다. 복도에서 사람들이 움직이는 소리가 들렸다. 듀크가 주방으로 들어오더니 곧장 나를 지나쳐 뒷문으로 나갔다. 파란색 나이키 스포츠 가방을 들고 있었다. 나는 곧장 따라 나가서 집 모퉁이에 서서 그를 지켜보았다. 그는 두 번째 차고로 들어갔다. 5분 뒤 검은색 링컨을 후진으로 빼서 몰고 나갔다. 번호판을 바꿨다. 한밤중에 봤을 때는 여섯 자리의 메인 주 번호판이 붙어 있었다. 이번에는 일곱 자리의 뉴욕 주 번호판이 붙어 있었다. 다시 안으로 들어가 커피를 찾아보았다. 커피 머신은 찾았지만 종이 필터는 찾지 못했다. 대신 물 한 잔으로 만족했다. 물을 반쯤 마셨을 때 벡이 들어왔다. 그도 스포츠 가방을 들고 있었다. 가방 손잡이가 늘어진 모양과 다리에 부딪힐 때 나는 소리로 미루어 무거운 금속이 들어 있다는 것을 알 수 있었다. 아마도 총, 두 자루 정도일 것 같았다.

"캐딜락을 가져와." 그가 말했다. "지금 당장. 현관 앞으로."

그가 주머니에서 차 키를 꺼내 내 앞 테이블 위로 던졌다. 그러고는 쪼그리고 앉아 가방 지퍼를 열고 뉴욕 주 번호판 두 개와 드라이버를 꺼내고 는 그걸 내게 건넸다.

"먼저 이걸로 바꿔 달고."

가방 안에 총이 보였다. H&K MP5K 두 정, 짧고 두툼하며 검은색에 커다란 둥근 손잡이가 달린, 영화 소품 같은 미래풍의 디자인.

"어디로 모실까요?"

"듀크를 따라 코네티컷 주 하트퍼드로 내려가." 그가 말했다. "거기서 할 일이 좀 있어. 기억하나?"

그가 가방 지퍼를 잠그고 일어서서 다시 복도로 들고 나갔다. 나는 잠시 가만히 앉아 있었다. 그러고는 물잔을 들고 내 앞의 빈 벽을 향해 건배하며 혼잣말을 했다.

피비린내 나는 전쟁과 끔찍한 질병을 위해.

7

주방에 물잔을 두고 차고 구역으로 향했다. 동쪽으로 수백 킬로미터 떨어진 바다 수평선 위로 어스름이 내려앉고 있었다. 바람이 강하게 불고 파도가 세차게 몰아쳤다. 나는 걸음을 멈추고 무심한 듯 주변을 빙 돌아 살폈다. 집 바깥에는 아무도 보이지 않았다. 나는 안뜰 담장 옆으로 몸을 숨겼다. 위조 번호판과 드라이버는 바위 위에 놓고 숨겨둔 꾸러미를 찾아서 총 두 정을 꺼냈다. 더피의 글록은 오른쪽 코트 주머니에, 돌의 PSM은 왼쪽 주머니에 집어넣었다. 글록 예비탄창은 양말에 넣었다. 나는 헝겊을 치우고 번호판과 드라이버를 집어 들고 다시 안뜰 입구로 돌아갔다.

정비공이 세 번째 차고에서 바삐 일하고 있었다. 비어 있는 차고였다. 문을 활짝 열어놓고 경첩에 기름칠을 하고 있었다. 뒤편 공간은 밤에 봤을 때보다 훨씬 더 깨끗했다. 티끌 하나 없었다. 바닥에 물청소까지 한 모양이었다. 군데군데 말라가는 것이 보였다. 내가 그 남자에게 고개를 끄덕이자 그도 고개를 끄덕였다. 나는 왼쪽 차고를 열었다. 쪼그리고 앉아 캐딜락 트렁크 뚜껑의 메인 주 번호판을 풀고 뉴욕 주 번호판으로 교체했다. 앞쪽도 똑같이 했다. 기존 번호판과 드라이버는 바닥에 그대로 두고 차에 올라 시동을 걸었다. 차를 뒤로 빼고 돌려서 원형 회전로로 향했다. 정비공이 내가 가는 걸 지켜보았다.

백이 나를 기다리고 있었다. 그는 직접 뒷문을 열고 스포츠 가방을 뒷 좌석에 내려놓았다. 안에서 총들끼리 부딪히는 소리가 들렸다. 그는 다시 뒷문을 닫고 앞 좌석 내 옆으로 올라탔다.

"출발해. 남쪽으로 I-95를 타고 보스턴으로 쭉 가."

"기름을 넣어야겠습니다."

"그러지. 맨 처음 나오는 주유소에서."

폴리가 게이트 앞에서 기다리고 있었다. 분노로 일그러진 표정이었다. 오래 두어서는 안 될 골칫거리였다. 그는 나를 노려보았다. 고개를 좌우로 돌리며 문을 여는 내내 내게서 눈을 떼지 않았다. 나는 놈을 무시하고 차를 몰고 통과했다. 돌아보지 않았다. 그놈에 관한 한 '눈에서 멀어지면 마음에서도 멀어진다'는 말대로 되는 것이 내가 바라는 바였다.

서쪽행 해안 도로는 텅 비어 있었다. 저택을 떠난 지 12분 만에 고속도로에 올랐다. 캐딜락 운전에 익숙해지고 있었다. 좋은 차였다. 잘 나가고 조용했다. 하지만 기름을 많이 먹었다. 그건 확실했다. 연료계 바늘이 뚝뚝 떨어지고 있었다. 움직이는 게 거의 보일 지경이었다. 내 기억으로는 케네벙크 남쪽에 첫 번째 주유소가 있었다. 뉴런던으로 내려가는 길에 더피와 엘리엇을 만났던 곳. 15분쯤 지나 거기에 도착했다. 매우 낯익은 느낌이 들었다. 밴을 세우고 잠금장치를 땄던 주차장을 지나 주유기로 차를 몰았다. 백은 아무 말도 하지 않았다. 나는 내려서 탱크를 채웠다. 꽤 시간이 걸렸다. 70리터. 연료 캡을 다시 닫자 백이 창문을 내리고 지폐 몇 장을 건넸다.

"기름은 항상 현금으로 넣어." 그가 말했다. "그게 더 안전하니까."

15달러 조금 넘는 잔돈은 내가 챙겼다. 그 정도 자격은 있다고 생각했다. 아직 급여를 받지 못했으니까. 우리는 다시 도로에 올라 여정을 시작했다. 피곤이 몰려왔다. 피곤할 때 한산한 고속도로의 장거리 주행은 쥐약이다. 벡은 조용히 옆자리에 앉아 있었다. 처음엔 그냥 그가 기분이 가라앉은 거라고 생각했다. 아니면 낯을 가리거나 내성적이거나. 그러다 그가 긴장하고 있다는 걸 알아차렸다. 전투에 돌입하는 것이 마음 편하지만은 않은 것 같았다. 반면에 나는 아주 편했다. 우리가 싸울 상대가 없을 거라는 걸 확실히 알고 있었기 때문이다.

"리처드는 어떻습니까?" 내가 물었다.

"괜찮아." 그가 말했다. "그 아이는 내면이 강해. 착한 아들이고."

"그렇습니까?" 나는 뭐라도 말을 해야 해서 이렇게 말했다. 졸음을 쫓으려면 그가 계속 말을 해줘야 했다.

"아주 충직하지. 아버지로서 더 바랄 게 없어."

그는 다시 조용해졌고 나는 졸음과 싸우느라 애썼다. 10킬로, 20킬로.

"잔챙이 마약상들을 상대해본 적 있나?" 그가 물었다.

"없습니다." 내가 말했다.

"그놈들에게는 독특한 무언가가 있어." 그는 말했다.

그는 30킬로를 더 가는 동안 아무 말도 하지 않았다. 그러다가 마치 내내 정리되지 않는 생각을 쫓고 있었던 것처럼 다시 말을 꺼냈다.

"완전히 패션에 지배당해 있지." 그가 말했다.

"그렇습니까?" 나는 관심 있는 척하며 대꾸했다. 아무 관심 없었지만 어쨌든 그가 계속 말을 하길 바랐다.

"실험실 약이라는 게 패션 아이템이나 마찬가지야. 그놈들의 고객들도 그놈들만큼이나 질이 나쁘고. 그놈들이 파는 물건은 따라잡기도 힘들어.

매주 다른 이상한 이름을 붙이거든."

"실험실 약이 대체 뭡니까?" 내가 물었다.

"실험실에서 만든 마약." 그가 말했다. "화학적으로 제조된 것. 그러니까 자연적으로 땅에서 자라는 것들과는 달라."

"마리화나처럼요."

"헤로인이나 코카인도. 그것들은 자연산이지. 유기농으로. 물론 정제되긴 하지만 비커에서 만들어지지는 않아."

나는 아무 말도 하지 않았다. 그저 눈을 뜨고 있으려고 애썼다. 차 안이 너무 따뜻했다. 피곤할 땐 차가운 공기가 필요하다. 졸음을 쫓으려고 아랫입술을 깨물었다.

"패션이라는 게 그들이 하는 모든 일에 영향을 미쳐." 그가 말했다. "모든 것에 말이야. 예를 들어 신발에도. 오늘 밤 우리가 찾으러 가는 이놈들은 볼 때마다 다른 신발을 신고 있어."

"뭐, 농구화 같은 거 말입니까?"

"그래. 마치 농구로 밥 먹고 사는 것처럼. 한번은 상자에서 막 꺼낸 200달러짜리 리복을 신고 있더라고. 다음에 보면 리복은 완전히 구식이 된 거고 나이키 같은 걸 신어야 돼. 에어 어쩌고 하는 거. 아니면 갑자기 캐터필라 부츠나 팀버랜드로 바뀌고. 가죽이었다가 고어텍스로 갔다가 다시 가죽으로 오고. 검은색이었다가 작업화 같은 노란 걸 신고. 항상 끈은 풀고 다니고. 그러고는 다시 운동화로 돌아가는데 이번에는 아디다스야. 그 줄무늬 있는 거. 그게 한 켤레에 이삼백 달러씩 해. 별 이유도 없이 말이야. 완전 미친 거지."

나는 아무 말도 하지 않았다. 그저 눈을 부릅뜨고 눈알이 따끔거리는데도 운전만 했다.

"왜 그런지 아나?" 그가 말했다. "돈 때문이야. 돈이 너무 많아서 뭘 해야 할지 모르는 거지. 재킷만 해도 그래. 그놈들이 입는 재킷 본 적 있나? 어떤 주에는 거위털이 빵빵한 빤짝거리고 푹신한 노스페이스 재킷이어야 해. 밤에만 외출하니까 겨울이든 여름이든 상관없어. 그런데 그다음 주기 되면 빤짝이는 이제 구린 거야. 노스페이스는 여전히 먹힐지 모르지만 이제는 극세사여야 해. 그다음은 울에 가죽 소매가 달린 레터맨 재킷으로 바뀌지. 어떤 스타일이든 일주일이면 끝나."

"완전 미쳤군요." 나는 뭐라도 말을 해야 해서 이렇게 대꾸했다.

"돈 때문이야." 그가 계속 말했다. "그놈들은 그 돈을 어떻게 해야 할지 몰라서 그냥 변화를 위한 변화를 추구해. 그게 모든 것을 오염시키고 있어. 총도 마찬가지야. 그놈들은 원래 H&K MP5K를 좋아했었어. 자네 말대로라면, 이제 놈들이 우지를 쓴다는 거잖아. 내 말 알아듣겠나? 이놈들한테는 무기조차도 운동화나 재킷과 마찬가지로 패션 아이템이야. 자기들이 파는 실제 물건에 이르기까지 완벽하게 순환하는 거지. 그놈들의 수요는 모든 분야에서 계속 변해. 심지어 자동차까지도. 대체로 일본 차를 좋아하는데, 아마도 서부 해안의 유행을 따르는 것 같아. 하지만 한 주는 도요타였다가, 다음 주에는 혼다야. 그다음엔 닛산이고. 닛산 맥시마는 이삼년 전에 엄청 인기 있었지. 자네가 훔친 그 차종 말이야. 그다음엔 렉서스야. 완전히 광적이지. 시계도 그래. 스와치를 차고 다니다가 롤렉스로 바뀌차. 그놈들은 그 물건들의 차이를 몰라. 미친 짓이지. 물론 공급자로서 그 시장에 있는 입장에서는 불평할 게 없어. 시장의 진부화는 우리가 목표로 하는 바니까. 하지만 때로는 너무 빨리 진행돼버려. 따라잡기가 힘들어."

"그럼 그 시장에 계신 겁니까?"

"뭘 생각한 건가?" 그가 물었다. "내가 회계사인 줄 알았나?"

"러그 수입업자인 줄 알았습니다만."

"맞아. 러그를 많이 수입하지."

"그러니까요."

"하지만 본질적으로는 위장하는 거야." 그러더니 그가 웃었다. "요즘 세상에 그런 애들에게 운동화를 팔면서 예방 조치도 안 한다고 생각하나?"

그는 계속 웃었다. 긴장감이 짙게 깔려 있었다. 나는 묵묵히 차를 몰았다. 곧 그가 진정했다. 옆 창문도 내다보고 앞유리 너머도 바라보았다. 마치 우리 두 사람 모두에게 부합하는 이야기인 듯, 다시 말을 시작했다.

"스니커즈 신어본 적 있나?" 그가 물었다.

"없습니다."

"누가 나한테 설명을 좀 해줬으면 해서 물어보는 거야. 리복과 나이키 사이에는 명확하게 구분될 만한 차이점이 없잖나. 안 그래?"

"글쎄요. 잘 모르겠습니다."

"내 말은, 아마 같은 공장에서 만들어질 거라는 거야. 베트남 어딘가에서. 로고를 붙이기 전까지는 같은 신발일 거라고."

"그럴지도요. 그런데 정말로 잘 모르겠습니다. 난 운동선수가 아니었으니까요. 그런 신발은 신어본 적도 없습니다."

"그럼 도요타와 혼다에는 차이가 있을까?"

"모르겠습니다."

"왜 몰라?"

"POV를 가져본 적이 없으니까요."

"POV가 뭔가?"

"개인 소유 차량Privately Owned Vehicle 말입니다. 군대에서는 도요타나 혼다, 아니면 닛산이나 렉서스를 그렇게 부릅니다."

"그럼 자네가 아는 건 뭐지?"

"스와치와 롤렉스의 차이는 알고 있습니다."

"그래? 뭐가 다른데?"

"다를 게 없습니다. 둘 다 시간을 알려주니까요."

"그건 답이라고 할 수가 없는데."

"우지와 H&K의 차이점은 압니다."

그가 좌석에서 몸을 돌렸다. "그래? 좋아. 설명해봐. 왜 이놈들이 H&K를 버리고 우지를 택했을까?"

캐딜락은 계속해서 앞으로 나아가고 있었다. 나는 운전대를 잡은 채 어깨를 으쓱했다. 하품을 참았다. 물론 말도 안 되는 질문이었다. 실제로는 하트퍼드 패거리가 MP5K를 버리고 우지를 선택한 게 아니었으니까. 엘리엇과 더피는 하트퍼드 패거리가 어떤 무기를 주로 사용하는지 몰랐고, 벡이 하트퍼드에 대해 뭘 알고 있는지도 몰랐기 때문에 그냥 손쉽게 구할 수 있는 우지를 요원들 손에 쥐어 주었을 뿐이다.

하지만 이론적으로는 아주 좋은 질문이었다. 우지는 훌륭한 무기이다. 조금 무겁긴 하지만. 연사속도가 세계에서 가장 빠른 총도 아니라는 점이 몇몇 사람에게는 중요할 수도 있다. 총열 내부에 강선이 많지 않아 정확도가 약간 떨어지기도 한다. 반면에 구조가 단순해 매우 신뢰할 수 있다는 게 증명되어 있고, 마흔 발짜리 탄창도 쓸 수 있다. 훌륭한 무기이다. 하지만 H&K의 MP5 계열이 더 나은 무기이다. 같은 탄약을 더 빠르고 더 강하게 발사한다. 아주, 아주 정확하다. 사수에 따라서는 훌륭한 소총만큼 정확하다. 확실한 신뢰도. 완전히 더 나은 무기이다. 1970년대 명품과 1950년대 명품 간의 대결. 모든 분야에 적용되는 것은 아니지만, 군용 무기에 있어서는 언제나 현대식이 더 낫다.

"그럴 이유가 없습니다. 이해가 안 가네요."

"정확해." 벡이 말했다. "그래서 패션이라고 하는 거야. 그때그때 지들 꼴리는 대로 변덕을 부리는 거지. 충동적으로. 그런 것 때문에 비즈니스가 돌아가는 거지만, 그게 모두를 미치게 만들기도 해."

벡의 휴대폰이 울렸다. 그는 주머니에서 휴대폰을 꺼내 자신의 이름을 짧고 날카롭게 말했다. 약간 긴장도 한 듯 보였다. 벡. 마치 기침 소리 같았다. 그는 한참을 듣고만 있었다. 발신자에게 주소와 방향을 반복해서 묻고는 전화를 끊고 다시 주머니에 넣었다.

"듀크야." 그가 말했다. "몇 군데 전화를 돌려봤는데, 우리가 찾는 애들은 하트퍼드에 없다는군. 남동쪽으로 조금 떨어진 시골 어딘가에 숨어 있을 거라고 하니 거기로 가자고."

"거기 도착하면 뭘 하는 겁니까?"

"별거 없어. 군이 일을 크게 벌일 필요는 없으니까. 깔끔하게 혹은 복잡하게 뭔가를 해야 할 필요도 없고. 이런 상황에서는 그냥 다 쓸어버리는 게 좋아. 필연적이었다는 인상을 남기는 거지. 하지만 캐주얼하게. 나를 건드리면 처벌은 신속하고 확실하지만, 그렇다고 내가 엄청나게 신경 쓴 건 아니라는 듯이."

"그렇게 하면 고객을 잃게 되는 것 아닙니까?"

"대체할 사람은 많아. 줄 서서 기다리는 인간들로 넘쳐나니까. 이게 이

비즈니스의 진정한 메리트지. 수요와 공급이 수요 쪽에 훨씬 유리하게 기울어져 있거든."

"직접 하실 겁니까?"

그는 고개를 저었다. "자네랑 듀크가 해야겠지."

"난 그냥 운전만 하는 줄 알았는데요."

"이미 두 명이나 보냈잖아. 몇 명 더 죽이는 게 뭐가 대수인가?"

나는 히터를 한 단계 낮추고 눈을 부릅뜨며 혼잣말을 했다. 피비린내 나는 전쟁.

보스턴 외곽을 반 바퀴쯤 돌았을 때 벡은 나에게 남서쪽 매사추세츠 고속도로를 탄 후에 I-84 도로를 타라고 했다. 한 시간 정도 걸려 100킬로미터를 더 달렸다. 벡은 내가 너무 빨리 운전하는 것을 원치 않았다. 눈에 띄고 싶지 않아서였다. 위조 번호판에다가 총이 든 가방이 뒷좌석에 있으니 고속도로 순찰대에게 걸리고 싶지 않은 게 당연했다. 이해가 갔다. 나는 자동 로봇처럼 운전했다. 40시간 동안 한숨도 못 잤다. 하지만 더피를 만난 모텔에서 잠시 눈 붙일 수 있었던 기회를 놓친 것이 후회되지는 않았다. 더피는 어땠는지 모르겠지만 나는 그곳에서 보낸 시간이 매우 만족스러웠다.

"다음 출구." 벡이 말했다.

그때 나는 I-84로 하트퍼드 시내를 관통하고 있었다. 낮게 깔린 구름에 도시의 불빛이 비쳐 주황색으로 번지고 있었다. 출구는 넓은 도로로 이어졌다가 1킬로미터쯤 지나자 남동쪽으로 길이 좁아지면서 탁 트인 들판이 나타났다. 전방은 완전한 어둠이었다. 낚시용품, 얼음과 맥주, 오토바이 부품 등을 파는 문 닫힌 시골 상점 몇 곳이 보이다가 그마저 사라지고 나무들의 어두운 형체만이 남았다.

8분 뒤 그가 말했다. "다음에서 우회전."

더 좁은 길로 접어들었다. 노면 상태가 좋지 않았고 제멋대로 굽어 있었다. 사방이 캄캄했다. 집중해야만 했다. 다시 돌아가는 길의 운전이 벌써부터 내키지 않았다.

"계속 가."

15킬로미터 정도를 더 갔다. 어디인지 전혀 감을 잡을 수 없었다.

"좋아. 조금만 가면 듀크가 기다리고 있을 거야."

2킬로미터쯤 더 가자 내 전조등 불빛에 듀크의 뒤 번호판이 나타났다. 듀크의 차는 갓길에 주차되어 있었다. 도랑으로 내려가는 경사를 따라 한쪽으로 기울어져 있었다.

"저 차 뒤에 세워."

나는 링컨 후미에 바짝 붙여 차를 세우고 기어를 P에 넣었다. 잠이 쏟아졌다. 5분만 눈을 붙여도 훨씬 나을 것 같았다. 하지만 듀크는 우리를 알아보자마자 좌석에서 몸을 돌려 나와 벡의 차창 쪽으로 서둘러 다가왔다. 벡이 창을 내리자 듀크가 쪼그리고 앉아 얼굴을 창문 안으로 들이밀었다.

"3킬로미터 전방입니다." 그가 말했다. "왼쪽에 길고 구부러진 진입로가 있어요. 그냥 흙길이에요. 불을 끄고 조용히 천천히 가면 차로 반쯤은 갈 수 있습니다. 나머지는 걸어가야 하고요."

벡은 아무 말도 하지 않았다. 그냥 창문만 다시 올렸다. 듀크는 자기 차로 돌아갔다. 차를 갓길에서 빼낸 뒤 바로 직진했다. 나는 그를 따라 3킬로미터를 달렸다. 진입로 100미터 앞에서 라이트를 끄고 방향을 꺾었다. 천천히 들어갔다. 달빛이 좀 있었다. 앞에 가는 링컨이 타이어 자국 파인 곳에서 덜컹거리며 좌우로 흔들렸다. 캐딜락도 마찬가지로 덜컹거렸는데, 타이밍이 달라서 링컨이 내려갈 때 캐딜락은 올라갔고, 링컨이 왼쪽으로 기울면 캐딜락은 오른쪽으로 기울었다. 기어가는 정도로 속도를 낮췄다. 공회전 관성을 이용해 조금 더 나아갔다. 듀크 차의 브레이크등이 환하게 켜지며 급하게 멈췄다. 나도 그 뒤에 멈췄다. 벡이 몸을 돌리더니 시트 사이의 틈새로 스포츠 가방을 끌어당겨 무릎 위에 올려놓고 지퍼를 열었다. MP5K 한 정과 서른 발짜리 예비 탄창 두 개를 내게 건넸다.

"처리하고 와."

"여기서 기다리실 겁니까?"

그는 고개를 끄덕였다. 나는 총을 분해해서 점검했다. 다시 조립해서 약실에 총알 한 발을 장전하고 안전장치를 걸었다. 예비 탄창은 글록과 PSM에 부딪히지 않도록 주머니에 조심스럽게 넣었다. 차에서 내려 몸을 풀었다. 서서 차가운 밤공기를 들이마셨다. 그게 약이 되었다. 잠이 달아났다. 근처에 호수가 있는지 물비린내가 났다. 나무 냄새, 땅에서 썩어가는 낙엽 냄새도 맡을 수 있었다. 멀리서 작은 폭포 소리가 들렸고 자동차의 머플러가 식으면서 작게 틱틱거리는 소리도 들렸다. 나무 사이로 산들바람이 불어왔다. 그 외에는 아무 소리도 들리지 않았다. 완전한 정적 그 자체였다.

듀크가 나를 기다리고 있었다. 그의 몸 전체에서 긴장과 초조함이 풍겨 나왔다. 그는 전에도 이런 일을 해본 적이 있었다. 그건 분명했다. 대규모 단속을 앞둔 베테랑 경찰처럼 보였다. 어느 정도의 익숙함이 있었지만 어떤 상황도 똑같을 수는 없다는 예리한 깨달음이 섞여 있었다. 손에는 긴 서른 발짜리 탄창이 들어 있는 슈타이어 권총이 들려 있었다. 탄창이 손잡이 아래로 길게 튀어나와 있었다. 그 어느 때보다 더 크고 흉측해 보였다.

"가자." 그가 속삭였다.

나는 마치 보병처럼 그의 뒤로 2미터 거리를 두고 진입로 건너편에서 걸어갔다. 뭉쳐 다니면 위험하다는 걸 의식하고 있다는 것처럼. 듀크에게 믿음을 주기 위해서였다. 나는 그곳이 비어 있을 거라는 걸 알고 있지만 그는 몰랐다.

굽은 길을 돌아가자 전방에 집이 보였다. 창문에 불이 환하게 켜져 있었다. 보안 타이머가 설정되어 있는 것 같았다. 듀크가 속도를 늦추고 멈춰섰다.

"문 보여?" 그가 속삭였다.

어둠 속을 자세히 들여다보았다. 작은 현관이 보였다. 그곳을 가리켰다.

"입구에서 기다려." 내가 속삭였다. "불 켜진 창문을 확인해볼 테니."

그가 동의했다. 나는 현관에 도착했다. 그는 거기 멈춰 기다렸고 나는 떨어져 나와 창문 쪽으로 돌아갔다. 마지막 3미터 정도는 땅에 엎드려 흙바닥을 기어갔다. 창턱에서 머리를 살짝 들어 안을 들여다보았다. 노란색 플라스틱 갓을 씌운 테이블 램프에 저전력 전구가 켜져 있었다. 낡은 소파와 안락의자가 있었다. 벽난로에는 오래전에 피운 불에서 나온 식은 재가 있었다. 벽은 송판이었다. 사람은 없었다. 나는 빛이 닿아 듀크가 나를 볼수 있는 데까지 기어 나와 손가락 두 개를 펴서 눈 밑에 댔다. 저격수와 관측병 사이의 표준 수신호로 '봤다'를 의미하는 것이다. 그러고는 손바닥을 펴서 손가락을 모두 펼쳤다. 다섯 명을 봤다. 그런 다음 그들의 태세와 무장 상태를 나타내는 것처럼 보이는 복잡한 제스처를 계속 취했다. 듀크가 못 알아볼 거라는 것은 알고 있었다. 나도 모르는 동작이었으니까. 내가 아는 한 그런 수신호는 없다. 나도 저격수와 관측병 입장이었던 적은 없었다. 하지만 전체 진행은 정말 그럴듯했다. 전문적이고 은밀하며 긴박해 보였다.

나는 3미터를 더 기어 나갔다가 조용히 일어서서 문 앞에 있는 그와 합류했다.

"다들 정신이 나갔어." 내가 속삭였다. "술이나 약에 취한 것 같아. 잘만 치고 들어가면 피 안 묻히고 집에 갈 수 있을 거야."

"무기는?"

"많은데, 저놈들 손 닿는 곳에는 하나도 없어." 나는 현관을 가리켰다. "안쪽에 짧은 복도가 있을 것 같아. 바깥쪽 문, 안쪽 문, 그리고 복도. 넌 왼쪽을 맡아. 난 오른쪽을 맡을게. 그리고 복도에서 대기했다가 놈들이 소리를 듣고 방에서 나오면 처리하자고."

"지금 나한테 명령하는 거야?"

"정찰을 내가 했잖아."

"망치지나 마, 멍청아."

"너도."

"난 절대 안 그래."

"알았어."

"진심으로 말하는 건데," 그가 말했다. "내 앞길 막으면 아주 기쁜 마음으로 다른 놈들과 함께 널 죽여 버릴 거야. 그 즉시."

"우리는 같은 편이야."

"우리?" 그가 말했다. "그런지 아닌지 곧 알게 되겠지."

"긴장 풀라고." 내가 말했다.

그는 주춤했다. 긴장하고 있었다. 어둠 속에서 고개를 끄덕였다. "내가 바깥쪽 문을 맡을 테니 넌 안쪽 문을 맡아. 연속동작으로."

"알았어." 내가 다시 말했다. 나는 돌아서서 미소를 지었다. 마치 베테랑 경찰인 양. 내가 안쪽 문을 맡으면 그가 먼저 들어가고 내가 두 번째로 들어가게 되는데, 적의 정상적인 반응 시간을 고려할 때 보통 총에 맞는 건 두 번째 사람이다.

"안전장치 해제." 내가 속삭였다.

나는 H&K를 단발 사격 모드로 전환했고, 듀크는 슈타이어의 잠금장치를 오른쪽으로 클릭했다. 내가 고개를 끄덕이자 그도 고개를 끄덕이며 바깥쪽 문을 발로 찼다. 나는 그의 어깨 바로 옆으로 그를 지나치며 보폭을 흐트러트리지 않고 안쪽 문을 차고 들어갔다. 그는 나를 지나쳐서 왼쪽으로 뛰어 들어갔고 나는 그를 따라 오른쪽으로 갔다. 그는 아주 능숙했다. 우리는 꽤 좋은 팀이었다. 부서진 문이 경첩에서 흔들리는 것을 멈추기도 전에 우리는 완벽한 자세로 웅크리고 있었다. 듀크는 앞쪽의 방 입구를 정면으로 응시하고 있었다. 고정 양손 그립으로 슈타이어를 잡고 팔을 쭉 뻗은 채 눈을 크게 뜨고 있었다. 그는 가쁜 숨을 쉬고 있었다. 거의 헐떡이고 있었다. 자기 나름대로는 최선의 방법으로 긴 위험의 순간에 잘 대처해나가고 있었다. 나는 주머니에서 돌의 PSM을 꺼냈다. 왼손에 들고 안전장치를 슬쩍 푼 다음 바닥을 기어가서 그의 귀에 쑤셔 넣었다.

"꼼짝 말고 조용히 해." 나는 그에게 말했다. "그리고 선택해. 내가 딱 한 가지 질문을 할 거야. 거짓말을 하거나 답을 거부하면 네 머리에 총알이 박힐 거고. 알아들었나?"

그는 정말로 꼼짝도 하지 않았다. 5초, 6초, 8초, 10초가 지났다. 그는 절박하게 눈앞의 문만 응시했다.

"걱정 마. 여긴 아무도 없으니까. 지난주에 모두 체포됐어, 정부에."

그는 미동도 하지 않았다.

"방금 내가 한 말 이해했나? 질문 말이야."

그는 여전히 총이 귀에 세게 박힌 채 머뭇거리며 어색하게 고개를 끄덕였다.

"대답해. 아니면 머리를 날려버릴 테니까. 알겠나?"

그가 다시 고개를 끄덕였다.

"좋아. 이제 시작하지. 준비됐나?"

그가 딱 한 번 고개를 까닥했다.

"테레사 다니엘은 어디에 있지?"

긴 침묵이 흘렀다. 그가 반쯤 내 쪽으로 몸을 돌렸다. 나는 PSM의 총구가 제자리에서 빠지지 않도록 손을 이리저리 움직였다. 그의 눈에 서서히 깨달음이 떠올랐다.

"네 꿈속에." 그가 말했다.

나는 그의 머리를 쐈다. 총구를 귀에서 빼고 왼손으로 오른쪽 관자놀이에 한 발 쐈다. 어둠 속에서 총성이 사방으로 울려 퍼졌다. 피와 뇌수, 뼈 조각이 멀리 벽까지 튀었다. 뿜어나온 섬광이 머리카락을 태웠다. 그런 다음 오른손으로 H&K를 천장을 향해 두 발 발사하고 왼손으로 PSM을 바닥으로 또 한 발 쐈다. H&K를 자동으로 전환한 뒤 일어서서 죽은 그의 몸에 사격해 탄창을 다 비웠다. 그리고 바닥에 떨어졌던 듀크의 슈타이어를 주워 들고 다시 한번 천장으로 열다섯 발을 연속으로 쏘아 탄창의 절반을 날려버렸다. 복도는 순식간에 매캐한 연기로 가득 찼고 나무 조각과 석회 조각이 사방으로 날아다녔다. H&K의 탄창을 교체하고 벽에다 갈겨 댔다.

소음으로 귀가 먹먹해졌다. 탄피가 비처럼 쏟아져 내려 이리저리 튕겼다. 딸깍 하고 H&K의 탄창이 비었다는 소리가 난 뒤, PSM의 남은 탄약을 복도 벽에 퍼붓고 불이 켜진 방의 문을 걷어차 열고 슈타이어로 테이블 램프를 날려버렸다. 사이드 테이블을 잡아서 창문으로 던진 뒤 H&K의 두 번째 예비 탄창을 갈아 끼우고 멀리 있는 나무들을 향해 모두 갈겨대는 동시에 왼손으로는 딸깍 소리가 날 때까지 슈타이어를 바닥을 향해 쏘았다. 그런 다음 슈타이어와 H&K, PSM을 함께 두 팔에 끌어안고 머릿속에서는 커다란 종소리가 울리는 상태로 빠져나와 달렸다. 15초 동안 128발을 쐈다. 총소리에 귀가 먹먹했다. 벡에게는 3차 세계대전이 벌어진 것처럼 들렸을 것이다.

나는 곧장 진입로를 달려 내려갔다. 기침이 계속 나왔고, 구름 같은 화약 연기가 내 뒤를 따라왔다. 차 쪽으로 향했다. 벡은 몸을 구겨 이미 캐딜락의 운전석으로 넘어가 있었다. 그는 내가 오는 것을 보고 차 문을 살짝 열었다. 창문을 내리는 것보다 그게 더 빨랐다.

"매복 기습입니다." 내가 말했다. 숨이 차서 머릿속에서 내 목소리가 크게 울렸다. "적어도 여덟 명."

"듀크는?"

"죽었어요. 지금 당장 떠나야 합니다."

그는 순간 얼음이 되었다. 그러다 움직였다.

"그의 차를 타." 벡이 말했다.

벡은 이미 캐딜락을 출발시켰다. 가속페달을 세게 밟으며 문을 쾅 닫은 뒤 진입로를 따라 후진해 시야에서 사라졌다. 나는 링컨에 뛰어올라 시동을 걸었다. 기어를 R에 놓고 한쪽 팔꿈치를 좌석 뒤쪽에 올린 채 뒷유리를 응시하며 세게 밟았다. 우리는 연이어 도로로 후진하여 튀어나왔고 레이스라도 하는 것처럼 나란히 북쪽으로 내달렸다. 커브를 돌 때마다 요란한 소리를 내면서 시속 120킬로를 유지했다. 하트퍼드로 돌아가는 방향으로 꺾어지는 길에 도착할 때까지 속도를 늦추지 않았다. 벡이 나보다 조금 앞서 나갔고 나는 그 뒤를 따라갔다. 벡은 8킬로미터를 빠르게 달려서 문을 닫은 주류판매점으로 들어가 주차장 뒤편에 주차했다. 나는 그에게서 3미터 떨어진 곳에 주차하고 그냥 좌석에 기대어 앉은 채 그가 내게 오기를 기다렸다. 너무 지쳐서 내릴 수가 없었다. 그는 캐딜락의 후드를 뛰어 돌아와 내 차 문을 열었다.

"매복이었다고?" 그가 물었다.

나는 고개를 끄덕였다. "우리를 기다리고 있었습니다. 여덟 명이. 어쩌면 더 많을 수도 있고. 거의 학살이었어요."

그는 아무 말도 하지 않았다. 그가 할 말은 없었다. 나는 옆 좌석에서 듀크의 슈타이어를 집어 그에게 건네주었다.

"이걸 회수했습니다." 내가 말했다.

"왜지?"

"사장님이 원할 것 같아서요. 추적을 당할 수도 있잖습니까."

그는 고개를 끄덕였다. "추적은 불가능해. 그래도 잘 처신했군."

H&K도 건넸다. 그는 캐딜락으로 돌아갔고 나는 그가 총 두 정을 가방에 넣는 것을 지켜보았다. 그가 돌아섰다. 두 손을 꽉 쥐고 검은 하늘을 올려다보았다. 그러고는 나를 쳐다보았다.

"놈들 얼굴 좀 봤나?" 그가 물었다.

나는 고개를 저었다. "너무 어두워서요. 하지만 한 놈은 맞혔습니다. 놈이 이걸 떨어뜨렸고요."

나는 그에게 PSM을 건넸다. 그는 배에 한 방 맞은 것처럼 반응했다. 얼굴이 창백해지더니 손을 뻗어 링컨의 지붕을 짚고 몸을 지탱했다.

"왜 그러십니까?" 내가 물었다.

그가 시선을 돌렸다. "믿을 수가 없군."

"뭐가 말입니까?"

"어떤 놈을 쐈는데 그놈이 이걸 떨어뜨렸다고?"

"듀크가 쏜 총에 맞은 것 같습니다."

"그걸 직접 봤나?"

"그저 형체만요. 너무 어두웠습니다. 총구의 섬광이 번쩍번쩍 했고요. 듀크가 사격 중에 어떤 형체를 맞혔는데 내가 나올 때 바닥에 이게 있었습니다."

"이건 돌의 총이야."

"확실합니까?"

"아닐 확률이 100만 분의 1이지. 이 총이 어떤 건지 아나?"

"이런 건 본 적이 없습니다."

"이건 특제 KGB 권총이야." 그가 말했다. "구소련 시절의. 이 나라에서는 매우 희귀한 물건이지."

그러고 나서 그는 주차장의 어둠 속으로 걸어갔다. 나는 눈을 감았다. 잠을 자고 싶었다. 5초만 잘 수 있어도 훨씬 나을 것 같았다.

"리처." 그가 불렀다. "뭐든 단서를 남긴 게 있나?"

나는 눈을 떴다.

"듀크의 시체."

"그건 아무런 단서가 안 될 거야. 탄도학적으로는?"

나는 어둠 속에서 미소를 지었다. 하트퍼드 경찰서의 과학수사팀이 총알의 궤적을 파악하려고 애쓰는 모습을 상상해 보았다. 벽, 바닥, 천장. 그들은 복도에 중무장한 디스코 댄서들이 가득 차 있었다고 결론을 내릴 것이다.

"총알과 탄피가 엄청나게 많습니다." 내가 말했다.

"추적 불가능이군." 그가 말했다.

그는 어둠 속으로 더 깊숙이 들어갔다. 나는 다시 눈을 감았다. 나는 지문을 하나도 남기지 않았다. 신발 밑창을 제외하고는 내 몸의 어느 부위도 그 집의 어디에도 닿지 않았다. 그리고 더피의 글록은 쏘지 않았다. 총열 자국 데이터를 보관하는 중앙등록소가 어딘가에 있다는 얘기를 들은 적이 있다. 더피의 글록도 거기에 등록되어 있을 것이다. 그러나 나는 그 총을 사용하지 않았다.

"리처." 그가 불렀다. "집까지 태워다 주겠나?"

나는 눈을 떴다.

"이 차는 어떻게 하고요?" 내가 물었다.

"여기에 버리고 가."

나는 하품을 하며 억지로 몸을 움직여 코트 자락으로 핸들과 내 손이 닿은 모든 조작부를 닦았다. 사용하지 않은 글록이 주머니에서 거의 빠져 떨어질 뻔했다. 백은 눈치채지 못했다. 너무 얼이 빠져서 내가 글록을 꺼내 선댄스 키드*처럼 손가락으로 빙글빙글 돌렸어도 눈치채지 못할 것 같았다. 나는 문 손잡이를 닦고 몸을 숙여 차 키를 빼서 닦은 다음 주차장 옆에 있는 덤불 속으로 던졌다. *미국 서부 개척시대 끝 무렵인 1899년 와이오밍주 홀인더월에서 결성된 무법자들의 느슨한 갱스터 조직의 일원.

"가지." 벡이 말했다.

하트퍼드에서 북동쪽으로 50킬로미터 떨어진 곳까지 가는 동안 벡은 한마디도 하지 않았다. 그러고 나서 그가 입을 열었다. 그는 그 시간 동안 모든 것을 머릿속으로 정리한 모양이었다.

"어제 그 전화 통화." 그가 말했다. "놈들은 계획을 세우고 있었던 거야. 돌은 계속 놈들과 함께 일하고 있었고."

"언제부터 말입니까?"

"처음부터."

"그건 말이 안 됩니다." 내가 말했다. "듀크가 남쪽으로 가서 도요타의 차량 번호를 알아내 사장님께 보고했잖습니까. 그리고 사장님이 돌에게 그 번호를 주면서 추적하라고 했고. 그렇다면 왜 돌이 추적 결과를 사실 그대로 말했겠습니까? 놈들과 한패였다면, 분명히 거기서 추적을 멈췄을 겁니다. 놈들에게서 눈을 돌리게 하고, 상황을 어둠 속에 남겨두면서."

벡은 자신이 한 수 위라는 듯 미소를 지었다.

"아니." 그가 말했다. "놈들은 매복을 준비하고 있었어. 전화 통화의 요점이 그거였지. 놈들의 임기응변이었어. 납치 작전이 실패하자 전술을 바꾼 거야. 놈들은 돌을 활용해 우리를 그쪽으로 유도했어. 그래서 오늘 밤에 이런 일이 벌어진 거야."

나는 천천히 고개를 끄덕여서 그의 의견에 동의하는 척했다. 보류 중인 승진을 확정 짓는 가장 좋은 방법은 내가 자기보다 좀 더 멍청하다고 상대가 생각하게 만드는 것이다. 이 방법으로 군대에서 세 번 연속 성공한 적이 있다.

"오늘 밤의 계획에 대해 돌이 알고 있었던 겁니까?" 내가 물었다.

"그래." 그가 말했다. "어제 우리 모두가 논의했어. 상세하게. 사무실에서 우리가 얘기하는 걸 자네가 봤을 때 말이야."

"그럼 돌이 사장님을 속인 거군요."

"그래." 그가 다시 말했다. "돌이 어젯밤에 사무실 문을 잠그고 포틀랜드를 떠나 이리로 내려와서 그놈들과 함께 기다린 거야. 누가, 언제, 왜 오는지 다 알려준 거지."

나는 아무 말도 하지 않았다. 그냥 돌의 차에 대해서만 생각했다. 차는 벡의 사무실에서 1킬로미터 떨어진 곳에 있다. 더 잘 숨겼으면 좋았을 텐데 하는 생각이 들기 시작했다.

"그런데 큰 의문이 하나 있어." 벡이 말했다. "이게 돌 혼자서 꾸민 일이었을까?"

"아니면요?"

그는 잠잠해졌다. 그러더니 어깨를 으쓱했다.

"아니면, 놈과 함께 일하는 다른 사람들일 수도 있겠지."

당신이 통제할 수 없는 사람들. 나는 생각했다. 퀸의 사람들.

"아니면 그들 모두가 함께 작당했든지." 그가 말했다.

그는 다시 생각에 잠겼고, 우리는 60킬로미터쯤을 더 달렸다. 다시 I-95를 타고 보스턴 북쪽으로 향할 때까지 그는 한마디도 더 하지 않았다.

"듀크가 죽었단 말이지." 그가 말했다.

"유감입니다."

이제 시작인가.

"난 그를 오랫동안 알고 지냈어." 그가 말했다.

나는 아무 말도 하지 않았다.

"자네가 맡아줘야겠어." 그가 말했다. "지금 당장 사람이 필요해. 내가 믿을 수 있는 사람이. 그리고 지금까지는 자네가 잘 해왔고."

"승진입니까?" 내가 물었다.

"충분히 자격이 있지."

"보안 책임자로요?"

"적어도 임시로는." 그가 말했다. "자네가 원한다면 영구적으로도 가능하고."

"잘 모르겠습니다." 내가 말했다.

"내가 자네에 대해 뭘 알고 있는지 생각해봐." 그가 말했다. "자네는 내 소유야."

나는 2킬로미터 정도를 말없이 운전했다. "돈은 조만간 주실 겁니까?"

"5천 달러에 듀크가 받던 것까지 얹어서 주지."

"배경 정보가 좀 필요합니다." 내가 말했다. "그게 없이는 도와드릴 수 없습니다."

그는 고개를 끄덕였다.

"내일." 그가 말했다. "내일 얘기하자고."

그러더니 다시 조용해졌다. 조금 지나서 그를 쳐다보니 깊이 잠들어 있었다. 일종의 충격 반응이었다. 그에게는 자신의 세상이 무너지고 있는 것 같은 느낌일 것이다. 나는 졸음을 억누르고 도로를 따라 차를 운전하려고 애썼다. 그리고 대영제국의 전성기 때 인도에 주둔했던 영국군이 남긴 글에 대한 기억을 떠올렸다. 낮은 계급에 묶여 있는 젊은 하급 장교들은 그들만의 회식을 가졌다. 화려한 정복을 입고 함께 식사를 하며 승진 기회에 대해 이야기하곤 했다. 하지만 상급 장교가 죽지 않는 한 승진은 불가능했다. '죽은 자의 신발을 신는 것'이 결원 승계의 규칙이었다. 그래서 그들은 고급 프랑스산 와인이 담긴 크리스털 잔을 들어 '피비린내 나는 전쟁과 끔찍한 질병'을 기원하는 건배를 했다. 지휘 계통상의 상급 사망자가 나오는 것만이 그들이 승진할 수 있는 유일한 길이었기 때문이다. 잔인하지만 군대는 항상 그런 식으로 돌아간다.

나는 거의 비행기의 자동 조종 상태처럼 운전하며 메인의 해안까지 돌아왔다. 운전한 구간 중 단 1킬로미터도 기억나지 않았다. 피로에 절어 거의 마비 상태였다. 몸 구석구석이 다 아팠다. 폴리가 느릿느릿 게이트를 열었다. 자고 있던 걸 우리가 깨운 것 같았다. 그는 나를 매섭게 노려보았다. 백을 현관 앞에 내려주고 차를 차고에 넣었다. 안전을 위해 글록과 예비 탄창을 숨겨두고 뒷문으로 들어갔다. 금속 탐지기가 차 키에 반응해 삐 소리를 냈다. 키를 주방 테이블 위에 내려놓았다. 배가 고팠지만 너무 피곤해서 먹을 수가 없었다. 계단을 모두 올라가 코트와 신발까지 입고 신은 채로 침대에 쓰러져 잠이 들었다.

날씨 때문에 여섯 시간 만에 잠에서 깼다. 빗줄기가 수평으로 창문을 두드리고 있었다. 자갈이 유리창에 떨어지는 것 같은 소리가 났다. 침대에서 굴러 내려와 바깥 풍경을 확인했다. 하늘은 짙은 회색으로 구름이 잔뜩 끼어 있었고 바다는 거칠게 출렁이고 있었다. 바다는 500미터 밖까지 성난 포말로 뒤덮여 있었다. 파도가 바위들을 덮치고 있었다. 새들은 보이지 않았다. 아침 9시였다. 14일째, 금요일. 다시 침대에 누워 천장을 바라보며 더피가 일곱 가지 목표를 알려준 11일째 아침까지 72시간을 거슬러 올라갔다. 첫 번째부터 세 번째까지의 항목은 '신중하게 행동하라'였다. 이건 그런대로 잘하고 있었다. 어쨌든 아직 살아 있으니까. 네 번째, 테레사 다니엘을 찾아라. 이건 별다른 진전이 없었다. 다섯 번째, 벡에 대한 증거를 찾아라. 이것도 전혀 찾지 못했다. 위조 번호판을 단 차량을 운행하고, 그가 지나온 네 개의 주 모두에서 불법일 가능성이 높은 기관단총이 든 가방을 들고 다닌 것 말고는 그의 잘못을 발견한 적이 없다. 여섯 번째, 퀸을 찾아라. 이것도 진전은 없었다. 일곱 번째, 여기서 빠져나가라. 이 항목은 미루어야 할 것이다. 일곱 가지 목표를 알려주고 나서 더피가 내 볼에 입을 맞췄고 내 얼굴에는 도넛 설탕이 묻었었다.

일어나서 욕실에 들어가 문을 잠그고 이메일을 확인했다. 내 방의 문은 이제는 잠겨 있지 않았다. 리처드 벡이 내 방에 들어오지는 않을 거라고 생각했다. 그의 어머니도. 하지만 그의 아버지는 들어올 수도 있었다. 그는 나를 소유하고 있으니까. 나는 승진했지만 여전히 아슬아슬한 외줄타기를 하고 있었다. 바닥에 앉아 신발을 벗었다. 뒤축을 열고 기기를 켰다. 메일이 왔습니다! 더피가 보낸 메시지였다. 벡의 컨테이너가 하역 후 창고로 이동. 세관 검사 없음. 총 다섯 개. 최근의 가장 큰 선적.

'답장'을 누르고 타이핑했다. 감시 유지 중?

90초 뒤에 그녀가 대답했다. 유지 중.

발신: 승진했음.

답신: 최대한 활용 요망.

발신: 어제 즐거웠음.

답신: 배터리 아낄 것.

나는 미소를 지으며 기기를 끄고 다시 신발 뒤축에 끼워 넣었다. 샤워가 필요했지만 먼저 아침식사를 하고 깨끗한 옷을 찾아야 했다. 욕실 문을 열고 방을 지나 아래층 주방으로 내려갔다. 요리사가 다시 일을 하고 있었다. 아일랜드 여자에게 토스트와 차를 주고서 긴 쇼핑 목록을 불러 주고 있었다. 테이블 위에는 사브 키가 놓여 있었다. 캐딜락 키는 없었다. 손수 이리저리 뒤져 먹을 수 있는 건 다 챙겨 먹은 다음 벡을 찾으러 갔다. 근처에 없었다. 엘리자베스나 리처드도 마찬가지였다. 다시 주방으로 돌아갔다.

"벡 씨 가족들은 어디 있습니까?" 내가 물었다.

가정부는 고개를 들고 아무 말도 하지 않았다. 그녀는 비옷을 입고 쇼핑하러 나갈 준비를 하고 있었다.

"듀크 씨는 어디 있나요?" 요리사가 물었다.

"몸이 안 좋아서 내가 대신하고 있습니다. 벡 씨 가족은 어디 있습니까?"

"외출하셨어요."

"어디로요?"

"모르겠어요."

기상 상태를 살펴보았다. "운전은 누가 맡았습니까?"

요리사가 바닥을 내려다보았다.

"폴리가요." 그녀가 말했다.

"언제요?"

"한 시간 전에."

"알겠습니다." 내가 말했다. 나는 여전히 코트를 입고 있었다. 더피와 있었던 모텔을 떠날 때 입었던 걸 그 이후로 한 번도 벗지 않았다. 곧장 뒷문으로 나가 비바람 속으로 들어갔다. 비는 세차게 내리고 있었고 짠맛이 났다. 바닷물이 날려 섞여 있었다. 파도가 폭탄처럼 바위를 때리고 있었다. 하얀 거품이 10미터 상공에서 터지고 있었다. 얼굴을 옷깃에 파묻고 돌아서 차고 구역으로 뛰어갔다. 담으로 둘러싸인 안뜰로 들어갔다. 거기는 비바람이 덜했다. 첫 번째 차고는 비어 있었다. 문이 활짝 열려 있었다. 캐딜락은 사라졌다. 정비공이 세 번째 차고 안에서 혼자 무언가를 하고 있었다. 가정부가 안뜰로 뛰어 들어왔다. 그녀가 네 번째 차고의 문을 여는 걸 지켜보았다. 그녀는 비에 흠뻑 젖고 있었다. 안으로 들어간 그녀는 잠시 후 낡은 사브를 후진으로 빼냈다. 강풍에 차가 흔들렸다. 비로 인해 먼지가 회색 진흙의 얇은 막으로 변해 강물처럼 옆으로 흘러내렸다. 가정부는 차를 몰고 장을 보러 떠났다. 나는 파도 소리를 들어보았다. 파도가 얼마나 높아질지 걱정되기 시작했다. 그래서 안뜰 담에 붙어서 바다 쪽으로 한 바퀴 돌았다. 바위틈의 움푹 팬 곳을 찾았다. 주변의 잡초 줄기가 축축하게 젖어 너덜너덜했다. 팬 곳에는 물이 가득했다. 빗물이었다. 바닷물이 아니라. 밀물보다 위쪽에 있어 파도가 닿지 않았다. 그런데 빗물만 가득했다. 빗물을 제외하면 완전히 비어 있었다. 헝겊 조각도, 글록도 없었다. 예비 탄창, 돌의 열쇠, 송곳, 끌, 이 모든 게 사라졌다.

8

나는 저택 앞으로 돌아와 서쪽을 바라보며 쏟아지는 빗줄기 속에서 높은 석조 장벽을 응시했다. 그 순간 나는 모두 포기하고 도망쳐버릴 뻔했다. 쉬웠을 것이다. 게이트가 활짝 열려 있었으니까. 가정부가 열어두고 간 것 같았다. 그녀는 비를 맞으며 그걸 열었고, 다시 나가서 그걸 닫고 싶지 않았을 것이다. 그걸 해줄 폴리는 거기 없었다. 캐딜락을 운전하느라 자리를 비웠으니까. 그래서 게이트는 열려 있었다. 그리고 경비를 서는 사람은 아무도 없었다. 그렇게 열려 있는 건 처음이었다. 바로 빠져나갈 수 있었다. 하지만 그러지 않았다. 그냥 거기 남았다.

시간은 내가 남은 이유 중 하나였다. 게이트 너머로는 첫 번째 중요한 회전 지점까지 적어도 20킬로미터는 텅 빈 도로였다. 나는 차도 없었다. 캐딜락은 백 가족이 타고 있었고 사브는 가정부가 타고 있었다. 링컨은 코네티컷에 버리고 왔다. 그러니 나는 걸어서 가야 했다. 빠른 걸음으로도 세 시간은 걸릴 것이다. 하지만 나에게는 세 시간의 여유가 없었다. 캐딜락은 세 시간 안에 돌아올 것이다. 그리고 그 도로에는 숨을 곳이 없다. 길가는 텅 비어 바위투성이었다. 완전히 노출된 상황에서 백은 내게 정면으로 달려들 것이다. 나는 걷고 있고 그는 차에 타고 있고 총도 가지고 있다. 폴리도 있다. 나에겐 아무것도 없다.

전략도 그 이유 중 하나였다. 내가 도망치다 잡히면, 은닉물을 발견한 사람이 벡이라고 가정했을 때 벡이 알고 있다고 생각하는 모든 것을 확인시켜주는 꼴이 될 것이다. 하지만 남아 있으면 어떤 식으로든 기회가 생길 것이다. 남는다는 것은 결백을 암시하는 것이다. 의심을 듀크에게 돌릴 수 있다. 듀크가 숨겨둔 게 틀림없다고 우길 수 있다. 그럴듯한 말이라고 받아들여질 것이다. 듀크는 밤낮을 가리지 않고 원하는 곳이면 어디든 갈 수 있는 자유를 누리고 있었다. 나는 내내 갇혀서 감시를 받고 있었다. 게다가 듀크는 이제 곁에 없어서 아무것도 부인할 수 없다. 하지만 나는 벡의 면전에 대고 목소리를 높여 빠르고 설득력 있게 이야기할 수 있다. 먹힐 수도 있다.

희망도 그 이유 중 하나였다. 은닉물을 발견한 사람이 벡이 아닐 수도 있다. 해안가를 걷던 리처드였을지도 모른다. 그의 반응은 예측할 수 없다. 나에게 먼저 올지, 아니면 아버지에게 먼저 갈지는 반반이라고 생각했다. 혹은 엘리자베스가 먼저 발견했을 수도 있다. 그녀는 저 밖의 바위에 익숙했다. 그 바위들을 잘 알고 있었다. 그것들의 비밀을 알고 있었다. 나는 그녀가 이런저런 이유로 그곳에서 많은 시간을 보냈을 거라고 생각했다. 그리고 그녀의 반응은 나에게 유리할 것이다. 아마도.

비도 그 이유 중 하나였다. 차가운 비가 세차고 끈질기게 내렸다. 그런 빗속에서 세 시간 동안 행군하기에는 내가 너무 지쳐 있었다. 나약한 변명이다. 하지만 발을 뗄 수가 없었다. 집 안으로 다시 들어가고 싶었다. 몸을 따뜻하게 하고 다시 먹고 쉬고 싶었다.

실패에 대한 두려움도 그 이유 중 하나였다. 지금 걸어나간다면 다시는 돌아오지 못할 것이다. 그걸 알고 있었다. 그리고 나는 2주를 투자했다. 상당한 진전을 이루었다. 사람들이 나에게 의지하고 있다. 나는 여러 번 패배했었다. 하지만 단 한 번도 그냥 포기한 적은 없었다. 결코 단 한 번도. 지금 포기하면 남은 평생 나를 괴롭힐 것이다. **잭 리처, 포기자. 힘들어지자 도망가버린 놈.**

나는 등 뒤로 쏟아지는 비를 맞으며 서 있었다. 시간, 전략, 희망, 비, 실패에 대한 두려움. 모든 게 내가 남기로 한 이유의 일부였다. 모두 다 목록에 있었다.

하지만 그 목록의 맨 꼭대기에는 한 여자가 있었다.

수잔 더피도, 테레사 다니엘도 아니었다. 오래전, 다른 삶을 살 때 만났던 여자였다. 이름은 도미니크 콜. 나는 대위 때 그녀를 만났다. 그때 나는 소령 진급을 1년 앞두고 있었다. 어느 날 아침 일찍 사무실에 도착하니 책상 위에 평소처럼 서류 더미가 쌓여 있었다. 대부분은 별 볼 일 없는 것들이었다. 하지만 그중에 E-7호봉 중사 콜, D. E.를 내 부대에 배속한다는 명령서 사본이 있었다. 당시는 모든 인사 관련 문서에 젠더 중립적 표기를 해야 하는 시기였다. '콜Kohl'이라는 이름은 독일계처럼 들려서 텍사스나 미네소타 출신의 덩치 큰 못생긴 남자가 떠올랐다. 크고 붉은 손과 얼굴, 나보다 나이가 많은, 아마도 서른다섯 살 정도에 두피가 다 드러나게 짧게 쳐올린 머리. 그날 늦은 오전에 서기병이 인터폰으로 당사자가 전입신고를 하러 왔다고 말했다. 나는 재미 삼아 10분 정도 그를 기다리게 한 뒤 들어오라고 했다. 그런데 그는 여자였고 덩치도 크지 않고 못생기지도 않았다. 스커트를 입고 있었다. 스물아홉 살 정도로 보였다. 키는 크지 않았지만 꽤 운동을 많이 한 모양인지 몸이 탄탄해서 몸집이 작다고 할 수는 없었다. 그리고 너무 아름다워서 운동선수 같다고도 할 수 없었다. 마치 테니스공의 내부를 만드는 물질로 정교하게 빚어낸 것 같았다. 그녀에게는 탄력이 있었다. 단단함과 부드러움이 동시에 느껴졌다. 조각품 같았지만 각진 모서리는 없었다. 그녀는 내 책상 앞에 꼿꼿이 차려자세로 서서 절도 있게 경례를 했다. 나는 무례하게 답례도 하지 못했다. 그저 5초 동안 그녀를 빤히 쳐다보기만 했다.

"쉬어, 중사." 내가 명령했다.

그녀가 명령서 사본과 인사 파일을 내게 건네주었다. 우리는 그것을 '복무 재킷'이라고 불렀다. 거기에는 누군가에 대해 알아야 할 모든 것이 담겨 있었다. 기록을 읽는 동안 그녀를 쉬어자세로 세워 두었는데, 이것 역시 무례한 행동이었지만 다른 선택의 여지가 없었다. 방문자용 의자가 없었기 때문이다. 당시 육군에서는 대령 미만 계급에게는 방문자용 의자를 제공하지 않았다. 그녀는 완전 부동자세로 등 뒤에 양손을 깍지 낀 채 내 머리 위로 정확히 30센티미터 지점의 허공을 응시하고 있었다.

복무 기록은 인상적이었다. 다양한 분야를 조금씩이나마 섭렵했고, 모든 면에서 뛰어난 성과를 거두었다. 전문 사격수, 다양한 기술 전문가, 엄청난 체포 기록, 뛰어난 사건 해결률. 그녀는 훌륭한 리더였고 빠르게 승진하고 있었다. 두 명을 죽였는데, 한 명은 총기로 다른 한 명은 비무장으로였고, 두 건 모두 후속 조사위원회에서 정당한 행위로 평가받았다. 떠오르는 스타였다. 그건 분명했다. 나는 그녀의 전속이 어떤 상관이 마음속으로 나에게 보내는 상당한 칭찬을 의미한다는 것을 깨달았다.

"환영한다." 내가 말했다.

"대위님, 감사합니다, 대위님." 그녀가 시선을 허공에 고정하고 대답했다.

"그따위 것 하지 마." 내가 말했다. "귀관이 날 쳐다본다고 내가 증발하는 것도 아니고, 말할 때 두 번이나 '대위님'이라고 하는 거 정말 별로니까. 알겠나?"

"알겠습니다." 그녀는 금방 알아들었다. 그녀는 남은 평생 다시는 나를 '대위님'이라고 부르지 않았다.

"바로 실전에 투입되고 싶나?" 내가 말했다.

그녀는 고개를 끄덕였다. "물론입니다."

나는 서랍을 열고 얇은 파일 하나를 꺼내서 그녀에게 건네주었다. 그녀는 파일에는 눈길도 주지 않았다. 그저 한 손으로 옆구리에 끼고 나를 바라보기만 했다.

"메릴랜드 주 애버딘 소재의 성능시험장. 무기 설계자 한 명이 이상 행동을 보이고 있어. 스파이 활동이 아닌가 걱정하는 친구의 기밀 제보야. 하지만 내 생각엔 협박당하고 있을 가능성이 높아. 장기간 민감한 조사가 될 수도 있어."

"문제없습니다." 그녀가 답했다.

바로 이 여자가, 무방비로 열려 있는 게이트로 내가 걸어나가지 않은 이유였다.

나는 집 안으로 들어가서 뜨거운 물로 오래 샤워를 했다. 아무도 몸이 젖고 벌거벗은 상태에서 누군가와 대치하는 상황이 벌어지는 걸 좋아하지 않겠지만 나는 그런 걸 신경 쓸 정도의 상태가 아니었다. 그저 운명론적인 기분이 들었던 것 같다. **뭐가 됐든, 다 덤벼.** 샤워를 마친 뒤 수건으로 몸을 감싸고 한 층 아래로 내려가 듀크의 방을 찾았다. 듀크의 옷을 한 벌

더 훔쳤다. 그 옷을 입고 내 신발과 재킷, 코트를 입었다. 주방으로 돌아가서 기다렸다. 주방은 따뜻했다. 요동치는 바다와 창문을 두드리는 빗소리 덕에 더 따뜻하게 느껴졌다. 마치 보호구역 같았다. 요리사가 안에서 닭을 가지고 뭔가를 만들고 있었다.

"커피 있습니까?" 내가 물었다.

그녀는 고개를 저었다.

"왜 없는 겁니까?"

"카페인 때문에요."

나는 그녀의 뒷모습을 바라보았다.

"카페인이야말로 커피의 핵심인데. 어쨌든 차에도 카페인은 들어 있잖습니까. 당신이 차 끓이는 걸 본 적 있는데."

"차에 들어 있는 건 탄닌이에요." 그녀가 말했다.

"그리고 카페인도 있죠." 내가 말했다.

"그러니까 차를 마셔요." 그녀가 말했다.

나는 실내를 둘러보았다. 검은색 칼 손잡이들이 각도를 맞춰 비스듬히 튀어나온 목제 칼꽂이가 조리대 위에 수직으로 세워져 있었다. 거기에는 각종 병들과 유리잔들도 있었다. 싱크대 아래에는 암모니아 세정제가 있을 거라고 생각했다. 염소계 표백제도 조금은 있을 것 같았다. 근접전을 치르기에 충분한 즉석 무기들이었다. 벡이 사람 많은 방에서 총을 쏘는 걸 조금이라도 주저한다면, 나는 괜찮을 수도 있다. 내가 그를 제압하는 데는 0.5초면 충분하니까.

"커피 마시고 싶어요?" 요리사가 물었다. "이 말을 하고 싶었던 거예요?"

"맞습니다."

"그럼 요청만 하면 돼요."

"방금 했잖습니까."

"아니죠. 커피가 있냐고 물었잖아요. 같은 말이 아니에요."

"커피 좀 주시겠습니까? 부탁합니다."

"듀크 씨에게 무슨 일이 있나요?"

나는 잠시 멈칫했다. 어쩌면 그녀는 듀크와 결혼할 계획을 잡고 있었을지도 모른다. 요리사가 집사와 결혼해 은퇴한 뒤 오래오래 행복하게 사는 옛날 영화처럼.

"죽었습니다."

"어젯밤에요?"

나는 고개를 끄덕였다. "매복 기습에 당했습니다."

"어디서요?"

"코네티컷에서."

"그렇군요." 그녀가 말했다. "커피 만들어줄게요."

그녀가 커피 머신을 작동시켰다. 나는 그녀가 필요한 것들을 어디서 꺼내는지 지켜보았다. 종이 필터는 종이 냅킨 옆에 있는 찬장에 보관되어 있었다. 커피 자체는 냉장고에 있었다. 머신은 낡고 느렸다. 크고 느릿느릿하게 꿀걱꿀걱 소리를 냈다. 창문을 두드리는 빗소리에 바위를 때리는 파도 소리가 더해져 나는 캐딜락이 돌아오는 소리를 듣지 못했다. 처음 알아차린 순간은 뒷문이 획 열리고 엘리자베스 벡이 뒤쫓아오는 리처드와 함께 뛰어들어온 때였고 벡은 그들 뒤를 따라 들어왔다. 그들은 폭우를 뚫고 짧은 시간 동안 빠르게 질주한 후의 들뜨고 숨찬 긴박감을 보이며 움직이고 있었다.

엘리자베스가 나에게 인사했다. "안녕하세요."

나는 고개를 끄덕였다. 아무 말도 하지 않았다.

"커피가 있네요." 리처드가 말했다. "좋다."

"아침 먹으러 나갔다 왔어요." 엘리자베스가 말했다. "올드 오차드 비치라고, 우리가 좋아하는 작은 식당이 있어요."

"폴리가 자네는 깨우지 않는 게 좋겠다고 해서." 벡이 말했다. "어젯밤에 자네가 꽤 피곤해 보였었나 봐. 그래서 대신 운전해 주겠다고 하더군."

"그랬군요." 내가 말했다. 그리고 생각했다. 폴리가 내 은닉물을 찾아낸 건가? 저들에게는 아직 말을 안 했나?

"커피 드실래요?" 리처드가 내게 물었다. 그가 머신 옆에서 잔을 손에 들고 흔들었다.

"블랙으로. 고마워."

리처드가 잔을 가져다주었다. 벡은 코트를 벗고 바닥에 물기를 털어내고 있었다.

"잔 들고 와." 그가 말했다. "할 얘기가 있어."

벡은 복도로 나가면서 내가 따라오리라는 듯 뒤를 돌아보았다. 나는 커피를 들고 따라갔다. 뜨거운 김이 모락모락 나고 있었다. 필요하다면 그의 얼굴에 뿌릴 수도 있었다. 그는 예전에 러시안 룰렛을 했던 정사각형 방으로 나를 이끌었다. 나는 잔을 들고 있었기 때문에 조금 느렸다. 그는 나보다 훨씬 앞서 방으로 들어갔다. 내가 들어갔을 때 그는 이미 나를 등지고 창문 쪽에 서서 비를 바라보고 있었다. 그가 돌아섰을 때 그의 손에는 총이 들려 있었다. 나는 그냥 가만히 서 있었다. 커피를 뿌리기에는 너무 멀리 떨어져 있었다. 4미터 거리. 커피를 뿌린다 해도 공중으로 날아가 휘어지고 흩어져서 완전히 빗나갈 것이다.

그 총은 베레타 M9 스페셜 에디션으로, 표준 군용 M9와 똑같아 보이도록 꾸민 민간용 베레타 92FS였다. 9밀리 파라벨룸 탄약을 사용하고 열다섯 발짜리 탄창과 군용 광학 조준경이 장착되어 있다. 나는 이상하게도 그 총의 소매가 861달러였다는 사실을 또렷하게 기억하고 있었다. 13년 동안 나는 M9를 들고 다녔다. 그 총으로 수천 발의 연습 사격을 했고 실제 사격도 여러 번 했다. 정밀한 무기이기 때문에 대부분 목표물에 명중했다. 강력한 무기이기 때문에 표적은 대부분 다 파괴되었다. 나와 잘 맞는 총이었다. 무기업자들의 원래 판매 문구까지도 기억났다. 제어 가능한 반동과 야전에서도 쉬운 분해. 그들은 이 문구를 주문처럼 반복했다. 몇 번이고. 계약이 걸려 있었던 모양이었다. 논란도 있었다. 네이비실 대원들은 이 총을 싫어했다. 얼굴 앞에서 총이 터진 사고가 수십 번 있었다고 주장했다. 심지어 노래까지 만들었다. 넌 절대 네이비실이 될 수 없어, 이탈리아제 강철을 몇 번 먹기 전까지는. 하지만 M9는 항상 내게 잘 맞았다. 훌륭한 무기라는 것이 내 견해이다. 벡이 들고 있는 총은 새것처럼 보였다. 마감이 완벽했다. 기름칠이 되어 있어 반짝였다. 조준경에는 발광 페인트가 칠해져 있었다. 어둠 속에서 은은하게 빛이 났다.

나는 기다렸다.

벡은 총을 들고 그냥 서 있었다. 그러더니 움직였다. 총열을 왼쪽 손바닥에 탁탁 치더니 오른손을 뗐다. 그러고는 참나무 테이블에 몸을 숙이고 총 손잡이를 앞으로 해서, 왼손으로, 마치 상점의 점원처럼 정중하게 나에게 총을 내밀었다.

"마음에 들었으면 좋겠군." 그가 말했다. "자네는 이걸 더 편안하게 쓸 것 같아. 듀크는 특이한 총을 좋아했어. 그가 가지고 있던 슈타이어 같은. 그런데 베레타가, 자네의 배경을 고려하면 더 편할 것 같지."

나는 앞으로 나아갔다. 커피는 테이블 위에 올려놓았다. 총을 받았다. 탄창을 빼고, 약실을 점검하고, 작동을 해보고, 총열을 들여다보았다. 이상한 조작이나 변형은 없었다. 속임수가 아니었다. 부품들은 모두 제대로 작동했다. 파라벨룸 탄환도 진짜였다. 새 총이었다. 한 번도 발사된 적이 없었다. 다시 조립해서 잠시 들고 있었다. 마치 오랜 친구와 악수하는 것 같았다. 그런 뒤 장전하고 잠가서 주머니에 넣었다.

"감사합니다." 내가 말했다.

그가 주머니에 손을 넣어 예비 탄창 두 개를 꺼냈다.

"이것도 가져가."

그가 건네줘서 받았다.

"나중에 더 갖다 주지." 그가 말했다.

"감사합니다."

"레이저 조준경 써본 적 있나?"

나는 고개를 저었다.

"'레이저 디바이스'라는 회사가 있어." 그가 말했다. "그 회사에서는 총열 아래에 장착할 수 있는 범용 권총 조준경을 만들지. 조준경 아래에 클립으로 끼울 수 있는 작은 손전등도 있어. 아주 멋진 장비야."

"작은 빨간 점이 생깁니까?"

그는 고개를 끄덕였다. 미소를 지었다. "그 작은 빨간 점 조명을 받는 걸 좋아하는 사람은 아무도 없지. 그건 확실해."

"비쌉니까?"

"그렇지는 않아." 그가 말했다. "몇백 달러 정도."

"무게는 얼마나 추가됩니까?"

"130그램."

"모두 앞쪽으로요?"

"실제로 도움이 돼. 발사 시 총구가 위로 튕기는 걸 막아주거든. 원래 무게의 13퍼센트가 추가되는 거야. 물론 손전등을 장착하면 더 늘어나지만. 총합 1.1에서 1.3킬로그램 정도 될 거야. 그래도 자네가 쓰던 아나콘다보다는 훨씬 가볍지. 그거 1.7킬로그램이었나?"

"탄창이 빈 상태라면." 내가 말했다. "실탄 여섯 발이 들어가면 더 무거워지죠. 그 총 다시 돌려받을 수 있습니까?"

"어딘가에 넣어뒀어. 나중에 갖다 주지."

"감사합니다." 내가 다시 말했다.

"레이저 조준경, 써보겠나?"

"그거 없이도 충분합니다."

그는 다시 고개를 끄덕였다. "자네 선택이긴 하지. 하지만 난 가능한 최고 수준의 경호를 원해."

"걱정 안 하셔도 됩니다." 내가 말했다.

"이제 외출해야 해." 그가 말했다. "혼자서. 약속이 있어."

"운전할까요?"

"나 혼자 가야 하는 약속이야. 자넨 여기 있어. 나중에 얘기하자고. 그리고 듀크 방으로 옮겨. 경호원은 내가 잠자는 곳에서 가까이 있을수록 좋으니까."

나는 예비 탄창을 다른 주머니에 넣었다.

"알겠습니다."

그는 나를 지나쳐 복도로 나가 주방으로 되돌아갔다.

심리적으로 텀블링을 한 것 같은 순간이었다. 나는 잠시 얼이 빠질 정도였다. 극도의 긴장감과 극도의 당혹감이 한꺼번에 몰려왔다. 저택 앞쪽으로 걸어가서 복도 창문을 통해 캐딜락이 빗속에서 원형 회전로를 돌아 게이트로 향하는 것을 보았다. 게이트 앞에서 멈추자 폴리가 나왔다. 아침 식사를 먹고 돌아오는 길에 그를 거기 내려주었을 것이다. 남은 진입로는 벡이 직접 운전했을 것이다. 아니면 리처드나 엘리자베스가. 폴리가 게이트를 열었다. 캐딜락은 게이트를 통과해 비와 안개 속으로 사라졌다. 폴리가 게이트를 닫았다. 서커스 천막만 한 비옷을 입고 있었다.

몸을 털고 돌아서서 리처드를 찾으러 갔다. 그는 아무것도 숨기지 않는 천진난만한 눈빛을 하고 있었다. 아직 주방에서 커피를 마시는 중이었다.

"오늘 아침에 해안가를 산책했어?" 내가 물었다.

그냥 대화의 물꼬를 트려는 것처럼 순진하고 친근하게 물었다. 뭔가 숨기는 게 있다면 내가 알아차릴 수 있을 것이다. 얼굴이 빨개지고, 시선을 피하고, 말을 더듬고, 발을 꼼지락거릴 테니까. 하지만 그런 행동을 전혀 하지 않았다. 완전히 여유로웠다. 그가 나를 똑바로 쳐다보았다.

"농담이죠?" 그가 말했다. "이런 날씨에?"

나는 고개를 끄덕였다.

"꽤 나쁘지." 내가 말했다.

"저 학교 그만둘 거예요." 그가 말했다.

"왜?"

"어젯밤 일 때문에요." 그가 말했다. "매복 건. 그 코네티컷 놈들이 아직 돌아다니고 있어요. 돌아가기엔 안전하지 않아요. 그래서 당분간은 여기 있으려고요."

"괜찮겠어?"

그는 고개를 끄덕였다. "대부분 시간 낭비였어요."

나는 시선을 돌렸다. 의도하지 않은 결과의 법칙. 나는 방금 한 인간의 교육을 단절시켰다. 어쩌면 그의 인생을 망쳤을지도 모른다. 그런데 나는 곧 그의 아버지를 감옥에 보낼 예정이다. 아니면 아예 없애 버리거나. 그러니 학사 학위는 그다지 중요하지 않을 것이다. 후자에 비하면.

엘리자베스 백을 찾으러 갔다. 그녀는 읽어내기가 더 어려운 사람이다. 어떻게 접근할지 고민했지만 확실하게 통할 만한 방법이 떠오르지 않았다. 저택 북서쪽 모퉁이에 있는 응접실에서 그녀를 찾았다. 안락의자에 앉아 있었다. 무릎 위에 책 한 권이 펼쳐져 있었다. 보리스 파스테르나크의 『닥터 지바고』 페이퍼백이었다. 나는 그걸 영화로 본 적이 있었다. 줄리 크리스티와 음악이 기억났다. 라라의 테마. 기차 여행. 그리고 설경. 어떤 여자가 억지로 나를 극장에 데려갔었다.

"당신은 아니에요." 그녀가 말했다.

"뭐가 아니란 겁니까?"

"당신은 정부 스파이가 아니라고요."

나는 숨을 내쉬었다. 그녀가 내 은닉물을 찾았다면 저런 말을 하지 않을 것이다.

"맞습니다." 내가 말했다. "남편께서 방금 나한테 총을 쳤습니다."

"당신은 정부 스파이가 될 만큼 똑똑하지 않아요."

"똑똑하지 않다?"

그녀는 고개를 끄덕였다. "리처드는 아까 커피 한 잔이 절실했어요. 우리가 들어왔을 때요."

"그런데요?"

"우리가 진짜로 아침을 먹으러 나갔다 온 거라면 걔가 그랬을까요? 커피는 원하는 만큼 마시고 왔을 텐데."

"그러면 어디 갔다 온 겁니까?"

"회의가 있었어요."

"누구와 하는 회의?"

그녀는 이름은 말할 수 없다는 듯 고개만 저었다.

"폴리가 우리를 태워주겠다고 제안한 게 아니에요." 그녀가 말했다. "그가 우리를 호출한 거지. 리처드는 차에서 기다려야 했고요."

"하지만 부인은 회의에 참석했군요."

그녀는 고개를 끄덕였다. "거기에 '트로이'라는 사람이 있어요."

"웃기는 이름이군요."

"하지만 아주 똑똑한 사람이에요." 그녀가 말했다. "젊고 컴퓨터를 아주 잘 다뤄요. 해커 같아요."

"그런데요?"

"그가 워싱턴의 정부 시스템 중 하나를 일부 뚫었어요. 그래서 연방 요원이 여기에 투입됐다는 걸 알아냈죠. 위장 잠입으로요. 처음에는 당신인 줄 알았어요. 그런데 조금 더 확인해 보니 여자였고 실제로 몇 주 동안 이곳에 있었다는 사실을 알게 됐죠."

나는 이해하지 못한 채 그녀를 바라보았다. 테레사 다니엘은 공식 기록에 없는 사람이다. 정부 컴퓨터에는 그녀에 대한 아무 정보가 없다. 그러다 법무부 로고가 화면 보호기로 설정된 더피의 노트북이 떠올랐다. 모뎀 선이 책상을 가로질러 복잡한 어댑터를 거쳐 벽으로 들어가 세상의 다른 모든 컴퓨터와 연결되어 있던 모습이 기억났다. 더피가 개인적으로 보고서를 작성하고 있었을까? 자신의 용도로? 사후의 정당성 입증용으로?

"그들이 무슨 짓을 할지 생각하기도 싫어요." 엘리자베스가 말했다. "그 여자한테요."

그녀는 눈에 띄게 몸을 떨며 고개를 돌렸다. 나는 복도로 나갔다. 그러다 순간 멈춰섰다. 차가 없었다. 여기를 벗어나 어디로든 가려면 20킬로미터의 도로를 거쳐야 했다. 빠른 걸음으로 세 시간. 뛰어가도 두 시간.

"잊어버려요!" 엘리자베스가 소리쳤다. "당신하고는 상관없는 일이니까!"

나는 몸을 돌려 그녀를 쳐다보았다.

"잊어버리라고요!" 그녀가 다시 말했다. "그들이 이미 시작했을 테니까. 곧 다 끝날 거예요!"

도미니크 콜 중사를 두 번째로 본 것은 그녀가 나와 함께 일한 지 사흘째 되던 날이었다. 그녀는 녹색 전투복 바지와 카키색 티셔츠를 입고 있었다. 아주 더운 날이었다. 그게 기억이 난다. 엄청난 폭염이 계속되고 있었다. 그녀의 팔은 검게 그을려 있었다. 그녀의 피부는 더위 속에서도 먼지가 묻은 것처럼 건조했다. 그녀는 땀을 흘리지 않았다. 티셔츠 차림이 멋졌다. 오른쪽에는 Kohl, 왼쪽에는 U.S. Army가 적힌 명찰이 가슴 곡선을 따라 살짝 위로 올라와 있었다. 그녀는 내가 준 파일을 들고 있었다. 그 파일은 그녀의 메모가 더해져 조금 더 두꺼워져 있었다.

"파트너가 필요할 것 같습니다." 그녀가 말했다. 나는 약간 죄책감을 느꼈다. 그녀가 온 지 사흘이나 되었는데도 아직 파트너도 붙여주지 않았던 것이다. 나는 그녀에게 책상을 줬는지, 사물함이나 잠잘 방이라도 마련해 줬는지 궁금했다.

"프라스코니라는 사람, 만나봤나?" 내가 물었다.

"토니요? 어제 만났습니다. 하지만 그는 중위입니다."

나는 어깨를 으쓱했다. "난 장교와 부사관이 함께 일하는 거 신경 안 써. 금지 규정이 없으니까. 규정이 있다 해도 어차피 무시했을 테지만. 뭐 문제 있나?"

그녀는 고개를 저었다. "하지만 프라스코니는 꺼릴지도 모릅니다."

"그는 문제 삼지 않을 거야."

"그럼 그에게 지시해 주시겠습니까?"

"물론." 나는 빈 종이에 메모했다. 프라스코니, 콜, 파트너. 잊지 않으려고 밑줄을 두 번 그었다. 그러고는 그녀가 들고 있는 파일을 가리켰다. "뭐 좀 있나?"

"좋은 소식과 나쁜 소식이 있습니다." 그녀가 말했다. "나쁜 소식은 기밀서류 반출 체크 시스템이 모두 박살 나 있다는 겁니다. 일상적인 비효율성일 수도 있지만, 발생해서는 안 되는 일을 은폐하기 위해 고의적으로 훼손했을 가능성이 더 큽니다."

"문제의 인물은 어떤 사람이지?"

"고로프스키라는 학자입니다. 엉클 샘*이 MIT에서 바로 영입했다고 합니다. 모든 면에서 평판이 좋습니다. 아주 똑똑하다고 들었습니다." *'미국 정부'를 일컫는 속어.

"러시아계인가?"

그녀는 고개를 저었다. "아주 오래전에 넘어온 폴란드계입니다. 이념에 관련된 징후는 전혀 없습니다."

"MIT에서는 레드삭스 팬이었나?"

"그건 왜 물어보십니까?"

"그 사람들은 다 이상하니까. 그러니 확인해봐."

"아마도 협박을 받고 있는 것 같습니다." 그녀가 말했다.

"좋은 소식은 뭔가?"

그녀가 파일을 열었다. "그들이 개발 중인 것은 기본적으로 일종의 소형 미사일입니다."

"같이 일하는 곳은 어디지?"

"하니웰과 제너럴 디펜스 코퍼레이션입니다."

"그런데?"

"이 미사일은 슬림해야 합니다. 그래서 소구경으로 개발 중입니다. 탱크는 120밀리 포를 사용하지만 이 미사일은 그보다 더 작을 것입니다."

"얼마나?"

"아직은 아무도 모릅니다. 하지만 지금 '사보sabot' 디자인을 작업 중입니다. 사보는 적절한 직경으로 만들기 위해 미사일을 감싸는 일종의 외피입니다."

"사보가 뭔지는 나도 알아." 내가 말했다.

그녀는 신경 쓰지 않았다. "폐기용 사보가 될 텐데, 그러니까 발사구를 떠나는 즉시 분리되어 떨어진다는 뜻입니다. 금속제 사보여야만 하는지 아니면 플라스틱으로도 가능한지 열심히 연구 중입니다. 사보는 프랑스어로 '부츠'를 의미합니다. 미사일이 작은 부츠를 신고 출발하는 것과 같습니다."

"그것도 알고 있어." 내가 말했다. "프랑스어를 할 줄 알아. 내 어머니가 프랑스인이라서."

"'사보타주'라는 말도 같은 어원입니다. 옛날 프랑스 노동쟁의에서 유래된 거죠. 원래 뜻은 새로운 산업 장비를 부츠로 걷어차서 부순다는 의미입니다."

"부츠로?" 내가 말했다.

그녀는 고개를 끄덕였다. "맞습니다."

"그래서 좋은 소식이 뭐라는 건가?"

"사보 디자인은 누구에게든 아무것도 말해주지 않을 겁니다." 그녀가 말했다. "어쨌든 중요한 건 아닙니다. 단지 사보일 뿐이니까요. 그러니 시간은 충분하다는 겁니다."

"좋아." 내가 말했다. "하지만 우선순위로 처리하도록. 프라스코니와 함께. 그를 좋아하게 될 거야."

"나중에 맥주 한잔하시겠습니까?"

"나랑?"

그녀는 나를 똑바로 쳐다보았다. "모든 계급이 같이 일할 수 있다면 함께 맥주 한잔도 할 수 있어야 하지 않겠습니까?"

"그러지." 내가 답했다.

도미니크 콜은 내가 본 사진 속 테레사 다니엘과 전혀 닮지 않았지만, 내 머릿속에는 두 사람의 얼굴이 섞여 있었다. 나는 엘리자베스 벡을 그녀의 책과 함께 남겨두고 원래의 내 방으로 올라갔다. 그곳이 더 고립된 느낌이 들었다. 더 안전한 느낌이었다. 욕실을 잠그고 신발을 벗었다. 뒤축을 열고 이메일 기기를 켰다. 더피의 메시지가 기다리고 있었다. 창고에서는 활동이 없음. 다른 움직임은?

무시하고 '새 메시지' 버튼을 누르고 타이핑했다. 우리는 테레사 다니엘을 잃었음.

네 단어, 열세 글자, 세 개의 띄어쓰기. 나는 그것들을 한참 쳐다보았다. '전송' 버튼에 손가락을 올려놓았다. 하지만 누르지 않았다. 대신 백스페이스로 메시지를 지웠다. 글자들은 오른쪽에서 왼쪽으로 사라졌다. 작은 커서가 그것을 먹어 치웠다. 꼭 보내야 할 때만 보내야겠다고 생각했다. 확실해졌을 때.

발신: 당신 컴퓨터가 뚫렸을 가능성 있음.

오랜 지연이 있었다. 일반적인 90초보다 훨씬 길었다. 그녀가 대답하지 않을 거라고 생각했다. 전선을 벽에서 뜯어내고 있을 거라고 생각했다. 하지만 단지 샤워나 다른 일을 했던 것인지도 모른다. 4분 뒤에 간단한 대답이 돌아왔기 때문이다. 왜?

발신: 정부 시스템에 부분적 접근 가능한 해커에 대한 언급이 있었음.

답신: 메인프레임? 아니면 LAN?

나는 그게 무슨 말인지 전혀 못 알아들었다.

발신: 모르겠음.

답신: 상세 설명 요망.

발신: 언급만 있었음. 노트북에 로그 보관 중?

답신: 절대 아님!

발신: 다른 데는?

답신: 절대 없음!

발신: 엘리엇은?

또 4분 정도 지연되었다. 그리고 다시 돌아왔다. 그럴 것 같지 않음.

발신: 짐작? 추측?

답신: 추측.

나는 내 앞에 있는 타일 벽을 응시했다. 숨을 내쉬었다. 엘리엇이 테레사 다니엘을 죽였다. 그것만이 유일한 설명이었다. 그러다 다시 숨을 들이마셨다. 아닐 수도 있었다. 그가 아닐지도 몰랐다.

발신: 이 이메일의 안전도는?

우리는 60시간 이상 열띠게 이메일을 주고받았다. 그녀는 자신의 요원에 대한 소식을 물었다. 나는 그 요원의 실명을 물었다. 게다가 젠더 중립적이지 않은 방식으로 물었다. 어쩌면 내가 테레사 다니엘을 죽였을지도 모른다.

답이 올 때까지 숨을 참았다. 이 이메일은 암호화되어 있음. 기술적으로는 코드로 보이겠지만 해독은 불가능.

나는 숨을 내쉬고 보냈다. 확실함?

답신: 완전히.

발신: 어떻게 암호화됨?

답신: NSA의 수십억 달러 프로젝트임.

그 답에 기운이 났지만, 그저 조금이었다. NSA의 수십억 달러짜리 프로 젝트 중 일부는 완성되기도 전에 『워싱턴 포스트』에 보도되기도 한다. 그 리고 통신상의 실수는 세상의 다른 어떤 이유보다 더 많은 것을 망친다.

발신: 컴퓨터 로그에 대해 엘리엇에게 즉시 확인 요망.

답신: 알겠음. 진전은?

입력: 없음.

이렇게 썼다가 삭제하고 다음과 같이 보냈다. 곧. 그러면 조금이나마 그 녀의 기분이 나아질 것 같았다.

1층 복도로 내려갔다. 엘리자베스가 있던 응접실 문이 열려 있었다. 그 녀는 여전히 안락의자에 앉아 있었다. 『닥터 지바고』는 무릎 위에 뒤집어 서 놓아둔 채 창밖으로 비를 바라보고 있었다. 나는 현관문을 열고 밖으로 나갔다. 금속 탐지기가 내 주머니에 있는 베레타 때문에 삑삑거렸다. 문을 닫고 곧장 원형 회전로를 가로질러 진입로를 따라 내려갔다. 비가 내 등을 세차게 때렸다. 목을 타고 빗물이 흘러내렸다. 하지만 바람은 나를 도왔 다. 바람은 서쪽으로, 곧장 게이트하우스를 향해 나를 밀어주었다. 발걸음 이 가벼웠다. 돌아갈 때는 더 힘들 것이다. 바람을 정면으로 맞으며 걷게 될 테니까. 내가 여전히 걸을 수 있다면.

폴리는 내가 접근하는 걸 보고 있었다. 그는 작은 건물 안에 쭈그리고 앉아 앞뒤 창문을 마치 소굴에 갇힌 불안한 짐승처럼 내내 지켜보고 있었 을 것이다. 그가 비옷을 입고 밖으로 나왔다. 머리를 숙이고 옆으로 돌아 서서야 겨우 문을 통과했다. 그는 처마가 낮은 게이트하우스 벽에 등을 대 고 서 있었다. 하지만 처마는 그에게 도움이 되지 않았다. 비가 처마 아래로 수평으로 들이쳤다. 비가 그의 비옷에 세차게 부딪혔다. 빗물이 그의 얼굴에 땀처럼 줄줄 흘러내렸다. 그는 모자를 안 쓰고 있었다. 물에 젖어 색이 짙어진 머리카락은 이마에 달라붙어 있었다.

나는 양손을 주머니에 넣고 어깨를 앞으로 움츠리며 얼굴을 옷깃 안으로 파묻었다. 오른손에는 베레타를 꽉 쥐고 있었다. 안전장치는 풀려 있었다. 하지만 총을 사용하고 싶지는 않았다. 사용한다면 복잡한 설명이 필요할 것이다. 그리고 그는 다른 사람으로 교체되는 것에 불과했다. 내가 준비될 때까지는 그가 교체되는 것을 바라지 않았다. 그래서 베레타를 쓰고 싶지 않았다. 하지만 쓸 준비는 되어 있었다. 나는 그에게서 2미터 떨어진 곳에 섰다. 그의 손길이 닿지 않는 거리였다.

"얘기 좀 할까?" 내가 말했다.

"하기 싫은데." 그가 말했다.

"그럼 팔씨름이나 할까?"

그의 눈은 옅은 파란색이었고 동공은 작아져 있었다. 아침식사를 전적으로 캡슐과 분말로만 해결했으리라 짐작했다.

"무슨 얘긴데?" 그가 물었다.

"새로운 상황에 대해서."

그는 아무 말도 하지 않았다.

"MOS가 뭐지?" 내가 물었다.

'MOS'는 군대 용어이다. 군은 약어 만드는 걸 좋아한다. 'MOS'는 'Military Occupational Specialty', 즉 '군사상의 전문성', 한마디로 '주특기'를 의미한다. 그리고 나는 현재 시제를 사용했다. '뭐였나?'가 아니라 '뭐지?'. 나는 그를 예전 그곳으로 되돌려놓고 싶었다. 전직 군인이라는 것은 가톨

릭을 떠난 신자와도 같다. 비록 마음 한구석에 깊이 잠들어 있지만 오래된 의식이 끌어당기는 힘은 여전히 강력하다. 장교에게 복종하는 것과 같은 오래된 의식.

"하나하나 뱅뱅." 그는 이렇게 말하고 미소를 지었다.

별로 좋은 대답은 아니었다. '하나하나 뱅뱅'은 '11B'를 땅개들이 부르는 속어로 '11-Bravo, 보병', 즉 '전투 병과'를 뜻한다. 혈관에 메스암페타민과 스테로이드가 가득 찬 180킬로그램의 거인과 다음에 또 마주친다면 그의 주특기가 기계 정비나 타자병인 게 더 좋을 것이다. 전투 병과가 아니라. 특히 장교를 싫어하고 장교를 때려눕힌 죄로 리븐워스에서 8년을 복역한 적이 있는 180킬로그램의 거인이라면 더더욱.

"안으로 들어가. 여긴 너무 젖는다."

나는 대위 이상으로 승진하면 사용하는 말투를 썼다. 이성적인 어조이며 거의 대화에 가까운 말투이다. 소위, 중위 때는 사용하지 않는 말투다. 제안인 동시에 명령이다. 포용력이 깊게 담겨 있다. 이런 톤이다. 이봐, 여기선 우리 둘 다 그냥 편하게 대하자고. 계급 같은 형식적인 것에 얽매일 필요는 없잖아. 안 그래?

그는 한참 동안 나를 쳐다보았다. 그러더니 몸을 옆으로 돌려 문을 넘어 들어갔다. 턱을 가슴에 갖다 대고서야 통과할 수 있었다. 집 안 천장은 2미터 높이였다. 내게도 낮게 느껴졌다. 그의 머리는 거의 닿을 지경이었다. 나는 주머니에 손을 넣은 채로 있었다. 그의 비옷에서 떨어진 물이 바닥에 고였다.

집 안은 코를 찌르는 쏘는 듯한 동물 냄새로 가득 차 있었다. 밍크 냄새 같았다. 그리고 아주 더러웠다. 주방으로 통하는 작은 거실이 있었다. 주방 너머에는 짧은 복도가 있었고 그 끝에 욕실과 침실이 있었다. 그게 전부였다. 도시 아파트보다는 작았고 단독 주택을 축소시킨 것처럼 보이도록 꾸며져 있었다. 여기저기 온통 어질러져 있었고 싱크대에는 설거지 안 한 접시가 쌓여 있었다. 거실 곳곳에 이미 쓴 접시와 컵, 운동복이 널려 있었다. 새 텔레비전 맞은편에 낡은 소파가 있었다. 소파는 그의 몸집에 눌려 찌그러져 있었다. 알약 병들이 선반과 테이블 위, 사방에 널려 있었다. 그중 일부는 비타민이었다. 하지만 대부분은 아니었다.

방 안에는 기관총도 있었다. 오래된 소련제 NSV였다. 원래는 전차 포탑에 장착되어 있던 것이었다. 그걸 방 한가운데에다 체인으로 매달아 놓았다. 마치 섬뜩한 조각품처럼 매달려 있었다. 새 공항 터미널이 개장할 때마다 설치되는 알렉산더 칼더*의 작품처럼. 폴리는 그 뒤에 서서 완전한 원형으로 총을 한 바퀴 돌릴 수 있었다. 앞이나 뒤 창문을 총안구 삼아 쏠 수 있었다. 사격 범위는 제한적이지만 서쪽 도로 40미터, 동쪽 진입로 40미터는 커버할 수 있다. 실탄은 바닥에 놓인 탄약 상자에서 올라오는 벨트를 통해 공급되었다. 벽에는 탄약 상자가 스무 개 정도 더 쌓여 있었다. 칙칙한 올리브색 상자는 온통 키릴 문자와 붉은 별들로 덮여 있었다. *움직이는 조각, 모빌을 창시한 미국의 조각가.

그 총이 너무 커서 나는 벽에 등을 바짝 붙이고 돌아가야 했다. 전화기 두 대가 보였다. 하나는 외부 회선일 것이고 다른 하나는 집 내부와 연결된 전화기일 것이다. 벽에는 경보 장치가 있었다. 하나는 무인지대에 설치되어 있는 센서용이었다. 다른 하나는 게이트 자체의 동작 감지용이었다. 게이트 기둥 카메라가 찍은 우윳빛 흑백영상을 보여주는 비디오 모니터도 있었다.

"날 쐈겠다?" 그가 말했다.

나는 대꾸하지 않았다.

"차로 치려고도 했고."

"경고 사격 같은 거였지."

"뭘 경고하는 건데?"

"듀크가 죽었어."

그는 고개를 끄덕였다. "들었어."

"그래서 이제는 내가 그 자리를 맡았지. 너는 게이트를, 나는 저택을 맡는 거야."

그는 다시 고개를 끄덕였다. 아무 말도 하지 않았다.

"이제 내가 이 집 가족들을 돌보게 됐어. 내가 그들의 보안을 책임진다고. 벡 씨는 날 믿고 있어. 나한테 총까지 줬거든."

말하는 내내 나는 그를 똑바로 쳐다보고 있었다. 눈 사이를 압박하는 듯한 그런 시선으로. 이 순간이 바로 메스암페타민과 스테로이드가 작용해서 그가 바보처럼 실실거리며 이런 말을 할 타이밍이다. 내가 바위틈에서 뭘 찾았는지 얘기하면 그가 더 이상 널 믿지 않을 텐데. 안 그래? 네가 이미 무기를 가지고 있었다고 하면 말이야-. 몸을 비틀며 실실 웃고 노래하듯 웅얼거리면서. 하지만 그는 아무 말도 없었다. 아무런 움직임도 없었다. 의미를 파악하는 데 어려움을 겪고 있는 것처럼 눈의 초점이 약간 흐려지는 것 외에는 전혀 반응하지 않았다.

"알아들었나?" 내가 물었다.

"예전에는 듀크였는데 이제는 너라고." 그가 무덤덤하게 말했다.

은닉물을 찾아낸 사람은 그가 아니었다.

"나는 이 집 가족들의 안전을 지키고 있어. 벡 부인도 포함해서. 그러니 그 게임은 이제 끝이야. 알겠나?"

그는 아무 말도 하지 않았다. 그의 눈을 올려다보느라 목이 아팠다. 내 척추는 사람을 내려다보는 데 훨씬 더 익숙하기 때문이다.

"알겠나?" 내가 다시 물었다.

"싫다면?"

"싫다면 우리 둘은 계속 부딪히게 되겠지."

"그게 좋겠는데."

나는 고개를 저었다.

"좋을 리가 없을 거야. 조금도. 내가 널 발기발기 찢어 버릴 테니까."

"그게 될까?"

"예전에 헌병 때려본 적 있나? 군대 시절에?"

그는 대답이 없었다. 그저 외면하고 가만히 있었다. 아마도 체포되던 때를 떠올리고 있을 것이다. 아마도 약간은 저항했을 것이고, 약간은 제압당했을 것이다. 그 와중에 어딘가에서 계단에서 굴러떨어져 꽤 많이 다쳤을 것이다. 범죄 현장과 유치장 사이 어딘가에서. 순전히 돌발적으로. 특정 상황에서는 그런 일이 일어날 수 있다. 그때 체포조 장교는 그를 잡으러 아마 여섯 명쯤을 보냈을 것이다. 나라면 여덟 명을 보냈겠지만.

"그러고 나서 널 잘라버릴 거야." 내가 말했다.

그의 눈에서 천천히 힘이 빠졌다.

"넌 날 못 잘라." 그가 말했다. "난 네 밑에서 일하는 게 아니니까. 벡 밑에서도 아니고."

"그럼 누구 밑에서 일하는 거지?"

"어떤 사람."

"그 어떤 사람 이름이 뭔데?"

그는 고개를 저었다.

"말 못 해."

나는 주머니에 손을 넣고 기관총 주위를 천천히 돌아 문으로 향했다.

"이제 다 정리된 거지?" 내가 말했다.

그는 나를 쳐다보았다. 아무 말도 하지 않았다. 하지만 차분해 보였다. 아침 약 복용량이 잘 조절된 모양이었다.

"백 부인은 건드리지 않는 거야. 알겠나?" 내가 말했다.

"네가 여기 있는 동안은." 그가 말했다. "여기에 영원히 있지는 않을 테니까."

그랬으면 좋겠군. 나는 생각했다. 그때 전화벨이 울렸다. 외부 회선 같았다. 엘리자베스나 리처드가 저택에서 그에게 전화할 리는 없다고 생각했다. 정적 속에서 벨소리가 크게 울렸다. 그가 수화기를 들고 자신의 이름을 말했다. 그러고는 그저 듣고만 있었다. 수화기에서 희미한 목소리가 들렸는데 멀고 불분명한 데다 플라스틱 특유의 고음과 공명음으로 인해 무슨 말인지 알아들을 수 없었다. 목소리는 1분도 채 계속되지 않았다. 통화는 그렇게 끝났다. 그는 전화기를 내려놓고 손을 아주 섬세하게 움직여 체인에 걸린 기관총에 손바닥을 갖다 대고 부드럽게 흔들었다. 나는 그것이 우리가 만난 첫날 아침, 체육관에서 내가 샌드백을 가지고 했던 동작을 의식적으로 모방한 것임을 알아차렸다. 그가 나를 보고 실실 웃었다.

"내가 널 지켜보고 있어." 그가 말했다. "항상 지켜보고 있을 거야."

무시하고 문을 열고 밖으로 나왔다. 비가 소방호스처럼 나를 때렸다. 몸을 앞으로 숙이고 빗속으로 곧장 걸어 들어갔다. 나는 뒤쪽 창문에서 보일 40미터 반경을 완전히 빠져나갈 때까지 등허리에 매우 기분 나쁜 느낌을 안은 채 숨을 참고 걸었다. 그 구간을 빠져나오고 나서야 숨을 내쉬었다.

벡도, 엘리자베스도, 리처드도 아니었다. 폴리도 아니었다.

아니었다 No dice.

도미니크 콜은 우리가 맥주를 마시던 날 밤 나에게 부정不正의 의미가 담긴 'no dice'라는 표현을 썼다. 처음 맥주 약속을 한 날에는 예상치 못한 일이 생겨서 내가 미뤘고, 그다음에 다시 잡은 날짜에는 그녀가 미루어서 실제 우리가 만난 건 일주일쯤 뒤였다. 당시에는 클럽이 엄격하게 분리되어 있어서 기지 내에서 부사관과 장교가 같이 술을 마시는 건 어려웠기 때문에 우리는 시내의 바로 갔다. 그곳은 길고 낮은 실내에 여덟 개의 당구대가 있고 손님이 많고 네온사인이 번쩍이고 주크박스 소리에 담배 연기 가득한 특색 없는 술집이었다. 여전히 너무 더웠다. 에어컨은 최대로 가동되고 있었지만 아무 소용이 없었다. 나는 사복이 없어서 군복 바지와 낡은 티셔츠를 입고 있었다. 콜은 원피스를 입고 왔다. 민소매에 무릎 길이, 검정 바탕에 작은 흰색 점이 있는 심플한 A라인 원피스였다. 아주 작은 점들이었다. 큰 물방울 무늬 같은 게 아니었다. 눈에 잘 띄지 않는 무늬였다.

"프라스코니는 어떻게 지내고 있나?" 내가 물었다.

"토니 말입니까? 그는 좋은 사람입니다."

그녀는 그에 대해 더 이상 아무 말도 하지 않았다. 우리는 롤링 락이라는 라거 맥주를 주문했는데, 그해 여름에 내가 가장 좋아했던 술이다. 소음 때문에 그녀는 말을 하기 위해 내게로 아주 가까이 몸을 기울여야 했다. 나는 그녀가 그렇게 가까이 붙는 게 좋았다. 하지만 착각은 하지 않았다. 단지 소음 때문에 그녀가 그렇게 한 것일 뿐, 다른 이유는 없었다. 그리고 나는 그녀에게 절대로 들이대지 않을 생각이었다. 공식적인 이유는 없었다. 그 당시에는 묵시적 규칙은 있었겠지만 아직 명문화된 규정은 없었다. 성희롱이라는 개념은 군대에 천천히 도입되었다. 하지만 나는 이미 잠재적 불공정성을 인식하고 있었다. 내가 그녀의 경력에 도움을 주거나 해를 끼칠 수 있는 방법은 없었다. 그녀의 인사기록을 보면 밤이 지나면 낮이 오듯 상사를 거쳐 일등 상사가 될 것이 명확했다. 시간문제였다. 그다음에는 E-9호봉, 즉 원사로의 도약이 다가올 것이다. 그것 역시 그녀가 스스로 취할 수 있는 것이다. 그 후에는 문제가 생길 것이다. 원사 다음에는 각 연대에 한 명씩만 있는 주임원사가 있다. 그다음에는 육군 주임원사가 있는데, 그 직책은 임기 중 육군 내에 단 한 명뿐이다. 내가 뭐라 하든 상관없이, 그녀는 그렇게 올라가다가 멈출 것이다.

"전술적인 문제가 있습니다." 그녀가 말했다. "전략적인 문제일 수도 있고요."

"뭔가?"

"그 똑똑이, 고로프스키 말입니다. 우리가 보기에는 그가 끔찍한 비밀 같은 걸 가지고 있어서 협박당하는 건 아닌 것 같아요. 그보다는 더 단순하게 그의 가족에 대한 위협으로 보입니다. 협박이라기보다는 강압에 가깝죠."

"어떻게 알 수 있지?"

"그의 기록은 아주 깨끗합니다. 철저하게 신원 조회를 받았거든요. 그들이 그렇게 하는 이유가 바로 협박 가능성을 없애려는 거죠."

"레드삭스 팬이던가?"

그녀는 고개를 저었다. "양키스. 브롱크스 출신입니다. 거기서 과학 고등학교를 다녔고요."

"좋아." 내가 말했다. "벌써 마음에 드는군."

"하지만 지침에 따르면 지금 당장 그를 체포해야 합니다."

"그가 무슨 짓을 하고 있는데?"

"실험실에서 외부로 서류를 반출했습니다."

"지금도 사보 관련 작업을 하고 있나?"

그녀가 고개를 끄덕였다. "하지만 사보 설계를 『스타스 앤드 스트라이프스』*에 게재한다고 해도 누구든 그걸로는 아무것도 알 수 없을 겁니다. 따라서 상황이 아직 심각하지는 않습니다." *미군이 발행하는 일간 신문.

"빼낸 서류로 뭘 했나?"

"볼티모어의 비밀접선 장소에 떨굽니다."

"누가 집어가는지는 봤나?"

그녀는 고개를 저었다.

"아뇨no dice."

"그 똑똑이를 어떻게 하고 싶은 건가?"

"체포하고 싶지는 않습니다. 누군지 몰라도 그의 등을 떠밀고 있는 놈을 제거하고 그는 그냥 놔두는 것이 좋다고 생각합니다. 어린 딸이 둘이나 있거든요."

"프라스코니의 생각은?"

"그도 동의합니다."

"그 친구가?"

그녀가 미소를 지었다.

"글쎄요, 아마 그럴 겁니다." 그녀가 말했다. "하지만 규정집에는 다르게 나와 있습니다."

"그런 건 신경 쓰지 마."

"그래도 될까요?"

"내가 직접 내리는 명령이야." 내가 말했다. "원한다면 서면으로 작성해주지. 직감을 따라가. 반대편 끝까지 고리를 추적해. 그게 가능하다면 이고로프스키라는 사람을 곤경에서 구할 수 있을 거야. 양키스 팬이라니 평소처럼 이 정도는 해줘야지. 하지만 소홀히 해서 상황을 놓치면 안 돼."

"놓치지 않겠습니다." 그녀가 말했다.

"사보가 끝나기 전에 마무리해야 해." 내가 말했다. "아니면 다른 접근 방식을 생각해야 할 거야."

"알겠습니다." 그녀가 답했다.

그 후 우리는 다른 얘기를 나누며 맥주를 몇 병 더 마셨다. 한 시간 뒤 주크박스에서 좋은 노래가 나와서 그녀에게 춤을 추자고 했다. 그날 밤 그녀는 두 번째로 'no dice'라고 말했다. 안 됩니다. 나는 나중에 그 표현에 대해 곰곰이 생각해 보았다. 분명 그 말은 주사위 도박꾼들의 은어에서 유래했을 것이다. 아마 원래는 '주사위가 제대로 굴려지지 않았을 때no dice'의 판정으로 '파울'을 의미했을 것이다. 마치 야구 심판이 베이스를 벗어나는 땅볼을 판정할 때 '파울 볼'이라고 하는 것처럼. 그러다 훨씬 뒤에 이 말은 그냥 또 다른 부정적인 표현으로 변한 것 같다. '절대 안 돼no way', '방법이 없어no how', '가능성이 없어no chance' 같은. 그런데 그녀는 이 말의 어원을 얼마나 깊이 파고든 다음 사용한 걸까? 그녀는 단순히 '안 된다'라는 의미로 거절을 한 걸까, 아니면 내가 뭔가 잘못했다는 의미로 '파울'을 선언한 걸까. 나는 확신할 수 없었다.

저택으로 돌아왔을 때 나는 완전히 흠뻑 젖어 있었다. 그래서 위층으로 올라가 듀크의 방을 차지한 뒤 수건으로 몸을 닦고 그의 새 옷으로 갈아입었다. 듀크의 방은 집의 전면부 중앙에 위치해 있어서 창문 너머 진입로를 따라 서쪽 멀리까지 볼 수 있었다. 꽤 높아서 장벽 너머도 볼 수 있었다. 저 멀리 링컨 타운카가 보였다. 집 쪽으로 곧장 오고 있었다. 검은색이었다. 날씨 때문에 헤드라이트를 켜고 있었다. 폴리가 비옷을 입고 나와 링컨이 속도를 늦추지 않아도 되도록 미리 게이트를 열었다. 차는 빠르게 통과했다. 앞유리는 젖어 얼룩져 있었고 와이퍼가 좌우로 빠르게 움직이고 있었다. 폴리는 이 차를 기다리고 있었다. 이미 전화로 연락을 받았을 것이다. 나는 차가 내 시야 아래로 사라질 때까지 지켜보았다. 그러고는 돌아섰다.

듀크의 방은 이 집의 다른 방들과 마찬가지로 정사각형의 단순한 구조였다. 벽은 어두운 색이었고 바닥에는 대형 오리엔탈 러그가 깔려 있었다. 텔레비전과 전화기 두 대가 있었다. 각각 외선용과 내선용 같았다. 시트는 깨끗했고 옷장에 있는 옷을 제외하고는 개인 물품은 없었다. 아마도 아침 일찍 벡이 가정부에게 인원 교체에 대해 말한 것 같았다. 그러면서 가정부에게 내가 입을 수 있도록 옷은 남겨두라고 말했을 것이다.

나는 창문으로 돌아갔고 5분 뒤 벡이 캐딜락을 타고 돌아오는 것을 보았다. 폴리는 그도 맞이할 준비가 되어 있었다. 그 큰 차가 속도를 거의 줄일 필요 없이 게이트를 통과했다. 차가 지나가자 폴리는 게이트를 닫았다.

그러고는 쇠사슬로 묶고 잠갔다. 게이트는 내게서 100미터 정도 떨어져 있었지만 그가 무엇을 하는지는 알아볼 수 있었다. 캐딜락은 내 시야 아래에서 사라져 차고 구역으로 들어갔다. 나는 아래층으로 내려갔다. 벅이 돌아왔으니 점심시간이 된 거라고 생각했다. 폴리도 식사하러 오려고 게이트를 사슬로 묶었다고 생각했다.

하지만 아니었다.

나는 주방에서 나오는 벅과 복도에서 마주쳤다. 그의 코트에는 빗방울이 묻어 있었다. 나를 찾고 있었다. 손에는 스포츠 가방이 들려 있었다. 코네티컷으로 총을 운반할 때 들고 갔던 그 가방이었다.

"자네가 할 일이 있어." 그가 말했다. "지금 당장. 조류에 맞춰야 해."

"무슨 일입니까?"

그가 나에게서 멀어져 갔다. 고개를 돌려 어깨 너머로 소리쳤다. "링컨을 타고 온 사람이 말해줄 거야!"

나는 주방을 지나 밖으로 나갔다. 금속 탐지기가 삐 하고 울렸다. 다시 빗속으로 걸어나가서 차고 구역으로 향했다. 하지만 링컨은 바로 저택 모퉁이에 주차되어 있었다. 링컨은 뒤로 돌려져 트렁크가 바다 쪽을 향하고 있었다. 운전석에 한 남자가 앉아 있었다. 그는 비를 피하느라 차 안에 있었다. 초조해 보였다. 엄지손가락으로 핸들을 두드리고 있었다. 그러다 백미러에 비친 나를 보고는 트렁크를 열고 재빨리 차에서 내렸다.

그는 마치 누군가가 트레일러 주차 구역에서 끌고 나와 억지로 그에게 정장을 입힌 것처럼 보였다. 긴 회색 염소수염으로 빈약한 턱을 가렸고 기름이 낀 머리카락은 분홍색 고무 밴드로 묶어 포니테일을 하고 있었다. 고무 밴드에는 반짝이가 점점이 박혀 있었다. 어린 소녀들이 고르기 쉽게 보통 드럭스토어 회전 진열대 아래쪽에 놓여 있는 종류의 밴드였다. 얼굴에는 오래된 여드름 흉터가 있었다. 목에는 교도소에서 한 듯한 문신이 있었다. 키가 크고 엄청나게 마른 체격이었다. 보통 사람을 세로로 둘로 나눈 것 같았다.

"듀크 후임?" 그가 내게 물었다.

"맞아."

"난 할리야." 그가 말했다.

내 이름은 말하지 않았다.

"그럼 어서 하자고." 그가 말했다.

"뭘?"

그가 빙 돌아가서 트렁크 뚜껑을 끝까지 올렸다.

"쓰레기 처리."

트렁크에는 군용 보디 백이 있었다. 두꺼운 검은색 고무 재질로, 전체 길이를 따라 길게 지퍼가 달려 있었다. 트렁크 안에 접혀 있는 모습을 보니 작은 사람, 아마도 여자가 들어 있는 것 같았다.

"누구지?" 이미 답을 알고 있었지만 물었다.

"그 정부에서 일하는 년. 시간이 꽤 오래 걸렸지만, 결국 잡았어."

그가 몸을 숙여 자기 쪽 양쪽 모서리를 손으로 꽉 잡았다. 그런 뒤 나를 기다렸다. 나는 그저 거기 서서, 목에 닿는 빗줄기를 느끼며 고무에 부딪혀 튀고 터지는 빗소리를 들었다.

"조류에 맞춰야 해." 그가 말했다. "곧 바뀔 거야."

나는 몸을 숙여 내 쪽 양 끝의 모서리를 잡았다. 우리는 서로를 흘끗 보며 힘을 합쳐 가방을 들어 올렸다가 밖으로 내렸다. 무겁지는 않았지만 다

루기 어려웠고 할리는 힘이 세지 않았다. 우리는 그걸 들고 해안을 향해 몇 걸음 나아갔다.

"내려봐." 내가 말했다.

"왜?"

"좀 보게."

할리는 그냥 거기 서 있기만 했다.

"안 보는 게 좋을걸."

"내려봐." 내가 다시 말했다.

그는 잠시 더 망설이다가 바위 위에 가방을 내려놓았다. 시체의 등이 위로 휘어진 채 놓여 있었다. 나는 쪼그려 앉은 채로 오리걸음으로 머리 쪽으로 갔다. 지퍼 손잡이를 찾아 잡아당겼다.

"얼굴만 봐." 할리가 말했다. "그나마 거기가 좀 나으니까."

나는 보았다. 아주 끔찍했다. 그녀는 극심한 고통 속에서 죽었다. 분명했다. 얼굴이 고통으로 가득 차 있었다. 그녀의 얼굴은 소름 끼치는 마지막 비명을 지른 형태 그대로 여전히 일그러져 있었다.

하지만 테레사 다니엘은 아니었다.

벡의 가정부였다.

9

지퍼를 조금 더 내렸더니 10년 전에 봤던 것과 똑같은 형태로 훼손된 신체가 보였다. 거기서 손을 멈췄다. 고개를 돌려 빗줄기를 맞으며 눈을 감았다. 얼굴에 흐르는 물이 빗물인지 눈물인지 헷갈렸다.

"얼른 끝내자고." 할리가 말했다.

눈을 떴다. 파도를 바라보았다. 더 이상 보지 않고 지퍼를 다시 올렸다. 천천히 일어나 가방 발치로 걸음을 옮겼다. 할리는 기다리고 있었다. 우리는 각자 모서리를 잡고 들어 올렸다. 바위를 넘어 옮겼다. 그는 나를 남동쪽으로 이끌어 두 개의 선반 모양의 화강암이 만나는 해안의 한 곳으로 향했다. 화강암 선반 사이에는 가파른 V자 모양의 틈새가 있었다. 틈새에는 출렁이는 물이 반쯤 차 있었다.

"다음 큰 파도가 지나갈 때까지 기다려." 할리가 말했다. 거대한 파도가 쿵 하고 밀려왔고 우리 둘은 물보라를 피해 고개를 돌렸다. 틈새 맨 위까지 물이 가득 찼고 파도가 바위 위를 넘어서 우리 신발 바로 앞까지 밀려들었다. 그러다 다시 빠져나가면서 틈새가 비워졌다. 자갈이 덜거덕거리며 쓸려 내려갔다. 바다 표면은 칙칙한 회색 거품으로 뒤덮였고 거품은 빗방울에 맞아 움푹 패었다.

"됐어. 내려놔." 할리가 말했다. 그는 숨을 헐떡였다. "네 쪽 잘 잡고."

머리 쪽 끝이 화강암 선반을 넘어가 틈새 위에 떠 있도록 가방을 내려 놓았다. 지퍼는 위쪽을 향하고 있었다. 시신은 등을 대고 있었다. 나는 발 쪽 양 끝을 잡았다.

딱 달라붙은 머리 위로 빗물이 흘러내려 눈으로 들어왔다. 따가웠다. 할 리는 가방을 두 다리 사이에 두고 쪼그려 앉아 머리 쪽을 더 멀리 허공으 로 내밀었다. 나는 그를 따라 조금씩 발걸음을 떼며 미끄러운 바위 위를 나아갔다. 다음 파도가 밀려와 가방 아래에서 소용돌이를 일으켰다. 가방 이 살짝 떠올랐다. 일시적인 부력을 이용해 할리가 가방을 바다 쪽으로 조 금 더 밀어 넣었다. 나도 따라 움직였다. 파도가 물러갔다. 틈새의 물이 다 시 빠졌다. 가방이 아래로 축 처졌다. 빗줄기가 딱딱한 고무에 내리쳤다. 내 등도 사정없이 때렸다. 미친 듯이 차가웠다.

할리는 다음 다섯 번의 파도를 이용해 가방이 틈새에 대롱대롱 매달릴 때까지 점점 더 밀어냈다. 이제 나는 빈 고무를 잡고 있었다. 중력 때문에 시신은 가방의 끝부분에 몰려 있었다. 할리가 기다리며 바다를 살피더니 몸을 숙이고 지퍼를 끝까지 내렸다. 그러고는 재빨리 뒤로 물러나 내가 잡 고 있던 모서리 하나를 꽉 잡았다. 일곱 번째 파도가 쿵 하고 밀려왔다. 그 물보라에 나는 흠뻑 젖었다. 틈새가 가득 차오르고 가방에도 물이 가득 차 자 큰 파도가 빠져나가면서 보디 백 밖으로 시신이 쓸려나갔다. 잠시 움직 이지 않고 떠 있던 시신은 이내 이안류가 잡아채 끌고 갔다. 곧장 아래로, 심해로 사라졌다. 물속에서 풀어 헤쳐진 긴 금발과 창백한 피부가 초록색 과 회색으로 번들거리는 것이 보였는데 순식간에 사라졌다. 틈새에서 물 이 빠지면서 붉은 거품이 일어났다.

"여긴 조류가 엄청 세." 할리가 말했다.

나는 아무 말도 하지 않았다.

"이안류가 바로 끌고 나가. 어쨌든 한 번도 되돌아오지 않았어. 가라앉은 채 4킬로미터 정도를 쭉 끌고 나가지. 그러고 나면 저 밖에 상어가 있을 거야. 상어가 이 해안을 따라 돌아다니거든. 게다가 다른 생물들도 많아. 게, 빨판상어, 뭐 그런 것들 말이야."

나는 아무 말도 하지 않았다.

"한 번도 되돌아온 적이 없어." 그가 다시 말했다.

내가 그를 힐끗 쳐다보자 그는 나를 향해 미소 지었다. 그의 입은 염소 수염 위에 움푹 팬 구멍 같았다. 이는 썩어서 노랬다. 다시 시선을 돌렸다. 다음 파도가 밀려왔다. 이번엔 작은 파도였지만, 파도가 물러가면서 틈새도 깨끗이 씻겨 내려갔다. 마치 아무 일도 일어나지 않았던 것처럼. 마치 아무것도 거기에 있지 않았던 것처럼. 할리는 비틀거리며 일어나 빈 가방의 지퍼를 잠갔다. 핏물이 가방에서 쏟아져 나와 바위 위로 흘러내렸다. 그는 가방을 말기 시작했다. 나는 저택 쪽을 돌아보았다. 벡이 혼자 주방 문간에 서서 우리를 지켜보고 있었다.

우리는 비와 바닷물에 흠뻑 젖은 채 저택으로 돌아갔다. 벡은 주방으로 다시 들어갔다. 우리는 그를 따라 들어갔다. 할리는 자신이 있어서는 안 될 곳에 있다고 여기는 듯 방 가장자리만 서성거렸다.

"연방 요원이었습니까?" 내가 물었다.

"틀림없어." 벡이 말했다.

그의 스포츠 가방이 법정에 제출한 검찰 측 증거물처럼 테이블 중앙에 눈에 잘 띄게 놓여 있었다. 그가 지퍼를 열고 가방 안을 뒤적였다.

"이걸 좀 봐."

그가 꾸러미 하나를 테이블 위로 올려놓았다. 손수건만 한 크기의 기름 얼룩에 찌든 더러운 헝겊으로 감싸져 있었다. 그것을 펼치더니 더피의 글록 19를 꺼냈다.

"이런 것들이 저년한테 쓰라고 준 차에 숨겨져 있었어." 그가 말했다.

"사브요?" 나는 뭐라도 말을 해야 해서 이렇게 대꾸했다.

그는 고개를 끄덕였다. "스페어타이어 보관함에. 트렁크 바닥 아래." 그는 글록을 테이블 위에 놓았다. 그런 다음 헝겊에서 예비 탄창 두 개를 들어내 총 옆에 놓았다. 그리고 그 옆에 구부러진 짧은 송곳과 날카롭게 갈린 끌을 놓았다. 그리고 돌의 열쇠고리도.

나는 숨이 막혔다.

"송곳은 자물쇠 따개인 것 같아."

"그렇다 쳐도 이게 어떻게 그녀가 연방 요원이었다는 증거가 됩니까?" 그는 다시 글록을 집어 들고 돌려서 슬라이드의 오른쪽을 짚었다.

"일련번호. 컴퓨터로 오스트리아의 글록 본사에 조회해봤어. 우리는 그런 데에 들어갈 수 있거든. 이 총은 거의 1년 전에 미국 정부에 판매된 거야. 법 집행 기관을 위한 대량 주문의 일부로. 남성 요원은 17구경, 여성 요원은 19구경. 그걸로 저년이 연방 요원이라는 걸 알게 된 거지."

나는 일련번호를 뚫어지게 쳐다보았다. "그녀가 부인했습니까?"

그는 고개를 끄덕였다. "물론 그랬지. 자기는 그냥 이걸 발견한 거라고. 장황하게 설명을 늘어놨어. 사실은 자네 탓을 하더군. 자네 물건이라고. 하지만 그쪽 애들은 항상 부인하잖아? 그렇게 훈련이라도 받는 건지."

나는 시선을 돌렸다. 창문 너머로 바다를 바라보았다. 왜 이걸 다 주워온 걸까? 왜 그냥 놔두지 않았을까? 가정부 일을 하는 사람의 본능 같은 걸까? 이게 젖는 게 싫었던 걸까? 아니면 다른 이유가 있었을까?

"자네, 화난 것처럼 보이는데." 벡이 말했다.

이걸 어떻게 찾았지? 왜 찾으려 한 거지?

"자네, 화난 것처럼 보인다고." 그가 다시 말했다.

단순히 화가 난 것 이상이었다. 그녀는 고통 속에서 죽었다. 내가 그렇게 만들었다. 그녀는 아마도 나를 위해 호의를 베푸는 거라고 생각했을 것이다. 내 물건이 젖지 않게, 녹슬지 않게 해주려고. 그녀는 그저 나를 도우려던 아일랜드 출신의 말 없고 순진한 사람이었다. 그런데 나는 마치 내가 거기 서서 직접 그녀를 도살한 거나 다름없었다.

"난 보안을 책임지고 있습니다." 내가 말했다. "그녀를 의심했어야 했는데."

"자네는 어젯밤부터 보안을 담당하게 된 거니 자책할 것 없어. 아직 자리도 제대로 잡지 못했잖나. 저년을 의심해야 했던 건 듀크였어."

"하지만 나라도 절대 그녀를 의심하지 않았을 겁니다. 그냥 가정부라고만 생각했으니까요."

"이봐, 나도 그랬어. 듀크도 그랬고."

나는 다시 고개를 돌렸다. 바다를 바라보았다. 회색빛으로 출렁이고 있었다. 나는 정말 이해가 가지 않았다. 그녀가 이걸 찾았다. 하지만 왜 그렇게 단단히 숨겼을까?

"이게 결정적이야." 벡이 말했다.

내가 뒤를 돌아보니 그가 가방에서 신발 한 켤레를 막 꺼내고 있었다. 내가 볼 때마다 그녀가 신고 있던 각지고 크고 투박한 검은색 신발이었다.

"이것 좀 봐."

그는 오른쪽 신발을 뒤집고 손톱으로 뒷굽에서 핀을 뽑아냈다. 그런 다음 뒷굽 고무를 작은 문처럼 돌리고 신발을 다시 뒤집어 그걸 흔들었다. 작은 검은색 플라스틱 직사각형이 테이블 위로 떨어졌다. 뒤집힌 채 떨어진 걸 그가 뒤집었다.

내 것과 완전히 똑같은 무선 이메일 기기였다.

그가 나에게 신발을 건넸다. 그걸 받고 멍하니 쳐다보았다. 여성용 6사이즈. 작은 발에 맞춘 신발이었다. 하지만 앞볼을 넓고 불룩하게 만들어서 시각적으로 균형을 맞추기 위해 뒷굽이 넓고 두꺼웠다. 어설프지만 새로운 패션의 제안 같았다. 뒷굽에는 직사각형 공간이 파여 있었다. 내 것과 똑같았다. 깔끔하게 다듬어져 있었다. 인내심을 가지고 한 일이었다. 하지만 기계로 한 것은 아니었다. 내 것과 똑같이 희미하게 공구 자국이 보였다. 어딘가의 작업실에 있는 한 남자, 그의 작업대 위에 줄지어 놓인 신발, 새 가죽 냄새, 둥그렇게 놓인 조각 도구들, 그가 열심히 작업하는 동안 바닥에 쌓여가는 고무 부스러기들. 나는 그 모습이 그려졌다. 대부분의 정부 공작은 의외로 가내수공업 수준이다. 폭발하는 볼펜이나 시계에 내장된 카메라 같은 것들만 있는 게 아니다. 시판용 이메일 기기와 평범한 신발 한 켤레를 사러 쇼핑몰에 가는 것이 대부분의 공작에서 최첨단 기술의 전부이다.

"어떻게 생각하나?" 백이 물었다.

나는 내가 어떤 감정을 느끼고 있는지 생각하고 있었다. 롤러코스터를 타는 기분이었다. 그녀는 여전히 죽어 있었지만 이제 내가 그녀를 죽인 게 아니었다. 정부 컴퓨터가 그녀를 죽인 셈이다. 그래서 개인적으로는 안도감이 들었다. 하지만 동시에 상당히 화가 났다. 대체 더피는 뭘 하고 있었던 거지? 도대체 무슨 장난을 치고 있었던 걸까? 같은 장소에 두 명 이상의 잠입 요원을 배치할 때 서로가 서로에 대해 알고 있어야 한다는 건 절대적인 규칙이다. 기본 중의 기본. 더피는 테레사 다니엘에 대해서는 말해주었다. 그런데 왜 다른 여자에 대해서는 말해주지 않았을까?

"믿기지 않는군요." 내가 말했다.

"배터리가 나갔어." 그가 말했다. 그는 두 손으로 기기를 잡고 있었다. 비디오 게임을 하듯 두 엄지손가락으로 조작해보고 있었다. "어쨌든 작동하지 않아."

그가 내게 그걸 건네줬다. 나는 신발을 내려놓고 그걸 받아 들었다. 익숙한 '전원' 버튼을 눌렀다. 하지만 화면은 여전히 꺼져 있었다.

"그녀가 얼마나 오래 있었습니까?" 내가 물었다.

"8주." 그가 말했다. "가정부를 오래 붙잡아 두는 게 쉽지 않아. 여긴 외진 곳이니까. 게다가 폴리 같은 놈도 있고. 듀크도 그리 살가운 사람은 아니고."

"8주면 배터리 수명이 유지되기에는 긴 시간인데요."

"이제 다음은 저쪽에서 어떻게 나올까?"

"모르겠습니다. 연방 소속이었던 적이 없어서."

"일반적으로 말이야. 이런 걸 본 적은 있을 거 아닌가."

나는 어깨를 으쓱했다.

"그들도 예상했을 겁니다. 통신이 항상 제일 먼저 꼬이기 마련이니까요. 그녀가 레이더망에서 사라진다 해도 당장 걱정하지는 않을 겁니다. 그리고 그녀를 현장에 남겨둘 수밖에 없었을 겁니다. 내 말은, 귀환하라고 그녀에게 연락하는 것 자체가 안 됐을 거라는 겁니다. 아마 그들은 그녀가 가능한 한 빨리 배터리를 다시 충전할 거라고 믿고 있을 겁니다." 나는 기기를 옆으로 돌려서 하단에 나 있는 작은 소켓을 가리켰다. "휴대폰 충전기 같은 게 필요할 것 같군요."

"저년을 찾으러 요원을 보낼까?"

"결국엔 그럴 겁니다."

"언제쯤일까?"

"모르겠습니다. 아직은 아닐 겁니다."

"저년이 여기 있었다는 걸 부인할 작정이야. 존재한 것 자체를 부인하는 거지. 여기 있었다는 증거는 없으니까."

"방을 정말 깨끗하게 청소하는 게 좋을 겁니다. 지문과 머리카락, DNA가 사방에 널려 있을 테니까요."

"저년은 추천으로 여기에 왔어. 우리가 신문이나 다른 곳에 광고를 내지는 않거든. 보스턴에 있는 몇몇 친구들에게 소개를 받았어."

그가 나를 힐끗 쳐다보았다. 형량 협상을 하려고 어떻게든 정부를 돕고 있는 보스턴의 어떤 사람들. 나는 고개를 끄덕였다.

"복잡하군요." 내가 말했다. "이걸 가지고 그 사람들에게 뭐라고 말할 수는 없지 않겠습니까?"

그가 시무룩하게 고개를 끄덕였다. 내 말에 동의했다. 내가 무슨 말을 하는지 알고 있었다. 그가 끌 옆에 놓여 있던 커다란 열쇠 뭉치를 집어 들었다.

"이건 돌의 물건인 것 같아." 그가 말했다.

나는 아무 말도 하지 않았다.

"이러면 세 가지 악몽이 겹친 거야." 그가 말했다. "돌은 하트퍼드 일당과 연결지을 수 있고, 보스턴 친구들은 연방 정부와 연결지을 수 있어. 그런데 이제 돌도 정부와 연결지을 수 있게 된 거야. 그가 위장 잠입한 년에게 열쇠를 줬으니까. 그 말은 하트퍼드 일당도 연방 요원들과 한통속이라는 뜻이야. 듀크 덕에 돌은 죽었지만 난 하트퍼드에 보스턴, 그리고 이제는 정부까지 상대해야 해. 그러니 자네가 필요해, 리처."

나는 할리를 힐끗 쳐다보았다. 그는 창밖으로 비를 바라보고 있었다.

"돌뿐이었습니까?" 내가 물었다.

벡은 고개를 끄덕였다. "몽땅 다 파봤어. 충분하게. 돌뿐이었어. 나머지는 확고해. 여전히 내 편이야. 돌에 대해 매우 미안해했어."

"알겠습니다."

한참 동안 침묵이 흘렀다. 그러더니 벡은 내 은닉물을 헝겊에 다시 싸서 가방에 도로 집어넣었다. 그런 다음 작동하지 않는 이메일 기기를 던져넣고 그 위에 가정부의 신발을 올려놓았다. 슬프고 공허하고 버림받은 것처럼 보였다.

"한 가지는 배웠군." 그가 말했다. "이제부터는 망할 놈의 신발을 뒤져보기 시작할 거야. 젠장, 그건 확실해. 목숨 걸고 맹세하지."

그 순간 나는 그 자리에서 내 목숨을 걸어야 했다. 나는 신발만은 여전히 내 것을 신고 있었으니까. 듀크의 방으로 다시 올라가서 옷장을 확인했다. 신발은 네 켤레가 있었다. 내가 가게에서 직접 골랐을 법한 스타일은 아니었지만 가격대도 적당해 보였고 사이즈도 거의 맞을 것 같았다. 하지만 그대로 두고 나왔다. 그렇게 빨리 다른 신발을 신고 나타나면 의심을 살 게 뻔했다. 위험 신호가 될 것이다. 그리고 내 신발을 버릴 거면 제대로 버려야 한다. 그들이 쉽게 확인할 수 있으니 그 방에 그냥 놔둘 수는 없다. 저택 밖으로 빼내야 하지만 지금 상황에서 그렇게 하는 건 쉽지 않은 일이다. 방금 주방에서 그런 일이 있었는데 신발을 손에 들고 아래층으로 그냥 내려갈 수는 없다. 내가 뭐라고 말할 수 있겠나? 이거요? 아, 내가 여기 올 때 신고 왔던 건데 나가서 바다에 던져버리려고요. 갑자기 그 신발이 지겨워진 것처럼? 그래서 나는 그냥 계속 신고 있었다.

그리고 아직은 그 신발이 필요했다. 버리고 싶은 마음은 들었지만, 더피와 연락을 끊을 준비는 되지 않았다. 아직은 아니었다. 듀크 방 욕실에 들어가 문을 잠그고 이메일 기기를 꺼냈다. 섬뜩한 느낌이 들었다. 전원을 누르자 화면에 메시지가 떴다. 만남 요망. '답장'을 누르고 보냈다. 물론. 기기를 끄고 다시 뒷굽에 못을 박고 주방으로 내려갔다.

"할리와 함께 가." 벡이 말했다. "사브를 가져와야 해."

요리사가 없었다. 조리대는 깔끔하게 정리되어 있었다. 문질러 닦은 흔적이 있었다. 가스레인지도 차갑게 식어 있었다. 문에 '영업 종료' 표지판이 걸려 있어야 할 분위기였다.

"점심은 안 먹습니까?" 내가 물었다.

"배가 고픈가?"

바다가 가방을 부풀리고 시체를 빨아 삼키던 장면이 떠올랐다. 그녀의 머리카락이 한 올 한 올 물속에서 떠다니는 것이 보였다. 희석된 피가 분홍빛으로 씻겨 내려가는 것이 보였다. 식욕이 있을 리 없었다.

"배고파 죽겠습니다." 내가 말했다.

벡이 당혹스러운 듯 미소 지었다. "자넨 정말 냉정한 사람이군."

"죽은 사람이야 전에도 많이 봤습니다. 앞으로도 볼 거고."

그는 고개를 끄덕였다. "요리사가 비번이야. 나가서 먹어."

"돈이 없습니다."

그가 바지 주머니에 손을 넣더니 지폐 뭉치를 꺼냈다. 지폐를 세다 말고 어깨를 으쓱하더니 전부 다 건네주었다. 거의 천 달러는 될 것 같았다.

"활동비로 써. 월급 정산은 나중에 하고."

나는 돈을 주머니에 넣었다.

"할리가 차에서 기다리고 있어."

밖으로 나가 코트 깃을 세웠다. 바람이 잦아들고 있었다. 빗줄기는 다시 수직으로 내리기 시작했다. 링컨은 저택 모퉁이에 그대로 서 있었다. 트렁크 뚜껑은 닫혀 있었다. 할리는 엄지손가락으로 운전대를 두드리고 있었다. 나는 조수석에 올라타 다리를 뻗으려고 좌석을 뒤로 밀었다. 할리가 시동을 걸고 와이퍼를 작동시킨 뒤 출발했다. 폴리가 게이트의 사슬을 푸는 동안 기다렸다. 할리가 히터를 만지작거리더니 최고 온도로 높였다. 둘 다 옷이 젖어 있어서 창문에 김이 서렸다. 폴리는 느렸다. 할리가 다시 엄지손가락으로 드럼을 치기 시작했다.

"너희 둘, 같은 사람 밑에서 일하나?" 나는 할리에게 물었다.

"나랑 폴리? 그렇지."

"그게 누군데?"

"벡이 말 안 해줬어?"

"안 해줬는데."

"그럼 나도 말 못 하지."

"정보 없이 내 일을 하기는 힘들어."

"그건 네 문제지, 내 문제는 아니야."

그가 또다시 듬성듬성한 누런 이를 드러내며 웃었다. 지금 내가 주먹을 세게 날리면 남아 있는 강냉이들이 다 날아가고 내 주먹은 놈의 목구멍 깊숙이 박힐 것 같았다. 하지만 그러지 않았다. 폴리가 사슬을 풀고 게이트를 열었다. 할리는 게이트가 열리자마자 즉시 출발해 양옆에서 겨우 2센티 정도만 떨어진 상태로 통과했다. 나는 자리를 제대로 잡고 앉았다. 할리가 헤드라이트를 켜고 급가속을 하자 뒤에서 수탉 꼬리 같은 물보라가 치솟았다. 처음 20킬로 동안은 선택의 여지가 없었기 때문에 서쪽으로 마냥 달렸다. 그 후 1번 국도를 따라 북쪽으로 엘리자베스 벡이 나를 데려갔던 올드 오차드 비치와 사코에서 멀어지며 포틀랜드를 향해 나아갔다. 날씨가 너무 우중충해서 아무것도 보이지 않았다. 앞차의 후미등도 거의 보이지 않았다. 할리는 말이 없었다. 그저 운전석에서 앞뒤로 몸을 흔들고 엄지손가락으로 핸들을 두드리며 운전만 했다. 그는 운전이 거칠었다. 가속페달과 브레이크, 둘 중 하나는 늘 밟고 있었다. 속도를 높였다가 늦췄다가, 다시 올렸다 줄였다를 반복했다. 30킬로미터가 아주 길게 느껴졌다.

그때 도로가 서쪽으로 급격히 꺾였고 왼쪽으로 가까이에 I-295가 보였다. 그 너머로 잿빛 바닷물이 좁게 혀를 내밀고 있었고 그 너머에는 포틀랜드 공항이 있었다. 비행기 한 대가 거대한 물보라를 일으키며 이륙하고 있었다. 비행기는 우리 머리 위로 굉음을 울리며 낮게 날아가 대서양 위에서 남쪽으로 방향을 틀었다. 조금 더 가자 우리 왼쪽으로 길고 좁은 주차장이 있는 쇼핑몰이 나왔다. 쇼핑몰에는 공항 인근의 두 도로 사이에 끼어 임대료가 저렴한 곳에서 흔히 볼 수 있는 종류의 상점들이 있었다. 주차장에는 스무 대 정도의 차량이 일렬로, 모두 연석 쪽으로 차 앞머리를 두고 서 있었다. 낡은 사브는 왼쪽에서 다섯 번째에 있었다. 할리가 링컨을 사브 바로 뒤에 세웠다. 엄지손가락으로 핸들을 두드렸다.

"네 차야. 키는 도어 포켓에 있어."

나는 비를 맞으며 차에서 내렸고, 내가 문을 닫자마자 그는 차를 몰고 떠났다. 하지만 그는 1번 국도를 다시 타지 않았다. 주차장 끝에서 좌회전을 했고 곧바로 우회전을 했다. 콘크리트 타설로 울퉁불퉁하게 만들어진, 옆 주차장으로 연결되는 임시 출구를 통해 큰 차를 천천히 몰고 나가는 것이 보였다. 나는 다시 옷깃을 세우고 그가 차를 몰고 주차장을 통과해 새로 세운 건물 뒤로 사라지는 모습을 지켜보았다. 밝은 색의 골판지 형태의 금속판으로 만든 길고 낮은 창고였다. 일종의 오피스 단지 같았다. 좁은 아스팔트 도로가 이어져 있었다. 비에 젖어 반짝반짝 빛나고 있었다. 표면이 매끄러운 새 콘크리트 연석이 높이 놓여 있었다. 건물과 건물 사이의 틈새로 링컨이 다시 보였다. 링컨은 어딘가에 주차하려는 듯 느릿느릿 움직이고 있었다. 그러다 다른 건물 뒤로 미끄러지듯 사라졌고 더 이상 보이지 않았다.

나는 돌아섰다. 사브는 할인 주류 판매점을 향해 코를 박고 있었다. 주류 판매점 한쪽 옆으로는 카 스테레오를 파는 가게가, 다른 한쪽에는 짝퉁 크리스털 샹들리에가 진열창에 가득한 가게가 있었다. 가정부에게 새 천장 조명기구를 사오라고 했을 리는 없다고 생각했다. 사브에 CD 플레이어를 설치하기 위해 왔을 리도 없었다. 그렇다면 그녀는 주류 판매점으로 보내졌을 것이다. 그리고 거기서 자신을 기다리는 패거리와 마주쳤을 것이다. 네 명, 아니면 다섯 명 정도. 처음의 놀란 순간을 지난 뒤, 그녀는 당황한 가정부에서 목숨을 걸고 싸우는 훈련된 요원으로 변했을 것이다. 그들도 예상했을 것이다. 그래서 떼를 지어 왔을 것이다. 나는 보도를 위아래로 살펴보았다. 그런 다음 주류 판매점을 보았다. 진열창에는 박스가 가득 쌓여 있었다. 가게 안은 전혀 보이지 않았다. 하지만 어쨌든 안으로 들어갔다.

가게는 박스로 가득했지만 손님은 없었다. 거의 매일 그런 상태인 것 같았다. 썰렁하고 먼지투성이였다. 쉰 살 정도의 회색빛 남자 점원이 카운터 뒤에 있었다. 회색 머리에 회색 셔츠, 회색 피부. 10년은 밖에 안 나가 본 것 같은 얼굴이었다. 말문을 트기 위해 뭐라도 사려고 했는데 살 만한 게 아무것도 없었다. 그래서 단도직입적으로 물었다.

"저기 밖에 있는 사브 보입니까?"

그는 엄청나게 과장된 몸짓으로 밖을 내다보는 척했다.

"보이네요."

"저 차 운전자에게 무슨 일이 있었는지 봤습니까?"

"아니요."

즉시 아니라고 답하는 사람은 대개 거짓말을 하고 있는 경우가 많다. 정직한 사람도 당연히 아니라고 말하긴 하지만 보통은 잠시 멈추고 먼저 생각부터 한다. 그리고 '미안하지만' 같은 말을 덧붙인다. 이런 질문을 할 때도 있다. '미안해요, 못 봤어요, 왜요, 무슨 일이 있었어요?' 인간의 본성이다. 나는 주머니에 손을 넣어 순전히 감으로 백이 준 지폐 뭉치에서 한 장을 떼어냈다. 그걸 꺼냈다. 100달러짜리였다. 반으로 접어서 엄지와 검지 사이에 끼우고 올렸다.

"이제 생각납니까?"

그는 왼쪽을 힐끗 쳐다보았다. 내 오른쪽. 가게 벽 너머의 오피스 단지 방향.

재빨리, 눈에 띄지 않게 슬쩍 보고는 다시 나를 쳐다보았다.

"아니요." 그가 다시 말했다.

"검은색 타운카는? 저쪽으로 갔는데."

"못 봤어요. 바빴거든요."

나는 고개를 끄덕였다. "여기 일이 발바닥에 땀나게 뛰어다녀야 할 것 같긴 하군요. 그래 보입니다. 혼자서 이걸 다 하다니, 거의 기적인데."

"뒤에 있었어요. 통화 중이었나 봐요."

나는 한참 더 100달러짜리를 손에 들고 있었다. 세금 안 떼는 100달러면 그의 일주일 순수입에서 꽤 큰 비중을 차지할 거라는 생각이 들었다. 그런데 그는 그걸 외면했다. 그것도 내게 많은 것을 말해주었다.

"알겠습니다." 나는 돈을 다시 주머니에 넣고 밖으로 나갔다.

사브를 몰고 1번 국도를 따라 200미터쯤 남쪽으로 가다 처음 나온 주유소에 들렀다. 안으로 들어가 생수 한 병과 초콜릿 바 두 개를 샀다. 리터로 계산해보니 휘발유보다 물값이 네 배나 더 비쌌다. 나는 밖으로 나와서 문 근처에 몸을 감추고 초콜릿 바 하나를 까서 먹기 시작했다. 그 시간을 이용해 주변을 둘러보았다. 미행은 없었다. 공중전화로 가서 거스름돈으로 더피에게 전화를 걸었다. 모텔 번호는 외우고 있었다. 젖지 않으려고 둥근 플라스틱 덮개 아래에 몸을 웅크렸다. 두 번 벨이 울린 뒤 그녀가 받았다.

"북쪽 사코로 오시오, 지금 당장. 강 안쪽 섬에 있는 큰 벽돌 쇼핑몰의 카페 카페라는 커피숍에서 만납시다. 늦는 사람이 사는 걸로 하고."

남쪽으로 운전하면서 남은 초콜릿 바를 다 먹었다. 사브는 벡의 캐딜락이나 할리의 링컨에 비해 승차감이 딱딱했고 시끄러웠다. 오래되고 낡은 차였다. 바닥 깔개는 얇고 헐거웠다. 주행계에는 여섯 자리 숫자가 찍혀 있었다. 하지만 할 일은 제대로 해냈다. 타이어도 괜찮았고 와이퍼도 문제없었다. 빗속을 무난하게 뚫고 나갔다. 게다가 거울들이 커서 좋았다. 달리는 내내 거울들을 살폈다. 아무도 따라오지 않았다. 커피숍에는 내가 먼저 도착했다. 입에 남은 초콜릿 맛을 씻어내려고 에스프레소를 톨 사이즈로 주문했다.

더피는 6분 뒤에 나타났다. 문간에 잠시 멈춰 서서 주변을 둘러보고 내 쪽으로 다가와 미소 지었다. 청바지와 면 셔츠를 다른 걸로 갈아입은 상태였다. 새 셔츠는 흰색이 아닌 파란색이었다. 그 위에는 가죽 재킷을 입었고 그 위에는 그녀에게는 너무 큰 낡아서 너덜너덜한 레인코트를 입고 있었다. 그 나이 든 요원의 것 같았다. 그에게서 빌렸을 것이다. 엘리엇의 것은 아니었다. 그건 분명했다. 그는 그녀보다 작았으니까. 북쪽으로 오면서 악천후는 예상하지 못한 게 틀림없었다.

"여긴 안전한가요?" 그녀가 물었다.

나는 대답하지 않았다.

"뭐죠?" 그녀가 물었다.

"당신이 사는 거요. 늦게 왔으니까. 난 에스프레소를 한 잔 더 마실 거요. 그리고 첫 잔 값도 내게 주고."

그녀가 나를 멍하게 바라보더니 카운터로 가서 내 에스프레소와 자기 카푸치노를 들고 돌아왔다. 머리가 약간 젖어 있었다. 손가락으로 빗질한 것 같았다. 거리에 차를 주차하고 빗속을 걸어 들어와 상가 유리창에 비친 자신의 모습을 확인했을 것이다. 그녀는 말없이 잔돈을 세더니 내 첫 잔 값에 맞춰 지폐와 동전을 내밀었다. 메인 주에서는 커피도 휘발유보다 훨씬 더 비싼 것 중 하나였다. 하지만 그건 어디나 마찬가지일 거라고 생각했다.

"무슨 일이에요?" 그녀가 물었다.

나는 대답하지 않았다.

"리처, 무슨 문제라도 있어요?"

"당신은 8주 전에 다른 요원을 투입했소. 왜 그걸 나한테 얘기하지 않은 거요?"

"뭐라고요?"

"방금 한 말 그대로."

"요원이라뇨?"

"오늘 아침에 죽었소. 잔인하게 마취도 없이 양쪽 유방이 잘려나간 채로."

그녀가 나를 뚫어지게 쳐다보았다. "테레사가요?"

나는 고개를 저었다.

"테레사가 아니오. 다른 사람."

"다른 사람이라뇨?"

"날 속일 생각 말고."

"무슨 다른 사람이요?"

나는 그녀를 뚫어지게 쳐다보았다. 강하게. 그러다 부드럽게. 그 커피숍의 조명에는 뭔가가 있었다. 아마도 연하고 밝은 색의 나무와 다듬어진 금속, 유리와 크롬 모두에서 반사되기 때문인 것 같았다. 엑스레이 같은 조명이었다. 마치 자백하게 만드는 약 같은. 그 빛은 내게 엘리자베스 벡의 통제할 수 없는 진짜 홍조를 보여주었다. 이제 더피도 똑같은 것을 보여줄 것이라 예상했다. 그녀가 감춘 것을 폭로했으니 수치심과 당혹감으로 새빨갛게 달아오른 얼굴을 보여줄 거라고 생각했다. 하지만 그녀는 그러는 대신 완전히 놀란 표정을 보여주었다. 그녀의 얼굴에 그대로 드러났다. 충격으로 얼굴이 새하얗게 질렸다. 마치 피가 모조리 빠져나간 것 같았다. 얼굴이 붉어지는 것과 마찬가지로 누구도 의도적으로 그렇게 할 수는 없다.

"무슨 다른 사람 말이에요?" 그녀가 다시 물었다. "우리 요원은 테레사뿐이었어요. 대체 무슨 소리죠? 그녀가 죽었다는 말인가요?"

"테레사 말고." 내가 다시 말했다. "다른 사람이 있었소. 다른 여자. 가정부로 고용된 여자."

"아뇨. 테레사뿐이에요."

나는 다시 고개를 저었다. "내가 시신을 봤소. 하지만 테레사가 아니었소."

"가정부?"

"죽은 여자의 신발에 이메일 기기가 들어 있었소. 내 것과 똑같은 걸로. 같은 사람이 뒷굽을 파냈더군. 같은 사람의 솜씨였소."

"그럴 리가 없어요." 그녀가 말했다.

나는 그녀를 똑바로 쳐다보았다.

"그렇다면 당신에게 말했을 거예요. 당연히 말했겠죠. 그리고 다른 요원이 거기에 있었다면 당신이 필요하지 않았을 거예요. 안 그래요?"

나는 고개를 돌렸다. 뒤를 돌아보았다. 이제는 내가 당황스러웠다.

"그럼 그 여자는 도대체 누구였단 말이오?"

그녀는 대답하지 않았다. 그저 컵 손잡이를 검지로 톡톡 쳐서 한 번에 10도씩 받침 위에서 돌리기 시작했다. 컵이 회전하는 동안 무거운 거품과 초콜릿 가루는 그대로 있었다. 정말 골똘히 생각에 집중하고 있었다.

"8주 전이라고요?" 그녀가 물었다.

나는 고개를 끄덕였다.

"그들이 뭘 계기로 눈치챈 거죠?"

"놈들이 당신 컴퓨터에 침입했소. 오늘 아침, 아니면 어젯밤에."

그녀가 컵에서 고개를 들어 나를 보았다. "나한테 물어본 게 그거였어요?"

나는 고개만 끄덕였다. 아무 말도 하지 않았다.

"테레사는 컴퓨터에 없어요. 기록에서 빠져 있으니까."

"엘리엇한테도 확인해 봤소?"

"확인 이상으로 했어요. 그의 하드 드라이브 전체를 뒤졌거든요. 워싱턴 D.C.의 메인 서버에 있는 파일도 전부 다요. 난 모든 곳에 완전한 접근 권한을 가지고 있어요. '테레사, 다니엘, 저스티스, 벡, 메인, 위장 잠입'까지, 이 단어들을 모두 검색해봤어요. 그런데 이 단어들은 그 어느 곳에서도 쓰이지 않았어요."

나는 아무 말도 하지 않았다.

"어떻게 된 걸까요?" 그녀가 물었다.

"정확히는 잘 모르겠소. 처음엔 컴퓨터가 당신이 누군가를 내부에 심었다고 알려줬고, 그다음엔 여자라고 알려줬던 것 같소. 이름이나 세부 사항없이. 그걸로 놈들이 여자를 찾아 나섰겠지. 그리고 그녀를 찾은 건 부분적으로 내 잘못도 있소."

"왜요?"

"내가 숨겨둔 게 있었소. 당신 글록과 탄약, 그리고 다른 몇 가지 물건들. 그녀가 그걸 발견했소. 그리고 자기가 쓰던 차에 그걸 숨겼두었소."

더피는 잠시 침묵했다.

"알겠어요." 그녀가 말했다. "당신 생각엔 놈들이 차를 뒤졌고, 거기 있던 당신 물건들 때문에 그녀가 의심받았다고 생각하는 거죠?"

"그렇소."

"어쩌면 그들이 먼저 그녀를 수색해서 신발을 발견했을지도 몰라요."

나는 시선을 돌렸다. "제발 그랬으면 좋겠군."

그녀는 얼굴을 찌푸렸다. "자책하지 말아요. 당신 잘못이 아니에요. 놈들이 컴퓨터에 침입한 순간 그녀가 의심받게 되는 건 시간문제였어요. 두 명 다 조건에 부합하니까요. 내 말은, 선택할 수 있는 여자가 몇 명 없었다는 거예요. 아마도 그 여자와 테레사뿐이었겠죠. 그들이 그걸 놓칠 리가 없었고요."

나는 고개를 끄덕였다. 엘리자베스도 있었다. 그리고 요리사도 있었다. 하지만 두 사람 모두 의심 인물 목록에서 높은 순위에 오르지는 않았을 것이다. 엘리자베스는 벡의 아내였다. 그리고 요리사는 아마도 20년은 그곳에 있었을 것이다.

"대체 그 여자는 누구란 말이오?" 내가 말했다.

그녀는 컵이 원래 위치로 돌아올 때까지 컵을 움직였다. 컵이 마지막으로 한 바퀴를 완전히 돌 때까지. 유약을 바르지 않은 컵 바닥의 가장자리에서 희미하게 갈리는 소리가 났다.

"유감스럽지만 뻔한 일이에요. 시간 순서를 생각해 보자고요. 오늘부터 거꾸로 짚어봐요. 11주 전에 내가 감시 카메라 사진으로 실수를 했어요. 10주 전에 상부에서 나를 사건에서 빼버렸고요. 하지만 난 백이 대어라서 포기하지 못했고 9주 전에 테레사를 몰래 투입했어요. 역시나 상부에서도 백이 대어이기 때문에 사건을 다른 사람에게 나 모르게 재배정했고, 8주 전에 이 가정부를 투입한 거예요. 테레사는 가정부가 온다는 걸 몰랐고 가정부도 테레사가 이미 거기 있는 줄 몰랐던 거죠."

"그 여자는 왜 내 물건에 코를 박았을까?"

"상황을 통제하고 싶었겠죠. 표준 절차에 따라. 그녀의 입장에서 당신은 말끔한 사람이 아니었을 거예요. 그냥 통제불능의 골칫덩이로 보였겠죠. 경찰 살해범이자 무기까지 숨기고 있었으니까. 라이벌 조직에서 왔다고 생각했을지도 몰라요. 아마 당신을 백에게 팔아넘기려고 했을 거예요. 그럼 백에게 신뢰를 얻을 수 있을 테니까. 그리고 그녀는 당신을 제거할 필요가 있었어요. 더 이상의 복잡한 상황은 원치 않았을 테니. 백에게 팔아넘기지 않았다면 우리에게 경찰 살해범으로 넘겼을 거예요. 그러지 않았다는 게 의외네요."

"배터리가 나갔소."

그녀는 고개를 끄덕였다. "8주였으니까. 가정부가 휴대폰 충전기를 쉽게 쓸 수는 없었겠죠."

"백이 그녀가 보스턴에서 왔다고 했소."

"그럴 거예요." 그녀가 말했다. "아마 보스턴 지국에서 보냈을 거예요. 지리적으로도 그게 맞고. 그걸로 왜 우리가 생수통 앞에서 속삭이는 뒷담화를 워싱턴 D.C.에서 못 들었는지 설명이 되네요."

"벡이 자기 친구 몇몇의 추천을 받았다고 하던데."

그녀가 다시 고개를 끄덕였다. "형량 협상을 조건으로 그런 게 확실해요. 우린 항상 그렇게 하거든요. 서로서로 아주 기꺼이 팔아넘겨요. 이런 인간들에게는 침묵의 규칙 같은 건 없어요."

그러다 벡이 말했던 다른 것이 생각났다.

"테레사는 어떻게 소통했소?"

"당신처럼 이메일 기기가 있었어요."

"신발에?" 더피가 고개를 끄덕였다. 아무 말도 하지 않았다. 벡의 목소리가 내 머릿속에서 크게 울렸다. 이제부터는 망할 놈의 신발을 뒤져보기 시작할 거야. 젠장, 그건 확실해. 목숨 걸고 맹세하지.

"마지막 연락은 언제였소?"

"둘째 날 끊겼어요." 그녀가 숙연해졌다.

"그녀는 어디에 살았소?" 내가 물었다.

"포틀랜드에 있는 아파트에 입주시켰어요. 가정부가 아니라 사무원이었으니까."

"아파트에 가봤소?"

그녀는 고개를 끄덕였다. "둘째 날 이후로 아무도 그녀를 못 봤어요."

"신발장은 확인해 봤소?"

"왜요?"

"잡혔을 때 어떤 신발을 신고 있었는지 알아야 하니까."

더피의 얼굴이 창백해졌다.

"젠장."

"어떤 신발이 남아 있었소?"

"다른 신발들요."

"그녀가 이메일 기기를 버릴 생각을 했을까?"

"그래 봤자 소용없어요. 신발도 버렸어야 했을 텐데요. 뒷굽이 파여 있는 걸 보면 모든 걸 알 수 있지 않겠어요?"

"그녀를 찾아야만 하오." 내가 말했다.

"반드시 찾아야죠." 그녀가 말했다. 그러고는 잠시 말을 멈췄다. "테레사는 오늘 정말 운이 좋았어요. 놈들이 여자를 찾고 있었는데 어쩌다 가정부를 먼저 보게 된 거니까. 하지만 더 이상은 그런 행운을 기대할 수 없겠죠."

나는 아무 말도 하지 않았다. 테레사에게는 운 좋은 날이었지만, 가정부에게는 그 반대였다. 모든 것에는 양지와 음지가 있다. 더피는 커피를 한 모금 마셨다. 맛이 없는지 살짝 얼굴을 찌푸리고 다시 잔을 내려놓았다.

"그런데 테레사는 어쩌다가 들통난 걸까요?" 그녀가 물었다. "애초에 말이에요. 그게 궁금해요. 겨우 이틀밖에 못 버텼잖아요. 그것도 컴퓨터가 해킹당하기 9주나 전인데."

"배경 스토리를 뭐라고 만들어 줬소?"

"이런 작업에 늘 하던 대로. 미혼에, 애인도 없고, 가족도 없고, 연고도 없음. 당신처럼요. 다만 당신은 그게 거짓이 아닌 거고."

나는 천천히 고개를 끄덕였다. 아무도 찾지 않을 미모의 서른 살 여성. 폴리나 돌 같은 놈들에게는 엄청난 유혹이었을 것이다. 어쩌면 참아내지 못할 정도로. 곁에 두고 즐길 만한 존재. 게다가 나머지 패거리 놈들은 더 나쁠 수도 있다. 예를 들어 할리 같은 놈. 그놈에게서는 문명의 혜택이라고는 전혀 느껴지지 않았으니까.

"어쩌면 들통난 게 아닐 수도 있소." 내가 말했다. "그냥 실종된 것일지도. 알잖소, 많은 여성들이 실종되고 있다는 거. 특히 젊은 여성들. 미혼에 연고 없는 여자들. 항상 일어나는 일이오. 1년에 수천 건씩."

"하지만 당신이 그녀를 가두고 있던 방을 찾아냈잖아요."

"실종된 여자들은 다 어딘가에는 있어야 하오. 우리 입장에서만 실종된 거요. 여자들도 자신들이 어디에 있는지 알고, 끌고 간 남자들도 여자들이 어디에 있는지 알고 있소."

더피가 나를 쳐다보았다. "그렇게 생각해요?"

"그럴 수도 있소."

"그녀는 괜찮을까요?"

"모르겠소. 그러길 바랄 뿐이지."

"놈들이 그녀를 살려둘까요?"

나는 고개를 끄덕였다. "살려두고 싶어할 것 같소. 그녀가 연방 요원이라는 걸 모르잖소. 단지 여자로만 생각할 테니."

곁에 두고 즐길 만한 존재.

"그들이 그녀의 신발을 검사하기 전에 찾을 수 있을까요?"

"어쩌면 절대 확인하지 않을 수도 있소. 만약 놈들이 그녀를 특정한 시각으로만 보고 있다면, 다른 시각으로 보기란 거의 불가능할 거요."

그녀는 시선을 돌렸다. 가만히 있었다.

"특정한 시각이라." 그녀가 되풀이했다. "왜 그렇게 둘러말하는 거죠? 당신답게 직설적으로 표현하지 않고?"

"내키지 않으니까." 내가 말했다.

그녀는 침묵 속에 있었다. 1분, 2분. 그러다 다시 나를 똑바로 쳐다보았다. 새로운 생각이 떠오른 듯했다.

"당신 신발은 어때요?" 그녀가 물었다.

나는 고개를 저었다.

"같은 상황이오. 그들은 내게 익숙해지고 있소. 갑자기 나를 다른 사람으로 보기는 쉽지 않을 거요."

"그래도 여전히 큰 위험요소네요."

나는 어깨를 으쓱했다.

"벡이 나에게 베레타 M9를 줬소. 그러니 좀 기다려 봅시다. 그가 내 신발을 보려고 허리를 숙이면 이마 한가운데를 쏴버릴 테니까."

"하지만 그는 그냥 사업가잖아요? 표면적으로는. 테레사가 자신의 사업에 위협이 된다는 걸 모르는 상태에서 정말로 그녀에게 나쁜 짓을 할까요?"

"모르겠소."

"벡이 가정부를 죽였나요?"

나는 고개를 저었다. "퀸이 그랬소."

"당신이 목격했어요?"

"그렇진 않소."

"그럼 어떻게 알아요?"

나는 시선을 돌렸다.

"시신을 훼손한 수법으로."

내가 도미니크 콜 중사를 네 번째로 본 것은 우리가 술집에서 밤을 보냈던 날로부터 일주일 뒤였다. 날씨는 여전히 더웠다. 버뮤다 쪽에서 열대

성 폭풍이 불어올 거라는 소식이 있었다. 내 책상에는 수많은 파일이 쌓여 있었다. 성폭행, 살인, 자살, 무기 절도, 폭행 사건. 전날 밤에는 사병식당 취사장의 냉장고가 고장 나서 아이스크림이 전부 물이 되어 버리는 바람에 폭동까지 일어났다. 캘리포니아 포트 어윈에 있는 친구와 막 통화를 끝냈는데, 사막 바람이 불 때마다 그쪽도 마찬가지라고 했다.

콜은 반바지와 민소매 셔츠를 입고 들어왔다. 여전히 땀을 흘리고 있지 않았다. 피부는 여전히 먼지가 묻은 것처럼 건조했다. 그녀는 내가 처음 건네주었을 때보다 여덟 배쯤 두꺼워진 파일을 들고 있었다.

"사보는 금속이어야만 한다, 이게 그들의 최종 결론입니다."

"그래?"

"플라스틱을 선호했겠지만 그건 그저 허세였다고 보입니다."

"그렇군."

"사보 설계가 끝났다고 말씀드리는 겁니다. 이제 중요한 일로 넘어갈 준비가 됐습니다."

"고로프스키라는 사람에 대해서는 여전히 우호적이고 모호한 느낌이 드나?"

그녀는 고개를 끄덕였다. "그를 체포하는 것은 비극이 될 겁니다. 그는 좋은 사람이고 무고한 희생자가 될 겁니다. 최소한 그는 일을 잘하고 군대에 유용한 사람입니다."

"그래서 어떻게 하고 싶은가?"

"그게 좀 복잡합니다." 그녀가 말했다. "제가 원하는 건, 그를 우리 편으로 끌어들여서 누가 걸려들든 그자에게 가짜 물건을 건네도록 하는 겁니다. 그래야 실제 정보를 유출할 위험 없이 수사를 계속할 수 있으니까요."

"그런데?"

"진짜 물건 자체가 가짜처럼 보이기도 합니다. 정말 이상한 장치예요. 커다란 잔디 다트처럼 생겼는데 폭약도 들어 있지 않습니다."

"그럼 어떻게 작동하는 건가?"

"운동 에너지, 고밀도 금속, 열화우라늄, 열, 그런 것들로요. 물리학 석사과정 들으셨습니까?"

"아니."

"그럼 이해 못 하실 겁니다. 어쨌든 설계를 조작하면 나쁜 놈이 알아챌 거라는 생각이 듭니다. 그렇게 되면 고로프스키가 위험해질 거고요. 아니면 그의 어린 딸들이나 누구든요."

"그러면 진짜 설계도를 유출해야 한다는 건가?"

"그래야 할 것 같습니다."

"위험 부담이 큰데."

"결정해 주십시오. 그러라고 연봉 많이 받는 것 아닙니까?"

"나도 이제 겨우 대위야. 밥 먹을 시간이 생기면 푸드 스탬프*에 의지해 해결할 정도라고." *미국 저소득층 가구에 제공되는 식품 구매 보조 프로그램.

"결정해 주십시오."

"아직 범인에 대한 단서는 없는 건가?"

"그렇습니다."

"놓치지 않을 자신 있나?"

"물론입니다."

나는 미소를 지었다. 그 순간 그녀는 내가 본 사람 중에서 가장 자신감 넘치는 사람이었다. 반짝이는 눈, 진지한 표정, 귀 뒤로 넘긴 머리, 짧은 카키색 반바지, 작은 카키색 셔츠, 양말과 공수부대 부츠, 건조하고 그을린 피부.

"그럼 진행해." 내가 말했다.

"저는 절대 춤을 추지 않습니다." 그녀가 말했다.

"뭐라고?"

"사실, 춤추고 싶었어요. 청해 주셔서 감사했습니다. 하지만 저는 누구와도 춤을 추지 않습니다."

"왜 안 추지?"

"그냥 그런 겁니다. 자꾸 의식이 되어서요. 상대와 잘 맞추지를 못하겠습니다."

"나도 마찬가지야."

"개인적으로 연습하는 게 필요할 것 같습니다."

"따로따로?"

"일대일 멘토링이 도움이 될 겁니다." 그녀가 말했다. "알코올 중독 치료처럼요."

그러더니 그녀는 뜨겁고 무거운 공기 속에 아주 희미한 향수 흔적을 남기며 윙크를 하고 걸어나갔다.

더피와 나는 침묵 속에서 커피를 마셨다. 내 커피는 식어서 쓰기만 했다. 그걸 마시고 싶진 않았다. 오른쪽 신발이 발을 조여왔다. 원래 딱 맞지 않았었다. 그런데 점점 쇠공이 달린 사슬처럼 느껴지기 시작했다. 처음엔 정말 기발하다고 생각했었다. 멋지고, 영리하다고. 사흘 전, 그 집에 처음 도착해서 얼마 지나지 않아 듀크가 내 방의 문을 잠그자마자 뒷굽을 처음 열었을 때가 생각났다. **침투 완료.** 마치 영화 속 주인공이 된 기분이었다. 그리고 마지막으로 열었던 때를 떠올렸다. 한 시간 30분 전, 듀크의 욕실에서. 전원을 켰더니 더피의 메시지가 기다리고 있었다. **만남 요망.**

"왜 만나자고 한 거요?"

그녀는 고개를 저었다. "그런 건 이제 중요하지 않아요. 작전을 수정할 거예요. 테레사를 구출하는 것 외의 모든 목표를 폐기할 거예요. 테레사를 찾아서 데리고 나와요. 알겠죠?"

"벡은 어떻게 하고?"

"벡은 못 잡을 거예요. 내가 또 실수했어요. 그 가정부는 인가받은 요원이었지만 테레사는 아니었어요. 당신도 마찬가지고. 그 가정부가 죽었으니 테레사와 당신을 비인가로 투입한 것 때문에 나는 잘릴 거고, 내가 절차를 너무 심하게 위반했기 때문에 벡에 대한 기소도 법정에서 받아들여지지 않을 거예요. 그러니 테레사만 지옥에서 빼내고 우리 모두 집으로 가자고요."

"알겠소."

"퀸은 잊어버려야 할 거예요." 그녀가 말했다. "그냥 내버려둬요."

나는 아무 말도 하지 않았다.

"어쨌든 우리는 실패했어요." 그녀가 말했다. "유용한 건 아무것도 못 찾았잖아요. 단 하나도요. 증거가 전혀 없어요. 처음부터 끝까지 완전히 시간 낭비였어요."

나는 아무 말도 하지 않았다.

"내 경력처럼요." 그녀가 말했다.

"법무부에는 언제 알릴 거예요?"

"가정부에 대해서요?"

나는 고개를 끄덕였다.

"즉시." 그녀가 말했다. "그래야만 해요. 선택의 여지가 없어요. 하지만 먼저 파일을 검색해서 누가 그녀를 투입했는지 알아볼 거예요. 내 직급상, 직접 얼굴을 맞대고 소식을 전하는 게 나을 것 같아서요. 내가 사과할 수 있는 기회가 될 거예요. 다른 방법으로 했다가는 그 기회를 얻기도 전에 난리가 벌어지겠죠. 내 모든 접속 권한이 취소되고 골판지 상자를 건네주며 30분 안에 책상을 비우라고 할 테니까."

"거기 얼마나 있었소?"

"오래됐죠. 최초의 여성 국장이 될 줄 알았는데."

나는 아무 말도 하지 않았다.

"당신에게 말해줬을 거예요." 그녀가 말했다. "다른 요원이 있었다면 분명히 알려줬을 거라고요. 정말이에요."

"알겠소. 섣불리 결론을 내려서 미안하오."

"스트레스 때문이죠. 위장 잠입은 너무 빡세니까."

나는 고개를 끄덕였다. "거긴 마치 거울 미로 같소. 망할 놈의 일들이 계속 꼬리를 물고 일어나지. 모든 게 비현실적으로 느껴질 만큼."

우리는 반쯤 마신 커피잔을 테이블 위에 남겨두고 쇼핑몰 내부 통로를 지나 빗속으로 나갔다. 서로의 차가 가까이에 주차되어 있었다. 그녀가 내 뺨에 입을 맞췄다. 그러고 나서 그녀는 토러스를 타고 남쪽으로 향했고 나는 사브를 타고 북쪽으로 향했다.

폴리는 게이트를 열기까지 엄청 시간을 끌었다. 내가 기다리게 하려고 일부러 느릿느릿 걸어나왔다. 여전히 비옷을 입고 있었다. 그는 서서 나를 한참 노려보다가 게이트 쪽으로 갔다. 하지만 나는 신경 쓰지 않았다. 생각에 빠져 있었다. 머릿속에서 더피의 목소리가 울렸다. **작전을 수정할 거예요.** 군 생활 내내 레온 가버라는 사람이 직간접적으로 내 보스였다. 그는 모든 것을 스스로 만든 짧은 문구나 격언으로 설명하고는 했다. 어떤 상황이든 맞는 문구가 있었다. 그는 이렇게 말하곤 했다. **목표를 수정하는 것은 현명해. 그래야 잘못된 일에 좋은 돈을 탕진하는 걸 막을 수 있기 때문이지.** 그가 말한 '돈'은 문자 그대로의 돈이 아니었다. 인력, 자원, 시간, 의지, 노력, 에너지를 의미했다. 또 그는 자기모순적인 말도 했다. **당면한 업무에서 절대 한눈팔지 마.** 물론 격언이라는 게 대개 그런 식이다. 사공이 많으면 배가 산으로 가지만, 백지장도 맞들면 낫다. 현명한 사람들은 같은 생각을 하는데, **바보들도 결코 다르지 않다.** 하지만 전반적으로 몇 겹의 모순을 걷어내고 나면 레온은 수정을 승인했다. 그리고 그걸 긍정적으로 보았다. 수정은 주로 '생각하는 것'에 관한 일이었고, 생각하는 건 누구에게도 해가 되지 않는다고 여겼다. 그래서 나도 생각하고 또 생각했다. 뭔가가 서서히 눈에 보이지 않게 내게 다가오고 있다는 걸 느꼈기 때문이다. 더피가 나에게 했던 말과 연관된 무언가가. 유용한 건 아무것도 못 찾았잖아요. 단 하나도요. 증거가 전혀 없어요.

게이트 열리는 소리가 들렸다. 고개를 들어보니 폴리가 차가 지나가기를 기다리고 있었다. 비가 그의 비옷을 때리고 있었다. 여전히 모자를 쓰지 않고 있었다. 나도 1분을 지체하면서 소심한 복수를 했다. 더피의 수정안은 꽤 괜찮아 보였다. 나는 벡에 대해서는 별로 신경 쓰지 않았다. 정말이지, 전혀. 하지만 테레사는 찾아야 했다. 그리고 퀸도. 더피가 뭐라고 하든 중요하지 않았다. 수정 계획은 일정 부분까지만 따를 생각이었다.

다시 폴리를 확인했다. 그는 여전히 기다리고 있었다. 바보 같았다. 그는 비를 맞고 있었고 나는 차 안에 있었다. 브레이크에서 발을 떼고 천천히 가속페달을 밟아 게이트를 통과했다. 그런 다음 급가속을 해서 저택으로 향했다.

나는 사브를 원래 차고에 넣어두고 안뜰로 갔다. 정비공은 여전히 세 번째 차고에 있었다. 텅 빈 차고에. 그가 무엇을 하고 있는지는 볼 수 없었다. 아마 그저 비를 피하고 있었을 것이다. 나는 집으로 뛰어갔다. 금속 탐지기가 내 도착을 알리는 소리를 듣고 벡이 나를 만나러 주방으로 왔다. 그는 자신의 스포츠 가방을 가리켰다. 가방은 여전히 테이블 중앙에 놓여 있었다.

"이 쓰레기 좀 치워. 바다에 던져버리라고. 알겠나?"

"알겠습니다." 그는 다시 복도로 나갔고 나는 가방을 집어 들고 돌아섰다. 다시 밖으로 나가 차고 벽의 바다 쪽으로 조심스럽게 내려갔다. 내 꾸러미를 원래 숨겨두었던 곳에 다시 넣었다. 낭비하지 않으면 부족할 일도 없다. 그리고 더피의 글록을 그녀에게 돌려주고 싶었다. 그녀는 이미 심한 곤경에 처해 있었기 때문에 거기에다 굳이 '지급 화기 분실'까지 얹어주고 싶지 않았다. 대부분의 기관에서는 그런 일은 매우 심각한 사안이 된다.

그 후 화강암 절벽 가장자리로 걸어가 가방을 휘둘러 바다 멀리 던졌다. 가방이 공중에서 빙글빙글 돌면서 신발과 이메일 기기를 깨끗하게 비워냈다. 이메일 기기가 물에 부딪혔다가 바로 가라앉았다. 왼쪽 신발이 앞부리부터 떨어져서 그 뒤를 따랐다. 가방은 살짝 낙하산처럼 펴져서 부드럽게 위쪽부터 내려앉았고 물이 가득 차자 뒤집혀서 가라앉았다. 오른쪽 신발은 작은 검은색 보트처럼 잠시 떠 있었다. 신발은 동쪽으로 탈출하려는 것처럼 급하게 몸을 흔들고 요동쳤다. 그러고는 파도 꼭대기 위로 올라갔다가 그 반대편으로 내려갔다. 그러더니 옆으로 기울기 시작했다. 10초 정도 더 떠 있었지만 물이 차면서 흔적도 없이 가라앉았다.

집 안에서는 아무런 움직임이 없었다. 요리사는 보이지 않았고, 리처드는 가족 식당에서 직접 만든 듯한 샌드위치를 먹으며 비를 바라보고 있었다. 엘리자베스는 여전히 응접실에서 『닥터 지바고』를 읽고 있었다. 벡은 어디에도 보이지 않았다. 나는 소거법을 써서 그가 서재에서 빨간 가죽 의자에 앉아 기관총 컬렉션을 보고 있을 거라고 생각했다. 사방이 조용했다. 이해가 되지 않았다. 더피는 컨테이너 다섯 개가 들어왔다고 했고, 벡은 중요한 주말이 다가오고 있다고 했지만, 아무도 어떤 일도 하고 있지 않았다.

듀크의 방으로 올라갔다. 나는 그곳을 내 방이라고 생각하지 않았다. 앞으로도 절대 그렇게 생각하고 싶지 않았다. 침대에 누워서 다시 생각에 잠겼다. 마음 한구석에서 맴돌고 있는 무언가를 추적해보려고 노력했다. 쉬운 거야. 레온 가버라면 이렇게 말했을 것이다. 단서들을 따라가봐. 자네가 보고 들은 모든 걸 되짚어봐. 그래서 나는 되짚어보았다. 하지만 계속 도미니크 콜에게로 생각이 되돌아갔다. 그녀를 다섯 번째로 만난 날, 그녀는 나를 올리브색 쉐보레에 태워 메릴랜드 주 애버딘으로 데려갔다. 그때 나는 진짜 설계도를 유출하는 것에 대해 다시 생각해보고 있었다. 큰 모험이었다. 평소라면 그렇게 걱정할 일이 아니었겠지만, 우리가 이뤄낸 진전이 너무 더뎠다. 콜은 고로프스키가 설계도를 숨겨두는 장소와 전달 수법, 그리고 그가 언제, 어디서, 어떻게 접선 상대에게 배달이 완료되었음을 알리는

지까지는 파악했다. 하지만 여전히 접선 상대가 물건을 회수하는 모습은 보지 못했다. 접선 상대의 정체도 여전히 모르는 상태였다.

애버딘은 볼티모어에서 북동쪽으로 30킬로미터 정도 떨어진 작은 마을이었다. 고로프스키의 수법은 일요일마다 볼티모어로 차를 몰고 내려가 이너 하버 지역에 물건을 떨어뜨리고 오는 것이었다. 당시 그 지역은 리노베이션이 한창 진행 중이어서 활기차고 멋졌지만, 아직 대중의 관심이 못 미쳐서 대부분 한산한 상태였다. 고로프스키에게는 POV가 있었다. 2년 된 밝은 빨간색 마쓰다 미아타였다. 당시 상황을 감안하면 모든 면에서 적절한 차였다. 새 차는 아니었지만 저렴하지도 않았는데, 당시 인기 모델이었기에 누구도 정가 할인을 받을 수 없어서 중고차 가격도 잘 유지되는 차였다. 그런데 2인승이라 어린 딸들을 태우기에는 적합하지 않았다. 그래서 그는 다른 차가 한 대 더 필요했다. 그의 부인도 부자는 아니었다. 다른 사람 같으면 걱정할 만한 상황이었겠지만 그는 엔지니어였다. 그리고 엔지니어다운 선택을 했다. 그는 담배도 안 피우고 술도 안 마셨다. 여윳돈을 모아 부드럽게 수동 변속이 되는 후륜구동 차를 구매하는 것은 충분히 가능한 일이었다.

우리가 그를 미행한 일요일, 그는 볼티모어 선착장 중 하나의 인근 주차장에 차를 대고 벤치에 앉았다. 그는 땅딸막하고 털이 많은 남자였다. 체격이 다부졌지만 키는 크지 않았다. 그에게는 일요판 신문이 있었다. 잠시 그는 보트들을 바라보며 시간을 보냈다. 그러다 눈을 감고 얼굴을 하늘로 들어 올렸다. 날씨는 여전히 아주 좋았다. 그는 그저 도마뱀처럼 햇볕을 즐기며 5분 정도 시간을 보냈다. 그러고는 눈을 뜨고 신문을 펼쳐 읽기 시작했다.

"이번이 다섯 번째입니다." 콜이 내게 속삭였다. "사보 작업을 마친 후로는 세 번째고요."

"지금까지는 표준 절차인가?" 내가 물었다.

"동일합니다." 그녀가 말했다.

그는 20분 동안 계속 신문을 탐독했다. 그가 실제로 신문을 읽고 있다는 게 느껴졌다. 모든 섹션을 꼼꼼히 봤지만 스포츠 섹션은 건너뛰었다. 그가 양키스 팬이라는 걸 감안하면 조금 이상하다고 생각했다. 하지만 곰곰이 생각해 보니 양키스 팬이라면 오리올스 뉴스로 도배된 면을 좋아하지 않을 거라는 생각이 들었다.

"이제 시작입니다." 콜이 속삭였다.

그가 고개를 들어 신문에서 황갈색 군용 봉투를 슬쩍 꺼냈다. 읽고 있던 신문 지면의 구김을 펴는 척 왼손을 쭉 뻗었다. 주의를 돌리려는 술책이었고, 동시에 오른손으로는 봉투를 벤치 끝에 있는 쓰레기통에 떨어뜨렸다.

"깔끔하군."

"그렇죠." 그녀가 말했다. "만만치 않은 사람입니다."

나는 고개를 끄덕였다. 그는 꽤 능숙한 편이었다. 바로 일어나지 않고 10분 정도 더 앉아서 신문을 읽었다. 그러고는 천천히 정성스레 신문을 접고 일어나 물가로 걸어가 다시 보트들을 구경했다. 그런 다음 돌아서서 신문을 왼팔 밑에 낀 채 차 쪽으로 걸어갔다.

"지금부터 주목해야 합니다." 콜이 말했다.

그가 오른손으로 바지 주머니에서 분필을 꺼내는 것이 보였다. 철제 가로등 기둥을 긁어서 분필 자국을 남겼다. 기둥에 남긴 다섯 번째 표시였다. 5주, 다섯 개의 표시. 처음 네 개는 시간이 지남에 따라 차례로 희미해지고 있었다. 그가 주차장으로 걸어가 오픈카를 타고 천천히 떠나는 동안 나는 쌍안경으로 그 표시들을 응시했다. 그러다 다시 쓰레기통에 초점을 맞췄다.

"다음 단계는 뭐지?" 내가 물었다.

"아무 일도 없습니다. 이미 두 번 해봤습니다. 두 번의 일요일 내내요. 아무도 오지 않을 겁니다. 오늘도, 오늘 밤도요."

"쓰레기통은 언제 비워지나?"

"내일 아침, 첫 번째로요."

"쓰레기 수거원이 전달자인 거 아냐?"

그녀는 고개를 저었다. "확인했습니다. 트럭에 적재하면서 몽땅 단단한 덩어리로 압축한 다음 곧바로 소각장으로 갑니다."

"그럼 우리의 기밀 설계도가 시립 소각장에서 불태워지고 있다는 건가?"

"그렇다면 충분히 안전한 거겠네요."

"이 보트에서 한 명이 한밤중에 몰래 빠져나오는 것은 아닌가?"

"투명인간이라면 모를까, 아닙니다."

"그럼 아예 전달자가 없는 걸지도 모르겠군. 모두 미리 계획했다가, 그 상대가 다른 일로 체포되었을 수도 있지. 아니면 겁을 먹고 이미 떴을 수도 있고. 아니면 병들어 죽었을 수도 있고. 더 이상 작동하지 않는 계획일 수도 있어."

"그렇게 생각하십니까?"

"아니."

"작전을 접을 겁니까?" 그녀가 물었다.

나는 고개를 끄덕였다. "그래야만 해. 내가 바보일 수는 있어도 멍청하진 않으니까. 이건 이제 우리 손을 벗어났어."

"플랜 B로 넘어갈까요?"

나는 다시 고개를 끄덕였다. "고로프스키를 불러서 총살형에 처하겠다고 위협해. 그러고 나서 그가 순순히 협조하고 가짜 설계도를 전달하면 잘 봐주겠다고 말해."

"설계도를 설득력 있게 만들기 힘들 겁니다."

"본인이 직접 그리라고 해." 내가 말했다. "자기 모가지가 걸린 거니까."

"아니면 자기 딸들의 목숨이겠군요."

"부모가 된다는 게 다 그런 거지. 정신이 바짝 들 거야."

그녀는 잠시 조용히 있었다. 그러다 말했다.

"춤추러 가실래요?"

"여기서?"

"멀리 와 있잖아요. 아무도 우릴 모릅니다."

"그러지."

춤을 추기에는 너무 이르다고 생각해서 맥주 두어 잔을 마시며 저녁이 되기를 기다렸다. 우리가 갔던 바는 작고 어두웠다. 나무와 벽돌로 꾸며져 있는 멋진 곳이었다. 주크박스도 있었다. 우리는 나란히 주크박스에 기대어 첫 곡을 고르느라 꽤 오랫동안 시간을 보냈다. 치열하게 토론했다. 그 문제는 점차 엄청난 의미를 갖기 시작했다. 나는 템포를 분석하며 그녀의 제안을 해석하려고 노력했다. 우리가 서로를 부둥켜안는 건가? 그런 춤을 추자는 건가? 아니면 평소처럼 따로 떨어져서 각자 뛰는 춤을 원하는 건가? 결국에는 유엔 결의안이 필요한 정도로 복잡해져서 그냥 동전을 기계에 넣고 눈을 감은 채 무작위로 버튼을 눌렀다. 롤링 스톤스의 〈Brown Sugar〉가 나왔다. 엄청난 곡이었다. 언제나 좋은 곡이었다. 사실 그녀는 춤을 꽤 잘 췄다. 하지만 난 형편없었다.

춤을 추고 나니 숨이 가빠져서 자리에 앉아 맥주를 더 주문했다. 그러다 문득 고로프스키가 어떻게 한 건지 깨달았다.

"봉투가 아니야." 내가 말했다. "봉투는 비어 있어. 신문이야. 설계도는 신문에 있었어. 스포츠 섹션에. 그는 경기 결과를 확인했어야 했어. 봉투는 감시에 대비한 교란용이야. 철저하게 연습한 거지. 나중에 분필 표시를 하고 나서 신문을 다른 쓰레기통에 버리는 거야. 아마 주차장을 빠져나가는 길에."

"젠장." 콜이 말했다. "5주를 날렸네요."

"그리고 누군가는 진짜 설계도를 세 개나 손에 넣었어."

"우리 쪽 사람 중 하나일 겁니다." 그녀가 말했다. "군이나, CIA, 아니면 FBI요. 그 정도로 깜쪽하게 처리하려면 전문가가 분명할 테니까요."

봉투가 아니라 신문. 10년이 지난 지금, 나는 메인 주에서 침대에 누워 도미니크 콜이 춤을 추던 모습과 고로프스키라는 남자가 신문을 천천히 신중하게 접고 물 위에 떠 있는 수백 개의 요트 돛대를 바라보던 모습을 떠올렸다. **봉투가 아니라 신문.** 어쩐지 그게 여전히 중요한 포인트 같았다. 이것이 아니라 저것. 그러다 사브 트렁크 바닥 아래에 내 물건을 숨겨둔 가정부에게 생각이 미쳤다. 그녀가 거기에 또 다른 것을 숨겼을 리는 없었다. 그랬다면 벡이 그것을 찾아내서 주방 테이블 위의 증거물에 추가했을 테니까. 하지만 사브의 카 시트는 낡아서 느슨했다. 만약 내가 스페어타이어 밑에 총을 숨기는 유형의 사람이라면 서류를 카 시트 밑에 숨길 수도 있을 것이다. 그리고 내가 그런 유형의 사람이라면 메모를 하고 기록을 보관할 수도 있다.

침대에서 내려와 창문으로 다가갔다. 이미 오후는 지나가 버렸다. 완전한 어둠이 다가오고 있었다. 금요일인 14일째가 거의 끝나가고 있었다. 사브에 대해 생각하며 아래층으로 내려갔다. 벡이 복도를 걸어가고 있었다. 서두르는 기색이었다. 뭔가에 정신이 팔려 있었다. 그는 주방으로 들어가서 수화기를 들었다. 잠시 듣고 있더니 내게 내밀었다.

"전화기가 다 먹통이야." 그가 말했다.

수화기를 귀에 대고 들어보았다. 아무 소리도 없었다. 발신음도 없고, 열린 회선에서 나는 지직거리는 소리도 없었다. 그저 둔탁한 정적과 내 머릿속에서 피가 흐르는 소리만 들렸다. 마치 소라껍데기 소리처럼.

"자네 방 것도 한번 확인해봐." 벡이 말했다.

나는 다시 위층으로 올라가 듀크의 방으로 갔다. 내선 전화는 정상적으로 작동했다. 폴리가 세 번째 벨소리에 전화를 받았다. 나는 전화를 끊었다. 하지만 외부 전화는 완전히 먹통이었다. 뭔가 달라지기라도 할 거라는 듯 수화기를 들고 있는데 벡이 문간에 나타났다.

"게이트 쪽과는 통화 가능합니다." 내가 말했다.

그는 고개를 끄덕였다.

"완전히 별개의 회선이니까." 그가 말했다. "그쪽은 우리가 직접 설치했어. 외부 회선은 어떤가?"

"죽었습니다."

"이상하네."

나는 수화기를 내려놓고 창문을 힐끗 보았다.

"날씨 탓일 수도 있습니다."

"그건 아니야." 그가 말했다. 자신의 휴대 전화를 들어 올렸다. 작은 은색 노키아 휴대폰이었다. "이것도 안 돼."

그가 나에게 휴대폰을 건네주었다. 전면에 작은 화면이 있었다. 오른쪽의 막대 그래프는 배터리가 완전히 충전되었음을 보여주었다. 하지만 신호계는 완전히 내려가 있었다. '서비스 불가' 표시만 검은색으로 크고 선명하게 떠 있었다. 나는 휴대폰을 그에게 돌려주었다.

"화장실 좀 다녀오겠습니다." 내가 말했다. "금방 내려가죠."

나는 욕실에 들어가 문을 잠갔다. 신발을 벗고 뒷굽을 열었다. '전원'을 눌렀다. 화면이 켜졌다. **서비스 불가.** 전원을 끄고 다시 못을 박았다. 형식상 물을 내리고 변기 뚜껑 위에 앉았다. 나는 통신 전문가가 아니었다. 통신망이 가끔 끊긴다는 건 알고 있었다. 휴대폰 기술이 때때로 불안정하다는 것도 알고 있었다. 하지만 가장 가까운 기지국이 다운되는 동시에 한 지역의 유선 전화가 고장 날 확률이 얼마나 될까? 아주 적을 것 같았다. 아주아주 낮을 것이다. 그러니 고의적인 차단이 틀림없었다. 그렇다면 누가 했을까? 전화 회사는 아닐 것이다. 그들은 금요일 출퇴근 시간에 고객들에게 방해가 되는 유지보수를 하지는 않을 것이다. 일요일 이른 아침이라면 몰라도. 그리고 유선 전화와 무선 기지국을 동시에 차단시키지도 않을 것이다. 당연히 시차를 두고 진행할 것이다.

그렇다면 누가 이걸 기획했을까? 아마도 강력한 정부 기관일 것이다. DEA 같은 곳.

어쩌면 DEA가 가정부를 구하러 오는 중일지도 모른다. 어쩌면 DEA SWAT팀이 먼저 항구에서 작전을 개시했고, 벡에게 들키지 않은 채 이 집으로 향하려는 것일 수도 있다.

하지만 그럴 가능성은 희박했다. DEA는 하나 이상의 SWAT팀을 동원할 수 있을 것이다. 그들은 동시 작전을 펼칠 것이다. 설사 그렇지 않더라도 이 저택과 첫 번째 회전 지점 사이의 도로를 차단하는 것은 세상에서 가장 쉬운 일일 것이다. 그들은 그 도로를 영구 봉쇄할 수도 있다. 그곳에는 무한한 기회를 제공하는 20킬로미터의 구간이 있었다. 벡은 전화가 되든 안 되든 앉은 채 당하는 사냥감 신세일 뿐이었다.

그렇다면 누굴까?

어쩌면 더피가? 비공식적으로? 더피의 지위라면 통신사 관리자와 일대일로 대화해 평생 한 번만 할 수 있는 큰 부탁을 했을지도 모른다. 특히 그 부탁이 지리적으로 제한적인 것이라면 말이다. 작은 지역의 유선 전화 라인 하나와 I-95 근처 어딘가에 있는 기지국 하나 정도. 사람들이 차를 몰고 지나가는 50킬로미터 구간에 통신 사각지대가 발생하겠지만, 그녀라면 어떻게든 성사시켰을 것이다. 그리고 그 부탁이 엄격한 시간 제한이 있는 경우라면 좀 더 쉬웠을 것이다. 무기한이 아니라 네다섯 시간 정도라면. 그렇다면 더피가 갑자기 네다섯 시간 동안 전화를 죽이는 것은 무엇을 걱정해서일까? 가능한 답은 하나뿐이었다. 그녀가 나를 걱정하고 있다.

구금하고 있던 벡의 경호원들이 탈출한 것이다.

10

시간. 거리를 방향을 고려한 속도로 나눈 것. 지금은 시간이 충분하거나 전혀 없거나 둘 중 하나였다. 어느 쪽일지 알 수 없었다. 경호원들은 처음에 8초 기습을 계획했던 매사추세츠 주 모텔에 갇혀 있었다. 남쪽으로 320킬로미터도 안 되는 곳이었다. 거기까지는 확실히 알고 있었다. 그건 사실이었다. 나머지는 모두 추측에 불과했다. 하지만 그걸 엮어서 어느 정도 그럴듯한 시나리오를 짜볼 수는 있었다. '그들이 모텔에서 탈출해 정부의 토러스 차량을 훔쳤다. 그러고는 공포에 질려 숨을 헐떡이며 한 시간 동안 미친 듯이 달렸을 것이다. 다른 무슨 일이든 하기 전에 가능한 한 멀리 그곳에서 벗어나고 싶을 테니까. 어쩌면 저 외딴 지역에서 길을 잠깐 잃었을지도 모른다. 그러다 방향을 잡고 고속도로로 올라탔다. 북쪽으로 속도를 높였다. 그런 다음 서서히 진정하고, 뒤쪽 시야를 확인하고, 속도를 줄이고, 교통 법규를 지켜 운전하며, 전화할 곳을 찾기 시작했다.' 하지만 그때쯤이면 더피가 이미 통신망을 끊어놓은 뒤일 것이다. 그녀는 신속하게 대처했다. 따라서 그들의 첫 번째 정차는 시간 낭비였다. 감속, 주차, 벡의 집으로 통화 시도, 휴대폰에 통화 시도, 다시 시동, 고속도로 교통체증에 다시 합류. 족히 10분은 걸렸을 것이다. 그 후 다음 휴게소에서 이 모든 과정을 다시 한번 반복했을 것이다. 첫 번째 실패는 우연한 기술적 결함 탓이라 생각했을 테니까. 또 10분이 낭비되었다. 그때쯤이면 패턴을 알아차렸거나, 아니면 이제 목적지에 충분히 가까워졌다고 판단하고 그냥 계속 밀어붙였을 것이다. 아니면 둘 다였을지도.

시작부터 끝까지 총 네 시간 정도였을 것이다. 그런데 그 네 시간이 언제부터 시작되었을까? 전혀 짐작이 가지 않았다. 그건 확실했다. 분명 네 시간 전과 30분 전 사이의 어느 시점이다. 따라서 내게는 시간이 충분하거나 아예 시간이 없거나 둘 중 하나였다.

욕실에서 재빨리 나와 창밖을 확인했다. 비는 그친 뒤였다. 이미 밤이었다. 장벽을 따라 조명이 켜져 있었다. 안개로 인해 조명 뒤로 후광이 생겨 있었다. 그 너머는 칠흑 같은 어둠이었다. 저 멀리에서 오는 헤드라이트 불빛은 없었다. 나는 아래층으로 내려갔다. 복도에서 백을 마주쳤다. 그는 여전히 노키아를 만지작거리며 작동시켜 보려 하고 있었다.

"잠시 나갔다 오겠습니다." 내가 말했다. "길 따라 조금 올라가 보죠."

"왜?"

"전화기 문제가 마음에 걸립니다. 아무것도 아닐 수도 있지만, 뭔가가 있을 수도 있으니까요."

"뭔가라니, 뭘 말하는 건가?"

"잘 모르겠지만." 내가 말했다. "어쩌면 누군가가 이리로 오고 있을지도 모릅니다. 방금 얼마나 많은 사람이 사장님을 노리고 있는지 말씀하셨잖습니까."

"장벽도 있고 게이트도 있어."

"배도 있습니까?"

"아니. 그건 왜?"

"만약 그들이 게이트까지 오면 배가 필요할 겁니다. 거기 앉아서 사장님을 막고 굶겨 죽일 수도 있으니까요."

벡은 아무 말도 하지 않았다.

"사브를 몰고 가겠습니다."

"왜?"

캐딜락보다 가벼우니까.

"캐딜락이 더 크니까요."

"나가서 뭘 할 건가?"

"필요한 건 뭐든지. 이제 내가 보안 책임자입니다. 아무 일도 안 일어날 수도 있지만, 만약 일어난다면 그걸 처리하도록 열심히 해야죠."

"난 뭘 해야 하지?"

"창문을 열어놓고 귀를 기울이십시오. 밤이고 이렇게 바다로 둘러싸인 곳이니 몇 킬로미터 떨어져 있어도 내 총소리는 들릴 겁니다. 총소리가 들리면 모두 캐딜락에 태우고 당장 빠져나가세요. 최고 속도로, 멈추지 말고. 빠져나갈 수 있을 시간만큼은 내가 벌고 있을 테니까. 어디 갈 데는 있습니까?"

그는 고개를 끄덕였다. 어디인지는 말하지 않았다.

"그럼 거기로 가십시오. 무사히 처리하면 사무실로 가겠습니다. 차 안에서 기다리죠. 나중에 거기에서 확인하면 됩니다."

"그러지."

"이제 내선 전화로 폴리에게 전화해서 내가 게이트를 통과할 수 있도록 준비하라고 하십시오."

"그러지." 그가 다시 말했다.

나는 그를 복도에 남겨두었다. 밖으로 걸어나갔다. 안뜰 담을 우회해서 숨겨두었던 꾸러미를 꺼냈다. 사브로 가져가 뒷좌석에 올려놓았다. 앞좌석에 올라타 시동을 걸고 후진했다. 원형 회전로를 천천히 돌고 가속페달을 밟아 내려갔다. 저 멀리 장벽의 조명이 밝게 빛나고 있었다. 게이트 앞에 있는 폴리가 보였다. 멈출 필요가 없도록 속도를 조금 줄여 타이밍을 맞췄다. 그대로 통과했다. 서쪽으로 운전하면서, 나를 향해 오는 헤드라이트 불빛을 찾아서, 앞유리 너머를 주시했다.

7킬로미터 정도를 달리자 정부의 토러스 차량이 보였다. 갓길에 주차되어 있었다. 내 쪽을 향하고 있었다. 불은 꺼져 있었다. 나이 든 요원이 운전석에 앉아 있었다. 나도 불을 끄고 속도를 줄여 창문과 창문을 마주하고 멈췄다. 내가 창문을 내리자 그도 내렸다. 내가 누군지 알아볼 때까지 손전등과 총을 내 얼굴에 겨눴다. 그러고는 둘 다 치웠다.

"경호원들이 탈출했어." 그가 말했다.

나는 고개를 끄덕였다. "예상했습니다. 언제 그랬습니까?"

"거의 네 시간 전에."

나는 본능적으로 앞을 힐끗 쳐다보았다. 시간이 없다.

"두 명이 당했어."

"죽었습니까?"

그가 고개를 끄덕였다. 아무 말도 하지 않았다.

"더피가 보고했습니까?"

"할 수 없어, 아직은. 비공식 작전이잖나. 이 모든 상황 자체가 존재하지도 않는 거니까."

"보고해야 할 겁니다. 두 명이나 죽었으니."

"나중에 할 거야. 자네가 임무를 완수한 뒤에. 목표가 다시 원위치 됐어. 더피는 이제 상황을 정당화시키기 위해 그 어느 때보다 백이 필요해."

"어떻게 된 겁니까?"

그가 어깨를 으쓱했다. "놈들이 때를 기다렸어. 놈들은 둘, 우린 넷이었으니 처리하기 쉬웠을 텐데 우리 애들이 방심했던 것 같아. 모텔에 사람들을 가두고 있는 건 쉽지가 않지."

"누가 당한 겁니까?"

"도요타에 탔던 애들."

나는 아무 말도 하지 않았다. 구금 상황은 거의 84시간 동안 유지되었다. 사흘 반. 사실 처음에 예상했던 것보다는 조금 더 버틴 것이다.

"더피는 지금 어디 있습니까?" 내가 물었다.

"우린 모두 흩어졌어. 그녀는 엘리엇과 함께 포틀랜드에 있고."

"더피가 통신망을 아주 잘 처리했더군요."

그가 고개를 끄덕였다. "정말 잘했지. 그녀는 자네를 걱정하고 있어."

"이 상태가 얼마나 유지되는 겁니까?"

"네 시간. 그게 그녀가 얻어낸 최대야. 곧 복구되겠지."

"놈들이 곧장 여기로 오겠군요."

"나도 그렇게 생각해. 그래서 바로 이리로 온 거야."

"거의 네 시간이 다 됐으니, 지금쯤이면 고속도로를 벗어났을 겁니다. 그러니 이제 전화는 더 이상 중요하지 않습니다."

"나도 그렇게 생각해."

"계획은 있습니까?" 내가 물었다.

"자네를 기다리고 있었어. 자네라면 방법을 찾아낼 거라고 생각했거든."

"놈들이 총을 가져갔습니까?"

"글록 두 자루에 탄창은 가득하게."

그러고는 잠시 말을 멈췄다. 그가 고개를 돌렸다.

"현장에서 네 발 쏜 건 빼고. 우리가 들은 바로는 그래. 네 발로, 두 명. 모두 머리에."

"만만치 않겠군요."

"언제 만만한 적이 있었나?"

"적당한 장소를 찾아보죠."

그에게 차를 그대로 두고 내 차에 타라고 말했다. 그가 돌아와 조수석에 앉았다. 더피가 커피숍에서 입었던 것과 같은 레인코트를 입고 있었다. 그걸 다시 챙긴 모양이었다. 우리는 1킬로미터 정도를 더 갔고, 그때부터 적당한 장소를 찾기 시작했다. 도로가 급격히 좁아지며 길고 완만한 커브 길로 접어드는 곳을 찾았다. 아스팔트가 약간 솟아 있어서 낮은 둑처럼 되어 있었다. 갓길은 폭이 30센티도 되지 않았고 바위투성이 땅으로 급하게 경사져 있었다. 차를 세운 다음 최대한 방향을 틀어 후진했다가 다시 전진해 도로에 직각으로 가로질러 세웠다. 둘 다 차에서 내려서 점검해 보았다. 훌륭한 도로 차단이었다. 주변을 돌아갈 공간이 없었다. 하지만 내가 예상했던 대로 너무 뻔한 도로 차단이었다. 두 놈은 커브를 빠르게 돌다가 브레이크를 밟고 후진하며 총을 쏘기 시작할 것이다.

"차를 뒤집어야겠습니다. 대형 사고가 난 것처럼요." 내가 말했다.

나는 뒷좌석에서 꾸러미를 꺼내고 만약을 대비해 갓길에 내려놓았다.

그런 다음 나이 든 요원에게 그의 코트를 도로에 깔라고 했다. 나도 주머니를 비우고 요원의 코트 옆에 내 코트를 깔았다. 사브를 코트 위에 뒤집으려고 했다. 가능한 한 차가 손상되지 않은 상태로 되돌려 놓아야 하기 때문이다. 그런 다음 우리는 어깨를 나란히 해서 차에 등을 대고 서서 흔들기 시작했다. 자동차를 뒤집는 건 꽤 쉽다. 전 세계 곳곳에서 그렇게 하는 걸 많이 봤다. 타이어와 서스펜션이 도움을 준다. 차를 흔들다가 튕기고, 그렇게 계속하다 보면 차가 점점 공중으로 올라가는데 그때 적절한 타이밍을 잡아 완전히 뒤집으면 된다. 나이 든 요원은 힘이 세서 충분히 제 몫을 해냈다. 우리는 차를 45도 정도까지 튀어 오르게 한 다음 함께 돌아서서 문틀 아래에 손을 걸고 차를 옆으로 완전히 밀어 올렸다. 그런 다음 그 탄력을 계속 유지하면서 지붕이 바닥에 닿도록 기울였다.

코트 덕분에 차가 긁히지 않고 쉽게 미끄러져서 딱 맞는 위치에 놓을 수 있었다. 그런 다음 요원에게 뒤집힌 운전석 문을 열고 들어가서 나흘 만에 두 번째로 죽은 척을 하고 있으라고 말했다. 그는 안으로 들어가서 팔을 머리 위로 올린 채 몸의 반은 안에 있고, 반은 밖으로 내밀고 엎드렸다. 어둠 속에서 보니 꽤 그럴듯했다. 밝은 헤드라이트의 강한 그림자 속에서도 그리 어색해 보이지 않을 것 같았다. 코트는 정말 자세히 보지 않는 한 보이지 않았다. 나는 꾸러미를 챙겨서 자리를 비켜 갓길 너머 바위 아래로 내려가 낮은 자세로 웅크렸다.

그렇게 우리는 기다렸다.

기다림은 길게 느껴졌다. 5분, 6분, 7분. 손바닥보다 조금 큰 돌 세 개를 주워 모았다. 서쪽 지평선을 지켜보았다. 하늘에는 여전히 낮은 구름이 가득해서, 전조등 불빛이 튕기거나 가라앉으면서 반사될 거라고 생각했다.

하지만 지평선은 계속 검은색이었다. 그리고 고요했다. 멀리서 나는 파도 소리와 나이 든 요원의 숨소리 외에는 아무것도 들리지 않았다.

"놈들이 오고 있을 거야!" 그가 외쳤다.

"곧 올 겁니다!" 내가 말했다.

우리는 기다렸다. 밤은 여전히 어둡고 조용했다.

"이름이 뭡니까?" 내가 물었다.

"이름은 왜?" 그가 되물었다.

"그냥 알고 싶어서요. 내가 당신을 두 번이나 죽였는데 이름은 알아야 하지 않겠습니까?"

"테리 비야누에바." 그가 말했다.

"스페인식 이름입니까?"

"맞아."

"스페인계처럼 안 보이는데요."

"그렇지." 그가 말했다. "어머니는 아일랜드고 아버지는 스페인이었어. 그런데 형과 나는 엄마를 닮았어. 형은 이름까지 뉴턴으로 바꿨지. 그 옛날 과학자나 교외 지역 이름처럼 말이야. 비야누에바가 '새로운 마을'이라는 뜻이거든. 하지만 난 스페인 이름을 고수했어. 아버지에 대한 존중의 의미로."

"어디에 살았습니까?"

"사우스 보스턴. 옛날엔 쉽지 않았어. 혼혈 결혼 그런 게."

우리는 다시 조용해졌다. 나는 계속 주시하며 귀를 기울였다. 아무것도 없었다. 비야누에바가 자세를 바꿨다. 편안해 보이지 않았다.

"정말 대단하십니다, 테리!" 내가 소리쳤다.

"짬밥이 있으니까!" 그가 소리쳐 답했다.

그때 차 소리가 들렸다.

그리고 비야누에바의 휴대폰이 울렸다.

차는 1킬로미터 정도 떨어져 있었다. 저 멀리서 V-6 엔진이 빠르게 회전하는 소리가 희미하게 들렸다. 도로와 구름 사이에 갇힌 헤드라이트의 희미한 불빛도 보였다. 비야누에바의 휴대폰은 바흐의 〈토카타와 푸가 D단조〉를 미친 듯이 빠르게 편곡한 버전으로 벨소리가 설정되어 있었다. 그는 죽은 척을 멈추고 무릎을 반쯤 일으켜 주머니에서 휴대폰을 꺼냈다. 버튼을 눌러 음악을 멈추고 전화를 받았다. 휴대폰이 작아서 그의 손에 거의 다 가려졌다. 그는 휴대폰을 귀에 댔다. 잠시 거기에 귀를 기울였다. 그가 알겠다고 말하는 걸 들었다. 그런 다음 "지금 하고 있어", "알았어", 또다시 "알았어"라고 말하고는 휴대폰을 끄고 바닥에 다시 엎드렸다. 뺨이 아스팔트에 닿아 있었다. 휴대폰은 반은 그의 손 안에, 반은 그의 손에서 빠져나와 있었다.

"통신이 방금 복구됐어!" 그가 나에게 소리쳤다.

새로운 시계가 똑딱거리기 시작했다. 나는 오른쪽으로 동쪽을 힐끗 쳐다보았다. 벡은 계속해서 통화를 시도할 것이다. 발신음이 들리자마자 곧바로 나를 찾아와 위험 상황이 끝났다고 말할 거라고 예상했다. 나는 왼쪽으로 서쪽을 힐끗 쳐다보았다. 차 소리가 크고 또렷하게 들렸다. 헤드라이트 불빛이 어둠 속에서 밝게 빛나며 팅기고 흔들리고 있었다.

"30초 전!" 내가 외쳤다.

소리가 점점 더 커졌다. 타이어 소리와 자동 변속기 소리, 엔진 소리가 모두 별개의 소음으로 들렸다. 몸을 낮췄다. 10초, 8초, 5초. 차가 빠르게 커브를 돌았고 불빛이 숙이고 있는 내 등을 스쳐 지나갔다. 그러고 나서 유압장치의 둔탁한 소리와 브레이크 디스크의 끼익 하는 비명소리, 멈춰선 타이어 고무가 아스팔트에 갈리는 울부짖음이 들리더니 차가 사브에서 6미터 떨어진 곳에 비스듬히 멈춰 섰다.

나는 고개를 들었다. 차는 평범한 파란색 토러스였는데 흐린 달빛 아래에서는 회색으로 보였다. 차 앞으로 하얀빛의 원뿔이 뻗어 있었다. 뒤쪽에는 브레이크등이 붉게 빛나고 있었다. 두 놈이 타고 있었다. 놈들의 얼굴이 사브에서 반사되는 빛에 비쳤다. 그들은 잠시 멈칫했다. 정면을 응시했다. 사브를 알아봤다. 수백 번은 봤을 테니까. 운전자가 움직이는 걸 봤다. 기어를 P로 바꾸는 소리가 들렸다. 브레이크등이 꺼졌다. 엔진은 공회전하고 있었다. 배기가스 냄새와 후드 아래에서 올라오는 열기가 느껴졌다.

두 놈은 동시에 차 문을 열었다. 차에서 내려 문 뒤에 섰다. 손에는 글록이 들려 있었다. 놈들은 잠시 기다렸다가 차 문 뒤에서 나왔다. 총을 낮게 들고 천천히 앞으로 걸었다. 헤드라이트 불빛이 놈들의 허리 아래를 환하게 비췄다. 상체는 잘 보이지 않았다. 하지만 나는 놈들의 특징을 알아볼 수 있었다. 그들의 체형도. 바로 그 경호원들이었다. 의심의 여지가 없었다. 젊고 덩치가 컸으며, 긴장하고 경계하고 있었다. 놈들이 입고 있는 검은색 정장은 주름지고 구겨지고 얼룩져 있었다. 넥타이는 없었다. 흰색 셔츠는 회색으로 변해 있었다.

놈들은 비야누에바 옆에 쪼그리고 앉았다. 그는 놈들의 그림자 속에 있었다. 놈들은 그를 조금 움직여 얼굴을 빛 쪽으로 돌렸다. 나는 놈들이 그를 본 적이 있다는 것을 알고 있었다. 84시간 전, 대학 정문 밖에서 그를 지나치면서 잠깐 봤다. 놈들이 그를 기억할 것이라고는 생각하지 않았다. 실제로 기억하지 못하는 것 같았다. 하지만 놈들은 한 번 속았기 때문에 다시는 속고 싶어하지 않았다. 그래서 매우 조심스럽게 행동했다. 즉각적인 응급 처치를 시작하지 않았다. 아무것도 하지 않은 채 그냥 쭈그리고 앉아 있었다. 그때 내 쪽에 가까이 있던 놈이 일어섰다.

나는 놈에게서 2미터 정도 떨어져 있었다. 오른손에는 돌덩이를 감싸 쥐고 있었다. 소프트볼 공보다 조금 더 큰 돌이었다. 나는 놈의 따귀를 때릴 것처럼 팔을 쭉 뻗어 옆으로 빠르게 휘둘렀다. 만약 빗맞았다면 그 기세로 인해 내 팔이 어깨에서 떨어져 나갔을 것이다. 하지만 빗나가지 않았다. 돌덩이는 놈의 관자놀이를 정면으로 때렸고 놈은 위에서 무거운 추라도 떨어진 것처럼 그대로 쓰러졌다. 다른 놈은 더 빨랐다. 재빨리 몸을 빼며 일어섰다. 비야누에바가 놈의 다리를 잡으려 이리저리 손을 뻗었지만 놓쳤다. 놈은 춤추듯 피하며 돌아섰다. 놈의 글록이 나를 향해 다가왔다. 내가 원하는 것은 그가 총을 쏘지 못하게 하는 것뿐이었기 때문에 돌을 놈의 머리 쪽으로 힘껏 던졌다. 놈은 다시 몸을 돌리다가 두개골이 휘어져 척추와 만나는 목 뒤쪽을 정면으로 맞았다. 마치 강력한 펀치를 맞은 것 같았다. 그대로 앞으로 고꾸라졌다. 글록을 떨어뜨리고 나무처럼 쓰러져서 얼굴을 바닥에 대고 가만히 누워 있었다.

나는 그 자리에 서서 동쪽의 어둠을 바라보았다. 아무것도 보이지 않았다. 불빛도 없었다. 멀리서 들려오는 파도 소리 외에는 아무것도 들리지 않았다. 비야누에바는 두 손과 무릎으로 뒤집힌 차에서 기어 나와 첫 번째 놈을 살펴보았다.

"이놈은 죽었어." 그가 말했다.

내가 확인해보니 정말 죽어 있었다. 5킬로그램짜리 돌이 관자놀이를 옆으로 강타했는데 살아남기는 힘들 것이다. 놈의 두개골은 완전히 함몰되었고 눈은 크게 뜨고 있었지만 아무런 움직임이 없었다. 목과 손목의 맥박도 확인했지만 아무것도 잡히지 않았다. 다른 놈을 보러 갔다. 몸을 숙여 살폈다. 그놈도 죽어 있었다. 목이 완전히 부러져 있었다. 별로 놀랍지 않았다. 5킬로짜리 돌을 놀란 라이언*처럼 던졌으니까. *1970~80년대 MLB의 강속구 투수.

"그야말로 일석이조였군." 비야누에바가 말했다.

나는 아무 말도 하지 않았다.

"왜 그러나?" 그가 물었다. "놈들을 다시 잡아서 얌전하게 가두기라도 하려고 했어? 우리에게 그런 짓을 저질렀는데? 이건 명백하고 단순한 자살이야. 죽으려고 경찰에게 덤벼든 거라고."

나는 아무 말도 하지 않았다.

"뭐가 문제야?" 비야누에바가 물었다.

나는 '우리'가 아니었다. 나는 DEA도 아니었고 경찰도 아니었다. 하지만 파월이 나한테 보낸 개인 신호를 떠올렸다. 귀하만 열람 가능. 10-2, 10-28. 이놈들은 죽여야 함, 실수 없이. 그리고 나는 파월의 말을 받아들이기로 했다. 그게 바로 조직에 대한 충성심이다. 비야누에바에게는 그의 조직에 대한 충성심이 있고, 그것은 나도 마찬가지였다.

"아무 문제 없습니다."

나는 떨어진 돌덩이를 찾아서 갓길 쪽으로 굴려 보냈다. 그러고는 일어나서 걸어가 몸을 숙여 토러스의 헤드라이트를 껐다. 비야누에바에게 내 쪽으로 오라고 손을 흔들었다.

"이제 정말 빨리 움직여야 합니다." 내가 말했다. "더피에게 엘리엇을 이리로 보내라고 전화하십시오. 이 차를 다시 가져가야 하니까."

비야누에바가 단축 다이얼을 눌러 통화를 시작했고 나는 길에 떨어진 글록 두 정을 찾아 각각 죽은 놈들의 주머니에 다시 넣었다. 그런 다음 사브로 가서 살폈다. 차를 다시 바로 세우는 것은 뒤집는 것보다 훨씬 더 어려울 것 같았다. 잠시 불가능할 거라는 생각이 들었다. 코트 덕에 도로와의 마찰은 전혀 없었다. 밀면 그대로 미끄러져 갈 것 같았다. 나는 뒤집힌 운전석 문을 닫고 기다렸다.

"곧 올 거야!" 비야누에바가 소리쳤다.

"이거 좀 도와주시겠습니까?" 내가 말했다.

우리는 코트 위에 있는 사브를 저택 쪽으로 최대한 밀어 옮겼다. 차가 비야누에바의 코트에서 내 코트 위로 미끄러져 넘어왔다. 내 코트의 가장자리까지 미끄러져 가다가 금속 부분이 도로에 걸리면서 딱 멈춰섰다.

"차가 긁힐 텐데." 비야누에바가 말했다.

나는 고개를 끄덕였다.

"감수해야죠. 이제 토러스로 밀어보시죠."

그는 토러스의 앞 범퍼가 사브에 닿을 때까지 토러스를 앞으로 몰고 왔다. 범퍼가 사브의 허리 라인 바로 위, 앞문과 뒷문 사이의 B필러에 닿았다. 내가 더 밟으라고 신호를 보내자 사브가 옆으로 밀려 나가며 지붕이 아스팔트에 긁혔다. 나는 토러스의 후드로 올라가서 사브의 차대를 세게 밀었다. 비야누에바는 천천히 그리고 꾸준히 토러스를 밀었다. 사브가 기울어지기 시작했다. 40도, 50도, 60도. 토러스의 앞유리 하단에 발을 단단히 고정하고 손으로 사브 옆면을 따라 내려가 지붕에 양 손바닥을 밀착시켰다. 비야누에바가 가속페달을 밟자 내 척추가 2센티미터 정도 눌리며 사브가 완전히 뒤집혀 쿵 하는 소리와 함께 바퀴가 땅으로 내려앉았다. 차가 한 번 튕겨 오르고 비야누에바가 급제동을 하는 바람에 나는 후드에서 앞으로 떨어지면서 사브의 문에 머리를 부딪혔다. 나는 토러스의 앞 펜더 아래 길바닥에 납작하게 엎어졌다. 비야누에바가 차를 뒤로 빼고 멈춘 뒤 내렸다.

"괜찮나?" 그가 물었다.

그대로 누워 있었다. 머리가 아팠다. 꽤 세게 부딪혔다.

"차는 어떻습니까?" 내가 물었다.

"좋은 거, 나쁜 거, 어느 것부터?"

"좋은 거 먼저."

"사이드미러는 괜찮아. 다시 원래대로 돌아올 거야."

"그런데요?"

"도색에 큰 흠집이 났어. 문도 약간 찌그러졌고. 자네 머리가 부딪힌 자국인 것 같아. 지붕도 약간 움푹 들어갔고."

"사슴을 쳤다고 해야겠군요."

"이 근방에 사슴이 있는지 모르겠네."

"그럼 곰으로. 아니면 뭐든지요. 해변에 떠밀려 온 고래, 바다 괴물, 거대한 오징어, 빙하가 녹아 막 튀어나온 거대한 털 매머드, 뭐라도."

"괜찮나?" 그가 다시 물었다.

"살아는 있습니다." 내가 답했다.

나는 몸을 뒤집고 네 발로 일어났다. 천천히 그리고 조심스럽게 몸을 밀어 올렸다.

"시체를 처리할 수 있겠나?" 그가 물었다. "우린 할 수 없어."

"그럼 내가 해야겠군요."

어렵사리 사브의 뒤 해치를 열었다. 지붕이 약간 찌그러져서 정렬이 조금 어긋나 있었다. 둘이서 죽은 놈들을 한 번에 하나씩 옮겨 적재 공간에 집어넣었다. 거의 꽉 찰 정도였다. 갓길로 돌아가 꾸러미를 챙겨서 시체들 위에 올려놓았다. 그걸 다 가릴 수 있는 짐칸 덮개가 있었다. 해치를 닫는 데는 우리 둘 다 한꺼번에 힘을 써야 했다. 각각 한쪽을 잡고 세게 눌렀다. 그런 다음 길바닥에 떨어진 코트를 주워 털어서 다시 입었다. 축축하고 구겨졌고 여기저기 조금씩 찢어져 있었다.

"괜찮나?" 비야누에바가 다시 물었다.

"차에 타십시오." 내가 말했다.

우리는 사이드미러를 다시 펴고 함께 차에 올라탔다. 차 키를 돌렸다. 시동이 걸리지 않았다. 다시 시도했다. 이번에도 안 걸렸다. 두 번째 돌렸을 때 연료 펌프에서 드르륵거리는 소음이 났다.

"시동을 좀 이따가 걸어봐." 비야누에바가 말했다. "차가 뒤집혀 있을 때 엔진에서 연료가 다 빠져나갔어. 잠깐 기다리면 다시 채워질 거야."

기다렸더니 세 번째 시도에서 시동이 걸렸다. 기어를 넣고 차를 돌려 비야누에바가 타고 왔던 토러스가 있는 곳까지 1킬로미터를 운전해 갔다. 달빛 아래에서 회색의 유령처럼 보이는 그 차가 갓길에서 우리를 기다리고 있었다.

"이제 돌아가서 더피와 엘리엇을 기다리십시오." 내가 말했다. "여기서는 빨리 사라지는 게 좋습니다. 다들 나중에 만납시다."

그가 내 손을 잡고 악수를 했다.

"짬밥으로 한마디하자면," 그가 말했다.

"10-18." 내가 말했다. '10-18'은 '임무 완수'를 뜻하는 헌병 무전 암호이다. 하지만 나를 빤히 쳐다보기만 하는 걸 보니, 그는 그걸 모르는 것 같았다.

"몸조심하십시오." 나는 다시 인사를 건넸다.

그는 고개를 저었다.

"그게 아니라," 그가 말했다. "음성 메시지."

"그게 왜요?"

"휴대폰이 서비스 지역을 벗어나면 보통 음성 메시지로 연결되지."

"기지국 전체가 다운됐습니다."

"하지만 기계 입장에서는 벡의 휴대폰이 꺼져 있었을 뿐이야. 놈들의 전화는 음성 메시지함으로 연결되었을 거고 놈들이 남긴 메시지가 있을 거야."

"그게 무슨 의미가 있다는 겁니까?"

비야누에바가 어깨를 으쓱했다. "돌아오는 중이라고 메시지를 남겼을 수도 있어. 벡이 메시지를 바로 확인할 거라고 기대하면서. 자초지종을 다 남겼을 수도 있겠지. 아니면 정신이 없어서 그냥 자동응답기에다 하는 것처럼 '사장님, 전화 좀 받으세요'라고 말했을 수도 있고."

나는 아무 말도 하지 않았다.

"놈들이 음성 메시지를 남겼을지도 모른다는 걸 가정해야 해."

"알겠습니다."

"이제 어떻게 할 건가?"

"총질을 시작해야죠. 신발, 음성 메시지, 이제 그가 바로 코앞까지 다가왔으니까요."

비야누에바는 고개를 저었다.

"그건 안 돼." 그가 말했다. "더피가 벡을 잡아 와야 해. 그게 더피가 자기 목을 구할 수 있는 유일한 길이야."

나는 외면했다. "최선을 다할 거라고 전해주십시오. 하지만 나와 벡 둘 중 하나가 끝나야 한다면, 그가 가는 겁니다."

비야누에바는 아무 말도 하지 않았다.

"뭡니까?" 내가 물었다. "이제 나더러 인간 제물이라도 되라는 겁니까?"

"그냥 최선을 다 하게." 그가 말했다. "더피는 좋은 사람이야."

"나도 압니다."

그는 한 손은 문틀을 잡고 다른 한 손은 좌석 등받이를 짚으며 사브에서 빠져나갔다. 길을 건너 타고 온 차에 올라타더니 헤드라이트도 켜지 않고 천천히 조용하게 차를 몰고 떠났다. 그가 손을 흔드는 걸 봤다. 그가 시야에서 사라질 때까지 지켜보다가 사브를 후진하고 방향을 틀어 서쪽을 향하도록 도로 중앙에 세웠다. 벡이 나를 찾으러 나왔을 때 내가 훌륭한 방어 자세를 취하고 있다고 생각하게 하려는 계산이었다.

하지만 내가 10분을 기다리는 동안 아무런 기척이 없는 걸 보면, 벡은 전화를 자주 확인하지 않았거나 나에 대해 별로 신경 쓰지 않고 있었던 것 같았다. 나는 그 시간을, 스페어타이어 아래에 총을 숨기는 사람이라면 카시트 아래에도 서류를 숨길 수 있다는, 전에 세웠던 내 가설을 테스트하는 데 썼다. 이미 느슨해진 시트는 뒤집혀 있었던 탓에 상태가 더 나빠져 있었다. 하지만 그 아래에는 녹 얼룩과 낡은 빨간색과 회색 스웨터로 만든 것처럼 보이는 축축한 방음재 층 말고는 아무것도 없었다. 서류는 없었다. 잘못된 가설이었다. 시트를 최대한 원상태로 되돌려놓고 발로 차서 적당히 평평하게 마무리했다.

그런 다음 차에서 내려 외부 손상을 점검했다. 도색이 긁힌 자국은 내가 어떻게 할 수가 없었다. 심하긴 했지만 재앙 수준은 아니었다. 새 차가 아니었으니까. 문을 분해해서 패널을 밀어내지 않는 이상 문짝에 난 움푹 들어간 부분도 어쩔 도리가 없었다. 지붕도 약간 꺼져 있었다. 원래는 분명히 돔 형태였던 기억이 났다. 이제는 꽤 평평해져 있었다. 하지만 그건 안쪽에서 어떻게 해볼 수 있을 것 같았다. 나는 뒷좌석에 올라가 두 손바닥을 벌려 천장에 대고 세게 밀었다. 그러자 두 가지 소리가 들렸다. 하나는 금속판이 다시 원래 모양으로 뺑 하고 튀어 오르는 소리였다. 다른 하나는 종이가 바스락거리는 소리였다.

신형 차가 아니었기 때문에 천장 내장재도 최신 차들에서 사용하는 일체형의 극세사 소재가 아니었다. 천장은 구식 크림색 비닐 소재에 가로로 철사 뼈대가 있어 세 개의 아코디언 모양 섹션으로 주름져 있었다. 가장자리는 지붕을 따라 둘러진 검은색 고무 개스킷 아래로 고정되어 있었다. 운전석 위 앞쪽 모서리의 비닐에 약간 주름이 잡혀 있었다. 그 부분의 개스킷이 조금 헐거워 보였다. 비닐에 힘을 주어 밀어 올리면 개스킷에서 빼낼 수 있을 것 같았다. 그런 다음 전체 길이를 따라 잡아당겨 벗기면 세 개의 주름진 부분 중 원하는 곳에 옆으로 접근할 수 있을 것 같았다. 나중에는 손톱을 써서 비닐을 개스킷 아래로 다시 넣어야 하는데 그건 시간이 꽤 걸릴 것 같았다. 하지만 조금만 신경 써서 하면 이런 낡은 차에서는 손댄 자국이 눈에 잘 띄지 않을 것이다.

나는 몸을 앞으로 기울여서 앞좌석 위에 있는 섹션을 확인했다. 비닐을 위로 밀어 올려 차의 너비를 따라 지붕 아래쪽을 더듬었다. 아무것도 없었다. 다음 구간에서도 아무것도 안 나왔다. 하지만 뒷좌석 위쪽에 종이가 숨겨져 있었다. 크기와 무게도 가늠할 수 있었다. B4 사이즈 종이가 8장이나 10장 정도 쌓여 있는 것 같았다.

뒷좌석에서 내려 운전석으로 옮겨 앉아 개스킷을 살펴보았다. 비닐에 약간의 장력을 가하고 가장자리를 들었다. 손톱을 고무 밑에 넣고 벌려서 1센티미터 길이의 작은 입구를 만들었다. 다른 손으로 지붕 옆면의 비닐을 긁어내자 비닐이 순순히 개스킷 아래에서 빠져나와 엄지손가락이 들어갈 정도의 틈이 생겼다.

엄지손가락을 뒤쪽으로 움직이며 15센티미터 정도 개스킷을 벗겨냈을 때, 갑자기 뒤에서 빛이 비쳤다. 밝은 빛, 짙은 그림자. 도로가 내 오른쪽 어깨 너머로 뻗어 있어서 조수석 사이드미러를 힐끗 쳐다보았다. 금이 간 거울은 여러 쌍의 밝은 헤드라이트로 가득 차 있었다. 경고 문구가 새겨져 있는 것이 보였다. 사물이 실제 보이는 것보다 가까이 있음. 운전석에서 몸을 돌려 뒤를 보니 한 쌍의 상향등이 커브 길에서 급하게 좌우로 꺾어가며 달려오는 것이 보였다. 500미터 뒤. 차는 빠르게 다가오고 있었다. 창문을 조금 내리자 멀리서 광폭 타이어의 쉭쉭거리는 소리와 조용한 V-8 엔진이 2단 기어로 낮춰지며 으르렁거리는 소리가 들렸다. 캐딜락이 서두르며 달려오고 있었다. 나는 비닐을 대충 제자리에 밀어 넣었다. 제대로 고정할 시간이 없었다. 그냥 위로 밀어 올리고 그대로 있기를 바랐다.

캐딜락이 내 뒤로 바짝 다가와 급정거했다. 헤드라이트는 그대로 켜져 있었다. 백미러로 지켜보니 문이 열리고 벅이 내리는 것이 보였다. 주머니에 손을 넣어 베레타를 발사 모드로 전환했다. 더피를 고려하는 것과 상관없이, 음성 메시지에 대해 길게 토론할 생각이 없었다. 그런데 벡은 손에 아무것도 갖고 있지 않았다. 총도, 노키아도 없었다. 그가 앞으로 나섰고 나는 얼른 내려서 사브의 뒤 범퍼와 나란한 위치에서 그를 만났다. 나는 그를 차의 찌그러진 부분과 긁힌 자국으로부터 조금이라도 멀리 떼어놓고 싶었다. 그래서 벡은 아들을 데리고 오라고 보냈던 부하들과 30센티미터 정도 떨어져 있게 되었다.

"전화가 복구됐어." 그가 말했다.

"휴대폰도요?" 내가 물었다.

그는 고개를 끄덕였다.

"그런데 이것 좀 보게." 그가 말했다.

그는 주머니에서 작은 은색 휴대폰을 꺼냈다. 나는 보이지 않도록 베레타를 계속 손에 쥐고 있었다. 발사되면 내 코트에도 구멍이 나겠지만 그의 코트에는 더 큰 구멍이 날 것이다. 그가 내게 휴대폰을 건넸다. 왼손으로 받았다. 휴대폰을 아래로 내려 캐딜락의 헤드라이트 불빛에 비췄다. 화면을 봤다. 무엇을 찾아야 하는지는 몰랐다. 내가 본 몇몇 휴대폰은 음성 메시지가 와 있음을 작은 봉투 그림으로 표시했다. 어떤 휴대폰은 릴 테이프처럼 하단이 막대로 연결된 두 개의 작은 원으로 구성된 기호를 사용했는데, 대부분의 휴대폰 사용자는 평생 릴 테이프를 본 적이 없을 것 같아서 그 기호가 이상하다고 생각했었다. 그리고 휴대폰 회사에서 릴 테이프에 메시지를 직접 녹음하지는 않는다고 확신했다. 일종의 반도체 회로 안에서 디지털 방식으로 저장한다고 생각했다. 하긴 철로 건널목의 표지판에도 여전히 케이시 존스*가 자랑스러워했을 기관차의 모습이 남아 있긴 하다. *미국 초기 철도 시대, 운행 중 타인을 구하고 죽은 기관사.

"이거 보여?" 벡이 말했다.

아무것도 안 보였다. 봉투도, 릴 테이프도 없었다. 신호 강약 막대, 배터리 표시 막대, 메뉴, 이름만 있었다.

"뭐 말입니까?" 내가 물었다.

"신호 막대 말이야." 그가 말했다. "다섯 개에서 지금은 세 개밖에 안떠. 보통은 네 개가 뜨는데."

"기지국이 다운됐던 것 같습니다. 다시 천천히 세기가 올라올 것 같은데요. 뭔가 전기적인 원인이 있겠죠."

"그렇게 생각해?"

"초단파가 관련되어 있는 거니까요. 복잡하겠죠. 조금 이따 다시 확인해보십시오. 다시 올라올 겁니다."

나는 왼손으로 그에게 휴대폰을 다시 건네주었다. 그는 휴대폰을 받아 주머니에 넣으면서도 여전히 신경이 쓰이는 표정이었다.

"여긴 조용한가?" 그가 물었다.

"묘지 같을 정도로."

"그럼 아무것도 아니었군." 그가 말했다. "뭔가 있었던 게 아니야."

"그런 것 같습니다." 내가 말했다. "죄송합니다."

"아니야. 그 신중함을 칭찬해. 진심으로."

"그냥 맡은 일을 하는 것뿐입니다."

"저녁 먹으러 가자고." 그가 말했다.

그가 캐딜락으로 돌아가서 차에 탔다. 나는 베레타를 다시 안전 모드로 전환하고 사브에 올라탔다. 후진해서 차를 돌린 그가 나를 기다렸다. 폴리가 게이트를 한 번만 여닫게 하려고 함께 들어가자는 것 같았다. 우리는 8킬로미터를 앞뒤로 달려 돌아갔다. 사브는 승차감이 좋지 않았고, 헤드라이트는 각도가 위로 크게 올라가 있었고 핸들은 유격이 심했다. 트렁크에는 200킬로그램의 중량이 실려 있었다. 게다가 첫 번째 요철을 넘어갈 때 운전석 위 모서리의 천장 비닐이 떨어져서 돌아오는 내내 내 얼굴에 펄럭거렸다.

차를 차고에 주차했다. 벡은 안뜰에서 나를 기다렸다. 밀물이 들어오고 있었다. 담 너머에서 파도 소리가 들려왔다. 엄청난 양의 물이 바위 지대에 쏟아지고 있었다. 그 충격이 땅을 통해 느껴졌다. 확실한 물리적 감각이었다. 그저 소리만이 아니었다. 나는 벡과 함께 정문으로 들어갔다. 금속탐지기가 두 번 울렸다. 한 번은 그에게, 한 번은 나에게. 그가 나에게 열쇠 세트를 건네주었다. 나는 그것을 직무의 상징인 양 받았다. 그는 30분 뒤에 저녁식사가 차려질 거라며 자기 가족들과 함께 식사하자고 나를 초대했다.

나는 듀크의 방으로 올라가 높은 창문 앞에 섰다. 서쪽으로 8킬로미터 떨어진 곳에서 빨간 후미등이 멀어져 가는 게 보이는 듯했다. 세 쌍의 불빛. 비야누에바와 엘리엇과 더피가 관용 토러스를 타고 돌아가는 것이길 바랐다. **10-18, 임무 완료.** 하지만 장벽에 설치된 조명 때문에 실제가 맞는지 확신하기 어려웠다. 피로 때문에, 아니면 머리를 부딪혀서 내 시각에 반점이 생긴 것일 수도 있었다.

나는 빠르게 샤워를 하고 듀크의 옷을 한 벌 더 슬쩍했다. 내 신발과 재킷은 그대로 입고, 망가진 코트는 옷장에 두었다. 이메일은 확인하지 않았다. 더피는 너무 바빠서 메시지를 보낼 틈이 없었을 것이다. 그리고 그 시점에서 우리는 어차피 비슷한 입장이라 그녀가 내게 더 알려줄 것은 없었다. 곧 내가 그녀에게 뭔가를 알려주게 될 것이다. 사브의 천장 내장재를 뜯어낼 기회를 잡는 대로 즉시.

별다른 일 없이 30분을 보내고 아래층으로 내려가 가족 식당으로 갔다. 처음 가보는 곳이었다. 엄청나게 컸다. 안에는 긴 직사각형의 참나무로 만든 테이블이 놓여 있었다. 무겁고 단단했지만 세련된 형태는 아니었다. 스무 명은 앉을 수 있을 것 같았다. 벡이 맨 끝자리에, 엘리자베스는 그 건너편 끝짜리에, 리처드는 두 사람으로부터 떨어진 자리에 앉아 있었다. 내 자리는 문을 등진 벡의 바로 맞은편이었다. 리처드에게 자리를 바꾸자고 할까도 생각했다. 나는 문을 등지고 앉는 것을 좋아하지 않기 때문이다. 하지만 그만두고 그냥 앉았다.

폴리는 거기 없었다. 그는 초대받지 못했다. 물론 가정부도 거기 없었다. 요리사가 온갖 허드렛일을 다 하고 있었는데, 그다지 기분 좋은 표정은 아니었다. 하지만 음식은 훌륭했다. 식사는 프렌치 어니언 수프로 시작했다. 꽤 정통적이었다. 내 어머니는 마음에 들어하지 않으셨겠지만. 자신의 레시피만이 완벽하다고 생각하는 프랑스 여성은 늘 2천만 명쯤 있기 마련이다.

"자네 군 생활에 대해 말해봐." 벡이 대화를 나누자는 듯이 말을 건넸다. 사업 이야기는 안 하겠다는 뜻이었다. 그건 분명했다. 가족 앞에서는. 엘리자베스는 알아서는 안 될 것까지도 아는 듯했지만 리처드는 관심이 없는 것 같았다. 아니면 그냥 외면하고 있는 것일 수도. 리처드가 뭐라고 했더라? 나쁜 일을 떠올리려고 하지 않는 한 나쁜 일은 일어나지 않은 거라고 했던가?

"특별히 얘기할 만한 게 없습니다." 내가 답했다. 이야기하고 싶지 않았다. 나쁜 일들이 있었고, 나는 그 일들을 떠올리고 싶지 않았다.

"뭐라도 있겠죠." 엘리자베스가 말했다.

세 사람 모두 나만 쳐다보고 있어서 나는 어깨를 으쓱하고는 국방부 예산을 점검하다가 RTAFA라는 명칭의 유지보수 도구에 8천 달러가 청구된 것을 적발한 이야기를 들려주었다. 지루하던 차에 호기심이 생겨 몇 군데 전화를 걸었더니 그것이 '회전 토크 조절형 고정장치 적용기Rotational Torque Adjustable Fastener Applicators'의 약자라는 말을 들었다. 그걸 추적해 보니 3달러짜리 드라이버였다. 그걸로 인해 3천 달러짜리 망치, 천 달러짜리 변기 시트 등 온갖 터무니없는 것들을 찾아낼 수 있었다,는 좋은 이야기다. 누구에게나 잘 먹히는 이야기이다. 대부분의 사람은 그 뻔뻔함에 반응하고 반정부 성향의 사람들은 분노하기 마련이다. 하지만 사실이 아니다. 그런 일이 있긴 했겠지만 내가 겪은 일은 아니었다. 전혀 다른 부서에서 일어난 일이었다.

"사람을 죽여본 적 있어요?" 리처드가 물었다.

지난 3일 동안 네 명. 나는 속으로 답했다.

"그런 질문은 하지 마." 엘리자베스가 말했다.

"수프가 맛있네." 벡이 말했다. "치즈가 좀 모자라는 것 같긴 하지만."

"아빠." 리처드가 말했다.

"응?"

"동맥을 생각하세요. 그러다 곧 다 막힐 거예요."

"내 동맥이야."

"그렇지만 아빠 내 아빠예요."

둘은 서로를 힐끗 쳐다보았다. 둘 다 수줍은 미소를 지었다. 아버지와 아들, 절친한 친구, 양가감정. 식사가 길어질 것 같았다. 엘리자베스가 콜레스테롤에서 다른 것으로 주제를 돌렸다. 포틀랜드 미술관에 대해 이야기를 꺼냈다. 이오 밍 페이*의 건물에 미국 및 인상파 거장들의 컬렉션이 있다고 말했다. 나를 교육하려는 건지, 아니면 리처드가 집에서 나가서 뭐라도 하도록 유도하려는 건지 알 수 없었다. 나는 그녀의 말을 흘려들었다. 사브로 가고 싶었다. 하지만 당장은 갈 수 없었다. 그래서 나는 거기에서 정확히 무엇을 찾을 수 있을지 예측해 보려고 했다. 일종의 게임처럼. 머릿속에서 레온 가버의 말이 들려왔다. 단서들을 따라가봐. 자네가 보고 들은 모든 걸 되짚어봐. 나는 들은 것은 별로 없었다. 하지만 많은 것을 보긴 했다. 그것들이 모두 일종의 단서라고 생각했다. 예를 들어 이 테이블. 이 저택 전체와 집 안의 모든 것들. 자동차도. 사브는 고물이었다. 캐딜락과 링컨은 좋은 자동차이지만 롤스로이스나 벤틀리 같은 고급은 아니다. 가구는 모두 낡고 윤기가 없고 다 비슷한 색깔이었다. 값싼 것은 아니었지만 어쨌든 현재의 지출 상황을 보여주는 것은 아니다. 모두 오래전에 지불한 것들이다. 보스턴에서 엘리엇이 LA 갱에 대해 뭐라고 했더라? 수익은 일주일에 수백만 달러에 달할 거예요. 황제처럼 살고 있죠. 벡은 그놈보다 몇 단계 위라고 했다. 하지만 벡은 황제처럼 살고 있지 않았다. 왜지? 그저 허세가 가득한 소비를 좋아하지 않는 신중한 양키**라서? *중국계 미국 건축가로, 프랑스 루브르박물관 앞의 크고 아름다운 유리 피라미드의 설계자. **미국 북부 지역, 특히 뉴잉글랜드 출신 사람들을 지칭하는 용어로, 그 지역 사람들은 종종 신중하고 경제적인 태도를 갖고 있다고 여겨진다.

"이거 좀 봐."

정신을 차려보니 벡이 내게 휴대폰을 내밀고 있었다. 그에게서 휴대폰을 건네받아 화면을 보았다. 신호 강도가 다시 네 개까지 올라와 있었다.

"전파 강도가 천천히 올라왔을 겁니다."

그런 다음 다시 살펴봤다. 봉투 아이콘도, 릴 테이프 아이콘도 없었다. 와 있는 음성 메시지는 없었다. 작은 휴대폰이었는데 내 엄지손가락이 너무 커서 실수로 화면 아래의 상하 화살표 키를 터치했다. 화면이 순식간에 이름 목록으로 바뀌었다. 주소록인 것 같았다. 화면이 너무 작아서 한 번에 세 개의 연락처만 표시되었다. 맨 위에는 '집'이 있었다. 그다음은 '게이트'. 목록의 세 번째는 '사비에르'였다. 그 이름을 너무 집중해 쳐다보느라 방 안이 조용해지고 귀에 맥박이 쿵쿵 뛰는 소리가 들릴 지경이었다.

"수프 정말 맛있었어요." 리처드가 말했다.

휴대폰을 벡에게 돌려주었다. 요리사가 테이블을 가로질러 내 앞으로 손을 뻗어 그릇을 치웠다.

내가 '사비에르'라는 이름을 처음 들은 것은 도미니크 콜을 여섯 번째로 만났을 때였다. 볼티모어 바에서 춤을 춘 지 17일이 지난 후였다. 날씨가 바뀌어 있었다. 기온은 뚝 떨어졌고 하늘은 우울한 잿빛이었다. 그녀는 정복 차림이었다. 잠시 내가 인사고과 면담을 잡아놓고 완전히 잊어버린 게 아닌가 싶었다. 하지만 그런 약속이라면 중대 서기병이 상기시켜 주는데 그는 아무 말도 없었다.

"별로 듣고 싶지 않을 겁니다." 콜이 말했다.

"왜? 진급해서 전출이라도 가는 건가?"

그녀가 미소를 지었다. 나는 그 말이 내가 의도한 것보다 더 개인적인 칭찬으로 들렸다는 사실을 깨달았다.

"나쁜 놈이 누군지 찾았습니다." 그녀가 말했다.

"어떻게?"

"관련 기법을 모범적으로 적용했습니다."

나는 그녀를 쳐다보았다. "우리가 인사고과 면담을 잡아놨던가?"

"아니요. 하지만 해야 할 것 같습니다."

"왜?"

"나쁜 놈을 찾았으니까요. 그리고 사건의 큰 돌파구를 찾은 직후에 진행하는 인사고과는 결과가 더 좋기 때문입니다."

"아직 프라스코니와 같이 일하고 있나?"

"우린 파트너입니다." 그녀가 답했다. 엄밀히 말하면 질문에 대한 답은 아니었다.

"그가 도움이 되나?"

그녀가 얼굴을 찡그렸다. "편하게 말씀드려도 되나요?"

나는 고개를 끄덕였다.

"밥만 축내고 있습니다." 그녀가 말했다.

나는 다시 고개를 끄덕였다. 내 인상도 그랬다. 앤서니 프라스코니 중위는 믿을 만한 사람이었지만 그다지 똑똑한 사람은 아니었다.

"그는 좋은 사람입니다." 그녀가 말했다. "오해는 하지 마세요."

"하지만 일은 귀관이 다 하고 있다는 거지?" 내가 말했다.

그녀는 고개를 끄덕였다. 손에는 그녀가 텍사스나 미네소타에서 온 덩치 크고 못생긴 남자가 아니라는 사실을 내가 알게 된 직후에 줬던 원본 파일을 들고 있었다. 파일은 그녀의 메모들로 불룩해져 있었다.

"큰 도움을 주셨습니다." 그녀가 말했다. "말씀하신 대로, 문제의 설계도는 신문 속에 들어 있었어요. 고로프스키는 신문을 통째로 주차장 출구에 있는 쓰레기통에 버렸습니다. 두 주 연속, 일요일마다 같은 쓰레기통에 버렸어요."

"그리고?"

"그리고 두 번 다 같은 남자가 그걸 낚아채 갔습니다."

나는 잠시 뜸을 들였다. 쓰레기통에서 낚시를 한다는 것이 가진 취약점만 제외하면 영리한 계획이었다. 하지만 개연성이 좀 부족했다. 노숙자처럼 차려입고 행동하지 않는 한 쓰레기통을 뒤지는 것은 쉽지 않은 일이다. 그리고 정말 그럴듯하게 보이려고 꾸며도 쉽지 않은 일이다. 노숙자들은 하루 종일 수 킬로미터를 걸어다니며 이동 경로에 있는 모든 쓰레기통을 들여다본다. 그들의 행동을 그럴듯하게 모방하려면 엄청난 시간과 정성이 필요하다.

"어떤 사람이었나?" 내가 물었다.

"무슨 생각하시는지 압니다." 그녀가 말했다. "쓰레기통을 뒤지는 건 노숙자들뿐이라는 거죠?"

"그럼 또 누가 그러겠나?"

"평범한 일요일을 상상해 보세요." 그녀가 말했다. "한가한 날, 산책을 나갔는데 만나기로 한 사람이 조금 늦을 수도 있고, 산책하고 싶은 마음이 조금 시들해졌을 수도 있죠. 그런데 햇볕은 좋고 앉을 벤치도 있고, 일요판 신문이 항상 두툼하고 재밌다는 걸 알고 있지만 지금 신문을 가지고 있지 않아요."

"그래. 상상 중이야."

"읽고 난 신문이 어떻게 일종의 공동 자산이 되는지 살펴본 적 있으십니까? 예를 들어 기차에서 사람들이 어떻게 하는지. 아니면 지하철에서요. 한 사람이 신문을 읽다가 내릴 때 그걸 좌석에 두고 내리면 다른 사람이 바로 집어가잖아요? 반쯤 먹다 남긴 초콜릿 바는 죽어도 안 집겠지만, 헌 신문은 아무렇지 않게 집어가죠."

"그렇지."

"우리가 찾는 남자는 마흔 살 정도입니다." 그녀가 말했다. "183센티미터에 100킬로그램 정도. 몸이 탄탄하고, 머리는 짧고 검은색인데 흰머리가 조금 섞였고, 상당히 상류층으로 보입니다. 좋은 옷을 입어요. 치노 팬츠에 골프 셔츠 같은 거요. 그런 걸 입고 주차장을 지나 쓰레기통을 향해 느긋하게 걸어갑니다."

"느긋하게 걸어간다고?"

"그게 딱 맞는 표현입니다. 세상 걱정 하나 없이 생각에 잠긴 채 산책하는 것처럼. 마치 일요일 브런치를 먹고 돌아오는 것처럼요. 그러다가 쓰레기통 위에 놓인 신문을 발견하고는 집어 들고서 잠깐 헤드라인을 확인한 다음 고개를 약간 갸우뚱하고 나중에 더 읽겠다는 듯 신문을 팔 밑에 끼고 계속 걸어가죠."

"계속 느긋하게 걷는군."

"너무나 자연스럽게요." 그녀가 말했다. "바로 거기서 그 장면을 지켜보고 있었는데도 하마터면 지나칠 뻔했습니다. 그자는 거의 무의식적으로 일어나는 것처럼 행동합니다."

나는 생각했다. 그녀 말이 맞았다. 그녀는 인간 행동에 대해 타고난 관찰자였다. 그래서 좋은 경찰이 된 것이다. 내가 실제로 인사고과를 한다면 그녀는 최고 점수를 받을 게 분명했다.

"말씀하신 것 중 맞는 게 또 하나 있었습니다." 그녀가 말했다. "그는 느긋하게 선착장으로 가서 배에 탔습니다."

"그 배에서 사는 건가?"

"그건 아닌 것 같습니다. 침실도 있긴 하지만 레저용 보트인 것 같습니다."

"침실이 있는지는 어떻게 알지?"

"제가 타봤습니다." 그녀가 말했다.

"언제?"

"두 번째 일요일에요. 그때까지는 신문을 가지고 수작 부리는 것밖에 못 봤습니다. 아직 설계도는 확실하게 확인하지 못한 상태였죠. 그런데 그자가 다른 사람들과 함께 다른 배를 타고 나갔습니다. 그래서 그때 확인했습니다."

"어떻게?"

"관련 기법을 모범적으로 적용했습니다. 비키니를 입었거든요."

"비키니를 입는 게 기법이라고?" 그러고는 시선을 돌렸다. 그녀의 경우라면 그건 세계적인 수준의 공연 예술일 텐데.

"그때는 아직 더웠습니다." 그녀가 말했다. "다른 여자들과 자연스럽게 섞였어요. 천천히 걸어서 그 배의 작은 승선용 판자 위로 걸어갔습니다. 아무도 눈치채지 못했어요. 해치의 자물쇠를 따고 한 시간 동안 수색했습니다."

나는 물어볼 수밖에 없었다.

"비키니에 자물쇠 따는 도구는 어떻게 숨겼나?"

"신발을 신고 있었습니다."

"설계도는 찾았나?"

"전부 다요."

"배 이름이 뭐였지?"

그녀는 고개를 끄덕였다. "추적해봤습니다. 배들이 모두 등록되어 있는 선박등록부가 있거든요."

"그래서 그자는 누군가?"

"이게 아주 싫어하실 만한 부분인데," 그녀가 말했다. "군사 정보부 고위 장교입니다. 중령이고 중동 전문가예요. 최근 걸프전에서 한 일로 훈장도 받았습니다."

"젠장." 내가 말했다. "하지만 그에게 그럴 만한 이유가 있을지도 모르지."

"그럴지도 모르죠." 그녀가 말했다. "하지만 그럴 것 같지 않습니다. 제가 한 시간 전에 고로프스키를 만났거든요."

"그랬군." 그것이 그녀가 정복을 입고 있는 이유였다. 비키니보다는 훨씬 더 위압적이었을 것이다. "그래서?"

"그래서 저는 이 거래에서 그가 처한 상황에 대해 직접 설명해보라고 했습니다. 그에게는 12개월과 두 살 난 어린 딸들이 있다고 합니다. 그런데 두 살배기 딸이 두 달 전에 하루 동안 사라졌다고 하더군요. 아이는 사라졌던 동안 무슨 일이 있었는지 말하지 않고 그냥 울기만 했답니다. 일주일 뒤에 그 군사 정보부 장교가 찾아왔는데, 협조하지 않으면 아이가 하루가 아니라 훨씬 더 오래 사라질 수도 있다고 넌지시 말했다고 합니다. 이런 말을 하는 데에 그럴 만한 이유가 있을 것 같지는 않습니다."

"그렇군. 동감이야. 그 남자는 누구지?"

"프랜시스 사비에르 퀸Francis Xavier Quinn입니다."

요리사가 다음 코스로 갈비구이를 가져왔지만 나는 프랜시스 사비에르 퀸에 대한 생각을 하느라 그걸 알아차리지 못했다. 분명히 그는 캘리포니아 병원에서 나오면서 자신의 이름에서 '퀸'이라는 부분을 떼어내, 사용했던 가운과 수술용 드레싱, '신원 미상' 손목 밴드와 함께 쓰레기통에 버린 것이 분명했다. 그는 그저 걸어나와 준비된 새 신원으로 바로 갈아탔을 것이다. 자신이 편안하게 느끼고 본능적으로라도 항상 기억할 수 있는 신분으로. 그는 더 이상 미 육군 군사 정보부 F. X. 퀸 중령이 아니었다. 그 순간부터 그는 그저 익명의 시민 프랭크 사비에르가 되었다.

"레어? 웰던?" 백이 물었다.

그가 주방에 있던 검은 손잡이 칼 중 하나로 고기를 썰고 있었다. 칼꽂이에 꽂혀 있었던 그 칼 중 하나로 그를 죽일까 생각했던 적이 있었는데, 지금 그가 쓰고 있는 칼이 좋은 선택이었을 것 같았다. 길이는 대략 25센티미터 정도였고, 고기가 잘 썰리는 걸 보니 면도날처럼 날카로운 듯했다. 고기가 엄청나게 부드러운 게 아니라면.

"레어로요. 감사합니다."

백이 두 조각을 잘라주었는데 나는 즉시 후회했다. 머릿속에 일곱 시간 전에 봤던 보디 백이 떠올랐다. 나는 지퍼를 내리고 다른 칼질의 흔적을 보았다. 그 장면이 너무 생생해서 차가운 금속 지퍼 손잡이가 손가락 사이에 아직도 느껴지는 듯했다. 그러고는 10년 전, 퀸과의 시작점으로 되돌아갔고, 그 순간 모든 고리가 연결되었다.

"홀스래디시 드릴까요?" 엘리자베스가 물었다.

나는 잠시 망설였다가 한 숟가락 가득 떴다. 군대의 오랜 규칙. 먹을 수 있을 때 먹고, 잘 수 있을 때 자라. 언제 또 기회가 올지 모르기 때문이다. 그래서 나는 퀸을 마음속에서 지워버리고 채소를 덜어 먹으며 다시 생각을 시작했다. 내가 보고 들은 모든 것에 대해. 밝은 햇살이 내리쬐는 볼티모어 선착장과 '봉투'와 '신문'이 계속 떠올랐다. 이것이 아닌 저것. 그리고 더피가 내게 했던 말도. 유용한 건 아무것도 못 찾았잖아요. 단 하나도요. 증거가 전혀 없어요.

"파스테르나크* 읽어보셨어요?" 엘리자베스가 내게 물었다. *『닥터 지바고』를 쓴 작가.

"에드워드 호퍼에 대해 어떻게 생각하세요?" 리처드가 물었다.

"M16을 교체해야 된다고 생각하나?" 벡이 물었다.

나는 다시 현실로 돌아왔다. 모두가 나를 쳐다보고 있었다. 마치 대화에 굶주린 것 같았다. 모두 외로워 보였다. 저택의 삼면에서 부서지는 파도 소리를 들으며 그들이 왜 그런 감정을 갖는지 이해할 수 있었다. 그들은 철저하게 고립되어 있었다. 하지만 그건 그들의 선택이었다. 나는 고립된 생활을 좋아한다. 한마디도 하지 않은 채 3주 동안 지낼 수도 있다.

"『닥터 지바고』는 영화로 봤습니다." 내가 말했다. "밤에 식당에 있는 사람들을 그린 호퍼 작품을 좋아해."

"'밤을 새는 사람들Nighthawks' 말이군요." 리처드가 말했다.

나는 고개를 끄덕였다. "왼쪽에 혼자 있는 남자가 마음에 들던데."

"식당 이름은 기억하세요?"

"필리스." 내가 말했다. "그리고 M16은 훌륭한 돌격 소총이라고 생각합니다."

"그래?" 벡이 말했다.

"돌격 소총이 해야 할 일을 제대로 해내니까요. 그 이상을 바랄 수는 없죠."

"호퍼는 천재예요." 리처드가 말했다.

"파스테르나크가 천재지." 엘리자베스가 말했다. "안타깝게도 영화가 그의 가치를 훼손했어. 번역도 제대로 되지 않았고. 그에 비하면 솔제니친은 과대평가된 거지."

"M16이 개선된 소총이긴 하지." 벡이 말했다.

"에드워드 호퍼는 레이먼드 챈들러 같아요." 리처드가 말했다. "특정 시간과 장소를 잘 포착해요. 물론 챈들러도 천재죠. 해밋보다 훨씬 뛰어나요."

"파스테르나크가 솔제니친보다 뛰어난 것처럼?" 엘리자베스가 말했다.

그들은 꽤 오랫동안 그렇게 대화를 이어갔다. 금요일인 14일째가 거의 끝나가고 있는 시점에, 운명이 정해진 세 사람과 소고기로 저녁식사를 하며 책과 그림, 소총에 대해 이야기했다. 이것이 아닌 저것. 나는 그들의 이야기를 흘려듣는 대신 10년 전으로 거슬러 올라가 도미니크 콜 중사의 이야기에 귀를 기울였다.

"그는 진짜 펜타곤 내부자였습니다." 일곱 번째 만났을 때 그녀가 내게 말했다. "버지니아 근처에서 살고 있어요. 그래서 볼티모어에 보트를 보관하고 있는 것 같습니다."

"몇 살이지?"

"마흔입니다."

"전체 기록을 다 봤나?"

그녀는 고개를 저었다. "대부분 기밀입니다."

나는 고개를 끄덕였다. 연대기를 맞춰 보았다. 마흔 살이라면 열여덟 살이나 열아홉 살에 베트남 징병제 마지막 2년에 해당되었을 것이다. 하지만 마흔 살 이전에 정보 병과 중령이 됐다면 대졸자가 거의 확실하고 어쩌면 박사 학위까지 받았을 테니 징집 연기를 받을 수 있었을 것이다. 그래서 인도차이나에는 가지 않았을 것이고, 통상적이라면 진급이 늦어지기 마련이다. 피비린내 나는 전쟁도, 끔찍한 질병도 없었으니까. 하지만 마흔 살 이전에 중령을 달았기 때문에 그의 진급은 더딘 게 아니었다.

"무슨 생각 하시는지 압니다." 콜이 말했다. "어떻게 그 사람이 리처 당신보다 이미 두 호봉이나 높냐는 거죠?"

"사실은 비키니 입은 자네를 생각 중이었어."

그녀는 고개를 저었다. "아뇨, 그러지 않으셨습니다."

"그는 나보다 나이가 많잖나."

"그는 로켓처럼 올라갔습니다."

"나보다 더 똑똑한 모양이지."

"확실히 그래 보이긴 합니다. 그렇다 쳐도 정말 멀리, 정말 빨리 올라간 거죠."

나는 고개를 끄덕였다.

"그렇군. 그러니까 이제 우리가 정보부 분야의 거물급 스타와 얽히게 됐다는 거네."

"그는 외국인들과 접촉이 많습니다. 온갖 외국인들과 함께 있는 걸 봤어요. 이스라엘, 레바논, 이라크, 시리아 등등요."

"그게 그 사람 일이니까. 중동 전문가잖아."

"그는 캘리포니아 출신입니다. 아버지가 철도 노동자였어요. 어머니는 전업주부였고, 주 북부에 있는 작은 집에서 살았습니다. 그는 그 집을 상속받았고 그게 그의 유일한 자산입니다. 그리고 대학 때부터 군 장학금을 받았던 것 같습니다."

"그렇군."

"그는 가난한 집 출신이에요, 리처. 그런데 어떻게 버지니아 주 맥클린에 그런 큰 집을 임대할 수 있을까요? 어떻게 요트를 소유할 수 있죠?"

"그게 요트인가?"

"침실이 있는 큰 범선이에요. 그게 요트 아닌가요?"

"POV는?"

"신형 렉서스."

나는 아무 말도 하지 않았다.

"왜 그쪽 사람들은 이런 것에 의문을 갖지 않는 걸까요?" 그녀가 물었다.

"절대 그렇게 안 하지. 눈치 못 챘나? 그들은 뻔히 보이는 것도 그냥 지나쳐버려."

"어떻게 그럴 수 있는지 정말 이해가 안 됩니다." 그녀가 말했다.

나는 어깨를 으쓱했다.

"그들도 인간이니까. 조금은 너그럽게 봐줘야 해. 선입견이 방해가 되는 거야. 그들은 그가 얼마나 좋은 사람이냐만 묻지 얼마나 나쁜 사람인지는 묻지 않아."

그녀가 고개를 끄덕였다. "저도 이틀 동안 '신문'은 보지 않고 '봉투'만 봤던 것 같네요. 그 선입견 때문에."

"하지만 그들은 더 잘 알아야 하지."

"그러니까요."

"밀리터리 인텔리전스Military Intelligence군사 정보." 내가 말했다.

"'밀리터리'와 '인텔리전스'라니, 세상에서 가장 큰 모순*이네요." 그녀는 여러 번 반복한 듯 익숙하게 농담을 던졌다. "'안전'한 '위험'처럼요." *'정보'를 뜻하는 'intelligence'는 '지성'의 의미도 가지고 있는데, 흔히 '지성'과는 거리가 멀다고 여겨지는 '밀리터리'와 '인텔리전스'를 하나로 묶은 것이 모순이라는 의미.

"'건조'한 '물'처럼." 내가 말했다.

"괜찮았어요?" 그로부터 10년 뒤인 지금, 엘리자베스 벡이 나에게 물었다.

나는 대답하지 않았다. 선입견이 방해가 돼.

"괜찮았어요?" 그녀가 다시 물었다.

나는 그녀를 똑바로 쳐다보았다. 선입견.

"죄송한데, 뭐라고 하셨습니까?" 내가 들은 모든 것.

"저녁식사요." 그녀가 말했다. "괜찮았냐고요."

나는 아래를 내려다보았다. 접시가 깨끗이 비어 있었다.

"최고였습니다." 내가 말했다. 내가 본 모든 것.

"정말요?"

"그럼요." 유용한 건 아무것도 못 찾았잖아요.

"다행이네요." 그녀가 말했다.

"호퍼와 파스테르나크는 잊어버리세요. 그리고 레이먼드 챈들러도요. 이 집 요리사야말로 진짜 천재입니다."

"괜찮았나?" 벡이 말했다. 그의 접시에는 고기가 반이나 남아 있었다.

"끝내줬습니다." 내가 말했다. 단 하나도요.

"정말로?"

나는 잠시 멈칫했다. 증거가 전혀 없어요.

"네, 진심입니다." 나는 대답했다.

정말 진심이었다. 사브에 뭐가 들어 있는지 알고 있으니까. 나는 확실히 알고 있었다. 의심의 여지가 없었다. 그래서 기분이 끝내줬다. 하지만 조금 부끄럽기도 했다. 내가 너무 느렸기 때문이다. 고통스러울 정도로 느렸다. 수치스러울 정도로 느렸다. 86시간이나 걸렸다. 사흘 반 이상 걸렸다. 퀸이 근무했던 부대만큼이나 멍청했다. 그들은 뻔히 보이는 것도 그냥 지나쳐버려. 나는 고개를 돌려 벡을 쳐다보았다. 마치 그를 처음 보는 것처럼.

11

나는 알았다. 하지만 디저트와 커피를 마시며 빠르게 마음을 진정시켰고 끝내준다는 기분을 없앴다. 부끄러움을 느끼는 것도 그만두었다. 그런 감정은 사라졌다. 대신 걱정이 약간 들기 시작했다. 전술적 문제의 정확한 규모가 보이기 시작했기 때문이다. 게다가 그 규모는 엄청났다. 단독 위장 잠입 수사라는 것에 대한 개념을 완전히 새롭게 정의해야 할 정도였다.

저녁식사가 끝나자 모두 의자를 뒤로 밀며 일어섰다. 나는 식당에 남았다. 사브는 건드리지 않고 그냥 두었다. 서두르지 않았다. 나중에 가도 되니까. 이미 알고 있는 사실을 확인하기 위해 문제를 일으킬 수도 있는 위험을 감수할 필요는 없었다. 대신 요리사의 설거지를 도왔다. 예의상 해야 할 것 같았다. 어쩌면 기대하고 있었을 것이다. 벡 가족은 어디론가 갔고 나는 주방으로 접시를 날랐다. 주방에서는 정비공이 나보다 더 많은 양의 소고기를 먹고 있었다. 그를 보자 다시 약간 부끄러운 마음이 들기 시작했다. 그에게 전혀 신경을 쓰지 않았었기 때문이다. 생각도 별로 하지 않았다. 그가 무엇 때문에 여기에 있는지 스스로에게 물어본 적도 없었다. 하지만 이제는 알았다.

나는 설거지거리를 식기세척기에 넣었다. 요리사는 남은 음식을 알뜰하게 처리한 뒤 조리대를 닦았고 우리는 거의 20분 만에 모든 걸 마무리했다. 그녀가 자러 간다고 해서 잘 자라고 인사를 하고 나는 뒷문으로 나가 바위를 가로질러 걸었다. 바다를 보고 싶었다. 조수를 가늠해보고 싶었다. 나는 바다에 대한 경험이 없었다. 조수가 하루에 두 번 정도 들어왔다가 나간다는 정도만 알고 있었다. 언제, 왜, 그런지는 몰랐다. 달의 인력 때문인 것 같았다. 어쩌면 대서양을 거대한 욕조처럼 만들어 유럽과 미국 사이를 동서로 출렁이게 했을지도 모른다. 포르투갈에서 간조일 때 메인 주에서는 만조일 수도 있고, 그 반대일 수도 있고. 나는 전혀 아는 바가 없었다. 바로 그때 조수가 밀물에서 썰물로 바뀌는 것이 보였다. 안쪽에서 바깥쪽으로. 나는 5분 정도 파도를 더 지켜본 다음 주방으로 돌아갔다. 정비공은 가버리고 없었다. 벡이 준 열쇠로 안쪽 문을 잠갔다. 바깥 문은 열어두었다. 그런 뒤 복도를 지나 현관을 확인했다. 이제는 내가 그런 일을 해야 할 것 같았다. 게이트는 잠겨 있었고 사슬도 채워져 있었다. 집은 조용했다. 그래서 나는 듀크의 방으로 올라가 최종 마무리 계획을 세우기 시작했다.

신발 속에서 더피가 보낸 메시지가 나를 기다리고 있었다. 괜찮아요? 답신을 보냈다. 통신망 처리 감사, 덕분에 살았음.

그녀가 답신했다. 피차 마찬가지. 동일 목표, 동일 이익 추구.

거기에 대한 답신은 보내지 않았다. 할 말이 떠오르지 않았다. 침묵 속에 그저 앉아 있었다. 그녀는 잠시 시간을 벌었지만 그게 다였다. 다음 일이 어떻게 되든 그녀는 끝장이었다. 내가 할 수 있는 건 아무것도 없었다.

그때 메시지가 왔다. 모든 파일을 검색했으나 가정부였던 두 번째 요원에 대한 인가 문서를 찾을 수 없음.

답신을 보냈다. 알고 있음.

그녀는 두 글자만 보냈다. ??

답신을 보냈다. 만남 요망. 내가 전화하거나 찾아가겠음. 대기 바람.

그런 다음 전원을 끄고 장치를 다시 뒷굽에 넣고 못을 박으면서 이걸 다시 꺼낼 일이 있을지 잠시 생각했다. 시계를 확인했다. 자정이 다 되어 가고 있었다. 금요일인 14일째가 거의 끝나가고 있었다. 토요일인 15일째 가 바로 시작될 것이다. 보스턴 심포니 홀 밖의 인파를 헤치고 지나가 결 국 가보지도 못한 술집으로 향하던 때로부터 2주가 되는 날이었다.

옷을 다 입은 채 침대에 누웠다. 앞으로 24시간에서 48시간이 결정적 일 거라 판단했고, 처음 여섯 시간 중 다섯 시간은 푹 자는 데 쓰기로 했 다. 내 경험상 피로는 부주의나 어리석음을 합친 것보다 더 많은 실수를 초래한다. 아마도 피로 자체가 부주의와 어리석음을 유발하기 때문일 것 이다. 그래서 편안하게 누워 눈을 감았다. 새벽 2시로 내 머릿속 알람을 설 정했다. 알람은 늘 그랬듯 잘 작동했다. 두 시간 동안의 짧은 잠이었지만, 컨디션이 좋아졌다.

침대에서 나와 살금살금 아래층으로 내려갔다. 복도와 주방을 지나 뒷 문의 잠금장치를 풀었다. 금속으로 된 물건은 모두 테이블 위에 올려놓았 다. 감지기가 소리를 내지 않도록. 그런 다음 밖으로 나섰다. 매우 어두웠 다. 달도 별도 없었다. 바다는 요란했다. 공기는 차가웠다. 미풍이 불었고 습한 냄새가 났다. 네 번째 차고로 가서 문을 열었다. 사브는 여전히 그 자 리에 그대로 있었다. 나는 조심스럽게 해치를 열고 꾸러미를 꺼냈다. 빙 돌아가서 움푹 팬 곳에 숨겼다. 그런 다음 첫 번째 경호원을 처리하러 돌아갔다. 죽은 지 몇 시간이 지났고 낮은 기온으로 인해 사후경직이 일찍 시작되고 있었다. 꽤 뻣뻣했다. 놈을 끌어내서 내 어깨에 들쳐 멨다. 마치 90킬로그램짜리 나무 기둥을 나르는 것 같았다. 놈의 팔은 나뭇가지처럼 뻗쳐 있었다.

나는 할리가 보여줬던 V자 모양의 틈새로 시체를 날랐다. 그 옆에 놈을 눕히고 파도를 세기 시작했다. 일곱 번째 파도를 기다렸다. 파도가 밀려 들어왔고 내게 닿기 직전에 시체를 틈새로 밀어 넣었다. 물이 시체 아래로 들어왔다가 다시 나를 향해 시체를 밀어 올렸다. 마치 놈이 뻣뻣한 팔로 나를 붙잡아 함께 데려가려는 것 같았다. 작별 인사를 하려는 것처럼 보이기도 했다. 그는 잠시 둥둥 떠 있다가 파도가 물러가고 틈새가 비워지면서 사라졌다.

두 번째 놈도 같은 방식으로 처리했다. 바다는 놈을 데려가 놈의 동료와 가정부와 합류시켰다. 나는 거기 잠시 쪼그리고 앉아 얼굴에 스치는 바람을 느끼며 지칠 줄 모르는 파도 소리를 들었다. 그런 뒤 다시 돌아가 사브의 해치를 닫고 운전석에 앉았다. 천장 내장재를 젖히고 뒤로 손을 뻗어 가정부의 서류를 꺼냈다. B4 용지 크기의 서류가 여덟 장이나 있었다. 차량 실내등의 희미한 불빛 아래에서 그걸 모두 읽었다. 구체적인 내용이 가득했다. 상세한 내용도 많았다. 하지만 전체적으로는 이미 내가 알고 있는 사항 이외에 새로운 내용은 없었다. 두 번이나 확인했고, 다 읽은 후에는 깔끔하게 추려서 다시 그 틈새로 가져갔다. 바위에 앉아서 종이 한 장 한 장을 종이배로 접었다. 어렸을 때 누군가가 내게 종이배 접는 방법을 알려줬었다. 아마 아버지였을 것이다. 기억은 나지 않는다. 형이었을 수도 있다. 여덟 척의 작은 배를 밀려 나가는 파도에 하나씩 띄워 보내고는 동쪽의 칠흑 같은 어둠 속으로 흔들리며 떠가는 모습을 지켜보았다.

그런 다음 돌아가서 천장 내장재를 고치는 데 시간을 좀 썼다. 꽤 그럴 듯하게 고쳤다. 차고를 닫았다. 누군가 차고를 다시 열어 차의 손상을 발견하기 전에 내가 사라질 거라고 생각했다. 나는 집으로 돌아갔다.

주머니에 물건을 다시 챙겨 넣고 문을 잠근 뒤 살금살금 위층으로 올라갔다. 팬티만 입고 침대로 기어 들어갔다. 세 시간은 더 자고 싶었다. 그래서 머릿속 알람을 재설정하고 이불과 담요를 끌어 올려 베개에 얼굴을 파묻고 다시 눈을 감았다. 잠을 자려고 노력했지만 잠이 오지 않았다. 대신 도미니크 콜이 왔다. 내가 그럴 줄 알았다는 듯이 어둠 속에서 곧장 내게로 다가왔다.

우리가 여덟 번째로 만났을 때는 전술적인 문제를 논의해야 했다. 정보부 장교를 잡는다는 건 벌통을 건드리는 일이었다. 기본적으로 헌병은 썩은 군인들을 다루는 것이 전부였기 때문에 우리 군 내부의 누군가를 상대하는 것은 새로운 일이 아니었다. 하지만 정보 부서는 별개의 문제였다. 그쪽 사람들은 따로 떨어져 비밀스럽게 움직였으며 누구에게도 어떤 책임도 전혀 지지 않으려고 했다. 접근하기 어려웠다. 외부의 움직임에 대해서는 어떤 팀보다도 더 빨리 똘똘 뭉쳤다. 그래서 콜과 나는 나눌 이야기가 많았다. 그래도 내 사무실에서 회의를 하고 싶지는 않았다. 방문자용 의자가 없었기 때문이다. 콜이 계속 서 있는 게 싫었다. 그래서 시내에 있는 바에 다시 갔다. 적절한 장소인 것 같았다. 모든 상황이 너무 엄중해져서 약간 피해망상적인 감정이 들 정도였다. 기지를 벗어나는 것이 똑똑한 선택인 것 같았다. 그리고 술집 안쪽의 어두운 작은 부스에서 다른 스파이처럼 정보 부서에 관해 논의한다는 아이디어가 마음에 들었다. 콜도 그랬던 것 같았다. 그녀는 사복 차림으로 나타났다. 드레스가 아니라 청바지에 흰색 티셔츠를 입고 그 위에 가죽 재킷을 걸친 상태였다. 나는 군복 차림이었다. 사복이 하나도 없었기 때문이다. 그때는 날씨가 추웠다. 나는 커피를 주문했다. 그녀는 차를 시켰다. 우리는 머리를 맑게 유지하고 싶었다.

"진짜 설계도를 사용하길 잘한 것 같습니다." 그녀가 말했다.

나는 고개를 끄덕였다.

"훌륭한 직감이었어." 내가 말했다. 증거에 관한 한 우리는 모든 것을 한 방에 끝내야 했다. 퀸이 진본 설계도를 가지고 있다는 것이 큰 도움이 될 터였다. 진본이 아니었다면 실험 절차나 모의 훈련, 혹은 자신이 계획한 함정 수사 등을 거론하며 빠져나갈 이야기를 지어낼 수도 있었다.

"시리아인들입니다." 그녀가 말했다. "그리고 선불로 지불하고 있습니다. 할부로요."

"방식은?"

"서류 가방 교환. 퀸이 시리아 대사관의 외교관과 만납니다. 조지타운의 한 카페에서. 둘 다 똑같은 고급 알루미늄 서류 가방을 들고요."

"할리버튼 제품이군."

그녀가 고개를 끄덕였다. "테이블 아래에 나란히 놓아두었다가 나갈 때 시리아인의 것을 집어가는 거죠."

"시리아인이 합법적인 접선 상대라고 주장할 거야. 그 사람이 자신에게 정보를 넘기는 거라고 하겠지."

"그럼 우리가 이렇게 말하겠죠. 그 정보라는 걸 보여줘봐."

"기밀사항이라서 안 된다고 하겠지."

콜은 아무 말도 하지 않았다. 나는 미소를 지었다.

"그는 우리한테 한바탕 쇼를 할 거야. 우리 어깨에 손을 얹고 눈을 바라보면서 이렇게 말하겠지. 이봐, 날 믿으라고 친구들. 국가 안보가 걸린 문제야."

"이 사람들을 상대해본 적이 있나요?"

"한 번."

"이겼나요?"

나는 고개를 끄덕였다. "대부분은 허세나 부리는 친구들이야. 내 형이 한때 군사 정보부에 있었거든. 지금은 재무부에서 일하지만. 형이 내게 그들에 대해 다 말해줬었어. 스스로는 자신들이 똑똑하다고 생각하지만 사실은 다른 사람들과 다를 바 없다고."

"이제 어떻게 해야 할까요?"

"시리아인을 포섭해야겠지."

"그럼 그자를 체포할 수가 없는데요."

"일석이조를 노렸나? 그건 불가능해. 시리아인은 그저 자기 일을 하는 것뿐이야. 그를 탓할 수는 없어. 여기서 나쁜 놈은 퀸이야."

약간 실망한 듯 그녀는 잠시 침묵했다. 그러고는 어깨를 으쓱했다.

"알겠습니다. 그런데 어떻게 하죠? 시리아인은 그냥 빠져나갈 텐데요. 외교관이니까. 외교관 면책특권이 있잖아요."

나는 다시 미소를 지었다. "외교관 면책특권은 국무부에서 발행한 종잇장에 불과해. 예전에 난 이렇게 했어. 그런 놈을 붙잡아 가슴 앞에 그 종이를 들고 있으라고 한 다음 권총을 꺼내서 그 종이가 총알을 막아 줄 수 있을 것 같냐고 물었지. 그는 내가 곤란해질 거라고 했어. 그래서 내가 말했지. 내가 곤란해지는 건 상관없다고. 네가 천천히 피 흘리며 죽어가는 것도 상관이 없고."

"말귀를 알아듣던가요?"

나는 고개를 끄덕였다. "입 안의 혀처럼 따르던데."

그녀는 다시 조용해졌다. 그러다 나중에 내가 다르게 대답했더라면 좋았을 거라고 생각한 두 가지 질문 중 첫 번째 질문을 나에게 던졌다.

"우리, 사적으로 만날 수 있을까요?"

어두운 바의 독립된 부스였다. 엄청나게 매력적인 여자가 내 바로 옆에 앉아 있었다. 그때는 나도 젊었고 시간은 무한하다고 생각할 때였다.

"데이트 신청하는 건가?"

"네."

나는 아무 말도 하지 않았다.

"우린 먼 길을 왔어, 자기야."* 그녀가 말했다. 그러고는 내가 최신 담배 광고에 대해 잘 모를까 봐 이렇게 덧붙였다. "이젠 여자들도 이런 말을 해요." *원문 'We've come a long way, baby'는 커리어 우먼을 타깃으로 출시한 담배 '버지니아 슬림스'의 광고 카피로, 여성 흡연이 사회적으로 용인되기까지 참 오래 걸렸다는 뜻이다. 여성의 권리 신장과 사회적 진보를 담배 마케팅과 연결한 광고로 유명하다.

나는 아무 말도 하지 않았다.

"내가 원하는 건 내가 잘 알아요." 그녀가 말했다.

나는 고개를 끄덕였다. 나는 그녀를 믿었다. 그리고 평등을 믿었다. 진심으로. 그 얼마 전에 나는 B52 폭격기를 조종하는 여성 공군 대령을 만났었는데, 그 대령은 인류 역사상 투하된 모든 폭탄을 합친 것보다 더 큰 폭발력을 지닌 폭탄을 싣고 밤하늘을 누볐다. 만약 그 여성 대령이 지구를 폭파시킬 수 있는 정도의 폭탄을 맡을 만큼 신뢰받고 있다면, 중사 도미니크 콜 역시 자신이 누구와 데이트하고 싶은지 결정할 수 있을 만큼은 신뢰받아야 한다고 생각했다.

"어때요?" 그녀가 물었다.

내가 다르게 대답했더라면 좋았을 질문들.

"안 돼." 내가 답했다.

"왜 안 되죠?"

"프로답지 못해. 그러면 안 돼."

"왜 안 되죠?"

"왜냐하면 자네 경력에 딱지가 붙을 거니까. 자넨 유능한 인재지만, 장교 후보생 학교에 가야만 상사 이상으로 진급할 수 있어. 그러니 거길 가야 하고, 가면 잘 해내서 10년 안에 중령이 될 거야. 그건 자네가 충분한 자격을 갖췄기 때문에 그렇게 되는 거겠지만 사람들은 자네가 예전에 나와 사귀어서 그렇게 된 거라고 말할 거야."

그녀는 아무 말도 하지 않았다. 그저 웨이트리스를 불러 맥주 두 잔을 주문했을 뿐이다. 사람들이 더 많아지면서 실내가 점점 더 더워지고 있었다. 나는 재킷을 벗었고 그녀도 재킷을 벗었다. 나는 수천 번 빨아서 줄고 얇아지고 색이 바랜 올리브색 티셔츠를 입고 있었다. 그녀의 티셔츠는 부티크 제품이었다. 다른 티셔츠보다 목 부분이 조금 낮게 파였고 소매는 비스듬히 잘려서 팔 위쪽의 작은 삼각근을 타고 올라오는 형태였다. 그 천은 그녀의 피부와 대비되는 새하얀 색이었고 약간 비치는 소재였다. 나는 그녀가 티셔츠 안에 속옷을 입지 않았다는 걸 알 수 있었다.

"희생을 감수하는 게 군대 생활이야." 그녀에게라기보다는 내 자신에게 들으라는 듯 나는 말했다.

"알겠습니다. 제가 한 말은 잊어버리세요." 그녀가 말했다.

그리고 그녀는 내가 다르게 대답했더라면 좋았을 두 번째 질문을 던졌다.

"체포는 제게 맡겨주시겠습니까?"

그로부터 10년 뒤인 지금, 나는 아침 6시에 듀크의 침대에서 혼자 잠에서 깼다. 듀크의 방은 저택 전면부에 있었기 때문에 바다가 보이지 않았다. 나는 서쪽, 미국을 바라보고 있었다. 아침인데도 해가 없었다. 긴 새벽 그림자도 없었다. 진입로와 장벽, 그리고 그 너머의 화강암 풍경 위로 칙칙한 회색빛만 있었다. 바다에서 바람이 불어오고 있었다. 나무들이 흔들리는 게 보였다. 내 뒤 대서양 저 멀리서 검은 폭풍우 구름이 해안가를 향해 빠르게 다가오고 있었다. 바닷새들이 강풍에 깃털이 휘날리고 헝클어진 채 난기류와 싸우는 모습도 그려졌다. 15일째의 그날은 회색빛이고 춥고 삭막하게 시작되었고, 더 나빠질 가능성이 높았다.

샤워는 했지만 면도는 하지 않았다. 듀크의 검은색 데님을 다시 입고 신발 끈을 묶고 재킷과 코트를 팔에 걸쳤다. 조용히 주방으로 내려갔다. 요리사가 이미 커피를 내려놓았다. 그녀가 나에게 커피를 한 잔 건넸고 나는 받아서 테이블에 앉았다. 그녀는 냉동실에서 빵 한 덩어리를 꺼내 전자레인지에 넣었다. 상황이 악화되기 전 어느 시점에서 그녀를 대피시켜야겠다고 생각했다. 엘리자베스와 리처드도. 정비공과 벡은 남아서 뒷감당을 해야 할 것이다.

주방에서도 파도 소리가 크고 또렷하게 들렸다. 파도가 부서져 끊임없이 밀려왔다가 다시 빨려 나갔다. 웅덩이가 채워졌다 비워지고 자갈이 바위 위에서 덜그럭거렸다. 바깥 현관문 틈새로 바람이 부드럽게 울었다. 갈매기들의 절박한 울음소리도 들려왔다. 나는 그 소리를 들으며 커피를 홀짝였고, 기다렸다.

10분 뒤에 리처드가 내려왔다. 머리가 온통 헝클어져 있어서 그의 잘린 귀가 보였다. 그는 커피를 들고 와 내 맞은편에 앉았다. 그의 양가감정이 다시 발동했다. 더 이상 대학에 다닐 수 없고 남은 인생을 가족과 함께 숨어 살아야 하는 걸 받아들이려 하는 듯했다. 그의 어머니가 기소를 피할 수 있다면 어딘가에서 새롭게 시작할 수 있을 거라는 생각이 들었다. 그의 회복력이 얼마나 강한지에 따라 한 학기에서 일주일 정도만 결석하고 학교로 돌아갈 수도 있을 것이다. 그가 원한다면. 그리고 학비가 비싸지 않다면. 원래 다니던 대학은 등록금이 비싼 곳 같았다. 그렇다면 돈 문제가 생길 것이다. 그들은 입고 있는 옷 말고는 아무것도 건지지 못하고 떠나야 할지도 모른다. 그것도 떠나기나 할 수 있다면 말이다.

요리사가 아침식사를 차리러 가족 식당으로 갔다. 나는 요리사가 가는 모습을 지켜보던 리처드의 귀를 다시 보았다. 그때 퍼즐 조각 하나가 제자리에 맞춰졌다.

"5년 전, 납치 사건 말이야." 내가 말했다.

그는 평정심을 유지했다. 테이블만 내려다보다가 나를 올려다보며 흉터를 가리려 손가락으로 머리를 빗어 덮었다.

"네 아빠가 실제로 하는 일이 뭔지 알아?" 내가 물었다.

그는 고개를 끄덕였다. 말은 하지 않았다.

"그냥 러그만은 아니지?"

"네, 그냥 러그만은 아니죠."

"그것에 대해 어떻게 생각해?"

"더 나쁜 것도 있어요."

"5년 전에 무슨 일이 있었는지 말해줄래?"

그는 고개를 저으며 시선을 돌렸다.

"아뇨, 말하기 싫어요."

"고로프스키라는 사람을 알고 있어. 그 사람의 두 살 난 딸이 납치됐었지. 딱 하루 동안. 넌 얼마 동안 납치됐었지?"

"8일요."

"고로프스키는 바로 무릎을 꿇었어. 하루 만에."

리처드는 아무 말도 하지 않았다.

"네 아빠는 여기 보스가 아니야." 나는 단언하듯 말했다.

이번에도 리처드는 아무 말도 하지 않았다.

"네 아빠도 5년 전 그 사건 때 무릎을 꿇었어. 네가 8일 동안 사라진 뒤에. 그게 내 생각이야."

리처드는 계속 침묵했다. 고로프스키의 딸을 생각해 봤다. 그 아이는 이제 열두 살이 되었다. 아이 방에는 인터넷과 CD 플레이어, 전화기가 있을 것이다. 벽에는 포스터가 붙어 있을 것이다. 그리고 그녀의 마음 한구석에는 먼 과거에 일어났던 일에 대한 희미한 아픔이 있을 것이다. 마치 오래전에 치유된 뼈가 여전히 가려운 것처럼.

"자세한 내용은 필요 없어. 이름만 말해주면 돼." 내가 말했다.

"누구의 이름을요?"

"널 8일 동안 데려간 사람."

리처드는 그저 고개만 절레절레 흔들었다.

"사비에르라는 이름을 들었어. 누군가 그 이름을 언급했거든."

리처드는 고개를 돌렸고 그의 왼손이 곧바로 머리 옆으로 갔다. 그것만으로도 내가 필요로 했던 모든 것이 확인되었다.

"절 강간했어요." 리처드가 말했다.

바위를 때리는 파도 소리가 들려왔다.

"사비에르가?"

그는 다시 고개를 저었다.

"폴리가요. 그는 막 감옥에서 나온 참이었어요. 여전히 그런 성향이었고요."

나는 한참을 말을 잇지 못했다.

"네 아빠도 아시니?"

"아뇨."

"엄마는?"

"몰라요."

무슨 말을 해야 할지 몰랐다. 리처드도 더 이상 말이 없었다. 우리는 정적 속에 그렇게 앉아 있었다. 요리사가 돌아와서 가스레인지를 켰다. 프라이팬에 기름을 넣고 달구기 시작했다. 그 냄새에 속이 메스꺼워졌다.

"산책하러 가자." 내가 말했다.

리처드는 나를 따라 바위로 나갔다. 짭짤한 공기는 상쾌했지만 찌르는 듯이 차가웠다. 주변은 잿빛이었고 바람이 거셌다. 우리 얼굴을 정면으로 때리고 있었다. 리처드의 머리카락이 거의 수평에 가깝게 뒤로 날렸다. 물보라가 6미터 상공에서 부서져 거품 같은 물방울이 총알처럼 우리를 향해 날아왔다.

"양지가 있으면 반드시 음지가 있어." 내가 말했다. 바람과 파도 소리를 뚫고 들리도록 크게 소리쳐야 했다. "사비에르와 폴리는 언젠가 마땅한 대가를 치르겠지만, 그 과정에서 네 아빠도 감옥에 가게 될 거야."

리처드는 고개를 끄덕였다. 눈에는 눈물이 고였다. 사나운 바람 때문이었을지도 모른다. 아닐 수도 있고.

"아빠 그럴만해요."

아주 충직하지. 그의 아버지는 말했었다. 절친한 친구.

"전 8일 동안 없어졌었어요. 하루면 충분했을 텐데. 방금 아저씨가 말한 다른 사람의 아이처럼요."

"고로프스키?"

"네, 그 두 살 난 딸이 있다는. 아저씬 그 여자애도 강간당했다고 생각하세요?"

"절대 그러지 않았기를 진심으로 바란다."

"저도요."

"운전할 수 있어?" 내가 물었다.

"네."

"곧 여기서 나가야 할지도 몰라. 너랑 네 엄마, 요리사 그렇게 셋이서. 그러니까 단단히 준비하고 있어. 내가 가라고 할 때를 대비해서."

"아저씨는 누구예요?"

"난 네 아빠를 보호하라고 돈을 받는 사람이야. 적들에게서만이 아니라 네 아빠가 친구라고 하는 사람들로부터도."

"폴리가 게이트 밖으로 못 나가게 할 거예요."

"그 자식은 곧 없어질 거야."

리처드는 고개를 저었다.

"폴리가 아저씨를 죽일 거예요. 전혀 모르는군요. 아저씨가 누구든 폴리를 당해낼 수는 없어요. 아무도 못 해요."

"그때 학교 밖에 있던 사람들을 내가 다 처리했잖아."

그는 다시 고개를 저었다. 바람에 그의 머리카락이 흩날렸다. 물속에 있던 가정부의 머리카락이 생각났다.

"그건 가짜였어요. 엄마와 이야기를 나눠봤어요. 그건 설정이었어요."

나는 잠시 말을 멈췄다. 리처드를 믿어도 될까?

"아니, 진짜였어." 아니, 아직은 안 돼.

"작은 지역이에요." 그가 말했다. "경찰은 겨우 다섯 명 정도 있는. 죽은 경찰은 평생 한 번도 본 적 없는 사람이고요."

나는 아무 대꾸도 하지 않았다.

"그 청원경찰들도 본 적이 없어요. 2년을 그 학교에 다니는 동안."

나는 아무 말도 하지 않았다. 나를 괴롭히러 돌아오는 오류들.

"그럼 학교는 왜 그만두는 거야? 그게 설정이었다면?"

그는 대답하지 않았다.

"그리고 듀크와 내가 어떻게 매복에 당한 거지?"

그는 대답하지 않았다.

"그래서 뭐야?" 내가 물었다. "설정이야, 진짜야?"

그는 어깨를 으쓱했다. "모르겠어요."

"내가 총 쏘는 걸 네가 다 봤잖아."

그는 아무 말도 하지 않았다. 나는 시선을 돌렸다. 일곱 번째 파도가 밀려들었다. 40미터 밖에서 솟구쳐 올라 사람이 달리는 것보다 더 빠른 속도로 바위에 부딪혔다. 대지가 흔들리고 물보라가 폭죽처럼 터져 하늘로 솟구쳤다.

"너랑 네 엄마, 둘 중 누구라도 이 일에 대해 아빠와 얘기를 나눴어?" 내가 말했다.

"난 안 했어요. 할 생각도 없고요. 엄마는 어떨지 모르겠고."

난 네가 어떨지 모르겠어. 나는 생각했다. 양가감정은 양방향으로 작용한다. 한 번은 뜨겁게, 한 번은 차갑게. 아버지가 감옥에 갇힌다는 것이 지금 당장은 괜찮은 상황으로 생각될 수 있지만 나중에는 다르게 느껴질지 모른다. 막상 일이 벌어지면 이 녀석은 어느 쪽으로든 기울 수 있는 사람처럼 보였다.

"난 널 구해줬어. 그런데 네가 그걸 인정하지 않는 것 같아서 기분이 별로네."

"뭐 그렇다 쳐요. 어차피 아저씨가 할 수 있는 건 아무것도 없잖아요. 이번 주말은 바쁘겠죠. 처리해야 할 화물이 있으니까요. 그리고 그 후에는 어차피 아저씨도 그들 중 하나가 될 거고."

"그러니까 날 도와줘."

"아빠를 배신하지는 않을 거예요."

아주 충직하지.

절친한 친구.

"그럴 필요까지는 없어."

"그럼 어떻게 도우라는 거죠?"

"그냥 네 아빠한테 내가 여기에 같이 있었으면 한다고 말해. 지금 넌 혼자 있으면 안 된다고. 그런 얘기라면 네 말을 잘 들어주실 거야."

그는 대답하지 않았다. 그냥 내 곁을 떠나 주방으로 돌아갔다. 곧장 복도를 지나갔다. 아마도 식당에서 아침을 먹으려는 것 같았다. 나는 주방에 남았다. 요리사가 원목 테이블에 내 몫을 차려 놓았다. 배는 고프지 않았지만 억지로 먹었다. 피로와 허기는 큰 적이다. 잠을 잤으니 이제는 먹어야 한다. 결정적 순간에 힘이 빠지거나 현기증이 나지 않게 하기 위해서였다. 토스트를 먹으며 커피를 한 잔 더 마셨다. 점점 더 식욕이 돌아 달걀과 베이컨도 먹었다. 세 잔째 커피를 마시고 있을 때 벡이 나를 찾으러 들어왔다. 주말 옷차림을 하고 있었다. 청바지에 빨간 플란넬 셔츠.

"포틀랜드로 가지." 그가 말했다. "창고로. 지금 바로."

그러고는 다시 복도로 나갔다. 아마도 그가 현관에서 기다릴 것이라고 짐작했다. 리처드가 이야기를 나누지는 않은 것 같았다. 기회가 없었거나 하고 싶지 않았을지도. 나는 손등으로 입을 닦았다. 주머니에 베레타가 안전하게 들어 있는지, 열쇠는 있는지 확인했다. 차를 가져와 현관 앞으로 몰고 갔다. 벡이 나를 기다리고 있었다. 그는 셔츠 위에 캔버스 재킷을 걸치고 있었다. 장작을 패거나 메이플 시럽을 채취하러 가는 평범한 메인 주 주민처럼 보였다. 하지만 그는 그런 사람이 아니다.

폴리가 게이트를 거의 다 열어놨기 때문에 속도를 늦추긴 했지만 멈출 필요는 없었다. 지나가면서 놈을 힐끗 쳐다보았다. 놈은 오늘 죽을 거라고 생각했다. 아니면 내일. 아니면 내가 죽거나. 놈을 뒤로하고 익숙한 길을 따라 큰 차에 가속을 붙였다. 1킬로미터를 가서 비야누에바가 주차했던 곳을 지나쳤다. 7킬로미터를 지나 함정을 파 경호원들을 잡은 좁은 커브 길을 돌았다. 벡은 말이 없었다. 무릎을 벌리고 그 사이로 양손을 늘어뜨리고 있었다. 좌석에 앉은 채 몸은 앞으로 기울이고 있었다. 고개는 숙였지만 눈은 위로 향해 있었다. 앞유리를 통해 정면을 주시하고 있었다. 긴장한 상태였다.

"아직 사장님과 얘기를 못 나눴습니다." 내가 말했다. "배경 정보에 대해서."

"나중에 해."

1번 국도를 지나 I-95를 탔다. 도시를 향해 북쪽으로 달렸다. 하늘은 여전히 회색이었다. 차가 약간 차선에서 밀려날 정도로 바람이 강했다. 295번 도로로 접어들어 공항을 지나쳤다. 공항은 수로 너머 내 왼쪽에 있었다. 오른쪽에는 가정부가 붙잡혔던 쇼핑몰 뒤편과, 그녀가 죽은 곳으로 짐작되는 오피스 단지 뒤쪽이 있었다. 계속 직진해서 항구 지역으로 들어갔다. 벡이 트럭을 주차하는 주차장을 지나쳤다. 1분 뒤 우리는 그의 창고에 도착했다.

창고는 차량들로 둘러싸여 있었다. 다섯 대가 터미널에 있는 비행기처럼 벽에 머리를 들이밀고 주차되어 있었다. 먹이통 앞의 동물들처럼. 시체에 붙은 빨판 물고기처럼. 검은색 링컨 타운카 두 대와 파란색 쉐보레 서버밴 두 대, 그리고 회색 머큐리 그랜드 마퀴스 한 대가 있었다. 링컨 중 한 대는 사브를 찾으러 갈 때 할리가 운전하고 같이 타고 갔던 차였다. 가정부의 시체를 바다에 빠트린 뒤에. 나는 캐딜락을 주차할 공간을 찾아보았다.

"그냥 여기서 내려줘." 벡이 말했다.

나는 잠시 차를 세웠다. "그다음은요?"

"집으로 돌아가." 그가 말했다. "내 가족을 돌봐줘."

나는 고개를 끄덕였다. 어쩌면 리처드가 그와 이야기를 나눴을 것이다. 리처드의 양가감정이 잠시나마 내 쪽으로 기울었던 건지도 모른다.

"알겠습니다. 분부대로 하죠. 나중에 다시 모시러 올까요?"

그는 고개를 저었다.

"누군가 태워다 줄 거야."

그는 차에서 내려 낡은 회색 문으로 향했다. 나는 브레이크에서 발을 떼고 창고를 한 바퀴 돌아 다시 남쪽으로 차를 몰았다.

295번 대신 1번 국도를 타고 새로 생긴 오피스 단지로 향했다. 그곳에 들어가 새로 만든 도로망을 따라 천천히 주행했다. 똑같은 금속 외관 건물이 서른 개 정도 있었다. 아주 단순했다. 지나가는 행인의 관심을 끌어야 하는 그런 곳이 아니었다. 보행자 통행량은 중요하지 않았다. 소매점은 전혀 없었다. 현란한 광고물도 없었다. 커다란 옥외광고판도 없었다. 단지 눈에 잘 띄지 않는 동호수 번호와 그 옆에 작게 인쇄된 입주업체 상호만 있었다. 자물쇠 업체, 타일 판매점, 인쇄소 몇 개. 미용 제품 도매상도 있었다. 26호는 전동 휠체어 유통업체였다. 그리고 그 옆 27호. **사비에르 수출상사**Xavier eXport Company. X자가 다른 글자보다 훨씬 컸다. 명판에는 이 오피스 단지의 주소와 일치하지 않는 본사 주소가 적혀 있었다. 포틀랜드 시내 어딘가를 가리키는 것 같았다. 그래서 북쪽으로 차를 몰아 다시 강을 건너 시내로 갔다.

왼쪽에 공원을 두고 1번 국도를 타고 들어갔다. 우회전해서 사무실 건물이 빽빽한 거리로 들어섰다. 엉뚱한 건물들이었다. 길을 잘못 들어섰다. 5분 동안 업무 지구를 이리저리 돌다가 내가 찾는 이름이 적힌 도로 표지판을 발견했다. 번지수를 살펴서 고층 건물의 소화전 앞에 잠시 차를 댔는데 스테인리스스틸 글자로 건물 전면에 걸쳐 상호가 달려 있었다. 선교사의 집Missionary House. 지하층에 주차장이 있었다. 차량 출입구를 보니 11주 전에 수잔 더피가 카메라를 들고 그곳을 통과했을 거라는 확신이 들었다. 그때, 25년 전 스페인어를 쓰는 어느 더운 나라에서의 고등학교 역사 수업에서 프랜시스코 하비에르Francisco Javier라는 스페인 예수회 선교사에 대해 이야기하던 늙은 교사가 떠올랐다. 생몰연도도 기억이 났다. 1506~1552. 프랜시스코 하비에르, 스페인 선교사. 프랜시스 사비에르, 선교사의 집. 보스턴에서 처음 이 일을 시작할 때 엘리엇이 벡이 말장난 같은 농담을 한다고 비난했던 게 떠올랐다. 엘리엇이 틀렸다. 뒤틀린 유머 감각을 가진 것은 벡이 아니라 퀸이었다.

소화전에서 차를 옮겨 다시 1번 국도를 찾아 남쪽으로 향했다. 빠르게 달렸지만 케네벙크 강까지 30분이나 걸렸다. 모텔 밖에는 포드 토러스 세 대가 주차되어 있었는데, 색상을 제외하면 모두 평범하고 똑같았고, 심지어 색상마저도 회색, 회청색, 청색으로 별 차이가 없었다. 나는 예전에 주차했던 주유소 뒤에 캐딜락을 댔다. 추위를 뚫고 걸어가서 더피의 방문을 두드렸다. 핍홀이 잠시 어두워지더니 더피가 문을 열었다. 포옹은 하지 않았다. 방 안에는 엘리엇과 비야누에바가 보였다.

"왜 그 두 번째 요원, 그러니까 죽은 가정부의 신원을 우리가 못 찾는 거죠?" 그녀가 물었다.

"어디를 찾아봤소?"

"모든 곳을요."

그녀는 청바지에 흰색 옥스퍼드 셔츠를 입고 있었다. 다른 청바지, 다른 셔츠. 보급이 충분한 게 틀림없었다. 그녀는 맨발에 보트 슈즈를 신고 있었다. 여전히 멋져 보였지만 눈에는 걱정이 가득했다.

"좀 들어가도 되겠소?" 내가 물었다.

그녀는 생각에 잠긴 듯 잠시 멈칫하며 서 있었다. 그러고는 길을 내주었고 나는 그녀를 따라 안으로 들어갔다. 비야누에바가 책상 의자를 뒤로 젖히고 앉아 있었다. 나는 의자 다리가 튼튼하기를 바랐다. 그는 작은 체구가 아니었다. 엘리엇은 보스턴의 내 방에 있을 때처럼 침대 끝에 앉아 있었다. 더피는 침대 머리맡에 앉아 있었던 게 분명했다. 베개가 수직으로 쌓여 있었고 그녀의 등에 눌린 모양이 남아 있었다.

"어디를 찾아봤다고?" 내가 다시 물었다.

"시스템 전체요. 법무부 전체, FBI와 DEA까지 포함해서요. 그런데도 안 나와요."

"결론은?"

"그녀도 비공식 요원이었어요."

"그렇다면 의문이 생기는데요." 엘리엇이 말했다. "도대체 무슨 일이 벌어지고 있는 거죠?"

더피가 다시 침대 머리맡에 앉았고 나는 그 옆에 앉았다. 앉을 만한 다른 곳이 없었다. 그녀가 뒤에서 베개 하나를 꺼내 내 뒤로 밀어 넣었다. 그녀의 체온이 배어 있어 따뜻했다.

"별다른 일은 없소." 내가 말했다. "우리 셋 모두가 2주 전에 채플린 영화의 어수룩한 경찰처럼 작전을 시작한 것만 빼면."

"그게 무슨 말이에요?"

나는 얼굴을 찡그렸다. "나는 퀸에게 집착했고 당신들은 테레사 다니엘에게 집착했소. 우리 모두 너무 집착한 나머지 모래성을 쌓은 거요."

"그게 무슨 말이에요?" 엘리엇이 다시 물었다.

"당신들 잘못보다 내 잘못이 더 큰 것 같소." 내가 말했다. "맨 처음부터 다시 생각해 봅시다. 11주 전으로 돌아가서."

"11주 전의 일은 당신과 아무 상관없어요. 그때 당신은 아직 관여하지 않았으니까요."

"정확히 무슨 일이 있었는지 말해보시오."

그는 어깨를 으쓱했다. 머릿속으로 복기해 보는 것 같았다. "큰손 하나가 메인 주 포틀랜드행 일등석 티켓을 샀다는 연락이 LA에서 왔어요."

나는 고개를 끄덕였다. "그래서 그를 추적했고 벡과 만나는 데까지 간 거군. 그들이 뭔가를 하는 걸 사진으로 찍었소?"

"샘플을 확인하고 거래하는 모습이요." 더피가 말했다.

"사설 주차장에서." 내가 말했다. "그리고 덧붙이자면, 수정헌법 제4조에 저촉될 만큼 사적인 공간이었다면 벡이 어떻게 그곳에 들어갔는지 먼저 의심했어야 하지 않았을까?"

그녀는 아무 말도 하지 않았다.

"그다음은?" 내가 말했다.

"벡을 조사했어요." 엘리엇이 말했다. "주요 수입업자이자 주요 유통업자라는 결론을 내렸고요."

"그건 명백한 사실이오." 내가 말했다. "그래서 당신들은 그를 잡으려고 테레사를 투입했고."

"비공식으로요." 엘리엇이 말했다.

"그건 사소한 디테일이오." 내가 말했다.

"그래서 뭐가 잘못된 거죠?"

"모래성이었다니까. 처음부터 아주 작은 판단 착오를 하나 저질렀소. 그게 이후의 모든 것을 헛발질로 만들었지."

"그게 뭔데요?"

"내가 훨씬 더 일찍 알아차렸어야 했던 무언가."

"그게 뭔데요?"

"왜 죽은 가정부 요원에 대한 컴퓨터 기록을 찾을 수 없는지 스스로에게 물어보시오."

"비공식 작전이었으니까요. 그게 유일한 설명이죠."

나는 고개를 저었다. "그녀는 공식 작전 중이었소. 망할 놈의 기록에 다 남아 있었다고. 그녀가 작성한 서류를 찾았소. 의심의 여지가 없는."

더피가 나를 똑바로 쳐다보았다. "리처, 대체 무슨 일이 벌어지고 있는 거예요?"

"벡의 집에는 정비공이 있소." 내가 말했다. "어떤 분야에서의 기술자. 그 사람이 뭐 때문에 거기에 있을까?"

"모르겠어요." 그녀가 말했다.

"나도 한 번도 자문해본 적이 없소. 그랬어야 했는데. 사실은 그 빌어먹을 정비공을 보기도 전에 알아차렸어야 했으니 자문할 필요도 없었지. 하지만 나도 당신들과 마찬가지로 선입견에 갇혀 있었소."

"무슨 선입견이요?"

"벡은 콜트 아나콘다의 소매가를 알고 있었소. 무게도 알고 있었고. 듀크는 슈타이어 SPP라는 특수한 오스트리아제 총을 가지고 있었소. 돌은 이상한 러시아제 PSM을 가지고 있었고, 폴리에게는 NSV 기관총이 있는데 아마도 미국 내에서 유일할 거요. 벡은 우리가 H&K가 아닌 우지로 공격했다는 사실에 집착했었소. 베레타 92FS를 일반 군용 M9처럼 보이게 개조하는 방법도 잘 알고 있었고."

"그런데요?"

"벡은 우리가 생각했던 그런 사람이 아니오."

"그럼 누구란 말이죠? 방금 그가 주요 수입업자이자 유통업자라는 데 동의했잖아요."

"그렇소."

"그런데요?"

"컴퓨터를 잘못 뒤졌소. 그 가정부 요원은 법무부 소속이 아니라 재무부에서 일했소."

"비밀 경호국?"

나는 고개를 저었다.

"ATF. 주류·담배·총기 단속국 The Bureau of Alcohol, Tobacco and Firearms."

방 안이 조용해졌다.

"벡은 마약상이 아니라 무기 밀매업자요."

방 안의 정적은 한참이나 이어졌다. 더피는 엘리엇을 쳐다보았다. 엘리엇은 다시 더피를 쳐다보았다. 그러다 둘 다 비야누에바를 쳐다보았다. 비야누에바는 나를 쳐다보았다. 그러고는 창밖을 내다봤다. 나는 그들이 전술적 문제를 깨닫기를 기다렸다. 하지만 그들은 깨닫지 못했다. 적어도 당장은 아니었다.

"그럼 그 LA 놈은 뭘 하고 있었던 거죠?" 더피가 말했다.

"샘플을 보고 있었겠지. 캐딜락 트렁크 안에 들어 있던. 당신이 생각한 그대로. 하지만 그건 벡이 취급하는 무기의 샘플이었소. 그는 내게 거의 다 말해준 셈이오. 마약 딜러들은 유행을 너무 밝힌다고 했었지. 새롭고 화려한 걸 좋아하고 항상 최신 제품을 찾고, 계속 무기를 바꾼다면서."

"그런 말을 했다고요?"

"그때 난 제대로 귀를 기울이지 않았소. 몹시 피곤했었으니까. 그리고 운동화, 자동차, 코트, 시계 같은 얘기들 사이에 섞여 있던 터라."

"듀크는 경찰을 그만둔 뒤에 재무부로 갔어요."

나는 고개를 끄덕였다. "벡은 그때 듀크를 만났을 거요. 아마 그를 매수했겠지."

"그럼 퀸은 어디에 끼여 있는 거죠?"

"경쟁 조직을 운영하고 있는 것 같소. 캘리포니아 병원에서 나온 이후로 쭉 그랬을 거요. 계획을 세울 시간이 6개월 있었으니까. 그리고 퀸 같은 놈에게는 마약보다 총이 훨씬 더 잘 맞는 아이템이오. 어느 시점에 벡의 사업을 인수 대상으로 삼은 것 같소. 벡이 마약 딜러 시장을 공략하는 방식이 마음에 들었겠지. 아니면 단순히 러그 사업 쪽이 마음에 들었을 수도 있고. 완벽한 위장이 되니까. 그래서 끼어든 거요. 5년 전에 리처드를 납치해서 벡의 사인을 받아냈을 거고."

"벡이 하트퍼드 놈들이 자기 고객이라고 말했다면서요." 엘리엇이 말했다.

"맞소. 하지만 마약이 아니라 총기 고객이었던 거요. 그래서 우지에 대해 헷갈려 했던 거고. H&K를 잔뜩 팔아서 돈을 만졌는데, 이제는 우지를 쓰고 있다니? 이해가 안 됐겠지. 걔들이 공급선을 바꿨다고 생각했을 거요."

"우리가 너무 멍청했군." 비야누에바가 말했다.

"내가 더 멍청했습니다." 내가 말했다. "말도 안 되게 멍청했죠. 증거가 사방에 널려 있었는데. 벡은 마약상이라고 할 만큼의 부자는 아니었습니다. 물론 돈을 잘 벌긴 하지만 일주일에 수백만 달러를 벌 정도는 아니었으니까. 내가 콜트 실린더에 긁은 표시도 그는 알아챘습니다. 내게 준 베레타에 장착할 레이저 조준경의 가격과 무게도 알고 있었고, 코네티컷에서 일을 볼 때는 최신상 H&K 두 정을 가방에 챙겨 넣었었어요. 창고에서 바로 꺼냈을 겁니다. 톰슨 기관단총도 개인적으로 소장하고 있었고."

"그럼 정비공은 뭐죠?" 더피가 물었다.

"판매를 위해 총기를 관리하는 사람일 거요. 내 추측상. 총을 손보고, 조정하고, 점검하는. 벡의 고객 중 일부는 품질 기준 이하의 상품에는 좋은 반응을 보이지 않을 테니까."

"우리가 알고 있는 그자들이라면 절대 가만 안 있겠죠." 더피가 말했다.

"벡이 저녁식사 자리에서 M16에 대해 이야기했었소. 밥 먹으면서 돌격소총에 대한 이야기를 했던 거지, 맙소사. 그리고 정말 흥미로워하며 우지와 H&K에 대한 내 의견을 듣고 싶어했소. 그냥 총기 덕후인 줄 알았는데 사실은 직업적 관심이었던 거요. 오스트리아 도이치-바그람에 있는 글록 공장 네트워크에 접속도 가능한 사람이었고."

아무도 말이 없었다. 나는 눈을 감고 있다가 다시 떴다.

"지하 방에서 어떤 냄새가 났었소. 그 냄새가 뭔지 알아챘어야 했는데. 그건 골판지에 묻은 총기 기름 냄새였소. 새 무기 상자를 쌓아 놓고 한 일주일 정도 놔두면 나는 그런 냄새."

아무도 말이 없었다.

"그리고 비자르 바자르의 장부에 있던 저가, 중가, 고가로 표시된 가격들. 그건 탄약은 저가, 권총은 중가, 소총과 특수무기는 고가라는 뜻이었소."

더피는 벽을 바라보고 있었다. 뭔가를 골똘히 생각하고 있었다.

비야누에바가 말했다. "그렇군. 우리 모두 조금씩 멍청했었어."

더피가 그를 쳐다보았다. 그러고는 나를 쳐다보았다. 마침내 전술적 문제를 떠올리고 있었다.

"우리한테 관할권이 없는 사건이군요." 그녀가 말했다.

아무도 말을 하지 않았다.

"이건 ATF 소관이에요. DEA가 아니라." 그녀가 말했다.

"고의성 없는 실수였어요." 엘리엇이 이의를 제기했다.

그녀는 고개를 저었다. "그땐 그랬지만 지금은 아니에요. 우리가 거기 있으면 안 돼요. 지금 당장 손 떼고 나와야 해요. 신속하게."

"난 손 떼지 않을 거요." 내가 말했다.

"그러면 안 돼요. 우린 물러나야 해요. 텐트를 걷고 떠나야 한다고요. 당신 혼자 거기 남아 있을 순 없어요. 지원도 없이."

단독 위장 잠입 수사에 대한 완전히 새로운 정의.

"난 남겠소."

그 일이 있고 나서 나는 1년 내내 내 영혼의 바닥까지 되짚어 봤지만, 그녀가 바에서 내 옆에 앉아 속옷을 입지 않은 얇은 티셔츠 차림으로 향기를 풍기며 그 운명의 질문을 던지지 않았다 하더라도 내 대답은 달라지지 않았을 거라는 결론을 내렸다. **체포는 제게 맡겨주시겠습니까?** 어떤 상황이 었든 나는 '예스'라고 대답했을 것이다. 확실히. 그녀가 텍사스나 미네소 타에서 온 덩치 큰 못생긴 남자였고 내 사무실에 차려자세로 서서 그 질문 을 했다 하더라도 나는 '예스'라고 답했을 것이다. 그녀가 그 일을 해낸 거 니까. 공로를 인정받을 자격이 있었다. 돌이켜 보면 당시 나는 다른 사람 들보다는 덜했지만 약간은 승진에 관심이 있었다. 계급 체계가 있는 조직 이라면 누구나 올라가고 싶은 유혹을 받게 마련이다. 그래서 어렴풋하게 나마 관심은 있었다. 하지만 나는 부하의 성과를 가로채서 내 공으로 돌리 는 사람은 아니었다. 그런 적은 절대 없었다. 누군가가 잘해서 성과를 내 면 나는 기꺼이 한발 물러서서 그들이 그 보상을 누리도록 했다. 내 커리 어 내내 지켜온 원칙이었다. 그들의 영광에 반사된 빛을 받으며 위안을 찾 을 수 있었다. 결국 내 부대였으니까. 가끔은 단체 표창도 있었다.

어쨌든 나는 헌병 부사관이 정보부 중령을 체포한다는 아이디어가 정 말 마음에 들었다. 퀸 같은 자에게는 엄청난 치욕으로 느껴질 것임을 알고 있었기 때문이다. 렉서스와 요트를 사고 골프 셔츠를 입고 다니는 자가 빌 어먹을 부사관에게 잡혀가고 싶지는 않을 테니까.

"체포는 제게 맡겨주시겠습니까?" 그녀가 다시 물었다.

"그러지. 귀관에게 맡기겠네."

"이건 순전히 법적인 문제예요." 더피가 말했다.

"나한테는 아니오."

"우리에겐 권한이 없어요."

"나는 당신 밑에서 일하는 게 아니오."

"자살행위예요." 엘리엇이 말했다.

"지금까지 살아남았잖소."

"우리가 통신망을 끊어줬기 때문이죠."

"그건 이제 지난 일이오. 경호원 문제도 저절로 해결됐고. 그러니 더 이상 백업이 필요 없소."

"백업은 누구에게나 필요해요. 백업 없이는 위장 작전을 할 수 없어요."

"ATF의 백업이 그 가정부 요원에게 얼마나 큰 도움이 됐었더라?"

"차를 빌려줬잖아요. 단계마다 당신을 도왔다고요."

"이제 차는 필요 없소. 백이 내게 열쇠 세트를 줬으니까. 그리고 총도 줬소. 총알도. 내가 새 오른팔이 된 거요. 내가 자기 가족을 지켜줄 거라 믿고 있소."

그들은 아무 말도 하지 않았다.

"퀸을 잡기 일보 직전이오. 지금 물러날 순 없소."

누구도 아무 말도 하지 않았다.

"그리고 테레사 다니엘도 데려올 수 있고."

"테레사 다니엘은 ATF가 데려오면 돼요. 지금 ATF에 넘기면 우리 조직 내에서는 문제가 없어져요. 그 가정부는 우리가 아니라 그들 소속이었으니까요. 피해도 없고, 위반도 없는 거죠."

"ATF는 아직 상황 파악 전이오. 테레사가 총격전에 휘말릴 거요."

긴 정적이 흘렀다.

"월요일." 비야누에바가 말했다. "월요일까지 지켜보자고. 아무리 늦어도 월요일에는 ATF에 알려야 하니까."

"지금 즉시 알려야 해요." 엘리엇이 말했다.

비야누에바는 고개를 끄덕였다. "그렇긴 하지만 그러지 말자고. 필요하다면 나라도 나서서 못 알리게 막을 거야. 리처에게 월요일까지 시간을 주자고."

엘리엇은 더 이상 아무 말도 하지 않았다. 그저 고개만 돌렸다. 더피가 다시 베개에 머리를 기대고 천장을 올려다보았다.

"젠장!" 더피가 외쳤다.

"월요일까지는 끝날 거요. 테레사를 이리로 데려올 테니 그때 가서 알릴 데가 있으면 전화통 붙잡고 실컷 알리라고."

그녀는 1분 정도 침묵했다. 그러더니 말을 꺼냈다.

"좋아요. 돌아가요. 가려면 지금 당장 돌아가는 게 좋겠어요. 너무 오래 자리를 비웠어요. 그 자체로 의심받을 수 있어요."

"알겠소."

"하지만 먼저 생각해봐요." 그녀가 말했다. "정말 꼭 가야겠어요?"

"난 당신들 책임이 아니오."

"상관없어요. 그냥 질문에 답만 해요. 꼭 가야겠어요?"

"그렇소."

"다시 생각해봐요. 아직도 꼭 가야겠어요?"

"그렇소."

"알겠어요. 우린 여기 있을게요. 필요하면 연락해요."

"그러겠소."

"그럼 가요."

그녀는 일어나지 않았다. 아무도 일어나지 않았다. 나만 침대에서 천천히 일어나 조용한 방을 걸어나갔다. 캐딜락으로 반쯤 돌아갔을 때, 테리 비야누에바가 내 뒤를 따라 나왔다. 그가 기다리라고 손짓을 하고 내 쪽으로 걸어왔다. 나이 든 사람답게 뻣뻣하고 느리게 움직였다.

"나도 끼워주게." 그가 말했다. "기회가 된다면, 나도 함께하고 싶어."

나는 대답하지 않았다.

"도움이 될 거야."

"이미 도움을 주셨습니다."

"더 해야 해. 그 아이를 위해서."

"더피요?"

그는 고개를 저었다. "아니, 테레사."

"무슨 연관이 있습니까?"

"책임이 있지."

"무슨 책임이요?"

"내가 그 아이의 멘토였거든. 그게 어떤 건지 알겠나?"

나는 고개를 끄덕였다. 그게 어떤 건지 정확히, 전적으로, 그리고 완벽하게 알고 있었다.

"테레사는 한동안 내 밑에서 일했어." 그가 말했다. "내가 훈련시켰지. 내가 키운 거나 마찬가지야. 그러다 위로 올라갔어. 그런데 10주 전에 내게 와서 이 임무를 수락해도 되는지 물어봤어. 의구심이 들었던 거야."

"그런데 하라고 하셨군요."

그는 고개를 끄덕였다. "멍청한 판단이었지."

"그녀를 막을 수 있었겠습니까?"

그는 다시 고개를 끄덕였다. "아마도. 왜 그렇게 하면 안 되는지 충분히 설명해줬으면 내 말을 들었을 거야. 결정은 스스로 했겠지만 내 말을 들었을 거라고."

"이해합니다."

나는 정말로, 전적으로 이해했다. 그를 모텔 주차장에 세워둔 채 나는 차에 올랐고, 그는 내가 차를 몰고 떠나는 모습을 지켜보고 있었다.

비데퍼드와 사코, 올드 오차드 비치까지 쭉 1번 국도를 타고 가다가 저택으로 가는 한적한 길을 따라 동쪽으로 향했다. 가까워지면서 시계를 확인해 보니 두 시간이나 자리를 비웠다는 걸 알았다. 그중 고작 40분만 설명 가능한 시간이었다. 창고까지 20분, 돌아오는 데 20분. 하지만 누구에게도 설명할 일은 없을 거라고 생각했다. 벡은 내가 곧바로 집에 오지 않았다는 사실을 절대 모를 것이고, 다른 사람들은 내가 그래야 했다는 사실을 모를 테니까. 나는 이제 막바지에 이르렀고 승리를 향해 자유롭게 나아가고 있다고 생각했다.

하지만 틀렸다.

폴리가 게이트를 반쯤 열기도 전에 나는 알아차렸다. 그가 게이트하우스에서 나와 게이트의 빗장 쪽으로 걸어왔다. 정장을 입고 있었다. 코트는 없었다. 손을 꽉 쥐고 빗장을 밀어 올려 열었다. 모든 것이 평소와 같았다. 나는 그가 게이트 여는 모습을 여러 번 보았고, 전에 했던 것과 별반 다르지 않았다. 그가 손으로 게이트 창살을 감싸고 게이트를 당겼다. 하지만 반도 채 열리기도 전에 동작을 멈췄다. 그는 자신의 거대한 몸이 비집고 빠져나갈 정도의 공간을 만들었다. 그러고는 나를 맞이하러 밖으로 나왔다. 창문 쪽으로 걸어오다가 차에서 2미터 정도 떨어져 멈춰 서서 미소를 지으며 주머니에서 총 두 자루를 꺼냈다. 1초도 채 걸리지 않았다. 주머니 둘, 손 둘, 총 둘. 내 콜트 아나콘다였다. 총의 강철이 회색빛 조명 아래에서 칙칙해 보였다. 두 자루 모두 장전되어 있는 게 보였다. 내게 보이는 모든 실린더 안에서 밝은 구리색 탄두가 나를 향해 윙크하고 있었다. 의심할 여지 없는 레밍턴 44구경 매그넘 탄환. 풀 메탈 재킷*이었다. 스무 발짜리 한 상자에 18달러, 부가세 별도. 한 발당 95센트, 열두 발. 11달러 40센트어치의 정밀 탄약이 발사 준비 태세로, 한 손당 5달러 70센트씩 들려 있었다. 그리고 그 손은 매우 안정적으로 총을 쥐고 있었다. 마치 바위 같았다. 왼손은 캐딜락의 앞 타이어 조금 앞을 조준하고 있었다. 오른손은 내 머리를 정확히 겨냥하고 있었다. 손가락은 방아쇠에 단단히 걸려 있었다. 총구는 전혀 움직이지 않았다. 미세한 움직임도 없었다. 마치 동상 같았다. *탄환의 납 탄두를 구리 같은 금속으로 코팅하여 탄두가 뭉개지지 않고 목표물을 관통할 수 있게 제작한 것.

　나는 평소 하던 대로 모든 계산을 다 했다. 캐딜락은 커다란 차였고 문도 길었지만, 폴리는 내가 차 문을 확 열어 자신을 치는 것을 예방하려고 딱 적당한 만큼 떨어져 서 있었다. 게다가 차는 정지해 있었다. 가속페달을 밟으면 즉시 두 총을 모두 발사할 것이다. 오른손에서 발사된 총알은 내 머리 뒤로 지나갈 수도 있겠지만, 앞 타이어는 왼쪽에서 발사된 총알의 경로와 정확히 마주칠 것이다. 그러면 게이트를 세게 들이받으며 추진력을 잃게 될 거고 앞 타이어가 터진 채 조향장치가 손상되어 독 안에 든 쥐가 될 것이다. 놈은 열 발을 더 쏠 거고 나는 즉사하지 않더라도 최소 중상을 입을 거고 차는 넝마가 될 것이다. 놈은 슬슬 걸어와 내가 피 흘리는 모습을 지켜보며 재장전하면 된다.

　후진 기어를 넣고 뒤로 도망칠 수도 있지만 대부분의 자동차에서 후진은 아주 낮은 기어라 상대적으로 느리게 움직일 수밖에 없다. 그리고 반대 방향이지만 완벽하게 일직선으로 움직이게 된다. 측면 이동 없이. 움직이는 표적이 누리는 일반적인 이점이 전혀 없는 상황이다. 게다가 레밍턴 44구경 매그넘은 총구를 떠날 때 시속 1,200킬로미터가 넘는 속도를 낸다. 그걸 앞질러 가는 건 쉽지 않다.

내 베레타를 써볼 수도 있다. 창문 유리를 뚫고 매우 빠르게 속사를 날려야 할 것이다. 하지만 캐딜락의 창문 유리는 꽤 두껍다. 실내로의 소음 유입을 막기 위해 그렇게 만든다. 내가 놈보다 먼저 총을 꺼내서 쏜다고 해도 맞출 수 있을지는 순전히 운에 달려 있다. 유리는 분명 산산조각 나겠지만, 총알의 궤적이 창문과 정확히 수직이 되도록 시간을 들이지 않는 한 총알이 굴절될 것이다. 어쩌면 크게. 완전히 빗나갈 수도 있다. 그리고 설사 맞추더라도 상처를 입힐 수 있을지는 순전히 운에 달려 있다.

놈의 아랫배를 발로 찼던 게 생각났다. 눈을 정통으로 맞추거나 심장을 관통하지 않는 한, 그저 벌에 쏘인 정도로 여길 것이다.

창문을 내릴 수는 있었다. 하지만 그건 너무 느리다. 그리고 무슨 일이 일어날지 정확히 예상할 수 있다. 창문이 내려가는 동안 팔을 쭉 뻗어 오른손에 든 콜트를 내 머리에서 1미터도 안 되는 거리에 갖다 댈 것이다. 내가 아무리 빨리 베레타를 꺼낸다 해도 놈이 여전히 나보다 유리한 기회를 가질 것이다. 확률이 너무 낮았다. 전혀 좋지 않았다. 살아남아. 레온 가버가 늘 하던 말이다. 살아남아서 다음 순간이 어떻게 될지 지켜봐.

폴리가 나에게 지시했다.

"기어를 P에 넣어!" 그가 소리쳤다.

두꺼운 유리를 사이에 두고도 또렷이 들렸다. 기어를 P로 옮겼다.

"오른손을 내가 볼 수 있게 해!" 그가 소리쳤다.

오른쪽 손바닥을 창문에 대고 손가락을 쫙 폈다. 듀크에게 '다섯 명을 봤다'는 신호를 보낼 때처럼.

"왼손으로 문을 열어!" 그가 소리쳤다.

왼손으로 더듬거려서 도어 열림고리를 당겼다. 오른손으로 유리를 밀었다. 문이 열렸다. 차가운 공기가 들어왔다. 무릎 주위로 찬 공기가 느껴졌다.

"양손 다 보이게 해." 이제 유리가 막지 않아서 그는 목소리를 크게 하지 않았다. 그는 기어가 잠겨 있는 것을 확인하고, 왼쪽 콜트를 내게 겨누었다. 총구 두 개가 보였다. 마치 전함의 갑판에 앉아 한 쌍의 함포를 올려다보는 것 같았다. 양손을 놈이 볼 수 있게 올렸다. "발을 차 밖으로 빼."

가죽 시트 위에서 천천히 엉덩이를 돌렸다. 아스팔트 위에 발을 내디뎠다. 11일째 이른 아침, 대학 정문 밖에 있던 테리 비야누에바가 된 기분이었다.

"일어서." 그가 말했다. "차에서 떨어져."

나는 몸을 똑바로 세웠다. 차에서 물러났다. 놈이 총 두 자루를 내 가슴에 정면으로 겨눴다. 나와 불과 1미터 정도 떨어져 있었다.

"가만히 있어."

나는 꼼짝 않고 서 있었다.

"리처드." 놈이 불렀다.

리처드 벡이 게이트하우스 문을 열고 나왔다. 창백해 보였다. 그의 뒤에는 엘리자베스 벡이 그림자 속에 서 있었다. 블라우스 앞섶이 풀어헤쳐져 있었다. 그녀는 블라우스를 꽉 움켜쥐고 있었다. 폴리가 나를 보고 씩 웃었다. 갑작스러운, 광기 어린 웃음이었다. 하지만 총은 흔들리지 않았다. 미세한 움직임도 없었다. 바위처럼 흔들림 없이 안정적이었다.

"네가 너무 일찍 돌아왔어." 놈이 말했다. "막 애를 자기 엄마랑 섹스하게 만들려는 참이었는데."

"정신이 나갔군." 내가 말했다. "대체 무슨 짓을 하는 거야?"

"전화를 받았거든. 그게 다야."

나는 한 시간 20분 전에 돌아왔어야 했다.

"벡 씨가 전화했나?"

놈은 고개를 저었다.

"벡이 아니라 내 보스가."

"사비에르?" 내가 물었다.

"사비에르 씨." 놈이 말했다.

놈은 도전하듯 나를 노려보았다. 총은 움직이지 않았다.

"쇼핑하고 왔어."

살아남아. 살아남아서 다음 순간이 어떻게 될지 지켜봐.

"네가 뭘 하고 왔든 상관없어."

"찾는 게 없더라고. 그래서 늦었어."

"네가 늦을 거라고 예상했어."

"왜?"

"새로운 정보를 입수했거든."

나는 아무 말도 하지 않았다.

"뒤로 걸어." 그가 말했다. "게이트를 넘어가."

놈은 총 두 자루를 내 가슴에 겨누며 앞으로 걸었고, 나는 뒷걸음질 쳐서 게이트를 통과했다. 놈은 나와 보조를 맞춰 걸었다. 6미터쯤 안으로 들어가 진입로 한가운데에 멈춰섰다. 놈이 옆으로 비켜서더니 반쯤 몸을 돌려 왼쪽으로는 나를, 오른쪽으로는 리처드와 엘리자베스를 경계하는 자세를 취했다.

"리처드, 게이트 닫아!" 놈이 소리쳤다.

왼쪽 콜트는 나를 겨눈 채, 오른쪽 콜트를 리처드를 향해 돌렸다. 총이 자신을 향해 돌려지자 리처드가 앞으로 나서서 문을 잡고 밀었다. 금속성 소리가 크게 나면서 제자리에 끼워졌다.

"이제 사슬을 걸어!"

리처드가 더듬더듬 사슬을 걸기 시작했다. 사슬이 쇠에 부딪혀 덜그럭거리는 소리가 들렸다. 게이트 건너편 12미터 떨어진 곳에서 캐딜락이 조용하고 순종적으로 공회전하는 소리도 들렸다. 뒤쪽에서는 천천히 규칙적으로 파도가 해안을 두드리는 소리가 멀리서 들려왔다. 게이트하우스 출입구에 엘리자베스 벡이 서 있는 것이 보였다. 거대한 기관총에서 3미터 정도 떨어져 있었다. 그 총에는 안전장치가 없었다. 하지만 폴리는 사각지대에 있었다. 뒤쪽 창문으로는 그를 볼 수 없었다.

"잠가!" 폴리가 소리쳤다.

리처드가 자물쇠를 탁 잠갔다.

"이제 너랑 네 엄마 둘 다 리처 뒤로 가서 서."

게이트하우스 근처에서 둘이 합류했다. 내 쪽으로 걸어왔다. 내 바로 옆을 지나쳤다. 둘 다 하얗게 질려 떨고 있었다. 리처드의 머리카락이 날리고 있었다. 그의 귀 흉터가 보였다. 엘리자베스의 블라우스 앞섶은 여전히 풀어헤쳐져 있었다. 그녀는 팔을 교차시켜 앞가슴을 꽉 부여잡고 있었다.

두 사람이 내 뒤에서 멈추는 소리가 들렸다. 내 등 쪽으로 몸을 돌리려고 아스팔트 바닥에서 나는 신발 소리가 들렸다. 폴리가 진입로 중앙으로 걸어왔다. 내 쪽으로 고개를 돌렸다. 3미터 정도 떨어져 있었다. 총구 두 개가 내 가슴을 겨누고 있었다. 하나는 왼쪽, 하나는 오른쪽. 구리를 씌운 44구경 매그넘 탄환은 나를 관통하고 리처드와 엘리자베스까지도 관통할 것이다. 저택까지 날아갈 수 있을지도 모른다. 1층 창문 두어 장은 깨질 것이다.

"이제 리처는 팔을 양옆으로 벌린다!" 폴리가 큰 소리로 말했다.

팔을 뻣뻣하고 곧게 아래로 기울여 벌렸다.

"이제 리처드가 리처의 코트를 벗긴다!" 폴리가 소리쳤다. "목깃에서부터 아래로 잡아 벗겨!"

내 목에 리처드의 손이 닿는 게 느껴졌다. 차가웠다. 그는 내 목깃을 잡고 코트를 벗겨 내려갔다. 어깨에서 미끄러져 내려간 코트가 팔까지 내려왔다. 한쪽 손목을 빠져나가고 다른 쪽 손목도 빠져나갔다.

"돌돌 뭉쳐!" 폴리가 외쳤다.

리처드가 코트를 뭉치는 소리가 들렸다.

"이리 가져와!" 폴리가 소리쳤다.

리처드가 뭉친 코트를 들고 내 뒤에서 나왔다. 폴리에게서 2미터 정도 떨어진 데에서 멈췄다.

"게이트 너머로 던져!" 폴리가 말했다. "최대한 멀리!"

리처드가 게이트 너머로 코트를 던졌다. 정말 멀리. 소매가 공중에서 펄럭이며 코트가 위로 올라갔다가 아래로 떨어지면서 주머니 속 베레타가 캐딜락의 후드에 세게 부딪히는 둔탁한 소리가 들렸다.

"재킷도 똑같이!" 폴리가 말했다.

리처드는 재킷도 똑같이 했다. 재킷은 캐딜락 후드 위 코트 옆에 떨어졌다가 반질거리는 페인트를 타고 미끄러져 내려가 도로에 떨어져 구겨졌다. 추웠다. 바람이 부는데 셔츠는 얇았다. 내 뒤에서 엘리자베스가 빠르고 얕게 숨 쉬는 소리가 들렸다. 리처드는 폴리에게서 2미터 떨어진 곳에 멍하니 서서 다음 지시를 기다리고 있었다.

"이제 너와 네 엄마는 50보를 걷는다. 뒤로, 집 쪽으로."

리처드가 돌아서서 다시 내 옆을 지나쳤다. 그의 어머니가 그와 함께 발걸음을 맞추는 것이 들렸다. 함께 멀어지는 발소리가 들렸다. 고개를 돌려보니 둘은 30미터쯤 뒤에서 멈추고 다시 앞쪽으로 돌아서 있었다. 폴리가 게이트를 향해 한 걸음, 두 걸음, 세 걸음 뒷걸음쳐 갔다. 문에서 2미터 떨어진 곳에서 멈췄다. 등이 게이트를 향해 있었다. 놈은 나보다 5미터 앞에 있었는데, 내 어깨 너머로 저 멀리 30미터쯤에 서 있는 리처드와 엘리자베스를 볼 수 있을 거라고 짐작했다. 우리 모두 진입로 위 완벽한 일직선상에 있었다. 폴리는 게이트 근처에서 저택을 마주 보고 있었고, 리처드와 엘리자베스는 집과의 중간쯤에서 폴리를 마주 보고 있었고, 나는 그 사이에 서서 살아남아 다음 순간이 어떻게 될지 보려고 폴리의 눈을 마주하며 뚫어지게 쳐다보고 있었다.

놈이 미소를 지었다.

"좋아." 그가 말했다. "이제 잘 보라고."

그는 내내 나를 마주 보고 있었다. 절대 눈을 떼지 않았다. 몸을 숙여 총두 자루를 발치의 아스팔트 바닥에 조심스럽게 내려놓더니 뒤편 게이트 기둥 쪽으로 밀어 보냈다. 총의 철제 표면이 거친 바닥에 긁히는 소리가 들렸다. 총은 그의 뒤쪽 1미터쯤 가서 멈추었다. 이제 놈은 빈손이 되었다. 그가 다시 일어서더니 손바닥을 펴 보였다.

"총은 필요 없어. 널 때려 죽일 거니까."

12

나는 여전히 부드럽게 공회전하고 있는 캐딜락 소리를 들을 수 있었다. V-8 엔진의 속삭임과 배기관에서 나는 부글거리는 소리가 희미하게 들렸다. 후드 아래에서 구동 벨트가 천천히 돌아가는 소리가 들렸다. 머플러가 새로운 온도에 적응하느라 딱딱거리는 소리가 들렸다.

폴리가 소리쳤다. "규칙은 이거야! 나를 넘어가면 총을 가져갈 수 있다!"

나는 대꾸하지 않았다.

"가져가면 쓸 수 있어!" 놈이 소리쳤다. 나는 아무 말도 하지 않았다. 놈은 웃고 있었다.

"알겠냐?"

나는 고개를 끄덕였다. 놈의 눈을 노려보았다.

"좋아." 놈이 말했다. "네놈이 도망가지 않는 한 나도 총에 손대지 않는다. 도망치면, 총을 들어 네 등을 쏠 거야. 공평하지? 이제 덤벼 보라고."

나는 아무 말도 하지 않았다.

"남자답게!" 놈이 소리쳤다.

그래도 대꾸하지 않았다. 추웠다. 코트도 없고 재킷도 없었다.

"장교이자 신사답게!"

나는 놈의 눈을 노려보았다.

"규칙 잘 알겠나?" 놈이 물었다.

나는 아무 말도 하지 않았다. 바람이 내 등을 때렸다.

"규칙 잘 알겠냐고?" 놈이 다시 물었다.

"확실히."

"도망칠 거냐?" 놈이 물었다.

나는 아무 말도 하지 않았다.

"도망칠 것 같은데. 넌 겁쟁이니까."

나는 반응하지 않았다.

"장교 계집년! 뒷구멍 창녀! 겁쟁이!"

나는 그냥 거기 서 있었다. 놈이 나를 뭐라 부르든 상관없었다. 막대기와 돌은 내 뼈를 부러뜨릴 수 있지만 말은 결코 나를 해칠 수 없다. 게다가 내가 수십만 번도 더 들어본 것 말고 놈이 다른 욕을 더 알 것 같지도 않았다. 헌병은 인기가 별로 없다. 놈의 목소리는 무시했다. 대신 놈의 눈과 손과 발을 지켜보았다. 골똘히 생각했다. 나는 놈에 대해 많은 것을 알고 있었다. 좋은 건 하나도 없었다. 크고, 미쳤고, 빨랐다.

"ATF 스파이 새끼!" 놈이 소리쳤다.

그건 아닌데. 나는 생각했다.

"간다!" 놈이 외쳤다.

놈은 움직이지 않았다. 나도 움직이지 않았다. 그냥 내 자리를 지켰다. 놈은 메스암페타민과 스테로이드로 가득 차 있었다. 눈이 이글이글 타오르고 있었다.

"널 잡으러 간다―." 놈이 흥얼거렸다.

놈은 움직이지 않았다. 놈은 무거웠다. 무겁고 강했다. 아주 강했다. 한 방 맞으면 쓰러질 것이다. 그리고 한 번 쓰러지면 다시는 일어나지 못할 것이다. 나는 놈을 주시했다. 놈이 발끝에 체중을 실었다. 빠르게 움직였다. 왼쪽으로 가는 척하더니 멈췄다. 나는 가만히 서 있었다. 위치를 고수했다. 놈을 지켜봤다. 골똘히 생각했다. 놈은 표준 체중보다 훨씬 무겁다. 아마도 50에서 70킬로그램 정도 더 나갈 것이다. 어쩌면 그 이상일 수도 있다. 그러니 빠르다 해도, 그게 오래가지는 못한다.

나는 크게 숨을 들이쉬었다.

"엘리자베스 말이, 네놈은 그게 안 선다던데?"

놈이 나를 노려보았다. 여전히 캐딜락 소리가 들렸다. 파도 소리도 계속 들렸다. 집 뒤로 밀려와 부딪히고 있었다.

"덩치는 큰데," 내가 말했다. "그렇다고 딴 것도 다 큰 건 아니네."

그는 반응이 없었다.

"내 왼손 새끼손가락이 더 클걸?"

나는 손바닥 쪽으로 반쯤 구부려 새끼손가락을 내밀었다.

"게다가 내 손가락이 더 빳빳해."

놈의 얼굴이 어두워졌다. 부풀어 오르는 것 같았다. 드디어 폭발했다. 오른팔로 커다랗게 돌려치기를 하며 앞으로 돌진해 왔다. 나는 옆걸음으로 피하면서 놈의 팔 아래로 몸을 숙인 뒤 다시 튀어 올라 돌아섰다. 놈은 빳빳한 다리로 멈추더니 나를 향해 홱 돌아섰다. 위치가 바뀌었다. 이제 내가 총에 더 가까웠다. 놈은 당황해서 다시 내게 달려들었다. 같은 동작. 그가 오른팔을 휘둘렀다. 나는 옆으로 비켜서며 몸을 숙였고 우리는 다시 원위치로 돌아갔다. 하지만 놈이 나보다 조금 더 가쁜 숨을 쉬고 있었다.

"'다 큰 처녀의 블라우스'* 같은 놈이었네." 내가 말했다. *원문 'big girl's blouse'는 '남성적인 힘이나 결의를 보여주지 못하는 사람'을 의미하는 영국 영어 관용어이다.

어디선가 들어본 욕이었다. 영국이었을 것이다. 무슨 뜻인지는 몰랐다. 하지만 특정 부류의 남자들에게는 정말 잘 먹혔다. 폴리에게도 정말 잘 먹혔다. 그는 주저 없이 다시 내게 달려들었다. 정확히 똑같은 동작이었다. 나는 팔 밑으로 돌면서 팔꿈치로 놈의 옆구리 쪽을 가격했다. 아무 효과도 없었다. 놈은 뻣뻣한 무릎으로 멈추더니 곧바로 튕겨 나와 다시 달려들었다. 나는 다시 피했는데, 거대한 주먹이 내 머리 2센티미터 위를 지나갈 때 바람이 느껴졌다.

놈은 자리에 서서 헐떡이고 있었다. 나는 몸이 풀리고 있었다. 뭔가 가능성이 있다는 생각이 들기 시작했다. 놈의 싸움 솜씨는 아주 형편없었다. 덩치가 너무 큰 사람들 상당수가 그렇다. 압도적인 체구가 너무 위협적이어서 애초에 싸움이 시작조차 안 되거나, 아니면 첫 펀치를 날리자마자 바로 싸움이 끝난다. 어느 쪽이든, 그들은 연습을 많이 하지 않는다. 세련된 기술도 연마하지 않는다. 그러면서 몸이 둔해진다. 웨이트 머신과 러닝머신은 길거리 싸움에 필요한 긴박하고 불안하며 숨이 차오르며 목이 조여 오는 빠른 스피드의 고강도 아드레날린 체력을 대신할 수 없다. 폴리가 전형적인 사례라고 생각했다. 과도한 웨이트 트레이닝으로 싸움 능력을 잃은 것으로 보였다.

나는 손짓으로 놈에게 키스를 날렸다.

놈이 공기를 가르며 달려들었다. 기관차처럼 돌진해 왔다. 나는 왼쪽으로 피하며 팔꿈치를 놈의 얼굴에 꽂았지만, 놈은 내 몸무게에 전혀 영향을 받지 않는 것처럼 왼손을 써서 나를 옆으로 쳐냈다. 나는 한쪽 무릎을 꿇었다가 놈의 미친 듯한 돌진에 늦지 않게 가까스로 다시 일어났다. 놈의 주먹이 내 배를 5밀리 정도 빗나갔고 그 과도한 힘 때문에 나를 지나쳐 약간 아래로 몸이 기울면서 옆머리가 정확히 내 레프트 훅의 표적이 되었다. 나는 발끝부터 끌어올린 온 힘을 실어 주먹을 날렸다. 내 주먹이 귀에 꽂히자 놈이 비틀거리며 뒤로 물러났다. 나는 연이어 놈의 턱에 강력한 오른손 펀치를 날렸다. 그러고는 뒤로 물러나 숨을 고르며 놈이 얼마나 타격을 입었는지 보려고 했다.

그러나 아무 타격이 없는 것 같았다.

네 번을 쳤는데 마치 한 대도 맞지 않은 것 같았다. 두 번의 팔꿈치 가격은 정확하게 들어갔고, 두 번의 펀치는 내 평생 날린 펀치 중 가장 강력한 것이었다. 두 번째 팔꿈치 공격으로 그는 윗입술에 피가 났지만 그 외에는 전혀 이상이 없었다. 이론적으로는 의식을 잃어야 했다. 혼수상태여야 했다. 상대를 네 번 이상 때려 본 게 아마 30년 만일 것이다. 하지만 놈은 전혀 아파하지 않았다. 신경 쓰는 기색도 없었다. 의식을 잃지 않았다. 혼수상태가 아니었다. 춤추듯 돌며 웃고 있었다. 편안해 보였다. 쉽게 움직였다. 거대했다. 난공불락이었다. **타격을 입힐 방법이 전혀 없었다.** 놈을 보며 승산이 전혀 없다는 것을 확실히 깨달았다. 나를 바라보는 놈도 내가 무슨 생각을 하고 있는지 정확히 알고 있었다. 놈이 더 활짝 미소 지었다. 양발 앞쪽으로 균형을 잡은 채 어깨를 낮게 구부려서 마치 발톱을 펴는 것처럼 두 손을 앞으로 뻗었다. 왼발, 오른발, 왼발, 오른발, 발을 구르기 시작했다. 마치 짐승이 땅을 파는 것 같았다. 나를 잡아채서 갈기갈기 뜯어발길 것 같았다. 놈의 미소가 점점 기쁨에 넘쳐 크게 웃는 끔찍한 모습으로 일그러져 갔다.

놈이 곧장 달려들어서 나는 왼쪽으로 피했다. 하지만 놈은 그 동작을 예상하고 있었고, 내 가슴 정중앙에 라이트 훅을 날렸다. 시속 10킬로미터로 달려오는 180킬로그램짜리 역도 선수에게 맞은 것 같은 느낌이었다. 흉골이 부러지는 것 같았고 충격으로 심장이 멈출 것 같았다. 발이 땅에서 떨어졌고 등을 바닥으로 해서 그대로 넘어졌다. 사느냐 죽느냐를 선택해야 할 바로 그 순간이었다. 나는 살기로 했다. 두 번 구르고 손을 짚고 올려 몸을 일으켰다. 뒤로 점프하면서 옆으로 피해 나를 죽일 뻔한 일격을 간신히 피했다.

이제부터는 살아남아 다음 0.5초가 어떻게 될지 지켜보는 것이 중요했다. 가슴이 심하게 아팠고 운동 능력은 100퍼센트에 못 미쳤지만 1분 정도는 놈이 휘두르는 모든 공격을 다 피해냈다. 놈은 빠르긴 했지만 싸움 솜씨는 그다지 없었다. 나는 팔꿈치를 놈의 얼굴에 꽂았다. 코가 부러지긴 했다. 코가 머리 뒤로 뚫고 나갈 정도로 세게 친 거였는데. 그래도 코피는 났다. 놈이 숨을 쉬려고 입을 벌렸다. 나는 계속 춤추듯 움직여 피하면서 기다렸다. 왼쪽 어깨로 강력한 돌려치기를 받아냈는데, 팔이 거의 마비될 뻔했다. 그 오른쪽 펀치가 아슬아슬하게 빗나가면서, 짧은 찰나에 놈의 자세가 흐트러졌다. 놈은 코피 때문에 입을 벌리고 있었다. 나는 팔을 감아올려 '담배 펀치'를 날렸다. 오래전에 배운 술집에서의 싸움 기술이다. 상대방에게 담배를 건네면 담배를 받아 입술로 가져가면서 입을 2센티미터 정도 벌린다. 그때 정확히 타이밍을 맞춰서 턱밑에 강력한 어퍼컷을 날리는 것이다. 입이 꽉 다물어지면서 턱이 깨지고 이빨이 박살 나고 혀까지 깨물어 끊어질 수도 있다. **고맙군, 이제 그만 자라.** 폴리는 이미 입을 벌리고 있어서 담배를 권할 필요가 없었다. 그래서 바로 어퍼컷을 날렸다. 내 모든 힘을 쏟아부었다. 완벽한 일격이었다. 나는 여전히 생각하면서 싸우고 있었고 여전히 안정적이었고 놈에 비해서는 작지만 사실은 덩치가 매우 큰 사람인 데다가 많은 훈련에 경험도 풍부하다. 펀치는 놈의 턱이 좁아지는 바로 그 부위에 명중했다. 단단한 뼈와 뼈의 충돌이었다. 나는 발끝으로 일어나서 1미터 정도 되는 거리를 그대로 밀어붙였다. 턱뿐만 아니라 목도 부러졌어야 했다. 머리가 바로 떨어져서 흙바닥에 굴러다녀야 했다. 하지만 그 일격은 전혀 효과가 없었다. 전혀. 단지 2센티미터 정도 뒤로 밀어냈을 뿐이었다. 놈은 머리만 한 번 털고는 바로 내 얼굴을 쳤다. 나는 펀치가 날아오는 것을 보고 나름 적절히 대응했다. 고개를 뒤로 젖히고 입을 크게 벌려 위아래 턱의 이빨을 지켜냈다. 머리가 뒤로 젖혀지고 있었기 때문에 펀치의 충격을 어느 정도 상쇄할 수 있었지만 여전히 엄청난 충격이었다. 기차에 치인 것 같았다. 자동차 사고를 당한 것 같았다. 나는 눈앞이 캄캄해지며 어디 있는지도 잊어버린 채 쿵 쓰러졌고, 아스팔트가 등 뒤로 두 번째 강력한 펀치처럼 올라왔다. 폐에서는 공기가 쑥 빠져나갔고 입에서 피가 뿜어져 나오는 게 보였다. 뒤통수가 진입로 바닥에 부딪혔다. 내 위 하늘이 어두워졌다.

움직이려고 했지만 키를 돌려도 시동이 걸리지 않는 자동차 같았다. 딸깍, 무반응. 0.5초가 흘러갔다. 왼팔에 힘이 없어서 오른팔을 써서 바닥에서 반쯤 몸을 일으켰다. 발을 접어 넣고 몸을 밀어 올려 똑바로 세웠다. 어지러웠다. 온몸이 흔들거렸다. 하지만 폴리는 그저 가만히 서서 나를 지켜보고 있었다. 그리고 웃었다.

그제야 놈이 천천히 시간을 끌 거라는 걸 깨달았다. 놈은 정말로 이 순간을 즐기려 하고 있었다.

총을 찾아보았다. 여전히 놈의 뒤에 있었다. 손에 닿지 않았다. 나는 놈을 여섯 번이나 때렸지만 놈은 나를 비웃고만 있었다. 놈은 나를 세 번 때렸고 나는 엉망이 되었다. 심하게 흔들렸다. 죽을 것 같았다. 갑자기 그 사실이 분명해졌다. 4월 말의 따분한 토요일 아침, 메인 주 애봇에서 죽게 될 거라는 걸. 그리고 내 안의 절반이 '우리 모두 언젠가는 죽어. 언제, 어디서 죽는 게 뭐가 그렇게 중요해?'라고 말하고 있었다. 하지만 나머지 절반은 내 인생의 많은 부분을 지배해 온 분노와 오만으로 불타오르고 있었다. 이따위 **놈에게 당해서 죽을 거야?** 나는 이 침묵의 논쟁을 열심히 따라가 결정을 내렸고, 피를 뱉고 가쁜 숨을 몰아쉬며 마지막으로 한 번 더 자세를 잡았다. 입이 아팠다. 머리도 아팠다. 어깨도 아팠다. 가슴도 아팠다. 메스껍고 어지러웠다. 다시 한번 피를 뱉어냈다. 혀로 이빨을 훑었다. 그러자 내가 웃고 있는 느낌이 들었다. 그래, **밝은 면을 보자.** 치명상은 없었다. 아직은. 총에 맞지도 않았다. 그래서 진짜로 웃음을 짓고 세 번째로 피를 뱉어내며 스스로에게 말했다. **좋아, 싸우다 죽자.**

폴리도 여전히 웃고 있었다. 얼굴에 피는 묻어 있었지만 그 외에는 완전히 정상으로 보였다. 넥타이는 여전히 단정했다. 정장 재킷도 그대로 입고 있었다. 여전히 어깨에 농구공을 꽉 채워 넣은 것처럼 보였다. 놈은 내가 자세를 잡는 모습을 보더니 더 크게 웃으며 다시 웅크려 손을 발톱 모양으로 벌리고 땅을 파는 동작을 다시 시작했다. 나는 한 번은 더 피할 것이고 어쩌면 두 번, 아주 운이 좋으면 세 번까지도 피할 수 있을 거라고 생각했다. 하지만 그런 다음 다 끝날 거라는 걸 알았다. 나는 메인 주에서 죽을 것이다. 4월의 어느 토요일 아침에. 마음속으로 도미니크 콜을 떠올리며 이렇게 말했다. '도미, 나 열심히 했어. 정말 노력했다고.' 나는 정면으로 자세를 잡았다. 폴리가 숨을 들이쉬는 게 보였다. 그가 움직였다. 돌아서서 3미터 정도를 걸어갔다. 그가 다시 돌아서더니 나를 향해 빠르게 돌진해 왔다. 나는 피했다. 지나가면서 놈의 코트가 나를 때렸다. 리처드와 엘리자베스가 멀리서 지켜보고 있는 게 시야에 들어왔다. 두 사람의 입은 마치 '죽음을 앞둔 자여, 그대에게 경의를 표하노라'라고 말하는 듯 벌어져 있었다. 폴리는 재빨리 방향을 바꾸어 전력 질주로 내게 달려왔다.

그런데 그 순간 놈은 쓸데없는 멋을 부렸고, 나는 결국 내가 이길 거라는 걸 알았다.

놈은 무술 스타일로 발차기를 하려고 했는데, 이건 얼굴을 맞대고 하는 길거리 싸움에서는 가장 멍청한 짓 중 하나다. 한 발을 땅에서 떼는 순간 균형이 무너지고 취약해진다. 패배를 애원하는 꼴이다. 놈은 텔레비전에 나오는 쿵후 캐릭터처럼 몸을 옆으로 틀고 빠르게 달려들었다. 발을 공중에 높이 올리고, 뒤꿈치를 먼저 내밀며 거대한 신발을 바닥과 평행하게 들고 있었다. 동작이 연결됐다면 의심할 여지 없이 나는 죽었을 것이다. 하지만 연결되지 않았다. 나는 뒤로 몸을 젖히며 놈의 발을 양손으로 잡아 위로 들어 올렸다. 벤치프레스 180킬로가 가능하냐고? 어디 한번 알아보자고, 이 개자식아. 젖 먹던 힘까지 짜내 놈을 땅에서 들어 올려 발을 공중으로 치켜올린 다음 머리부터 바닥에 떨어뜨렸다. 놈은 얼굴을 내 쪽으로 돌린 채 멍한 상태로 널브러졌다. 길거리 싸움의 첫 번째 규칙은 상대를 바닥에 쓰러뜨리면 망설이지 말고, 멈추지 말고, 신사적으로 행동하지 말고 끝장을 내야 한다는 것이다. 폴리는 그 규칙을 무시했다. 나는 그러지 않았다. 최대한 세게 놈의 얼굴을 걷어찼다. 피가 튀었다. 그런 다음 굴러가는 놈의 오른손을 발뒤꿈치로 찍어 수근골과 중수골, 지골을 몽땅 박살 내고

110킬로그램의 체중을 몽땅 실어 부러진 뼈를 내리밟았다. 그러고는 다시 찍어서 손목을 부러뜨렸다. 그다음에는 팔뚝까지.

놈은 초인적이었다. 옆으로 굴러 왼손으로 바닥을 짚고 일어났다. 일어서서 뒤로 물러났다. 내가 몸을 흔들며 들어가자 놈이 크게 레프트 훅을 휘둘렀다. 나는 그 펀치를 옆으로 쳐내고 놈의 부러진 코에 짧은 왼손 펀치를 적중시켰다. 놈이 뒤로 흔들린 틈에 놈의 사타구니를 무릎으로 가격했다. 놈의 머리가 앞으로 꺾였고 나는 오른손으로 다시 담배 펀치를 날렸다. 이번엔 놈의 머리가 뒤로 꺾였고 내 왼쪽 팔꿈치로 놈의 목을 갈겼다. 한 번, 두 번, 놈의 발등을 찍고 엄지손가락으로 눈을 찔렀다. 놈이 몸을 돌리길래 오른쪽 무릎 뒤를 걷어차서 다리가 접히게 했더니 다시 쓰러졌다. 왼발로 놈의 왼쪽 손목을 눌렀다. 놈의 오른팔은 이제 쓸모가 없었다. 그냥 덜렁거릴 뿐이었다. 왼팔만으로 110킬로그램을 수직으로 들어 올리지 못하면 꼼짝할 수 없는 상황이었다. 놈은 그걸 할 수 없었다. 스테로이드도 여기까지인 것 같았다. 오른발로 놈의 왼손에서 부서진 뼈가 피부를 뚫고 나오는 것이 보일 때까지 밟았다. 그러고는 빙글 돌며 점프해서 놈의 명치에 정확히 착지했다. 놈에게서 내려와 정수리를 세게 한 번, 두 번, 세 번 찼다. 네 번째 찼을 때 너무 세게 차서 신발 뒷굽이 떨어져 나가며 이메일 기기가 튀어나와 아스팔트 위를 미끄러져 갔다. 기기는 엘리자베스 벡의 호출기를 캐딜락에서 던졌을 때 떨어졌던 바로 그 자리에 멈췄다. 폴리는 그걸 눈으로 따라가며 쳐다보았다. 나는 놈의 머리를 다시 발로 찼다.

놈이 상체를 일으켜 앉았다. 거대한 복근의 힘만으로 몸을 일으켰다. 두 팔은 쓸모없이 옆구리에 매달려 있었다. 놈의 왼쪽 손목을 잡고 팔꿈치를 안으로 비틀어 관절이 탈구되고 부러질 때까지 돌렸다. 놈이 부러진 오른쪽 손목을 나를 향해 펄럭이자 피투성이가 된 손이 내 뺨을 때렸다. 왼손으로 그걸 잡아서 부러진 손가락 마디를 꽉 쥐었다. 놈의 눈을 빤히 쳐다보며 부러진 뼈를 으스러뜨렸다. 놈은 소리 한 번 내지 않았다. 미끈거리는 놈의 손을 잡은 채 오른쪽 팔꿈치를 뒤집어 놓고 무릎으로 내리찍자 부러지는 소리가 들렸다. 나는 손바닥을 놈의 머리카락에 닦고 걸어갔다. 그러고는 게이트까지 가서 콜트를 집어 들었다.

놈이 일어섰다. 어색한 움직임이었다. 팔은 무용지물이었고 발을 엉덩이 쪽으로 끌어당기고 몸을 앞으로 확 쏠리게 해 발에 체중을 실은 다음 몸을 일으켰다. 코는 짓이겨져 피가 쏟아지고 있었다. 붉게 충혈된 눈은 분노에 차 있었다.

"걸어가." 내가 말했다. 숨이 가빴다. "바위까지."

놈이 어리벙벙한 황소처럼 거기 서 있었다. 내 입 안에서도 피가 났다. 이가 흔들거렸다. 나는 아무런 만족감도 느끼지 못했다. 전혀 못 느꼈다. 내가 놈을 이긴 게 아니었다. 놈은 스스로 패배했다. 쿵후 같은 터무니없는 짓거리로. 만약 놈이 주먹을 휘두르며 달려들었다면 나는 1분 안에 죽었을 것이고 우리 둘 다 그걸 알고 있었다.

"걸어. 안 그러면 쏘겠다."

질문하듯 놈의 턱이 올라갔다.

"물속으로 들어가는 거야."

놈은 그냥 거기 서 있었다. 나는 쏘고 싶지 않았다. 180킬로그램에 달하는 시체를 바다까지 100미터나 옮기고 싶지는 않았다. 놈이 가만히 서 있는 동안 내 머릿속은 문제를 해결하려고 돌아가기 시작했다. 게이트의 사슬을 발목에 감을 수 있을까? 캐딜락에 견인 고리가 달려 있었던가? 확실치 않았다.

"걸어." 내가 다시 말했다.

리처드와 엘리자베스가 내 쪽으로 다가오는 게 보였다. 멀리 원을 그리며 빙 돌아서 오고 있었다. 폴리에게 너무 가까이 가지 않고 내 뒤로 오려는 것 같았다. 마치 신화 속 존재를 대하는 것 같았다. 무소불위의 존재인 것처럼. 나는 그들의 심정을 이해했다. 비록 두 팔은 부러졌지만 나도 내 목숨이 달린 것처럼 놈을 지켜보고 있었다. 실제로 그랬다. 놈이 내게 달려들어 넘어뜨린다면 무릎으로 나를 짓눌러 죽일 수도 있었다. 콜트가 놈에게 먹힐지 의심이 들기 시작했다. 놈이 내게 달려들고 내가 열두 발의 총알을 쏟아부어도 놈은 전혀 느려지지 않고 그저 맞고만 있는 모습이 상상되었다.

"걸어."

놈이 걸음을 뗐다. 몸을 돌려 진입로를 따라 올라가기 시작했다. 나는 열 걸음 뒤에서 따라갔다. 리처드와 엘리자베스는 잔디밭으로 더 멀리 자리를 비켰다. 우리는 두 사람을 지나쳤고, 두 사람은 내 뒤를 따라왔다. 처음에는 그 자리에 그대로 있으라고 말하려고 했었다. 하지만 그들도 각자 원하는 대로 구경할 권리가 있다는 생각이 들었다.

놈이 원형 회전로를 돌았다. 내가 어디로 데려가려는지 아는 것 같았다. 그리고 거기에 전혀 개의치 않는 것 같았다. 차고 구역을 지나 집 뒤쪽 바위 위로 향했다. 나는 열 걸음 뒤에서 따라갔다. 오른쪽 신발 뒷굽이 떨어져서 절뚝거렸다. 바람이 얼굴을 때렸다. 주위에 파도 소리가 요란했다. 거칠고 사나웠다. 할리와 갔던 V자 모양의 틈새까지 걸어갔다. 그는 거기서 멈춰 서서 가만히 있다가 돌아서서 나와 마주했다.

"나 수영 못해." 놈이 말했다. 발음이 불분명했다. 내가 이빨 몇 개를 부러뜨리고 목을 세게 친 탓이었다. 바람이 놈의 주위를 휘감아 머리카락을 들어 올려 키가 더 커 보이게 했다. 물보라가 놈을 지나쳐 나를 향해 날아왔다.

"수영할 필요 없어." 내가 대답했다.

놈의 가슴에 열두 발을 쐈다. 총알은 전부 놈을 관통했다. 커다란 살점과 근육 덩어리가 바다 위로 튕겨 나갔다. 한 명에게, 총 두 자루, 열두 번의 큰 폭발음, 11달러 40센트어치의 탄약. 놈은 뒤로 넘어지며 물속에 빠졌다. 엄청난 물보라가 일었다. 바다는 거칠었지만 조류가 반대였다. 물이 당겨 나가지를 않았다. 놈은 요동치는 물속에 잠긴 채 그냥 가만히 떠 있었다. 주위의 바다가 핏빛으로 물들기 시작했다. 놈은 계속 그대로 떠 있었다. 그러다 천천히 떠밀려 나가기 시작했다. 아주 천천히, 파도에 따라 격렬하게 위아래로 흔들리며 표류했다. 1분 동안 3미터, 2분에 6미터를 떠내려갔다. 그러다 요란한 소리를 내며 앞으로 뒤집혀 물살을 따라 천천히 맴돌기 시작했다. 점점 더 빨라졌다. 놈은 수면 바로 밑에 갇힌 모습이었다. 흠뻑 젖은 재킷 아래에서 공기가 부풀어 열두 개의 총알 구멍으로 새어 나오고 있었다. 바다는 무게가 전혀 나가지 않는 것처럼 놈을 위아래로 던지며 흔들고 있었다. 나는 빈 총 두 정을 바위 위에 올려놓고 쪼그리고 앉아 바다에 토했다. 그대로 쪼그린 채 가쁜 숨을 몰아쉬며 놈이 떠다니는 걸 지켜봤다. 빙빙 도는 걸, 떠내려가는 걸 바라봤다. 리처드와 엘리자베스는 내게서 스무 발자국 떨어져 있었다. 손으로 차가운 소금물을 떠서 얼굴을 닦았다. 눈을 감았다. 오랫동안 눈을 감고 있었다. 다시 눈을 떴을 때 거친 바다 표면을 바라보니 놈은 더 이상 거기에 없었다. 마침내 물속으로 가라앉았다.

　나는 그대로 웅크리고 있었다. 숨을 내쉬었다. 시계를 확인했다. 겨우 11시였다. 한동안 바다를 바라보았다. 오르락내리락했다. 파도가 부서지며 물보라가 쏟아졌다. 북극제비갈매기가 보였다. 둥지 틀 곳을 찾으러 돌아온 거였다. 나는 머릿속이 텅 비어 있었다. 그러다 생각하기 시작했다. 상황을 다시 점검했다. 바뀐 상황을 평가했다. 5분 정도 생각하고 나니 꽤 낙관적인 기분이 들었다. 폴리가 이렇게 일찍 사라졌으니 최종 게임이 훨씬 더 빠르고 쉬워졌다고 생각했다.

　하지만 이것도 틀린 생각이었다.

　첫 번째로 틀린 것은 엘리자베스 벡이 떠나지 않으려고 하는 것이었다. 그녀에게 리처드와 함께 캐딜락을 타고 당장 떠나라고 말했다. 하지만 그녀는 가지 않겠다고 했다. 머리가 흩날리고 옷이 바람에 펄럭이는 채 그냥 바위에 서 있었다.

　"여기가 내 집이에요."

　"곧 전쟁터가 될 겁니다."

　"난 남아 있을 거예요."

　"여기 그냥 있게 놔둘 수는 없습니다."

　"난 안 떠나요. 남편 없이는."

　무슨 말을 해야 할지 몰랐다. 점점 더해지는 추위 속에 그저 거기 서 있을 따름이었다. 리처드가 내 뒤로 다가오더니 빙글 돌아 바다를 바라보다가 고개를 돌려 나를 쳐다봤다.

　"대박." 그가 말했다. "아저씨가 폴리를 꺾었어요."

"아니. 놈이 자멸한 거야."

갈매기들이 시끄럽게 날아다니고 있었다. 바람과 싸우며 해변에서 40미터 떨어진 바다의 한 지점을 맴돌고 있었다. 갈매기들이 바다로 날아들어 파도의 능선에서 무언가를 쪼아대고 있었다. 떠다니는 폴리의 조각이었다. 리처드는 멍한 눈으로 새들을 지켜보았다.

"네 엄마와 얘기해봐. 엄마를 설득해서 도망가자고 해야 해."

"난 안 가요." 엘리자베스가 다시 말했다.

"저도요." 리처드가 말했다. "여기는 우리 집이에요. 우린 가족이고요."

그들은 일종의 쇼크 상태에 빠져 있었다. 계속 논쟁만 하고 있을 수는 없었다. 그래서 대신 일을 시키려고 했다. 우리는 천천히 말없이 진입로를 걸어갔다. 바람이 옷을 찢을 듯 불어댔다. 나는 신발 때문에 절뚝거리고 있었다. 핏자국이 시작된 곳에 멈춰서 이메일 기기를 주워들었다. 부서져 있었다. 플라스틱 화면은 금이 갔고, 켜지지 않았다. 그걸 주머니에 넣었다. 그리고 고무 뒷굽을 찾아서 바닥에 가부좌를 틀고 앉아 다시 제자리에 끼웠다. 걷기가 훨씬 수월해졌다. 게이트에 도착해서 사슬을 풀고 문을 연 다음, 재킷과 코트를 다시 주워 입었다. 코트 단추를 채우고 목깃을 올린 다음 캐딜락을 몰고 게이트 안으로 들어가서 게이트하우스 문 근처에 세웠다. 리처드가 게이트에 다시 사슬을 채웠다. 나는 안으로 들어가서 커다란 러시아제 기관총의 덮개 뭉치를 열고 탄띠를 풀었다. 그런 다음 총을 체인에서 들어 빼냈다. 바람을 맞으며 총을 밖으로 들고 나가 캐딜락 뒷좌석에 옆으로 눕혔다. 다시 안으로 들어가서 탄띠를 상자에 말아 넣고 천장 고리에서 체인을 떼어내고 들보에서 고리를 돌려 빼냈다. 상자와 체인, 고리를 밖으로 들고 나가 캐딜락 트렁크에 넣었다.

"뭐 좀 도와드릴까요?" 엘리자베스가 물었다.

"안에 탄약 상자가 스무 개 더 있습니다. 전부 다 가져가야 해요."

"저긴 안 들어가요. 다시는."

"그럼 도와줄 게 없겠군요."

나는 한 번에 두 상자씩 열 번을 왕복했다. 여전히 추웠고 온몸이 아팠다. 입 안에서는 계속 피맛이 났다. 나는 트렁크와 뒷좌석 바닥, 조수석 발밑에 상자를 차곡차곡 쌓았다. 그리고 운전석에 앉아 거울을 기울여 얼굴을 봤다. 입술은 찢어지고 잇몸 가에는 피가 고여 있었다. 위쪽 앞니가 흔들거렸다. 그것 때문에 속이 상했다. 원래 치열이 고르지 않았고 몇 년 전부터 조금씩 깨지긴 했지만 여덟 살 때부터 치아가 이런 상태여서 익숙해져 있었고, 이건 내가 가진 유일한 것이었다.

"괜찮아요?" 엘리자베스가 물었다.

뒤통수를 만져 보았다. 진입로 바닥에 부딪힌 부위에 통증이 있었다. 왼쪽 어깨 옆에는 심하게 멍이 들어 있었다. 가슴이 아팠고 호흡할 때도 통증이 조금은 있었다. 하지만 전반적으로는 괜찮았다. 폴리보다는 더 나은 상태였고 그것만으로도 충분했다. 엄지손가락으로 이를 잇몸에 밀어 올려 자리를 잡아주었다.

"이보다 더 좋을 순 없죠." 내가 말했다.

"입술이 완전히 부었어요."

"살 만합니다."

"우리, 자축해야 하는 거 아니에요?"

나는 차에서 빠져나왔다.

"두 사람이 여기서 나가는 것에 대해 먼저 이야기를 나눠야 합니다."

엘리자베스는 아무 답도 하지 않았다. 게이트하우스 안에서 전화벨이 울렸다. 구식 벨이 낮은 소리로 천천히 편안하게 울렸다. 바람과 파도 소리에 묻혀 희미하게 멀리서 들려왔다. 한 번 그리고 두 번 울렸다. 캐딜락 후드를 돌아 안으로 들어가서 전화를 받았다. 폴리라고 이름을 대고 잠시 기다리자 10년 만에 듣는 퀸의 목소리가 들렸다.

"그 자식 아직 안 왔나?" 그가 물었다.

나는 잠시 대답을 멈췄다.

"10분 전에 왔습니다." 내가 답했다. 송화구를 손으로 반쯤 가리고 높고 가볍게 목소리를 냈다.

"지금은 죽었겠지?"

"5분 전에요."

"좋아. 준비하고 대기해. 긴 하루가 될 거야."

제대로 알고 있군. 나는 생각했다. 전화가 끊어져서 수화기를 내려놓고 다시 밖으로 나갔다.

"누구였어요?" 엘리자베스가 물었다.

"퀸."

처음 퀸의 목소리를 들은 건 10년 전 카세트테이프를 통해서였다. 콜이 전화를 도청하고 있었다. 무단 도청이었지만 당시의 군법은 민간인 절차보다 훨씬 관대했다. 투명한 플라스틱으로 되어 있는 카세트 안에 작은 테이프가 감겨 있었다. 콜이 신발 상자만 한 크기의 플레이어에 카세트를 넣고 버튼을 눌렀다. 내 사무실은 퀸의 목소리로 가득 찼다. 그는 해외 은행과 통화하며 금융 거래를 하고 있었다. 편안한 목소리였다. 그는 오랜 군 생활에서 체득한 지역색 없고 일반적인 말투로 천천히 또렷하게 말했다. 계좌 번호를 불러주고 비밀번호를 알려주며 총 50만 달러에 대한 지시를 내렸다. 금액 대부분을 바하마로 송금하려는 중이었다.

"현금을 우편으로 보냅니다." 콜이 말했다. "먼저 그랜드케이맨으로요."

"그게 안전한가?" 내가 물었다.

그녀는 고개를 끄덕였다. "충분히 안전합니다. 유일한 위험은 우체국 직원이 훔쳐 가는 것뿐이죠. 하지만 목적지 주소가 사서함이고 책이라고 포장해서 보내요. 누구도 우편물에서 책을 훔치지는 않겠죠. 그걸로 빠져나가는 겁니다."

"50만 달러는 큰돈인데."

"그만한 가치가 있는 무기일 겁니다."

"그게? 그렇게나 가치가 있다고?"

"그렇지 않을까요?"

나는 어깨를 으쓱했다. "너무 큰돈 같은데. 잔디 다트 하나 가격치고는?"

그녀는 테이프 플레이어를 가리켰다. 사무실을 가득 채우고 있는 퀸의 목소리를 가리켰다. "글쎄요. 어쨌거나 그들이 지불하는 금액은 분명 그게 맞습니다. 그렇지 않으면 어떻게 50만 달러를 갖고 있겠어요? 월급으로 모은 건 절대 아닐 텐데."

"언제 움직일 건가?"

"내일요." 그녀가 말했다. "그래야만 합니다. 놈이 최종 설계도를 가지고 있어요. 고로프스키 말이, 그게 전체의 핵심이랍니다."

"어떻게 진행할 거지?"

"프라스코니가 시리아인을 상대하고 있습니다. 군 법무관 입회하에 현금에 표시를 할 거예요. 그리고 관계자 모두 그 교환을 감시할 겁니다. 퀸이 시리아인에게 건네준 서류 가방을 동일 법무관 앞에서 바로 열어볼 겁니다. 그 안의 내용물을 문서화할 텐데, 그게 바로 중요한 설계도겠죠. 그러고는 퀸을 잡으러 갑니다. 그를 체포하고 시리아인이 그에게 준 서류 가방을 압수합니다. 판사 입회하에 그 가방을 열면 그 안에서 표시해둔 현금이 나올 겁니다. 따라서 우리는 증인과 문서화된 기록을 확보하게 되는 거고 그걸로 퀸은 무너지고, 다시는 재기할 수 없을 겁니다."

"물샐 틈이 없군." 내가 말했다. "잘했어."

"감사합니다."

"프라스코니가 잘 해낼까?"

"그가 할 수밖에 없습니다. 제가 직접 시리아인을 상대할 수는 없어요. 그 사람들은 여자를 이상하게 대합니다. 여자와 닿아서는 안 되고 쳐다보지도 못하고 때로는 말도 못 걸어요. 그래서 프라스코니가 할 수밖에 없습니다."

"내가 그를 좀 도와줄까?"

"그의 역할은 모두 무대 뒤에서 이뤄지는 거라 망칠 만한 건 별로 없습니다."

"어쨌든 도와주지."

"감사합니다."

"그리고 체포할 때도 함께 갈 거야."

그녀는 아무 말도 하지 않았다.

"단독으로 보낼 수는 없어. 자네도 잘 알잖나."

그녀는 고개를 끄덕였다.

"하지만 자네가 선임 수사관이라고 말해놓지. 자네 사건이라는 걸 확실히 주지시킬 거야."

"알겠습니다." 그녀가 말했다.

콜이 테이프 플레이어의 정지 버튼을 눌렀다. 퀸의 말소리가 단어 중간에 끊겼다. 그 단어는 '달러'였고, '20만 달러'라고 말하려는데 '달'에서 끊겼다. 그는 마치 게임의 꼭대기에 있는 사람처럼 밝고 행복하고 기운이 넘쳤고, 자신이 게임에서 이기고 있다는 것을 충분히 인식하고 있는 목소리였다. 콜이 테이프를 꺼내 주머니에 넣었다. 그러고는 내게 윙크를 하며 사무실을 나갔다.

"퀸이 누구죠?" 그로부터 10년 뒤인 지금, 엘리자베스 벡이 내게 물었다.

"프랭크 사비에르. 예전엔 퀸이라고 불렀습니다. 본명은 프랜시스 사비에르 퀸."

"아는 사람인가요?"

나는 고개를 끄덕였다. "아니라면 내가 여기 있을 이유가 없을 테니까요."

"당신은 누구죠?"

"프랭크 사비에르가 프랜시스 사비에르 퀸으로 불렸을 때 그를 알던 사람입니다."

"정부 사람이군요."

나는 고개를 저었다. "순전히 개인적인 일입니다."

"내 남편은 어떻게 되는 거죠?"

"모르겠습니다. 그리고 어찌 되든 관심 없습니다."

나는 다시 폴리가 묵던 게이트하우스로 들어가 앞문을 잠갔다. 다시 나와서 뒷문도 잠갔다. 그런 다음 게이트의 사슬을 확인했다. 튼튼했다. 1분, 길면 1분 30초 정도는 침입자를 막을 수 있을 것 같았다. 자물쇠 열쇠를 바지 주머니에 넣었다.

"이제 저 큰 저택으로 돌아가시죠." 내가 말했다. "미안하지만, 걸어가셔야 합니다."

나는 좌석 뒤와 옆에 탄약 상자를 쌓아둔 캐딜락을 진입로를 따라 몰았다. 백미러에 엘리자베스와 리처드가 나란히 서둘러 걸어오는 모습이 보였다. 이곳을 벗어나고 싶지도 않고, 따로 남겨지는 것도 탐탁지 않은 것이 분명했다. 나는 짐을 내리기 위해 정문 앞에 차를 후진으로 세웠다. 트렁크를 열고 천장 고리와 체인을 꺼내 듀크의 방으로 뛰어 올라갔다. 창문에서는 진입로 전체가 다 내려다보였다. 총 쏘기 딱 좋은 위치였다. 코트 주머니에서 베레타를 꺼내 안전장치를 풀고 천장에 한 발 쐈다. 50미터 떨어진 곳에서 엘리자베스와 리처드가 급히 멈춰 서더니 저택으로 달려오는 게 보였다. 아마 내가 요리사를 쐈다고 생각했을 수도 있다. 아니면 나 스스로를 쐈다고 생각했거나. 의자에 서서 총알 구멍에 손을 넣고 나무 들보를 찾을 때까지 석고를 긁어냈다. 그런 다음 신중하게 조준하고 다시 쐈서 나무에 9밀리짜리 깔끔한 구멍을 뚫었다. 그 구멍에 고리를 돌려 끼우고 체인을 건 다음 내 몸무게로 테스트를 해봤다. 버텨냈다.

다시 내려가 캐딜락의 뒷문을 열었다. 엘리자베스와 리처드가 도착한 터라 탄약 상자를 나르라고 지시했다. 나는 대형 기관총을 들었다. 현관문의 금속 탐지기가 이를 감지하고 다급한 경고음을 시끄럽게 울려댔다. 나는 기관총을 위층으로 들고 올라갔다. 체인에 걸고 첫 번째 탄띠의 끝을 끼워 넣었다. 총구를 벽 쪽으로 돌리고 창문 아래쪽 창틀을 열었다. 총구를 다시 돌리고 상하좌우로 움직이며 사격 범위를 가늠해 보았다. 멀리 있는 장벽의 전체 폭과 원형 회전로까지 진입로 전체 길이가 사정권에 들어왔다. 리처드가 서서 나를 지켜보았다.

"상자를 계속 쌓아 올려." 내가 말했다.

그러고는 침대 옆 탁자로 가서 외부 회선 전화기를 들었다. 모텔에 있는 더피에게 전화를 걸었다.

"아직도 날 도울 생각이 있소?"

"물론이죠."

"그럼 세 사람 모두 이쪽으로 오시오. 최대한 빨리."

그 후로는 그들이 도착할 때까지 더 이상 할 일이 없었다. 나는 엄지손가락으로 이를 잇몸 안으로 꾹 누른 채 창가에서 도로를 바라보며 기다렸다. 무거운 상자들과 씨름하는 리처드와 엘리자베스를 지켜봤다. 하늘을 확인했다. 정오였지만 점점 어두워지고 있었다. 날씨가 점점 더 나빠지고 있었다. 바람이 거세지고 있었다. 4월 말의 북대서양 연안이었다. 날씨 예측이 불가능했다. 엘리자베스 벡이 들어와서 상자 하나를 쌓아 올렸다. 그녀는 가쁜 숨을 몰아쉬며 물끄러미 서 있었다.

"무슨 일이 일어나고 있는 거예요?" 그녀가 물었다.

"알 수 없습니다."

"이 총은 뭐에 쓰려고요?"

"예방 차원입니다."

"뭘 예방해요?"

"퀸 일당들. 우리는 바다를 등지고 있습니다. 진입로에서 그들을 막아내야 합니다."

"그 사람들에게 총을 쏠 건가요?"

"필요하다면."

"내 남편은 어떻게 되는 거죠?" 그녀가 물었다.

"신경 쓰입니까?"

그녀는 고개를 끄덕였다. "네, 그럼요."

"남편도 쏠 겁니다."

그녀는 아무 말도 하지 않았다.

"그는 범죄자예요. 자기 운에 맡겨야 할 겁니다."

"남편을 범죄자로 만드는 법들은 위헌이에요."

"그렇게 생각합니까?"

그녀는 다시 고개를 끄덕였다. "수정헌법 2조에 명확히 나와 있어요."

"그럼 대법원에 이야기하시죠. 날 귀찮게 하지 말고."

"사람들은 무기를 소지할 권리가 있어요."

"마약상들은 아니죠. 붐비는 동네 한복판에서 자동 화기를 쏴도 괜찮다는 헌법 조항은 본 적이 없습니다. 그것도 벽돌로 된 벽을 연이어 관통하는 총알로 말이죠. 그리고 그건 무고한 행인들도 연이어 관통해요. 아기들과 아이들까지도."

그녀는 아무 말도 하지 않았다.

"아기가 총알에 맞는 걸 본 적 있습니까? 주삿바늘처럼 쑥 들어가는 게 아닙니다. 몽둥이처럼 으스러뜨리며 몸을 관통해요. 으깨고 찢으면서."

그녀는 아무 말도 하지 않았다.

"군인에게 총이 재미있는 거라고 말하면 절대로 안 됩니다."

"법은 명확해요."

"그러면 NRA^{National Rifle Association}*에 가입하시죠. 나는 현실 세계의 문제를 말하는 거니까." *'전미총기협회'의 약어. 개인의 총기 소유를 옹호하는 로비 단체.

"그 사람은 내 남편이에요."

"감옥에 갈 만하다고 말씀하셨잖습니까."

"그래요. 하지만 죽어야 할 정도는 아니에요."

"그렇게 생각합니까?"

"내 남편이니까요." 그녀가 말했다.

"총을 어떻게 팔고 있습니까?"

"I-95 도로를 이용해요." 그녀가 말했다. "싸구려 러그의 가운데를 잘라내서 그 안에 총을 넣고 말아요. 튜브나 실린더처럼요. 차로 보스턴이나 뉴헤이븐으로 가져가죠. 거기서 사람들을 만나요."

나는 고개를 끄덕였다. 이곳 주변에서 보았던 풀어진 러그 섬유가 기억났다.

"그는 내 남편이에요."

나는 다시 고개를 끄덕였다. "퀸 옆에 딱 붙어 서지 않을 만큼의 센스만 있다면 괜찮을 수도 있습니다."

"괜찮을 거라고 약속해줘요. 그럼 리처드와 함께 떠날게요."

"약속은 할 수 없습니다."

"그럼 우리도 여기 있을 거예요."

나는 대꾸하지 않았다.

"그건 결코 자발적인 관계가 아니었어요. 아시다시피요." 그녀가 말했다. "사비에르와의 관계 말이에요. 그 점을 이해해주셔야 해요."

그녀는 창문으로 가서 리처드를 내려다보았다. 캐딜락에서 마지막 탄약 상자를 힘겹게 꺼내고 있었다.

"강압이 있었어요." 그녀가 말했다.

"압니다."

"그가 내 아들을 납치했어요."

"알고 있습니다."

그러자 그녀는 다시 몸을 움직여 나를 똑바로 쳐다보았다.

"그가 당신에게는 무슨 짓을 했죠?"

그날 나는 작전을 마무리하기 위해 준비 중이던 콜을 두 번 더 보았다. 그녀는 모든 걸 제대로 해내고 있었다. 마치 체스 선수처럼 두 수 앞을 내다보고 행동했다. 거래를 감시할 군 법무관을 고를 때, 그가 이후의 군사 재판에서 배척해야 할 사람이 될 거라는 걸 알고 있었기 때문에 검찰이 싫어하는 법무관을 선택했다. 나중에 장애물이 하나 줄어들 수 있도록. 그녀는 시각적 기록을 남기기 위해 사진사까지 대기시켜 놓았다. 퀸의 버지니아 집까지 가는 데 걸리는 시간도 계산해두었다. 처음에 내가 그녀에게 주었던 파일은 이제 골판지 상자 두 개를 가득 채웠다. 그녀를 두 번째로 보았을 때 그녀는 그 상자들을 들고 있었다. 상자 두 개가 쌓여 있어 그녀의 이두박근이 그 무게 때문에 팽팽해져 있었다.

"고로프스키는 어떻게 버티고 있나?"

"별로 좋지 않습니다." 그녀가 말했다. "하지만 내일이면 고비를 넘길 겁니다."

"자네, 유명해질 거야."

"그러지 않기를 바랍니다. 이건 영원히 기밀로 남아야 해요."

"기밀 세계에서 유명해지겠지. 그런 자료를 보는 사람이 많으니까."

"그럼 제 인사고과를 요청해야겠네요. 모레쯤에요."

"오늘 같은 날은 저녁을 같이 먹어야 해. 축하하는 의미로 외식하자고. 우리가 찾을 수 있는 최고로 좋은 장소에서. 내가 사지."

"푸드 스탬프를 받는다고 들은 것 같은데요."

"많이 모아 두었어."

"그랬겠네요. 시간이 오래 걸린 사건이었으니까."

"정말 느릿느릿하게 진행됐지. 콜, 그게 자네의 유일한 문제야. 철저하지만 느려."

그녀는 다시 미소 지으며 상자를 더 높이 들어 올렸다.

"내가 데이트하자고 할 때 좋다고 했어야죠. 그랬으면 느린 게 빠른 것보다 나을 때가 있다는 걸 보여줬을 텐데요."

그녀는 상자를 들고 갔고 두 시간 뒤 우리는 시내의 한 식당에서 만났다. 고급스러운 곳이라 샤워를 하고 깨끗한 군복을 입었다. 그녀는 검은 드레스를 입고 나타났다. 전에 입고 나온 드레스가 아니었다. 물방울 무늬가 전혀 없었다. 검은색 단색이었다. 그녀를 매우 돋보이게 하는 옷이었지만, 그녀에게 그런 도움은 필요 없었다. 그녀는 마치 열여덟 살 정도로 보였다.

"사람들이 아빠랑 같이 식사하는 줄 알겠군."

"아마 삼촌쯤으로 보겠죠. 아빠의 남동생 정도로."

그날 저녁식사는 음식이 중요한 자리가 아니었다. 그날 저녁의 다른 모든 것은 기억나지만 뭘 주문했는지는 기억이 나지 않는다. 스테이크였던가? 아니면 라비올리? 뭔가를 먹긴 했다. 우리는 아무한테나 함부로 털어놓지 못할 얘기를 많이 나눴다. 나는 자제력이 거의 바닥나 그녀에게 모텔로 가고 싶은지 물어볼 뻔했다. 하지만 그러지 않았다. 각자 와인 한 잔씩만 마시고 물로 바꿨다. 다음 날을 위해 정신을 맑게 유지해야 한다는 무언의 합의가 있었다. 내가 계산을 했고 우리는 자정에 헤어졌다. 늦은 시간임에도 불구하고 그녀는 밝아 보였다. 생기와 에너지, 집중력으로 가득 차 있었다. 기대감에 부풀어 있었다. 눈이 빛나고 있었다. 나는 거리에 서서 그녀가 차를 몰고 떠나는 모습을 지켜보았다.

"누군가 오고 있어요." 그로부터 10년 뒤인 지금, 엘리자베스 백이 말했다.

창밖을 슬쩍 내다보니 저 멀리 회색 토러스가 보였다. 바위와 날씨와 섞여 차 색깔이 잘 보이지 않았다. 3킬로미터 떨어진 거리에서 도로의 커브를 돌아 빠르게 달려오고 있었다. 비야누에바의 차였다. 엘리자베스에게 그 자리에서 리처드를 잘 지켜보라고 말한 뒤 아래층으로 내려가 뒷문으로 나갔다. 숨겨둔 꾸러미에서 돌의 열쇠 뭉치를 꺼내 내 재킷 주머니에 넣었다. 더피의 글록과 예비 탄창도 챙겼다. 더피에게 온전한 상태로 돌려주고 싶었다. 그건 중요했다. 그녀는 이미 곤경에 처할 대로 처해 있었으니까. 베레타와 같이 코트 주머니에 넣고 저택 앞으로 돌아가 캐딜락에 탔다. 게이트까지 차를 몰고 가 잽싸게 내린 뒤 보이지 않는 곳에서 기다렸다. 토러스가 게이트 밖에 멈췄다. 운전석에 비야누에바가, 그 옆에 더피가, 뒷좌석에 엘리엇이 앉아 있는 게 보였다. 나는 숨어 있다가 앞으로 나와 사슬을 풀고 게이트를 열었다. 비야누에바가 천천히 차를 몰고 들어와 캐딜락 앞에 바짝 댔다. 차 문 세 개가 동시에 열리고 셋 모두 추운 바깥으로 나와 나를 쳐다보았다.

"도대체 무슨 일이 있었던 거야?" 비야누에바가 물었다.

나는 입을 만져 보았다. 부어올랐고 쑤셨다.

"문에 부딪혔습니다."

비야누에바가 게이트하우스를 힐끗 쳐다보았다.

"아니면 문지기한테 부딪혔거나. 내 말이 맞나?"

"괜찮아요?" 더피가 물었다.

"문지기보다는 내 상태가 더 낫소."

"우린 왜 부른 거예요?"

"이제부터 플랜 B요. 포틀랜드로 갈 건데 거기서 필요한 걸 찾지 못하면 여기로 다시 돌아와서 기다려야 하오. 그러니 둘은 지금 바로 나와 함께 나가고, 나머지 한 명은 여기 남아 요새를 지켜야 하오." 나는 돌아서서 집을 가리켰다. "2층 중앙 창문에 접근로를 막기 위해 커다란 기관총을 설치해 두었소. 당신들 중 한 명이 거기서 그걸 맡아줘야겠소."

자원자가 없었다. 나는 비야누에바를 똑바로 쳐다보았다. 그는 나이가 많으니 오래전에 징집되었을 가능성이 있었다. 대형 기관총 주변에서 놀았을 수도 있다.

"당신이 하십시오, 테리." 내가 말했다.

"난 말고." 그가 말했다. "난 테레사를 찾으러 자네와 함께 가야 해."

그는 재론의 여지가 없다는 듯이 말했다.

"좋아요. 내가 하죠." 엘리엇이 말했다.

"고맙소. 베트남전 영화를 본 적이 있소? 거기 나오는 휴이 헬기의 사격수가 바로 당신 역할이오. 놈들이 와서 게이트를 뚫으려고 하지는 않을 거요. 게이트하우스 앞쪽 창문으로 들어가서 뒷문이나 뒤쪽 창문으로 나올 테니 놈들이 나올 때 싹 쓸어버릴 준비를 하시오."

"어두워지면 어떡하죠?"

"어두워지기 전에 돌아오겠소."

"알겠어요. 집에는 누가 있죠?"

"벡의 가족들. 비전투원인데 떠나려고 하질 않소. 그리고 요리사가 있소."

"벡은?

"다른 놈들과 함께 돌아올 거요. 만약 혼란한 상황 속에서 그가 도망친다고 해도 난 상관없소. 총에 맞는다고 해도 상관없고."

"알겠어요."

"놈들이 오지 않을 확률이 높소. 그들은 바쁘거든. 이건 다 그저 예방조치일 뿐이오."

"알겠어요." 그가 다시 말했다.

"캐딜락을 가져가시오. 우린 토러스를 타고 갈 테니까."

비야누에바가 다시 토러스에 올라타 후진으로 게이트를 빠져나갔다. 나는 더피와 함께 걸어나가 밖에서 게이트를 닫고 사슬을 채운 뒤 자물쇠 열쇠를 엘리엇에게 던져주었다.

"이따 봅시다." 내가 말했다.

나는 엘리엇이 캐딜락을 돌려 저택 쪽으로 운전해 가는 것을 지켜보았다. 그러고는 더피와 비야누에바와 함께 토러스에 탔다. 더피가 조수석에,

나는 뒷좌석에 앉았다. 주머니에서 글록과 예비 탄창을 꺼내 그녀에게 건네주었다. 마치 작은 의식이라도 치르듯이.

"빌려줘서 고마웠소."

그녀는 글록은 어깨에 찬 권총집에, 탄창은 가방에 넣었다.

"천만에요."

"테레사가 먼저, 퀸은 두 번째. 알겠나?" 비야누에바가 말했다.

"동의합니다." 내가 답했다.

차는 도로로 들어서서 서쪽으로 향했다.

"그럼 어디를 찾아봐야 하는 거지?" 그가 물었다.

"세 군데 중 하나입니다. 창고, 도심 사무실, 공항 근처의 오피스 단지. 그런데 주말 내내 도심의 사무실 건물에 사람을 가둬둘 수는 없겠죠. 그리고 창고는 너무 붐빕니다. 방금 큰 물량이 들어왔으니까. 그래서 나는 오피스 단지에 한 표를 던지겠습니다."

"I-95? 아니면 1번 국도?"

"1번 국도."

우리는 말없이 내륙으로 25킬로미터를 달린 뒤, 1번 국도에서 포틀랜드를 향해 북쪽으로 방향을 틀었다.

13

    토요일 이른 오후라 오피스 단지는 조용했다. 비로 깨끗하게 씻겨나가 새롭고 산뜻해 보였다. 금속으로 마감한 건물들이 잿빛 하늘 아래에서 백 랍처럼 은은하게 빛나고 있었다. 우리는 시속 30킬로미터 정도의 속도로 단지 내 도로망을 천천히 주행했다. 아무도 보이지 않았다. 퀸의 건물은 굳게 잠겨 있는 것 같았다. 지나치면서 고개를 돌려 간판을 다시 살펴봤다. **사비에르 수출 상사** Xavier eXport Company. 두꺼운 스테인리스스틸에 전문가가 새긴 문구였지만, 지나치게 X자가 커서 그래픽디자인 아이디어는 아마추어가 낸 것처럼 보였다.

    "왜 '수출'이라고 쓰여 있는 거죠?" 더피가 물었다. "분명 '수입'을 하고 있는데."

    "어떻게 들어갈 건가?" 비야누에바가 물었다.

    "부수고 들어가야죠. 후방으로."

    건물들은 서로 등을 맞대고 배치되어 있었고 각 건물 앞에는 깔끔한 주차장이 있었다. 단지 내의 다른 모든 곳은 도로이거나 깔끔하게 타설된 콘크리트 연석으로 둘러싸인 새 잔디밭이었다. 울타리는 어디에도 없었다. 퀸의 사무실 바로 뒤에 있는 건물에는 '폴 키스트 앤드 크리스 매든 프로페셔널 케이터링 서비스'라는 명판이 붙어 있었다. 여기도 문이 닫혀 있었고 아무도 없었다. 그 건물 너머로 퀸 사무실의 무광 빨간색으로 칠해진 단순한 직사각형의 금속제 뒷문까지 보였다.

"주변에 아무도 없네요." 더피가 말했다.

퀸의 빨간 뒷문 옆 벽에 창문이 하나 나 있었다. 자갈 같은 질감의 반투명 유리로 된 창이었다. 화장실 창문일 것이다. 철제 창살이 덧대어져 있었다.

"보안 시스템이 있을까?" 비야누에바가 말했다.

"이런 새 건물에는 당연히 있을 겁니다."

"경찰에 직통으로 연결되어 있을까?"

"그럴 리는 없습니다. 퀸 같은 놈에게는 바보 같은 짓이죠. 애들이 창문을 깰 때마다 경찰이 와서 기웃거리는 걸 원치는 않을 테니까요."

"그럼 사설 업체?"

"내 추측은 그렇습니다. 아니면 부하들이 직접 관리하든지."

"그럼 어떻게 할 건가?"

"정말 잽싸게 움직여야죠. 누군가 반응하기 전에 치고 빠져야 합니다. 5분에서 10분 정도는 여유가 있을 겁니다."

"한 명은 앞에, 두 명은 뒤에?"

"그러죠." 내가 말했다. "앞쪽을 맡으십시오."

트렁크를 열라고 말한 다음 더피와 나는 차에서 내렸다. 공기는 차갑고 습했고 바람이 불고 있었다. 나는 스페어타이어 밑에서 타이어 렌치를 꺼내고 트렁크 뚜껑을 닫은 뒤 차가 떠나는 모습을 지켜보았다. 더피와 나는 케이터링 회사 옆을 따라 걸어가 잔디밭을 가로질러 화장실 창문으로 다가갔다. 차가운 금속 외벽에 귀를 대고 들어봤다. 아무 소리도 들리지 않았다. 창살을 살펴보았다. 창살은 얇은 직사각형 모양의 일체형 철제 바구니 형태였는데, 양쪽에 두 개씩 총 여덟 개의 나사로 고정되어 있었다. 나사는 25센트 동전 크기*의 용접 나사 구멍에 박혀 있었다. 나사 대가리는 5센트짜리 크기**였다. 더피가 어깨에 찬 권총집에서 글록을 꺼냈다. 가죽이 긁히는 소리가 들렸다. 나는 코트 주머니 안의 베레타를 확인하고 타이어 렌치를 양손으로 잡았다. 다시 외벽에 귀를 댔다. 건물 앞에 비야누에바의 차가 멈추는 소리가 들렸다. 엔진 소리가 금속을 통해 울렸다. 차 문이 열렸다 닫히는 소리가 들렸다. 엔진은 켜놓은 채였다. 앞쪽 보도에서 그의 발소리가 들려왔다. *약 24밀리미터. **약 21밀리미터.

"대기." 내가 말했다.

내 뒤에서 더피가 움직이는 게 느껴졌다. 비야누에바가 앞문을 세게 두드리는 소리가 들렸다. 나는 나사 옆의 금속 외벽에 타이어 렌치 끝을 세워 찔러 넣었다. 금속이 조금 찌그러졌다. 렌치를 옆으로 밀어 넣어 창살 밑에 끼우고 힘껏 당겼다. 나사는 꿈쩍도 안 했다. 나사가 외벽을 통과해 강철 프레임까지 박혀 있는 게 분명했다. 그래서 렌치를 다시 끼우고 한 번, 두 번, 더 세게 흔들었다. 나사 대가리가 부서지면서 창살이 약간 움직였다.

총 여섯 개의 나사 대가리를 부서뜨려야 했다. 거의 30초가 걸렸다. 그동안 비야누에바는 계속 문을 두드렸다. 아무런 응답이 없었다. 여섯 번째 나사가 부서지자 창살을 잡고 90도로 잡아당겨 문처럼 열었다. 남은 나사 두 개가 항의라도 하는 듯 비명을 질렀다. 다시 렌치를 집어 들어 유리를 박살 냈다. 손을 넣어 걸쇠를 찾아 창문을 열었다. 베레타를 꺼내 들고 머리부터 화장실로 들어갔다.

2x1.5미터 정도의 작은 칸막이 공간이었다. 변기와 테두리 없는 작은 거울이 달린 세면대가 있었다. 쓰레기통과 여분의 화장지와 종이 타월이 놓인 선반이 있었고 구석에는 양동이와 대걸레가 놓여 있었다. 깨끗한 바닥재. 강한 소독약 냄새. 돌아서서 창문을 확인했다. 창틀에 작은 경보 감지 패드가 나사로 고정되어 있었다. 하지만 건물은 여전히 조용했다. 사이렌 소리가 없었다. 무음 경보였다. 지금쯤 어딘가에서 전화벨이 울리고 있을 것이다. 아니면 컴퓨터 화면에 경고가 깜박이고 있거나.

화장실에서 나와 뒤쪽 복도로 들어섰다. 아무도 없었다. 어두웠다. 정면을 바라보며 뒷걸음쳐 뒷문으로 갔다. 뒤돌아보지 않고 더듬어서 잠금을 풀었다. 잡아당겨 문을 열었다. 더피가 안으로 들어오는 소리가 들렸다. 콴티코*의 6주 기본 훈련에서 익힌 동작을 아직 기억하고 있는 것 같았다. 그녀는 두 손으로 글록을 잡고 미끄러지듯 나를 지나 건물의 나머지 부분으로 연결되는 문 옆에 자리를 잡았다. 그녀는 문틀에 어깨를 기대고 팔꿈치를 구부려 나를 피해 총을 들어 올렸다. 내가 앞으로 나아가 문을 발로 차고 들어가 왼쪽으로 피했고, 그녀는 내 뒤를 따라 돌아 오른쪽으로 갔다. 또 다른 복도 안이었다. 좁았다. 복도는 건물 전체 길이를 따라 앞까지 이어져 있었다. 양쪽 좌우로 방들이 있었다. 양쪽에 세 개씩 여섯 개. 문도 여섯 개. 모두 닫혀 있었다. *FBI 훈련소.

"전방." 내가 속삭였다. "비야누에바."

우리는 등을 맞댄 채 옆걸음으로 이동하면서 문 하나하나를 조심스럽게 살폈다. 문은 그대로 닫혀 있었다. 앞문에 다다라서 내가 잠금을 풀고 문을 열었다. 비야누에바가 들어오게 한 뒤 다시 문을 닫았다. 그의 굳은 살 박인 늙은 손에 글록 17이 들려 있었다. 당연히 있어야 할 자리에 있는 것처럼 자연스러워 보였다.

"경보는?" 그가 속삭였다.

"무음." 나는 속삭여 답했다.

"그럼 서둘러야지."

"방 하나하나."

기분이 좋지 않았다. 너무 큰 소음을 냈기 때문에 건물 안에 있는 사람이라면 우리가 거기 있다는 것을 모를 리가 없었다. 그런데 실수로라도 아직 아무도 우리와 맞서려 나오지 않았다는 사실은, 놈들이 총의 안전장치를 풀어놓고 가슴 높이를 조준한 채 문 안쪽에서 꼼짝 않고 기다릴 만큼 영리하다는 것을 의미했다. 게다가 중앙 복도의 폭은 90센티미터 정도밖에 안 됐다. 움직일 수 있는 공간이 거의 없었다. 기분이 좋지 않았다. 문은 모두 왼쪽에 경첩이 달려 있었기 때문에 더피를 내 왼쪽으로 세워 반대편 문을 커버하라고 했다. 둘 다 같은 방향을 바라보는 건 원치 않았다. 등에 총을 맞고 싶지는 않았다. 그리고 비야누에바를 내 오른쪽에 세웠다. 그의 임무는 문을 하나씩 차서 여는 것이었다. 나는 중앙에 섰다. 내 임무는 방 하나하나 먼저 들어가는 것이었다.

왼쪽 앞방부터 시작했다. 비야누에바가 문을 세게 걷어찼다. 자물쇠가 부서지고 문틀이 쪼개지면서 문이 요란하게 열렸다. 나는 바로 들어갔다. 방은 비어 있었다. 창문과 책상, 서류 캐비닛이 벽에 붙어 있는 3x3미터 크기의 정사각형 방이었다. 곧바로 나와서 우리 모두 빙글 돌아 맞은편 방으로 돌진했다. 더피가 뒤를 지켜주고 비야누에바가 문을 걷어찼고 내가 들어갔다. 그 방도 비어 있었다. 하지만 보너스가 있었다. 그 방과 옆방 사이의 칸막이 벽이 제거되어 있었다. 3x6미터짜리 방이었다. 복도로 통하는 문이 두 개 있었다. 방 안에는 책상이 세 개 있었다. 컴퓨터와 전화기가 있었다. 구석에는 여성용 비옷이 걸려 있는 옷걸이가 있었다.

복도를 건너 네 번째 문이자 세 번째 방으로 들어갔다. 비야누에바가 문을 걷어차고 나는 문턱을 뒹굴었다. 비어 있었다. 또 다른 3x3미터 사각형 방. 창문은 없었다. 책상 하나, 그 뒤에 코르크 보드가 있었다. 목록이 코르크에 고정되어 있는 커다란 게시판. 대부분의 리놀륨을 덮고 있는 오리엔탈 러그.

이제 두 개가 남았다. 우리는 오른쪽 뒷방을 선택했다. 비야누에바가 문을 차고 내가 들어갔다. 비어 있었다. 3x3미터, 흰 페인트, 회색 바닥재. 완전히 텅 비어 있었다. 아무것도 없었다. 핏자국 말고는. 닦아내긴 했지만 제대로 되지는 않았다. 너무 젖은 걸레로 밀고 다녀 생긴 갈색 소용돌이가 바닥에 남아 있었다. 벽에는 피가 튄 자국도 있었다. 일부는 닦여 있었다. 일부는 아예 안 닦아서 그대로 남아 있었다. 허리 높이까지 레이스 모양의 자국이 있었다. 벽 밑부분과 바닥재가 만나는 모서리는 갈색과 검은색으로 테두리가 져 있었다.

"가정부 요원." 내가 말했다.

아무도 대꾸하지 않았다. 꽤 오래 말없이 서 있었다. 그런 다음 물러나 돌아서서 마지막 문을 세게 찼다. 내가 총을 들고 먼저 들어갔다. 그리고 바로 멈춰섰다.

거기는 감방이었다. 그런데 비어 있었다.

3x3미터. 하얀 벽에 낮은 천장. 창문 없음. 회색 바닥재. 바닥재 위에 매트리스. 매트리스 위에 구겨진 시트. 사방에 널려 있는 수십 개의 중국 음식 배달 용기. 빈 플라스틱 생수병.

"테레사가 여기 있었군요." 더피가 말했다.

나는 고개를 끄덕였다. "그 집 지하실과 똑같소."

방 안쪽으로 들어가 매트리스를 들어 올렸다. 바닥에 손가락으로 문질러 쓴 'JUSTICE'라는 단어가 크고 선명하게 남아 있었다. 그 아래에는 그걸 쓴 날짜인 여섯 개의 숫자가 연월일 순서로 적혀 있었는데, 손가락 끝에 검은색과 갈색의 무언가를 다시 찍어가면서 쓰느라 글씨가 희미해졌다 선명해졌다 했다.

"자기를 쫓아와주길 바라고 있어." 비야누에바가 말했다. "날짜별로, 장소별로. 영리한 아이야."

"저거 피로 쓴 거죠?" 더피가 말했다.

방 전체에 오래된 음식 냄새와 몸 냄새가 가득했다. 공포와 절망의 냄새가 났다. 가정부가 죽는 소리를 들었던 것이다. 얇은 문 두 개로는 소음을 완전히 막지 못했을 테니까.

"해선장 소스일 거요." 내가 답했다. "그거였길 바라오."

"그녀를 옮긴 지 얼마나 된 것 같아요?"

가장 가까이 있는 음식 용기 안을 살펴보았다. "어쩌면 두 시간 정도?"

"젠장."

"가자고." 비야누에바가 말했다. "그녀를 찾으러."

"5분만요." 더피가 말했다. "ATF에 넘길 뭔가를 가져가야 해요. 이 모든 일을 바로잡기 위해서요."

"5분은 너무 길어." 비야누에바가 말했다.

"2분." 내가 말했다. "챙길 수 있는 것만 챙기고 나중에 다시 살펴보시오."

우리는 감방에서 물러났다. 아무도 맞은편 도살장은 쳐다보지 않았다. 더피가 오리엔탈 러그가 깔린 방으로 우리를 이끌었다. 현명한 선택이라고 생각했다. 퀸의 사무실일 테니까. 러그 깔린 방을 쓸 사람은 그놈 정도밖에 없을 것이다. 그녀는 책상 서랍에서 '보류 중'이라고 적힌 두꺼운 파일을 꺼내고 코르크 보드에 붙어 있는 목록을 모두 떼어냈다.

"가자고." 비야누에바가 다시 재촉했다.

화장실 창문을 통해 들어간 지 정확히 4분 뒤에 앞문을 통해 나왔다. 네 시간은 걸린 것처럼 느껴졌다. 우리는 회색 토러스에 몸을 실었고, 1분 뒤에는 다시 1번 국도 위에 있었다.

"북쪽으로 갑시다. 도심으로."

얼마간은 모두 말없이 차만 타고 갔다. 아무도 서로를 쳐다보지 않았다. 모두 가정부 요원에 대해 생각하고 있었다. 나는 뒷자리에 있었고 더피는 조수석에서 퀸의 서류를 무릎 위에 펼쳐놓고 있었다. 다리 위는 교통체증이 심했다. 쇼핑객들이 시내로 향하고 있었다. 빗물과 날아온 짠물이 섞여 도로가 미끄러워서 다들 조심히 운전했다. 더피는 서류를 넘기며 하나하나 훑어보고 있었다. 그러다 정적을 깼다. 다행이었다.

"이거 다 꽤 암호 같네요." 그녀가 말했다. "XX와 BB가 있어요."

"'XX'는 '사비에르 수출 상사 Xavier eXport Company', 'BB'는 '비자르 바자르 Bizarre Bazaar'." 내가 말했다.

"BB는 수입을 하고 XX는 수출을 하고 있어요. 하지만 둘은 분명히 연결되어 있고요. 마치 하나의 작업에서 각각 절반을 차지하고 있는 것 같아요."

"난 관심 없소." 내가 말했다. "난 퀸만 찾으면 되니까."

"테레사도." 비야누에바가 말했다.

"1분기 스프레드시트를 보면 올해 2,200만 달러의 매출을 올릴 것으로 보여요. 총기 매출이 대부분일 것 같은데."

"저가 소형 권총 25만 정이거나." 내가 말했다. "에이브럼스 전차 네 대 이거나."

"모스버그, 이 이름 들어본 적 있어요?" 더피가 말했다.

"그건 왜?" 내가 물었다.

"XX가 방금 거기서 보낸 화물을 받았어요."

"O. F. 모스버그 앤드 선즈, 코네티컷 주 뉴헤이븐 소재. 샷건 제조사." 내가 답했다.

"'퍼스웨이더persuader'가 뭐죠?"

"샷건. 모스버그 M500 퍼스웨이더. 준군사 무기요."

"XX가 퍼스웨이더를 어딘가로 보내고 있어요. 200정, 총 청구액은 6만 달러. 실제로는 BB가 받고 있는 무언가와의 맞교환인 것 같아요."

"수출-수입. 들여오기-내보내기. 그렇게 돌아가는 거군."

"그런데 가격이 안 맞아요." 그녀가 말했다. "BB가 들여오는 선적분은 청구액이 7만 달러예요. 그러면 XX가 만 달러 이익을 보는 거죠."

"자본주의의 마법이지." 내가 말했다.

"아니, 잠깐. 다른 항목이 있어요. 이제 균형이 맞아요. 모스버그 퍼스웨이더 200정에 만 달러짜리 보너스 아이템을 더하니까 금액이 같아지네요."

"보너스 아이템이 뭐요?" 내가 물었다.

"그건 안 나와 있어요. 만 달러짜리가 뭘까요?"

"난 관심 없소." 내가 다시 말했다.

더피가 서류를 더 넘겼다.

"키스트 앤드 매든. 이 이름을 어디서 봤더라?"

"퀸의 건물 뒤편에 있던 케이터링 업체." 내가 답했다.

"퀸이 거기에 발주를 했어요. 오늘 뭔가를 배달하는데요."

"어디로?"

"그건 안 나와 있어요."

"뭘 주문했소?"

"그것도 안 나와 있어요. 단가 55달러짜리 열여덟 개. 거의 천 달러어치네요."

"이제 어디로 갈까?" 비야누에바가 말했다.

우리는 다리를 건너 왼쪽에 공원을 두고 북서쪽으로 돌고 있었다.

"두 번째에서 우회전하십시오."

우리는 '선교사의 집' 지하 주차장으로 직행했다. 부스 안에 멋진 유니폼을 입은 경비원이 있었다. 그는 별다른 눈치 없이 우리의 출입을 등록했다. 그때 비야누에바가 그에게 DEA 배지를 보여주며 아무에게도 연락하지 말고 조용히 앉아 있으라고 말했다. 안쪽 주차장은 조용했다. 80대 분량의 주차 공간이 있었지만 주차 차량은 열 대밖에 없었다. 그런데 그중 한 대가 그날 아침 내가 벡의 창고 밖에서 봤던 회색 그랜드 마퀴스였다.

"내가 사진을 찍은 데가 여기예요." 더피가 말했다.

주차장 안쪽으로 차를 몰고 가서 구석에 주차했다. 우리는 내려서 엘리베이터를 타고 한 층 위의 로비로 올라갔다. 낡은 대리석 장식과 건물 안내판이 있었다. '사비에르 수출 상사'는 '루이스, 스트레인지 앤드 그레빌'이라는 로펌과 4층을 나눠 쓰고 있었다. 그 점은 좋았다. 위의 해당 층에 내부 복도가 있다는 뜻이었으니까. 엘리베이터에서 내리자마자 바로 퀸의 사무실로 들어서는 상황에 처하지 않아도 된다는 의미였다.

다시 엘리베이터에 올라타서 4층을 눌렀다. 우리는 앞을 보고 서 있었다. 문이 닫히고 모터 작동음이 났다. 4층에 멈췄다. 밖에서 목소리가 들려왔다. 엘리베이터 벨이 울리고 문이 열렸다. 복도는 변호사들로 꽉 차 있었다. 왼쪽에 '루이스, 스트레인지 앤드 그레빌, 변호사'라고 새겨진 황동 명판이 달린 마호가니 문이 있었다. 문은 열려 있었고 세 사람이 그 문을 통해 나와서 일행 중 한 사람이 문을 닫기를 기다리며 서 있었다. 남자 둘, 여자 한 명. 캐주얼한 차림이었다. 모두 서류 가방을 들고 있었다. 모두 즐거워 보였다. 그들이 모두 고개를 돌려 우리를 바라보았다. 우리는 엘리베이터에서 내렸다. 그들은 미소를 지으며 좁은 복도에서 낯선 사람을 마주쳤을 때의 인사로 고개를 까딱했다. 우리가 법률 상담을 하러 온 줄 알았을 수도 있다. 비야누에바가 미소를 지으며 고갯짓으로 사비에르 수출 상사의 문을 가리켰다. 당신들을 찾아온 게 아닙니다. 우리 볼일은 저쪽입니다. 그러자 여성 변호사는 고개를 돌리고 우리를 지나쳐 엘리베이터로 들어갔다. 그녀의 동료들이 사무실 문을 잠그고 그녀와 합류했다. 엘리베이터 문이 닫히고 아래로 내려가는 소리가 들렸다.

"목격자가 생겼네요. 젠장." 더피가 속삭였다.

비야누에바가 사비에르 수출 상사의 문을 가리켰다. "저 안에 누군가 있어. 변호사들이 토요일 이 시간에 우리가 여기에 온 걸 보고도 놀라지 않는 걸 보면 말이야. 저 안에 누군가가 있다는 걸 알고 있는 게 분명해. 아마 약속이 되어 있다고 생각했을 거야."

나는 고개를 끄덕였다. "주차장에 있는 차 중 한 대가 오늘 아침에 벽의 창고에 있던 차였습니다."

"퀸일까요?" 더피가 물었다.

"그랬으면 좋겠군."

"테레사가 먼저라고 동의했잖나." 비야누에바가 말했다. "퀸은 그다음 이라고."

"계획을 변경하려고요. 놈이 저 안에 있다면 물러서지 않을 겁니다. 두 번 다시 없을 기회니까요."

"하지만 어차피 들어갈 수 없어요." 더피가 말했다. "우릴 봤으니까요."

"당신들은 안 되지만," 내가 말했다. "난 가능하오."

"뭐라고요? 혼자서?"

"그게 내가 원하는 방식이오. 놈과 나, 둘이서만."

"우린 흔적을 남겼다고요."

"그럼 그걸 없애면 되오. 주차장으로 돌아가서 차를 몰고 나가시오. 경 비원이 출차 처리할 거요. 그리고 5분 뒤에 이 사무실로 전화하시오. 차고 기록과 전화 기록으로 당신들이 여기 있는 동안 아무 일도 없었다는 게 증 명될 테니까."

"하지만 당신은 어쩌고요? 우리가 당신을 여기 놔두고 간 게 기록에 남 을 텐데."

"아닐 거요. 주차장 경비원이 그렇게 세심한 것 같진 않았으니까. 머릿 수를 세지도 않았을 거요. 그냥 차 번호만 적었을 게 분명하오."

더피는 아무 말도 하지 않았다.

"그리고 어차피 상관없소." 내가 말했다. "난 찾기 힘든 사람이오. 앞으로는 찾기가 더 힘들어질 거고."

그녀가 로펌의 문을 바라보았다. 그리고 사비에르 수출 상사의 문을. 그리고 엘리베이터를. 마지막으로 나를.

"그래요." 그녀가 말했다. "당신에게 맡기고 우린 갈게요. 정말 그러고 싶지 않지만 그럴 수밖에 없네요. 이해하죠?"

"전적으로." 내가 답했다.

"테레사가 저 안에 있을지도 몰라. 놈과 함께." 비야누에바가 속삭였다.

나는 고개를 끄덕였다. "만약 있다면 데리고 나가겠습니다. 길 끝에서 만나죠. 더피가 이 사무실로 전화하고 나서 10분 뒤에."

두 사람 모두 잠시 망설이다 더피가 엘리베이터 호출 버튼에 손가락을 갖다 댔다. 기계가 작동하면서 소리가 들려왔다.

"조심해요." 더피가 말했다.

벨이 울리고 문이 열렸다. 그들이 들어갔다. 비야누에바가 나를 힐끗 쳐다보며 로비 버튼을 누르자 문이 극장 커튼처럼 닫히고 그들은 가버렸다. 나는 물러서서 퀸의 회사 문 반대편 벽에 기대었다. 혼자가 되니 마음이 편했다. 주머니 속 베레타의 손잡이를 쥐고 기다렸다. 더피와 비야누에바가 엘리베이터에서 내려 차로 걸어가는 모습을 상상했다. 주차장에서 차를 몰고 나온다, 경비원이 알아본다, 모퉁이를 돌아 주차하고 안내 데스크에 전화한다, 퀸의 번호를 받는다. 나는 그 생각에서 빠져나와 문을 응시했다. 퀸이 문 너머의 책상에 앉아 전화기를 앞에 두고 있는 모습을 상상했다. 문 너머로 놈이 보이기라도 할 것처럼 문을 뚫어지게 쳐다보았다.

처음 내가 놈을 본 것은 체포 당일날이었다. 프라스코니는 시리아인을 잘 다루고 있었다. 그는 모든 준비가 다 되어 있었다. 프라스코니는 그런 상황에 아주 능숙한 친구였다. 시간과 명확한 목표가 주어지면 결과를 내는 사람이었다. 시리아인이 대사관에서 현금을 가져왔고, 우리는 모두 함께 앉아 법무관 앞에서 돈을 세었다. 5만 달러였다. 그동안 여러 번에 걸쳐 건네진 돈의 최종 지급액이라고 판단했다. 지폐 한 장 한 장 따로 표시를 했다. 서류 가방에도 표시를 했다. 경첩 하나 근처에 투명 매니큐어로 법무관의 이니셜을 써놓았다. 법무관은 공식 기록으로 남기기 위한 서면 진술서를 작성 중이었고, 프라스코니는 시리아인을 맡고 있었고, 콜과 나는 감시를 위해 준비된 위치로 이동했다. 사진사는 이미 카페 건너편, 남쪽으로 20미터 떨어진 건물의 2층 창문에서 대기하고 있었다. 법무관이 10분 뒤에 우리와 합류했다. 작전 차량은 전력회사 차량으로 위장해 연석에 주차해 놓은 밴이었다. 밴에는 안쪽에서만 밖을 볼 수 있는 창문이 있었다. 콜이 FBI에서 빌린 것이었다. 그녀는 위장을 완성하기 위해 보병 세 명을 차출했다. 보병들이 전력회사 작업복을 입고 실제로 도로를 파고 있었다.

우리는 기다렸다. 대화는 없었다. 밴은 공기가 잘 통하지 않았다. 날씨는 다시 따뜻해진 상태였다. 40분 뒤에 프라스코니가 시리아인을 놓아주었다. 그가 북쪽에서 천천히 걸어오는 모습이 시야에 들어왔다. 우리를 배신하면 어떻게 될지 미리 경고를 받은 상태였다. 콜이 각본을 썼고 프라스코니가 전달했다. 실행에 옮겨질 가능성은 거의 없는 위협이었다. 하지만 그는 그 사실을 알 수 없었다. 시리아에서 사람들이 겪는 일들을 고려해보면 그럴듯한 협박이었을 것이다.

그는 보도에 놓인 테이블에 앉았다. 우리와 3미터 정도 떨어져 있었다. 그가 서류 가방을 테이블 옆 바닥에 내려놓았다. 가방이 마치 두 번째 손님 같았다. 웨이터가 와서 주문을 받았다. 잠시 후 그는 에스프레소를 들고 돌아왔다. 시리아인이 담배에 불을 붙였다. 담배를 반쯤 피우다 재떨이에 비벼 껐다.

"시리아인이 대기 중." 콜이 조용히 말했다. 녹음기를 켜놓고 있었다. 실시간 녹음 기록을 백업으로 남기려는 아이디어였다. 체포에 대비해 군복을 입고 있었다. 군복이 정말 잘 어울렸다.

"확인. 시리아인 대기 중." 법무관이 말했다.

시리아인은 커피를 다 마시고 나서 웨이터에게 손짓해 한 잔 더 주문했다. 또 담배에 불을 붙였다.

"저 사람 원래 저렇게 담배를 많이 피우나?" 내가 물었다.

"왜 그러십니까?" 콜이 물었다.

"퀸에게 경고를 보내는 게 아닌가 해서."

"아뇨. 원래 담배를 많이 피웁니다."

"그렇군. 하지만 저들도 저들만의 철수 사인이 있을 거야."

"있어도 쓰지 않을 겁니다. 프라스코니가 겁을 잔뜩 줬거든요."

우리는 기다렸다. 시리아인은 두 번째 담배를 다 피우고 테이블 위에 손을 펴서 올려놓았다. 손가락으로 테이블을 두드렸다. 대체로 괜찮아 보였다. 만나기로 한 사람이 조금 늦게 오는 것을 기다리고 있는 것처럼 보였다. 그가 또 다른 담배에 불을 붙였다.

"계속 담배를 피우는 게 마음에 안 드는데." 내가 말했다.

"진정하세요. 원래 저러니까." 콜이 말했다.

"긴장한 것처럼 보여. 퀸이 눈치채겠어."

"괜찮습니다. 중동 사람들은 원래 저래요."

우리는 계속 기다렸다. 행인들이 점점 많아지는 것을 지켜보았다. 점심 시간이 가까워지고 있었다.

"현재 퀸이 접근 중." 콜이 말했다.

"확인. 현재 퀸 접근 중." 법무관이 말했다.

나는 남쪽을 바라보았다. 키 185센티미터에 체중은 90킬로그램이 조금 안 되어 보이는 깔끔한 외모의 남자가 보였다. 마흔이 조금 안 될 것 같았다. 귀 앞쪽으로 약간 흰머리가 나 있었다. 파란색 정장에 흰색 셔츠와 칙칙한 빨간색 넥타이를 매고 있었다. 워싱턴 D.C.에서 흔히 볼 수 있는 외모였다. 그는 빠르게 움직였지만 느긋해 보였다. 몸동작이 깔끔했다. 건강하고 운동을 즐기는 사람으로 보였다. 아마 조깅을 하는 사람일 것이다. 그는 할리버튼 서류 가방을 들고 있었다. 시리아인의 가방과 똑같은 제품이었다. 햇빛을 받아 살짝 금빛으로 반짝였다.

시리아인이 담배를 재떨이에 내려놓고 손짓으로 인사를 했다. 약간 불안해 보였지만 그게 당연하다고 생각했다. 적국의 수도 한복판에서 대규모 첩보 활동을 하는 건 장난이 아니니까. 퀸이 그를 보고 다가갔다. 시리아인이 자리에서 일어나 테이블을 사이에 두고 둘은 악수를 나눴다. 나는 미소를 지었다. 그들은 영리한 시스템을 가동하고 있었다. 조지타운에서는 너무 흔해서 눈에 거의 띄지 않는 광경이었다. 커피잔과 재떨이가 놓인 테이블을 사이에 두고 정장을 입은 미국인이 외국인과 악수를 나누고 있는 모습. 둘은 동시에 자리에 앉았다. 퀸이 의자에서 편안하게 자세를 고치며 자신의 서류 가방을 이미 놓여 있던 가방 옆에 딱 붙여 놓았다. 언뜻

보기에는 가방 두 개가 큰 사이즈의 가방 하나처럼 보였다.

"서류 가방이 나란히 놓여 있다." 콜이 마이크에 대고 말했다.

"확인. 서류 가방이 나란히 놓여 있음." 법무관도 말했다.

웨이터가 시리아인의 두 번째 커피를 들고 왔다. 퀸이 그에게 무언가를 말하자 웨이터가 자리를 떠났다. 시리아인이 퀸에게 무언가를 말했다. 퀸이 미소를 지었다. 전적으로 통제된 미소였다. 전적인 만족감의 미소였다. 시리아인이 또 말을 건넸다. 자신의 역할을 잘 수행하고 있었다. 그는 자신의 목숨을 구하고 있다고 생각했다. 퀸이 목을 길게 빼고 웨이터를 찾았다. 시리아인은 다시 담배를 집어 들고 고개를 반대쪽으로 돌려 우리 쪽으로 똑바로 연기를 뿜었다. 그러고는 재떨이에 담배를 비벼 껐다. 웨이터가 퀸의 음료를 들고 돌아왔다. 큰 잔이었다. 라떼 종류로 보였다. 시리아인이 커피를 한 모금 마셨다. 퀸도 커피를 마셨다. 대화는 없었다.

"둘 다 긴장하고 있네요." 콜이 말했다.

"흥분한 거야. 거의 끝났으니까. 이게 마지막 만남이야. 결승점이 보이는 거지, 둘 다에게. 그저 빨리 끝내고 싶을 거야."

"서류 가방을 잘 지켜보세요." 콜이 당부했다.

"지켜보는 중." 법무관이 답했다.

퀸이 잔을 받침 위에 내려놓았다. 긁히는 소리를 내며 의자를 뒤로 밀었다. 오른손을 앞으로 뻗었다. 시리아인의 가방을 집어 들었다.

"퀸이 시리아인의 가방을 들었다." 법무관이 말했다.

퀸이 일어섰다. 마지막으로 뭐라 한마디하고는 돌아서서 걸어갔다. 발걸음이 경쾌했다. 시야에서 사라질 때까지 그를 지켜보았다. 시리아인은 계산서와 함께 남겨졌다. 계산을 마치고 북쪽으로 걸어가는 그를 프라스코니가 출입구에서 나와 팔을 잡고 우리 쪽으로 다시 데려왔다. 콜이 차 뒷문을 열자 프라스코니가 그 남자를 안으로 밀어 넣었다. 다섯 명이 타고 있기에는 공간이 좁았다.

"가방을 열어." 법무관이 말했다.

가까이에서 보니 시리아인은 유리창 너머로 볼 때보다 훨씬 더 긴장하고 있었다. 땀을 흘리고 있었고 좋지 않은 냄새가 났다. 그는 가방을 바닥에 평평하게 놓고 그 앞에 쪼그려 앉았다. 우리 모두를 번갈아 힐끔거리더니 잠금장치를 풀고 한쪽을 들어 올렸다.

가방은 비어 있었다.

사비에르 수출 상사 사무실 안에서 전화벨이 울리는 소리가 들렸다. 문이 두껍고 육중해서 소리는 멀리서 나는 것처럼 희미하게 들렸다. 하지만 분명히 전화벨 소리였고, 더피와 비야누에바가 주차장에서 나간 지 정확히 5분 뒤부터 울리고 있었다. 벨이 두 번 울리고 나서 누군가 전화를 받았다. 통화 소리는 전혀 들리지 않았다. 더피가 번호를 잘못 알았다는 식의 엉뚱한 이야기를 지어내고 있을 거라고 짐작했다. 통화 기록상 의미 있어 보일 정도까지는 말을 이어갈 것이다. 나는 1분을 기다렸다. 거짓 통화를 60초 이상 계속하는 사람은 없으니까.

주머니에서 베레타를 꺼내 들고 문을 확 열었다. 넓게 트인 리셉션 공간으로 들어섰다. 어두운 목재와 러그로 꾸며진 공간이었다. 왼쪽에 문이 닫혀 있는 사무실 하나, 오른쪽에도 문이 닫혀 있는 사무실 하나, 그리고 내 앞에 리셉션 데스크가 있었다. 데스크에서 한 사람이 전화를 끊고 있는 중이었다. 퀸이 아니었다. 서른 살 정도 된 여자였다. 금발에 파란 눈. 여자

463

앞의 나무 받침대에 플라스틱 명패가 놓여 있었다. '에밀리 스미스'라고 적혀 있었다. 뒤에는 옷걸이가 있었다. 비옷이 걸려 있었다. 그리고 세탁소 비닐에 싸여 철사 옷걸이에 걸려 있는 검은색 칵테일 드레스도 있었다. 나는 왼손을 등 뒤로 더듬거려 복도 문을 잠갔다. 에밀리 스미스의 눈을 바라보았다. 나를 뚫어지게 쳐다보고 있었다. 눈동자가 움직이지 않았다. 사무실 문이 있는 왼쪽이나 오른쪽 어느 쪽으로도 돌아가지 않았다. 그러니 혼자 있는 게 분명했다. 그리고 눈이 핸드백이나 책상 서랍 쪽으로 내려가지도 않았다. 무기도 없는 것 같았다.

"당신, 죽은 줄 알았는데." 여자가 말했다.

"내가?"

여자가 눈앞의 상황을 이해할 수 없다는 듯 애매하게 고개를 끄덕였다.

"리처, 맞죠? 폴리가 당신을 처리했다고 했는데."

나는 고개를 끄덕였다. "맞아. 난 유령이야. 전화기 만지지 마."

앞으로 다가가서 여자의 책상을 살펴보았다. 무기는 없었다. 전화기는 여러 회선이 연결된 복잡한 키폰이었다. 온통 버튼으로 뒤덮여 있었다. 몸을 숙여 왼손으로 소켓에서 전화선을 뽑아버렸다.

"일어서." 내가 말했다.

여자가 일어섰다. 의자를 뒤로 밀고 몸을 똑바로 세웠다.

"다른 방을 확인해 보자고."

"아무도 없어요." 그녀가 말했다. 목소리에 두려움이 묻어 있는 걸로 볼 때 사실대로 말하는 것 같았다.

"그래도 확인해 보자고." 내가 말했다.

여자가 책상 뒤에서 나왔다. 나보다 30센티미터 정도 작았다. 검정 스커트와 블라우스를 입고 있었다. 나중에 칵테일 드레스와도 잘 어울릴 것 같은 세련된 검정 구두를 신고 있었다. 베레타의 총구를 여자의 척추에 대고 왼손으로 셔츠 깃의 뒷부분을 잡고 앞으로 밀었다. 그녀는 작고 연약하게 느껴졌다. 그녀의 머리카락이 내 손 위로 떨어졌다. 깨끗한 향기가 났다. 먼저 왼쪽 사무실을 점검했다. 여자에게 문을 열라고 시키고 그녀를 안으로 밀어 넣은 뒤 옆으로 비켜 문간에서 벗어났다. 리셉션 구역을 가로지르는 총알에 등을 맞고 싶지는 않았다.

그냥 사무실이었다. 꽤 널찍한 공간. 아무도 없었다. 오리엔탈 러그와 책상이 있었다. 화장실도 있었다. 변기와 세면대가 있는 작은 칸막이 공간이었다. 그 안에도 아무도 없었다. 나는 여자를 돌려세워 리셉션 구역을 가로질러 오른쪽 사무실로 밀고 갔다. 똑같은 인테리어였다. 같은 종류의 오리엔탈 러그와 같은 종류의 책상. 그 방도 비어 있었다. 아무도 없었다. 화장실은 없었다. 나는 여자의 목깃을 단단히 잡은 채 리셉션 구역 중앙으로 밀었다. 책상 바로 옆에 여자를 멈춰 세웠다.

"아무도 없군."

"내가 말했잖아요."

"다들 어디 있지?"

그녀는 대답하지 않았다. 대답하지 않겠다는 의지를 강조하려는 듯 여자의 몸이 굳어지는 게 느껴졌다.

"필요한 것만 묻지. 테레사 다니엘은 어디 있나?"

묵묵부답.

"사비에르는?"

묵묵부답.

"내 이름은 어떻게 알고 있지?"

"백이 사비에르 씨에게 물었어요. 당신을 채용해도 되는지 허락 받으려고."

"사비에르가 날 조사했나?"

"할 수 있는 만큼 다 조사했어요."

"그런 다음 백에게 허락한 거고?"

"그래요."

"그런데 왜 오늘 아침에 폴리에게 날 공격하라고 한 거지?"

여자의 몸이 다시 굳어졌다. "상황이 바뀌었어요."

"오늘 아침에? 왜?"

"새로운 정보를 입수했거든요."

"무슨 정보?"

"정확히는 모르겠어요. 차에 관한 거였어요."

그 사브? 가정부가 남긴 서류가 없어져서?

"사비에르 씨는 몇 가지 추론 끝에 확실한 결론을 내렸어요. 이제 그는 당신에 대해 모든 걸 다 알아요."

"말만 그렇겠지. 내 모든 걸 다 아는 사람은 아무도 없어."

"ATF와 교신한 것도 알아요."

"말했잖아. 뭐라도 아는 사람은 아무도 없다고."

"당신이 여기서 뭘 하고 있었는지도 알고 있어요."

"그래? 당신도 알아?"

"나한테까지 말해주지는 않았어요."

"당신은 여기서 무슨 일을 하지?"

"난 운영 책임자예요."

나는 왼손으로 그녀의 목깃을 더 꽉 움켜쥐고, 멍 자국 때문에 피부가 당겨서 가려운 걸 베레타 총구로 긁었다. 에인절 돌과 존 채프먼 듀크, 이름도 모르는 두 명의 경호원, 그리고 폴리를 떠올렸다. 우주적 관점에서 볼 때, 에밀리 스미스를 사망자 명단에 추가하는 건 대수롭지 않은 일이라 생각했다. 그녀의 머리에 총을 갖다 댔다. 멀리서 공항을 떠나는 비행기 소리가 들렸다. 굉음을 내며 1킬로미터도 채 안 되는 거리에서 하늘을 지나갔다. 다음 비행기를 기다렸다가 방아쇠를 당기면 되겠다고 생각했다. 아무도 듣지 못할 것이다. 그리고 그녀에게는 그게 마땅했다.

그런데, 아닐 수도 있었다.

"사비에르는 어디 있지?" 내가 물었다.

"모르겠어요."

"10년 전에 그가 무슨 일을 했는지 알고 있나?"

에밀리, 살 건가 죽을 건가? 만약 그녀가 알고 있다면 당연히 안다고 말할 것이다. 자부심이나 소속감, 자기과시 때문에라도 그걸 감추지는 못할 것이다. 그리고 만약 알고 있다면 죽어 마땅했다. 알면서도 그놈과 함께 일한다는 것은 그런 처분을 받기에 충분하니까.

"아뇨. 나에겐 결코 말해주지 않았어요. 그리고 10년 전에는 그를 알지도 못했고요."

"확실한가?"

"네."

나는 그 말을 믿었다.

"백의 가정부에게 무슨 일이 있었는지 알고 있나?"

정직한 사람도 거짓으로 아니라고 말하긴 하지만, 보통은 일단 잠시 생각해본다. 질문을 몇 가지 하기도 한다. 이것이 인간의 본성이다.

"그게 누군데요?" 그녀가 물었다. "무슨 일이 있었는데요?"

나는 한숨을 내쉬었다.

"좋아."

나는 베레타를 다시 주머니에 넣은 뒤 목깃을 놓고 그녀를 돌려세워 왼손으로 그녀의 양 손목을 감싸 쥐었다. 오른손으로는 전화선을 집어 들었다. 그런 다음 팔을 뻗어 그녀를 왼쪽 사무실로 몰아넣고 화장실까지 쭉 끌고 가서 안으로 밀어 넣었다.

"옆방 변호사들은 다 집에 갔어. 월요일 아침까지는 건물에 아무도 없을 거야. 그러니 마음껏 소리치고 비명을 질러보라고. 어차피 아무도 못 들을 거니까."

그녀는 아무 말도 없었다. 나는 문을 닫았다. 전화선을 화장실 문 손잡이에 단단히 묶었다. 사무실 문을 최대한 활짝 열고 전화선의 다른 쪽 끝을 사무실 문 손잡이에 묶었다. 주말 내내 그녀가 화장실 문 안쪽에서 전화선을 잡아당겨도 아무런 소용이 없을 것이다. 한 시간 뒤에는 그냥 포기하고 세면대 수도꼭지에서 물을 마시고 변기를 사용하면서 시간을 보낼 거라 생각했다.

나는 그녀의 책상에 앉았다. 운영 책임자라면 흥미로운 서류가 좀 있을 것 같았다. 하지만 없었다. 그나마 의미 있는 것은 키스트 앤드 매든이라는 케이터링 업체의 주문서 사본이었다. 누군가 그 밑에 연필로 메모를 해놓았다. *18@$55.* 여자의 필체였다. 에밀리 스미스일 것이다. 메모에는 이렇게 적혀 있었다. **양고기. 돼지고기 말고!** 나는 의자를 돌려 옷걸이에 걸려 있는 포장된 드레스를 살펴보았다. 그리고 다시 의자를 돌려 시계를 확인했다. 내가 쓰기로 한 10분이 다 되어 가고 있었다.

엘리베이터를 타고 주차장으로 내려가 뒤쪽 비상구로 나갔다. 경비원은 나를 보지 못했다. 블록을 한 바퀴 돌아서 더피와 비야누에바 뒤로 다가갔다. 차는 모퉁이에 주차되어 있었고 둘 다 앞자리에 앉아 유리창을 통해 정면을 바라보고 있었다. 그들이 기대한 것은 두 사람이 자신들을 향해 걸어오는 장면이었던 것 같았다. 내가 문을 열고 뒷좌석으로 미끄러져 들어가자 휙 돌아보더니 실망한 표정을 지었다. 나는 그저 고개만 저었다.

"둘 다 없었소." 내가 말했다.

"누군가 전화를 받던데요." 더피가 말했다.

"에밀리 스미스라는 여자였소. 놈의 운영 책임자. 아무것도 말해주지 않더군."

"그 여자는 어떻게 했어요?"

"화장실에 가뒀소. 월요일까지는 신경 쓸 필요 없소."

"땀 좀 흘리게 했어야지." 비야누에바가 말했다. "손톱이라도 뽑았어야 했어."

"그건 내 스타일이 아닙니다. 하지만 원한다면 직접 하셔도 됩니다. 하고 싶으신 대로. 아직 저 위에 있으니까. 그 여자는 아무 데도 못 갑니다."

그는 고개를 저으며 그냥 가만히 앉아 있었다.

"이제 어쩌죠?" 더피가 물었다.

"이제 어쩌죠?" 콜이 물었다.

우리는 여전히 밴 안에 있었다. 콜, 법무관, 그리고 나. 프라스코니는 시리아인을 데리고 갔다. 콜과 나는 골똘히 생각 중이었고 법무관은 이 모든 일에서 손을 떼려 하고 있었다.

"난 단지 참관하러 온 것뿐이에요." 그가 말했다. "법적인 조언은 해줄 수 없어요. 적절치 않으니까. 솔직히 말하자면, 뭐라고 해야 할지도 모르겠네요."

그는 우리를 노려보더니 뒤쪽 문을 열고 그냥 나가버렸다. 뒤도 돌아보지 않았다. 골치 아픈 사람을 참관인으로 골랐을 때의 단점이 이런 것일 듯했다. 의도치 않은 결과.

"그러니까, 무슨 일이 있었던 거죠?" 콜이 말했다. "우리가 본 게 정확히 뭔가요?"

"가능성은 두 가지밖에 없어. 첫째, 그가 시리아인에게 단순히 사기를 친 거야. 전형적인 신용 사기 수법으로. 중요하지 않은 정보들을 조금씩 흘리고, 흘리고, 흘리고 하다가 마지막 단계에서 부도를 내는 거지. 둘째, 그는 정보부 요원으로서 합법적인 공식 작전을 수행하고 있었던 거야. 고로프스키가 기밀을 누설한다는 걸 입증하고 시리아인들이 그런 정보에 기꺼이 거액을 지불할 의사가 있다는 걸 입증하는 거지."

"그는 고로프스키의 딸을 납치했어요. 그게 공식적으로 승인됐을 리가 없잖아요."

"더 끔찍한 일도 저지르지."

"그가 시리아인에게 사기를 친 거군요."

나는 고개를 끄덕였다. "동의해. 그가 사기 친 거야."

"그럼 우리가 할 수 있는 게 뭔가요?"

"아무것도 없어. 만약 그가 개인적 이익을 위해 사기를 쳤다고 우리가 그를 고발하면, 그는 이렇게 나오겠지. '아니, 난 그런 짓을 한 게 아니라, 사실 함정을 놓고 있었어. 반증할 수 있으면 해보라고.' 그러고는 정보부 업무에 코를 들이밀지 말라고 아주 무례하게 경고하겠지."

그녀는 아무 말도 하지 않았다.

"그리고 설사 그가 정말로 사기를 쳤다 해도 뭐로 기소해야 할지 모르겠어. 통합 군사 법전에, 신선한 공기가 가득한 가방을 외국 바보들에게 주고 돈을 받는 걸 금지해 두고 있던가?"

"모르겠네요."

"나도 모르겠어."

"하지만 어쨌든 시리아인들은 난리를 칠 거예요. 제 말은, 그렇지 않을까요? 그들은 50만 달러를 줬어요. 분명 반응할 겁니다. 자존심이 걸린 문제니까요. 그가 합법적인 작전을 수행했다 하더라도 엄청난 위험을 감수한 거예요. 50만 달러어치의 큰 위험을. 그들이 그를 쫓을 겁니다. 게다가 그는 그냥 사라질 수 없어요. 부대에서 계속 자리를 지켜야 하니까. 움직이지 못하는 타깃이나 다름없는 거죠."

나는 잠시 말을 멈추고 그녀를 쳐다보았다. "사라질 생각이 아니라면 왜 돈을 다 옮기고 있었을까?"

그녀는 아무 말도 하지 않았다. 나는 시계를 봤다. 생각했다. 이것이 아니라 저것. 아니면, 어쩌면, 이번 한 번만큼은 이것과 저것 모두.

"50만 달러는 너무 큰돈이야." 내가 말했다.

"뭐에 비해서요?"

"시리아인들이 그 돈을 내기에는. 그만한 가치가 없잖아. 곧 프로토타

입이 나올 거야. 그다음에는 사전 생산이 있을 거고. 몇 달 안에 보급창 단위로 100개 정도 완성된 게 나올 거야. 만 달러면 하나 살 수 있을걸. 부패한 상병이 하나 팔 수도 있어. 심지어 공짜로 훔칠 수도 있고. 그런 다음 그걸 역설계하면 되는 건데."

"그래요. 그럼 그들을 멍청한 사업가들이라고 쳐요. 하지만 퀸의 말을 테이프에서 들었잖아요. 퀸이 50만 달러를 은행에 넣었다고요."

나는 다시 시계를 보았다. "알아. 그건 명백한 팩트지."

"그런데요?"

"여전히 너무 큰돈이야. 시리아인들이라고 다른 사람들보다 더 멍청하지는 않아. 누구도 화려한 잔디 다트를 50만 달러나 쳐주진 않는다고."

"하지만 그들이 그렇게 지불했다는 건 알고 있잖아요. 방금 그게 명백한 팩트라는 걸 인정하셨고요."

"아니. 우리가 알고 있는 건 퀸이 은행에 50만 달러를 넣었다는 거야. 그게 팩트지. 그게 시리아인들이 그에게 50만 달러를 줬다는 증거는 아니야. 그 부분은 추측일 뿐이라고."

"뭐라고요?"

"퀸은 중동 전문가야. 똑똑한데 나쁜 놈이지. 자네가 조사를 너무 일찍 멈춘 것 같군."

"무슨 조사를요?"

"그에 대해서. 그가 어디로 가고 누구를 만나는지. 중동에 의심스러운 정권이 몇 개나 있지? 최소한 네다섯 개는 되겠지. 동시에 그중 두세 정권과 결탁해 있다고 가정해 볼까? 아니면 전부와? 그런데 각각은 자신들만이 유일하다고 생각한다면? 그가 같은 사기를 서너 번 반복했다고 가정해

보면? 그럼 그가 은행에 50만 달러를 가지고 있는 게 설명되겠지. 개별적으로는 50만 달러의 가치가 안 되는 뭔가를 이용해서."

"그럼 그가 모두를 속이고 있다는 건가요?"

나는 시계를 다시 확인했다.

"아마도. 아니면 그중 하나와는 진짜로 거래하고 있을지도 모르고. 어쩌면 그렇게 시작됐을 수도 있어. 처음에는 마음에 드는 고객 한 명과 진짜 거래를 하려고 했을지도 모르지. 하지만 원하는 만큼의 큰돈을 받을 수 없었어. 그래서 수익을 몇 배 늘리기로 마음먹은 거야."

"카페를 좀 더 감시하고 있었어야 했는데. 시리아 남자를 만나는 것만 보고 멈춰서는 안 됐었는데."

"아마 정해진 경로가 있을 거야. 여러 개의 개별 미팅을 차례로 진행하는 거지. 마치 우편 배달부처럼."

그녀가 시계를 확인했다.

"알겠습니다." 그녀가 말했다. "그러면 지금 그는 시리아인의 돈을 집으로 가져가는 중이겠군요."

나는 고개를 끄덕였다. "그리고 곧바로 다시 나가서 다음 사람을 만날 거야. 그러니 프라스코니를 불러서 감시를 더 해야 해. 시내로 다시 돌아오는 퀸을 찾아. 서류 가방을 바꿔치기하는 놈은 누구든 잡아들여. 빈 서류 가방만 잔뜩 들고 올 수도 있겠지만, 그중 하나는 비어 있지 않을 수도 있어. 그러면 우리는 다시 일을 시작할 수 있겠지."

콜이 밴 내부를 힐끗 둘러보았다. 그러고는 녹음기를 내려다보았다.

"그런 건 잊어버려. 똑똑한 짓을 할 시간이 없어. 프라스코니와 직접 길거리로 나가야 해."

"창고로 가서 확인해 봅시다."

"지원이 필요할 거예요. 모두 거기 있을 텐데." 더피가 말했다.

"그랬으면 좋겠소."

"너무 위험해요. 우린 셋뿐이잖아요."

"사실 놈들은 모두 다른 곳으로 가는 중일 것 같소. 이미 떠났을 가능성도 있고."

"어디로요?"

"그건 나중에." 내가 말했다. "한 번에 하나씩만 합시다."

연석에 서 있던 토러스를 비야누에바가 출발시켰다.

"잠깐." 내가 말했다. "다음에 우회전하십시오. 먼저 확인하고 싶은 게 있습니다."

두 블록을 지나 한 블록 위쪽으로 가서, 에인절 돌을 놈의 차 트렁크에 넣어 두고 온 공영 주차장에 도착했다. 비야누에바는 소화전 앞에 차를 대고 기다렸고 나는 차에서 내렸다. 차량 진입로를 따라 걸어 내려가면서 어둠에 눈을 적응시켰다. 내가 사용했던 주차 칸에 도착할 때까지 계속 걸었다. 주차 칸에 차가 있었다. 하지만 돌의 검은색 링컨이 아니었다. 메탈릭 그린 컬러의 스바루 레거시였다. 루프 레일과 큰 타이어가 달린 아웃백 버전이었다. 뒤 유리창에 성조기 스티커가 붙어 있었다. 애국적인 운전자였다. 하지만 미국산 자동차를 살 만큼 애국적이지는 않은 모양이었다.

나는 이미 알고 있었지만 확인을 위해 인접한 두 통로를 걸어보았다. 사브가 아니라 링컨. 가정부의 사라진 서류가 아니라 에인절 돌의 멈춘 심장 박동. 이제 그는 당신에 대해 모든 걸 다 알아요. 나는 어둠 속에서 혼자 고개를 끄덕였다. 누구도 다른 사람에 대해 모든 것을 다 알 수는 없다. 하지만 이제 놈은 내가 편안하게 받아들일 수 있는 것보다 나에 대해 더 많이 알고 있는 것 같았다. 왔던 길로 다시 걸어나갔다. 입구 경사로를 올라가서 햇빛 속으로 나왔다. 구름 끼고 회색빛이 도는 어둑한 날씨에 높은 건물들의 그림자가 드리워져 있었지만, 마치 서치라이트가 나를 비춘 것처럼 느껴졌다. 다시 토러스 안으로 들어가 조용히 문을 닫았다.

"괜찮아요?" 더피가 물었다.

나는 대답하지 않았다. 그녀가 좌석에서 몸을 돌려 나를 마주 보았다.

"괜찮냐고요?" 그녀가 다시 물었다.

"엘리엇을 거기서 빼내야 하오." 내가 말했다.

"왜요?"

"그들이 돌의 시체를 찾아냈소."

"누가요?"

"퀸의 일당들이."

"어떻게요?"

"모르겠소."

"확실해요? 포틀랜드 경찰일 수도 있어요. 수상한 차량이 너무 오래 주차되어 있었으니까."

나는 고개를 저었다. "경찰이었다면 트렁크를 열었을 거요. 지금쯤이면 차고 전체를 범죄 현장으로 처리했을 거고. 테이프로 차단하고 경찰이 사방에 있었겠지."

그녀는 아무 말도 하지 않았다.

"이제 완전히 통제불능이오." 내가 말했다. "그러니까 엘리엇에게 거기

475

서 나오라고 그의 휴대폰으로 전화하시오. 백 가족과 요리사 모두 데리고 나오라고. 캐딜락을 타고. 필요하다면 총구를 겨누고 모두 체포해서라도. 다른 모텔을 찾아서 숨으라고 하시오."

더피가 가방에서 노키아를 꺼냈다. 단축 다이얼 버튼을 눌렀다. 기다렸다. 머릿속으로 시간을 계산했다. 벨이 한 번, 두 번, 세 번, 네 번. 더피가 불안한 표정으로 나를 쳐다보았다. 그때 엘리엇이 전화를 받았다. 더피가 한숨을 내쉬며 크고 분명하고 다급하게 지시를 내렸다. 그러고는 전화를 끊었다.

"된 거요?" 내가 말했다.

그녀가 고개를 끄덕였다. "엄청 안도하는 것 같았어요."

나는 고개를 끄덕였다. 당연하다. 바다를 등지고 기관총 개머리판 뒤에 웅크리고 앉아 잿빛 풍경만 응시하며 무엇이 언제 덮쳐올지 모르는 상황은 즐겁지 않을 테니까.

"그럼 이제 창고로 갑시다. " 내가 말했다.

비야누에바가 다시 연석에서 차를 움직였다. 그는 길을 알고 있었다. 엘리엇과 함께 그 창고를 두 번이나 감시했었다. 기나긴 이틀이었다. 우리는 도시를 남동쪽으로 가로질러 북서쪽에서 항구로 접근했다. 모두 조용히 앉아 있었다. 대화는 전혀 없었다. 피해를 열심히 산정해 보았다. 총체적이었다. 재앙 수준이었다. 하지만 동시에 해방이었다. 모든 것이 명료해졌다. 더 이상 가식은 없었다. 사기극은 흔적도 없이 사라졌다. 이제 나는 명백하고 단순하게 놈들의 적이었다. 그리고 놈들은 내 적이었다. 해방이었다.

비야누에바는 영리하게 작전을 펼쳤다. 모든 것을 제대로 해냈다. 세 블록 반경으로 창고 주위를 돌았다. 네 면을 모두 살폈다. 창고는 골목길과 건물 사이의 틈새를 통해 잠깐씩 엿볼 수 있을 뿐이었다. 네 번 지나치며, 네 번 엿봤다. 차가 한 대도 없었다. 셔터문이 굳게 닫혀 있었다. 불 켜진 창문은 하나도 없었다.

"다들 어디 있는 거죠?" 더피가 말했다. "이번 주말에 큰 건이 있다고 했잖아요."

"맞소. 엄청 큰 건일 거요. 그리고 놈들이 하고 있는 일도 완벽하게 이해가 되는 것 같소."

"그들이 뭘 하고 있는데요?"

"나중에." 내가 말했다. "가서 퍼스웨이더를 한번 봅시다. 그리고 그 대가로 뭘 받고 있는지도 보고."

비야누에바는 북동쪽으로 두 건물 떨어져 있는 '브라이언 고급 수입 박제'라는 간판이 붙은 문 앞에 주차를 했다. 그는 토러스 문을 잠갔다. 우리는 남쪽과 서쪽으로 걸어간 뒤 돌아서 창문이 없는 사각지대 쪽에서 벡의 창고로 접근했다. 창고 사무실로 들어가는 출입문은 잠겨 있었다. 뒤쪽 사무실 창문으로 안을 들여다봤지만 아무도 보이지 않았다. 모퉁이를 돌아 비서실 구역을 들여다보았다. 아무도 없었다. 우리는 도색이 안 된 회색 문 앞에 도착해 멈췄다. 잠겨 있었다.

"어떻게 들어가지?" 비야누에바가 물었다.

"이걸로요." 내가 답했다.

돌의 열쇠를 꺼내 자물쇠를 풀었다. 문을 열자 도난 경보가 삑삑 울리기 시작했다. 안으로 들어가 게시판에 있는 종이를 뒤적거려 해제 비밀번호를 찾아서 입력했다. 빨간색 표시등이 녹색으로 바뀌고 삑삑 소리가 멈추더니 건물이 조용해졌다.

"놈들은 여기 없잖아요." 더피가 말했다. "여길 둘러볼 시간이 없어요. 테레사를 찾아야 해요."

나는 총기 기름 냄새를 맡을 수 있었다. 러그에서 나는 생양모 냄새 위로 떠다니고 있었다.

"5분이면 충분하오. 그럼 ATF에서 당신에게 훈장을 줄 거요."

"훈장을 받을 자격이 충분하십니다." 콜이 말했다.

그녀는 조지타운 대학교 캠퍼스의 공중전화로 내게 전화를 하는 중이었다.

"그래?"

"우리가 그를 잡은 겁니다. 이제 놈을 꼬챙이에 꿸 수 있어요. 그놈은 완전히 끝났으니까요."

"그래서, 누구였나?"

"이라크인이었습니다." 그녀가 답했다. "믿어지십니까?"

"그럴 만도 하군. 속절없이 엉덩이를 걷어차였으니* 다음번을 대비하고 싶겠지." *1991년의 걸프전을 의미한다.

"정말 대담하지 않습니까?"

"어떻게 진행되었나?"

"전에 봤던 것과 똑같습니다. 다만 이번엔 할리버튼이 아니라 샘소나이트였고요. 우리는 레바논인과 이란인에게서 빈 가방을 받았습니다. 그러고 나서 이라크인한테서 대박을 터뜨린 거죠. 실제 설계도였습니다."

"확실한가?"

"완전히요. 고로프스키에게 전화해서 하단 모서리에 있는 도면 번호로 진위를 확인했습니다."

"거래를 목격한 사람은?"

"저와 프라스코니, 우리 둘 다요. 그리고 몇몇 학생과 교수도. 대학 커피숍에서 거래를 했거든요."

"무슨 과 교수?"

"법학과 교수를 확보했습니다."

"그 교수가 뭘 봤지?"

"전부 다요. 하지만 실제로 물건이 넘어가는 순간을 봤다고는 장담할 수 없습니다. 야바위꾼의 손놀림처럼 정말 교묘했거든요. 서류 가방이 똑같았습니다. 이 정도면 충분할까요?"

내가 다르게 대답했더라면 좋았을 질문들. 이라크인이 이미 출처 불명의 설계도를 가지고 있었다고 퀸이 주장할 가능성이 있었다. 그 사람이 그냥 그런 걸 가지고 다니는 걸 좋아했다고 주장할 수도 있었다. 아니면 아예 교환 자체가 없었다고 부인할 수도 있었다. 하지만 그때 나는 시리아, 레바논, 이란 사람을 떠올렸다. 그리고 퀸의 은행 계좌에 있는 모든 돈도. 사기 피해자들은 쓰라린 고통을 겪고 있을 것이다. 비공개로 증언할 용의가 있을지도 모른다. 국무부에서 어떤 형태로든 보상책을 제시할 수도 있다. 그리고 이라크인이 소지하고 있던 서류 가방에 퀸의 지문이 찍혀 있을 것이다. 만남 자리에 장갑을 끼고 가지는 않았을 것이다. 그건 너무 수상해 보일 테니까. 종합적으로 봐서 이 정도면 충분하다고 생각했다. 패턴이 분명했고, 퀸의 은행 계좌에 설명되지 않는 달러가 있었고, 미 육군의 극비 설계도를 이라크 요원이 소지하고 있었고, 그 설계도가 어떻게 거기까지 도달했는지 말해줄 헌병 두 명과 법학과 교수 한 명이 있었으며, 서류 가방 손잡이에 찍힌 지문도 있었으니까.

"충분해." 내가 말했다. "가서 체포해."

"어디로 가야 되죠?" 더피가 물었다.

"내가 알려주겠소." 내가 답했다.

나는 그녀를 지나쳐 열린 공간을 통과했다. 뒤쪽 사무실로 들어가 칸막이 창고 안으로 들어가는 문을 지났다. 돌의 컴퓨터가 그대로 책상 위에 있었다. 의자에서는 여전히 여기저기 충전재가 삐져나와 있었다. 스위치를 찾아 창고에 불을 켰다. 유리 칸막이 너머로 모든 것이 보였다. 러그 선반은 그대로 있었다. 지게차도 그대로 있었다. 하지만 바닥 한가운데에는 나무상자 다섯 더미가 머리 높이만큼 쌓여 있었다. 상자들은 두 그룹으로 나뉘어 있었다. 셔터문에서 멀리 떨어진 쪽에는 낯선 외국 문자로 표시된 낡은 나무상자 세 더미가 있었는데, 대부분 키릴 문자가 찍혀 있었고 아랍어 낙서 같은 것이 오른쪽에서 왼쪽으로 겹쳐져 있었다. 비자르 바자르에서 수입한 물건이라고 짐작했다. 문에 좀 더 가까운 쪽에는 새 상자 두 더미가 쌓여 있었다. 모스버그 코네티컷. 사비에르 수출 상사의 출고 물품일 것이다. 수출-수입, 가장 순수한 물물교환. 레온 가버라면 이렇게 말했을 것이다. 공정한 교환은 절도가 아니야.

"그렇게 크진 않네요." 더피가 말했다. "내 말은, 상자 다섯 더미에 14만 달러라는 거잖아요. 엄청 많은 분량일 줄 알았는데."

"양보다는 아마 중요도 면에서 큰 건일 거요." 내가 말했다.

"한번 살펴보자고." 비야누에바가 말했다.

우리는 창고 바닥으로 나갔다. 그와 나는 맨 위에 있는 모스버그 상자를 들어 내렸다. 무거웠다. 왼팔은 아직도 조금 힘이 없었다. 가슴 한가운데가 여전히 아팠다. 그에 비하면 박살 난 입은 아무것도 아닌 것처럼 느껴졌다.

비야누에바가 테이블 위에 있는 망치를 가지고 왔다. 그걸로 상자 뚜껑에서 못을 뽑아냈다. 그런 다음 뚜껑을 들어 올려 바닥에 내려놓았다. 상자 안에는 스티로폼 완충재가 가득했다. 손을 집어넣어 유산지에 싸인 긴 총을 꺼냈다. 종이를 찢어 벗겼다. M500 퍼스웨이더였다. 크루저 모델이었다. 개머리판은 없고 권총 손잡이만 있었다. 12구경, 총열은 47센티미터, 약실은 7.5센티미터, 6연발 용량, 청회색의 금속, 검은색 플라스틱 전방 손잡이, 조준경은 없음. 끔찍하고 잔인한 근접 시가지 전투 무기. 나는 장전 손잡이를 당겼다. 피부에 미끄러지는 실크처럼 부드럽게 움직였다. 방아쇠를 당겼다. 니콘 카메라처럼 찰칵 하는 소리가 났다.

"탄약이 보입니까? 내가 물었다.

"여기 있어!" 비야누에바가 큰 소리로 답했다. 손에 브레네케 매그넘 총알 한 상자를 들고 있었다. 그의 뒤에 있는 열린 상자 안에 동일한 포장이 수십 개 담겨 있는 게 보였다. 나는 포장 두 개를 뜯어 여섯 발을 장전하고 한 발은 약실에 넣어 일곱 발째 탄환까지 장전한 뒤 안전장치를 걸어 두었다. 브레네케 탄은 28그램짜리 고체 구리 탄환으로 퍼스웨이더에서 시속 1,800킬로미터에 가까운 속도로 발사된다. 시멘트 블록 벽에 사람이 기어 들어갈 수 있을 만큼 큰 구멍을 뚫을 수 있다. 나는 총을 테이블 위에 올려놓고 다른 포장 하나를 또 뜯었다. 장전하고 안전장치를 건 다음 첫 번째 총 옆에 놓았다. 더피가 나를 뚫어지게 쳐다보는 게 보였다.

"그게 이 총들의 용도요." 내가 말했다. "빈 총은 누구에게도 도움이 되지 않으니까."

빈 브레네케 포장을 다시 상자에 넣고 뚜껑을 닫았다. 비야누에바는 비자르 바자르의 상자를 보고 있었다. 손에는 서류를 들고 있었다.

"이게 러그처럼 보이나?" 그가 물었다.

"전혀." 내가 답했다.

"미국 세관에서는 그렇게 생각했나 본데. '테일러'라는 사람이 리비아에서 수입한 핸드메이드 러그라고 서명했군."

"그거 잘됐네요. 그 테일러라는 사람을 ATF에 넘기십시오. 그러면 은행 계좌를 조사할 수 있으니까. 더 유명해지시겠군요."

"그럼 실제로는 그 안에 뭐가 들어 있는 거죠?" 더피가 말했다. "리비아에서 만드는 게 뭐가 있더라?"

"별거 없소. 대추야자나 재배하지."

"이거 몽땅 다 러시아 물건인데." 비야누에바가 말했다. "오데사를 두 번이나 거쳤다가 리비아로 들여왔고 바로 여기로 수출했어. 퍼스웨이더 200정과의 교환 대가로. 누군가가 트리폴리 거리에서 세 보이고 싶었던 모양이야."

"그리고 러시아에서는 여러 가지를 만들죠?" 더피가 말했다.

나는 고개를 끄덕였다. "정확히 뭔지 한번 봅시다."

세 개의 더미에 아홉 개의 상자가 있었다. 내가 가장 가까운 더미에서 맨 위 상자를 들어 내리자 비야누에바가 망치를 들고 바로 작업을 시작했다. 뚜껑을 열자 나무 부스러기 속에 AK-74 소총 여러 자루가 둥지를 틀고 있는 게 보였다. 표준형 칼라시니코프 돌격 소총이었는데, 꽤 사용했던 중고 같았다. 지겨울 정도로 평범한 것으로, 거리에서 판다면 정당 200달러 정도인데, 어디에서 파느냐에 따라 가격은 차이가 날 수 있었다. 패션 아이템은 아니었다. 노스페이스 재킷을 입은 남자들이 그들의 아름다운 무광 검정 H&K를 이걸로 바꿀 것 같지는 않았다.

두 번째 상자는 더 작았다. 나무 부스러기와 AKSU-74 기관단총으로 가득했다. AK-74의 파생 모델로 효율적이지만 투박하다. 역시 중고였지만 잘 관리되어 있었다. 그다지 흥미롭지 않았다. 서방의 동급 무기보다 나을 게 없었다. 나토NATO가 밤잠을 설치며 걱정할 만한 무기는 아니었다.

세 번째 상자에는 9밀리 마카로프 권총이 가득 들어 있었다. 대부분 흠집이 나고 낡은 것들이었다. 구식 발터 PP를 베낀 조잡하고 무성의한 설계였다. 소련 군대는 원래 권총 문화가 발달하지 않았다. 권총 사용을 돌멩이 던지는 것만큼이나 하찮게 생각했다.

"몽땅 다 쓰레기군." 내가 말했다. "이런 것들로 할 수 있는 최선은 녹여서 배의 닻으로 쓰는 거요."

우리는 두 번째 더미를 살펴보기 시작했는데, 첫 번째 상자에서 훨씬 더 흥미로운 것을 발견했다. 상자 안에는 VAL 무소음 저격 소총이 가득 들어 있었다. 이 소총은 1994년 펜타곤이 한 정을 입수하기 전까지는 비밀 속에 묻혀 있던 무기였다. 전체가 검은색 금속제이고, 골조식 개머리판이 달려 있다. 무거운 9밀리미터 아음속 특수 탄환을 사용한다. 테스트 결과 450미터 사거리에서 어떤 방탄복이라도 관통하는 것으로 판명되었다. 당시 상당한 당혹감에 휩싸였던 것을 나는 기억한다. 상자에는 열두 정이 들어 있었다. 다음 상자에도 열두 정이 들어 있었다. 고품질 무기들이었다. 외형도 훌륭했다. 노스페이스 재킷과 아주 잘 어울릴 것 같았다. 특히 은색 안감이 달린 검정 재킷과.

"비싼 건가?" 비야누에바가 물었다.

나는 어깨를 으쓱했다. "답하기 어렵군요. 얼마나 지불할 의향이 있느냐에 따라 달라지겠죠. 어쨌든 미국에서 동급의 신품 바이메Vaime나 SIG를 구입하려면 5천 달러가 넘을 수도 있습니다."

"그럼 저게 바로 전체 청구서 값이군."

나는 고개를 끄덕였다. "심각한 무기입니다. 하지만 LA 중남 구역에서는 그다지 쓸모가 없습니다. 그러니 거리에서의 판매가는 훨씬 낮을 수도 있습니다."

"우리 이제 가야 돼요." 더피가 말했다.

나는 뒤로 물러나 유리창 너머로 보이는 안쪽 사무실 창밖 풍경을 바라보았다. 오후가 절반쯤 지난 시점이었다. 흐릿했지만 아직 밝았다.

"곧 갈 거요." 내가 말했다.

비야누에바가 두 번째 더미의 마지막 상자를 열었다.

"대체 이게 뭔가?" 그가 큰 소리로 물었다.

그쪽으로 가보았다. 나무 부스러기가 보였다. 그리고 어깨 받침대 역할을 하는 짧은 나무 부분이 달린 가느다란 검은색 관이 있었다. 관 끝에는 불룩한 미사일이 꽂혀 있었다. 믿기지 않아서 두 번이나 들여다보았다.

"RPG-7이네요. 대전차 로켓 발사기. 어깨에 메고 발사하는 보병용 무기입니다."

"RPG라면 '로켓으로 추진하는 유탄Rocket Propelled Grenade' 아닌가?"

"영어로는 그렇죠. 러시아어로는 '로켓 대전차 유탄 발사기'를 뜻합니다. 하지만 유탄이 아니라 미사일을 사용하죠."

"장봉 침투기처럼요?" 더피가 말했다.

"비슷하오. 하지만 이건 폭발하는 거요."

"탱크를 날린다고요?"

"그게 목적이오."

"그럼 누가 백에게서 이런 걸 사갈까요?"

"모르겠소."

"마약상이?"

"가능성은 있소. 라이벌 집에다 쏘면 효과만점일 테니까. 아니면 방탄 리무진에도. 라이벌이 방탄 BMW를 샀다면 이런 게 하나 필요할 거요."

"아니면 테러리스트가." 그녀가 말했다.

나는 고개를 끄덕였다. "아니면 극단 민병대나."

"이건 정말 심각한 문제예요."

"조준이 어렵소. 미사일이 큰 데다 느려서. 열에 아홉은 옆에서 바람이 조금만 불어도 빗나가게 되지. 하지만 실수로 맞은 사람에게 그게 위로가 되진 않을 거요."

비야누에바가 다음 상자의 뚜껑을 열었다.

"똑같은 거야."

"ATF에 연락해야 해요. FBI에도 해야 할 것 같고. 지금 바로."

"잠시만." 내가 말했다.

비야누에바가 남은 상자 두 개를 열었다. 못이 삐걱거리고 나무가 갈라졌다.

"더 이상한 거군." 그가 말했다.

들여다보니 밝은 노란색으로 칠해진 두꺼운 금속관들이 보였다. 관 밑에는 전자 모듈이 볼트로 고정되어 있었다. 나는 고개를 돌렸다.

"그레일." 내가 말했다. "SA-7 그레일. 러시아제 지대공 미사일."

"열 추적식?"

"맞습니다."

"비행기 격추용?" 더피가 말했다.

나는 고개를 끄덕였다. "그리고 헬리콥터에도 아주 효과적이오."

"사정거리는 어느 정도인가?" 비야누에바가 물었다.

"거의 3천 미터까지는 유효합니다."

"그럼 여객기도 격추 가능하겠는데."

나는 고개를 끄덕였다.

"공항 근처에서. 이륙 직후에. 이스트 강의 배에서 쏴도 됩니다. 라과디아 공항에서 이륙하는 비행기를 맞춘다고 상상해 보십시오. 그 비행기가 맨해튼에 추락한다고 상상해 보십시오. 9·11이 또다시 일어나는 겁니다."

더피가 노란 관을 뚫어지게 바라보았다.

"믿을 수가 없네요."

"이제 이건 더 이상 마약상들에 관한 문제가 아니오. 놈들이 시장을 확장한 거요. 이건 테러 조직에 관련된 건이오. 틀림없이. 이 한 번의 물량만으로도 테러리스트 조직 하나를 완전히 무장시킬 수 있소. 이 정도면 거의 모든 것을 할 수 있지."

"누가 이걸 구매하려고 하는지 알아내야 해요. 그리고 왜 사려는지도."

그때 출입구 바닥에서 발소리가 들렸다. 자동 권총의 약실에 탄환이 끼워지는 찰칵 소리와 누군가의 목소리도.

"우린 그 사람들이 왜 그걸 사는지는 안 물어봐. 절대 안 묻지. 그 잘난 돈만 받으면 되니까."

14

할리였다. 그의 입은 염소수염 위로 찢어진 구멍처럼 벌어져 있었다. 누런 이빨이 보였다. 웃고 있었다. 오른손에 파라 오드넌스 사의 P14를 들고 있었다. P14는 콜트 1911의 캐나다산 복제품으로, 견고해서 그에게는 너무 무거워 보였다. 그는 손목이 가늘고 약해 보였다. 더피처럼 글록 19를 쓰는 게 더 나았을 것이다.

"불이 켜져 있길래 들어와서 확인해 보려고 했지."

그 말을 하고 나서 그는 나를 똑바로 쳐다보았다.

"폴리가 일을 망쳤나 보네. 사비에르 씨가 전화했을 때 네가 폴리 목소리를 흉내 내서 속였나 보군."

방아쇠에 걸린 놈의 손가락을 보았다. 이미 발사 태세였다. 놈이 예고 없이 들어올 수 있게 방치한 나 자신에게 화가 났다. 그러고는 바로 놈을 어떻게 쓰러뜨릴지 생각에 들어갔다. 테레사의 행방에 대해 물어보기도 전에 저놈을 쓰러뜨리면 비야누에바가 난리를 치겠지. 나는 생각했다.

"나한테도 소개 좀 해주지?" 비야누에바가 말했다.

"이쪽은 할리." 내가 말했다.

아무도 말이 없었다.

"당신들은 뭐 하는 사람들이야?" 할리가 물었다.

아무도 대답하지 않았다.

"우린 연방수사관이다." 더피가 말했다.

"그렇다 치고, 그럼 여기서 뭘 하고 있지?" 할리가 물었다.

마치 진심으로 궁금한 것처럼 물었다. 놈은 다른 정장을 입고 있었다. 번들거리는 검은색이었다. 안에 은색 넥타이를 매고 있었다. 샤워를 하고 머리도 감은 모양이었다. 흔한 갈색 고무 밴드로 묶어 포니테일을 하고 있었다.

"일하고 있지." 더피가 말했다.

놈이 고개를 끄덕였다. "리처는 우리가 정부년에게 어떻게 하는지 봤어. 직접 자기 눈으로."

"너도 이제 그 배에서 뛰어내려야 해, 할리." 내가 말했다. "모든 게 다 박살 나고 있거든."

"그건 네 생각이고."

"아닐걸."

"이봐, 컴퓨터상에서는 그런 낌새가 전혀 없던데? 시체 자루에 처박힌 네 친구이자 내 친구였던 그년은 아무것도 보고하지 못했어. 걔들은 아직도 그년이 보낼 첫 번째 보고서나 기다리고 있을걸? 가만 보면, 걔네들 전부 그년을 아예 까먹은 것 같더라고."

"우린 그 컴퓨터랑은 아무 상관없어."

"그럼 더 좋지. 너네가 단독 플레이 중이라는 말이잖아. 아무도 너네가 여기 있는 걸 모르는 거고. 너네는 내가 다 처리할 수 있어."

"폴리도 나를 처리하려고 했었지." 내가 말했다.

"총으로?"

"두 자루씩이나 들고."

놈의 눈이 잠시 아래로 내려갔다. 그러고는 다시 올라왔다.

"난 폴리보다 똑똑해. 모두 손 머리 위로 올려."

우리는 머리 위로 손을 올렸다.

"리처는 베레타를 가지고 있겠지. 그건 내가 확실히 알아. 이 방 안에 글록도 두 자루 있을 텐데. 십중팔구 하나는 17이고 하나는 19일 거야. 한 번에 하나씩 천천히 전부 바닥에 내려놓는 걸 보고 싶은데."

아무도 움직이지 않았다. 할리가 P14의 총구를 더피 쪽으로 돌렸다.

"여자부터." 놈이 말했다. "엄지와 검지만으로 천천히."

더피가 왼손을 재킷 아래로 집어넣어 엄지와 검지만으로 글록을 끄집어내 바닥에 떨어뜨렸다. 나는 팔을 움직여 주머니를 향해 손을 뻗었다.

"동작 그만." 할리가 말했다. "넌 믿을 만한 놈이 못 돼."

놈이 내 앞으로 다가오더니 손을 뻗어 폴리가 때렸던 바로 그 아랫입술에 P14의 총구를 꽉 밀며 들이댔다. 그러고는 왼손을 뻗어 내 주머니를 뒤졌다. 베레타를 꺼내 더피의 글록 옆에 떨어뜨렸다.

"네 차례야." 놈이 비야누에바에게 말했다. P14는 여전히 내 입술을 찌르고 있었다. 차갑고 딱딱했다. 흔들리는 이빨에 총구의 압박이 그대로 느껴졌다. 비야누에바가 글록을 바닥에 떨어뜨렸다. 할리가 발로 총 세 자루를 모두 자기 뒤로 밀어냈다. 그러고는 뒤로 물러섰다.

"됐고." 그가 말했다. "이제 저 벽으로 가."

할리는 상자 옆에 섰고 우리는 돌려서 뒷벽에 일렬로 세웠다.

"일행이 한 명 더 있어." 비야누에바가 말했다. "여기엔 없지만."

실수. 나는 생각했다. 할리는 그저 웃기만 했다.

"그래? 그럼 전화해서 어서 이리 오라고 해."

비야누에바는 아무 말도 하지 않았다. 상황이 막다른 골목처럼 느껴졌다. 그러다 그것은 덫이 되어 버렸다.

"전화하라고." 할리가 다시 말했다. "지금 당장. 안 그러면 쏠 거야."

아무도 움직이지 않았다.

"전화해. 안 하면 이년 허벅지에 총알을 박아버릴 테니까."

"휴대폰이 여자한테 있어." 비야누에바가 말했다.

"내 가방 속에." 더피가 말했다.

"가방이 어딨는데?"

"차에."

좋은 대답이군. 나는 생각했다.

"차는 어딨는데?"

"근처에." 더피가 말했다.

"인형 가게 옆에 있는 토러스?"

더피가 고개를 끄덕였다. 할리는 잠시 주춤거렸다.

"사무실 전화기로 그놈에게 전화해."

"전화번호를 몰라." 더피가 말했다.

할리가 어이없다는 듯 쳐다보았다.

"단축 번호만 알아. 외우지 않았어."

"테레사 다니엘은 어디 있지?" 내가 물었다.

할리는 그냥 씩 웃기만 했다. 이걸로 이미 답은 나왔군. 나는 생각했다.

"무사한가?" 비야누에바가 물었다. "무사하지 않으면 각오해야 할 거야."

"그 여자야 무사하지." 할리가 말했다. "흠집 하나 없는 미개봉 상태야."

"나더러 휴대폰을 가져오라는 거야?" 더피가 물었다.

"다 같이 갈 거야." 할리가 말했다. "이 상자들 다시 정리한 뒤에. 너희들이 어질렀잖아. 그러지 말았어야지."

놈이 더피 옆으로 다가가 총구를 관자놀이에 갖다 댔다.

"난 여기서 기다릴게. 그리고 이년도 여기서 함께 기다릴 거고. 내 생명보험이니까."

비야누에바가 나를 슬쩍 쳐다보았다. 나는 어깨를 으쓱했다. 우리가 창고병으로 차출된 셈이었다. 앞으로 나서서 바닥에서 망치를 집어 들었다. 비야누에바는 첫 번째 그레일 상자의 뚜껑을 들어 올렸다. 나를 다시 슬쩍 쳐다보았다. 나는 그가 혼자 알아볼 수 있을 만큼만 고개를 저었다. 당장이라도 망치를 할리의 머리에 내려치고 싶었다. 아니면 놈의 입에라도. 그러면 놈의 치아 문제는 영구적으로 해결 가능할 텐데. 하지만 인질의 머리에 총을 겨누고 있는 놈에게 망치는 소용이 없었다. 게다가 내겐 더 좋은 계획이 있었다. 계획을 성공시키려면 놈에게 순순히 하는 모습을 보여야 했다. 그래서 나는 그저 망치를 들고 비야누에바가 굵은 노란색 미사일 관 위에 뚜껑을 덮을 때까지 공손히 기다렸다. 손바닥으로 망치를 눌러 못이 원래 구멍에 들어갈 때까지 밀어 넣었다. 그런 다음 망치로 박고 뒤로 물러서서 다시 기다렸다.

두 번째 그레일 상자도 똑같이 처리했다. 들어 올려서 첫 번째 상자 위에 다시 쌓았다. 그다음은 RPG-7 상자였다. 뚜껑에 못을 단단히 박고 원래대로 쌓았다. 그다음에는 VAL 저격 소총 차례였다. 할리가 우리를 주의 깊게 지켜봤다. 하지만 조금씩 긴장이 풀어지고 있었다. 우리가 순순히 따랐기 때문이다. 비야누에바도 무엇을 노리는지 알아차린 것 같았다. 그는 재빨리 눈치채고 마카로프 상자의 뚜껑을 찾았다. 그걸 반쯤 들더니 그 자리에서 멈췄다.

"이런 걸 사는 사람이 있다고?" 그가 물었다.

완벽해. 나는 생각했다. 약간 의아해하는 듯하면서 자연스럽게 건네는 말투였다. 마치 진짜 ATF 요원이 직업적인 관심을 보이는 듯했다.

"왜 안 사?" 할리가 말했다.

"쓰레기잖아." 내가 말했다. "써본 적 있나?"

할리는 고개를 저었다.

"뭐 하나 보여주지." 내가 말했다. "괜찮으면."

할리가 총으로 더피의 관자놀이를 세게 누르고 있었다. "뭘 보여준다는 거야?"

상자 안에 손을 넣어 권총 하나를 꺼냈다. 나무 부스러기를 불어 날리고 총을 들어 올렸다. 낡고 흠집이 많았다. 오랜 시간 많이 쓴 흔적이었다.

"작동이 아주 조악해. 원래의 발터 디자인을 단순화한 건데. 사실은 망쳐 놓은 거지. 오리지널처럼 공이를 당길 필요는 없지만 방아쇠 당김이 최악이야."

총을 천장에 겨누고 최악임을 극대화시켜 보여주려고 방아쇠에 검지를 걸고 엄지손가락만으로 손잡이 뒷부분을 잡았다. 손을 집게처럼 해서 방아쇠를 당겼다. 낡은 자동차의 불안정한 스틱 기어처럼 삐걱거리면서 총이 내 손에서 어색하게 돌아갔다.

"이 정도로 쓰레기라고."

나는 또 한 번 당겨서 삐걱대는 소리와 함께 총이 검지와 엄지 사이에서 돌아가고 흔들리는 것을 다시 보여주었다.

"가망이 없어. 바로 옆에 있는 게 아니면 맞출 가능성이 전혀 없다고."

총을 다시 상자에 던져 넣었다. 비야누에바가 뚜껑을 원위치로 밀었다.

"걱정되지 않나? 이런 쓰레기를 거리에 내놓으면 너네 평판이 개판이 될 텐데."

"상관없어." 할리가 말했다. "내 평판도 아니고. 난 그냥 여기서 시키는 일만 할 뿐인데 뭐."

나는 말해봐야 입만 아프다는 듯 천천히 다시 못을 박았다. 다음으로 AKSU-74 상자를 시작했다. 구식 기관단총. 다음에는 AK-74였다.

"이건 영화사에 팔 수 있겠는데. 역사물 소품으로. 그런 데 아니면 쓸 데가 있겠어?" 비야누에바가 말했다.

못을 제자리에 박고 다른 상자들과 함께 쌓아 올려서, 비자르 바자르의 수입품을 우리가 처음 발견했을 때처럼 깔끔하게 더미를 나누어 정리했다. 할리가 여전히 우리를 지켜보고 있었다. 여전히 더피의 머리에 총을 겨누고 있었다. 하지만 손목에 힘이 빠졌고 검지는 더 이상 방아쇠에 걸려 있지 않았다. 검지를 총신 아래에 받쳐서 총의 무게를 지탱하고 있었다. 비야누에바가 모스버그 상자를 바닥에서 밀어서 내 쪽으로 보냈다. 뚜껑을 찾았다. 뚜껑은 하나만 열어 봤었다.

"거의 다 끝나가." 내가 말했다.

비야누에바가 뚜껑을 밀어 제 위치에 맞췄다.

"잠깐." 내가 말했다. "두 정을 테이블 위에 놔뒀군요."

나는 걸어가서 퍼스웨이더 한 정을 집어 들고, 그걸 찬찬히 쳐다보았다.

"이거 보여?" 내가 할리에게 물었다. 안전장치를 가리켰다. "안전장치가 걸린 상태로 배송됐어. 이러면 안 돼. 공이가 손상될 수 있다고."

나는 안전장치를 풀고 발사 모드로 바꾼 뒤, 총을 유산지에 싸서 스티로폼 완충재 사이에 깊숙이 파묻었다. 그러고는 두 번째 총을 가지러 갔다.

"이것도 그러네." 내가 말했다.

"너네 곧 망할 것 같은데. 품질 관리가 엉망이야." 비야누에바가 말했다.

나는 안전장치를 풀고 발사 모드로 바꾼 뒤 상자 쪽으로 한 걸음 물러섰다. 그런 다음 2루수가 병살 처리를 하듯 오른발을 축으로 몸을 돌리고 할리의 배를 향해 방아쇠를 당겼다. 브레네케 탄환이 폭탄 같은 굉음을 내며 발사되었고, 거대한 탄환은 할리를 말 그대로 반 토막 내버렸다. 그는 자리에 서 있다가 갑자기 사라졌다. 할리가 두 조각이 나 바닥에 떨어진 창고 안은 매캐한 연기와 놈의 피와 소화기관에서 나는 생생한 악취로 가득 찼고, 더피는 방금 옆에 서 있던 놈이 터져 버린 탓에 계속 비명을 질러댔다. 내 귀가 웅웅 울리고 있었다. 더피는 계속 비명을 지르며 발밑에서 퍼져가는 피 웅덩이를 발을 동동거리며 피했다. 비야누에바가 그녀를 붙잡아 꽉 안았고 나는 퍼스웨이더의 장전 손잡이를 당기며 혹시나 더 깜짝 놀랄 일이 생길까 봐 문을 주시했다. 하지만 아무 일도 없었다. 창고 구조물의 울림이 멈추고 내 청각이 돌아오자 정적 속에서 더피의 헐떡이는 거친 숨소리 외에는 아무것도 들리지 않았다.

"내가 바로 옆에 서 있었다고요!" 더피가 나에게 소리 질렀다.

"지금은 바로 옆에 서 있지 않잖소. 그게 중요한 거요."

비야누에바는 그녀를 놓아주고 가서 허리를 굽혀 할리가 발로 차버린 우리의 권총을 집어 들었다. 나는 상자에서 또 한 정의 장전된 퍼스웨이더를 꺼내 포장을 다시 풀고 안전장치를 걸었다.

"정말 마음에 드는군." 내가 말했다.

"제대로 작동하는 것 같아." 비야누에바가 맞장구쳤다.

산탄총 두 정을 한 손에 들고 베레타를 주머니에 넣었다.

"차를 가져오십시오, 테리. 누군가 지금쯤 경찰을 부르고 있을 겁니다."

그가 정문으로 나갔고 나는 창문을 통해 하늘을 바라보았다. 구름이 많았지만 아직도 햇빛이 가득했다.

"이제 어쩌죠?" 더피가 물었다.

"어딘가로 가서 기다려야지."

나는 한 시간 넘게 기다렸다. 책상에 앉아 전화기를 앞에 두고 콜의 전화가 오기를 기대하며. 그녀는 퀸의 집이 있는 맥클린까지 가는 시간을 35분으로 잡았다. 조지타운 대학교 캠퍼스에서 출발하면 교통 상황에 따라 5분이나 10분이 더 걸릴 수도 있었다. 퀸의 집에서 상황을 파악하는 데 10분이 더 추가될 수도 있었다. 그를 제압하는 데는 1분도 채 안 걸렸을 것이고, 수갑을 채워서 차에 태우는 데 3분이 더 걸렸을 것이다. 처음부터 끝까지 59분. 그러나 한 시간이 지났는데도 콜에게서 전화가 없었다.

70분이 지나자 걱정이 되기 시작했다. 80분이 지나자 심각하게 걱정이 되었다. 90분이 지나자 나는 차량을 급히 수배해 직접 길을 나섰다.

비야누에바는 사무실 문밖의 부서진 아스팔트 위에 토러스를 세우고 공회전 상태로 우리를 기다리고 있었다.

"엘리엇에게 전화해 보시오. 그가 어디로 갔는지 알아보고 그리로 가서 같이 기다립시다."

"뭘 기다리는 건데요?" 더피가 물었다.

"어둠."

그녀가 공회전하고 있는 차로 가서 가방을 가지고 돌아왔다. 휴대폰을 꺼내 번호를 눌렀다. 머릿속으로 시간을 쟀다. 벨 소리가 한 번, 두 번, 세 번, 네 번, 다섯 번, 여섯 번.

"안 받아요."

그러다 그녀의 얼굴이 밝아졌다. 하지만 곧 어두워졌다.

"음성 사서함으로 넘어갔어요. 뭔가 잘못된 거예요."

"갑시다."

"어디로요?"

나는 시계를 보았다. 창밖으로 하늘을 보았다. 너무 일러.

"해안 도로로."

우리는 불을 끄고 문을 잠근 뒤 창고에서 나왔다. 안에 귀중한 물건들이 너무 많아서 문을 열어 둔 채로 방치할 수는 없었다. 비야누에바가 운전했다. 더피가 조수석에 앉았고 나는 뒷좌석에 앉아 퍼스웨이더를 내 옆자리에 놓았다. 백이 파란색 트럭을 주차해 두었던 주차장을 지나서 항구 지역을 빠져나갔다. 공항을 지나 고속도로를 타고 시내에서 떨어진 남쪽으로.

고속도로를 빠져나와 익숙한 해안 도로를 따라 동쪽으로 향했다. 다른 차들은 없었다. 하늘은 잿빛이었고 바다에서 불어오는 바람은 토러스의 앞유리에 부딪혀 울부짖는 소리를 낼 정도로 강했다. 공기 중에 물방울이 떠다녔다. 빗방울이었을 수도 있었다. 강풍에 휘말려 수 킬로미터 내륙까지 날아온 바다 물보라였을 수도 있었다. 여전히 너무 밝았다. 너무 일러.

"엘리엇에게 다시 전화해 보시오."

더피가 휴대폰을 꺼냈다. 단축 번호를 눌렀다. 귀에 대고 기다렸다. 여섯 번의 희미한 벨소리와 음성 사서함 안내 멘트의 속삭임이 들렸다. 그녀는 고개를 저었다. 다시 휴대폰을 껐다.

"됐소." 내가 말했다.

그녀가 몸을 뒤로 돌렸다.

"다들 그 집에 가 있는 게 확실해요?" 그녀가 물었다.

"할리의 옷을 봤소?" 내가 말했다.

"검은색 싸구려 정장이었어요."

"최대한 턱시도에 가깝게 입은 거요. 나름 디너용 옷차림이라고 생각한 거지. 에밀리 스미스는 사무실에 검은색 칵테일 드레스를 준비해 뒀더군. 옷을 갈아입으려고 했던 거요. 드레스에 어울리는 구두는 이미 신고 있었소. 아마 연회가 있을 거요."

"키스트 앤드 매든. 그 케이터링 업체." 바야누에바가 말했다.

"바로 그겁니다." 내가 말했다. "연회용 음식. 1인당 55달러짜리 저녁 18인분. 바로 오늘. 에밀리 스미스가 주문서에 메모 남긴 걸 봤습니다. '돼지고기 말고 양고기'라고. 돼지고기는 안 먹고 양고기는 먹는 사람들이 누구죠?"

"코셔를 지키는 사람들이지."

"그리고 아랍인도요. 리비아인일 수도 있고."

"공급자들이군."

"바로 그겁니다." 내가 다시 말했다. "내 생각에는 그들이 사업 관계를 공고히 하려는 것 같습니다. 상자 안에 들어 있던 러시아 물건들은 일종의 시험 배송인 것 같고. 제스처로 말이죠. 퍼스웨이더도 마찬가지고. 서로가 물건을 제대로 인도할 수 있다는 걸 보여준 겁니다. 이제 함께 식사를 하면서 본격적으로 사업을 시작하려는 거고."

"그 집에서?"

나는 고개를 끄덕였다. "인상적인 장소죠. 외딴곳에 있어서 매우 극적이고. 게다가 큰 테이블도 있습니다."

그가 앞유리 와이퍼를 켰다. 유리에 줄무늬가 생겼다가 번졌다. 대서양에서 수평으로 휘몰아치는 바다 물보라였다. 소금기가 가득했다.

"다른 것도 있습니다."

"뭔가?"

"테레사 다니엘도 거래의 일부인 것 같습니다."

"뭐라고?"

"샷건과 함께 그녀를 팔려는 것 같습니다. 매력적인 금발의 미국 여자. 그녀가 만 달러짜리 보너스 상품이 된 것 같군요."

누구도 말이 없었다.

"아까 할리가 그녀에 대해 한 말 들으셨습니까? 미개봉 상태라고."

누구도 말이 없었다.

"그녀를 잘 먹이고 살려두고 손대지 않은 것 같습니다." 나는 생각했다. 테레사에게 손댈 수 있었다면 폴리가 엘리자베스 벡을 괴롭히지 않았을 거야. 엘리자베스에 대한 실례를 무릅쓰고 하는 말이지만.

누구도 말이 없었다.

"아마 지금쯤 그녀를 단장시키고 있을 겁니다."

누구도 말이 없었다.

"트리폴리로 보내질 것 같군요. 거래의 일부로. 감미료처럼."

비야누에바가 가속페달을 세게 밟았다. 앞유리 필러와 사이드미러 주변에서 바람이 더 크게 울부짖었다. 2분 뒤, 경호원을 매복 공격했던 지점에 도착했고 그는 다시 속도를 늦췄다. 저택에서 7킬로미터 떨어져 있었다. 이론적으로는 이미 위층 창문에서 우리를 볼 수 있는 거리였다. 우리는 도로 중앙에 차를 세우고 모두 고개를 앞으로 숙이고 동쪽을 응시했다.

올리브색 쉐보레를 타고 29분 만에 맥클린에 도착했다. 퀸의 집에서 200미터 떨어진 도로 한가운데에 차를 세웠다. 잘 조성된 주택가였다. 온 동네가 조용하고 푸르렀으며 햇볕이 따사롭게 내리쬐고 있었다. 집들은 4,000제곱미터 면적의 대지에 자리 잡고 있었고 빽빽한 상록수 뒤로 반쯤은 가려져 있었다. 집들의 진입로에는 까만 아스팔트가 깔려 있었다. 새들이 지저귀는 소리와 저 멀리서 스프링클러가 천천히 60도 회전하며 젖어 있는 인도를 향해 물을 뿌리는 소리가 들렸다. 공중에는 통통한 잠자리들이 날아다니고 있었다.

브레이크에서 발을 떼고 100미터를 천천히 나아갔다. 퀸의 집은 어두운 색의 삼나무 판자로 외벽이 둘러져 있었다. 돌로 만든 보도가 있었고, 낮은 가문비나무와 진달래가 가득한 화단을 무릎 높이의 돌담이 둘러싸고 있었다. 작게 창문이 나 있었고 지붕 처마와 벽 상단이 만나는 모양새가 집이 나를 등지고 웅크리고 있는 것 같은 느낌을 주었다.

프라스코니의 차가 진입로에 주차되어 있었다. 내 차와 똑같은 올리브색 쉐보레였다. 차는 비어 있었다. 앞 범퍼가 퀸의 차고 문에 바짝 붙어 있었다. 차고는 길고 낮은 세 칸짜리였다. 닫혀 있었다. 새소리와 멀리서 들려오는 스프링클러 소리, 벌레들이 윙윙거리는 소리 외에는 아무 소리도 들리지 않았다.

나는 프라스코니의 차 뒤에 주차했다. 젖은 타이어가 뜨거운 아스팔트 위에서 찌걱거리는 소리를 냈다. 차에서 내려 베레타를 권총집에서 꺼냈다. 안전장치를 해제하고 돌로 된 보도를 올라갔다. 현관문은 잠겨 있었다. 집은 고요했다. 복도 창문을 통해 들여다보았다. 고가 임대 주택에 들어갈 법한 무난하고 견고한 가구 외에는 아무것도 보이지 않았다.

뒤쪽으로 돌아가 보았다. 바비큐 그릴이 있는, 석재 타일이 깔린 파티오가 있었다. 바깥 날씨 탓에 회색으로 변한 정사각형 티크 테이블과 의자 네 개. 폴 대에 달린 미색 캔버스 파라솔. 잔디밭과 손이 별로 안 가는 상록수 관목들. 집 외벽과 같은 어두운 색의 삼나무 울타리가 이웃의 시선을 가려주고 있었다.

주방 쪽 문을 열어봤다. 잠겨 있었다. 창문을 들여다봤다. 아무것도 보이지 않았다. 집 뒤로 돌아갔다. 다음 창문에서도 아무것도 보이지 않았다. 그다음 창문으로 이동해 보니 프라스코니가 누워 있는 것이 보였다.

그는 거실 바닥 한가운데에 누워 있었다. 거실에는 내구성 좋은 갈색 천으로 덮인 소파와 팔걸이의자 두 개가 있었다. 그의 올리브색 군복 색깔과 잘 어울리는 러그가 바닥 전체에 깔려 있었다. 이마에 한 발 맞은 상태였다. 9밀리미터. 즉사. 피딱지가 앉은 구멍 하나와 피부 밑에 드러난 두개골의 칙칙한 상아색이 창문에서도 보였다. 머리 아래에는 피가 웅덩이를 이루고 있었다. 피는 러그에 스며들어 이미 말라가면서 어두운 색으로 변하고 있었다.

1층으로 들어가고 싶지는 않았다. 퀸이 아직 안에 있다면 전술적으로 유리한 위층에서 기다리고 있을 테니까. 파티오에 있는 테이블을 차고 뒤쪽으로 끌고 가서 그걸 밟고 지붕 위로 올라갔다. 지붕을 타고 위층 창문 옆으로 갔다. 팔꿈치로 유리를 깨고 발부터 먼저 게스트용 침실로 집어넣었다. 사용하지 않은 방에서는 퀴퀴한 냄새가 났다. 그 방을 지나 위층 복도로 나왔다. 가만히 서서 귀를 기울였다. 아무 소리도 들리지 않았다. 집은 완전히 비어 있는 것 같았다. 모든 것이 죽어 있었다. 완전한 적막이었다. 인간의 기척이라고는 없었다.

하지만 피 냄새가 났다.

위층 복도를 지나 메인 침실에 있는 도미니크 콜을 찾아냈다. 침대에 등을 대고 누워 있었다. 실오라기 하나 없는 알몸이었다. 입은 것은 다 찢겨 나가 있었다. 안면을 여러 번 가격당해 정신이 혼미해진 상태에서 잔혹하게 살해당했다. 양쪽 유방이 큰 칼로 도려내어져 있었다. 그 칼은 턱밑의 부드러운 살을 뚫고 올라가 입천장을 관통해 뇌까지 박혀 있었다.

그때까지 살아오면서 나는 많은 일을 겪었었다. 한번은 테러 공격을 받은 후 깨어나 보니 다른 사람의 턱뼈 일부가 내 뱃속에 박혀 있었다. 눈에 묻은 그의 살점을 닦아내야만 겨우 앞이 보여 기어갈 수 있었다. 내장이 쏟아져 나올까 봐 배를 누른 채, 잘려나간 다리와 팔들을 헤치고, 떨어져 나간 머리를 무릎으로 치워 가며 20미터를 기어갔었다. 살인과 사고, 다투다 기관총에 맞아 죽은 사람들, 폭발로 분홍색 반죽으로 변한 사람들, 화재로 시커멓게 뒤틀린 숯덩어리로 변한 시체들을 보아 왔다. 하지만 도륙된 도미니크 콜의 시신만큼 끔찍한 것은 본 적이 없었다. 바닥에 구토를 했고, 20년 만에 처음으로 울음이 터져 나왔다.

"그럼 이제 어떻게 할 건가?" 그로부터 10년 뒤인 지금, 비야누에바가 말했다.

"나 혼자 들어갈 겁니다."

"나도 같이 갈 거야."

"고집 피우지 마십시오. 그냥 조금만 더 가까이 가주십시오. 최대한 천천히."

차가 회색이었고 날씨도 흐렸다. 느리게 움직이는 물체는 빠르게 움직이는 물체보다 눈에 잘 띄지 않는다. 그는 브레이크에서 발을 떼고 가속페달을 살짝 밟아 시속 15킬로미터 정도로 차를 몰았다. 베레타와 예비 탄창을 확인했다. 총 마흔다섯 발에서 듀크를 죽일 때 천장에 쏜 두 발을 빼고 남은 탄환 마흔세 발. 퍼스웨이더를 점검했다. 총 열네 발에서 할리의 배를 관통한 한 발을 빼고 남은 탄환 열세 발. 둘 다 합쳐 쉰여섯 발. 상대는 열여덟 명보다는 적다. 초대 명단에 누가 있는지는 몰랐지만 에밀리 스미스와 할리는 확실히 불참할 예정이었다.

"혼자 가는 건 어리석은 짓이야." 비야누에바가 말했다.

"함께 가는 게 멍청한 짓입니다." 내가 맞받아쳤다. "이런 접근 자체가 자살행위니까요."

그는 대답하지 않았다.

"두 분 다 여기서 대기하십시오."

그는 더 이상 고집 피우지 않았다. 내 뒤를 봐주고 싶고 테레사를 자기 손으로 구하고 싶겠지만, 저물어가는 햇빛 아래 요새화된 외딴집을 향해 걸어가는 것이 전혀 재미없다는 것은 충분히 알고 있었다. 그냥 천천히 차만 몰았다. 그러다가 가속페달에서 발을 떼고 기어를 N에 놓아 차가 저절로 멈추게 했다. 안개 속에서 브레이크등이 번쩍이는 위험을 감수하지 않으려는 것이다. 저택까지는 400미터 정도 남은 것 같았다.

"여기서 대기하십시오. 끝날 때까지."

비야누에바가 눈을 안 마주치려고 고개를 돌렸다.

"한 시간만 시간을 주십시오." 내가 말했다.

둘 다 고개를 끄덕일 때까지 나는 기다렸다.

"한 시간 뒤, 내가 돌아오지 않으면 ATF에 연락하십시오."

"지금 하는 게 좋지 않을까요?" 더피가 말했다.

"아니." 내가 말했다. "먼저 한 시간만 쓰겠소."

"ATF가 퀸을 잡을 거예요." 그녀가 말했다. "그들이 그놈을 그냥 보내주진 않을 테니까요."

나는 내가 본 것들을 떠올리며 말없이 고개만 저었다.

나는 모든 규정을 위반하고 모든 절차를 무시했다. 범죄 현장을 떠나버렸고 신고도 하지 않았다. 정당한 사법 절차를 다 어겼다. 콜은 침실에, 프라스코니는 거실에 방치했다. 그들의 차는 진입로에 그대로 두고 왔다. 사무실로 돌아와서 부대 무기고에서 소음기가 달린 루거 스탠다드 22구경 권총을 꺼내와 콜의 문서 상자를 찾으러 갔다. 내 촉이 퀸이 바하마로 향하기 전에 한 번은 어딘가에 들를 거라고 말하고 있었다. 어딘가에 비상용 은닉처가 있을 거라고. 위조 신분증이나 현금 뭉치, 미리 챙겨놓은 짐가방 같은 것, 아니면 그 셋 다일 수도 있고. 근무지에 숨겨 놓지는 않았을 것이다. 임대한 집도 아닐 것이고. 놈은 프로였다. 아주, 아주 신중했다. 안전하고 멀리 떨어진 곳에 감춰두고 있었을 것이다. 나는 놈이 캘리포니아 북부에 있는 물려받은 집에 감춰두었을 거라는 데 베팅했다. 철도 노동자였던 아버지와 전업주부였던 어머니로부터 물려받은 집. 그래서 그 주소가 필요했다.

콜의 필체는 단정했다. 그녀의 메모는 상자 두 개를 가득 채우고 있었다. 매우 종합적이었고 꼼꼼했다. 가슴이 아팠다. 그녀가 작성한 8페이지 분량의 신상정보에서 퀸의 캘리포니아 집 주소를 찾아냈다. 유레카 우체국 관할 지역 내의 다섯 자리 번호의 집이었다. 마을에서 멀리 떨어진 외딴곳인 게 분명했다. 부대의 서기병 데스크로 가서 내 여행허가서 한 뭉치에 손수 서명했다. 그리고 내 근무용 베레타와 소음기가 달린 루거를 캔버스 가방에 넣고 공항으로 차를 몰았다. 나는 공항 담당자에게 장전된 총기를 기내에 반입하기 위해 필요한 서류를 건넸다. 총을 수하물로 부칠 생각은 없었다. 퀸도 같은 비행기를 탈 가능성이 높다고 생각했기 때문이었다. 게이트든 비행기 안에서든 놈을 보면 그 자리에서 바로 끝장내야겠다는 생각이었다.

하지만 놈은 보이지 않았다. 새크라멘토행 비행기를 타고 이륙 후 통로를 걸어가면서 모든 얼굴을 하나하나 훑어보았지만 없었다. 비행 내내 멍하니 앉아만 있었다. 그저 하늘만 내다보았다. 승무원들은 내 가까이에 오지 않으려 했다.

새크라멘토 공항에서 렌터카를 빌렸다. I-5를 타고 북쪽으로 달렸다가 299번 국도를 타고 북서쪽으로 차를 몰았다. 경치 좋은 길로 지정된 도로였다. 산 몇 개를 구불구불 돌아가는 길이었다. 하지만 내 눈에는 앞에서 다가오는 황색 선 외에는 아무것도 보이지 않았다. 세 개의 시간대에 걸쳐 비행한 덕에 세 시간을 더 벌었지만, 유레카 경계에 다다랐을 때는 이미 어둠이 깔리고 있었다. 나는 퀸의 집으로 가는 길을 찾아냈다. 101번 고속 도로 위쪽의 높은 산등성이에 남북으로 길게 구불구불하게 길이 나 있었 다. 고속도로는 훨씬 아래에 있었다. 북쪽으로 향하는 전조등 흐름이 보였 다. 후미등은 남쪽으로 향하고 있었다. 저 아래 어딘가에 철로가 있을 거 라 생각했다. 예전에 퀸의 아버지가 일할 때 편리하게 이용했던 역이나 창 고가 근처에 있을 것 같기도 했다.

퀸의 집을 찾아냈다. 속도를 늦추지 않고 지나쳤다. 허름한 단층 오두막 집이었다. 우편함 대신 오래된 우유 양동이를 사용하고 있었다. 앞마당은 10년 이상 방치된 상태였다. 남쪽으로 500미터를 간 뒤 전조등을 끄고 다 시 200미터를 되돌아 왔다. 지붕이 내려앉은 채 버려진 식당 뒤에 주차했 다. 차에서 내려 언덕으로 30미터쯤 올라갔다. 북쪽으로 300미터를 걸어 가 집 뒤편에서 관찰했다.

땅거미가 진 어스름한 빛 속에서 좁은 뒤쪽 현관과 그 옆에 바닥이 닳 고 닳은 주차 공간이 보였다. 앞문이 아닌 뒷문을 주로 사용하는 집이었 다. 집 안에는 불이 하나도 켜져 있지 않았다. 창문에는 먼지가 쌓이고 햇 빛에 바랜 커튼이 반쯤 쳐져 있었다. 집 전체가 비어 있고 아무도 사용하 지 않는 것으로 보였다. 남쪽과 북쪽으로 수 킬로미터가 내다보였는데 차 는 한 대도 안 보였다.

천천히 언덕을 내려왔다. 집을 한 바퀴 돌았다. 창문마다 귀를 기울였 다. 안에 아무도 없었다. 퀸이라면 뒤에 주차하고 뒷문을 통해 들어올 것 같아서 앞문을 부수고 들어갔다. 얇고 낡은 문을 안쪽 문틀이 벌어질 때까 지 세게 밀고 손바닥으로 자물쇠 위쪽을 한 번 세게 내려쳤다. 나무가 쪼개지면서 문이 휙 열렸고, 안으로 들어가 다시 닫은 다음 의자로 받쳐 문을 고정시켰다. 밖에서 보기에는 이상 없어 보일 것이다.

집 안은 퀴퀴한 곰팡내가 나고 바깥보다 5도 정도는 더 추웠다. 어둡고 침침했다. 주방에서 냉장고가 돌아가는 소리가 들려와 전기가 들어온다는 것을 알 수 있었다. 벽은 언제 도배했는지 모를 지경이었다. 색이 바래서 누렇게 변해 있었다. 방은 네 개였다. 부엌 겸 식당과 거실이 있었다. 침실은 두 개였다. 작은 방 하나에 더 작은 방 하나였다. 더 작은 방이 어렸을 때 퀸이 썼던 방이라고 생각했다. 침실 사이에 욕실이 하나 있었다. 원래 흰색이던 내부는 녹물이 얼룩져 있었다.

방 네 개에 욕실 하나짜리 집은 다른 대부분의 집보다 수색이 쉬웠다. 시작하자마자 거의 바로 찾아냈다. 거실 바닥에 놓인 넝마 같은 깔개를 들어 올리자 널빤지 바닥에 사각형 해치가 보였다. 만약 복도에 있었다면 마루 밑으로 들어가 점검하기 위한 출입구용 덮개라고 생각했을 것이다. 그러나 그것은 거실에 있었다. 부엌에서 포크를 가져와 틈새에 끼워 넣고 들어 올렸다. 그 아래에는 바닥 들보 사이에 얕은 목제 트레이가 놓여 있었다. 트레이 위에는 희뿌연 비닐로 싸인 신발 상자가 놓여 있었다. 신발 상자 안에는 3,000달러와 열쇠 두 개가 들어 있었다. 대여 금고나 물품 보관함용 열쇠일 거라고 생각했다. 현금은 챙기고 열쇠는 그대로 두었다. 그런 다음 해치 뚜껑을 다시 덮고 깔개를 제자리에 돌려놓은 뒤, 의자를 골라 거기 앉아서 주머니에는 베레타를, 무릎 위에는 루거를 올려놓고 기다렸다.

"조심해요." 더피가 말했다.

나는 고개를 끄덕였다. "알겠소."

비야누에바는 아무 말도 하지 않았다. 나는 베레타를 주머니에 넣고 양손에는 퍼스웨이더를 한 정씩 들고 토러스에서 내렸다. 갓길을 곧장 건너가 바위 아래쪽으로 최대한 내려간 뒤 동쪽으로 길을 찾아 나섰다. 구름 뒤에는 아직 햇빛이 남아 있었지만 나는 검은 옷을 입고 검은 총을 들고 있었고 도로에 있는 것이 아니었기 때문에 기회가 있을 거라고 생각했다. 물기를 가득 머금은 바람이 내 쪽으로 세차게 불고 있었다. 앞으로 망망대해가 보였다. 성난 파도가 일고 있었다. 조수가 빠져나가고 있었다. 멀리 파도가 부딪히는 소리와 모래와 자갈을 빨아들여 쓸어가는 역류의 흡입음이 길게 들렸다.

완만한 커브를 돌자 장벽에 켜져 있는 조명이 보였다. 희뿌연 하늘을 배경으로 청백색으로 빛나고 있었다. 전기 불빛과 그 너머 늦은 오후의 어둠이 만드는 대비 때문에 가까이 다가갈수록 더 안 보일 것 같았다. 그래서 다시 도로 위로 올라가 천천히 뛰기 시작했다. 들키지 않을 만큼 최대한 가까이 다가간 뒤, 다시 바위 아래로 미끄러져 내려와 해안에 바짝 붙었다. 망망대해가 바로 발밑에 있었다. 소금기와 해초 냄새가 났다. 바위는 미끄러웠다. 파도가 때리고 물보라가 쏟아졌고 성난 바닷물이 소용돌이치고 있었다.

일단 가만히 멈춰 섰다. 숨을 고르면서 이번에는 장벽을 헤엄쳐 돌아갈 수 없다는 걸 깨달았다. 미친 짓이었다. 바다가 너무 거칠었다. 전혀 가능성이 없어 보였다. 코르크 마개처럼 이리저리 던져지다가 바위에 부딪혀 박살 날 것이다. 역류가 먼저 잡아채 바다 깊숙이 나를 삼켜 익사시킬 수도 있다.

돌아서 갈 수도 없고, 넘어갈 수도 없다. 뚫고 가야만 한다.

다시 바위를 타고 올라가 게이트에서 최대한 멀리 떨어진 곳의 빛줄기 안으로 들어갔다. 건물의 기초가 물 쪽으로 기울어져 있는 바로 그 끝부분이었다. 그러고는 장벽에 바짝 붙어 장벽을 따라 걸었다. 조명을 온몸으로 받았다. 하지만 장벽이 나와 저택 사이에 있고 집이 나보다 높았기 때문에 장벽의 동쪽에서는 아무도 나를 볼 수 없다. 서쪽에 있는 사람은 모두 우군이었다. 내가 걱정해야 할 것은 땅속에 묻힌 센서를 건드리지 않는 것뿐이었다. 최대한 가볍게 발을 내디디며 이 정도 가까이에는 센서를 묻어 놓지 않았기를 바랐다.

다행히 센서를 묻어 놓지 않았는지 게이트하우스까지 무사히 도착했다. 위험을 무릅쓰고 앞 창문 커튼 틈새로 안을 들여다보니 환하게 불이 켜진 거실과 폴리의 대체 근무자가 망가진 소파에서 느긋하게 쉬고 있는 모습이 보였다. 전에 본 적이 없는 놈이었다. 듀크와 나이와 체격이 비슷했다. 마흔에 가까워 보였고, 체격은 나보다 조금 작아 보이는 것 같기도 했다. 잠시 놈의 정확한 키를 가늠하는 데 집중했다. 그게 중요해질 것이기 때문이었다. 나보다 5센티미터 정도 작은 것 같았다. 청바지에 흰색 티셔츠와 데님 재킷을 입고 있었다. 분명 무도회에 갈 차림은 아니었다. 그는 다른 사람들이 파티를 즐기는 동안 게이트를 지키는 신데렐라였다. 거기에 그가 혼자이길 바랐다. 최소한의 인원만 배치했기를 바랐다. 하지만 거기에 베팅할 생각은 없었다. 조금만 신경 써서 경계한다면 저택 정문에 두 번째 놈을, 세 번째는 듀크 방의 창가에 배치했을 수도 있다. 폴리가 제대로 마무리하지 못했다는 걸 알고 있으니까. 놈들은 내가 아직 어딘가에 있다는 걸 알고 있었다.

새로 온 놈을 쏠 때 터질 총성도 감당할 수 없었다. 파도 소리가 요란하고 바람도 울부짖고 있었지만 둘 다 베레타의 총성을 가릴 수는 없다. 게다가 브레네케 매그넘을 발사하는 퍼스웨이더의 소리는 지구상의 그 어떤 소리로도 가릴 수 없다. 그래서 몇 미터 물러나 퍼스웨이더를 바닥에 내려놓고 코트와 재킷을 벗었다. 셔츠를 벗어 왼손 주먹에 단단히 감았다. 맨등을 벽에 대고 게걸음으로 창문 가장자리까지 다가갔다. 오른손의 손톱으로 커튼으로 가려진 창 유리의 아래쪽 모서리를 톡톡 두드려서 쥐가 천장 위를 뛰어다닐 때 나는 것 같은 희미한 소리를 리드미컬하게 냈다. 네 번을 그렇게 하고 다섯 번째를 하려는 순간 갑자기 창문 안쪽의 불빛이 어두워지는 것이 내 옆눈에 들어왔다. 그건 새로 온 놈이 소파에서 일어나 어떤 작은 생물이 자신을 귀찮게 하는지 보려고 유리에 얼굴을 바짝 대고 있다는 뜻이었다. 높이를 정확히 맞추는 데 집중하면서 180도 회전한 다음 셔츠로 감싼 왼손 주먹을 휘둘러 강력한 휘어치기 펀치를 날렸다. 펀치는 창문을 먼저 박살 낸 후 0.1초 뒤에는 새로 온 놈의 코를 박살 냈다. 놈은 안쪽 창틀 아래로 와르르 무너졌고 나는 깨진 유리 안으로 손을 뻗어 잠금쇠를 풀고 창문을 열어젖힌 뒤 넘어서 안으로 들어갔다. 놈은 바닥에 엉덩이를 대고 주저앉아 있었다. 코와 유리에 베인 얼굴에서 피를 흘리고 있었다. 얼이 빠진 상태였다. 소파 위에 권총이 있었다. 놈과는 2미터 떨어져 있었다. 전화기는 3미터 떨어져 있었다. 놈은 고개를 흔들어 정신을 차리고는 나를 올려다보았다.

　"네놈이 리처군." 입 안에 피가 고여 있었다.

　"맞아."

　"넌 가망이 없어."

"그렇게 생각하나?"

놈이 고개를 끄덕였다. "널 쏴 죽이라는 명령이 떨어졌거든."

"날 쏘라고 했다고?"

놈이 다시 고개를 끄덕였다.

"누구한테?"

"전원."

"사비에르의 명령인가?"

놈이 다시 고개를 끄덕였다. 손등으로 코피를 닦았다.

"다들 그 명령을 따른다고?" 내가 물었다.

"물론이지."

"넌?"

"난 안 그래."

"약속해?"

"그렇게."

"좋아."

잠시 멈추고 놈에게 몇 가지를 더 물어볼까도 생각했다. 놈이 순순히 답을 안 할 수도 있었다. 하지만 좀 두들겨 패면 원하는 답을 다 뽑아낼 수 있을 거라 생각했다. 그러나 결국 그 대답은 그다지 중요하지 않다고 판단했다. 저택 안에 적들이 열 명이든 열두 명이든 열다섯 명이든, 놈들이 어떤 무장을 하고 있든 내게 실질적인 차이가 없었다. **쏴 죽여.** 그들이 죽든 내가 죽든. 나는 그냥 물러나서 그놈을 어떻게 처리할지 고민하고 있었는데, 놈이 약속을 어기면서 결정을 대신 내려 주었다. 바닥에서 벌떡 일어난 놈이 소파에 있던 권총을 향해 몸을 날렸다. 나는 왼손을 놈의 목에 세게 꽂았다. 정확한 펀치에 운이 따랐다. 하지만 놈에게는 아니었다. 후두가 으스러졌다. 놈은 다시 바닥에 쓰러졌고 점점 숨이 막혀갔다. 그래도 꽤 빨리 끝났다. 1분 30초. 내가 해줄 수 있는 건 아무것도 없었다. 난 의사가 아니니까.

1분 동안 꼼짝 안 하고 서 있었다. 셔츠를 다시 입고 창문 밖으로 나가 샷건과 재킷, 코트를 챙긴 뒤 다시 들어와 방을 가로질러 뒤쪽 창문을 통해 저택을 바라보았다.

"젠장." 고개를 돌렸다.

캐딜락이 원형 회전로에 주차되어 있었다. 엘리엇은 도망치지 않았다. 엘리자베스, 리처드, 요리사도 마찬가지였다. 비전투원 세 명이 섞여 있다는 뜻이었다. 비전투원이 존재하면 어떤 공격이라도 백배는 더 어려워진다. 그리고 이번 공격은 처음부터 무척 힘든 건이었다.

그쪽을 다시 보았다. 캐딜락 옆에는 검은색 링컨 타운카가 있었다. 타운카 옆에는 짙은 청색 서버밴 두 대가 있었다. 케이터링 트럭은 없었다. 집을 돌아서 주방 문 옆에 있을지도 몰랐다. 나중에 올지도 모르고. 아니면 아예 안 올 수도 있다. 연회 자체가 없는 것일지도 모른다. 내가 모든 상황을 잘못 해석하고 완전히 망쳐 버렸을 수도 있다.

장벽 위의 강렬한 조명을 뚫고 집 주위의 어둠을 응시했다. 현관 앞에는 경비가 없었다. 춥고 궂은 날씨였기 때문에 제정신이 박힌 놈이라면 안으로 들어가 복도에서 유리를 통해 밖을 지켜보고 있을 것이다. 듀크의 방 창문에도 아무도 없었다. 하지만 창문은 내가 떠날 때 놔뒀던 그대로 열려 있었다. 아마도 NSV는 여전히 체인에 매달려 있을 것이다.

다시 차들을 살펴봤다. 타운카에는 네 명을 태울 수 있다. 서버밴 두 대에는 각각 일곱 명까지 태울 수 있다. 최대 열여덟 명. 주요 인물 열다섯 명 정도에 경호원이 두 명 혹은 세 명 붙었을 수도 있다. 아니면 운전기사 세 명만 왔을 수도 있고. 어쩌면 이도 저도 아니게 완전히 잘못 짚은 걸 수도 있고.

확인할 방법은 한 가지뿐.

그리고 이게 가장 어려운 부분이었다. 조명을 뚫고 지나가야만 했다. 스위치를 찾아서 조명을 끌까도 고민해 보았다. 하지만 그건 저택 안에 있는 사람들에게 즉각적인 조기 경보가 될 것이다. 불이 꺼지고 5초 후면 게이트 경비원에게 확인 전화가 갈 것이다. 그런데 죽은 경비원은 전화를 받을 수가 없다. 그 순간 어둠 속에서 열다섯 명 이상이 나를 향해 달려들 것이다. 대부분은 쉽게 피할 수 있다. 하지만 관건은 누구를 피하고 누구를 잡아야 하는지를 가려내는 것이다. 오늘 밤 퀸을 놓치면 분명 다시는 놈을 볼 수 없을 것이기 때문이다.

할 수 없이 휘황찬란한 조명 아래를 통과할 수밖에 없었다. 두 가지 선택지가 있었다. 하나는 저택을 향해 곧장 뛰어가는 것이다. 실제로 조명을 받는 시간을 최소화할 수 있다. 하지만 빠르게 이동해야 했고 빠른 움직임은 눈에 띄기 십상이다. 다른 선택지는 장벽을 따라 바다까지 가는 것이다. 55미터를, 천천히. 고통스러울 것이다. 하지만 그쪽이 더 나은 선택지임이 확실했다.

장벽 위 조명은 장벽에서 멀리 떨어진 곳을 비추고 있다. 장벽 자체와 조명 빛줄기의 뒤쪽 가장자리 사이에는 어두운 터널이 생긴다. 가느다란 삼각형으로. 따라서 장벽의 바닥을 따라 바짝 붙어서 기어가면 된다. 천천히. NSV의 사격 범위를 통과해서.

나는 뒷문을 조심스럽게 열었다. 게이트하우스에는 불이 켜져 있지 않았다. 조명은 내 오른쪽으로 6미터 떨어진 지점, 게이트하우스의 벽이 주변 외곽의 벽과 이어지는 지점부터 시작되고 있었다. 나는 반쯤 밖으로 나와 몸을 웅크린 뒤 오른쪽으로 90도 돌려서 터널을 찾았다. 거기에 있었다. 지면에서 90센티미터도 채 되지 않았다. 점점 좁아져서 머리 높이에서는 완전히 없어졌다. 게다가 그리 어둡지도 않았다. 지면에서 반사되는 빛이 있었고, 간혹 엇갈린 조명 줄기가 있었고, 조명 뒤쪽에서 새어 나오는 빛도 있었다. 터널은 칠흑 같은 어둠과 눈부신 밝음의 중간 정도였다.

무릎을 꿇고 앞으로 나아가다 뒤로 손을 뻗어 문을 닫았다. 양손에 퍼스웨이더를 쥐고 엎드려 오른쪽 어깨를 장벽 밑부분에 바짝 붙였다. 그러고는 기다렸다. 문이 움직인 것 같다고 생각한 사람이 관심을 거둬들일 만큼 충분히 오래. 그런 다음 천천히 기어가기 시작했다.

3미터 정도 기었을 때 나는 잽싸게 다시 멈췄다. 도로에서 차량 소리가 들렸다. 승용차는 아니었다. 그보다 더 큰 차였다. 다른 서버밴일 수도 있었다. 방향을 돌렸다. 발끝으로 땅을 찍으며 문까지 뒤로 기어갔다. 무릎을 세워서 문을 열고 게이트하우스 안으로 미끄러져 들어가서 일어섰다. 퍼스웨이더는 의자에 올려놓고 주머니에서 베레타를 꺼냈다. 게이트 건너편에서 배기량이 큰 V-8 엔진이 공회전하는 소리가 들렸다.

결정의 순간. 밖에 있는 사람이 누구든 게이트 경비원이 자신을 맞아 주리라 기대하고 있었다. 그리고 밖에 있는 사람이 누구든 내가 진짜 경비원이 아니라는 걸 십중팔구 알아챌 것이다. 그래서 나는 기어서 접근하는 건 포기해야 한다고 판단했다. 소란을 피울 수밖에 없다고 생각했다. 그들을 쏘고, 차량을 빼앗아, NSV 사수가 조준하기 전에 최대한 빨리 저택까지

가야 했다. 그리고 뒤이어 벌어질 혼란 속에서 기회를 잡는 것이다.

다시 뒷문으로 나섰다. 베레타의 안전장치를 해제하고 숨을 가다듬었다. 초반의 우위는 내가 잡고 있었다. 어떻게 해야 할지 나는 이미 정확히 알고 있었다. 상대들은 거기에 반응부터 먼저 해야 했다. 그러면 너무나 긴 시간인 1초가 걸릴 것이었다.

그때 게이트 기둥에 달려 있는 카메라가 떠올랐다. 비디오 모니터. 내가 마주한 상황을 정확히 볼 수 있다. 놈들의 머릿수도 셀 수 있다. **사전 경고는 사전 대비를 가능하게 한다.** 나는 확인하기 위해 건너갔다. 화면은 회색으로 뿌옇게 보였다. 흰색 밴이 보였다. 측면에 글씨가 쓰여 있었다. **키스트 앤드 매든 케이터링.** 나는 안도의 숨을 내쉬었다. 그들은 게이트 경비원을 모를 것이다. 베레타를 주머니에 다시 넣었다. 코트와 재킷을 벗었다. 경비원의 시체에서 데님 옷을 벗겨 입었다. 꽉 끼었고 피가 묻어 있었다. 하지만 꽤 그럴싸하게 보였다. 문밖으로 나갔다. 집을 등지고 서서 키가 5센티미터 정도 더 작아 보이게 신경 썼다. 게이트로 걸어갔다. 폴리가 하던 대로 주먹으로 걸쇠를 위로 밀어 올렸다. 문을 열었다. 흰색 밴이 내 앞까지 와서 멈췄다. 조수석에 앉은 사람이 창문을 내렸다. 턱시도를 입고 있었다. 운전석에 앉은 사람도 턱시도를 입고 있었다. 비전투원이 추가되었다.

"어디로 가면 되죠?" 조수석에서 물었다.

"저택 오른쪽으로 돌아가시오. 쭉 가면 뒤쪽에 주방 문이 있소."

창문이 다시 올라갔다. 밴이 내 앞을 지나갔다. 손을 흔들어 주었다. 다시 게이트를 닫았다. 게이트하우스로 돌아와 창문 너머로 밴을 지켜보았다. 곧장 저택으로 향하다가 원형 회전로에서 오른쪽으로 돌았다. 밴의 헤드라이트 불빛이 캐딜락과 타운카, 두 대의 서버밴을 비추고 브레이크등이 반짝했다가 시야에서 사라졌다.

2분을 기다렸다. 더 어두워지기를 바랐다. 2분 뒤 다시 내 코트와 재킷으로 갈아입고 의자에 두었던 퍼스웨이더를 챙겼다. 조심스럽게 문을 열고 기어 나와 뒤로 문을 닫고 엎드렸다. 어깨를 장벽 밑부분에 대고 다시 천천히 기어가기 시작했다. 얼굴을 저택 반대편으로 돌린 채였다. 밑에 깔려 있는 조각난 돌들이 팔꿈치와 무릎을 날카롭게 찔러댔다. 하지만 무엇보다도 등 뒤가 오싹했다. 13밀리 구경 총알을 초당 열두 발씩 발사할 수 있는 무기를 마주하고 있었으니까. 내 등 뒤에 어떤 터프가이가 손잡이에 손을 가볍게 얹고 버티고 있을 것이었다. 첫 번째 연속사격이 빗나가길 바랐다. 그럴 가능성이 제법 높다고 생각했다. 첫 사격은 낮거나 높을 거라 판단했다. 그러면 그가 제대로 조준을 정렬하기 전에 일어나서 지그재그로 어둠 속으로 달려 들어갈 것이다.

아주 조금씩 앞으로 나아갔다. 10미터, 15미터, 20미터. 정말 천천히 움직였다. 얼굴은 계속 벽을 향해 있었다. 반그늘 속에서 흐릿하고 불분명한 그림자처럼 보이길 바랐다. 전혀 직관적이지 않은 행동이었다. 벌떡 일어나 달려가고 싶다는 강렬한 욕구와 싸우고 있었다. 심장이 미친 듯이 쿵쾅거렸다. 추운데도 땀이 났다. 바람이 거세게 나를 때렸다. 바다에서 불어온 바람이 벽을 치고 썰물처럼 흘러내리면서 불빛이 가장 밝은 쪽으로 나를 몰아넣으려 하고 있었다.

계속 나아갔다. 절반쯤 왔다. 30미터쯤 왔고 30미터쯤 남았다. 팔꿈치가 아팠다. 퍼스웨이더를 땅에 닿지 않게 들고 있느라 팔에 무리가 갔다. 잠시 쉬기 위해 멈췄다. 그냥 흙바닥에 몸을 밀착시켰다. 바위처럼 보이려고 했다. 위험을 무릅쓰고 고개를 돌려 저택 쪽을 힐끗 보았다. 조용했다. 앞뒤를 살폈다. **되돌아갈 수 없는 지점.** 나는 다시 기어갔다. 속도를 천천히 유지하도록 나를 억제시켜야 했다. 더 멀리 갈수록 등은 더 오싹거렸다. 가쁜 숨을 몰아쉬었다. 공황에 가까운 상태가 되었다. 아드레날린이 몸속에서 끓어오르며 뛰어가라고 외치고 있었다. 나는 헐떡이고 숨을 쌕쌕거리면서도 팔다리가 천천히 움직이도록 간신히 통제해 냈다. 그러다 마지막 10미터 정도가 남았을 때 비로소 해낼 수 있을 거라는 믿음이 생겼다. 잠시 멈춰 숨을 들이쉬었다. 한 번 더 숨을 들이쉬었다. 다시 시작했다. 이제 땅이 아래로 기울어졌고 머리가 먼저 그쪽으로 쏠렸다. 물에 닿았다. 내 밑으로 질척한 갯벌이 느껴졌다. 거친 파도가 밀려왔고 물보라가 덮쳤다. 나는 90도 왼쪽으로 방향을 틀고 멈췄다. 다른 사람의 시야에서 멀리 벗어나 있었지만 여전히 밝은 불빛을 뚫고 9미터를 지나야만 했다. 이제는 천천히 가는 것은 포기했다. 반쯤 몸을 일으킨 채 고개를 숙이고 그저 달렸다.

4초 정도 그 어느 때보다 밝은 빛 아래에 있었을 것이다. 마치 네 번의 생을 사는 것 같았다. 일시적으로 눈이 멀었다. 그러고는 다시 어둠 속으로 뛰어들어 웅크린 채 귀를 기울였다. 거친 파도 소리 외에는 아무것도 들리지 않았다. 눈에 보이는 건 보라색 반점들뿐이었다. 바위를 타고 열 걸음 정도 더듬거리며 나아가다 멈춰 섰다. 뒤를 돌아보았다. 성공이다. 나는 어둠 속에서 미소를 지었다. 퀸, 이제 널 잡으러 간다.

15

10년 전, 나는 놈을 열여덟 시간이나 기다렸다. 놈이 올 거라는 걸 한순간도 의심하지 않았다. 놈의 안락의자에 앉아 루거를 무릎에 올려놓고 마냥 기다렸다. 잠도 안 잤다. 눈도 거의 깜빡이지 않았다. 그냥 앉아 있었다. 밤새도록. 새벽까지. 아침 내내. 정오가 왔다가 지나갔다. 그대로 앉아서 기다렸다.

오후 2시 정각에 놈이 왔다. 도로에서 속도를 줄이는 차 소리를 듣고 일어나 창문에서 멀찌감치 떨어져 놈이 차를 꺾어 들어오는 모습을 지켜보았다. 빨간색 폰티악이었다. 앞유리를 통해 놈이 선명하게 보였다. 단정하고 깔끔했다. 머리카락은 가지런히 빗어 넘겼고 파란색 셔츠는 목깃을 풀어 입고 있었다. 미소를 짓고 있었다. 차가 집 옆을 지나쳐 부엌 밖 흙바닥에 멈추는 소리가 들렸다. 나는 복도로 나섰다. 부엌문 옆 벽에 몸을 바짝 붙였다.

열쇠가 자물쇠에 들어가는 소리가 들렸다. 문이 열리는 소리가 들렸다. 경첩이 저항이라도 하듯 삐걱거렸다. 놈은 문을 그냥 열어둔 채로 있었다. 밖에서 공회전하는 소리가 들렸다. 엔진을 끄지 않았다. 오래 머물 생각이 아니었다. 발소리가 부엌 바닥에서 울렸다. 빠르고, 가볍고, 자신감 넘치는 발걸음이었다. 게임에서 이기고 있다고 생각하는 남자의 발소리였다. 놈이 문간을 넘어 안으로 들어오자마자 팔꿈치로 놈의 옆머리를 가격했다.

놈은 뒤로 벌러덩 쓰러졌고 나는 손을 펴서 놈의 목을 눌렀다. 루거를 옆으로 내려놓고 놈의 몸을 더듬었다. 비무장 상태였다. 목을 놓자 놈이 머리를 위로 올리려고 해서 턱밑을 손날로 내려쳤다. 뒷머리가 바닥에 부딪혔고 눈동자가 뒤집혔다. 부엌을 건너가 문을 닫았다. 돌아와서 놈의 손목을 잡고 거실로 질질 끌고 들어갔다. 바닥에 떨어뜨려 놓고 뺨을 두 번 때렸다. 루거를 얼굴 한가운데에 조준하고 눈을 뜰 때까지 기다렸다.

놈이 눈을 떴다. 처음에는 내가 손에 쥔 총을, 그다음에는 나를 올려다보았다. 입고 있던 군복에 계급장과 부대 표식이 여기저기 달려 있었기 때문에 그리 오래지 않아 내가 누구이며 왜 거기에 있는지 알아차렸다.

"잠깐만." 놈이 말했다.

"뭐?"

"실수하고 있는 거야."

"그래?"

"오해하고 있다고."

"내가?"

놈이 고개를 끄덕였다. "걔들이 뇌물을 받고 있었어."

"걔들이 누군데?"

"프라스코니와 콜."

"그래?"

놈이 다시 고개를 끄덕였다. "그런데 프라스코니가 콜을 속이려고 했어."

"어떻게?"

518

"좀 앉아도 되나?"

"안 돼." 내가 말했다. 총은 그대로 겨눈 채.

"난 함정을 파고 있었어. 국무부와 공조해서. 적대적인 대사관을 상대로 미끼를 던지고 있었다고."

"고로프스키의 딸은?"

놈은 짜증이 난다는 듯 고개를 저었다. "그 빌어먹을 애한테는 아무 일도 없었어, 이 멍청아. 고로프스키는 따라야 할 각본이 있었던 거야. 그게 다 설정이었단 말이야. 적들이 확인할 경우를 대비해서. 이런 일은 깊이 생각해서 진행하는 거야. 누가 의심할 경우를 대비해서 거짓 단서를 심어두는 거지. 무인 접선이나 기타 등등 전부 제대로 하고 있었다고. 감시당하고 있을 경우를 대비해서."

"프라스코니와 콜은 어떻게 된 거지?"

"제법 잘하더라고. 아주 일찍 내 존재를 알아차렸어. 그들은 내가 합법적이지 않다고 판단했지. 난 그게 기뻤어. 내가 내 역할을 제대로 하고 있다는 뜻이니까. 그러다 그 둘이 변하더라고. 돈을 주면 수사를 늦춰주겠다고 했어. 해외로 도주할 시간을 벌어주겠다면서. 내가 그러고 싶어할 거라고 생각한 거지. 그래서 한번 같이 놀아주는 것도 나쁘지 않겠다고 판단했어. 그물을 훑으면 어떤 나쁜 놈이 걸려 올라올지 누가 미리 알겠어? 다다익선 아냐? 그래서 같이 놀아준 거야."

나는 아무 말도 하지 않았다.

"수사가 너무 느렸잖아. 안 그래? 너도 눈치챘을 거야. 몇 주가 지나고 또 몇 주가 지나고. 정말 느렸어."

정말 느릿느릿하게 진행됐지.

"그러다 어제 일이 터졌어. 시리아인과 레바논인, 이란인들을 다 잡았어. 그리고 월척인 이라크인들까지. 그래서 난 이제 네 부하들도 잡아야 할 때라고 생각했어. 그들이 마지막 돈을 받으러 왔었어. 큰돈이었지. 그런데 프라스코니가 혼자 다 먹으려고 한 거야. 그놈이 내 머리를 쳤어. 정신을 차리고 보니 콜을 난도질 해놨더라고. 완전 미친놈이었어. 내 말을 믿으라고. 난 겨우 서랍에 있는 총을 꺼내서 그 자식을 쐈어."

"그런데 왜 도망쳤지?"

"너무 겁이 났어. 난 펜타곤 사람이야. 한 번도 피를 본 적이 없었어. 그리고 네 부하들이 또 누구와 얽혀 있을지도 몰랐고. 몇 명 더 있을 수도 있잖아."

프라스코니와 콜.

"자네 정말 대단하군." 놈이 나에게 말했다. "이리로 곧장 오다니."

나는 고개를 끄덕였다. 콜의 깔끔한 필체로 쓰인 8페이지 분량의 신상 정보를 떠올렸다. 부모의 직업, 어린 시절의 집.

"누구의 아이디어였다고 생각하나?" 내가 물었다.

"처음에는?" 놈이 물었다. "물론 프라스코니지. 그 여자보다 상급자잖아."

"그 여자 성이 뭐였지?"

놈의 눈이 잠깐 흔들렸다.

"콜." 놈이 답했다.

나는 다시 고개를 끄덕였다. 콜은 군복 차림으로 체포하러 나갔었다. 오른쪽 가슴 위에 달려 있는 검은색 아세테이트 명찰. **콜.** 여군 제복에서 명찰은 개인 체형 차이에 맞게 조정하여 상의 상단 단추에서 5~10센티미터

우측 중앙에 가로로 위치시킨다. 놈은 콜이 문을 들어서자마자 명찰을 보았을 것이다.

"이름은?"

놈이 잠시 뜸을 들였다.

"기억이 안 나는데."

"프라스코니의 이름은?"

남성 장교의 제복에서 명찰은 오른쪽 가슴 포켓 덮개의 솔기와 단추 사이에 등거리로 덮개의 중앙에 위치시킨다.

"기억 안 나."

"생각해봐."

"기억 안 난다고. 사소한 걸로 왜 그래?"

"10점 만점에 3점. E야."

"그게 뭔데?"

"네 성적. 낙제점이라고."

"뭐?"

"네 아버지는 철도 노동자였어. 어머니는 전업주부였고. 네 풀네임은 프랜시스 사비에르 퀸이야."

"그런데?"

"수사는 그런 거야. 누군가를 잡으려고 할 때는, 먼저 그 사람에 대한 모든 것을 알아봐야 하지. 몇 주 지나고, 또 몇 주 동안 같이 놀았다면서 그 두 사람의 이름도 모른다고? 복무 기록도 안 봤나? 메모를 남긴 적도 없고? 보고서를 작성한 적도 없다고?"

놈은 아무 말도 하지 않았다.

"그리고 프라스코니는 평생 자기 아이디어를 내본 적이 없어." 내가 말했다. "누가 시키지 않으면 똥도 싸지 않는다고. 그 두 사람과 관련된 사람은 아무도 '프라스코니와 콜'이라고 말하지 않아. '콜과 프라스코니'라고 하지. 넌 내내 부패해 있었고, 널 체포하러 집으로 오기 전까지 넌 내 부하들을 본 적도 없어. 그리고 네놈이 그 둘을 다 죽였어."

놈이 나와 싸우려 들면서 내가 옳다는 걸 입증해주었다. 나는 준비가 되어 있었다. 놈이 덤벼들려고 했다. 나는 필요 이상으로 세게 쳐서 놈을 다시 뻗게 만들었다. 의식이 없는 놈을 놈이 몰고 온 차 트렁크에 실었다. 버려진 식당 뒤에 있는 내 차 트렁크에 옮겼을 때도 여전히 의식이 없었다. 나는 101번 국도 남쪽으로 조금 달리다가 태평양 쪽으로 우회전을 했다. 자갈이 깔린 임시 주차장에 차를 세웠다. 빼어난 경치가 펼쳐져 있었다. 오후 3시, 햇살이 비치고 대양은 파랗게 빛나고 있었다. 주차장에는 무릎 높이의 금속 가드레일이 있었고, 그 너머로 자갈이 50센티 정도 더 깔려 있었고, 그 너머는 파도 속으로의 긴 수직 낙하였다. 지나가는 차는 거의 없었다. 몇 분에 한 대 정도였다. 그 도로는 고속도로에서 맥락 없이 뻗어나온 순환도로였다.

혹시나 놈이 깨어나서 달려들까 봐 트렁크를 열었다가 다시 쾅 닫아보았다. 하지만 놈은 깨어나지 않았다. 공기가 부족해 의식이 거의 없는 상태였다. 나는 놈을 끌어내 힘없이 풀린 다리지만 일으켜 세우고 걷게 했다. 잠시 바다를 바라보게 하고, 잠재적 목격자가 있는지 확인했다. 아무도 없었다. 놈을 돌려세우고 다섯 걸음 물러섰다.

"그녀의 이름은 도미니크였어."

그런 다음 놈을 쐈다. 머리에 두 발, 가슴에 한 발. 나는 놈이 자갈 위로 곧바로 쓰러질 것으로 예상했고, 그러면 가까이 다가가서 눈구멍에 네 발째를 쏜 다음 바다에 던져버릴 계획이었다. 하지만 놈은 자갈 위로 곧바로 쓰러지지 않았다. 비틀거리며 뒤로 물러나다가 가드레일에 걸려 넘어졌고, 어깨로 미국 땅 마지막 50센티미터를 치고 굴러서 그대로 절벽으로 떨어졌다. 나는 한 손으로 난간을 잡고 몸을 기울여 아래를 내려다보았다. 놈이 바위에 부딪히는 걸 보았다. 파도가 놈을 덮쳤다. 다시는 보이지 않았다. 거기서 꼬박 1분을 더 있었다. 머리에 두 발, 가슴에 한 발, 40미터 높이에서 바다로 추락, 살아남을 가능성 제로.

나는 탄피를 주웠다. "10-18, 도미니크." 나는 혼잣말을 하며 차로 돌아갔다.

그로부터 10년 뒤인 지금, 날은 매우 빠르게 어두워지고 있었고 나는 차고 구역 뒤의 바위 위에서 길을 찾고 있었다. 내 오른쪽에서 바다가 솟구치며 몰아치고 있었다. 바람이 얼굴을 때렸다. 누가 밖에 나와 돌아다닐 거라고는 생각하지 않았다. 특히 저택의 측면이나 뒤쪽에서는 더더욱. 그래서 나는 빠르게 움직였다. 머리를 들고 경계는 늦추지 않은 채, 퍼스웨이더를 양손에 들고. 퀸, 이제 널 잡으러 간다.

차고 구역 뒤쪽을 지나자 건물 뒤쪽 모퉁이에 주차된 케이터링 회사의 밴이 보였다. 하필이면 할리가 가정부를 트렁크에서 내리기 위해 링컨을 세웠던 위치였다. 밴의 뒷문이 열려 있었고 운전자와 동승자가 앞뒤로 왔다 갔다 하며 짐을 내리고 있었다. 그들이 포일 접시를 나를 때마다 주방문에 달린 금속 탐지기가 삐 소리를 냈다. 배가 고팠다. 바람을 타고 뜨거운 음식 냄새가 풍겨왔다. 두 사람 모두 턱시도를 입고 있었다. 궂은 날씨 때문에 고개를 숙이고 있었다. 자기 일 외에는 아무것도 신경 쓰지 않았다. 하지만 나는 그들을 널찍하게 피해갔다. 끝까지 바위 가장자리를 따라 둥글게 우회해 돌았다. 할리와 갔던 V자 모양의 틈새를 뛰어넘어 계속 나아갔다.

케이터링 직원들에게서 최대한 멀리 떨어진 곳에서 방향을 틀어 저택의 반대편 뒤쪽 모퉁이로 향했다. 기분이 아주 좋았다. 내가 소리도 나지 않고 보이지도 않는 존재로 느껴졌다. 마치 바다에서 몰아치는 원시적인 힘처럼. 잠시 멈춰 서서 어느 것이 식당 창문일지 가늠해 보았다. 그러다 찾아냈다. 방 안에 불이 켜져 있었다. 가까이 다가가 위험을 무릅쓰고 유리를 통해 안을 들여다보았다.

제일 먼저 퀸이 보였다. 검은색 정장을 입고 꼿꼿이 서 있었다. 손에 마실 것을 들고 있었다. 머리는 완전한 회색이었다. 반질반질한 분홍색의 작은 흉터가 이마에 나 있었다. 약간 구부정했고 살도 좀 찐 것 같았다. 놈도 10년을 늙었으니까.

옆에는 백이 있었다. 그도 검은색 정장을 입고 술을 마시고 있었다. 자신의 보스와 어깨를 나란히 하고 서 있었다. 둘이 함께 세 명의 아랍인 남자들과 마주하고 있었다. 그들도 미국식 복장을 하고 있었다. 연한 회색과 청색의 샤크스킨* 정장 차림으로 술잔을 들고 있었다. *모양이 상어 가죽 같은 직물.

그들 뒤에는 리처드와 엘리자베스 벡이 가까이 서서 이야기를 나누고 있었다. 전체적으로 보아 커다란 테이블의 가장자리에 둘러서서 자유로운 형식의 칵테일 파티를 하는 것 같았다. 테이블에는 열여덟 개의 자리가 세팅되어 있었다. 매우 격식 있는 세팅이었다. 각 세팅마다 세 개의 잔과 일주일은 쓸 수 있을 만큼의 식기류가 놓여 있었다. 요리사가 음료 쟁반을 들고 분주하게 방 안을 돌아다니고 있었다. 샴페인 잔과 위스키 잔이 보였다. 그녀는 검은색 치마와 흰색 블라우스를 입고 있었다. 칵테일 웨이트리스로 강등된 셈이었다. 그녀의 전문성이 중동 요리에는 미치지 못한 것 같았다.

테레사 다니엘은 보이지 않았다. 나중에 케이크에서 튀어나오게 할 계획인지도 모른다. 방 안의 나머지 사람들은 모두 남자였다. 세 명이었다. 퀸의 최고위 부하들일 것이다. 제각각의 3인조였다. 공통점이 없었다. 험상궂은 얼굴들이었지만 돌이나 할리보다 위험해 보이지는 않았다.

그러니 열여덟 자리가 세팅되어 있지만 식사할 사람은 열 명뿐이다. 여덟 명이 빠져 있다. 듀크, 돌, 할리, 에밀리 스미스가 그중 네 명이다. 폴리를 대체해 게이트하우스로 보내진 놈이 다섯 번째, 나머지 세 명은 행방이 묘연했다. 한 명은 현관문에, 한 명은 듀크 방의 창문에, 그리고 한 명은 테레사 다니엘과 함께 있을 확률이 높았다.

계속 밖에서 안을 들여다보았다. 나도 칵테일 파티와 격식을 차린 만찬은 여러 번 경험해 봤다. 근무지에 따라서는 그런 행사들이 부대 생활에서 큰 비중을 차지하기도 했다. 저 사람들이 최소 네 시간은 저기 있을 거라고 예상했다. 화장실 가는 시간 말고는 모두 식당 안에 있을 것이다. 퀸이 뭐라고 이야기를 하고 있었다. 세 명의 아랍인들과 용의주도하게 눈을 마주치고 있었다. 일방적으로 열변을 토하는 중이었다. 미소 지었다가 손짓하고 웃음을 터뜨리고. 게임을 이기고 있는 사람처럼 보였다. 하지만 그렇지 않았다. 놈의 계획은 틀어졌다. 내가 아직 살아 있는 탓에 열여덟 명을 위한 연회는 열 명이 하는 저녁식사가 되었다.

나는 창문 아래로 몸을 낮추고 주방 쪽으로 기어갔다. 무릎을 꿇은 채 코트를 벗은 다음 퍼스웨이더를 감싸서 나중에 찾을 수 있는 곳에 두었다. 일어나서 주방으로 당당하게 걸어 들어갔다. 금속 탐지기가 내 주머니 속 베레타에 반응해서 삐 소리를 냈다. 케이터링 직원들이 안에 있었다. 알루미늄 포일로 뭔가를 하고 있었다. 나는 마치 그 집에 사는 사람인 것처럼 그들에게 고개를 끄덕이고 복도로 곧장 나섰다. 두꺼운 러그가 깔려 있어 발소리는 나지 않았다. 식당에서 칵테일 파티의 대화 소리가 왁자지껄 들려왔다. 현관문에 한 놈이 있었다. 나를 등지고 창밖을 주시하고 있었다. 창틀 가장자리에 어깨를 기대고 서 있었다. 멀리서 비치는 장벽 조명을 받아 머리색이 푸른빛을 띠고 있었다. 놈의 뒤로 곧장 걸어갔다. **쏴 죽여. 그들이 죽든 내가 죽든.** 나는 잠시 멈칫했다. 팔을 돌려 뻗어 오른손으로 놈의 턱밑을 감싸 쥐고 왼손은 목덜미에 갖다 댔다. 오른손은 위로 올려 뒤로 젖히고, 왼손은 눌러 내려서 놈의 목을 네 번째 척추뼈에서 꺾었다. 뒤로 축 늘어진 놈의 겨드랑이에 손을 끼우고 엘리자베스 벡의 응접실로 끌고 가 소파에 던져 놓았다. 사이드 테이블 위에 『닥터 지바고』가 그대로 놓여 있었다.

한 놈 제거.

응접실 문을 닫아 놈을 가리고 계단으로 향했다. 소리 없이 잼싸게 올라갔다. 듀크의 방 앞에서 멈췄다. 엘리엇이 문간 바로 안쪽에 널브러져 있었다. 죽어 있었다. 등을 대고 누워 있었다. 헤쳐져 있는 재킷 아래로 피가 굳어 딱딱해진 채 구멍이 숭숭 나 있는 셔츠가 보였다. 그의 밑에 깔린 피에 젖은 러그도 딱딱하게 말라 있었다. 그를 넘어가 문 뒤에 숨어서 방 안을 살폈다. 그가 왜 죽었는지 알 수 있었다. NSV가 고장 났던 것이다. 아마 더피의 전화를 받고 방을 나가려다가 고개를 들어 도로 위의 차량 행렬이 저택을 향해 다가오는 걸 보았을 것이다. 급히 대형 기관총으로 달려가 방아쇠를 당겼지만 방아쇠가 걸려서 안 나갔을 것이다. 고물이었다. 방 안에서 정비공이 바닥에 총을 분해한 상태로 쪼그려 앉아 급탄 장치를 수리하고 있었다. 작업에 몰두하느라 그는 내가 다가가는 걸 보지 못했다. 듣지도 못했다.

쏴 죽여. 그들이 죽든 내가 죽든.

두 놈 제거.

기관총 위로 쓰러진 놈을 그대로 두었다. 아래로 삐져나온 총신이 마치 그의 세 번째 팔처럼 보였다. 나는 창밖 상황을 점검했다. 장벽의 조명은 여전히 환하게 빛나고 있었다. 시계를 확인했다. 약속한 한 시간 중 정확히 30분이 지났다.

다시 아래층으로 내려갔다. 복도를 통해 유령처럼 지하실 문으로 갔다. 지하실에 불이 켜져 있었다. 체육관을 통과해서 계단을 따라 내려갔다. 세탁기를 지나쳤다. 주머니에서 베레타를 꺼냈다. 안전장치를 풀어서 총을 앞으로 내밀고 모퉁이를 돌아 잠겨 있던 두 방을 향해 곧장 걸어갔다. 그 중 하나는 문이 열려 있는데 비어 있었다. 다른 방은 닫혀 있었는데, 문 앞에 마른 체구의 젊은 남자가 의자를 놓고 앉아 있었다. 의자를 뒤로 젖혀 문에 기댄 채였다. 그가 나를 똑바로 쳐다보았다. 눈이 휘둥그레졌다. 입이 벌어졌다. 아무 소리도 내지 못했다. 별로 위협적으로 보이진 않았다. 'Dell'의 로고가 박힌 티셔츠를 입고 있었다. 이자가 엘리자베스가 말한 해커인 것 같았다.

"살고 싶으면 조용히 해."

그는 조용히 있었다.

"네가 트로이야?"

그가 조용히 고개를 끄덕였다.

"좋아, 트로이."

위치상 식당 바로 아래라고 생각했다. 사람들 발밑 아래의 돌로 된 지하실에서 총을 쏘는 위험을 감수할 수는 없었다. 그래서 베레타를 주머니에 다시 넣고 그의 목을 잡아 벽에 머리를 두 번 쾅쾅 박아서 잠들게 했다. 두개골에 금이 갔을 수도 있고 아닐 수도 있다. 어느 쪽이든 상관없었다. 그의 키보드 작업이 가정부를 죽였으니까.

세 놈 제거.

놈의 주머니를 뒤져 열쇠를 찾아냈다. 자물쇠에 꽂고 문을 활짝 열었더니 테레사 다니엘이 매트리스 위에 앉아 있었다. 그녀가 몸을 돌려 나를 똑바로 바라보았다. 11일째 이른 아침에 더피가 내 모텔 방에서 보여주었던 사진 속 모습과 똑같았다. 완벽하게 건강해 보였다. 감은 머리는 빗질이 되어 있었다. 순결을 상징하듯 새하얀 드레스를 입고 있었다. 흰색 팬티스타킹과 흰색 구두도. 피부는 새하얗고 눈은 파랬다. 마치 인간 제물처럼 보였다.

나는 확신이 서지 않아 잠시 망설였다. 그녀의 반응을 예측할 수 없었다. 그녀는 그들이 자신에게 원하는 것이 뭔지 알아챘을 것이다. 그런데 그녀는 나를 몰랐다. 그녀 입장에서는 나도 자신을 제단으로 끌고 가려는 사람 중 하나일 수 있었다. 그녀는 훈련된 연방 요원이었다. 내가 같이 가자고 하면 싸움을 시작할지도 모른다. 기회를 기다리며 힘을 비축해두고 있었을 수도 있다. 나는 일이 시끄러워지는 걸 원치 않았다. 아직은 아니었다.

그녀의 눈을 다시 보았다. 한쪽 동공이 엄청나게 커져 있었다. 다른 쪽은 작았다. 그녀는 전혀 움직임이 없었다. 아주 조용했다. 풀어지고 멍한 상태였다. 약에 완전히 취해 있었다. 어떤 특수한 종류의 약물인 것 같았다. 데이트 강간 약물. 로히프놀? 로피놀? 이름이 기억나지 않았다. 내 전문 분야는 아니니까. 엘리엇은 알았을 것이다. 더피나 비야누에바도 알 것이다. 사람을 수동적이고 순종적이고 무저항 상태로 만들어 등을 대고 누워서 시키는 대로 뭐든 받아들이게 만드는 약.

"테레사?" 내가 소리 죽여 불렀다.

대답이 없었다.

"괜찮소?"

그녀가 고개를 끄덕였다.

"괜-찮-아-요." 그녀가 답했다.

"걸을 수 있겠소?"

"네-."

"날 붙잡고 걸어보시오."

그녀가 일어섰다. 발을 뒤뚱거렸다. 근육이 약해진 것 같았다. 그녀는 9주 동안 갇혀 있었다.

"이쪽으로."

그녀는 움직이지 않았다. 그대로 거기 서 있었다. 내가 손을 내밀었다. 그녀가 손을 뻗어 잡았다. 그녀의 피부는 따뜻하고 건조했다.

"갑시다. 바닥에 쓰러진 남자는 보지 말고."

나는 문을 나가자마자 그녀를 다시 멈춰 세웠다. 그녀의 손을 놓고 트로이를 방으로 끌어다 넣은 뒤 문을 닫고 잠갔다. 다시 테레사의 손을 잡고 걸어나갔다. 그녀는 그저 순종적이었다. 정말 고분고분했다. 시선은 정면에만 고정한 채 나를 잡고 걸었다. 모퉁이를 돌아서 세탁기 옆을 지나쳤다. 체육관을 통과했다. 그녀의 드레스는 실크 소재에 레이스가 달려 있었다. 그녀는 데이트하듯 내 손을 잡고 있었다. 나는 마치 무도회에 가는 기분이 들었다. 우리는 나란히 계단을 걸어 올라갔다. 꼭대기에 다다랐다.

"여기서 기다리시오." 내가 말했다. "나 없이 아무 데도 가면 안 되오. 알겠소?"

"알-겠-어-요." 그녀가 속삭였다.

"절대 소리도 내지 말고. 알겠소?"

"네-."

계단 난간을 가볍게 잡고 있는 그녀를, 뒤로는 알전구가 켜져 있는 계단 맨 위에 남겨두고 지하실로 가는 문을 닫았다. 복도를 주의 깊게 살피고 다시 주방으로 향했다. 주방은 여전히 바빴다.

"키스트 앤드 매든, 맞소?" 내가 말했다.

내 쪽에 가까이 있던 사람이 고개를 끄덕였다.

"제가 폴 키스트예요." 그가 말했다.

"저는 크리스 매든이고요." 그의 파트너가 말했다.

"밴을 좀 옮겨야겠소, 폴."

"왜요?"

"차가 길을 막고 있어서."

그가 나를 쳐다보았다. "거기다 대라고 하셨잖아요."

"거기다 대라고 한 적은 없소."

그가 어깨를 으쓱하더니 조리대를 뒤적여서 차 키를 찾아 건넸다.

"알아서 하세요."

키를 받아들고 밖으로 나가 밴 뒤쪽을 확인했다. 양옆으로 금속 선반이 설치되어 있었다. 음식 트레이 수납용이었다. 중앙에는 좁은 통로가 나 있었다. 창문은 없었다. 쓸 만했다. 뒷문을 열어둔 채 운전석에 올라 시동을 걸었다. 원형 회전로까지 후진했다가 한 바퀴 돌아서 주방 문으로 다시 후진했다. 이제 방향이 제대로 맞았다. 시동은 껐지만 열쇠는 그대로 꽂아두었다. 다시 주방으로 들어갔다. 금속 탐지기가 삐 소리를 냈다.

"저 사람들은 뭘 먹는 거요?" 내가 물었다.

"양고기 케밥이요." 매든이 답했다. "쿠스쿠스, 후무스와 밥이 같이 나가요. 전채는 포도잎말이, 디저트는 바클라바. 커피와 함께요."

"리비아 음식이오?"

"중동 어디에서나 먹는 일반적인 음식이에요."

"난 그걸 예전에 1달러에 먹었었는데. 당신들은 55달러나 받는군."

"어디서요? 포틀랜드에서요?"

"베이루트에서."

나는 밖으로 나와 복도를 확인했다. 조용했다. 지하실 문을 열었다. 테레사 다니엘이 아까 그 자리에서 마치 꼭두각시처럼 기다리고 있었다. 그녀에게 손을 내밀었다.

"갑시다." 내가 말했다.

그녀가 밖으로 나왔고 나는 문을 닫았다. 그녀를 주방으로 걷게 했다. 키스트와 매든이 우리를 뚫어지게 쳐다보았다. 무시하고 그녀를 걷게 하면서 그들을 지나쳤다. 문밖으로 나가서 밴으로 갔다. 그녀는 추위에 몸을 떨었다. 나는 그녀가 차 뒤에 오르는 걸 도와주었다.

"이제 여기서 날 기다리시오." 내가 말했다. "소리 내지 말고. 알겠소?"

그녀는 말없이 고개만 끄덕였다.

"문을 닫을 거요."

그녀가 다시 고개를 끄덕였다.

"곧 꺼내주겠소."

"감-사-합-니-다." 그녀가 말했다.

차 문을 닫고 주방으로 돌아갔다. 가만히 서서 귀를 기울였다. 식당에서 대화 소리가 들렸다. 꽤 화기애애한 분위기였다.

"식사는 언제부터 하는 거요?" 내가 물었다.

"20분 뒤에요." 매든이 말했다. "술을 다 마시고 나면요. 55달러에 샴페인도 포함되어 있는 거 아시죠?"

"그렇군. 내가 한 말 너무 기분 나쁘게 생각하진 마시오."

나는 시계를 확인했다. 45분이 지났다. 이제 15분 남았다.

쇼 타임.

다시 추운 바깥으로 나갔다. 케이터링 밴에 올라타 시동을 걸었다. 천천히 앞으로 나아가 저택 모퉁이를 돌고 원형 회전로를 돌아서 진입로로 내려갔다. 저택에서 멀어졌다. 게이트를 통과한 뒤 도로로 진입했다. 나는 가속페달을 밟았다. 빠르게 커브를 돌았다. 비야누에바의 토러스 옆에서 급정거했다. 차에서 뛰어내렸다. 비야누에바와 더피가 즉시 다가왔다.

"테레사가 뒤에 있소. 괜찮지만 약에 취한 상태요."

더피가 주먹을 꽉 쥐더니 내게 달려들어 세게 껴안았다. 비야누에바는 문을 비틀어 열었다. 테레사가 그의 품에 쓰러져 안겼다. 비야누에바가 그녀를 어린아이처럼 받들어 내렸다. 그러자 더피가 그에게서 테레사를 낚아채 갔고, 이번에는 비야누에바가 나를 안았다.

"병원에 데려가는 게 좋을 겁니다." 내가 말했다.

"모텔로 데려갈 거예요. 여전히 비공식 작전이니까." 더피가 말했다.

"진심이오?"

"괜찮을 거야." 비야누에바가 말했다. "놈들이 루피를 먹인 것 같군. 마약 딜러 친구들에게서 구한 거겠지. 하지만 오래 지속되지는 않아. 금방 빠져나가거든."

더피는 테레사를 여동생인 양 껴안고 있었다. 비야누에바는 여전히 나를 껴안고 있었다.

"엘리엇이 죽었습니다." 내가 말했다.

그 말에 분위기가 순식간에 가라앉았다.

"내가 먼저 모텔로 연락하지 않으면, ATF에 연락하십시오."

다들 멍하니 나만 쳐다보았다.

"이제 돌아가봐야겠습니다."

나는 밴을 돌려서 되돌아갔다. 멀리 저택이 보였다. 창문에는 노랗게 불이 켜져 있었다. 장벽의 조명은 안개 속에서 파랗게 빛나고 있었다. 밴은 바람과 싸우며 달렸다. 나는 플랜 B로 가기로 했다. 퀸은 내가 잡고 나머지는 ATF가 골 좀 아프도록. 원형 회전로상에서 저택에서 가장 먼 쪽에 차를 멈췄다가 집 옆으로 후진해 주방 앞에 세웠다. 차에서 내려 집 뒤로 돌아가 내 코트를 찾은 뒤 퍼스웨이더를 꺼냈다. 코트를 입었다. 필요했다. 추운 밤이었고 5분 정도 지나면 나는 다시 도로 위에 있을 것이다.

식당 창문으로 다가가 안을 살폈다. 커튼이 닫혀 있었다. 당연하다고 생각했다. 날씨가 사나운 밤이었으니까. 식당은 커튼을 닫아두는 게 더 나아 보였다. 더 아늑해 보였다. 바닥에는 오리엔탈 러그, 벽은 목재 마감, 리넨 식탁보 위에는 은식기.

퍼스웨이더를 집어 들고 주방으로 돌아갔다. 금속 탐지기가 비명을 질렀다. 케이터링 직원들이 포도잎말이 접시 열 개를 조리대 위에 늘어놓고 있었다. 색이 짙은 포도잎은 기름기가 많고 질겨 보였다. 배가 고팠지만 한 입도 먹을 수 없었다. 지금의 치아 상태로는 불가능했다. 폴리 덕분에 일주일은 아이스크림만 먹어야 할 것 같았다.

"음식 내는 걸 5분만 늦춰주시오. 알겠소?" 내가 말했다.

키스트와 매든이 산탄총을 뚫어지게 쳐다보았다.

"당신 차 키."

나는 포도잎 옆에 그걸 내려놓았다. 더는 필요 없었다. 벡이 준 차 키가 있었으니. 정문으로 나가서 캐딜락을 이용할 생각이었다. 더 빠르고 더 편안하게. 칼꽂이 나무 블록에서 칼을 하나 꺼냈다. 칼로 오른쪽 코트 주머니 안쪽에 틈을 내고 퍼스웨이더의 총신이 안감 속으로 들어갈 만큼만 넓혔다. 할리를 죽일 때 썼던 총을 골라 거기에 집어넣었다. 다른 한 자루는 두 손으로 잡았다. 숨을 들이쉬었다. 복도로 발을 내디뎠다. 키스트와 매든이 내가 가는 걸 지켜보았다. 나는 가장 먼저 파우더룸을 확인했다. 퀸이 식당에 없다면 괜히 호들갑 떨 필요가 없다. 하지만 파우더룸은 비어 있었다. 화장실에 간 사람도 없었다.

식당 문은 닫혀 있었다. 다시 숨을 들이쉬었다. 그리고 한 번 더. 그러고는 문을 걸어차고 안으로 들어가서 브레네케 탄 두 발을 천장에 쐈다. 마치 섬광 수류탄 같았다. 두 번의 폭발음은 엄청났다. 석회와 나무 파편이 비처럼 쏟아져 내렸다. 먼지와 연기가 방 안을 가득 채웠다. 모두가 동상처럼 굳어버렸다. 나는 퀸의 가슴에 총을 겨눴다. 메아리가 잦아들었다.

"날 기억하나?" 내가 물었다.

갑작스럽게 정적이 깃들자 엘리자베스 벡이 비명을 질렀다.

방으로 한 걸음 더 들어가서 계속 총구를 퀸에게 겨누었다.

"기억하나?" 내가 다시 물었다.

1초, 2초. 놈의 입이 달싹거리기 시작했다.

"보스턴에서 봤어. 길거리에서. 토요일 밤이었지. 아마 2주 전쯤이었을 거야."

"다시 생각해봐."

완전히 멍한 얼굴이었다. 그는 나를 기억하지 못했다. 기억상실증 진단을 받았어요. 더피가 말했었다. 트라우마에 기억상실증은 거의 필연적으로 수반되는 거죠. 의료진은 그가 사고 당일과 하루나 이틀 전날에 대해서는 정말 아무것도 기억하지 못할 수도 있다고 판단했어요.

"난 리처야." 내가 말했다. "넌 날 기억해내야 해."

놈은 일말의 기대를 담고 무력하게 벡을 쳐다보았다.

"그녀의 이름은 도미니크였어."

놈의 시선이 내게로 돌아왔다. 눈을 크게 뜨고 뚫어지게 쳐다보았다. 이제 놈은 내가 누군지 알았다. 얼굴이 변했다. 핏기가 가시고 분노가 몰려들었다. 그리고 공포도. 22구경의 흉터는 새하얗게 질렸다. 그 사이를 조준할까 잠시 생각했다. 쉽지 않은 사격이 될 것 같았다.

"진짜로 내가 널 못 찾을 줄 알았나?" 내가 말했다.

"얘기 좀 할 수 있을까?" 그는 입이 바싹 마른 목소리였다.

"아니. 넌 이미 10년이나 말할 시간이 있었어."

"여기 있는 모두가 무장하고 있어." 벡이 말했다. 목소리에 두려움이 묻어 나왔다. 아랍인 세 명도 나를 뚫어지게 쳐다보고 있었다. 머릿기름에 석회 가루가 묻어 있었다.

"그럼 모두에게 쏘지 말라고 해." 내가 말했다. "여기에서 죽을 놈은 한 명이면 충분하니까."

사람들이 내게서 천천히 물러났다. 테이블 위로 먼지가 내려앉았다. 천장 조각이 한 장 떨어지면서 유리잔을 깼다. 나는 무리 속에서 함께 움직이며 몸을 돌리고 위치를 조정해 나쁜 놈들을 방의 한쪽 끝으로 몰아넣었다. 동시에 엘리자베스와 리처드, 그리고 요리사를 다른 쪽에 모이게 했다. 안전할 수 있는 창가 쪽으로. 순전히 몸짓으로만. 나는 어깨를 돌리고 조금씩 앞으로 나아갔고, 대부분의 사람과 나 사이에 테이블이 놓여 있었지만 그들은 내가 원하는 곳으로 움직였다. 그 작은 무리는 순순히 여덟 명과 세 명의 두 그룹으로 나뉘었다.

"이제 모두 저놈에게서 떨어져." 내가 말했다.

모두 내 말에 따랐는데 벡만 예외였다. 벡은 그대로 놈의 바로 옆에 붙어 있었다. 나는 그를 노려보았다. 자세히 보니 퀸이 그의 팔을 붙잡고 있었다. 팔꿈치 바로 위를 꽉 붙잡고 세게 당기고 있었다. 인간 방패로 삼으려는 거였다.

"이 총알은 직경이 2.5센티 정도야. 네놈이 아주 조금이라도 보이기만 하면, 지금 그렇게 하는 건 별로 소용이 없을걸."

그는 아무 대꾸도 하지 않았다. 그저 계속 벡의 팔을 당길 뿐이었다. 벡은 뿌리치려고 했다. 그의 눈에도 두려움이 가득했다. 비록 정적인 슬로모

션 대결이었지만 팽팽한 싸움이었다. 하지만 내가 보기엔 퀸이 이기고 있었다. 10초도 안 되어 벡은 퀸의 앞으로 반쯤 끌려왔다. 벡의 왼쪽 어깨가 퀸의 오른쪽 어깨와 겹쳐졌다. 둘 다 힘을 쓰느라 떨고 있었다. 퍼스웨이더에는 개머리판 대신 권총 손잡이가 달려 있었는데, 나는 그 손잡이를 잡고 총을 어깨 위로 높이 들어 올려 총신을 따라 신중하게 조준했다.

"아직 잘 보여." 내가 말했다.

"쏘지 마요!" 리처드 벡이 내 뒤에서 외쳤다.

그의 목소리에 뭔가가 있었다.

나는 뒤를 힐끗 쳐다보았다. 아주 잠깐 고개만 돌렸다. 아주 짧게. 그런 다음 얼른 되돌렸다. 그의 손에 베레타가 들려 있었다. 내 주머니에 있던 것과 똑같은 것이었다. 내 머리를 겨누고 있었다. 전등 불빛이 강렬하게 비추고 있었다. 눈에 확 들어왔다. 찰나의 순간이었지만 슬라이드에 새겨진 우아한 각인이 눈에 들어왔다. **피에트로 베레타.** 새로 바른 기름 방울이 맺힌 것도 보았다. 안전장치가 발사 모드일 때 드러나는 작은 빨간 점도 놓치지 않았다.

"그거 치워, 리처드." 내가 말했다.

"아빠가 저기 있는 한 그럴 수 없어요."

"그를 놔줘, 퀸."

"쏘지 마요. 아니면 아저씨 먼저 쏠 거예요."

이제 퀸은 벡을 거의 완전히 자신의 앞에 방패처럼 세운 상태였다.

"쏘지 마요." 리처드가 다시 말했다.

"그거 내려놔, 리처드." 내가 말했다.

"싫어요."

"내려놔."

"싫다고요."

리처드의 목소리를 주의 깊게 들었다. 그는 움직이지 않고 있었다. 그대로 서 있었다. 나는 그의 정확한 위치를 알고 있었다. 어떤 각도로 돌아야 할지 계산이 서 있었다. 머릿속으로 리허설을 했다. 회전, 발사, 장전, 회전, 발사. 1.25초 안에 둘 다 해치울 수 있었다. 퀸의 반응속도보다 훨씬 빠른 속도이다. 나는 숨을 들이쉬었다.

그러다 머릿속으로 리처드의 모습을 그려보았다. 우스꽝스러운 머리, 잘린 귀, 긴 손가락. 거대한 브레네케 탄환이 그를 뚫고 지나가며 으스러뜨리고 난타하고 엄청난 운동에너지가 그를 산산조각 내는 모습을 그려보았다. 차마 그럴 수는 없었다.

"총 저리 치워."

"싫어요."

"리처드, 제발."

"싫다고요."

"넌 저놈들을 도와주고 있는 거야."

"난 아빠를 돕고 있는 거예요."

"난 네 아빠를 쏘려는 게 아니야."

"그런 위험을 감수할 수는 없어요. 내 아빠니까."

"엘리자베스, 리처드 좀 말려요."

"싫어요." 그녀가 말했다. "그는 내 남편이에요."

교착 상태.

교착 상태보다 더 나쁜 상황. 내가 할 수 있는 일이 전혀 없었다. 리처드를 쏠 수는 없었다. 내 자신이 허락하지 않았기 때문이다. 따라서 퀸을 쏠 수도 없었다. 그렇다고 퀸을 쏘지 않겠다고 말할 수도 없었다. 그 순간 여덟 명이 바로 나에게 총을 겨눌 테니까. 몇 명은 해치울 수 있겠지만 결국 그중 한 명은 나를 맞출 것이다. 게다가 퀸과 벡을 떼어낼 방법도 없었다. 퀸이 벡을 놓아주고 나와 단둘이 방문 밖으로 나갈 리는 없으니까. 교착 상태.

플랜 C로 전환.

"총 내려놔, 리처드."

잘 들어보라고.

"싫어요."

그는 움직이지 않았다. 나는 다시 리허설을 했다. 회전, 발사. 숨을 들이마셨다. 휙 돌면서 발사했다. 리처드의 오른쪽 30센티미터 지점에 있는 창문 쪽으로. 총알이 커튼을 뚫고 창문틀을 때려서 날려버렸다. 세 걸음을 달려가 그 구멍으로 머리부터 뛰어들었다. 찢어진 벨벳 커튼에 감겨 두 번 굴러 바위 위로 일어나서 달렸다.

20미터를 달린 뒤 돌아서서 멈춰 섰다. 남아 있는 커튼이 바람에 휘날리고 있었다. 구멍으로 들락날락하며 펄럭이고 있었다. 천이 탁탁 부딪히며 펄럭이는 소리가 들렸다. 그 뒤에서 노란 불빛이 빛나고 있었다. 부서진 유리창 너머로 사람들이 몰려 있는 모습이 역광으로 보였다. 모든 것이 움직이고 있었다. 커튼, 사람들. 커튼이 들락날락 펄럭일 때마다 불빛이 희미해졌다가 밝아졌다. 그때 총알이 날아오기 시작했다. 권총을 쏘고 있었다. 처음엔 두 발, 다음엔 네 발, 다섯 발, 그리고 더 많이. 총알이 내 주위 사방으로 날아왔다. 바위에 부딪혀 불꽃을 일으키며 튕겨 나갔다. 돌조각이 사방으로 날아갔다. 총소리는 크지 않았다. 둔탁하고 잔잔하게 터지는 소리로 들렸다. 그 소리는 바람의 울부짖음과 파도가 부딪히는 소리에 묻혀버렸다. 나는 무릎을 꿇고 퍼스웨이더를 들어 올렸다. 그때 총격이 멈췄다. 나도 쏘려다가 멈췄다. 커튼이 사라졌다. 누군가 커튼을 찢어버렸다. 빛이 나를 향해 쏟아져 나왔다. 창문 앞에 몰려 서 있는 무리 속에서 리처드와 엘리자베스가 팔이 뒤로 꺾인 채 앞으로 밀려 나와 있었다. 리처드의 어깨 너머로 퀸의 얼굴이 보였다. 놈이 내게 똑바로 총을 겨누고 있었다.

"당장 날 쏴봐!" 놈이 소리를 질렀다.

놈의 목소리는 바람에 묻혀 거의 들리지 않았다. 내 뒤로 일곱 번째 파도가 밀려오는 소리가 들렸다. 솟구쳐 오른 물보라를 바람이 잡아채 내 뒤통수를 세게 때렸다. 엘리자베스 뒤에 퀸의 부하가 있었다. 그녀의 얼굴은 고통으로 일그러져 있었다. 놈의 오른쪽 손목이 그녀의 어깨를 누르고 있었다. 놈의 머리는 그녀의 머리 뒤에 있었고 손에는 총을 들고 있었다. 다른 총의 개머리판이 앞으로 나와 창틀에서 유리 조각을 쳐내는 것이 보였다. 깨끗이 긁어냈다. 그다음으로 리처드가 앞으로 끌려 나왔다. 무릎이 창틀 위로 올라왔다. 퀸이 리처드를 밖으로 완전히 밀어냈다. 그러고는 리처드를 그대로 붙잡은 채 따라 나왔다.

"당장 날 쏴보라고!" 놈이 다시 소리를 질렀다.

그 뒤로 엘리자베스가 창문을 넘어 들려 나왔다. 굵은 팔뚝이 그녀의 허리를 감싸고 있었다. 그녀는 필사적으로 발버둥 쳤다. 그녀를 땅에 내려놓자마자 붙잡고 있던 놈이 자신을 가리려고 그녀를 자기 앞으로 끌어당겼다. 어둠 속에서도 창백한 그녀의 얼굴이 보였다. 고통으로 일그러진 얼굴. 나는 뒤로 발을 끌었다. 더 많은 놈이 창문을 넘어 나왔다. 떼 지어 몰려나왔다. 함께 모여 대형을 갖추었다. 쐐기 모양 대형이었다. 리처드와 엘리자베스가 무딘 쐐기 끝처럼 앞쪽에서 어깨를 맞댄 채 붙들려 있었다. 쐐기가 나를 향해 우왕좌왕 다가오기 시작했다. 조율되지 않은 채로. 총 다섯 자루가 보였다. 나는 다시 발을 뒤로 끌었다. 쐐기는 계속 다가왔다. 총격이 다시 시작되었다.

놈들은 일부러 빗나가게 쏘고 있었다. 나를 몰아넣으려 하고 있었다. 뒤로 물러났다. 놈들의 탄약을 세어봤다. 총 다섯 자루에 가득 찬 탄창이면 최소 일흔다섯 발은 가지고 있는 것이다. 더 많을지도 모른다. 지금까지 스무 발 정도를 쏜 것 같았다. 탄약이 바닥나려면 아직 멀었다. 게다가 놈들의 사격은 통제되고 있었다. 그저 마구잡이로 쏘는 게 아니었다. 내 양옆과 바위를 조준해서 일정한 간격을 두고 몇 초에 한 번씩 쏘고 있었다. 그들은 기계처럼 전진해왔다. 인간 탱크처럼. 나는 일어서서 뒤로 물러났다. 쐐기는 계속 나를 향해 다가왔다.

오른쪽에 리처드, 왼쪽에 엘리자베스가 있었다. 나는 리처드의 뒤, 오른쪽에 있는 놈을 골라 조준했다. 그놈이 내 동작을 보더니 무리에 더욱 바짝 붙었다. 쐐기 모양이 더욱 촘촘해졌다. 이제 가느다란 기둥 형태가 되었다. 계속 다가왔다. 전혀 쏠 수가 없었다. 나는 한 발 한 발 뒷걸음쳤다.

왼쪽 발뒤꿈치가 할리와 갔던 V자 모양의 틈새 가장자리에 가 닿았다.

바닷물이 넘쳐 올라 내 신발을 덮쳤다. 파도 소리가 들렸다. 자갈이 덜그럭거리며 빨려 들어갔다. 나는 오른발을 왼발과 나란하게 옮겼다. 가장자리에 균형을 잡고 섰다. 퀸이 나를 향해 웃는 게 보였다. 어둠 속에서 놈의 이빨만 번쩍였다.

"이제 작별인사나 하시지!" 놈이 소리를 질렀다.

살아남아. 살아남아서 다음 순간이 어떻게 될지 지켜봐.

기둥 모양의 무리에서 팔이 뻗어 나왔다. 예닐곱 놈이 팔을 뻗으며 총을 앞으로 돌려 나를 조준했다. 그들은 명령을 기다리고 있었다. 일곱 번째 파도가 발밑에 부딪히는 소리가 들렸다. 파도가 발목 위로 올라와 내앞 3미터까지 밀려 들어왔다. 파도는 거기서 잠시 멈췄다가 무심하게 메트로놈처럼 움직여 다시 빠져나갔다. 나는 엘리자베스와 리처드를 쳐다보았다. 둘의 얼굴을. 깊이 숨을 들이쉬며 생각했다. 그들이 죽든 내가 죽든. 나는 퍼스웨이더를 놓아 버리고 뒤로 몸을 던졌다. 바닷속으로.

처음에는 차가움으로 인한 충격이 왔고, 그다음에는 건물에서 떨어지는 듯한 충격이 왔다. 하지만 자유 낙하는 아니었다. 얼어붙은 윤활유가 발려져 있는 관 속에 떨어진 뒤 가파르고 통제된 각도로 빨려 내려가는 것 같았다. 가속도까지 붙어서. 나는 거꾸로 뒤집혀 있었다. 머리부터 이동하고 있었다. 등을 대고 떨어진 찰나의 순간에는 아무것도 느끼지 못했다. 그저 귀와 눈, 코를 통해 들어오는 얼음장 같은 물만 느껴졌다. 입술이 따끔거렸다. 나는 수면에서 30센티미터 정도 아래에 있었다. 어디로도 가지 못하고 있었다. 다시 떠오를까 봐 걱정이 되었다. 놈들 바로 앞에서 둥둥 떠오를 것이었다. 놈들이 수면을 향해 총을 겨누며 V자 틈새 주위에 몰려 있을 게 뻔했다.

그러다 갑자기 머리카락이 곤두서는 느낌이 들었다. 부드러운 감각이었다. 누군가 머리카락을 위로 빗어 올리며 당기는 것 같았다. 그다음에는 내 머리를 움켜쥐는 느낌이 들었다. 큰 손을 가진 힘 센 남자가 손바닥 사이에 내 얼굴을 끼우고 처음에는 아주 부드럽게, 그다음에는 조금 더 세게 잡아당기는 것 같았다. 점점 더 세게. 목에서부터 그 힘이 느껴졌다. 마치 키가 늘어나는 것 같았다. 이제는 가슴과 어깨로도 느껴졌다. 자유롭게 떠 있던 내 팔이 갑자기 내 머리 위로 휙 끌어 올려졌다. 그러고 나서 나는 빌딩에서 떨어졌다. 완벽한 배면 다이빙 같았다. 그저 아래로 아치를 그리며 내려갔다. 하지만 가속이 붙었다. 공중에서 자유 낙하하는 것보다 훨씬 빨랐다. 마치 거대한 고무줄에 감겨 끌려가는 것 같았다.

아무것도 보이지 않았다. 눈을 뜨고 있는지 감고 있는지도 몰랐다. 차가움이 뼛속까지 찔렀고 온몸에 가해지는 압력이 너무나 균일해서 다른 것은 아무것도 느껴지지 않았다. 물리적인 힘은 전혀 느껴지지 않았다. 마치 공상 과학 속에서의 이동 같았다. 광선을 타고 아래로 내려가는 것 같았다. 액체가 된 것 같았다. 길게 늘어난 것 같았다. 갑자기 키는 10미터에 몸의 두께는 3센티미터가 된 것 같았다. 사방이 캄캄하고 차가웠다. 숨을 참았다. 몸의 모든 긴장이 사라졌다. 고개를 뒤로 젖혀 물이 두피에 닿는 걸 느꼈다. 발가락을 곧게 펴고 척추를 활처럼 휘게 했다. 팔을 앞으로 쭉 뻗었다. 손가락을 벌려 손가락 사이로 흐르는 물을 느꼈다. 아주 평화로운 느낌이 들었다. 나는 총알이 된 것 같았다. 그게 마음에 들었다.

그때 가슴 전체가 공포에 질려 쿵 하고 울리는 것을 느꼈고, 내가 익사하고 있다는 것을 깨달았다. 나는 빠져나오려 몸부림치기 시작했다. 몸을 뒤집으려고 했는데 코트가 내 머리 위로 떠올랐다. 얼음처럼 차가운 관 속에서 빙글빙글 옆으로 돌고 위아래로 공중제비를 돌며 코트를 찢듯이 벗어버렸다. 코트가 내 얼굴을 휘감더니 멀리 사라져갔다. 나는 재킷에서도 빠져나왔다. 그것도 사라졌다. 갑자기 매서운 한기가 느껴졌다. 여전히 빠르게 가라앉고 있었다. 귀에서 큰 압력이 느껴졌다. 쉬익 소리가 났다. 나는 느린 움직임으로 회전하고 있었다. 끈적한 시럽 속에 빠진 것처럼 돌고 구르면서 아래로 내려가고 있었다.

관이 얼마나 넓은 걸까? 알 수 없었다. 필사적으로 발차기를 하면서 주변의 물을 할퀴며 붙잡으려 했다. 마치 늪처럼 느껴졌다. 아래로 헤엄치지마. 발로 차고 몸부림치며 가장자리를 찾으려고 애썼다. 나 자신과 타협했다. 집중해. 가장자리를 찾아. 앞으로 나아가. 침착해. 물살에 휩쓸려 15미터 아래로 내려가더라도 옆으로 30센티라도 움직여. 나는 잠시 멈춰서 태세를 가다듬고 제대로 수영을 시작했다. 그리고 힘차게. 마치 그 관이 수영장의 평평한 표면이고 내가 수영 시합에 나선 것처럼. 마치 승자를 위해 테라스에 여자와 음료수, 의자가 기다리고 있는 것처럼.

얼마나 오래 물속에 있었을까? 알 수 없었다. 아마 15초쯤? 1분 정도는 숨을 참을 수 있을 것이다. 그러니 진정해. 힘껏 헤엄쳐. 가장자리를 찾아. 가장자리가 있을 수밖에 없다. 바다 전체가 이렇게 움직이지는 않을 것이다. 그럴 리가 없다. 만약 그랬다면 포르투갈은 물속에 잠겼을 것이다. 스페인의 절반도. 수압 탓에 귓속이 윙윙거렸다.

어느 쪽을 향하고 있지? 상관없었다. 그저 이 물살에서 빠져나가기만 하면 된다. 나는 계속 헤엄쳤다. 그런데 조류가 잡아당기는 것이 느껴졌다. 엄청나게 강력했다. 아까는 부드러웠다. 이제는 나를 찢어발기려 했다. 마치 저항하기로 한 내 결정에 분개하는 것처럼. 나는 이를 악물고 계속 발차기를 했다. 마치 등에 벽돌 천 톤을 지고 바닥을 기어가는 것 같았다. 폐가 부풀어 올라 타들어 가는 것 같았다. 입술 사이로 공기를 조금씩 흘려보내며 발차기를 하고 또 했다. 내 앞의 물을 할퀴었다.

30초. 나는 익사하고 있었다. 그걸 알고 있었다. 점점 힘이 빠지고 있었다. 폐는 텅 비었고 가슴은 짓눌린 듯했다. 나는 수십억 톤의 물에 잠겨 있었다. 고통으로 얼굴이 일그러지는 게 느껴졌다. 귀에서 소리가 울렸다. 위장은 딱딱하게 뭉쳤다. 폴리에게 맞은 왼쪽 어깨 부위가 타들어 가듯 아팠다. 머릿속에서 할리의 목소리가 들려왔다. **한 번도 되돌아온 적이 없어.** 나는 계속 발차기를 했다.

40초. 아무런 진전이 없었다. 나는 심해로 내던져지고 있었다. 곧 해저에 부딪힐 것 같았다. 계속 발차기를 했다. 물살을 할퀴었다.

50초. 귀에서 쉬익 하는 소리가 났다. 머리가 터질 것 같았다. 이로 입술을 악물었다. 분노가 치밀었다. 퀸은 망망대해에서 빠져나왔다. **나는 왜 못하는 거지?**

필사적으로 발차기를 했다. **1분 내내.** 손가락이 얼어붙고 쥐가 났다. 눈은 굵은 소금으로 문지르는 듯 쓰라렸다. **1분 초과.** 허우적거리며 몸부림쳤다. 물속을 헤집고 나아갔다. 발길질하며 싸웠다. 순간 조류의 변화를 느꼈다. **가장자리를 찾았다.** 마치 달리는 기차에서 전신주를 붙잡은 것 같았다. 나는 관의 표면을 주먹으로 뚫고 나왔다. 새로운 조류가 내 손을 잡아채더니 머리를 강타했다. 격류가 온몸을 때리면서 공중제비를 한 바퀴 돌리더니 갑자기 내가 둥둥 떠올랐다. 물은 고요하고 맑고 차가웠다.

이제 생각해봐. 어디가 위쪽이지? 자제력을 마지막 한 방울까지 쥐어짜서 몸부림을 멈췄다. 나는 가만히 떠 있었다. 방향을 가늠해보려 했다. 어디로도 가지 못했다. 폐가 텅 비어 있었다. 입술은 꽉 다물려 있었다. 숨을 쉴 수가 없었다. 가라앉지도 뜨지도 않는 부력 상태였다. 움직이지 않았다. 물속에서 죽은 것 같았다. 칠흑 같은 바닷속에서. 눈을 떴다. 주위를 둘러봤다. 위, 아래, 양옆까지. 몸을 비틀고 돌렸다. 아무것도 보이지 않았다. 마치 외계 우주 같았다. 어두웠다. 빛이 전혀 없었다. **한 번도 되돌아온 적이 없어.**

가슴을 미는 느낌이 미세하게 들었다. 등에 느껴지는 압력이 줄었다. 나는 엎드린 자세로 떠 있었다. 그저 떠 있기만 했다. 그때 아주 천천히, 등부터 위로 떠올랐다. 온 신경을 집중했다. 그 감각을 머릿속에 또렷이 새겼다. 자세를 고쳤다. 척추를 아치 모양으로 구부렸다. 손으로 물을 긁어댔다. 다리를 아래로 차며 수면을 향해 팔을 뻗었다. 이제 간다. 숨 쉬지 마.

　미친 듯이 발차기를 했다. 팔을 크게 휘둘러 물살을 퍼올렸다. 입술을 꽉 다물었다. 폐 안이 텅 비어 있었다. 얼굴을 살짝 들어 올렸다. 수면을 처음으로 뚫고 나오는 게 내 입이 되도록. 얼마나 남았지? 위쪽은 여전히 어두웠다. 아무것도 보이지 않았다. 수심 1,600미터 아래에 잠겨 있는 것 같았다. 폐 안이 텅 비어 있었다. 나는 죽을 것이다. 입술을 벌렸다. 물이 입속으로 밀려 들어왔다. 뱉어내고 삼켰다. 계속 발차기를 했다. 보랏빛이 눈앞에 아른거렸다. 머리가 웅웅거렸다. 열이 올랐다. 마치 불타는 것처럼. 그러다 얼어붙는 것 같았다. 그리고 이번에는 두꺼운 깃털 이불이 감싸는 것 같았다. 부드러웠다. 아무것도 느낄 수 없었다.

　그때 나는 발차기를 멈췄다. 내가 죽었다고 확신했기 때문이다. 그래서 숨을 쉬려고 입을 열었다. 바닷물을 들이마셨다. 가슴이 경련을 일으키며 물을 토해냈다. 들이쉬고 내쉬고, 두 번 더 반복했다. 나는 물로 호흡하고 있었다. 한 번 더 발차기를 했다. 그게 내가 할 수 있는 전부였다. 마지막 발차기. 크게 차올렸다. 그러고는 그저 눈을 감고 떠 있는 상태로 차가운 물을 마시며 숨을 들이쉬었다.

　0.5초 뒤에 수면에 닿았다. 얼굴에 닿는 공기가 연인의 손길처럼 느껴졌다. 입을 벌리자 가슴이 크게 들썩이며 물줄기를 높이 뿜어냈고 그 물이 다시 내 위로 떨어지기도 전에 공기를 크게 들이마셨다. 그러고는 차갑고

도 달콤한 산소 속에 얼굴을 내밀고 있으려고 미친 사람처럼 몸부림쳤다. 정신 없이 발차기를 하는 와중에 공기를 들이마시고 내쉬고 기침하고 헛구역질을 하면서 헐떡거리며 숨을 쉬었다.

두 팔을 활짝 벌리고 다리를 물 위에 띄운 채 머리를 뒤로 젖히고 입을 크게 벌렸다. 가슴이 올라갔다 내려갔다, 커졌다 작아졌다, 채워졌다 비워졌다 하는 것을 지켜봤다. 믿을 수 없을 만큼 빠르게 움직였다. 피곤함이 몰려왔다. 그런데 평온했다. 그리고 몽롱했다. 뇌에 산소가 없었다. 꼬박 1분 동안 물속에서 이리저리 흔들리며 숨만 쉬고 있었다. 시야가 맑아졌다. 위로 흐릿한 구름이 보였다. 머리가 맑아졌다. 숨을 좀 더 쉬었다. 들이마시고 내쉬고, 들이마시고 내쉬고, 입술을 오므린 채 기관차처럼 숨을 뿜어 댔다. 머리가 아파오기 시작했다. 물을 차며 몸을 일으켜 수평선을 찾아보았다. 찾을 수 없었다. 나는 빠르게 연이어 밀려오는 파도 위에서 한 번에 3, 4미터씩 오르락내리락하며 솟구쳤다 떨어졌다 하고 있었다. 발차기를 살짝 해서 다음 파도가 나를 정점까지 끌어올릴 타이밍을 맞췄다. 앞을 응시했다. 아무것도 보지 못하고 다시 파도 골짜기로 떨어졌다.

내가 어디 있는지 전혀 알 수 없었다. 90도로 몸을 돌려 다음 파도를 타고 다시 살폈다. 오른쪽으로. 저기 어딘가에 배가 있을지도 모른다. 없었다. 아무것도 없었다. 나는 대서양 한가운데에 홀로 있었다. 표류하고 있었다. 한 번도 되돌아온 적이 없어.

180도 돌아서 파도를 타고 왼쪽을 바라보았다. 아무것도 없었다. 다시 파도 속으로 내려왔다가 다음 파도를 타고 뒤를 돌아보았다.

해안가가 100미터 앞에 있었다.

저택이 보였다. 불 켜진 창문이 보였다. 장벽도 보였다. 조명에서 올라오는 푸른 아지랑이가 보였다. 셔츠를 어깨까지 끌어 올렸다. 흠뻑 젖어 무거웠다. 숨을 크게 들이쉬었다. 나는 몸을 앞으로 돌리고 헤엄치기 시작했다.

100미터. 그저 그런 올림픽 수영 선수라도 100미터는 50초에 끊을 수 있다. 웬만한 고등학교 수영 선수라도 1분 정도면 도착할 거리이다. 나는 거의 15분이나 걸렸다. 조류가 빠져나가고 있었다. 앞으로 가도 가도 뒤로 밀려나는 것만 같았다. 여전히 익사하고 있는 것 같은 기분이었다. 하지만 마침내 해안에 닿았고, 차갑고 미끈거리는 이끼로 뒤덮인 바위를 팔로 감싸서 꽉 붙잡았다. 바다는 여전히 거칠었다. 커다란 파도가 쿵쾅거리며 달려와 시계처럼 규칙적으로 내 뺨을 화강암에 갖다 때렸다. 상관없었다. 충격을 음미했다. 하나하나 모두 다. 나는 그 바위가 사랑스러웠다.

그 바위에 1분 정도 더 있다가 반은 물속으로, 반은 물 밖으로 몸을 낮추고 허우적거리며 차고 구역 뒤쪽으로 기어갔다. 그런 다음 양손과 무릎으로 기어 나왔다. 등을 대고 누워 하늘을 올려다보았다. 이제 한 명 돌아왔다, 할리.

파도가 밀려와 허리에 닿았다. 나는 등을 대고 움직여 물이 무릎까지만 올라오게 했다. 다시 몸을 돌려 엎드린 자세로 바위에 얼굴을 대고 누웠다. 몸이 퉁퉁 불어터진 느낌이었다. 추웠다. 뼛속까지 한기가 들어차 있었다. 코트는 없어졌다. 재킷도 없어졌다. 퍼스웨이더도 사라졌다. 베레타도 사라졌다.

나는 일어섰다. 내 몸에서 물이 줄줄 흘러내렸다. 비틀거리며 두어 걸음 걸었다. 레온 가버의 목소리가 머릿속에서 들렸다. 널 죽이지 못하는 것은 널 더 강하게 만들 뿐. 레온은 이 말을 JFK가 했다고 알고 있었다. 사실은 프리드리히 니체가 한 말이다. 니체는 '죽인다' 대신 '파괴'라는 말을 썼다. **우리를 파괴하지 못하는 것은 우리를 더 강하게 만든다.** 다시 두어 걸음 더 비틀거리면서 안뜰 뒤쪽 벽에 몸을 기대고 서서 바닷물을 족히 3,000시시 정도는 게워냈다. 조금은 나아진 느낌이 들었다. 팔을 휘젓고 양쪽 다리를 번갈아 걷어차며 혈액 순환을 시키고 옷이 머금은 물을 조금이라도 빼내려고 노력했다. 젖은 머리카락을 뒤로 넘기고 천천히 심호흡을 몇 번 시도했다. 기침이 날까 봐 걱정이 되었다. 추위와 소금기 때문에 목이 쓰리고 아팠다.

그런 다음 뒷벽을 따라 걸어가 모퉁이를 돌았다. 움푹 팬 곳에 숨겨둔 꾸러미를 마지막으로 찾았다. 퀸, 이제 널 잡으러 간다.

여전히 작동 중인 내 시계는 약속한 시간이 한참 지났다는 것을 알려주고 있었다. 더피는 이미 20분 전에 ATF에 전화했을 것이다. 하지만 그들의 대응은 느릴 것이다. 포틀랜드에 현장 사무소가 있는지도 의문이었다. 보스턴이 가장 가까울 것 같았다. 가정부를 여기로 보낸 곳. 그래서 아직 시간은 충분했다.

케이터링 업체의 밴은 사라지고 없었다. 저녁식사는 취소된 게 분명했다. 하지만 다른 차량들은 여전히 그곳에 있었다. 캐딜락, 타운카, 두 대의 서버밴. 집 안에는 아직 여덟 명의 적이 있었다. 엘리자베스와 요리사도 있었다. 리처드는 어느 쪽에 넣어야 할지 헷갈렸다.

집 벽에 바짝 붙어서 창문을 하나하나 들여다보았다. 주방에 요리사가 있었다. 뒷정리를 하고 있었다. 키스트와 매든은 짐은 몽땅 놔두고 몸만 빠져나간 것 같았다. 나는 창틀 아래로 몸을 숨기고 계속 움직였다. 식당은 폐허가 되어 있었다. 부서진 창문으로 들어온 바람이 리넨 식탁보를 휘감아서 접시와 유리잔을 사방으로 날려버렸다. 바람이 밀어놓은 회반죽 먼지가 구석구석에 언덕처럼 쌓여 있었다. 천장에는 큰 구멍이 두 개나 났다. 아마도 위층 방의 천장과 그 위층 방 천장까지 뚫렸을 것이다. 브레네케 탄환이 지붕을 관통해 달 탐사선인 양 한없이 날아갔을 것이다.

러시안 룰렛을 했던 정사각형 방에는 리비아인 셋과 퀸의 부하 셋이 있었다. 아무것도 하지 않고 모두 참나무 테이블에 그냥 둘러앉아 있었다. 멍하니 충격을 받은 것처럼 보였다. 하지만 어디로든 갈 생각은 없어 보였다. 나는 창틀 아래로 몸을 숨기고 계속 이동했다. 엘리자베스 벡의 응접실까지 왔다. 그녀가 리처드와 함께 거기 있었다. 죽은 놈은 누군가 이미 치운 상태였다. 그녀는 소파에 앉아 빠르게 말하고 있었다. 무슨 말을 하는지 내겐 들리지 않았지만 리처드는 열심히 듣고 있었다. 창틀 밑으로 몸을 숨기고 다시 이동했다.

벡과 퀸이 벡의 서재에 있었다. 빨간색 안락의자에 퀸이 앉아 있었고 벡은 기관총이 진열된 캐비닛 앞에 서 있었다. 벡은 창백하고 어두운 표정에 적대적인 기운이 가득했고 퀸은 의기양양한 표정이었다. 퀸의 손에는 불붙이지 않은 굵은 시가가 들려 있었다. 엄지와 검지로 시가를 돌리며 끝을 자르려 은색 시가 커터를 끼우고 있었다.

한 바퀴를 다 돌아서 다시 주방으로 왔다. 안으로 들어섰다. 아무 소리도 내지 않았다. 금속 탐지기도 조용했다. 내가 다가가는 소리를 요리사는 듣지 못했다. 나는 뒤에서 그녀를 붙잡았다. 입을 손으로 막고 조리대로 끌고 갔다. 리처드가 내게 했던 걸 떠올려보니 더는 위험을 감수할 수 없었다. 서랍에서 리넨 타월을 꺼내 재갈로 썼다. 다른 타월로 손목을 묶었다. 발목을 묶을 타월도 꺼냈다. 싱크대 옆 바닥에 불편한 자세로 앉혀두었다. 네 장째 타월을 꺼내서 주머니에 넣었다. 그런 다음 복도로 나섰다.

조용했다. 희미하게 엘리자베스 벡의 목소리가 들렸다. 그녀의 응접실 문이 열려 있었다. 다른 소리는 들리지 않았다. 나는 곧장 벡의 서재로 갔다. 문을 열고 안으로 들어섰다. 다시 문을 닫았다.

시가 연기가 피어오르는 것이 먼저 보였다. 퀸이 방금 불을 붙인 참이었다. 무언가에 대해 웃고 있었던 것 같았다. 이제는 충격으로 얼어붙었다. 벡도 마찬가지였다. 창백하게 얼어붙었다. 둘은 그저 나를 쳐다보고만 있었다.

"내가 돌아왔다."

벡은 입을 벌리고 있었다. 그에게 담배 펀치를 날렸다. 입이 콱 닫히면서 머리가 뒤로 젖혀지고 눈이 뒤집혀서 바닥에 깔린 세 겹의 러그 위로 바로 쓰러졌다. 나름 괜찮은 일격이었지만 내 최고의 펀치는 아니었다. 결국 아들이 목숨을 구해준 셈이었다. 수영으로 이렇게 지친 상태가 아니었다면 펀치가 더 강하게 나가 죽일 수도 있었을 것이다.

퀸이 의자에서 벌떡 일어나 곧장 달려들었다. 시가는 버리고 주머니로 손을 뻗었다. 놈의 복부를 가격했다. 몸에서 공기가 빠져나가면서 앞으로 접히며 무릎을 꿇었다. 머리를 쳐서 배를 깔고 엎드리게 만들었다. 엎어진 등에 무릎을 꿇고 어깨뼈 사이를 깊숙이 눌렀다.

"그만해." 놈이 숨을 켁켁거렸다. "제발."

한 손바닥을 놈의 뒤통수에 갖다 댔다. 꾸러미에서 끌을 꺼내 놈의 귀 뒤에 대고 천천히, 조금씩 조금씩 뇌 속으로 밀어 넣었다. 반쯤 들어가기도 전에 놈은 이미 죽었지만, 날 끝까지 전부 파묻힐 때까지 계속 밀어 넣어 그대로 꽂아 두었다. 주머니에서 꺼낸 타월로 손잡이를 닦은 다음 타월을 놈의 머리에 덮어두고 지친 몸을 일으켰다.

"10-18, 도미니크." 나는 혼잣말을 했다.

타고 있는 시가를 밟아 껐다. 벡의 주머니에서 차 키를 꺼내 복도로 다시 나왔다. 주방을 가로질렀다. 요리사가 눈으로 나를 좇았다. 나는 비틀거리며 집 앞으로 갔다. 캐딜락에 올라타 시동을 걸고 서쪽으로 달려나갔다.

더피가 있는 모텔까지는 30분이 걸렸다. 비야누에바의 방에 테레사 저스티스와 셋이 함께 있었다. 테레사는 이제 테레사 다니엘이 아니었다. 인형처럼 차려입지도 않았다. 모텔 가운을 입고 있었다. 샤워를 한 상태였다. 빠르게 정신이 돌아오고 있었다. 기력이 없고 쇠약해 보였지만 이제 좀 사람 같았다. 연방 요원 같았다. 그녀는 겁에 질려 나를 쳐다보았다. 처음에는 내가 누구인지 헷갈려 하는 줄 알았다. 지하실에서 나를 본 적이 있었으니까. 아마 나를 일당 중 하나라고 생각하는 것 같았다.

그런데 옷장 문에 달린 거울에 비친 내 모습을 보고 그녀가 왜 그러는지 알았다. 나는 머리부터 발끝까지 젖어 있었다. 온몸을 떨고 있었다. 피부는 핏기가 가서서 새하얀 상태였다. 입술에 난 상처는 다시 벌어져 가장자리가 파랗게 변해 있었다. 파도에 밀려 바위에 부딪히며 여기저기 새로 멍이 생겼다. 머리에는 해초가, 셔츠에는 이끼가 묻어 있었다.

"바다에 빠졌었소."

아무도 말이 없었다.

"샤워 좀 해야겠소. ATF에는 연락했소?"

더피가 고개를 끄덕였다. "오고 있어요. 창고는 포틀랜드 경찰이 이미 확보했고요. 해안 도로도 봉쇄할 거예요. 딱 시간 맞춰서 나왔네요."

"내가 거기 있었던가?"

비야누에바가 고개를 저었다. "없었지. 우리는 만난 적이 절대로 없어."

"고맙습니다."

"선수끼리 뭘."

샤워를 하고 나니 기분이 한결 나아졌다. 겉모습도 좀 나아졌다. 하지만 입을 옷이 없었다. 비야누에바가 자기 옷 한 벌을 빌려줬다. 기장은 조금 짧고 품은 넓었다. 그의 낡은 레인코트로 그것들을 가렸다. 한기가 아직 가시지 않아서 레인코트로 몸을 단단히 감쌌다. 피자를 배달시켰다. 우리 모두 배가 고팠다. 나는 짠물을 많이 들이켜서 몹시 갈증이 났다. 나는 먹고 마셨다. 피자 크러스트는 한 입도 씹을 수 없었다. 거의 토핑만 빨아먹었다. 한 시간 뒤 테레사 저스티스가 잠자리에 들었다. 내 손을 잡고 악수를 하며 아주 정중하게 내게 잘 자라고 인사했다. 그녀는 내가 누군지 끝까지 몰랐다.

"루피는 단기기억을 지워버리지." 비야누에바가 말했다.

그 후 우리는 일 이야기를 했다. 더피는 풀이 죽어 있었다. 악몽 같은 상황을 겪고 있었다. 불법 작전으로 세 명의 요원을 잃었다. 테레사를 구출한 것은 전혀 도움이 되지 않았다. 애초에 테레사는 거기 들어가면 안 되는 사람이었으니까.

"그럼 그만두시오." 내가 말했다. "대신 ATF에 들어가면 되겠군. 방금 그들에게 큰 건 하나 챙겨줬잖소. 이달의 MVP가 될 텐데."

"난 은퇴할 거야." 비야누에바가 말했다. "나이도 먹을 만큼 먹었고, 할 만큼 했어."

"난 못 그만둬요." 더피가 말했다.

체포 작전 전날 밤 식당에서 도미니크 콜이 물었었다. "왜 이런 걸 하는 겁니까?"

뭘 묻는 건지 확실히 알아듣지 못했다. "같이 저녁 먹는 거?"

"아뇨, 헌병으로 일하는 거 말입니다. 뭐든 될 수 있잖아요. 특전사, 정보부, 공수부대, 기갑부대, 원하는 건 뭐든 할 수 있을 텐데요."

"자네도 마찬가지지."

"알아요. 그리고 난 내가 왜 이 일을 하는지도 알고 있습니다. 그런데 리처 당신은 왜 이 일을 하는지 알고 싶네요."

누구든 나에게 그런 걸 물어본 건 처음이었다.

"항상 경찰이 되고 싶었어. 하지만 군대는 내게 피할 수 없는 운명이었지. 집안 배경도 그렇고 선택의 여지가 전혀 없었어. 그래서 군 경찰이 된 거야."

"그게 답은 아니고요. 애초에 왜 경찰이 되고 싶었던 겁니까?"

나는 어깨를 으쓱했다. "그냥 난 내가 원래 그런 사람인 것 같은데. 경찰은 여러 가지를 바로잡으니까."

"무슨 여러 가지요?"

"사람들을 돌봐주잖아. 약자들이 괜찮은지 확인하고."

"그게 다입니까? 약자 보호?"

나는 고개를 저었다.

"아니. 사실 그건 아냐. 나는 약자들에게는 별 관심이 없어. 그저 센 놈들을 싫어하는 거야. 자신들이 무슨 짓을 해도 빠져나갈 수 있다고 생각하는 거만한 놈들이 싫은 거지."

"그럼 순수하지 않은 동기로 시작했지만 올바른 결과를 만들어내는 거네요."

나는 고개를 끄덕였다. "그래서 옳은 일을 하려고 노력해. 동기는 중요하지 않다고 생각해. 어쨌든 난 옳은 일이 이루어지는 걸 보는 게 좋아."

"저도 그렇습니다. 옳은 일을 하려고 노력해요. 비록 모두가 우리를 미워하고, 아무도 도와주지 않고, 나중에 아무도 고마워하지 않더라도요. 옳은 일을 하는 건 그 자체가 목적이 되어야 한다고 생각합니다. 정말 그래야만 하는 거죠. 그렇지 않나요?"

"당신은 옳은 일을 했소?" 그로부터 10년 뒤인 지금, 나는 더피에게 물었다.

더피가 고개를 끄덕였다.

"네." 그녀가 답했다.

"전혀 의심의 여지가 없소?"

"없어요."

"확실하오?"

"100퍼센트."

"그럼 마음 편히 먹으시오. 그게 당신이 바랄 수 있는 최선이오. 아무도 도와주지 않고 나중에 고마워하는 사람도 없을 테니까."

그녀는 한동안 잠자코 있었다.

"당신은 옳은 일을 했나요?" 그녀가 물었다.

"물론."

우리는 그걸로 끝을 냈다. 더피는 테레사 저스티스를 엘리엇이 쓰던 방으로 데려다주었다. 그래서 비야누에바는 자기 방에, 나는 더피의 방에 같이 있게 되었다. 그녀는 전에 했던 말에 대해 조금 어색해하는 것으로 보였다. 우리의 프로정신 부족에 대해 했던 말에 대해서. 그녀가 그 말을 강조하려는 건지 취소하려는 건지 나는 알 수 없었다.

"걱정할 것 없소." 내가 말했다. "지금 난 정말로 너무 피곤하니까."

그리고 이번에는 정말로 그렇다는 것을 내가 입증했다. 안 하려고 한 것은 아니었다. 시작은 했다. 그녀는 전에 반대한 것을 취소하고 싶다는 의사를 분명히 했다. '노'라고 말하는 것보다는 '예스'라고 말하는 게 더 좋다는 것에 동의한다는 의사를 분명히 밝혔다. 나는 그녀를 정말 좋아했기 때문에 무척 기뻤다. 그래서 우리는 시작했다. 옷을 벗고 함께 침대에 누웠고 내 입이 아플 정도로 그녀에게 격렬하게 키스했던 것이 기억난다. 하지만 거기까지가 내가 기억하는 전부이다. 나는 잠에 곯아떨어졌다. 죽은 듯이 깊은 잠을 잤다. 열한 시간 동안이나. 깨어났을 때는 모두 떠나고 없었다. 그들에게 다가올 미래가 무엇이든 그걸 마주하러 떠났다. 한 무더기의 추억만 지니고. 나는 방에 홀로 남았다. 늦은 아침이었다. 블라인드 사이로 햇살이 들어오고 있었다. 먼지 입자들이 공중에서 춤추고 있었다. 의자 등받이에 걸어두었던 비야누에바에게 빌린 옷도 없어졌다. 대신 쇼핑백이 하나 있었다. 저렴한 옷들이 가득 들어 있었다. 내 몸에 아주 잘 맞을 것 같았다. 더피는 사이즈에 대한 감이 좋았다. 두 벌의 세트가 완벽하게 갖춰져 있었다. 한 벌은 추운 날씨용, 또 한 벌은 더운 날씨용. 그녀는 내가 어디로 갈지 몰랐으니까. 그래서 두 가지 가능성을 모두 고려한 것이었다. 그녀는 매우 실용적인 여자였다. 그녀가 그리울 것 같았다. 한동안은.

나는 더운 날씨용을 입었다. 추운 날씨용은 방에 그대로 두었다. 벡의 캐딜락을 몰고 I-95 도로로 나가면 될 거라 생각했다. 케네벙크 휴게소까지. 거기에 차를 버려두면 될 것 같았다. 거기라면 남쪽으로 가는 차를 쉽게 얻어 탈 수 있을 것이다. I-95는 온갖 지역으로 연결된다. 저 아래 마이애미까지도.

하드보일드 액션스릴러의 진수, 리 차일드의 잭 리처 컬렉션

처단 Persuader 리 차일드 지음 | 다니엘 J. 옮김

길을 걷다 우연히 마주친 한 남자의 얼굴에 10년 전 리처가 쏜 총알 자국이 새겨져 있다. 죽었어야
할 놈이 살아 있다. 게다가 그는 거대 범죄 조직의 수괴가 되었다. 리처는 자신의 실패를 만회하기
위해 언더커버를 자처하며 적진으로 잠입한다. 이제 최후의 처단만이 남았다.

코드 1030 Bad Luck And Trouble 리 차일드 지음 | 정경호 옮김

잭 리처의 진두지휘 아래 각종 임무를 수행했던 최정예 특수부대원 8명. 그 일원이었던 동료가 고
도 900미터 상공에서 산 채로 내던져진다. 사건의 전모를 밝히기 위해 리처는 예전 부대원들을 모
으고 죽은 동료의 복수를 거행한다.

인계철선 Tripwire 리 차일드 지음 | 다니엘 J. 옮김

'제이콥 부인'이 잭 리처를 찾고 있다는 어느 탐정의 말에 리처는 모르는 사람이라며 거짓말을 한
다. 그날 밤 탐정은 살해당하고 리처는 직접 제이콥 부인의 집을 추적해 찾아간다. 그곳에서는 자신
이 존경했던 가버 장군의 장례식이 치러지고 있었다. 그는 예상치 못했던 부인의 정체를 알게 된다.

하드웨이 The Hard Way 리 차일드 지음 | 전미영 옮김

아내와 딸이 납치되었다며 리처에게 사건 해결을 의뢰한 레인. 리처는 수사 과정에서 5년 전 레인
의 첫 번째 아내가 비슷한 방식으로 납치 후 살해되었다는 사실을 알게 된다. 두 사건 사이에 연결
고리가 있음을 직감한 리처는 사립탐정 로런 폴링과 함께 사건의 내막을 파헤쳐 나간다.

출입통제구역 Blue Moon 리 차일드 지음 | 정세윤 옮김

우크라이나인과 알바니아인 갱단이 구역을 나눠 지배하는 마을. 리처는 이들에게 위협받는 노인을
대신해 사채 문제를 해결해주려다가 두 갱단에 오해를 불러일으키면서 조직 간에 난투극이 벌어지
게 만든다. 리처는 이들 뒤에 존재하는 코어 집단을 파괴하기 위해 출입통제구역으로 향한다.

10호실 Past Tense 리 차일드 지음 | 윤철희 옮김

아버지의 고향인 뉴햄프셔 래코니아 도로 표지판을 발견한 리처는 충동적으로 래코니아로 향한다.
그 시각, 연인 사이인 쇼티와 패티가 중요한 물건이 담긴 여행 가방을 차에 싣고 뉴욕으로 가던 중
자동차가 고장 난다. 둘은 가까운 모텔을 찾아가는데 투숙객은 두 사람뿐이다. 꼼짝 못하는 신세가
된 두 사람에게 모텔 관리자는 선택의 여지가 없는 끔찍한 제안을 한다.

웨스트포인트 2005 The Midnight Line   리 차일드 지음 | 정경호 옮김

전당포 진열창에 놓인 웨스트포인트의 2005년도 졸업 반지를 보고 걸음을 멈춘 리처. 4년에 걸친 혹독한 훈련을 이겨낸 자만이 가질 수 있는 영광스러운 반지를 전당포에 맡길 졸업생은 아무도 없다. 리처는 반지의 주인인 여자 생도에게 심각한 문제가 생겼음을 직감하고 추적에 나선다.

메이크 미 Make Me   리 차일드 지음 | 정경호 옮김

독특한 마을 이름에 끌려 기차에서 내리게 된 리처에게 그를 자신의 동료로 착각한 사설탐정 장이 다가와 자신의 예전 FBI 동료였던 키버가 실종되었다며 도움을 청한다. 리처는 키버가 묵었던 객실에서 『LA 타임스』 기자의 전화번호와 "사망자 200"이라는 메모가 적힌 종이 뭉치를 발견한다.

퍼스널 Personal   리 차일드 지음 | 정경호 옮김

파리에서 벌어진 프랑스 대통령 저격 사건. 다행히 총알은 빗나갔지만 실수가 아니라 일부러 빗맞혔다는 사실이 드러난다. 범인의 진짜 목표는 곧 개최될 G8 정상회담에 참가하는 세계 각국의 정상들. 사건을 파헤치던 리처는 이 모든 사건에 국제 범죄조직들이 연루되어 있음을 알게 된다.

원티드맨 A Wanted Man   리 차일드 지음 | 정경호 옮김

오래전 폐쇄된 펌프장에서 벌어진 미스터리한 살인 사건. 이를 해결하기 위해 CIA와 국무성에서도 특수요원을 파견한다. 대체 살해당한 사람은 누구인가? 설상가상으로 목격자마저 자취를 감춰버리고 사건은 점차 미궁으로 빠져든다.

악의 사슬 Worth Dying For   리 차일드 지음 | 정경호 옮김

25년간 미제로 남은 한 소녀의 실종 사건과 맞닥뜨리게 된 리처는 마을 전체를 장악한 던컨 일가에게서 악의 기운을 감지하고 사건을 파헤쳐나간다. 단단히 꼬여버린 악의 사슬은 어디서부터 시작된 것인가. 밝히려는 자와 막으려는 자, 이들의 피 튀기는 혈투가 시작된다.

61시간 61 Hours   리 차일드 지음 | 박슬라 옮김

버스 사고로 낯선 마을에 머물게 된 리처. 이곳에서는 마약 밀매가 성행하고 경찰들은 속수무책이다. 우연히 마약 거래 현장을 목격한 한 노부인이 증언에 대한 굳은 의지를 보이며 증인으로 나서지만 적들은 시시각각 그녀의 목숨을 노린다. 노부인의 안전을 지킬 수 있는 사람은 잭 리처뿐이다.

사라진 내일 Gone Tomorrow   리 차일드 지음 | 박슬라 옮김

군 출신 유명 정치인의 수많은 훈장 속에 숨겨진 테러 집단과의 경악할 만한 비밀. 수수께끼에 싸인 우크라이나 출신의 미녀와 잭 리처의 만남, 이 모든 것들의 종착지에는 과연 어떠한 내일이 기다리고 있는가.

처단

초판 1쇄 인쇄 2025년 1월 13일
초판 1쇄 발행 2025년 1월 20일

지은이 | 리 차일드
옮긴이 | 다니엘 J.
펴낸이 | 정상우
편집 | 이민정
디자인 | 오하스튜디오
관리 | 남영애

펴낸곳 | 오픈하우스
출판등록 | 2007년 11월 29일(제13-237호)
주소 | 서울시 은평구 증산로9길 32(03496)
전화 | 02-333-3705 팩스 | 02-333-3745
페이스북 | facebook.com/openhouse.kr
인스타그램 | instagram.com/openhousebooks

ISBN 979-11-92385-31-0 04800
     979-11-86009-19-2 (세트)

VERTIGO 는 (주)오픈하우스의 장르문학 시리즈입니다.